KB018822

문학 이벤트

The Event of Literature

# The Event of Literature

테리 이글턴

# 문학 이벤트

문학 개념의 불확정성과 허구의 본성

테리 이글턴 지음
김성균 옮김

우물이 있는 집

<일러두기>

1. 용어설명
　1) 리얼리즘Realism
　　(1) 이 용어는 한국의 철학계와 심리학계에서는 흔히 "실재론實在論(유실론唯實論)"으로, 예술계 및 예술이론계나 예술비평계에서는 "사실주의寫實主義"로, 정치학계와 사회과학계에서는 "현실주의現實主義"로 번역되어왔고, 문학계 및 문학이론계나 문학비평계에서는 "리얼리즘"으로 번역되지 않은 채로 사용되거나 "현실주의"로 번역되어왔다.
　　(2) 서양 중세 철학계의 이른바 보편논쟁普遍論爭을 간략히 검토하는 이 책의 제1장에서 이 용어는 "실재론"으로 번역된다. "인식대상을 인간의 의식 또는 주관과 무관하게 실재하는 것으로 간주하여 객관적으로 파악해야 한다고 보는 인식론"(국립국어원 『표준국어대사전』 참조)을 의미하는 이 용어는 중국과 일본에서도 "實在論"으로 번역된다.
　　(3) 나머지 단원들에서 이 용어는 "현실주의"로 번역된다. 왜냐면 이 번역어는, 비록 한국에서는 "현실타협주의"나 "현실순응주의" 같은 다소 부정적인 의미를 가끔이나마 암시할망정, 대체로 "현실의 조건이나 상태를 그대로 인정하면서 현실을 근거로 생각하고 행동하는 태도"(『표준국어대사전』 참조)를 의미할 뿐만 아니라 특히 문학 또는 문학작품을 "전략들"의 관점에서 이해하려는 저자의 의도를 더 잘 반영하기 때문이다.
　2) 노머널리즘Nominalism
　　(1) 제1장에서 주로 언급되는 이 용어는 "실재론"과 대비되어 "명목론名目論"으로 번역된다. 한국에서 "유명론唯名論"으로도 번역되는 이 용어는 "서양 중세 스콜라 철학계의 보편논쟁에서 보편자普遍者는 개체들에서 추상되는 공통명목에 불과하여 실재성을 결여한다고 보는 이론"(『표준국어대사전』 참조)을 뜻한다.
　　(2) 물론 이 용어는 이 책에서 "명목주의名目主義"로는 번역되지 않는다. 왜냐면 "명목주의"라는 번역어는 한국의 경제학계에서 "화폐의 물질재료는 화폐가치에 영향을 끼치지 못하고 화폐의 본질은 화폐의 기능이며 화폐가치는 명목적 형식에 불과하다고 주장하는 학설"을 의미하도록 특용되어왔기 때문이다.
　3) 이 책에서 "모더니즘Modernism"은 "현대주의現代主義"로, "모더니티modernity"는 "현대성現代性"으로, "포스트모더니즘Post-modernism"은 "후기현대주의後期現代主義"로 번역된다. 물론 한국에서 "모더니즘"과 "모더니티"는 번역되지 않은 채로 사용되거나 "근대주의近代主義"와 "근대성近代性"으로도 번역되어왔고, "포스트모더니티"도 '거의' 번역되지 않은 채로 사용되거나 이따금 "탈현대주의脫現代主義"로도 번역되어왔다. 그렇지만 한국에서, 예컨대, "포스트스트럭처럴리즘Post-structuralism"의 번역어가 "후기구조주의後期構造主義"로 거의 정착되었다는 사실은 "후기현대주의"라는 번역어의 가용성뿐 아니라 "현대주의"와 "현대성"이라는 번역어들의 가용성마저 어느 정도 뒷받침할 수 있을 것이다.
2. 『 』는 단행본(논저, 소설, 희곡, 시집 등)과 영화 및 방송프로그램을, 「 」는 에세이, 소논문, 시詩를, 《 》는 정기간행물을 표시한다.
3. 【 】는 번역자가 붙인 각주를 표시한다.

데이빗 베닛* 에게

*  【David Bennett: 브리튼에서 문학이론을 전공하여 박사학위를 받고 오스트레일리아 멜번Melbourne 대학교 문화소
   통학부School of Culture and Communication에서 조교수로 재직하는 문학이론가.】

# 차례

# 서문

지난 20년간 문학이론은 유행에서 아주 멀어졌다. 그래서인지 요즘에는 문학이론을 다룬 책이 거의 출판되지 않는다. 이 사실을 언제까지나 고마워할 사람들도 있을 텐데, 그들의 대다수는 이 서문을 읽지도 않을 것이다. 1970년대나 1980년대의 문학도들은 기호학, 후기구조주의, 마르크스주의, 심리분석(학)[1] 같은 것들에 익숙했다. 그러나 요즘의 문학도들에게 그것들의 대부분은 외국어처럼 낯설어졌다. 1970년대에나 1980년대에는 이런 변화가 거의 예견될 수 없었을 것이다. 그랬어도 어느덧 기호학, 후기구조주의, 마르크스주의, 심리분석(학)의 대부분은 탈脫식민주의(후기식민주의), 민족학, 성sexuality연구, 문화연구라는

---

1 【psychoanalysis: 오스트리아의 심리학자 프로이트Sigmund Freud(1856~1939)가 발전시킨 학문분야를 특칭特稱하는 이 낱말은 한국에서는 지금까지 '정신분석' 또는 '정신분석학'으로 번역되어왔다. 그런데 이 낱말을 파생시킨 '프시케psyche'의 다른 파생어들은, 예컨대, '심리학psychology'으로 번역되거나 독일의 심리학자 카를 융Carl Gustave Jung(1875~1961)의 '분석심리학analytic psychology' 등으로도 번역되어왔다. 그러니까 '프시케psyche'는 한국에서 '정신'과 '심리'로 혼역混譯되어온 셈이다. 물론 한국에서 '정신'은 '육체나 물질에 대립되는 영혼이나 마음, 사물을 느끼고 생각하며 판단하는 능력 또는 그런 작용, 마음의 자세나 태도, (주로 몇몇 명사 뒤에 붙어) 사물의 근본적 의의나 목적 또는 이념이나 사상'을 가리키는 명사로 쓰이고, '심리'는 '마음의 작용과 의식의 상태'를 가리키는 명사로 쓰인다(국립국어원, 『표준국어대사전』 참조)는 사실이 감안되면, 이런 혼역은 충분히 납득될 만한 관행처럼 보인다. 더구나 '프시케'가 '정신'과 '심리'뿐 아니라 '심정心情'이나 '심혼心魂'이나 '심령心靈'이나 '심리세계'나 '심리현상'으로도 번역될 가능성은 이런 관행을 더욱 부추겼을 것이다. 이렇듯 한국에서 오랫동안 굳어져온 관행이라면 그대로 준수되어도 무방하겠지만, 그렇다고 이런 관행이 마냥 방치될 수도 없는 까닭은 '정신'과 '심리'라는 두 한국낱말이 유사점들뿐 아니라 차이점들도 분명히 겸비한다는 사실에 있다. 물론 그런 차이점들이 번역자의 이 짧막한 각주에서 제대로 해명되기는 불가능하다. 그런 해명은 방대한 연구를 요구하는 작업일 것이다】

선입견 4총사로 대체되었다. 이런 변화가 문학이론의 보수적 반대자들에게는 썩 반가운 소식은 아니다. 왜냐면 그들은 문학이론이 쇠락하면 틀림없이 예전 상태가 복구될 것이라고 기대했기 때문이다.

선입견 4총사(탈식민주의, 민족학, 성연구, 문화연구)가 문학이론과 무관한 것들은 당연히 아니다. 더구나 선입견 4총사의 출발점도 문학이론의 쇠락시점이 아니다. "순수"문학이론이나 "고급"문학이론이 쇠락했을 때 선입견 4총사는 이미 완전히 득세하여 그런 문학이론들의 대부분을 물리쳐버렸다. 실제로, 선입견 4총사는 그런 문학이론들을 물리쳤을 뿐 아니라 대체하는 역할마저 담당했다. 이런 변화는 몇 가지 측면에서 환영받을 만한 진전이다. (반反계몽주의[2]의 형식들을 띠지는 않은) 이론주의theoreticism의 다양한 형식들은 망각되었다. 그동안 문학이론들의 주요한 관심은 담론에서 문화로 이동했다. 그러니까 다소 추상적이거나 참신한 견해들을 연구하려던 관심이 '1970년대와 1980년대에 경솔하게 현실세계(실재세계)로 지칭되던 것'을 탐구하려는 관심으로 변했다는 말이다. 그러나 이득은 손실을 수반하기 마련이다. 어쩌면 예컨대, 흡혈귀들을 분석하거나 《패밀리 가이》[3]를 분석하는 사람이 얻는 지식은 프로이트와 프랑스의 철학자 미셸 푸코Michel Foucault(1926~1984)를 연구하는 사람이 얻는 지식보다 적을 것이다. 더구나, 내가 『이론 이후After Theory』에서 주장했듯이, "고급"문학이론의 부단한 인기하락은 정치적 좌파의 쇠락하는 운세와 밀접하게 맞물린다.[4] "고급"문학이론의 사고방식이 최전성기를 누리던 시기에는 정치적 좌파도 기세등등하고 강성

---

2 【obscurantism: 이 낱말은 '계몽반대주의,' '문맹주의,' '모호주의模糊主義,' '난해주의,' '현학주의'로도 번역될 수 있다.】

3 【《Family Guy》: 미국 폭스TV에서 1999년부터 방송된 만화연속극.】

4 테리 이글턴, 『이론 이후After Theory』(London, 2003), 제2장.

했다. 이론이 점점 쇠퇴하자 급진적 비판도 이론과 함께 조용히 쇠퇴했다. "고급"문학이론의 최전성기에 문화이론文化理論은 직면한 사회질서를 겨냥하여 인상적이고 야심만만한 몇 가지 질문을 제기했다. 그 시절의 자본주의체제에 비하면 오늘날의 자본주의체제는 지구를 훨씬 더 광범하게 장악했고 훨씬 더 강력하다. 그래서 오늘날 "자본주의"라는 낱말은 차이差異를 찬양하고 타자성他者性을 영접하거나 언데드[5]를 해부하느라 바쁜 자들의 입술을 거의 오염시키지 않는다. 이런 세태는 자본주의체계의 부적격성不適格性을 증명하기보다는 오히려 자본주의체계의 위력을 증명한다.

　　그래도 이 책은 문학이론마저 은연중에 질책하므로 유의미하다. 이 책의 마지막 단원을 제외한 나머지 단원들에서 내가 전개하는 논의들의 다수는 문학이론을 이용하기보다는 오히려 매우 판이한 방편인 문학철학philosophy of literature을 이용한다. 여태껏 문학이론가들은 문학철학의 담론을 워낙 자주 무시했으면서도 유럽 대륙 진영과 앵글로-색슨 진영의 해묵은 논쟁에서 상투적 역할을 도맡았다. 문학이론의 대부분은 유럽 대륙 진영에서 생겨나고, 문학철학의 대부분은 앵글로-색슨 진영에서 생겨난다. 그렇지만 최고수준에 도달한 문학철학의 엄밀하고 정교한 전문지식은 몇몇 문학이론의 느슨한 지식과 대비되면 유리한 고지를 점령한다. 게다가 문학이론가들은 여태껏 문학철학의 전문지식에서 거론된 (문학의 본성 같은) 문제들을 거의 검토하지 않고 방치해왔다.

　　그런 반면에 문학이론은 문학철학의 다분한 지식보수주의 및 소심성과 대비되면 유리한 고지를 점령한다. 또한 날카로운 비판능력 및 대담한 상상력을 때때로 결핍하는 문학철학의 치명적 결함과 대비되어도 문학이론은 유리한 고지를

5 【the undead: 산송장[生屍體], 살아있는 송장, 생동시체生動屍體.】

점령한다. 문학이론가들은 격식에 구애받지 않는 노타이셔츠[6]를 주로 입는다. 그러나 (거의 모두가 남성들인) 문학철학자들이 넥타이를 매지 않고 집 밖에서 활동하는 경우는 아주 드물다. 문학이론가들은 프레게[7]를 전혀 모르는 듯이 행동하지만, 문학철학자들은 프로이트를 전혀 모르는 듯이 행동한다. 문학이론가들은 진실, 정확한 출처, 허구(픽션)의 논리적 위상 같은 문제들을 대수롭잖게 취급하는 경향을 보이지만, 문학철학자들은 문학언어의 짜임새를 감지하지 못하는 노골적 둔감성鈍感性을 심심찮게 드러낸다. 요즘에는 분석철학과 문화적·정치적 보수주의가 진기한 (그래서 아주 불필요한) 관계를 맺는 듯이 보인다. 그러나 이런 보수적 사고방식의 주요한 실천자들 중 몇몇은 분명히 과거에는 그런 관계를 맺지 않았다.

급진파는, 유별나게도, "문학의 개념이 존재할 수 있느냐?" 같은 질문들을 무미건조하리만치 형식주의적이고 비역사적인 질문들로 간주하여 의심하려는 경향을 보인다. 그러나 이 경우에 개념을 정의하려는 모든 시도는 불필요하다. 왜냐면 급진파의 다수는 막상 자본주의생산양식의 개념을 정의해야 하거나 신新제국주의의 본성을 규정해야 할 때를 맞이하면 서로 기꺼이 담합할 자들이기 때문이다. 오스트리아 출신 잉글랜드의 철학자 루트비히 비트겐슈타인Ludwig Wittgenstein(1889~1951)이 암시하듯이, 우리는 개념을 때로는 정의해야 하지만 때로는 정의하지 않아도 된다. 이 경우에 대두되는 문제도 아이러니하다. 문학적 좌파의 다수는 개념정의를 보수적 학자들에게 일임해야 할 케케묵은 작업으로 간주한다. 그래서 아마도 그들은 '보수적 학자들의 대다수가 막상 예술의 개념과 문학의 개념을 정의해야 할 때를 맞이하면 도리어 그런 개념정의의 가능성

---

6 【open-neck-shirt: '오픈-넥-셔츠,' '깃 열린 윗옷,' '긴소매 또는 반소매 남방셔츠.'】

7 【고틀로프 프레게Gottlob Frege(1848~1925): 근대 수리철학 및 분석철학의 기초를 정립했다고 알려진 독일의 수리논리학자 겸 철학자.】

을 반대하는 논지를 펴다는 사실을 전혀 모를 것이다. 물론 보수적 학자들 중에 가장 명민한 학자가 제시하는 개념정의의 이유들은, 개념정의를 헛수고로 간주하는 자들이 제시하는 이유들에 비하면, 분명히 더 강한 설득력을 발휘하고 더 많은 것을 암시할 터이다.

이 책의 서두에서 중세 스콜라철학부터 논의된다는 사실을 독자들이 알면 놀라거나 어쩌면 당황할지도 모른다. 여기서 아일랜드의 작가 제임스 조이스James Joyce(1882~1941)의 표현법을 빌려 말하자면, 내가 풀풀 풍겨대는 스콜라철학의 악취는 이 책에서 내가 다루는 문제들에 관심을 집중한 사연을 설명하는 데 일조한다. 나의 이력과 관련된 두 가지 사실은 확실히 연계되어있다. 첫째 사실은 내가 가톨릭교를 신봉하는 집안에서 자랐기 때문에 내가 배워야 할 것들 중에도 특히 분석적 이성理性의 능력들을 의심하는 법을 배우지 못했다는 것이다. 둘째 사실은 내가 성년기에는 문학이론가로서 활동해왔다는 것이다. 아마도 '내가 실제로 옥스퍼드와 케임브리지의 터무니없이 거대한 앵글로-색슨 요새들에서 나의 인생을 워낙 많이 허비해버렸기 때문에 나의 관심이 문학철학에 쏠리기 마련이었다'고 추정할 사람도 있을 것이다.

그렇지만 한때 가톨릭신자이지도 않았고 진골眞骨~옥스브리지[8] 출신도 아닌 사람도 문학계에서 벌어지는 상황의 기묘함을 판별할 수 있다. 예컨대, 문학교육현장에서 선생들과 학생들이 문학, 허구, 시詩, 서사敍事 같은 낱말들을 습관적으로 사용하면서도 그것들의 의미를 논구할 준비조차 전혀 갖추지 않은 상황은 기묘하다. 그것은 마치 의사들이 췌장을 보면 췌장으로 인식할 수는 있지만

---

8 【옥스브리지Oxbridge: 잉글랜드의 양대 명문대학으로 알려진 옥스퍼드Oxford 대학교와 케임브리지 Cambridge 대학교의 총칭.】

췌장의 기능을 설명하지는 못하는 상황만큼 기묘하다. 문학이론가들의 관점에서 그런 상황은 썩 놀랍지는 않아도 희한하다. 게다가 문학이론이 변동하면서 해결하지 않고 계류繫留시켜둔 많은 중요한 문제가 있는데, 이 책은 그런 문제들 중 몇 건을 쟁점화하고자 한다. 나는 그래서 '사물들이 보편본성普遍本性들을 함유하는지 여부'를 먼저 고찰한다. 이 문제는 "문학"이 과연 설명될 수 있느냐 없느냐는 문제와 명백히 관련된다. 그리고 오늘날 "문학"이라는 낱말이 사용되는 방식을 살펴본 나는 그 낱말의 중심에 내가 배치하는 특성들을 하나씩 검토한다. 그런 특성들 중 하나인 허구성虛構性fictionality은 이 책의 한 단원을 할당받아도 될 만큼 아주 복잡한 것이다. 마지막 단원에서는 '문학의 다양한 형식들이 문학의 중심특성들을 공유하는 것들로서 입증될 가능성'을 의문시하는 문학이론의 문제가 재검토된다. 내가 만약 뻔뻔했다면 '이 책은 문학의 (적어도 현재에 드러나는) 실제적 의미를 타당하게 설명할 뿐 아니라 거의 모든 문학이론의 공통점을 최초로 조명한다'고 감히 말했을 것이다. 물론 나는 뻔뻔하지 않으므로 그렇게 말하지 않을 것이다.

나에게 지성적 비평들과 의견들을 선사해준 미국의 문학이론가 조너선 컬러Jonathan Culler(1944~), 이 책의 편집자 레이철 런스데일Rachael Lonsdale, 아일랜드의 철학사 폴 오그레이니Paul O'Grady에게 고마워하는 나의 마음을 선하고 싶다. 또한 시늉pretending의 개념을 주제로 삼아 나와 진지하게 토론하면서 많은 중요사항과 관련된 나의 견해를 정돈해준 아들 올리버 이글턴Oliver Eagleton에게도 고마워하는 나의 마음을 전하고 싶다.

T. E

# 제1장
# 실재론자들과 명목론자들[1]

나는 이 단원에서 어떤 독자에게는 한가로운 객론客論처럼 보일만한 것을 화두로 삼고자 한다. 우리의 많은 이론논쟁과 마찬가지로 실재론자들과 명목론자들의 논쟁도 고대에 시작되었다.[2] 그러나 그들의 논쟁은 유럽의 중세후반기에 많은 저명한 스콜라철학자들이 실재론파와 명목론파로 양분되어 대립각을 세우면서부터 가장 분분해지고 격렬해졌다. 플라톤Platon(서기전427~347), 아리스토텔레스Aristoteles(서기전384~322), 아우구스티누스Augustine(354~430)를 본받은 실재론자들의 주장은 다음과 같은 질문들로 대변될 수 있다. 일반범주들이나 보편범주들은 어떤 의미에서는 실재하지 않는가? 그렇지 않다면, 명목론자들이 주장하듯이, 그런 범주들은 오직 더 작게 축소될 수 없는 특수자特殊者만 실재하는 세계에 우리가 억지로 우겨넣은 개념들이 아닌가? 문학이나 기린본성麒麟本性

---

1  【'실재론'과 '명목론'이라는 번역어들에 관해서는 "일러두기"의 "1. 용어설명" 참조.】

2  이 논쟁을 다룬 문헌들은 다음과 같다. M. H. 카레M. H. Carré, 『실재론자들과 명목론자들Realists and Nominalists』(Oxford, 1946). D. M. 암스트롱D. M. Armstrong, 『보편자들과 과학적 실재론 제1권: 명목론과 실재론Universals and Scientific Realism, vol. 1: Nominalism and Realism』(Cambridge, 1978). 마이클 윌리엄스 Michael Williams, 「실재론: 좌파란 무엇인가?Realism: What's Left?」, P. 크리너P. Greenough & 마이클 린취 Michael P. Lynch (편저), 『진리와 실재론Truth and Realism』(Oxford, 2006).

giraffeness이 현실세계에 존재한다고 느끼는 감각이 존재하는가? 아니면 이런 개념들은 순전히 정신의 결과들인가? 기린본성은 다양하고 독특한 기린개체들에서 정신이 추상해낸 개념에 불과한가? 아니면 그런 생물종은, 그것에 속하는 개체들이 실재하듯이, 비록 그런 개체들과 반드시 동일한 방식으로 실재하지는 않더라도 하여간, 실재하는가?

　명목론자들의 관점에서, 그런 추상개념들은 개체들보다 늦게 생겨났으므로 개체들에서 파생한 개념들이다. 실재론자들의 관점에서, 그런 추상개념들은 어떤 의미에서는 개체들보다 먼저 생겨났으므로 개체자체를 만드는 권능 같은 것을 지녔다. 예컨대, 진흙탕에서 어룽거리며 해바라기하는 비늘달린 맹수와 대비되는 악어본성을 주목한 사람은 여태껏 없었다. 그렇지만 폭스TV나 잉글랜드 은행Bank of England은 존재하지 않는다고 암시하지 않을 사회제도를 — 즉, 방법론적 개인주의자들이 우리에게 상기시키려고 열망하는 사회제도를 — 주목한 사람도 여태껏 전혀 없었다.

　여기서 절충론折衷論들이 제시될 수 있다. 중세 유럽 프란체스코회의 위대한 신학자 둔스 스코투스Duns Scotus(1266~1308)는 온건하거나 제한적인 실재론을 제시했는데, 그것의 논지는 본성들은 정신의 바깥에 실재할 수 있지만 오직 지성에 의존해야만 완전하게 보편화될 수 있다는 것이었다.[3] 이탈리아 신학자 토마스 아퀴나스Thomas Aquinas(1225~1274)도 이런 실재론에 동감했을 것이다. 잉글랜드 철학자 로저 베이컨Roger Bacon(1219~1292) 같은 극심한 실재론자가 생각했듯

---

3　스코투스를 다룬 주요문헌들은 다음과 같다. M. B. 잉검M. B. Ingham과 멕틸드 드라여Mechthild Dreyer, 『존 둔스 스코투스의 철학적 전망The Philosophical Vision of John Duns Scotus』(Washington, DC, 2004). 토머스 윌리엄스Thomas Williams (편저), 『둔스 스코투스 입문The Cambridge Companion to Duns Scotus』(Cambridge, 2003). 안토니 보스Antonie Vos, 『존 둔스 스코투스의 철학The Philosophy of John Duns Scotus』(Edinburgh, 2006). 앨러스데어 매킨타여Alasdair MacIntyre, 『신, 철학, 대학교들God, Philosophy, Universities』(Lanham, Md., 2009), 제12장.

이, 보편자普遍者들은 실체들이 아니었지만 단순한 허구들도 아니었다. 비록 보편자들이 정신의 바깥에는 결코 실재하지 않더라도 우리는 보편자들에 의존하여 사물들의 공통본성들을 파악할 수 있고, 이런 공통본성들은 어떤 의미에서는 사물자체事物自體들의 "내부에" 있다. 스코투스보다 더 급진적인 잉글랜드 스콜라철학자 오컴William of Ockham(1300경~1349경)의 관점에서, 보편자들은 단지 논리적 위상만 차지할 따름이다.[4] 오컴의 관점에서, 정신의 바깥에는 어떤 보편자도 존재하지 않고 공통본성들은 명목들에 불과하다. 스코투스는 이런 논리의 극한에까지 자신의 논리를 밀어붙이지는 않았지만 특수자를 노골적으로 애호하는 취향을 가졌다. 그런 취향은 그의 "이것본성thisness"을 뜻하는 하에케이타스haecceitas라는 개념을 그의 신봉자 제러드 맨리 홉킨스[5]가 채택한 후부터 문학계에서 가장 유명해졌다. 토마스 아퀴나스는 '사물과 다른 존재물들이 공유하는 형상form'과 대비되는 '질료matter'를 사물개별화事物個別化의 원리로 보는 견해를 찬성했다. 그러나 절묘한 박사Doctor Subtilis라는 별명을 얻은 스코투스는 천지만물 하나하나에 내재되어 그것들 하나하나를 독특하고 고유한 사물자체로 만들어주는 역학원리力學原理 같은 것을 인식했다. 만약 스코투스가 특수성에 매우 심취했다면, 개인적으로는 프란체스코회 신학자이던 그가 예수 그리스도의 인격을 독실하게 신봉했다는 사실도 그가 특수성에 깊게 심취했던 까닭의 일부였을 것이다.

하에케이타스는 개별사물을 그것의 본성을 똑같이 공유하는 다른 개별사

---

4 고던 레프Gordon Leff의 『오컴William of Ockham』(Manchester, 1975)은 오컴을 이해하려는 독자에게 유익한 저서이다. 마릴린 애덤스Marilyn Adams의 『오컴William Ockham』(South Bend, Ind., 1989)에서도 유익한 논의가 발견된다. 줄리어스 와인버그Julius R. Weinberg의 『오컴, 데카르트, 흄Ockham, Descartes, and Hume』(Madison, Wis., 1977)도 유익한 자료들을 포함한다.

5 【Gerard Manley Hopkins(1844~1889): 잉글랜드의 시인 겸 예수회성직자.】

물보다 더 돋보이게 만든다(한 곳에 내린 두 눈송이도 결코 동일하지 않고 한 얼굴에 있는 두 눈썹도 결코 동일하지 않다). 하에케이타스는 그리하여 오직 신神만이 아는 존재의 궁극실재성을 재현한다. 그러니까 하에케이타스는 사물의 개념을 초과하거나 사물의 공통본성을 초과하는 잉여剩餘이다. 그런 잉여는 대상을 고찰하는 지성적 사고력으로써는 파악될 수 없고 오직 대상의 명료한 현존을 직접 포착하는 이해력으로써만 파악될 수 있는 축소 불가능한 특이성이다. 사고방식의 진정한 혁명을 겪은 인간정신은 이제 특이자特異者를 그것자체로서 지식知識할 수 있다. 스코투스는, 그의 해설자들 중 한 명이 규정하듯이, "개별성의 철학자"이다.[6] 스코투스를 중세 프란체스코회의 모든 메타자연학자[7] 중 가장 위대한 메타자연학자로 생각한 미국의 철학자 찰스 샌더스 퍼스Charles Sanders Peirce(1839~1914)는 스코투스를 "개별존재를 최초로 해명한" 사상가로 평가하여 예찬했다.[8] 이 대목에서 우리가 발을 내디딘 장도長途는 자유주의와 낭만주의를

---

6  안토니 보스, 『존 둔스 스코투스의 철학』, p. 402.

7  【metaphysician: 이 호칭은 메타자연학metaphysics에서 파생했다. 그런데 메타자연학은 여태껏 한국에서 '형이상학形而上學'으로 번역되어왔다. 자세한 곡절이야 어찌되었건, 고대 중국춘추시대의 유학자儒學者 공쯔孔子(서기전551~479)가 『주역周易(역경易經)』에 붙였다고 알려진 해설문 「계사전繫辭傳」 상편上篇 우제12장右第十二章에 나오는 '형이상자形而上者 위지도謂之道 형이하자形而下者 위지기謂之器'라는 문장에서 유래했다고 추정되는 이 '형이상학'이라는 번역어는 '메타피직스'의 본의를 그야말로 '형이상학'적으로 왜곡해온 듯이 보인다. 왜냐면 '메타피직스'의 더 정확한 번역어는 메타자연학이나 메탈물리학 아니면 차라리 후後자연학, 후後물리학, 본질학本質學, 무형학無形學, 정신학精神學 같은 것들로 보이기 때문이다. 더구나 '형이상학'이라는 것이 존재한다면 '형이하학形而下學'이라는 것의 존재마저 전제前提하거나 가정하는 것일 수밖에 없을 텐데, 그렇다면 '형이하학'은 대관절 또 무엇일까? 그것이 결국 피직스Physics 즉 자연학이나 물리학이나 — 굳이, 기어이, 기필코, '형形'이라는 단어가 사용되어야 한다면 — 유형학有形學이 아니라면 또 무엇일까? 이런 사태를 차치하더라도, 어쨌건, '메타피직스'는 글자 그대로 '반드시 자연학이나 물리학을 토대로 삼아야(답파/섭렵/편력해야)만 이해될 수 있다'는 의미를 함유한 반면에, 한국에서 여태껏 관행적으로 상용/통용된 '형이상학'이라는 번역어는 자연학이나 물리학을 거의 도외시한 소위 '뜬구름 잡는 상념학想念學이나 관념학觀念學' 같은 것으로 이해되어 '메타피직스'의 본의를 그야말로 '형이상학'적으로 왜곡하거나 희석해왔다. 물론 번역자의 이런 짤막한 각주만으로는 '형이상학'이라는 요령부득한 번역어가 탄생하여 관행적으로 통용된 사연을 해명하기는 불가능할 것이다. 그래서 번역자는 다만 향후 이 번역어에 대한 자칭타칭 전문가들의 재검토가 충분히 이루어지기를 기대할 따름이다.】

8  찰스 하트숀Charles Hartshorne & 폴 위스Paul Weiss 편찬, 『찰스 샌더스 퍼스 논문집Collected Papers of Charles Sanders Peirce』, vol. 1(Cambridge, Mass., 1982), 제458절 참조. 제임스 피블먼James K. Feibleman, 『찰스 샌더스 피어스 철학 입문An Introduction to the Philosophy of Charles Sanders Peirce』(Cambridge, Mass., 1970), p. 55 참조.

지나고, 독일의 사회비판이론가 테오도르 아도르노Theodor Adorno(1903~1969)의 '대상과 대상개념의 불일치론'을 지나서, 보편자들에 '정치적으로 경솔한 자들과 여타 많은 사람을 속여서 포획하는 함정들'이라는 혐의를 씌우는 후기현대주의 (포스트모더니즘postmodernism)의 의심으로 이어진다. 캐나다 철학자 찰스 마그레이브 테일러Charles Margrave Taylor(1931~)가 논평하듯이, 여태껏 축적된 지식을 가늠자로써 이용할 수 있는 우리는 특수자에 애착한 명목론의 열정이 "서구문명역사의 대전환점"[9]이었다고 인식할 수 있다.

그런 반면에 실재론자들은 '지성은 개별특수자들을 파악할 수 없다'고 생각하는 경향을 보인다. 그들의 관점에서는, 예컨대, 생물종에 속하는 양배추를 연구하는 과학과 대비되는 양배추개체를 연구하는 과학은 존재할 수 없다. 아퀴나스의 관점에서, 정신은 사물개별화의 원리인 질료의 장력張力을 파악할 수 없다. 그러나 이것은 우리가 개별사물들을 파악하는 이해력을 가질 수 없다는 사실을 의미하지는 않는다. 아퀴나스의 관점에서, 질료의 장력을 파악하는 기능은 프로네시스phronesis(실천지식實踐知識)의 기능이다. 구체적 특수자들을 파악하는 비非지성적 지식을 필수적으로 요구하는 프로네시스는 모든 덕목의 중핵이다.[10] 감각이나 육체가 실물을 해석하여 습득하는 지식의 일종인 프로네시스는 내가 나중에 살펴볼 아퀴나스의 육체에 관한 성찰들과도 관련되는 사항이다. 그때로부터 많은 세월이 흘러 유럽의 계몽운동이 최고조에 달하면, 감각적 특수자를 연구하는 학문이 태동하여 추상적 보편주의를 역습하기 시작할 것인데, 그 학

---

9  찰스 테일러Charles Taylor, 『세속시대A Secular Age』(Cambridge, Mass. and London, 2007), p. 94.

10  페르난도 세르반테스Fernando Cervantes, 「프로네시스 대對 의혹주의: 초기 현대주의의 관점Phronesis vs Scepticism: An Early Modernist Perspective」, 《뉴 블랙프라여스New Blackfriars》 vol. 91, no. 1036 (November, 2010) 참조.

문의 명칭이 바로 미학aesthetics이다.[11] 미학은 마치 인간짐승 같은 모순적인 생물처럼, 더 정확하게는, 우리의 육체적 생명을 형성하는 논리적 내부구조를 탐구하는 학문처럼, 그러니까 구체적인 것들을 연구하는 학문처럼, 살아가기 시작했다. 그때로부터 거의 두 세기가 지나면, 현상학이 미학의 기획과 비슷한 기획을 실행하기 시작할 것이다.

토마스 아퀴나스 같은 실재론적 철학자의 관점에서, 사물의 본성은 사물의 존재원리이고, 그래서 사물은 존재함으로써 신神의 삶에 동참한다. 실재론적 신학의 관점에서, 신神의 표식은 존재들의 핵심에서 발견될 수 있다. 사물은 이런 식으로 무한자無限者에 동참함으로써, 역리적逆理的이게도, 사물자체가 될 수 있다. 독일 철학자 헤겔Hegel(1770~1831)은 나중에 이 학설을 세속적으로 비틀어서 변환시킨다. 그렇게 변환된 학설대로라면, 정신Geist은 존재들을 완전한 존재자체들로 만들 수 있으므로, 무한성은 유한자有限者의 구성요소이다. 게다가 '만약 사물이 절대적으로 자립하는 자체동일물自體同一物이라면, 그것은 역리적이게도, 무한자의 외부에는 명백히 아무것도 존재할 수 없으므로, 무한자의 외부에 있는 모든 것을 인정하지 않는 무한자를 가장 흡사하게 닮았다'고 믿는 낭만주의적 신념도 존재한다.

세계에는 다양한 현상이 많이 존재하므로 다양한 담화방식노 많이 손재한다. 그래서 비트겐슈타인이 인생후반기에 주장했듯이, 일정한 여건에서 실행될 수 있는 언어놀이language-game의 종류를 알려는 사람은 사물의 본성을 알아야 한다. 다원주의多元主義와 본질주의本質主義는 합동한다. 그런데 만약 사물들이 정해진 본성들을 지닌다면, 사물들을 형성하는 신神의 역량을 이런 합동이 제한할

---

11  테리 이글턴, 『미학이념The Ideology of the Aesthetic』(Oxford, 1991), 제1장.

수 있는 경위는 쉽게 이해된다. 만약 신이 자유롭다면, 신이 창조한 것에 부여할 어떤 필연성도 존재할 수 없기 때문에, 신은 현명하게도 거북이들이나 삼각형들을 대량생산하지 않기로 언제든지 선택할 수 있었을 것이다. 존재하는 모든 것은 아예 존재하지 않았을 가능성도 무척 농후한 만큼이나 순전히 우연하게 주어진 것들이다. 그래서 정신을 굴절시키는 이런 비존재非存在의 가능성은 존재하는 모든 것에 끊임없이 그림자를 드리운다. 이 사실은 적어도 인간들에게는 정확히 부합한다. 왜냐면 자신이 존재하지 않을 가능성을 느끼는 인간의 감각은 죽음을 두려워하는 공포감으로서 널리 알려졌기 때문이다. 이것은 현대주의(모더니즘modernism) 예술작품에도 부합하는 사실이다. 왜냐면 그런 예술작품은 으레 그렇듯이 작품자체의 우연성을 몹시 역겨워하거나 유쾌하게 즐기는 감각의 역병疫病에 걸렸기 때문이다. 아퀴나스 같은 사람들의 관점에서, 사물이 생겨나서 존재하는 과정은 신이 베푸는 은총이나 선물의 문제이지 논리적 추리의 문제도 아니고 냉엄한 필연성의 문제도 아니다. 그런 과정은 사랑의 문제이지 욕구의 문제가 아니다. 창조론이 애써 장악하려는 것도 바로 그런 과정이다. 세계의 기원은 그런 과정과 무관하다. 더구나 세계의 기원은 신학자들보다는 오히려 과학자들이 풀어야 할 문제이다. 실제로 아퀴나스는 세계의 기원 같은 것은 아예 존재할 수 없다고 생각하는데, 그의 정신적 스승 아리스토텔레스도 역시 그렇게 생각했다.

그러나 거북이들과 삼각형들은 존재하기 시작하면서부터 결정적 방식으로 존재한다. 그래서 우리가 이런 사실을 인정해야 하듯이 신도 이런 사실을 인정해야만 한다. 신은 2 + 2 = 5로 결정하는 변덕을 부릴 수 없지만, 프랑스 철학자

르네 데카르트René Descartes(1596~1650)는 신이 그런 변덕을 부릴 수 있다고 생각했다. 자신의 정연한 우주를 만드는 신은 어차피 그 우주로 들어가야 한다. 그 우주가 사물들의 존재방식으로서 정립되면 신은 변덕스러운 군왕이나 오만방자한 록 스타처럼 행동할 수 없다. 신은 자신이 창조한 본질들에 속박된다.

경험주의가 득세하는 시대는 여러 가지 이유 때문에 공통본성들을 의심하는 시대이기 십상이다. 공통본성들은 감각될 수 있기보다는 오히려 지식될 수 있는 것들이라서 오직 감지될 수 있는 것만 진실로 실재한다고 보는 경험주의적 편견을 거스른다는 사실도 공통본성들을 의심받게 만드는 이유들 중 하나이다. 그런데 만약 공통본성들을 공유하는 실체들이 아예 존재하지 않더라도 신의 최고주권은 확실히 보증된다. 신이 변덕을 부리면 거북이로 하여금 "하늘에서 떨어진 횡재"를 맞았다고 노래하게 만들 수 있다. 사물의 유일한 존재이유는 **신이 그것을 바란다**quia voluit는 것뿐이다. 독일 정치이론가 카를 슈미트Carl Schmitt(1888~1985)가 이런 관점에서 프랑스 철학자 니콜라 말브랑슈Nicolas Malebranche(1638~1715)의 생각을 해설하듯이, "신은 최종적이고 절대적인 권능자이고, 신에게 속하는 세계전체와 모든 것은 신의 단독행위를 유발하는 원인들에 불과하다."[12] 그러나 문제는 이런 독단적 권능이 신에게 아주 음침한 수수께끼 같고 불가해한 성격을 부여한다는 것이다. 그리하여 신은 비밀스럽게 숨은 신이 된다. 그런 신의 행로는 인간들의 행로가 아니다. 이성理性으로써 파악될 수 없는 불가사의한 숨은 신은 자신의 피조물들로부터 무한히 멀리 떨어진 어느 곳에 존재한다. 그의 피조물들과 그의 간격은 평민군중과 유명인의 간격만큼이나 넓다. 그렇게 비밀스러운 신은 근본주의적 프로테스탄트교(신교新教/개

---

12  카를 슈미트, 『정치적 낭만주의Political Romanticism』(Cambridge, Mass. and London, 1986), p. 17.

신교改新教)의 신이지「요한복음서」(제1장 제14절)에 기록된 "우리와 더불어 살아가시는" 『신약전서』의 신은 아니다.[13]

본질들에서 혹은 공통본성들에서 실재성을 제거하는 사람은 그것들을 구성하는 재료의 저항력을 약화시켜 더 적은 힘으로도 그것들을 변형할 수 있을 만치 유들유들하게 만들 수 있다. 이런 반反본질주의보다 더 진보적인 반본질주의들도 분명히 존재한다. 그러나 진보적 반본질주의들의 옹호자들은 반본질주의도 제때를 만나면 인간주권을 합법화하는 데 이바지한다는 사실을 대체로 깨닫지 못한다. 만약 신神이나 인류가 절호의 기회를 맞이할 경우에 인간을 암살하거나 인간의 권좌를 찬탈할 뿐 아니라 전능하기마저 하다면, 본질들은 소멸할 수밖에 없을 것이다. 오직 세계의 타고난 의미들을 세계에서 없애버리는 인간만이 신 또는 타인의 세계변화용 구상들을 거부하는 세계의 저항력을 감소시키려고 노력할 수 있다. 잉글랜드 철학자 겸 작가 프랜시스 베이컨Francis Bacon(1561~1626)이 알았듯이, 사물들을 감싸는 진정한 신비는 사물들의 타고난 속성들을 아는 지식과 연루되기 마련이다. 그렇지만 그런 신비는 사물들의 특이성을 존중하는 심리와 상충하거나 '카를 마르크스Karl Marx(1818~1883)가 사물들의 사용가치라는 명칭을 붙인 것'을 존중하는 심리와 상충할 수도 있다.

만약 우리가 공상하는 어떤 기괴한 모양으로도 자연自然을 변형할 수 있다면, 우리는 위험천만하게 기고만장해질 수도 있을 것이다. 왜냐면 그렇게 자연을 변형할 수 있는 개인은 자신의 능력들이 신의 권능처럼 무궁무진하다고 공상할 것이기 때문이다. 현대성(모더니티modernity)의 후기단계에는, 인류의 능력한계

---

13  이런 신학적 견해를 둘러싼 유익한 논의는 한스 블루멘베르크Hans Blumenberg, 『현대의 정통성The Legitimacy of the Modern Age』(Cambridge, Mass. and London, 1983), pp. 152-5에서 발견된다.

를 인류에게 자각시키던 규약들, 구조構造들, 세력들, 인습들이 인류의 인성人性마저 박탈할 테고, 그러면 이제 인간이 아닌 그것들은 의미를 베푸는 최고시혜자最高施惠者들처럼 기능할 것이다. 그것들의 옹호자들이 품은 모든 반反근본주의적 열정에 부응하는 그것들은 신종新種 근본주의처럼 기능하면서 '우리의 보습들마저 파고들지 못하는 견고한 (문화, 구조, 언어 같은 것으로 지칭되는) 지반'처럼 기능하는 듯이 보인다. 신의 최고주권을 찬탈한 인류는 이제 담론의 역습을 받고 권좌에서 쫓겨날 것이다.

그러면 이제 현대성의 중요한 순간을 되짚어보기로 하자. 우리는 현대성의 감각적 특질들을 분별하고, 현대성 특유의 수학적 극저밀도極低密度마저 포함하는 밀도들을 분별하며, 우리의 고유한 측정전략과 계산전략으로써 현대성의 다양한 특징들을 규정하고, 세계의 두터운 질료들을 우리의 고유한 정신에 재현되는 세계의 표상들로 축소해야만, 오직 그래야만, 현대성의 완고하고 반항적인 타자성他者性의 창조력을 박탈하여 타자성을 완전히 장악할 수 있다. 그러면 이제 사물들은 그것들을 다루는 우리의 절차들과 기술들에 반응하면서 우리의 인식지평을 빠져나가는 방식대로 정의될 것이다. 우리는 신이 사물들을 아는 만큼 알지는 못할 것이다. 그러나 적어도 우리는 우리가 생산하는 물건들 ― 그러니까 노동행위에 참신한 중요성을 부여하는 생산물들 ― 만은 알 수 있다. 스타니스와프 렘의 『솔라리스』[14]에 나오는 대양처럼 평범해지다가 막연해지고 끝내 불가사의해지는 세계에서 우리가 사물들을 변형하는 능력들을 발휘한다는

---

14 【스타니스와프 렘Stanisław Lem(1921~2006)은 폴란드의 과학소설가이다. 『솔라리스Solaris』는 렘이 1961년에 발표한 철학적 과학소설인데, 이 소설 속에서 '솔라리스'는 상상된 행성의 명칭이다. 1968년에는 보리스 니렌부르크Boris Nirenburg 감독이, 1972년에는 안드레이 타르콥스키Andrei Tarkovsky 감독이, 2002년에는 스티븐 소더버Steven Soderbergh 감독과 제임스 캐머런James Cameron이 이 소설을 영화로 만들었다.】

사실이 프로테스탄트의 불안한 고민거리에 속하듯이, 우리가 그런 변형능력들을 발휘할 가능성은 프로테스탄트의 낙관주의에 속한다. 자유의 값은 실재성의 손실액인가? 어쨌거나, 만약 자아自我가 어떤 본질도 함유하지 않는다면 — 자아가 단순히 능력의 기능, 감각인상感覺印象들의 집합, 순수현상존재純粹現象存在, 불연속적 과정, 무의식의 노출부분에 불과하다면 — 이렇듯 세계를 변형하는 행위자는 누구이고, 그 행위자는 누구에게 이바지하는가?

이토록 황량한 시나리오 속에서 절대주체는 순전히 우연한 세계를 마주친다. 반본질주의의 또 다른 얼굴은 의지주의[15]이다. 그것은, 능력을 행사하는 주체처럼, 궁극적으로는 고유한 목적과 이유를 가지고 근거들과 작동원인들을 내포하는 능력의 관절운동關節運動에 비유될 수 있다. 더구나 만약 세계가 주체의 그런 능력을 발휘되기 쉽게 만들 정도로 불확실하고 막연해야 한다면, 세계는 확정된 근거들을 세계의 고유한 관행들에 어떻게 제공할 수 있는가?

만약 실재성이 유동적이고 임의적인 것이라면, 실재성은 어떻게 우리가 기획들을 완수할 수 있을 만큼 충분히 오랫동안 우리에게 머물 수 있고, 또 그렇게 머무는 동안 긍정적 의미를 띠는 실재성이 어떻게 자유로워질 수 있는가? 하여튼, 물질의 본질적으로 무의미한 파동을 다스리는 통치권을 행사하는 주체는 무슨 희열을 맛보는가? 우리가 획득하는 지배권과 권위가 더 강력할수록 그런 지배권과 권위는 더 공허하게 보일 수 있다. 그러면 이제 실재성은 중요하게 구성되지도 않고 의미심장한 특징들과 기능들을 머금고 두껍게 침전되지도 않기 때문에 한때 우리의 행동자유를 방해하던 만큼 방해하지도 않는다. 더구나 역시 그래서 자유도 이제 더 공허하게 보인다. 자신의 한 손으로 세계에서 뽑아낸

---

15 【意志主義(voluntarism): '주의설主意說,' '주의주의主意主義,' '자발주의自發主義'로도 번역된다.】

의미를 다른 손으로 세계에 증여하는 인간짐승의 부조리한 동의어 같은 것은 없는가?

오컴 같은 명목론자들은 실재론자들이 언어와 사물을 혼동한다고 생각했는데, 벨기에 출신 미국의 문학이론가 폴 드 만Paul de Man(1919~1983) 같은 문학이론가들도 당연히 그렇게 생각한다. 우리는 "산책길"이나 "너도밤나무"를 말할 수 있으므로 이 낱말들에 상응하여 동일시될 수 있는 실체 같은 것들이 존재한다고 가정하기 십상이다. 이런 견지에서 실재론은 구현론具現論reification의 일종이다. 게다가 우리는 사물들의 독특한 개별존재를 결코 실재로 알지 못하기 때문에, 실재론은 의혹론[16]의 일종으로 보일 수도 있다. 그런 반면에 오컴은 '우리는 즉각 작동하는 지성의 직관으로써 특수한 존재자들을 지식하므로 주체와 객체 사이의 모든 개념적 중재를 철폐한다'고 믿는다. 우리가 이렇게 직관으로써 지식하는 존재자들은 ─ 더 정확하게는, 우리가 가장 확실하게 즉각 파악할 수 있는 존재자는 ─ 자아自我이다. 후기경험주의의 관점에서 보편자들은 별개로 독립된 특수자들로부터 단순하게 일반화된 것들이다. 보편자들은 이제 객체의 내부진리를 재현하지 않는다. 이런 재현중단은 이제 그런 객체들에 부여된 신성한 본성들로부터 그런 객체들의 행동방식이 연역되어 도출될 수 없다는 사실을 의미한다. 그래서 우리에게는 보편자들을 대신하는 담론이 필요한데, 그것은 보편자들처럼 있음직하지 않은 메타자연학적 개념들에 의존하지 않고 사물들의 동태動態를 탐구하는 담론이다. 이런 담론은 과학으로서 알려졌을 것이다.

피에르 아벨라르[17]와 카를 마르크스처럼 토마스 아퀴나스도 '모든 생각은

---

16 【疑惑論(scepticism): 이 낱말은 '의혹주의'로 번역될 수 있지만, 이 문장에서는 '실재론'과 쌍을 이루는 만큼 '의혹론'으로 번역되었다. 물론 한국에서 이 낱말은 '회의주의懷疑主義'나 '회의론懷疑論'으로 번역되어왔기도 하다.】

17 【Pierre Abélard(1079~1142): 프랑스의 스콜라철학자, 신학자, 논리학자. 그와 프랑스의 대수녀원장 겸 작가 엘로

보편자들을 전제로 삼는다'고 더욱 강력하게 주장했다. "천사 같은 박사Doctor Angelicus" 아퀴나스는 적어도 이런 의미에서는 반反경험주의자이지만, 아마도 다른 한두 가지 의미에서는 그렇지 않을 것이다. 마르크스는 『정치경제학비판용 대략원고Grundrisse der Kritik der Politischen Ökonomie』(1858/1941)에서 구체적인 것으로 "승격하기" 위해 추상개념 또는 일반개념을 채택해야 할 필요성을 설명한다. 그의 관점에서, 구체적인 것은 경험되는 자명한 것이 아니다. 그에게 구체적인 것은 오히려 일반적 결정요소들과 특수한 결정요소들을 포함하는 많은 결정요소의 접점이다. 그래서 마르크스가 아는 구체적인 것은 굉장히 복합적인 것이다. 그러나 구체적인 것을 생각하여 구성하려는 사람은 반드시 일반개념들 — 마르크스가 구체적인 것들보다 더 단순한 것들로 간주한 개념들 — 을 생각하여 전개해야 한다. 이 경우에 합리주의자들이 하듯이 일반자一般者로부터 특수자를 단순히 연역하여 도출하느냐 아니면 경험주의자들이 하듯이 특수자로부터 일반자를 연역하여 도출하느냐 여부는 전혀 중요하지 않다.

게다가 마르크스는 '보편자들은 단순히 세계를 바라보는 편리한 방편들이 아니라 세계를 실제로 구성하는 요소들이다'고 믿는다. 예컨대, 장년기의 마르크스는 자신이 "추상노동抽象勞動"으로 지칭한 것을 자본주의적 생산의 절대불가결한 실질적 구성요소로 간주한다. 그런 요소가 단순히 세계를 바라보는 방편이냐 여부는 전혀 중요하지 않다. 청년 마르크스가 『1844년 경제학-철학 초고들Ökonomisch-philosophische Manuskripte aus dem Jahre 1844』에서 주장한 대로라면, 인간들은 저마다 "종류존재"[18]의 특수한 형식에 참여하기 때문에 독특한 개인들로서

이즈 다르장퇴유Héloïse d'Argenteuil(1090?/1100?~1164)가 나눈 비극적 사랑은 유명하다.】

18 【種類存在(Gattungswesen = species-being): '종류본질species-essence'로도 영역되는 이 용어는 한국에서 여태껏 '유적 존재類的 存在'로 번역되어왔다. 카를 마르크스는 『1844년 경제학-철학 초고들』에서 이 용어는 "독

존재할 수 있고, 개인화되는 과정자체가 이런 공통본성의 능력이거나 재능이다. 인간본성을 이렇게 이해하는 유물론에서 개인과 보편자는 상반되는 것들로 취급되지 않는다.

실재론자들과 명목론자들의 끈질긴 공방전을 격화시키는 것은 특히 인간이 감각적 특수자를 얼마나 진지하게 받아들이느냐는 문제이다. 이것은 존재론의 문제이자 인식론의 문제일 뿐 아니라 정치적 문제이기도 하다. 이것은 진보하는 경험주의의 세계에서 추상적 논증을 전개하는 이성理性의 위상과 관련된 문제이기도 하다. 실재하는 것의 척도는 무엇인가? 실재성은 오직 우리의 잉여들에 근거해서만 증명되는 것인가? 아벨라르의 주장대로라면, 일반본성들을 강조하는 실재론은 사물들을 분별시키는 모든 차이요소를 파괴한다. 실재론의 밤 [夜]에는 모든 암소의 색깔이 회색으로 보인다. 그런 반면에 이탈리아 스콜라철학자 안셀무스Anselmus(1033~1109)는 명목론이 "물질적 상상들에 너무 심취해서 그런 상상들을 벗어날 수 없다"고 명목론을 비난했다.[19] 이런 플라톤주의의 관점에서는 명목론자들이 감각들의 질곡에 너무 깊게 빠져들고 감각의 직접성에 너무 심하게 도취하여 숲속의 나무들만 보고 숲을 못 보는 자들로 간주된다. 이런 관점에서 명목론자들의 사념은 현상들의 구성조직들보다 더 높게 올라가서 더욱 포괄적인 시야를 확보하기보다는 오히려 그런 구성조직들에 근시안적으로 집착하는 듯이 보인다. 순혈 본질주의자 플라톤도 바로 이런 견해들을 빌미로 삼아 자신의 공화국에서 시인들을 추방했다. 플라톤의 관점에서는 시인들이 감각적 음악에 도취되어 추상관념의 고상한 수준으로 승격할 수 없었다. 이런

일의 철학자 루트비히 포여바흐Ludwig Feuerbach(1804~1872)의 철학에서 유래했고 '개인본성'과 '인류전체본성'을 동시에 가리킨다"고 밝혔다.】

19  카레, 『실재론자들과 명목론자들』, p. 40에서 인용.

관점은 근대와 현대의 아주 많은 문학인에게도 고스란히 적용되었다. 그들이 문학이론을 적대시하는 까닭의 많은 부분도 이런 관점에서 유래한다.

　그러면 명목론자들은 사고력이 합리주의의 제1원리들에서나 메타자연학적 본질들에서 세계를 판독해내기보다는 오히려 뼈대[骨格]의 곁에 머물러야 마땅하다고 재빠르게 응수한다. 명목론자들의 관점에서는 합리주의자들과 본질주의자들이 심지어 실재성을 면밀하게 조사하기 전부터 실재성 비슷한 것을 알 수 있는 자들처럼 보인다. 그들의 관점에서는 인간이 (고급-합리주의자의 방식대로) 일반적 과학법칙들에서 개별사실들을 도출하기보다는 오히려 개별사실들에서 일반적 과학법칙들을 도출하는 프랜시스 베이컨의 방식대로 정신을 실제적인 것들에 집중해야 한다. 일반범주들이나 보편범주들은 사물들의 생생한 하에케이타스를 약화시키고 희석시킨다. 여기에 둔스 스코투스와 오컴에서 프랑스 철학자 질 들뢰즈Gilles Deleuze(1925~1995)로 이어지는 구부러진 통로가 있다. 왜냐면 일반범주들을 혐오하는 스토아주의자 들뢰즈의 자유의지론은 정치적 아나키즘(무정부주의) 같은 것과 매우 친밀하기 때문이다. 독일 철학자 프리드리히 니체Friedrich Nietzsche(1844~1900)의 특유한 관점에서는, 일반범주들을 절대시하는 사고방식이 기껏해야 객체들의 독특한 정체성들을 짓뭉개버리는 압제적이고 옹색한 편견으로만 간주될 수 있을 따름이다. 후기현대주의는 이런 편견을 물려받는다. 무엇보다도 후기현대주의는 대체된 신학이다. 그것의 모호한 기원들은 유럽 중세후기의 독단적 의지를 숭배하던 풍조에까지 거슬러 올라간다.

　헤겔과 헝가리 마르크스주의 철학자 겸 미학자 죄르지 루카치György Lukács(1885~1971)는, 정반대로, 본질들을 아는 지식이 개별객체의 진정한 본성을 회복시켜서 개별객체의 은밀한 본색을 드러낼 수 있다고 보았다. 미학의 관점에서, 이런 지식은 먼저 많은 경험적 특수자로부터 전형典型이나 본질을 추출하고 나서 특이성의 광채를 그런 전형에나 본질에 다시 덧씌우는 기묘한 이중작용二重作用을 반드시 요구하기 마련이다. 비슷한 관점에서, 낭만주의적 상상력은 현상들을 현상들에 내재된 본질들의 이미지로 변형하면서도 현상들의 감각되는 현존상태를 완전하게 보전하는 역할을 담당한다. 이런 이중작용은 몇 가지 측면에서 번거롭게 진행된다. 왜냐면 문학 텍스트[20] 속에서 사물들의 그림자 같은 범례(패러다임) — 전형적인 것이나 본질적인 것을 통해 비밀리에 알려지는 범례 — 를 따라 조직되는 경험적 현실성[21]은 분명히 어떤 필연성에 물들기 마련이기 때문이다. 프랑스 시인 폴 발레리Paul Valéry(1871~1945)는 아마도 이런 현실성을 염두에 두고 예술은 "임의적인 것에서 필연적인 것으로 이동하는 여정"이라고 말했을 것이다. 우연성을 억압하는 작품은 '사물들이 각각의 내부본성들에 강박되어 다른 어떤 모습도 아닌 오직 이렇게 특수한 모습만 띨 수밖에 없다'고 주장하는 듯이 보인다. 그리고 다른 가능성들을 이렇게 암묵적으로 부정하는 태도야말로 작품의 특성을 대표하는 이념(이데올로기)적 태도이다. 비슷한 관점에서, 어떤 불가피한 발언의도發言意圖 — 문장을 온전히 보존하면서 변할 수 있는 구절 하나가 아닌, "정확한 어순語順대로 배열되는 정확한 낱말들"의 문세 — 를 구현하는 것으로 여겨지는 시詩의 개념은 또 다른 전형적으로 이념적인 태도를 나타내는 기호의 우연성을 억압할 만큼 위험한 것으로 간주될 수 있다.

---

20 【text: 이 낱말은 국립국어원의 『표준국어대사전』에 등재되어 "주석, 번역, 서문 및 부록 따위에 대한 본문이나 원문"을 의미하고 "'원전原典'으로 순화"되어 쓰일 수 있으며 "문장보다 더 큰 문법단위, 즉 문장이 모여서 이루어진 한 덩어리 글을 이른다"라고 설명될 만큼 '외래어'로서 이미 거의 정착되었다.】

21 【"일러두기"의 "1. 용어설명" 참조.】

언어는 "본질로서 인식되거나" "현상으로서 인식되고" 기호처럼 표현되기보다는 오히려 우상처럼 표현된다. 그래서 언어는 오직 이런 특수한 방식으로만 유의미해질 수 있을 듯이 보이는 어떤 현실성과 불가분하게 접합되는 식으로 연결된다.

미국의 철학자 프랭크 패럴Frank B. Farrell이 주장했듯이, 명목론자들은 세계에 ─ 그러니까, 현대성의 산통産痛을 어렴풋이 예시하는 세계에 ─ 홀렸던 미망에서 깨어나는 각성 같은 것을 재현한다.[22] 한때 신성했던 창조활동은 이제 신성하지 않다. 인간역사의 지배자 겸 주동자를 믿는 세속적이고 경험주의적이며 개인주의적이고 과학적-합리주의적인 현세대現世代의 몇몇 원천이 중세후기의 세계에까지 거슬러 올라가는 사연은 어렵잖게 이해될 수 있다. 여기서 이런 사연의 한 가지 의미를 간략히 살펴보기로 하자. 아퀴나스가 생각하는 신神은 인간들이나 독버섯들과 동등하기는커녕 오직 비교될 수 없을 만치 드높은 존재일 따름이다. 그래도 하여튼, 신이 많은 신학자로부터 외람되게 의심받을 수 있는 존재라면, 어떤 면에서 신은 피조물들에게 전혀 어울리지 않는 존재일 것이다. 이런 관점에서, 창조주는 만물을 존재시키는 불가해한 심층, 만물에 존재 가능성을 부여하는 기반, 만물을 유지하고 양육하는 사랑이다. 창조주는 만물 사이에 존재하는 단일하고 특수한 실체로서 요약될 수 없다. 종교를 믿는 신자는 다양한 이유 때문에 오인될 수 있다. 그렇지만 그런 신자가 계산을 잘 하지 못하면서도 '세계에 존재하는 객체는 실재하는 것보다 하나 더 많다'고 주장하다가 받을 수 있는 비난은 그를 오인되게 만드는 이유들 중 하나가 아니다.

둔스 스코투스는, 아퀴나스와 대비되게도, 신의 존재가 달팽이들의 존재나

---

22  프랭크 패럴, 『주관성, 실재론, 후기현대주의Subjectivity, Realism and Postmodernism』(Cambridge, 1994) 참조.

오보에(목관악기)들의 존재와 동일하지만 그것들과 무한히 다르며 그것들보다 무한히 더 우월하다고 이해한다. 이런 견해는 세계 속에서 피조물들과 자신이 맺은 일정한 친족관계를 승인하라고 요구하는 창조주를 세계에서 밀어제쳐 내쫓아버리는 역리효과逆理效果를 발휘한다. 신은 존재론적으로 인간들과 동등하지만 인간들보다 헤아릴 수 없이 더 높은 존재이다. 그래서 이토록 숭고하리만치 고원高遠한 신과 그의 실제적 창조활동 사이에는 균열이 자연스럽게 발생한다. 아퀴나스의 신은 내재적 존재인 동시에 초월적 존재이다. 이런 신의 이중성격은 인간이 이성理性을 발휘하면 신에게 어느 정도까지 접근할 수 있다는 사실을 의미한다. 또한 우리가 앞에서 살펴봤듯이, 그런 이중성격은 세계에 존재하는 사물들의 가장 깊숙한 존재에 신의 인장印章이 찍혀있다는 사실도 의미한다. 그러므로 세계는 신성하다. 세계는 세계를 창작하는 작가의 현저하게 **판독될 수 있는**lisible 텍스트이다. 그러나 이토록 숭고한 작가는 자신의 창작물마저 초월하여 드높게 상승하므로, 인간의 이성은 점점 더 그에게 접근하기 어려워지고, 오직 신앙만이 그를 알 수 있을 것이다. 그래서 순전히 우연하게 존재하는 유한한 사물들은 아퀴나스에게 만족스러울 만큼 신을 설명해주지 못한다. 신의 암시들이 지속될 동안에는 실재성의 텍스트는 판독되기 어려워진다.

여기에 역리逆理paradox가 존재한다. 만약 신이 자신의 창조활동을 지배하는 절대통치권을 행사한다면, 그는 자신의 창조활동으로써 빚어진 독립적 생명을 말살해버리고 자신의 영광을 증명할 수 없을 만치 창조활동을 방기해버릴 수도 있다. 그리하여, 정확하게는, 신이 세계를 완전히 지배하는 만큼 세계에서 신의 존재는 사라진다.[23] 그러면 이제 이성理性이나 인간본성은 세계와 인류의 신성

---

23 '역리(패러독스)'와 관련된 논의는 코너 커닝엄Conor Cunningham의 「신학 이후 비트겐슈타인Wittgenstein

한 기원과 종말을 ─ 그러니까, 오직 계시啓示로써만 우리에게 전달될 수 있는 진리를─ 암시할 만한 것을 전혀 내포하지 않는다. 그러나 사물들은 이제 전능한 신을 모호하게 비유하는 상징들로서 존재하기보다는 오히려 자립적으로 존재하기 때문에 평범한 인간지식의 대상들이 될 수 있다. 만약 신이 떠나면 신앙의 왕국으로 떠나가면서 사실과 가치를 분리시킨다면, 완전히 세속적인 세계가 태어날 수 있을 것이다. 신성한 것이 과학적인 것에 굴복한다.

이런 과정은 어떤 의미에서 유쾌한 해방이다. 신이 부여하는 본질들은 이제 합리적 탐구를 제한하지 못한다. 철학은 신학에 철학을 옭아맨 밧줄을 끊어버릴 수 있다. 그러면 인간도 자신을 얽매던 불변하는 본성을 벗어나 철학만큼 자유로워지므로 '현대성을 실행하는 역사적이고 자기조형自己造形self-fashioning하며 자기결정自己決定self-determining하는 행위자'로 진화할 수 있다. 사물들은 자체들을 신비하게 만드는 후광後光들을 벗어던지고 인류의 이익과 후생복지에 이바지한다. 진보사상은 이제 불경스럽지 않다. 우리는 이제부터 신성불가침한 것으로 떠받들릴 수 없는 자연법칙들에 간섭할 수 있고 또 그렇게 간섭하여 우리 인류의 이익을 도모할 수 있다. 그러면 이제 탐구하는 인간의 출입금지구역은 원칙적으로 존재하지 않는다. 물질세계는 다른 세계를 투영하는 상징 같은 세계가 아닌 완전한 자치권自治權을 보유한 세계로서 인증될 수 있다. 물질세계는 이제 신성한 텍스트 ─ 그러니까, 물질세계의 바깥에 존재하는 의미를 함유한 비밀문자들이나 신비한 의미기호[24]들의 집합 ─ 같은 것으로 간주되지 않는다.

after Theology」(존 밀뱅크John Milbank, 캐서린 픽스톡Catherine Pickstock, 그레이엄 워드Graham Ward 편저, 『급진적 정통과 이론: 새로운 신학Radical Orthodoxy: A New Theology』, London and New York, 1999, p. 82)를 참조.

24 【意味記號(signifier): 프랑스어 '시니피앙signifiant'을 뜻하는 이 영어낱말은 "[스위스의 언어학자] 페르디낭 소쉬르[Ferdinand de Saussure(1857~1913)]의 기호이론[記號理論]에서, 귀에 들릴 수 있는 소리로써 의미를 전달

그런 동시에 현대성을 향한 이런 운동은 단일하고 기나긴 파국을 재현한다. 중세후기의 어떤 사상에서 상정想定된 독단적이고 절대적인 신神은 근세의 자기결정의지自己決定意志에 부응하는 모형이 된다. 이 의지는, 전능한 신과 비슷하게, 일종의 자치법自治法으로서 작용한다. 또한 이 의지는, 전능한 신과 다르게, 사물들을 지배하는 현장에서 사물들을 벗어나는 생명을 근절하겠다고 위협한다. 스코투스는 일찍이 '의지는 자기근거自己根據들과 자기목적自己目的들을 내포하여 비록 (당연지사를 실행하려는 확고한 경향을 띠므로) 전혀 독단하지 않고 불합리하지 않을지라도 이성理性보다 앞서는 권력이다'고 생각했다. 오컴도 의지는 주권자를 지배한다고 생각했다. 의지는 이성에 노예적으로 종속되지 않을 것이다. 왜냐면 의지대로 실행된 어떤 행위는 우리가 선택한 행위이유대로 이미 실행한 행위일 수밖에 없기 때문이다. 그러나 의지가 전능해지는 순간부터 이성은 도덕능력의 지위를 상실하고 단순한 도구의 지위로 전락해버린다. 이성은 이제 정념, 이권利權, 욕구, 욕망의 공손한 종복에 불과하다. 스코투스와 오컴이 개설한 이 노선의 현대주의적 종점은 니체의 권력의지will-to-power일 텐데, 그리고 이어지는 후기현대주의문화의 시대에는 주체가 너무나 소진되고 지리멸렬하여 의지를 아예 발휘하지도 못한다.[25]

그렇더라도 이권들, 권력, 욕망은 후기현대주의사상의 근저에 잔존하고, 그것들을 비판적으로 고찰하는 작업에 종사하는 이성의 능력은 현저하게 삭감된다. 몇몇 스콜라철학자처럼 후기현대주의자(포스트모더니스트postmodernist)들도

하는 외적外的 형식을 이르는 말로서 …… 기표記標나 능기能記"(국립국어원, 『표준국어대사전』)로도 번역되어 왔다.】

25 스코투스의 현대적인 의미를 탁월하게 연구한 캐서린 픽스톡Catherine Pickstock, 「둔스 스코투스: 그의 역사적 의미와 현대적 의미Duns Scotus: His Historical and Contemporary Significance」《모던 시올러지Modern Theology》vol. 21, no. 4, October, 2005) 참조.

'이성은 그런 이권들 및 욕망들의 거푸집 안에서 추론하므로 그것들을 근본적으로 판단할 수 없다'고 생각한다. 우리는 미국의 문학이론가 스탠리 피쉬Stanley Fish(1938~)의 저서에서 논의되는 문학이론에도 부응하는 이런 후기현대주의자들의 견해에 함축된 몇 가지 의미를 나중에 살펴볼 것이다.

토마스 아퀴나스가 의지를 바라보는 관점은 매우 다르다. 그의 관점에서, 의지는 독단적으로나 자치적으로 행사되는 권력이 아니라 선善을 묵묵히 따르는 즐거운 묵종默從이고 사물의 타고난 가치로 끌려가는 감수성이다. 그래서 의지는 자발적으로 반응하는 임기응변능력처럼 활달하고 개방적인 요소를 함유한다. 그러나 훗날 서구사상계에서 의지가 이런 식으로 묘사된 경우는 거의 없었다. 스코틀랜드 로마가톨릭성직자 겸 철학자 겸 신학자 퍼거스 커Fergus Kerr(1931~)는 다음과 같이 쓴다. "[아퀴나스가 생각하는] 의지의 실행과정은 의지실행자의 의지를 냉담한 것에나 반항하는 것에 억지로 관철하는 과정을 닮기보다는 오히려 그가 가장 절실하게 바라는 선善을 수락하는 과정을 더 많이 닮았다 …… [의지의 실행과정은] 욕망, 승낙, 즐거운 묵종에 개념적으로 동조하는 과정, 그러니까 요컨대, 사랑에 개념적으로 동조하는 과정이다."[26]

명목론자들은 개별자에 신나게 관심을 쏟는다. 그들의 이런 관심도 소유적所有的 개인주의possessive individualism의 역사에서 파괴적 역할을 수행한다. 사물들을 이렇게 바라보는 관점에서 개인들은 자치적 개인들이고 개인관계들은 외부관계들, 계약관계들, 비非구성적 관계들이다. 관계들은 무밭의 흙에 박혀서 자라는 무들처럼 인지될 수 없으므로 관계라는 낱말의 가장 엄밀한 의미에서 존재하는 것들로 간주될 수 없다. 잉글랜드의 신학자 존 밀뱅크John Milbank(1951~)

---

26  퍼거스 커Fergus Kerr, 『토마스 아퀴나스Thomas Aquinas』(Oxford, 2009), pp. 69, 48.

34

가 쓰듯이 "소유적 개인주의'를 지탱하는 핵심적인 철학의 기원들은 의지주의 신학의 내부에 존재한다.'[27] 이런 여건을 변화시키는 작업은 사회의 총체성을 의식하는 관념을 요구할 것이다. 그러나 명목론은 보편자들과 추상개념들을 반대하므로 이런 관념도 비난받을 수밖에 없다. 자신이 오컴주의자라는 사실을 자각하지 못한 전직 브리튼 총리 마거릿 대처Margaret Thatcher(1925~2013)의 진술대로라면, 사회 같은 것은 존재하지 않는다.

스콜라철학의 제한적 범주들에서 사물들이 해방되는 과정은 얼마간 자멸하는 과정이다. 과학은 경험되는 특수자들을 이용할 수 있다. 그러나 과학이 그것들의 감각되는 몸체들에 기울이는 관심은 대체로 부족하다. 메타자연학적 본질들의 통치를 받던 사물들을 해방시킨 과학은 그런 사물들에 메타자연학적 본질들만큼 추상적인 일련의 일반법칙들을 적용한다. 그러니까 과학은 한 손으로 되살린 것을 다른 손으로 되죽인다. 무엇보다도 현대적인 현상 한 가지는 이런 추상과정抽象科程에 끝까지 저항한다고 생각되는데, 이 현상의 명칭이 바로 예술이다.[28] 낭만주의의 귀중한 유산을 대표하여 존속하는 예술은 우리가 약탈당했던 감각적 특이성을 우리에게 상기시킨다.

이것이 바로 전형적 문학인들을 특수자의 전투적 옹호자들로 쉽사리 변모시키는 이유들 중 하나이다. 그늘의 대다수는 추상개념들은 매력을 발휘할 수 없다고 본능적으로 직감한다. 오직 그들 중 몇몇이 조금이라도 열광할 수 있는 일

---

27  존 밀뱅크, 『사랑의 미래The Future of Love』(London, 2009), p. 62. 존 밀뱅크와 그의 동료들인 근본주의 정통 신학자들은 스코투스가 실제로 타락의 순간을 대변한다고 보는데, 다른 학자들은 존 밀뱅크의 이런 견해를 강력하게 문제시한다. 존 밀뱅크의 관점에서 현대성은 참담한 실패 — 밀뱅크와 동료학자들의 관점에서는 행복한 죄악felix culpa이나 행복한 타락이 초래하기보다는 오히려 마르크스주의가 초래한 것으로 보이는 실패 — 를 맞이할 위기에 직면한 듯이 보인다.

28  테리 이글턴, 『미학이념』 제1장 참조.

반범주만이 문학자체의 범주이다. 독특한 개별자의 옹호자들은 오지 '이런 범주가 과격한 비난을 받는다'고 느낄 때에만 추상적 사고력에 일시적으로 의존한다.[29] 문학이론을 그토록 심한 악평에 시달리게 만들어온 원인들 중 하나가 바로 문학이론이라는 표현자체가 모순어법oxymoron과 거의 같다는 사실이다. 문학처럼 더없이 구체적인 것이 어떻게 추상적 탐구의 주제가 될 수 있는가? 예술은 우연한 특수자, 유쾌하고 기발한 세부묘사, 변덕스러운 충동, 색다른 태도의 최후피난처는 아닌가? 그러니까 예술은 압제적이고 독단적인 교리와 중앙집권적 전망을 무너뜨리는 모든 것의 최후피난처는 아닌가? 예술의 최종목적은 '교조주의의 폭정, 실재성을 바라보는 도식화된 관점(도식화된 현실관現實觀), 예정된 정치행동강령들, 정통교리들의 지독한 악취, 영혼을 파괴하는 관료들과 사회사업가들의 의례적 관행들'을 떼처버리는 것이 아닌가?

전형적 문학인들의 대다수는 이런 의미에서 구식 자유주의자들에 속하든 최신식 후기현대주의자들에 속하든 하여간 태생적 명목론자들이다. 아일랜드의 작가 겸 철학자 아이리스 머독Iris Murdoch(1919~1999)의 장편소설 『그물망 밑에서 Under the Net』에 나오는 애넌딘Annandine이 진술하듯이, "이론과 일반론을 벗어나는 운동은 진리로 다가가는 운동이다. 모든 이론화理論化는 탈주脫走이다. 우리는 반드시 상황자체의 지배를 받기 마련이고, 이것은 형언될 수 없을 만치 특수한 상황이다." 우리는 실제로 현대 문학비평의 연대기에서 천 번이나 재연되는 그런 상황을 발견할 수 있다. 심지어 러시아 혁명가 겸 소련 정치인 블라디미르

---

29  물론 그런 옹호자들 모두가 그렇지는 않다. 그레이엄 휴Graham Hough는 『비평론An Essay on Criticism』(London, 1966)에서 우리 모두는 우리가 문학의 개념을 정의할 수 없을지라도 우리가 말하는 문학의 의미를 안다(p. 9)고 설명한다. 그러니까 영어를 모국어로 사용하는 사람들은 그런 의미를 파악할 수 있는 환경에서 태어나고 자라는 만큼 문학의 개념들을 정의하느라 고민하지 않아도 된다는 말이다.

레닌Vladimir Lenin(1870~1924)도 그런 상황을 포착했다. 이론이 그런 상황이라면 예술이나 삶은 또 다른 상황이다. 여기서 애넌딘의 진술자체가 이론적 주장이라고 구태여 강조될 필요는 없을 것이다. 실제로 머독의 소설은 추상적 성찰을 굉장히 많이 포함하는데, 소설에 등장하는 각종 타락한 성자聖者들, 옥스퍼드의 보헤미안들, 피폐해진 몽상가들, 중상류계급의 메타자연학자들이 그런 추상적 성찰들을 발설한다. 어떤 인간상황이 형언될 수 없을 만치 특수하면서도 인식될 수 있는 사연을 알아보는 작업도 흥미로울 것이다. 우리는 어떤 절대적 정체를 — 자체의 바깥에 있는 것과 전혀 무관한 절대적 정체성을 — 어떻게 운위할 수 있는가? 우리는 어떤 개념적 수단을 (그리고 "이런," "독특한," "비길 데 없는," "형언할 수 없이 특수한" 개념들을 포함하는 불가피하게 보편적인 모든 개념을) 사용하여 그런 인간상황을 확인할 수 있었는가?

우리가 주목해야 하는 그런 수단은 아주 근래에 등장한 예술관藝術觀이다. 일반적인 것에 열광하고 개별적인 것에 싫증내던 잉글랜드의 작가 새뮤얼 존슨Samuel Johnson(1709~1784)에게 그런 예술관은, 대단히 많은 전前낭만주의 예술가들에게도 그랬듯이, 확실히 낯설었을 것이다. 그런 예술관은 불과 2세기 남짓 전에 태동한 예술이념이라서, 심지어 그것이 태동할 당시에 창출된 많은 값진 예술작품의 의미조차 충분히 이해하지 못한다. 그런 예술이념이, 예컨대, 자유주의-인간주의적인 경건언행敬虔言行이나 신앙심을 고의로 조롱하는 듯이 보이는 작품을 창작한 아일랜드의 작가 새뮤얼 베케트Samuel Beckett(1906~1989)를 얼마나 선연하게 조명할지 파악되기는 어렵다. 또한 문학적 현실주의(실재론)의 장대한 계보에서 그런 예술이념이 조명할 수 있는 범위도 불확실하다. 왜냐면 자유분방하며 특수해지는 듯이 보이는 것을 우화들, 등장인물들, 상황들의 더욱 "전형적인" 또는 더욱 일반적인 집합 속에 은밀하게 배치하는 야바위나 착시유발기법(트롱플뢰유trompe l'oeil) 같은 수법을 능란하게 구사하는 것이 바로 문학적 현실주의이기 때문이다. 그런 수법을 구사하는 전략들을 애용한다고 알려진 작가들 중 한 명은 아이리스 머독이다. 제임스 조이스의 장편소설『율리시스Ulysses』속에 맞닿게 배치된 두 일화 — 아일랜드의 수도 더블린Dublin에서 명백히 임의로 설정된 어느 날의 일화와, 고대 그리스 시인 호메로스Homeros(서기전 8세기)의 작품에 함유된 서브텍스트[30]를 은밀하면서도 엄밀하게 도식화하는 일화 — 는 이런 고전적 현실주의의 패러디parody를 형성한다. 이 패러디 속에서 이례적 우연성과 개념적 도식은 이제 따로 분리되고 우스꽝스럽게 변하므로 오직 서로를 아이러니하게 자각하여 종합하는 방식으로만 통합될 수 있다. 소설의 이런 형식적 특성자체가 바로 도덕적 진술이다. 현실주의는 이례적 특수자를 애호하는 듯이 보일 수 있다. 그러나 현실주의가 그런 애호심에 휩싸이면 오히려 형식의 지극히 중요한 몇 가지 측면들을 간과할 수 있다.

실존주의의 파도가 잦아들자 후기구조주의와 후기현대주의가 명목론역사의 종장終章을 기록하기 시작했다. 일반개념, 보편원리, 지식원천의 본질, 총체적 정치기획을 아주 싫어하는 프랑스의 미셸 푸코, 자크 데리다Jacques Derrida(1930~2004), 질 들뢰즈 같은 사상가들은 특히 후기중세 스콜라철학자들의 도무지 있을 성싶지 않은 상속자들이다. 잉글랜드의 사회문화학자 토니 베

---

30 【subtext: '텍스트에 함축되거나 내포되어 텍스트를 암암리에 떠받치면서 텍스트를 투영하는 저변底邊 텍스트, 기저基底 텍스트, 하부下部 텍스트, 전제前提 텍스트, 내재內在 텍스트, 암중暗中 텍스트, 언외言外 텍스트 등'을 뜻하는 이 낱말은 한국에서 '언외의미言外意味'로도 번역되어왔다. 그러나 '언외의미'는 이 낱말의 의미들을 충분히 반영하지 못하는 듯이 보인다. 그래서 이 낱말은, 그동안 한국에서 외래어로서 거의 정착되어 번역되지 않고 사용되어온 '텍스트'라는 낱말과 마찬가지로, 더 나은 번역어로 대체되기 전까지는 '서브텍스트'로 쓰여도 무방할 것이다.】

닛Tony Bennet이 "문학을 다루는 이론"보다는 오히려 "문학작품들을 다루는 이론, 즉 구체적이고 역사적으로 특수한 유물론적인 이론"이 필요하다고 쓴다면, 그는 좌파-명목론자left-nominalist로서 그렇게 쓴다.[31] 이토록 다양한 문학작품들 사이에는 유의미한 관계가 전혀 없다고 우리가 가정할 수 있을까? 우리가 그것들 각각을 엄격하게 분리하여 독립적인 것들로 취급해야 할까? 만약 그래야 한다면, 우리가 그것들 일체를 문학으로 지칭하는 까닭은 무엇인가? 아무리 그래도 하여간, 죽음이나 슬픔이나 고통 같은 보편개념들을 다루는 구체적이고, 역사적으로 특수하며, 유물론적인 탐구는 불가능할까?(비록 보편적 탐구는 아닐지라도, 비극으로 알려진, 광범위하고 끊임없는 탐구 같은 것이 실행된다고 생각하는 사람들도 있을 수 있다.)[32]

토니 베닛은 미학의 담론들 일체를 관념론적이고 비역사적인 것들로 간주하여 의심하면서 완전히 따돌려버리고자 한다. 그는 자신의 문학관文學觀을 흔쾌히 찬성할 예술철학자들이 많다는 사실을 자각하지 못하는 듯이 보인다. 또한 그는 문학의 범주가 역사적으로는 변할 수 있을지언정 문학의 구성요소들 중 몇 가지 — 예컨대, 소설(허구)이나 시詩 — 는 인간문화들의 보편적 요소들로 보일 수 있다는 사실도 간과한다. 그래도 하여간, 두 사실 — 누에르족Nuer族과 딩카족Dınka族이 아는 스토리텔링[33]은 잉글랜드의 소설가 겸 시인 토머스 러브 피콕Thomas Love Peacock(1785~1866)이나 미국의 소설가 솔 벨로Saul Bellow(1915~2005)

---

31  토니 베닛, 『형식주의와 마르크스주의Formalism and Marxism』(London, 1979), p. 174.

32  서양에서 예술적 의미를 지니는 것으로 알려진 비극에 정확히 부합하는 것이 동양문명에는 전혀 없는 듯이 보인다. 그래서 그런 비극은 분명히 보편적 범주가 아니다. 그래도 그런 비극이 서양문화들 전반에 걸쳐 오랫동안 존재해왔다는 사실은 주목될 만하다. 테리 이글턴, 『달콤한 폭력: 비극개념Sweet Violence: The Idea of the Tragic』(Oxford, 2003), p. 71 참조.

33  【storytelling: '이야기를 꾸며서 말하거나 쓰기'를 의미하는 이 낱말은 '창작서사創作敍事'나 '허구서사虛構敍事'로도 번역될 수 있다.】

가 아는 스토리텔링이 아니라는 사실과, 이 두 진영 모두 그렇듯 시공간적으로 굉장히 다른 문화적 차이를 가로질러 쉽게 인식된 공통형식을 공유한다는 사실 — 중 어느 것이 더 현저할까? 연속성들과 공통특징들은 차이와 불연속성만큼이나 강력한 역사적 위력을 발휘할 수 있다. 심지어 역사상 가장 파란만장한 시기들도 파열 및 혁명과 함께 작용하는 내구력과 지속력을 드러낸다. 더구나 토니 베넷 같은 명목론자들의 의심을 받기 쉬운 "보편자"도 반드시 "영원자<sub>永遠者</sub>"를 의미하지는 않는다. 보편자들도 개별자들과 거의 흡사하게 특수하고 구체적인 역사를 보유한다.

여기서 놀라운 아이러니가 대두된다. 후기현대주의 이론은 질투심에 휩싸인 눈길로 현대의 과학, 합리주의, 경험주의, 개인주의를 쏘아본다. 그렇지만 명목론의 최전성기로부터 여전히 심대하게 빚진 그 이론도 명목론의 역사에 포함될 수 있다는 사실을 전혀 자각하지 못한다. 이런 의미에서 그 이론은 단지 스스로 과거에 남겨졌다고 상상한 것의 일부만 떨쳐낸 불완전한 결별을 의미할 뿐이다. 더구나 그 이론은 명목론과 권력의 오만방자함 사이에 존재하는 비밀스러운 친연관계들을 파악하지도 못한다. 본질주의가 더욱 비밀스러운 다른 목적들 중에도 사물들의 통합성을 주권의지<sub>主權意志</sub>의 고집 — 그 의지의 요구들에 고분고분하게 순종하도록 사물들을 강제하는 고집 — 으로부터 보호하려는 목적의 달성에 어떻게 공헌했는지 그 이론은 이해하지 못한다. 오히려 보편주의정신에 사로잡힌 그 이론은 본질들을 중시하는 신조는 언제어디에서나 괘씸하다고 주장한다. 잉글랜드 철학자 제러미 벤담<sub>Jeremy Bentham</sub>(1748~1832)은, 비록 후기현대주의의 문화적 우상들 중 한 명은 아닐지라도, 이런 주장을 흔쾌히 찬성했을 것이다.

서로 다른 문화들에서는 서로 다른 분류도식分類圖式들이 통용된다는 사실은 상기될 만한 가치를 지녔다. 프랑스 구조인류학자 클로드 레비스트로스Claude Lévi-Strauss(1908~2009)가 『야생정신La Pensée sauvage』에서 주장하듯이, 부족사회部族 社會들에서 사물들이 특정한 범주에 할당될 수 있다면 그 범주에 속하는 종류의 결정적 성질들을 보유할 뿐 아니라 그런 종류의 기존 개체들과 상징적으로 결합하는 관계들을 기반으로 삼기 때문에 그리될 수 있다. 브리튼 사회역사학자 사이먼 클라크Simon Clarke(1946~)가 주장하듯이, "[부족사회들에서 통용되는 어떤] 분류도식은 종합적 논리보다는 오히려 '국지적 논리들'의 계열을 보유하는데, 왜냐면 분류대상항목들이 매우 다양한 기준에 맞춰 서로 결합할 수 있기 때문이다. 그런 결합규칙들은 다종다양해서 사회마다 달라질 수 있다."[34] 우리는 보편적 구속력을 지닌 한 가지 분류도식과, 어떤 겉모습을 띠든 상관없는, 순수한 차이 사이에서 억지로 양자택일하지 않아도 된다. 중요한 것은 내가 이제부터 설명할 문학의 가치와 관련된 것이다.

모든 차이와 특수성이 관점들을 편들지는 않듯이 모든 보편자나 일반범주들도 반드시 압제적인 것들이어야 할 필요는 없다. 이런 경우들에는 보편자들을 혐오하는 자들도 역시나 장대한 보편론을 전개하리라고 예상될 수 있다. 미셸 푸코 같은 지극한 명목론자의 관점에서는 모든 분류도식이 은밀한 폭력형식들로 보일 수 있다. 사회주의자들과 여성주의자(페미니스트)들처럼 더욱 이성적인 영혼들의 관점에서는 특정한 목적들에 부응하는 특정한 면면들을 갖춘 개인들을 결집시키는 작업이 개인들을 해방시키는 데 일조할 수 있을 듯이 보일 것이

---

34  사이먼 클라크, 『구조주의의 토대들The Foundations of Structuralism』(Brighton, 1981), p. 191.

다. 그것은 물론 그런 개인들이 다른 모든 면에서도 닮았다고 암시하는 작업으로 간주될 수는 없을 것이다.

여기서 또 다른 사실이 강조될 수 있다. 철학자들은 본질주의를 거의 언제나 존재론의 차원에서 — 특정한 사물존재의 본성을 질문하는 식으로 — 다뤄왔다. 그러나 만약 본질주의가 오히려 윤리적으로 다뤄지면 어찌될까? 특정한 인간존재의 "본질"이 정확히 무엇이든 상관없이 인간이 본질적인 것들을 사랑한다면 어찌될까? 어쨌거나 우리는 이제부터 차이와 동일성의 문제를 살펴봐야 한다. 그러니까 우리는 사랑이 여태껏 이런 명백한 대립을, 최소한 인간의 지평에서 불거진 대립만이라도, 해소한 듯이 보인다고 덧붙여 말할 수 있으리라. 그러나 "사랑"이라는 낱말은 문학-이론적 논의에서 통상적으로 거론될 자격을 인정받지 못할뿐더러 그런 상황맥락[35]에서 노골적으로 천대받기도 하기 때문에, 나는 이런 암시적 견해들을 뜬금없이 거론했던 만큼이나 뜬금없이 생략하고 넘어갈 것이다. 하여튼, 여기서는 괄태충括胎蟲이나 나사돌리개처럼 사랑받지 못할 현상들의 본질을 고찰하려는 시도는 별로 유익하지 않을 것이다.

---

35 【狀況脈絡(context): 이 낱말은 '텍스트의 전후관계, 문맥, 경위, 배경, 상황, 사정, 환경'을 의미하지만, 아직 외래어로서 정착하지 않았으므로, 가장 포괄적인 '상황맥락'으로 번역되었다.】

# 제2장
# 문학이란 무엇인가?(1)

## 1

이제 우리는 최상존재를 떠나서 이른바 문학이라는 것이 과연 실제로 존재하는지 여부를 따지는 더욱 세속적인 질문으로 하강할 수 있다. 그러니까 간략한 추기追記 같은 제1장은 단지 세계에 공통본성들 같은 것들이 실재하느냐 않느냐는 확실히 불가해한 문제의 지성적이고 정치적인 중요성을 증명하려는 나의 의도를 반영할 따름이다.

나는 지금으로부터 거의 30년 전에 출간한 『문학이론입문Literary Theory: An Introduction』에서 문학의 본성을 반反본질주의적 관점에서 바라보는 견해를 강력하게 주장했다.[1] 내가 강조했듯이, 문학은 종류를 막론한 어떤 본질도 함유하지 않는다. "문학"으로 지칭되는 저작물들은 단일한 속성도 함유하지 않고 심지어 공통속성들의 집합도 함유하지 않는다. 나는 비록 이런 견해를 아직도 옹호하고 싶지만, 30년 전의 나보다 지금의 내가 명목론은 본질주의의 유일한 대안이

---

1  테리 이글턴, 『문학이론입문』(Oxford, 1983), 서문 참조.

아니라는 사실을 더 선연하게 인식한다. 문학은 본질을 전혀 함유하지 않는다는 사실은 범주가 합법성을 일절 보유하지 않는다는 논리로 귀결되지 않는다.

스탠리 피쉬가 쓰듯이, "'허구작품work of fiction'이라는 범주는 결국 아무 내용도 함유하지 않는다 …… 모든 허구작품이 공유하면서 허구작품의 생성에 요구되는 필요충분조건들을 조성할 수 있을 특성도 특성들의 집합도 전혀 존재하지 않는다."[2] 선택가능결론은 명확하다. 그러니까 특정한 허구작품은 특정한 본질을 함유한다고 결론짓던지 아니면 개념은 공허하다고 결론지을 수 있다는 말이다. 요컨대, 스탠리 피쉬는 뒤집힌 본질주의자이다. 그는, 토마스 아퀴나스와 마찬가지로, 본질들을 결여한 사물들은 결코 실재하지 못한다고 믿는다. 물론 아퀴나스는 사물들은 실제로 본질들을 함유한다고 주장하지만 피쉬는 사물들은 본질들을 함유하지 않는다고 생각한다는 것도 사실이다. 이런 차이를 제외하면 아퀴나스의 견해와 피쉬의 견해는 완벽하게 일치한다. 이런 견해와 비슷한 맥락에서 에릭 도널드 허쉬Eric Donald Hirsch(1928~)가 주장하는 바대로라면 "문학은 미학적으로든 다른 어느 방면으로든 독립된 어떤 본질도 함유하지 않는다. 문학은 뚜렷한 공통특성들을 드러내지 않는 언어작품들에 임의로 부여된 분류명칭이라서 아리스토텔레스의 분류방식대로 정의될 수 없다."[3] 그러니까 우리는 본질주의적 분류방식과 임의적 분류방식 사이에서 홉슨의 선택권選擇權[4]을 재

---

2  스탠리 피쉬, 『이렇게 분류되는 텍스트가 있는가?Is There A Text In This Class?』(Cambridge, Mass., 1980), p. 236. 피쉬가 다루는 일반적 사례는 세이머 채트먼Seymour Chatman이 편저한 『시학을 향한 접근법들 Approaches to Poetics』(New York, 1973)에 수록된 피쉬의 「문체론이란 무엇이고 그들은 왜 문체론과 관련하여 그토록 끔찍한 것들을 운위하는가?What Is Stylistics and Why Are They Saying Such Terrible Things About It?」와 《뉴 리터러리 히스토리New Literary History》vol. 2, no. 1(1970)에 게재된 피쉬의 「독자에게 읽히는 문학: 감정적 문체론Literature in the Reader: Affective Stylistics」을 참조.

3  에릭 도널드 허쉬, 『비평의 목표들The Aims of Criticism』(Chicago, 1976), p. 135.

4  【Hobson's choice: 16~17세기 잉글랜드 케임브리지에서 말[馬]을 빌리려는 손님에게 "마구간출입문에서 가장 가까운 곳에 있는 말을 빌리지 않으려면 그냥 가시요"라고 엄포했다는 말[馬]대여업자 토머스 홉슨Thomas Hobson(1544~1631)의 악명 높은 상술에서 유래한 관용구.】

차 부여받은 셈이다.

이 부당한 딜레마의 가장 유력한 대안은 아직도 이른바 가족유사이론家族類似理論theory of family resemblances뿐이다. 루트비히 비트겐슈타인이 『철학탐구들 Philosophical Investigations』에서 처음 제시한 이 이론은 가족의 유사점들을 강조한다. 철학이 아직도 해결하지 못한 차이와 동일성의 문제를 해결할 가능성을 가장 많이 보유한 듯이 보이는 해법들 중 하나가 바로 가족유사이론이다. 그래서 만약 앵글로색슨계 철학과 유럽대륙계 철학의 간격이 너무 넓어지지 않았다면, 그 이론은 후기구조주의의 차이숭배열풍差異崇拜熱風을 터무니없이 더 과열된 몇몇 차이숭배열풍으로부터 너끈히 구출할 수 있었을 것이다. 체스(서양장기西洋將棋)를 예시적으로 설명하는 유명한 『철학탐구들』의 어느 대목에서 비트겐슈타인은 모든 놀이game의 공통요소를 고찰해보라고 우리에게 권유한 다음에 모든 놀이의 단일한 공통요소는 없다고 결론짓는다. 우리는 그런 요소보다는 오히려 "서로 중첩하고 교차하는 유사점들의 복잡한 연결망"⁵같은 것을 경험한다. 그리하여 널리 알려진 대로 비트겐슈타인은 이런 얽히고설킨 유사점들의 그물망을 가족성원들의 유사점들에 비유한다. 물론 일가족을 구성하는 남자들, 여자들, 아이들이 유사하게 보일 수는 있을지라도 그들 모두가, 예컨대, 털투성이귀[耳]나 주먹코, 군침 흘리는 입이나 까다로운 성미 따위를 공유하기 때문에 유사하게 보이지는 않을 터이다. 그들 중 몇 명은 이런 특징 한두 가지를 공유할 수 있겠지만 다른 몇 명은 공유하지 않을 수도 있다. 또한 그들 중 몇 명은 이런 특징

---

5  비트겐슈타인, 『철학탐구들』(Oxford, 1963), 제66절. 모든 놀이의 공통점은 모든 놀이는 놀이자체에 부응한다는 사실이라고 주장하는 사람도 있을 수 있다. 이 주장에 반발하여 축구 같은 몇몇 놀이(경기)는 이익추구에 부응한다는 반론도 제기될 수 있을 것이다. 그러나 몇몇 시집詩集이 이익을 창출한다는 사실이 시의 필수적 특징이 아니듯이 이런 반론도 축구의 필수적 특징이 아니다.

몇 가지를 어쩌면 또 다른 신체적 특징이나 기질적 특징과 함께 겸비할 수 있겠지만 다른 몇 명은 겸비하지 않을 수도 있다. 그러므로 동일한 가족의 두 성원은 비록 이런저런 특징들을 전혀 공유하지 않을 수는 있어도 일련의 매개특징들을 통해 연결될 수 있다.

문학이론가들은 자신들의 관심사들과 가족유사이론의 관련성을 어렵잖게 간파했다. 『철학탐구들』이 출판된 이후 불과 4년 만에 미국의 분석철학자 찰스 레슬리 스티븐슨Charles Leslie Stevenson(1908~1979)은 시詩의 본성을 규명하는 데 가족유사이론을 활용해야겠다고 생각할 수 있었다.[6] 미국의 미학자 모리스 위츠 Morris Weitz(1916~1981)도 예술의 개념은 정의될 수 있다고 보는 견해를 거부하는 과정에서 가족유사이론을 활용해야겠다고 생각했다.[7] 미국의 문학자들인 로버트 브라운Robert L. Brown과 마틴 스타인만Martin Steinmann은 "담론 한 건을 예술작품 한 건으로 간주될 수 있게 만드는 어떤 필요충분조건도 없다"[8]는 반본질주의의 요점을 강조하려고 가족유사점들을 설명하는 개념에 호소한다. 브리튼의 예술철학자 콜린 라어스Colin Lyas는 '문학을 결정짓는 일련의 속성들이 존재하기 때문에, 문학으로서 정의되는 모든 작품은 반드시 그런 속성들의 적어도 몇 가지나마 예시하기 마련이다'고 주장한다. 그러나 문학작품들로 지칭되는 모든 것이 그런 속성들 모두를 예시하지는 않을 터이므로, 그런 작품들 중에 적어도

---

6  찰스 레슬리 스티븐슨, 「"시詩란 무엇인가?"라는 질문On "What is a Poem?"」, 《필로소피컬 리뷰Philosophical Review》vol. 66, no. 3(July, 1957).

7  모리스 위츠, 「미학에서 이론이 담당하는 역할The Role of Theory in Aesthetics」, 프랜시스 콜먼Francis J. Coleman (편저), 『현대 미학연구들Contemporary Studies in Aesthetics』(New York, 1968).

8  로버트 브라운 & 마틴 스타인만, 「허구의 토착표현들: 발언행위와 분야(장르)위주로 문학을 정의하는 접근법 Native Renders of Fiction: A Speech-Act and Genre-Rule Approach to Defining Literature」, 폴 허네이디 Paul Hernadi (편저), 『문학이란 무엇인가?What is Literature?』(Bloomington, Ind. and London, 1978), p. 142.

두 건이 반드시 그런 속성들의 하나라도 공유해야 할 필요는 없다.[9] 우리가 작품 한 건을 문학작품으로 지칭하는 까닭이 우리가 다른 작품 한 건에 상을 수여하는 까닭일 수는 없을 것이다. 미국의 철학자 존 로저스 설John Rogers Searle(1932~)은 『표현과 의미Expression and Meaning』에서 문학을 "가족유사관념家族類似觀念"[10]의 일종으로 간주하는 견해를 표명한다. 더 가까운 근래에는 잉글랜드의 철학자 크리스토퍼 뉴Christopher New도 이런 견해를 거듭 표명했다. 그러니까 뉴의 관점에서는 "모든 문학담론이 다른 어떤 문학담론을 단일한 방식으로 닮을 수는 있겠지만, 그것들 모두가 단일한 방식으로는 서로 닮을 수 없을 터이다."[11] 오스트레일리아 출신 미국의 문학철학자 피터 러마크Peter Lamarque(1948~)는 '문학이라는 영예로운 존칭을 얻으려는 모든 작품이 반드시 드러내야 할 일련의 속성들은 전혀 존재하지 않는다'고 나름대로 지적한다.[12]

이런 가족유사이론모형의 풍부한 응용성은 도저히 부정될 수 없는 것이라서 오로지 문학에만 응용될 수 있는 것이 아니다. 플라톤의 『공화국Republic』, 니체의 『선악을 넘어서Beyond Good and Evil』, 독일 철학자 마르틴 하이데거Martin Heidegger(1889~1976)의 『존재와 시간Being and Time』, 브리튼의 논리실증주의철학자 앨프레드 줄스 에어Alfred Jules Ayer(1910~1989)의 『언어, 진리, 논리Language, Truth and Logic』, 독일의 철학자 위르겐 하버마스Jürgen Habermas(1929~)의 『소통행위이론 Theory of Communicative Action』같은 현저히 다양한 저작들을 동일한 표제로 한데 묶

---

9  콜린 라여스, 「의미론적 문학개념정의The Semantic Definition of Literature」, 《저널 오브 필로소피Journal of Philosophy》 vol. 66, no. 3 (1969).

10  존 로저스 설, 『표현과 의미』(Cambridge, 1979), p. 59.

11  크리스토퍼 뉴, 『문학철학: 입문Philosophy of Literature: An Introduction』 (London, 1999), p. 19.

12  피터 러마크, 『허구적 관점들Fictional Points of View』(Ithaca, NY and London, 1996), p. 215.

어보라고 우리를 부추기는 것은 무엇인가? 만약 키르케고르[13]와 프레게가 뭔가를 공유한다면 어떻겠는가? 이 의문들에 응답하려는 가족유사이론은 영속하는 본질에도 어떤 임의적인 권력효과에도 호소하지 않는다. 사물들의 유사점들은 세계의 현실적 특징들을 반드시 함유해야 하는 것들로 간주된다. 털투성이귀와 주먹코는 "구성물들"에 불과하지도 않고 권력, 욕망, 이권들, 담론, 해석, 무의식, 심층구조 같은 것들의 함수函數들에 불과하지도 않다. 더구나 프레게와 키르케고르가 타고난 특징들을 서로 일절 공유하지 않더라도 여전히 철학자들로 호칭될 수 있다. 그들 모두를 철학자로 호칭하는 행위가 그런 특징들과 무관한 독립적 판결이라서 그들이 그렇게 호칭될 수 있기보다는 오히려, 우리가 이미 살펴봤듯이, 특정한 부류의 성원 하나가 일련의 매개특징들을 통해 다른 성원과 연결될 수 있으므로 그렇게 호칭될 수 있다.

그런데도 미국의 철학자 스탠리 커벨Stanley Cavell(1926~)은 비트겐슈타인이 실제로 본질의 개념을 불신하려고 애쓰기보다는 오히려 복원하려고 애쓴다고 주장해왔다.[14] 비트겐슈타인이 『철학탐구들』에서 주장하듯이, 본질은 문법 안에서 설명되고, 그런 문법은 사물의 정체를 우리에게 알려주는 낱말들을 응용하는 우리의 방식을 지배하는 규칙들 일체를 의미한다. 이런 본질의 개념은 아퀴나스의 신성하게 양산되는 본성들의 개념과 매우 다른 본질의 개념이 확실하다.

---

13 【Sören Kierkegaard(1813~1855): 덴마크의 철학자, 신학자, 시인, 사회비평가로서 최초의 실존주의 철학자로 유명하다. 한국에서는 주로 '쇠얀 키르케고르' 또는 '쇠렌 키에르케고르'로 표기되어왔지만, '쇤 키에그고'라는 표기가 덴마크인들의 발음을 더 정확히 반영할 것이다.】

14 스탠리 커벨, 『이성의 주장The Claim of Reason』(Oxford, 1979), p. 186. 커벨은 또한 비트겐슈타인이 가족유사관념을 보편본성들을 믿는 관념들의 대안으로 승격시키지 않는다고 (왜냐면 한편으로 가족유사관념의 근본의미를 의문시할 보편주의자universalist도 있을 수 있기 때문에) 주장하기도 한다. 비트겐슈타인은 가족유사이론 모형이 명명命名이나 의미 같은 것들을 충분히 설명할 수 있다고 진술하지도 않는다. 커벨의 관점에서, 비트겐슈타인은 우리를 보편자들과 결별시키고자 하며 보편자들은 유용하지도 필요하지도 않다고 우리를 설득하려고 한다.(앞 책, pp. 186-187). 우리는 이런 더욱 일반적인 관점을 반드시 인정하지 않더라도 가족유사개념의 설득력을 평가할 수 있다.

강경파 본질주의들은 '사물이 어떤 특수한 부류에 소속되려면 그 부류의 필요충분조건으로서 요구되는 일정한 특성 내지 특성들의 집합을 보유해야만 한다'고 주장한다. 그런 본질주의들 중 하나는 '그런 특성들이 그것들을 보유한 사물의 또 다른 모든 특성 및 작용을 결정할 뿐 아니라 설명할 수도 있다'고 본다.[15] 그러나 필요충분조건으로서 요구하는 모든 특성을 똑같이 공유하는 성원들만 포함하는 부류나 종류는 실제로 전혀 존재하지 않는다. 내가 『후기현대주의의 착각들The Illusions of Postmodernism』에서도 썼듯이[16], 온건파 본질주의는 지지받을 수 있을지라도 그런 강경파에 속하는 주의主義가 고스란히 용인되기는 굉장히 어렵다.

문학이나 허구의 개념들은 그것들의 반대편으로 분류되는 개념들에 일정하게 의존하는 식으로 정의되어왔는데, 이런 의존은 여가의 개념들이 노동의 개념들에 기생하는 방식과 상당히 흡사하다. 그러나 이런 개념들의 기생적 의존 관계도 수세기에 걸쳐 현저하게 불안해졌다. 그래서 사실이나 전문기술이나 과학을 다룬 저작물들, 평범한 이류二流로 간주되는 저작물들, 우리의 상상력을 자극하지 못하는 창작물들, "세련된" 환경에서나 고상한 환경에서 집필되지 않은 텍스트들, 우리에게 신성한 것들을 암시해주지 않는 텍스트들 중 어느 것이라도 문학의 반대편으로 분류될 수 있다.

모든 문학철학자들이 가족유사이론을 열심히 찬성하지는 않는다. 피터 러마크가 타당하게 지적하듯이, 어떤 두 가지 사물도 유사점들을 공유할 수 있고 또 그런 경우에는 "의미심장한" 유사점들이 위태로워질 수밖에 없다. 그러나 이런

---

15  존 듀퍼John Dupre, 『사물들의 무질서The Disorder of Things』(Cambridge, Mass. and London, 1993), p. 64 참조.

16   테리 이글턴, 『후기현대주의의 착각들』(Oxford, 1996) 참조.

경우는, 러마크가 어렴풋이 알아차리듯이, 반드시 일정한 순환성을 수반한다. 왜냐면 의미심장한 유사점으로 간주되는 것은 "문학의 개념을 설명하기보다는 오히려 전제前提하는 것으로 생각되기"[17] 때문이다. 이것이 사실인지 여부는 석연찮다. 노르웨이 출신 문학철학자 슈타인 하우곰 올센Stein Haugom Olsen(1946~)은, 다소 희망적인 생각을 반영한다고 여겨질 만한 제목을 붙인 어느 저서에서, 보수적인 이유를 빌미로 삼아 가족유사이론모형을 무시해버리는데, 그 이유란 그 이론모형이 지나치게 많은 것을 용납할 수 있다 — 그러니까 문학을 구성하는 중복된 요소들의 격자格子가 올센이 비非문학으로 간주하는 (예컨대, 통속소설 같은) 것에까지 확장하고, 또 그렇게 확장하는 격자는 특별하게 평가될 수 있는 작업으로 생각되는 문학의 개념을 위태롭게 만든다 — 는 것이다.[18] 우리는 이 미심쩍은 개념을 나중에 살펴볼 것이다. 그때까지 우리가 기억해두면 좋을 것은 가족유사이론모형에 부합하게 정의되는 개념들은 실제로 엉성한 겉켜[표층表層]들을 가졌으므로 문학적 순수주의자는 그런 개념정의방식들을 바람직하게 여기지 않으리라'는 사실이다.

러마크는 타당하게도 문제의 가족유사성들은 확실히 의미심장하다고 강조한다. 그리고 역시 타당하게도 그는 여기서 문제를 회피하면 직면할 위험을 경계한다. 이른바 문학작품들로 지칭되는 것들이 공유하는 (예컨대, 유사음운類似音韻이나 서사반전계기敘事反轉契機들이나 극적 긴장유발요인들 같은) 특징들은 무수히 존

---

17  피터 러마크, 『문학철학The Philosophy of Literature』(Oxford, 2009), p. 34. 가족유사개념과 관련된 다른 비평가들의 견해들은 다음 문헌들에서 발견된다. 모리스 맨들봄Maurice Mandelbaum, 「예술들에 관심을 보이는 가족유사이론들과 일반론들Family Resemblances and Generalisations concerning the Arts」, 《아메리칸 필로소피컬 쿼털리American Philosophical Quarterly》 vol. 2, no. 3 (1965). 앤서니 맨서Anthony R. Manser, 「놀이들과 가족관계들Games and Family Relationships」, 《필로소피Philosophy》, vol. 42, no. 161(1967).

18  올센, 『문학이론의 종말The End of Literary Theory』(Cambridge, 1987), p. 74.

재하지만, 그런 특징들은 문학자체의 범주를 거의 구성하지 않는 듯이 보인다. 더구나 가족유사이론모형에 대항하는 한 가지 악명 높은 반론도 존재한다. 이 반론대로라면, 어떤 사물이든 다른 여느 사물을 상당히 많은 면에서 닮을 수 있으므로, 문제의 가족유사성들을 명확하게 설명하지 못하는 가족유사이론의 개념은 그저 공허할 따름이다.[19] 예컨대, 거북이의 내부에서 사람이 자전거를 탈 수 없으므로 거북이는 정형외과수술실을 닮은 셈이다. 그러나 만약 문제의 가족유사점들에 명칭을 부여하는 사람이 있다면, 그는 사물을 존재시키는 필요충분조건들을 다시 거래하기 시작한 듯이 보이겠지만, 그런 조건들은 가족유사이론의 관념을 이미 처분해버린 것들로 간주될 수도 있다. 우리가 여태껏 그런 조건들을 거래하지 않은 대신에 실행해온 모든 작업은 결국 이런 종류의 담화를 개별존재자의 차원보다는 오히려 일반범주의 차원에 재배치하는 작업이었을 것이다. 예컨대, 사물들의 특수한 부류에 소속되려는 개별사물들 모두가 반드시 동일하고 각별한 특징을 공유할 필요는 없다. 그러나 부류자체를 구성하는 특징들은 존재하므로, 그 부류의 일원으로 간주되려는 개별존재자는 그런 특징들 중 적어도 하나를 반드시 드러내야 한다. 예컨대, 스미스Smith 가족의 모든 성원이 주먹코를 타고나도 문제될 바는 없지만, 주먹코는 우리가 스미스들을 가족으로 인식하는 한 가시 방편이나.

가족유사이론의 개념이 전혀 설명하지 못하는 현상들도 있다. 예컨대, 예술의 범주도 그런 현상이다. 우리가 이미 살펴봤듯이, 가족유사이론의 관점에서는 우리가 예술작품으로 지칭하는 모든 객체가 반드시 동일한 특성을 드러내지

---

19  로버트 스테커Robert Stecker, 『예술작품들: 개념, 의미, 가치Artworks: Definition, Meaning, Value (Pennsylvania, 1997), p. 22.

않아도 되고 동일한 특성들의 집합을 드러내지 않아도 된다. 예술작품의 특징들은 교차하고 중첩하여 나타날 것이다. 그렇더라도 예술자체의 개념이 성공적으로 정의되려면 이런 공유특징들 중에 부류자체의 구성요소들로 인정되는 공유특징들이 명확하게 지정될 수 있어야 한다. 그러니까 이런 조건에 부응하는 워낙 비정형적인 일련의 객체들이 예술을 구성하므로 예술은 사실상 어떤 중대한 개연성도 요구하지 않는다. 예술의 개념은 어떤 본질적 특성에 기대더라도 정의될 수 있다고 보거나 어떤 본질적 특성이든 예술작품으로 평가될 만한 것의 필요충분조건이 된다고 보는 견해에는 오늘날의 많은 예술철학자가 동의할 것이다. 뉴질랜드의 철학자 스티븐 데이비스Stephen Davies(1950~)가 주장하듯이, "예술작품들은 자연스러운 부류를 형성하지 않는다."[20] 이것이 바로 예술의 개념을 궁리하는 사람들의 대다수가 비록 그리면서도 그런 개념 대신에 오히려 예술의 기능적 본성이나 제도적 본성을 기대하는 경향을 보일 수 있는 까닭이다.

예술의 개념을 기능적으로 정의하는 모든 과정은 하여간에 예술용도와 예술효과의 압도적 다양성을 자연스럽게 확인하는 과정이기 마련일 것이다. 각종 숟가락이나 타래송곳이나 도래송곳 같은 사물들의 개념들은 역사적으로 매우 안정되게 유지되어온 각각의 기능에 의거하면 아주 쉽게 정의될 수 있다. 그러나 문학은 기능들의 훨씬 더 파란만장한 역사를, 그러니까 정치권력을 강화하는 기능부터 전능한 신의 영광을 찬양하는 기능까지, 도덕교훈을 제시하는 기능부터 초월적 상상을 예시하는 기능까지, 종교의 역할을 대행하는 기능부터 대기업들의 이익을 증대시키는 기능까지 아우르는 역사를 모조리 경험했다. 낭만주의 이후에 예술작품의 가장 중대한 기능들 중 하나는 기능을 영광스럽게 벗어날 뿐아

---

20  스티븐 데이비스Stephen Davies, 『예술개념들Definitions of Art』(Ithaca, NY and London, 1991), p. 37.

니라 거의 유일하게 벗어나서 자유로워지는 것을 구현하는 기능, 그리하여 실리實利, 교환, 타산이성打算理性에 속박된 문명을, 예술작품이 말하는 것보다는 오히려 증명하는 것의 효력 덕택에, 암묵적으로 질책하듯이 작용할 수 있는 기능이었다. 이런 의미에서 예술의 기능은 기능을 갖지 않는 무기능無技能일 것이다.

하이쿠, 현란한 전사용戰士用 가면투구, 피루에트, 12마디 블루스[21] 같은 예술 결과들은 이른바 미학적 효과 같은 것들을 공유한다고 생각될 수는 있어도 매우 독특하고 본질적인 어떤 특성들을 공유한다고 생각되기는 어렵다. 아마도 그런 결과들은 모두 "의미심장한 형식"으로나 완벽한 구상構想으로 이따금 지칭되는 것을 드러내리라. 그러나 아무리 그럴지언정 그런 형식이나 구상을 드러내지 않는 전위(아방가르드)avant-garde 현상과 후기현대주의 현상도 아주 많은데, 우리는 그런 현상들 모두에 예술이라는 이름을 똑같이 붙여준다. 물론 가래나 트랙터 같은 농기구들처럼 의미심장한 형식을 드러내는 제작물들도 대단히 많지만, 아마도 사회주의적 현실주의자들을 제외한 사람들의 대다수는 그런 제작물들을 예술작품들로 간주하지 않을 것이다.

그래도 문학은 일반적인 예술보다는 무정형성을 더 적게 드러내는 현상이다. 범죄추리소설과 페트라르카[22] 유파의 소네트는 비록 유사점들을 거의 공유하지는 않아도 그나마 공유하는 것들은 두꺼운 채색그림, 바순 독주곡, 글리사드[23]가 공유하는 것들보다 더 많게 보일 수 있다. 그러므로 어쩌면 사람들이 문

---

21 【하이쿠haiku(俳句)는 일본의 전통적 정형단시定形短詩이고, 피루에트pirouette는 특정한 지점에서 한 쪽 다리를 축으로 회전하는 발레 동작이며, 12마디 블루스twelve-bar blues(=blues changes)는 단순한 멜로디로 연주되는 블루스 변주곡이다.】

22 【Petrarca(1304~1374): 르네상스 시대 최초의 인문학자들 중 한 명으로 유명한 이탈리아의 시인 겸 학자.】

23 【'바순bassoon'은 서양의 목관악기木管樂器들 중에 최저음역(베이스)을 담당하는 악기이고, '글리사드glissade'는 발레의 도약준비용 5번 자세를 구성하는 발동작의 일종이다.】

학작품들로 지칭하는 작품들에서 가족유사점들이 더 쉽게 분간될 수 있을 것이다. 사람들은 어떤 저작물을 문학작품으로 지칭하는 순간에 대체로 다섯 가지 요인 중 하나 또는 몇 가지의 조합을 염두에 둔다고 나는 생각한다. 그러니까 그들이 생각하는 "문학"작품은 창작된 허구이거나, 경험된 진실들의 보고기록과 상반되게 인간경험을 꿰뚫는 의미심장한 통찰의 기록이거나, 특별히 고상하게 비유하거나 자의식을 강하게 드러내도록 구사되는 언어로써 집필된 저작물이 거나, 구매품 목록에 기재되었으되 생필품은 아닌 품목 같거나, 고귀하게 평가 되는 저작물이다.

이것들은 경험요인들이지 이론요인들은 아니고 일상생활용 판단들에서 유래하지 개념자체의 논리를 탐구하는 과정에서 유래하지 않는다. 우리는 이런 경험요인들을 허구적이고 도덕적이며 언어(학)적이고 비非실용적이며 규범적인 요인들로 지칭할 수 있다. 특수한 저작물 하나에 결합되는 이런 경험적 특징들이 많아질수록 우리의 문화에 속한 사람이 그 저작물을 문학으로 지칭할 가능성은 더 높아진다. 우리는 내가 앞에서 제시한 ["문학"작품의] 다섯 측면 모두의 기반이 동일하지는 않다고 알아챌 수 있다. 특정한 문학작품의 가치를 말하는 과정은 그 작품에 담긴 언어, 도덕관, 허구의 신빙성 등을 특정한 방식으로 말하는 과정과 다르지 않다. 그 과정은 이런 특징들과 불가분하다. 우리는 문학자체의 또 다른 측면들도 중요한 방식들로 상호작용하며 서로 공유하는 몇 가지 의미심장한 유사점을 드러낸다는 사실을 나중에 확인할 것이다.

이 모든 요인을 겸비하는 텍스트들 — 예컨대, 셰익스피어Shakespeare (1564~1616) 의 희곡『오셀로Othello』나 미국의 작가 윌리엄 포크너William Faulkner(1897~1962)의 소설 『8월의 빛Light in August』(1932) ― 은 대체로 모범적인 문학작품들로 인식된다. 그러나 문학작품으로 분류되는 모든 저작물이 이런 기준들을 빠짐없이 충족하지 않아도 되고 또 이 특징들 중 어느 하나를 결여해도 문학범주에 소속될 자격을 반드시 상실하지는 않는다. 이런 의미에서 이 특성들 중 어느 것도 문학의 자격에 요구되는 필수조건이 아니다. 우리는 이 특성들 중 단 하나만 드러내는 저작물도 언제든지는 아니라도 이따금 충분히 문학작품으로 간주할 수 있다. 그러나 이 특성들 중 어느 것도 단독으로는 특정한 저작물의 문학자격을 충족시키지 못하기 때문에 역시 어느 것도 문학자격의 충분조건이 아닌 셈이다.

사람들이 어떤 저작물을 문학작품으로 지칭할 수 있다면, 그것이 비록 피상적인 도덕을 표현하더라도 허구와 언어로써 창작되었기 때문에, 혹은 설령 그것이 비허구非虛構(논픽션nonfiction)일지라도 의미심장한 도덕적 통찰들을 표현하고 "훌륭하게" 집필되었기 때문에, 혹은 그것이 비록 비허구이고 경박한 도덕을 표현할지라도 훌륭하게 집필되었을뿐더러 어떤 즉물적이고 실용적인 목적에도 부응하지 않기 때문에, 혹은 여타 비슷한 이유들 때문에 그럴 수 있다. 문학작품을 단순히 (예컨대, 악령퇴치의례들에서 영송詠誦되는 언어적 주문呪文 같은) 풍요로운 언어 텍스트로 간주하는 동시에 실용적 텍스트로 간주할 사람들도 있을 것이다. 그런 반면에 영송되는 주문이 실용적 기능을 보유한다는 사실을 그 주문의 수사학적修辭學的 매력들보다 더 중요시할 사람들도 있을 것이다. 나치 독일의 어느 생존자가 비밀리에 기록하여 간직한 일기도 비록 (요컨대, 나치 독일의 역사를 대중에게 폭로하려는 의도로 기록되고 간직되었으니까) 실용적으로 섬뜩하리만치 신랄하게 기록된 논픽션일망정 역사적 가치와 아울러 심오하고 통렬한 도덕관마저 겸비했기 때문에 문학작품으로 분류될 수 있을 것이다. 게다가 문학작품의 기준은 더 많이 존재할 수 있다. 그런 기준들의 다수는 치환될 수 있다. 그러나 모든 기준이 치환될 수 있는 것들은 아니다. 그래서 예컨대, 잉글랜드의 시인 퍼시 비쉬 셸리Percy Bysshe Shelley(1792~1822)는 의회에서 제정된 법률들이 무질서로부터 조화로운 질서를 창출했다고 봤기 때문에 그런 법률들마저 시詩로 분류하면 좋겠다고 생각했지만 실제로 그리할 수는 없었다. 그런데 이런 견해는 차라리 그런 법률들을 이념(이데올로기)으로 분류하는 데 더 적합한 이유로 보인다.

그렇듯 "문학"이라는 낱말이 사용되는 방식은 많고도 다양하므로 딱히 옛날 방식으로만 사용될 수 있는 것은 아니다. 예컨대, 햄샌드위치ham sandwich는 심지어 후기현대주의자들의 가장 관대하고 다원주의적多元主義的인 용어법을 적용받아도 문학으로 분류될 수는 없다. 그러나 "문학"이라는 낱말이, 가족유사이론과 비슷하게, 몇 가지 중복되는 용법들을 겸비한다는 사실은 존 르 카레의 간첩소설『스마일리의 사람들Smiley's People』(1979), 존 헨리 뉴먼의『나의 인생변론Apologia Pro Vita Sua』(1864), 토머스 브라운의『유행하는 사이비견해들Pseudodoxia Epidemica』(1672), 루키우스 안나유스 세네카의 도덕에 관한 소론小論들, 존 던의 설교들, 요한 고트프리트 헤르더의 토착문화들에 관한 고찰들, 리처드 후커의『교회행정조직법Lawes of Ecclesiastical Politie』(1594), 자크-베니뉴 보쇠의 장례식 추도사들, 부알로의 시詩에 관한 논문, 연간 아동만화집『비노Beano』, 블레즈 파스칼의 유고집『사상들Pensées(팡세/수상록)』(1669), 마담 드 세비녜의 딸에게 쓴 편지들, 존 스튜어트 밀의『자유론On Liberty』같은 저작물들 모두가, 푸슈킨과 노발리스[24]의

---

24 【존 르 카레John le Carré(데이빗 존 무어 콘윌David John Moore Cornwell, 1931~)는 브리튼의 작가이고, 존 헨리 뉴먼John Henry Newman(1801~1890)은 잉글랜드의 가톨릭추기경 및 신학자이며, 토머스 브라운 Thomas Browne(1605~1682)은 잉글랜드의 박학다식한 작가이고, 루키우스 안나유스 세네카Lucius Annaeus

저작물들과 더불어, 때때로 문학범주에 포함되어온 이유를 설명해준다. 경찰들이 이렇게 겸용될 수 있는 저작물들에서 어떤 문학을 여태껏 제외시켰다고 말할 때, 그들은 그렇게 제외시킨 문학의 범주에 이따금 포르노그래피(외설물)를 포함시키거나 인종차별적 증오심을 부추기는 전단지傳單紙들을 포함시킨다. 더구나 사물들의 여느 부류나 그렇듯이 그런 범주도 언제나 잡종들, 변종들, 경계선상警戒線上의 것들, 어중간한 것들, 확정될 수 없는 것들을 포함할 터이다. 개념들은 우리의 사회적 관행들을 불안하게 떠받치는 조야朝野한 지반에서 생겨나므로 그런 개념들의 겉모습이 조야해도 이상하지 않다. 만약 그런 개념들이 조야하지 않았다면 우리에게는 훨씬 더 쓸모없는 것들이었을 터이다. 토마스 아퀴나스는 잡종들과 확정될 수 없는 것들을 참작한다. 그는 강경파 본질주의자가 아니다.

가족유사점들을 전제하는 관념은 확장하고 변형할 수 있는 근본자격을 함유하므로 역동적 관념이다. 이것이 바로 보수적인 몇몇 비평가가 그런 관념을 그토록 심하게 경계하는 한 가지 이유이다. 여기서 문학적인 것을 무엇보다도 먼저 허구적인 것으로 간주하는 특수한 문화가 존재한다고 가정해보자. 그런데 그런 문화에서는 특정한 신화학적 믿음들 때문에 상당히 많은 문학작품이 이런

Seneca(서기전4~서기65)는 고대 로마의 스토아철학자 겸 정치인 겸 극작가이며, 존 던John Donne(1573~1631)은 잉글랜드 성공회 성직자 겸 시인이고, 요한 고트프리트 헤르더Johann Gottfried Herder(1744~1803)는 독일의 철학자 겸 신학자 겸 시인 겸 문학평론가이며, 리처드 후커Richard Hooker(1554~1600)는 잉글랜드 성공회 성직자 겸 신학자이고, 자크-베니뉴 보쉬Jacques-Bénigne Bossuet(1627~1704)는 프랑스의 주교 겸 신학자이며, 부알로Boileau(니콜라 부알로-데프레오Nicolas Boileau-Despréaux, 1636~1711)는 프랑스의 시인 겸 비평가이다. 『비노Beano』는 브리튼의 디씨톰슨DC Thomson 출판사가 1939년부터 발행한 아동만화주간지 《비노》에 수록된 만화들을 1년 단위로 묶어서 매년 1회씩 출간해온 아동만화집이다. 블레즈 파스칼Blaise Pascal(1623~1662)은 프랑스의 수학자 겸 과학자 겸 철학자이고, 마담 드 세비녜Madame de Sévigné(Marie de Rabutin-Chantal, 1626~1696)는 프랑스에서 문학계의 위대한 우상으로 존경받는 귀족여인이며, 존 스튜어트 밀John Stuart Mill(1806~1873)은 브리튼의 철학자 겸 경제학자이고, 푸슈킨Pushkin(1799~1837)은 러시아 시인 겸 소설가이며, 노발리스Novalis(게오르크 필립 프리드리히 프라이헤르 폰 하르덴베르크Georg Philipp Friedrich Freiherr von Hardenberg, 1772~1801)는 독일 시인 겸 소설가 겸 철학자이다.】

허구의 자격을 아득히 높은 하늘에서 내리쏟아지는 코끼리들의 이미지와 조합하려는 경향을 보인다. 그리고 일정한 시간이 흐르면, 그런 이미지는 문학자체의 성분들 중 하나로 변할 수도 있을 것이다. 그럴 때 자연의 하늘을 코끼리들을 내리쏟는 하늘처럼 보이게 표현하지 않은 텍스트들을 문학작품들로 간주하느냐 마느냐 여부를 따지는 열띤 논쟁들이 벌어질 수도 있을 것이다. 그리고 일정한 시간이 더 흐르면, 문학작품들이 반드시 허구들일 가능성은 차츰 사라질 것이고, 코끼리 이미지는 다른 어떤 특징과 조합될 수도 있을 것인데, 그러면 이런 조합은 문학의 모범형식으로 정착될 것이다.

그렇다면 가족유사이론모형이 조야한 또 다른 이유가 있는 셈이다. 그 모형은 자기해체적自己解體的인 것이라서 유의미하다. 그 모형은 그 모형자체를 시간적으로도 공간적으로도 벗어나는 것을 지시한다. 그리고 그 모형의 이런 증식능력은 보수파의 경계심을 유발하는 것의 일부이다. 미국 출신 브리튼의 작가 헨리 제임스Henry James(1843~1916)가 말하듯이, 관계들은 어디에서도 중단되지 않는다. 물론 유행을 완전히 지배하는 정통예술을 의문시하고 새로운 창작물뿐 아니라 예술자체의 새로운 변종마저 아우르는 전위적 유행을 출범시키려는 노력을 종결시키는 문학자체의 현존기준에 어긋나서 퇴출당하는 작품도 있을 수 있다.

상당히 많은 비평논쟁들과 해석노력解釋勞力들은 주어진 어떤 상황맥락에서도 허구작품, 고귀한 작품, 비유적 표현들을 풍부하게 머금은 작품, 비非실용적인 작품, 도덕적으로 의미심장한 작품으로 간주될 수 있는 것을 확정하는 데 몰입한다. 이 모든 범주는 문화적으로도 역사적으로도 가변적인 것들이다. 예컨대, 18세기에는 이 기준들 중 단 하나만이 ─ 저작물은 고귀하게 평가되어 존경 받아야 한다는 기준만이 ─ 문학으로 간주될 수 있는 작품에 요구된 본질적인 것이었고, 그래서 그렇게 요구된 존경도 미학적인 존경이었던 만큼이나 사회적 존경("순수문학polite letters"의 문제)이었다. 그렇지만 이 주제와 관련하여 역사들과 문화들을 가로지르는 상당히 인상적인 연속성도 그런 가변성과 함께 병존한다. 『오디세이아』『변덕쟁이』『오기 마취의 모험들』[25]은 창작되던 시기에는 비록 각 각 다르게 지칭되었을지라도 역사를 가로지르는 인상적인 연속성을 거의 똑같 이 공유하기 때문에 문학작품으로 지칭된다. 이 모든 작품은 허구적이고, 비실 용적이며, 언어로써 창작된 도덕적 탐구결과들이라서 높게 평가된다. 그런 연 속성들은 오직 후기현대주의자들만 조심하면 된다. 왜냐면 그들은 다소 경악 스러운 이유를 빌미로 삼아 모든 변화와 불연속성을 급진적인 것들로 간주하고 모든 연속성을 반동적인 것들로 간주하기 때문이다. 더구나 우리의 특유한 제 도권 문학단체가 해결해야 할 문제는 단지 그런 단체가 공인하는 문학의 의미 에 가장 적합한 특징들을 과거의 작품들에서 추출하는 과업에만 국한되지 않는 다. 그렇게 추출되어야 할 문학특징들은, 어떤 식으로 평가되든 상관없이, 그것 들을 간직한 텍스트 자체들의 중핵을 구성한다. 이런 사실도 '허구작품, 비실용 적 작품, 언어창작물 등등으로 간주되는 것의 요건은 장소마다 다를 수 있고 시 대마다 다를 수 있다'는 사실을 변경시키지 못한다.

이 모든 문학양상의 겉켜들은 엉성하고 불안정하며 모호하다. 그래서 이 양

---

25 【『오디세이아Odyssey』는 호메로스의 장편서사시이고, 『변덕쟁이The Changeling』는 잉글랜드의 시인 겸 극 작가 토머스 미들턴Thomas Middleton(1580~1627)과 극작가 윌리엄 롤리William Rowley(1585~1626)가 공동 창작하여 1622년에 초연初演하고 1653년에 초판初版한 비극희곡이며, 『오기 마취의 모험들The Adventures of Augie March』은 솔 벨로가 1953년에 발표한 악당소설이다.】

제2장 문학이란 무엇인가?(1)   59

상들은 반대양상들로 바뀌거나 서로 치환되기 쉽다. 이것은 내가 증명하고 픈 사실이다. 물론 허구 또는 비실용적 작품이 미국의 소설가 필립 로스Philip Roth(1933~)에게도 아이슬란드 영웅설화saga들의 저자들에게도 정확히 똑같은 것을 의미한다고 내가 주장할 필요는 전혀 없다. 그렇다면 나는 문학의 이 다섯 가지 특징[26]을 분명히 확인한 셈이다. 그러므로 나는 이제부터 그런 특징들이 인간의 생각대로 너무나 쉽게 해체될 수 있다는 사실을 증명하는 작업에 상당히 많은 시간을 할애할 것이다. 내가 믿건대, 그런 사실은 '장년기 이전에는 문학의 본성을 급진적 관점에서 이해하던 내가 장년기를 지나면서부터 그런 관점을 결국 포기해버렸다'는 결론을 열망하여 도출하려는 논평자들의 작업을 중지시킬 것이다. 나는 이 다섯 가지 요인들이 문학의 개념을 우리에게 정의해주지 못하는 경위를 해명하는 데 이 단원의 나머지 대부분을 할애할 것이다. 이런 자기해체과정에서 '사람들이 문학 텍스트들로 지칭하는 것들의 작용들'이 얼마간이나마 조명되리라고 나는 기대한다. 그리고 첨언하자면, 이 책에서 내가 사용하는 "문학 텍스트들literary texts"과 "문학literature" 같은 용어들은 오늘날 사람들이 일반적으로 그런 것들로 간주하는 것들을 의미한다.

현대의 몇몇 이론가는 '이것들과 같은 범주들은, 인간개념들의 압도적 다수와 마찬가지로, 엉성하고 불안정하기 때문에 일절 무효하다'고 상상하는 실수를 범한다. 어떤 부류의 관념이나 개념을 실행 불가능하리만치 이상화理想化된 수준으로 승격시키는 사람은 그런 수준에 도달하지 못하는 모든 것을 쓸모없게 여긴다. 우리가 파시즘의 개념이나 가부장제家父長制의 개념을 결코 정확하게 정의하지 못하기 때문에 개념은 산산이 부서져 먼지로 변한다. '개념들은 본

---

26 【허구성虛構性, 고귀성高貴性, 풍부한 비유표현성比喩表現性, 비실용성非實用性, 의미심장한 도덕성.】

60

질적으로 정확하게 정의되어야 한다'고 믿는 신념은 '과격파 해체주의자는 메타 자연학적 아버지의 방탕한 아들이다'고 느끼는 몇몇 직감 중 하나이다. 메타자 연학적 아버지는 '철두철미하게 정의된 개념들이 없으면 우리는 혼돈에 휩싸이 리라'고 두려워한다. 과격파 해체주의자인 아들은 '우리가 순전한 불확정상태에 빠져들지 않으려면 개념들을 철두철미하게 정의해야 한다'고 오인하는 착각을 공유하지만, 그의 금욕적인 아버지와 다르게, 불확정상태를 한껏 즐긴다. 자크 데리다의 관점에서 불확정상태는 사물들이 지리멸렬해지는 상태이다. 비트겐 슈타인의 관점에서 그것은 사물들을 혼란시키는 상태이다. 그가 『철학탐구들』 에서 질문하듯이, 희미한 인물사진은 인물사진이 전혀 아닐까? 우리가 태양과 우리의 간격을 밀리미터 단위로까지 측정할 필요가 있을까? "대략 그곳 어디쯤 에 서있어라"는 말이 이해되지 않을까? 정확한 경계선이 표시되지 않은 농지는 농지가 전혀 아닐까? 그러니까 개념의 모호함이 때때로 정확히 우리가 요구하 는 것은 아닐까?

그리하여 내가 앞에서 열거한 문학특징들 중 몇몇은 공교롭게도 인생의 전개 과정에서 핵심위상을 차지한다. 유아들은 처음에는 재잘거리며 인간음성의 모 든 영역을 연습하는 식으로 말하는 방법을 배운다. 시인들은 단지 감정적으로 억제당하는 피조물들에 불과하다. 그들은 타고나는 리비도[27]의 에너지들을 객 체들에 투여하기보다는 오히려 낱말들에 부단히 투여하면서 구강성애口腔性愛 oral eroticism를 욕망하는 유아기의 상태로 퇴행한다. 아일랜드의 시인 겸 극작가 셰이머스 히니Seamus Heaney (1939~2013)는 이런 퇴행적 구강성애를 "구강음악口腔 音樂mouth music"으로 지칭했다. 이런 의미에서, 놀이가 비非놀이의 조건이고 비非

---

27 【libido: 성욕, 애욕, 성충동, 성본능, 성性에너지, 성력性力의 총칭.】

실용적인 것이 실용적인 것의 조건이듯이, "일탈언행"(아이의 허튼소리)은 비非일탈언행(어른의 언어)의 조건이다. 아이들의 꾸며낸 이야기, 공상, 허튼소리, 흉내, 가식언행假飾言行make-believe은 인식의 일탈들이 아니라 어른의 지식과 행동을 발육시키는 온상이 분명하다. 말하는 방법을 배우는 과정은 상상하는 방법을 배우는 과정이기도 하다. 언어는 부정될 가능성과 쇄신될 가능성을 결여했다면 작동하지 못했을 것이므로, 가정법假定法을 명분으로 삼아 직설법直說法을 말살하는 상상력은 언어자체의 본성에 붙박인다.

모방과 관련하여 아이들은 사회적 생명체의 일종으로서 태어나 그런 생명체의 특징적 행동양태들을 모방하여 자연스럽게 보일 때까지 체득하면서 생각하고 느끼며 행동하는 방법을 배운다. 이것이 독일의 시인 겸 극작가 베르톨트 브레히트Bertolt Brecht(1898~1956)가 연극행위를 우리의 자연스러운 조건으로 간주했던 까닭이다.[28] 모방하지 않는 인간의 실재성(현실성)은 전혀 존재할 수 없다. 그래서 다른 무엇보다도 문학적인 것이 바로 우리의 일상적 지식과 행동을 형성하는 놀이의 근원들로 우리를 회귀시키는 것이다. 우리의 언어와 유치한 환상들에 붙박인 모든 가능성 중에 반자의적半恣意的으로 선택된 가능성들이 우리의 독특한 감각방식들 및 행동방식들인데, 이런 사연을 어렴풋이나마 우리에게 알려주는 것도 바로 문학적인 것이다. (나는 여기서 "반자의적"이라는 표현을 사용했는데, 왜냐면 이런 감각방식들 및 행동방식들의 일부는 특정한 종류種類로서 분류되기도 하기 때문이다. 그러니까 예컨대, 애인의 죽음을 슬퍼하여 애통하게 우는 행동은 자연스럽지만 어떤 "사회구성원"의 죽음을 슬퍼하여 애통하게 우는 행위는 부자연스럽다는 말이다.) 이것

---

28  테리 이글턴, 「브레히트와 수사학Brecht and Rhetoric」, 테리 이글턴, 『성미에 거슬리는: 1975~1985년 에세이들 Against the Grain: Essays, 1975-1985』(London, 1986).

이 바로 창조적인 작가들과 문학비평가들 중에 보수주의자들보다 자유주의자들이 일반적으로 더 많은 까닭이다. 현상유지status quo를 방해하는 것은 상상력과 관련된 어떤 것이다.

그렇다면 우리는 이제 문학이란 무엇이고 문학이 아닌 것은 무엇인지 말할 수 있는 시점에 도달했을까? 불행히도 우리는 아직 도달하지 못했다. 왜냐면 내가 앞에서 예시한 특징들 중 어느 것도 사람들이 문학으로 지칭하는 것의 고유한 특징이 아니기 때문이다. 예컨대, 비非문학적 허구도 풍부하게 존재한다. 농담들, 거짓말들, 광고들, 이스라엘 국방부 대변인들의 성명들 따위도 비문학적 허구들이다. 문학작품과 화려하고 유창한 허담虛談의 차이점은 때로는 오직 문학작품은 집필된다는 사실뿐이다. 농담은 곁말놀이에도 도덕적 통찰에도 풍부하게 가미될 수 있고, 비실용적으로 작용할 수도 있으며, 매혹적인 가상인물들을 잔뜩 등장시키는 허구적 이야기를 풀어놓을 수도 있고, 창의적 담화로서 높게 평가받을 수도 있다. 이 모든 경우에 농담과 내가 앞에서 설명한 문학 텍스트의 차이점은, 형식상으로는, 전혀 발견되지 않는다. 왜냐면 그런 웃기는 농담 같은 이야기를 듣고 감탄하듯이 "그건 순수문학이야!"라고 혼잣말할 사람도 있을 수 있기 때문이다.

이것이 시詩들과 농담들은 똑같다고 암시하는 것은 당연히 아니다. 사회적 관점에서 시詩와 농담은 서로 명백히 다른 관행들이다. 차이점들과 유사점들을 규정하는 요인들은 형식적 특성들보다 훨씬 더 많은 특성이다. 물리적 상황맥락이나 사회적 상황은 문학인 것과 문학이 아닌 것의 차이를 매우 빈번하게 역력히 부각시킨다. 농담은 웃음유발을 궁극목적으로 삼지만, 우리가 문학으로 지칭하는 것들의 다수는 그렇지 않다. 『불평분자』 『욘 가브리엘 보르크만』 『상복喪服이 어울리는 엘렉트라』[29]도 비록 특이하게 비꼬인 유머감각을 발휘할지라도 분명히 웃음유발을 목표로 삼지는 않는다. 심지어 희극적 문학작품들도 오로지 웃음유발만 목표로 삼는 경우는 드물뿐더러 몇몇 유명한 희극작품喜劇作品은 몇몇 농담과 마찬가지로 웃음을 전혀 유발하지 않는다. 예컨대, 우리의 동료들이 셰익스피어의 희극작품들을 감상할 때마다 포복절도한다고 우리도 매번 덩달아 그리하지는 않는다.

농담과 문학작품의 차이는 단지 기능적 차이에 불과할 수 있다. 그러니까 그것은 상황의 차이 아니면 제도적 차이에 불과할 수 있다는 말이다. 실제로 어느 기고만장한 코미디언은 자신의 우스갯말들을 고급 가죽으로 장정裝幀한 책에 수록하여 도서관 서가에 비치시킬 기회를 언제나 모색할지도 모르지만, 일반적으로 농담은 그런 고급 가죽으로 장정된 책에 수록되어 출간되지도 않고 도서관 서가에 비치되지도 않는다. 우리가 농담과 시를 분간하기 어려워하는 경우들도 있겠지만, 그런 어려움이 우리가 『취한 배』[30]를 의붓어미에 관한 실없는 농담집弄談集으로 간주할 수 없다는 사실을 의미하지는 않는다. 농담과 시詩가 기발성과 의외성을 공유한다는 사실을 제외하면, 농담은 명백히 시가 아니다. 사회적 상황맥락도 농담과 시의 이런 차이를 충분히 암시한다. 사람들은 의붓어미에 관한 농담집을 집필했다고 노벨상을 받지 않는다. 그들은 청중을 숨 막히

---

29 【『불평분자The Malcontent』는 잉글랜드의 시인 겸 극작가 존 마스턴John Marston(1576~1634)이 1603년경에 발표한 희곡이고, 『욘 가브리엘 보르크만John Gabriel Borkman』은 노르웨이의 시인 겸 극작가 겸 연출가 헨리크 입센Henrik Ibsen(1828~1906)이 1896년에 창작한 희곡이며, 『상복이 어울리는 엘렉트라Mourning Becomes Electra』는 미국의 극작가 유진 오닐Eugene O'Neill(1888~1953)이 1931년에 발표한 장편희곡이다. 엘렉트라는 그리스신화에 나오는 아가멤논Agamemnon의 딸로서 동생 오레스테스Orestes를 설득하여 어머니 클뤼템네스트라Clytemnestra와 그 내연남자를 살해하도록 만들어 아버지의 원수를 갚았다고 전설된다.】

30 【『취한 배Le Bateau ivre』(『취중편주醉中片舟』/『술 취한 조각배』): 프랑스의 시인 아르튀르 랭보Arthur Rimbaud(1854~1891)가 1871년에 창작한 100행으로 이루어진 장시長詩.】

도록 순정한 감격에 도취시킬 요량으로 농담집을 집필하여 낭독하지도 않는다. 사람들은 자신들의 여권에 "농담꾼Joker"이라는 서명을 하지도 않고, 자신들이 윌리스 스티븐스나 파블로 네루다[31]에 비견될 만하다고 생각하지도 않으며, 예컨대, 『1978~2008년 농담전집Collected Jokes 1978-2008』 같은 제목을 붙인 책들을 펴내지도 않는다. 농담들과 시들은 어떤 형식적 특징들을 공유할 수 있든 상관없이 서로 다른 사회적 제도(관례)들이다. 우리는 어떤 시를 저질농담으로 간주할 수 있지만, 이것은 차라리 멍청한 변호사를 코미디언으로 간주하는 경우와 더 흡사하다. 그렇지만 상황맥락이 차이를 결정할 만큼 충분히 무르익지 않을 시대들도 있다. 농담집과 문학작품이 명확하게 분간되지 않는 경우들도 있을 수 있다(스턴의 『트리스트럼 샌디』[32]도 어쩌면 이런 경우들에 해당할 것이다.)

넘치도록 풍요로운 비유표현, 풍성한 곁말놀이, 다채롭고 흥미진진한 극적劇的 사건, 풍부한 도덕적 통찰, 매혹적인 등장인물들과 강력한 흡인력을 발휘하는 줄거리를 두루 겸비한 꿈이 있을 수 있다면, 우리는 소설들과 꿈들을 어떻게 분간할 수 있을까? 어떤 의미에서 이 의문은 판板초콜릿 자판기들이 생각을 할 수 있느냐 없느냐는 의문과 흡사하다. 예컨대, 어떤 사람은 마스바[33]를 미치도록 좋아한다는 사실을 그 자판기들이 인식할까? 꿈과 소설이 아무리 똑같은 형식적 특성들을 공유할지라도 꿈들은 명백히 소설들이 아니듯이, 판초콜릿 자판기들이 생각을 할 수 없다는 사실도 명백하다. 사람들은 자신들이 읽는 소설

---

31 【윌리스 스티븐스Wallace Stevens(1879~1955)는 1955년에 노벨문학상을 받은 미국의 시인이고, 파블로 네루다 Pablo Neruda(1904~1973)는 1971년에 노벨문학상을 받은 칠레의 시인 겸 정치인이다.】

32 【『Tristram Shandy』: 아일랜드의 소설가 겸 잉글랜드 성공회 성직자 로렌스 스턴Laurence Sterne(1713~1768) 이 1759~1767에 발표한 총9권짜리 장편연작소설 『신사 트리스트럼 샌디의 인생과 소견들The Life and Opinions of Tristram Shandy, Gentleman』의 약칭.】

33 【Mars Bar: 미국의 초콜릿 제조회사 마스Mars가 대량생산하는 '마스Mars'로도 약칭되는 판초콜릿의 일종.】

에 넋을 빼앗긴 듯 몰입하는 순간에는 소설을 읽는다고 자각하지도 못하고, 자신들이 꾸는 꿈에 완전히 빠져든 순간에는 꿈에 얼마나 깊게 빠져들었는지 상기하려고 [마치 책장冊張의 모서리를 접어두듯이 꿈의 모서리를 접어두지도 못한다. 그러나 아무리 그래도 그런 꿈을 해석한 기록물은 비록 실제로는 심리분석자의 임상보고서들에 속할지언정 '우리가 문학에 결부시키는 모든 특성'을 드러낼 수 있다.

그래서 앞에서 예시된 다섯 가지 특징은 문학의 확정된 개념을 출산하지 못한다. 이것은 그런 특징들이 문학과 다른 현상들을 가르는 전선戰線들을 확정하지 못한다는 사실을 의미한다. 우리는 이따금 제도적 상황맥락에 호소하는 식으로 그런 개념을 정의할 수 있지만, 그런 호소들이 불변하는 결정적인 것들은 아니다.**34** 우리가 쉽게 판정할 수 없는 많은 현상이 존재하므로, 우리가 그런 현상을 판정할 수 없다는 사실은 실제로 중요한 문제가 아니다. 문학의 정확한 개념 같은 것은 아예 존재하지 않는다. 문학의 개념을 배타적으로 정의하려는 모든 노력은 "그렇다면 …… 은/는 어찌되는가?"라는 의기양양한 반문을 초래하기 십상이다. 내가 앞에서 예시한 특징들은 문학-담화의 본성을 해명하는 데 유용한 대략적 지침들이나 기준들에 불과하다. 그래서 이런 지침이나 기준과 비슷한 모든 기준은 이 특징들과 관련하여 다소 조잡한 성질을 공유한다. 그러나 조잡한 개념들이 오히려 플라톤 식으로 엄밀하게 정의된 개념들보다 더 바람직할 수도 있을뿐더러 무엇이든 좋다고 여기는 양시론兩是論보다 더 바람직할 수도 있다.

---

34　제도적 예술론들은 조지 디키George Dickie의 『예술과 미학Art and the Aesthetic』(Ithaca, NY, 1974)과 데이비스의 『예술개념들』 참조.

이런 상황맥락에서 양시론은 민주적 이유를 근거로 삼는 또 다른 논리들 중에도 부당한 것으로 취급당할 수 있다. 그것은 사람들이 "문학"이라는 낱말을 사용하여 대화할 때에도 정작 그들의 화제話題를 전혀 의식하지 못한다는 사실을 암시하는 듯이 보인다. 그들은 자신들이 상대적으로 한정된 현상을 논의한다고 상상하지만, 그럴 때 그들은 실제로 그런 현상을 논의하지 않는다. 나는 이런 논의보다도 일상적 담론을 더 많이 신뢰하는 성향을 타고났다. 실제로 사람들은 자신들이 운위하는 문학이 의미하는 바를 인지할 수 있고 문학과 다른 사회적 관례들의 차이를 식별할 수 있는 감각을 지녔으므로, 여기서 내가 수행하는 작업의 대부분도 다만 그런 감각을 더 선연하게 조명하려는 노력일 따름이다. 그러나 더 정확한 (그리하여, 어쩌면, 더 풍요로울) 개념을 정립하려는 모든 노력과 마찬가지로 그런 노력도 이전에는 희미하던 문제들마저 더 확연하게 노출시킨다. 그러면 모든 노력이 헛수고로 끝나는[35] 셈이다.

## 2

허구성은 내가 앞에서 언급한 요인들 중에 아마도 가장 다루기 곤란할 것이다. 그래서 나는 허구성을 논의하는 데 이 책의 제4장을 할애할 것이다. 그러면 여기에서는 다른 기준들 중에도 짝을 이루는 두 기준을 살펴보되, 먼저 언어학계의 견해부터 살펴보기로 하자. 체코 출신 미국의 비교문학비평가 르네 웰렉René Wellek(1903~1995)과 미국의 문학비평가 겸 작가 오스틴 워런Austin

---

35 【What you gain on the swings you lose on the roundabouts: '그네를 타다가 얻은 것을 회전목마를 타다가 잃는다'고 직역될 수도 있으며 '말짱 도루묵이다'나 '십년공부도로아미타불이다'고 의역될 수도 있는 이 문구는 이글턴이 '그네를 타다가 잃은 것을 회전목마를 타다가 얻는다What you lose on the swings you gain on the roundabouts'는 서양속담을 변용한 것이다.】

Warren(1899~1986)은 공동집필한 『문학이론Theory of Literature』에서 '문학의 전문적인 언어사용법이 존재한다는 주장의 지지자는 실로 유감스럽게도 거의 없다고 판명되었다'고 강조한다.[36] 오늘날의 문학이론가들은 '문학 특유의 의미론적 언어현상이나 구문론적 언어현상이나 기타 언어학적 현상들은 전혀 존재하지 않으며, 만약 러시아의 형식주의자들, 프라하Prague의 구조주의자들, 미국의 신비평가新批評家들New Critics이 그런 현상들의 존재를 믿는다면 그들은 통탄스러우리만치 잘못 생각하는 자들이다'고 거의 만장일치로 확신한다.

그들이 정말 그렇게 믿느냐 여부는 또 다른 문제이다. 형식주의자들은 모든 문학적 장치가 이격[37]효과나 "탈脫자동기계화deautomatization"효과를 발휘하여 언어의 원료를 새롭게 의식할 기회를 독자에게 제공해준다고 주장한다. 그런데 이것은 본질주의자들의 주장으로 간주되어도 충분해서 마치 세계문학 전체가 어떤 단일한 전략에 투입될 수 있다는 주장과 흡사하다. 이런 주장은 가히 현대의 가장 놀랍고 야심찬 비평기획의 위상을 차지할 만하다. 그러니까 이것은 모든 문학적 신화들의 열쇠를 우연히 발견했다고 자처하며, 단일하면서도 굉장히 다변적인 묘용을 지닌 장치 속에 오랫동안 은닉되던 시詩, 설화, 전설, 산문허구散文虛構의 비밀을 폭로하는 주장처럼 보인다.

그러나 형식주의자들은 문학이 아닌 "문학본성文學本性"을 정의하려고 애쓰면서 그런 문학본성을 상대적이고 차이를 표시하는 상황맥락-의존적인 현상으로 간주한다.[38] 일개인의 "자기집속적自己集束的self-focusing" 기호나 현란하고 자의적

---

36  르네 웰렉, 오스틴 워런, 『문학이론Theory of Literature』(Harmondsworth, 1982), p. 25.

37  【離隔(estrangement): 한국의 문학계에서는 '낯설게 하기, 이상화異常化, 소외疎外'로도 번역되어왔다.】

38  데이빗 베닛, 『형식주의와 마르크스주의Formalism and Marxism』 참조.

인 미사여구는 다른 개인의 상투적 관용구일 수도 있다. 어쨌거나, 낯설게 하는 이격기법은 문학의 가용수단들을 탕진하지 않는다. 형식주의자들은 대체로 시詩의 관점에서 이격기법의 특성을 묘사한다. 그들이 비시적非詩的 분야(장르)들을 다루는 과정은 필시 그런 분야들에서 사용되는 장치들의 변종들을 발견하는 과정이기 마련이고, 설령 그런 변종들이 의미론적 장치들보다는 오히려 대체로 구조적 장치들에 속할지라도, 역시 그렇기는 마찬가지이다. 그래서 문학이론의 수많은 유파를 오해하는 형식주의자들은 단일하고 특수한 문학분야에만 특권을 부여하고 그런 분야의 관점에서 다른 분야들을 정의한다. 우리는 발언행위이론가[39]들이 이것과 비슷하게 부당한 특권을 현실주의적 서사에 부여한다는 사실을 나중에 확인할 것이다. 그들과 마찬가지로 프라하의 구조주의자들도 시詩를 체코의 문학이론가 겸 언어학자 얀 무카롭스키Jan Mukařovský(1891~1975)가 말한 이른바 "발언을 최전면에 내세우는 원칙the maximum of foregrounding of the utterance"[40]을 반드시 요구하는 것으로 이해한다. 비록 그렇지만 형식주의자들에게도 그렇듯이 프라하의 구조주의자들에게도 변형되는 발언들과 일탈하는 발언들은 오직 정규적인 언어학적 배경과 대비되어야만 인지될 수 있는 것들로 보이고 그래서 상황맥락마다 달라지는 것들로 보인다.

형식주의적 문학이론들이 비록 역사를 흔저하게 두려워하면서도 특징한 역사적 조건들에서는 쉽게 발생하는 경향을 드러낸다는 사실은 아울러 기억될 만하다. 그런 조건들 중 어떤 조건에서는 문학작품들이 아주 명확히 정의된 어떤

---

39 【speech-act theorist: 여기서 '발언행위'로 번역된 'speech-act'는 한국에서 '언어행위'로도 번역되어왔다.】

40 얀 무카롭스키, 「표준어와 시어詩語Standard Language and Poetic Language」, 폴 가빈Paul L. Garvin (편저), 『미학, 문학구조, 문체를 읽는 프라하학파의 독법A Prague School Reader on Esthetics, Literary Structure, and Style』(Washington, DC, 1964), p. 19.

사회적 기능을 더는 수행하지 못하는 듯이 보인다. 그러면 언제든지 필연성에서 미덕을 뽑아낼 수 있는 문학작품들은 고유의 기능과 지반과 목적을 재현한다고 주장할 수 있다. 그리하여 문학을 바라보는 형식주의적 관점은 자동계기처럼 작동한다. 또 다른 조건에서는 문학의 기본재료 — 언어 — 가 오염되고 퇴락해온 듯이 느껴지므로, 문학작품들은 그런 불길한 재료를 다소 체계적으로 난폭하게 다뤄야 하고 또 그런 재료에 함유된 어떤 가치를 끄집어낼 수 있도록 그런 재료를 소외시키고 변형시켜야 한다. 그래서 시적詩的인 것은 이미 왜곡된 매체로부터 이격되어 거듭제곱비율로 멀어져가면서 낯설어지는 것들에 속한다. 러시아의 형식주의자들도 프라하의 구조주의자들도 미국의 신비평가들도 잉글랜드의 리비스학파[41]도 모두가, 이른바 대중문화의 초창기 충격뿐만 아니라 가속적으로 발전하는 과학들 및 기술들의 충격마저 견뎌내고 살아있는 문명 속에서, 문학예술가의 천연재료를 형성하는 일상언어日常言語를 기반으로 삼아 집필한다. 그런 동시에 일상언어는 새로운 도시의 압력, 상업의 압력, 첨단기술의 압력, 관료주의의 압력을 견디지 못하고 받아들이면서도 이런 압력들을 거스르는 세계적인 역류들에도 점점 더 많이 노출된다. 이런 상황에서 일상언어는 오직 일정한 위기에 처해야만 건강을 되찾을 수 있다.

『문학현상The Phenomenon of Literature』에서 문학비평가 베니슨 그레이Bennison Gray는 자신이 다루는 주제의 본질을 파악했다고 믿는다. 문학적 허구는 일관된 진술(문학범주에서 현대주의적이고 경험주의적인 기록물의 대부분을 배제하도록 주도면밀하게 꾸며진 듯이 보이는 주장)을 구성해야 하고, 또한 그런 허구가 사건을 단순히

---

41　【Leavisites: 브리튼의 유력한 문학비평가 프랭크 레이먼드 리비스Frank Raymond Leavis(1895~1978)를 추종하는 문학비평가들의 총칭.】

보고하기보다는 오히려 순간순간마다 적합한 양식으로 표현해야 한다는 의미에서, 언어의 특수한 용법을 반드시 수반해야 한다. 그래서 "고양이야, 고양이야, 너는 여태껏 어디에 있었니?"는 문학이지만 "9월은 30일로 이루어지고 ……"는 문학이 아니다(이 두 문구는 그레이의 예문들이지 나의 빈정대는 농담들이 아니다).[42] 미국의 문학자 토머스 클라크 폴락Thomas Clark Pollock (1902~?)은 수십 년 전에 문학은 작가의 경험을 상기시키는 언어의 특정한 용법이라고 엄숙하면서도 막연하게 주장했다. 이 주장의 의미가 무엇이라고 추측되든 상관없이, 그가 오늘날에도 살아있다면 거의 틀림없이 고립무원에 있다고 느꼈을 것이다.[43] 왜냐면 문학작품들이 다른 기록물들과 공유하지 않는 부류의 언어, 언어장치들, 구조적 장치는 없다고 널리 인정될뿐더러 언어를 유달리 이상하게나 모호하게나 비유적으로나 탈자동기계화용으로나 자기지시용自己指示用으로나 자기집속용으로 사용하지 않는 (예컨대, 자연주의 소설 같은) 이른바 문학적 저작물도 풍부하게 존재한다고 널리 인정되기 때문이다. 프랑스의 작가 에밀 졸라Emile Zola (1840~1902)의 소설 『나나Nana』나 잉글랜드의 작가 조지 기싱George Gissing (1857~1903)의 소설 『지하세계The Nether World』는 의미기호의 물질성을 과시하는 기법을 선보였다고 훌륭하게 평가되는 작품들은 아니다. 실제로 프랑스의 작가 오노레 드 발자크Honoré de Balzac (1799~1850)의 소설들도 수많은 은유를 포함하듯이 미국의 하드록 펑크밴드 더 브롱크스The Bronx의 노랫말들도 수많은 은유를 포함한다. 얀 무카롭스키가 말하는 "구조화되지 않은 미학적인" 것들은 속담들, 은유들, 욕설들, 고어古語들, 신조어들, 수입된 외래어들을 의미할 뿐 아니라 일상용 발언을 활성

---

42  베니슨 그레이, 『문학현상』(The Hague, 1975), p. 80.

43  토머스 클라크 폴락, 『문학본성The Nature of Literature』(Princeton, 1942), 여러 곳.

화시키는 장치들로 간주될 것들마저 의미한다.[44] 프랑스의 철학자 자크 랑시에 르Jacues Rancière(1940~)는 '문학의 개념은 19세기말엽에 출현하면서도 그랬듯이 언어의 일정한 자기지시적 용법이나 비非재현적 용법을 의미한다'고 이해하지만, 그의 이런 견해는 문학작품의 특수한 유형을 모든 현상의 전형적 범례로 만들어버릴 수 있다.[45] 그와 상당히 비슷하게도, 프랑스의 철학자들인 필립 라쿠-라바르트Philippe Lacoue-Labarthe(1940~2007)와 장-뤽 낭시Jean-Luc Nancy(1940~)는 '우리가 아는 문학개념은, 문학이 본질적으로 창조적 저작에 속한다는 의미에서, 19세기후반 독일 예나Jena의 낭만파가 문학이론의 개념과 함께 발명한 것이다'고 주장한다. 이것은 비록 아무리 많은 것을 암시할지라도 문학개념을 다시금 특수한 종류의 문학개념에 국한해버리는 주장이다.[46]

자기지시성[47]의 단적인 증례는 시적詩的 명작으로 널리 인정되지 않는 1979년 브리튼 은행법British Banking Act에 포함된 다음과 같은 조항이다. "특정한 규정과 관련하여 이 규정들에 인용된 어떤 지시사항도 이 규정들에 인용된 특정한 규정과 관련된 지시사항이다." 이 조항은 잰말놀이[48]에나 곁말놀이에 쓰이는 문장을 닮아서 관심을 모으기 때문에 어쩌면 자기지시성을 예증하는 것으로서 이해될 수도 있을뿐더러 형식주의적 문학관점에서는 문학의 자격을 부여받을 수도 있을 것이다. 그러나 전통적으로 생각해버릇하는 비평가 한두 명은 고상한 발언의 효과들을 문학의 장점에 저촉하는 것들로 간주한다. 미국의 비평가 그랜

---

44  얀 무카롭스키, 「언어미학The Esthetics of Language」, 가빈 (편저), 앞 책.

45  자크 랑시에르, 『침묵의 언어: 문학논쟁들에 관한 에세이La Parole muette: essai sur les contradictions de la littérature』(Paris, 1998) 참조.

46  필립 라쿠-라바르트, 장-뤽 낭시, 『문학의 절대성The Literary Absolute』(New York, 1988), p. 11 참조.

47  【自己指示性(self-referentiality): '자기참조성自己參照性' 또는 '자기인용성自己引用性.'】

48  【tongue-teister: '빠른말놀이' 또는 '빠르게 발음하기 어려운 문장을 빠르게 발음하는 놀이.'】

트 오버턴Grant Overton은 극심한 혐오감을 가까스로 억누르면서 다음과 같이 논평한다. "플로베르[49] 이래로 우리는 문학적 집필양식 — 어찌되었거나 주제넘게 산문으로 자처하는 산문 — 이 소설의 가장 바람직한 조건은 결코 아니라는 사실을 서서히 알아채기 시작했다."[50] 작가들은 프랑스에서 번창하는 공상을 탐닉하는 산문을 쓰느니 차라리 솔직하게, 진실로, 지극히 미국적인 산문을 쓰겠다고 말할 것이다.

『잃어버린 낙원』이나 『도이칠란트 호號의 난파』[51]처럼 수사학적으로 고상하게 집필되거나 자기집속방식으로 집필된 저작물과, 제도적으로 규정된 몇몇 우수저작물기준에 정확히 부합하도록 집필된 저작물들 사이에는 차이점이 있지만, 문학이론가집단은 이 차이점을 별로 주목하지 않는다. 데이빗 허버트 로렌스David Herbert Lawrence(1885~1930)의 장편소설 『무지개The Rainbow』의 도입부나 허먼 멜빌Herman Melville(1819~1891)의 장편소설 『모비딕Moby-Dick』의 더 화려하고 긴박한 대목들처럼 과도한 싫증을 전혀 유발하지 않고 문학적 분위기를 풍기는 글을 쓸 수 있는 사람도 있을 것이다. 사람들은 이기적 발언의 기록물들에는 문학의 칭호를 쉽게 부여하지 않지만 훌륭하게 집필되었으되 자의식을 드러내지 않는 저작물들에는 때때로 문학의 칭호를 부여한다. 그들은 이색적인 미사여구들의 복잡다단한 집합보다도 언어의 經제性과 명백성이나 炎炎한 솔직성을 더 훌륭한 것으로 생각할 수 있다. 훌륭한 글쓰기는 훌륭한 예의범절처럼 다소

---

49  【Gustave Flaubert(1821~1880): 프랑스의 소설가 겸 문학비평가.】

50  크랜트 오버턴, 『허구(소설)철학The Philosophy of Fiction』(New York and London, 1928), p. 23.

51  【『잃어버린 낙원Paradise Lost』(『실낙원失樂園』)은 잉글랜드의 시인 존 밀턴John Milton(1608~1674)이 1667년에 발표한 장편서사시이고, 『도이칠란트 호의 난파The Wreck of the Deutschland』는 잉글랜드의 시인 제러드 맨리 홉킨스가 1875~1876년에 창작한 35연聯 송시訟詩이다.】

자중하고 삼가는 태도를 반드시 수반해야 하는 행위로 생각될 수 있다. 그러나 만약 그런 글쓰기가 충분히 이해될 만해지면, 프랑스의 작가 롤랑 바르트Roland Barthes(1915~1976)가 실행한 "영도0度"의 글쓰기와 마찬가지로, 다시금 주제넘은 행위가 되어버린다. 미국의 작가 어니스트 헤밍웨이Ernest Hemingway(1899~1961)는 표준사례이다. 양식(문체)을 결여한 집필방식자체가 집필양식일 수 있다. 그러나 아무리 그래도 문학은 양호한good 저작물로서 편리하게 정의될 수는 없다. 왜냐면, 도러시 월쉬Dorothy Walsh가 지적하듯이, 모든 저작물은 훌륭하게 집필되어야 하기 때문이다.[52] 그래서 "양호한" 저작도 수사학적으로 빛나는 저작도 문학범주를 정의하는 데 기여하지 못할 것이다.

미국의 예술철학자 먼로 비어즐리Monroe Beardsley(1915~1985)는 "문학작품은 의미의 중요부분을 암시하는 담론이다"[53]라는 사실이야말로 문학의 특성들 중 하나이자 필요충분조건이라고 주장한다. 그러나 비非문학적인 것들로 분류되는 몇몇 저작물의 암시적 의미는 몇몇 시와 소설의 암시적 의미보다 더 풍부하다. 그래서 암시적 의미의 척도 같은 것을 결여한 어떤 저작물도 전혀 기능하지 못했을 것이다. 극장들과 백화점들에 표시된 "비상구"라는 기호는, 그곳들이 영구적으로 비어있지는 않을 곳들이라면, 그 기호를 불가피한 강제명령으로 인지하기보다는 안내용 설명으로 인지하라고 우리에게 요청한다. 물론 이 경우에도 문제는 분명히 존재한다. 그러나 헤밍웨이와 프랑스의 작가 알랭 로브-그리예Alain Robbe-Grillet(1922~2008)의 집필양식을 문학의 자격을 부여받지 못할 것으로 의심하는 비어즐리의 관점에서는 아일랜드계 잉글랜드의 작가 조너

---

52  도러시 월쉬, 『문학과 지식Literature and Knowledge』(Middletown, Conn., 1969), p. 33.

53  먼로 비어즐리, 『미학Aesthetics』(New York, 1958), p. 126. 이 견해는 비어즐리의 『문학이론과 구조Literary Theory and Structure』(New Haven, 1973)에서 진전된다.

선 스위프트Jonathan Swift(1667~1745)의 집필양식이 어쩌면 문학의 자격을 부여받을 만한 것으로 보일지 모른다. 북아일랜드 출신 문학비평가 데니스 도너휴Denis Donoghue(1928~)가 '스위프트의 딱딱하고 사내다우며 어떤 기교도 부리지 않고 직설하는 집필양식은 촉수觸手처럼 뻗어나는 모든 뿌리를 결여했다'고 훌륭히 묘사했다는 사실도 비어즐리의 이런 관점을 방증한다. 어쨌거나, 특정한 담론에 실릴 수 있는 암시적 의미는 특정한 문화적 배경에만 간직되고 여타 문화적 배경에는 간직되지 않은 것이다. 암시적 의미들은 특정한 작품과 그것의 불변하는 특성들이 아닌 상황맥락들 사이에 존재하는 관계들의 기능을 대변한다.

자기과시기호自己誇示記號의 개념은 일종의 역리逆理를 내포한다. 어떤 의미에서, 자기과시기호에 속하는 언어는 세계를 멀리하고 우리의 관심을 '텍스트는 기록물writing이지 실물實物은 아니라는 사실'로 이끌어간다. 그러면서도 그런 언어는 보유한 모든 자원을 풀어놓는 식으로 실물들에 살을 입히려고 애쓴다. 시적詩的 기호도 역리를 내포한다. 왜냐면 시적 기호는 더욱 치밀하게 조직될수록 보유한 지시권력指示權力을 더욱 팽창시키기 때문이다. 그러나 이런 치밀성도 시적 기호를 그 기호의 고유한 현상으로 보이게 변모시키고 그 기호의 자치권을 선명하게 부각하여 그 기호와 현실세계의 결속관계를 느슨하게 만든다. 특히나 시적 기호의 음향효과, 싸임새, 운율가치韻律價値 및 음색가치音色價値는 뚜렷하게 실감되기 때문에 시적 기호가 그 기호를 에워싸는 기호들과 암시적 관계들을 맺기는 특정한 객체를 직접 표시하는 듯이 보이는 기호들과 암시적 관계들을 맺기보다 오히려 더 쉬울 수 있다. 그래서 기호를 "양육하는" 과정은 기호의 지시대상을 "도태시키는" 과정인 동시에, 역리적이게도, 기호를 더 선명하게 드러내는 과정이다.

그래서 기호는 더 분주해질수록 더 많은 지시작업을 완수한다. 그러나 오히려 그래서 기호는 자신이 표시하는 것에 내재된 자신을 삭제하면서 우리의 눈길을 끌어당긴다. 프랭크 레이먼드 리비스는 물질의 현실성을 연상시키는 (셰익스피어, 키츠, 홉킨스[54]의) 기호들을 몹시 애호하지만, 현실을 벗어나 표류하는 듯이 보이는 (밀턴의) 독립적 기호들을 바라보는 그의 관점은 엄격하다. 그렇더라도 사물들의 맛매[風味]와 짜임새를 암시하는 낱말들과, 사물자체들을 닮아온 듯이 보이는 낱말들 사이에는 한 줄기 가느다란 연결선連結線이 존재한다. 미국의 문학비평가 프레드릭 제임슨Fredric Jameson(1934~)의 관점에서 현대주의는 비록 기호의 지시대상에 갇혔던 기호를 구출하여 기호의 고유한 자유공간으로 방면할지라도 반드시 기호를 구체화해야 한다. 그래서 손실과 이득은 동일하다. 그런데 어떤 의미에서는, 세계가 깨끗이 사라져도 현대주의적인 몇몇 작품이 현실의 끈질긴 요구를 떨쳐내고 이런 자유를 획득하는 대신에 지불해야 할 값은 놀랍도록 터무니없이 비싸다.[55] 그런 반면에 독립적 기호를 거부하고 (예컨대) 탄제린 귤[56]이나 파인애플의 느낌을 물씬 풍기는 언어를 선택하는 시인은 그런 과일을 선택하는 청과물상인보다 더 행복할지 모른다. 낱말들은 자신들의 지시대상들과 실제로 합체하면서부터 낱말들의 면목을 잃어버릴 수 있다.

이론가들은 문학작품들을 특별한 발언들로 간주하는 견해를 대체로 포기할

---

54 【'키츠'는 잉글랜드의 시인 존 키츠John Keats(1795~1821)이고, '홉킨스'는 잉글랜드의 시인 제러드 맨리 홉킨스 Gerard Manley Hopkins(1844~1889)이다.】

55 프레드릭 제임슨, 『현대주의논집The Modernist Papers』(London, 2007), 제1부 참조.

56 【tangerine: 미국과 남아프리카에 주로 서식하는 탄제린 나무에 열리는 귤橘로서 만다린 귤 Mandarin로도 지칭된다.】

수도 있었지만, 여태껏 독자의 특별한 조심성을 강조하던 자신들의 견해를 더욱 포기하기 싫어했다. 잉글랜드의 시인 겸 학자 프랜시스 에드워드 스파쇼트 Francis Edward Sparshott(1926~2015)가 우리에게 알려주는 바대로라면, 우리는 문학담론의 지시대상 때문에 문학담론을 주목하기보다는 오히려 문학담론의 본유적 특성들 때문에 문학담론을 주목한다.[57] 그러나 문학담론의 본유적 특성들은 아예 존재하지 않으므로 문학적인 것을 선명하게 부각시키지 못한다고 생각하는 비평가들도 있다. "문학"언어와 "일상"언어의 일반적이고 본질적인 차이는 전혀 없다고 정확하게 이해하는 스탠리 피쉬가 강조하는 바대로라면, 우리가 문학으로 지칭하는 것은 단지 우리가 배경조성용背景造成用 테두리frame로 둘러싸는 언어에 불과하고, 그런 테두리는 그런 언어를 특별히 주목하여 면밀하게 다뤄야겠다는 우리의 판단을 암시한다.[58] 이런 주목행위가 이른바 언어의 본유적 특성들을 산출할 것인데, 피쉬의 관점에서 그런 특성들은 면밀하게 주목되지 않으면 아예 존재할 수 없다.

이런 관점은 다음과 같은 문제를 수상쩍으리만치 빠르게 대충 지나쳐버린다. 만약 작품을 정당화할 수 있는 것이 작품자체에 전혀 들어있지 않다면 우리는 왜 처음부터 이런 주목행위의 실행을 바라야 하는가? 그런 판단의 근거들은 무엇인가? 그런 판단은 왜 하필 저 텍스트가 아닌 이 텍스트를 둘러싸는가? 작품의 내재적 특성들 때문에 그럴 수 있는 것은 아니다. 왜냐면, 내가 앞에서 지적했듯이, 피쉬는 작품이 어떤 내재적 특성을 보유한다고 믿지 않기 때문이다.

---

57  프랜시스 에드워드 스파쇼트, 「문학의 정체를 말할 가능성On the Possibility of Saying What Literature Is」, 허네이디 (편저), 앞 책, p. 5.

58  피쉬, 『이렇게 분류되는 텍스트가 있는가?』, p. 108; 「일상어는 얼마나 평범한가?How Ordinary Is Ordinary Language?」, 『뉴 리터러리 히스토리New Literary History』 vol. 5, no. 1 (autumn, 1973).

그가 대담하게 반직관적反直觀的 필치로 쓰듯이, "형식적 장치들은 언제나 우리가 이용하는 해석모형의 기능을 수행한다. 그러므로 그런 장치들은 텍스트의 '내부에' 존재하지 않는다.'[59] 그래서 그가 자신의 인식론에 얽매여서 인정하지 못할 두 가지 사실이 있다. 첫째 사실은 어떤 특수한 문화의 상황맥락에서 몇몇 텍스트는 다른 어느 읽기(독해)보다도 섬세한 읽기에 보답하는 것들로 판단되는 특성들을 드러낸다는 것이다. 둘째 사실은 이런 첫째 사실이 바로 제도권 문학단체가 그런 텍스트들을 책임지고 섬세하게 배려하며 호응하듯이 다루기로 "판단하는" 한 가지 이유라는 것이다. 이런 사실들을 인정하지 못하는 사람은 그런 판단의 근거들을 이해하기 어렵다. 그래서 어떤 합리적 기준에도 의존하지 않는 판단들은, 이른바 실존주의적 판단들과 마찬가지로, 오직 판단이라는 낱말의 느슨한 의미에서만 비로소 판단들일 수 있다. 예컨대, 운문형식을 띠는 텍스트들이나 허구적인 텍스트들은 왜 그토록 많은 테두리에 둘러싸일까? 이런 테두리들에 둘러싸일 것들을 선택하는 판단은 단지 임의적인 판단에 불과할까? 제도권 문학단체가 대중잡지《넛츠Nuts》와 자동차경주결과들을 선택하기도 클라이스트와 호프만슈탈[60]을 선택하기만큼이나 쉬웠을까?

물론 아무리 변변찮은 창의력을 지닌 사람도《넛츠》와 자동차경주결과들을 과찬하여 몇 가지 호화로운 시적詩的 의미를 드러내는 것들로 보이게 윤색할 수 있다. 그렇다면 차라리 왜 제도권 문학단체는 그런 과찬을 우리에게 대체로 권장하지 않느냐는 질문이 제기되어야 한다. 이 질문에 부응하는 — 제도권 문학단체는 이런 견지에서 클라이스트와 호프만슈탈이 더 많은 보상을 받아야 한다

---

59  피쉬, 앞 책, p. 478.

60  【'클라이스트'는 독일의 작가 하인리히 폰 클라이스트Heinrich von Kleist(1777~1811)를, '호프만슈탈'은 오스트리아의 작가 후고 폰 호프만슈탈Hugo von Hofmannsthal(1874~1929)을 가리킨다.】

고 생각한다는 — 명백한 답변은 피쉬에게는 어울리지 않을 것이다. 왜냐면 그의 관점에서는 만약 텍스트들이 본유적 특성들을 전혀 타고나지 않는다면 어떤 텍스트도 다른 어느 텍스트보다 더 낫다고 평가될 수 없기 때문이다. 하물며, 마찬가지로, 그의 관점에서는 배경조성용 테두리로 클라이스트를 둘러쌀 수 있게 만들어줄 어떤 특성도 클라이스트의 본유적 특성일 수 없듯이, 그런 테두리로 대중잡지《넛츠》를 둘러쌀 수 있게 만들어줄 어떤 특성(예컨대, 대중문화의 몇몇 유행을 비교하는 해설)도 그 잡지의 본유적 특성일 수 없는데, 왜냐면 그 잡지도 본유적 특성을 전혀 타고나지 않았기 때문이다. 그렇지 않다면, 적어도, 그 잡지를 일독─讀될 만하게 만들어줄 듯이 보일, 아니면 그런 테두리에 대략적으로나마 둘러싸이기 전에는 일독될 만하게 만들어줄 듯이 보이지 않을, 인지될 만한 어떤 언어특성도 그 잡지에는 들어있지 않기 때문이다. 그러니까 스탠리 피쉬의 견해는 정전正典canon의 옹호자들에게도 위안을 주지 않듯이 정전의 비판자들에게도 위안을 주지 않는다. 그래서 마치 "본유적" 의미들의 신봉자들이 소형 브랜디 통의 내부에 브랜디가 존재하는 경우와 상당히 비슷하게 의미도 작품의 내부에 존재할 것이라고 짐작하기 마련이듯이, 텍스트의 "내부에" 본래부터 무언가가 존재할 것이라는 추정은 과연 무엇을 의미하느냐는 질문에도 피쉬의 관점은 답변을 회피한다.

피쉬의 이론은 윤리학의 판단주의decisionism에 상응하는 비평이론으로 보일 수도 있다. 그렇지만 이 경우에 판단하는 자들은 개인들이 아니라 제도권 문학 단체들이다. 피쉬는 문학작품과 관련된 사실들을 근거로 삼으면 특정한 텍스트를 문학작품으로 간주하여 다루겠다고 판단할 수 없다. 왜냐면 그의 관점에서 그 모든 사실은 비난을 모면할 수 없기 때문이다. 사실들이란 견고한 근거를 확보한 해석들에 불과하다. 피쉬는 사실들이 특수한 환경들에서 그토록 견고한 근거를 확보할 수 있는 까닭을 우리에게 알려주지 못한다. 사실들이 세계의 존재방식에 속한다는 사실이 그런 까닭일 수는 없다. 왜냐면 피쉬의 관점에서는 "세계의 존재방식"자체가 해석의 소산所産이기 때문이다. 해석들은 사실들을 산출하지만, 사실들은 해석들을 산출하지 않는다. 이른바 텍스트의 사실들을 산출하는 행위는 텍스트를 읽는 행위이다. 그래서 비평용 가설을 뒷받침할 텍스트의 증거에 호소하면서 텍스트를 읽는 행위는 결국 한 가지 해석의 근거를 또 다른 해석에서 확보하는 행위이다. 그럴 뿐만 아니라, 이른바 텍스트의 증거가 실제로 비평용 가설의 소산이므로, 결국 피쉬의 관점은 순환논리에 빠져든다. 그러면 증거의 개념은 심하게 허약해진다. 그것은 무한후퇴논리[61]에 속하는 개념이기 때문이다.

우리가 만약 이런 논리에 의존하면 우리의 텍스트 해석들에 반발할 텍스트들의 압박을 못 이겨 우리의 비평용 가설들을 새로운 증거에 비추어 교정하거나 포기해야 할 상황들을 설명하기 어려울 것이다. 그러면 여태껏 우리가 어떤 시詩나 소설을 읽으며 경탄할 수 있었거나 '우리의 시詩읽기나 소설읽기는 어떤 의미에서 실패했다'고 결론지을 수 있었던 사연은 불확실해진다. 피쉬의 세계에서 텍스트의 특성들은 단지 그것들을 감안하려는 우리의 의도들에 충분히 반발할 수 있을 만큼 현실적인 것들이 아닐 따름이다. 우리가 문학 텍스트에서 끄집어낼 수 있는 것은 오직 우리가 그것에 은밀하게 집어넣은 것뿐이다. 왜냐면 우

---

61 【turtles all the way down: 어떤 일의 원인이나 조건의 시초를 궁구하느라 끝없이 과거로 되돌아가며 후퇴하는 무한후퇴無限後退.】

리가 문학작품에서 "발견하는" 모든 것은 실제로 우리의 제도적으로 결정된 문학작품읽기의 소산들이기 때문이다. 피쉬는 비트겐슈타인의 『철학탐구들』에서 풍자되는 사람을 정확히 닮은 문학인으로 보일 수 있다. 그 사람은 자신의 한쪽 손에 쥔 돈을 반대편 손으로 옮겨 쥐면서 금융거래를 했다고 자처한다.

피쉬는 "텍스트의 특성들은 (그것들이 문학적인 특성이든 '평범한' 특성들이든 상관없이) 몇몇 주목방식의 소산들이다"[62]고 진술한다. 미국의 독일문학역사학자 로버트 찰스 홀럽Robert Charles Holub(1949~)은 피쉬가 적어도 "해석보다 먼저 존재하는 어떤 것'을 인정하듯이 …… 표기된 낱말들이나 부호들의 존재를 인정해야"[63] 마땅하다고 암시하지만, 피쉬는 지나치게 인색하다. 피쉬의 관점에서 "표기된 부호들"이라는 문구는 수많은 해석을 유발하는 것이다. 심지어 쌍반점(세미콜론semicolon)들도 『예프게니 오네긴』[64]을 해석하려는 다소 이색적인 가설과 마찬가지로 해석의 소산들이라는 의미에서 사회의 구성물들이다. 그렇다면 우리가 해석하는 것의 정체는 독일의 철학자 칸트Immanuel Kant(1724~1804)가 상정한 '실체의 왕국'처럼 불가사의해서 도저히 인식될 수 없는 것으로서 남을 것이 틀림없다. 왜냐면 그것의 정체를 묻는 질문의 답변은 오직 또 다른 해석뿐이기 때문이다. 주시되어야 할 이런 관점은 "해석"이라는 낱말의 다양한 의미들을 부당하게 뒤섞어버린다. 피쉬가 타당하게 상소하듯이, 모든 경험적 관찰의견은 이론을 짊어졌으므로 맬볼리오와 상인은행업자[65]를 동일시하는 의견과 동일하다는 의

---

62  피쉬, 앞 책, p. 12.

63  로버트 찰스 홀럽, 『수용이론Reception Theory』(London and New York, 1984), p. 104.

64  【『Eugene Onegin』(=『Yevgeniy Onegin』): 러시아 작가 푸슈킨이 1825~1832년에 발표한 장편운문소설.】

65  【'맬볼리오(말볼리오)Malvolio'와 '상인은행업자'는 셰익스피어 희곡 『열둘쨋밤Twelfth Night』(『12야+二夜』)에 나오는 인물들이다.】

미에서 해석들을 닮았다. 그래서 모든 경험적 관찰의견은 해석용 주장들을 유효하게도 무효하게도 만들지 못한다.

신新실용주의자가 기이하게 여길 사실이 있다. 그것은 우리는 오직 몇몇 실용적 상황맥락에서만 "해석"이라는 낱말을 사용한다는 비트겐슈타인의 논지를 피쉬가 수용하지 않는다는 사실이다. 우리는 일반적으로 이 낱말을 어떤 의심의 가능성이나 모호성 아니면 다른 가능성들이 존재하는 경우에 사용하는데, 이런 용법은 오직 근시안적 견해만 대변하는 쌍반점들의 용법과 다르지 않다. 나는 내가 두 무릎을 가졌다고는 "해석하지" 않는다. 내가 "스탠리 피쉬"라는 두 낱말을 볼 때마다 매번 "해석해야" 하리라고 상상하는 과정은, 내가 누군가의 두 눈에서 철철 흘러내리는 눈물을 보면 그 사람이 몹시 슬프리라고 "추리해야" 하거나 "추론해야" 한다고 상상하는 과정과 비슷하다. 오스트리아의 작곡가 모차르트Mozart(1756~1791)가 작곡한 클라리넷 협주곡의 다양한 연주방식들이 존재하므로 우리는 그 협주곡에 관한 해석을 운위할 수 있다. 그렇지만 나는 창문 밖을 내다볼 때면 대체로 내가 창문 밖을 내다본다고는 해석하지 않는다.

우리는 어떤 책의 지면에 표기된 까만 부호들을 보면 의미들을 추론해내야 한다고 피쉬는 믿는데, 그의 이런 믿음은 우리는 우리의 눈알들을 보면 얼룩말 무늬처럼 불규칙한 흑백얼룩무늬를 추론해내야 한다고 여기는 믿음만큼이나 무분별하다.[66] 우리가 낱말을 보면서 알아보는 것은 낱말이지 낱말이 될 것들로 해석하는 까만 부호들의 집합이 아니다. 이런 사실은 다음과 같은 두 가지 사실의 근거를 없애지 못한다. 첫째 사실은 우리가 몇몇 까만 부호는 실제로 낱말이 될 것들이라고 확신할 수 없다는 것이다. 둘째 사실은 우리가 어떤 낱말의 의미

---

66  존 랭쇼 오스틴, 『감각과 감지될 수 있는 것Sense and Sensibilia』(Oxford, 1962), pp. 84-142 참조.

를 확신할 수 없거나 아니면 특수한 상황맥락에서 사용되는 낱말의 용법을 몰라서 곤혹스러워할 수 있다는 것이다. (그래도 낱말의 의미를 아예 모르는 사람이 낱말의 용법을 모른다고 곤혹스러워할 수는 없다. 나는 특정한 상황맥락에서 사용되는 "지글릭ziglig"이라는 낱말의 용법을 모른다고 티끌만치도 당황하지 않는다. 왜냐면 나는 그 낱말의 의미를 모르기 때문이다.) 중요한 것은 다만 우리가 "해석"이라는 용어의 모든 위력을 잃지 않도록 조심하면서 그 용어를 의심의 가능성이나 여타 다양한 가능성들에 적용할 수 있게 예비해둬야 한다는 것이다. 그리하지 않았다면 나는 여태껏 피력한 나의 모든 의견에 "나는 …… 라고 해석한다"는 표현을 덧붙일 수 있었을 것이다. 그러면 그런 표현은 마치 아무것에도 정확하게 맞물리지 못하는 언어기계의 톱니바퀴처럼 작용했을 것이다. 그러니까 나는 예컨대 "사일러스 럼폴Silas Rumpole이라는 나의 오래된 친구가 있다"고 말하는 대신에 "나는 사일러스 럼폴이라는 나의 오래된 친구가 있다고 해석한다"는 식으로 말할 수 있다. 물론 이런 식의 발언을 얼마간 계속 듣는 사람은 다소 지루한 기분을 느낄 수도 있을 것이다.

피쉬는 의심의 개념과 해석의 개념이 화합할 수 있는 경위를 이해하지 못한다. 피쉬의 이런 몰이해는 그가 읽기를 해석과정의 일종으로 이해하면서도 읽기에는 어떤 의심의 가능성이든 반드시 수반된다는 것을 인정하지 않는다는 사실 때문에 자명해진다. 상처입어 미쳐 날뛰는 코뿔소를 마주친 여자가 그런 자신의 처지를 확신할 것이듯이 독자는 자신이 읽는 텍스트의 의미를 일반적으로 확신할 것이다. 가령 우리가 까만 부호들의 어떤 집합은 펭귄을 의미한다고 "해석해야" 한다는 사실은 우리가 여태껏 한 번도 다르게 해석할 수 없었다는 사실을 의미하지 않을 것이다. 왜냐하면 독자들 개개인은 저마다 소속된 이른바 해석공동체의 함수들에 불과하기 때문이고 의미는 언제나 해석공동체의 관점에서 결정되기 때문이다. 그러니까 해석공동체는 독자를 위해서 해석하는 공동체이므로, 해석공동체에 소속된 독자가 자발적으로 이해할 의미는 바로 해석공동체가 그 독자로 하여금 그렇게 이해하도록 결정한 의미이다. 미국중앙정보부CIA 요원들이 미국정부의 충복忠僕들이듯이 독자들도 저마다 소속된 해석공동체들의 충복들이다. 해석공동체의 관점에서는 세상만사가 해석의 소산들이다. 개인의 관점에서는 아무것도 해석의 소산으로 보이지 않는다. 무척 아이러니하게도, 피쉬는 존재하지 않는 것을 해석해야 할 필요성을 이해하면서도 존재하는 것을 해석해야 할 필요성은 이해하지 못한다.[67]

그래서 피쉬의 관점에서 읽기는 딱히 부담스러운 행위가 아니다. 해석공동체가 부담스러운 읽기를 전담하면 독자는 해석공동체의 해석만 홀가분하게 받아들이면 되니까 읽기의 모든 과정은 거의 자동적인 과정이다. 그런 과정의 자기풍자自己諷刺적 성격이 가장 역력해지면, 해석공동체들이 어수선하게 중첩될 가능성도, 해석공동체들의 관례들이나 그런 관례들의 적용방식이 모호해질 가능성도, 해석공동체들의 경계선들이 흐려질 가능성도, 어떤 텍스트에서 해석공동체가 추출하는 의미와 독자가 애써 추출하려는 의미가 충돌할 가능성도 깨끗이 사라진다. 피쉬는 해석공동체들을 믿기지 않을 만치 동질적인 것들로 간주하려는 경향을 보인다. 독자들은, 더 일반적으로는 인간들은, 단일집합을 이루는 실천방식들의 소산들이다. 이 말은 곧 해석공동체들에 소속된 개인은 해석

---

67 해석에 관한 피쉬의 견해는 다음 문헌에서 논의된다. 마틴 스톤Martin Stone, 「"모든 텍스트 읽기는 해석이다"라는 격언On the Old Saw, "Every Reading of a Text is an Interpretation"」, 존 깁슨John Gibson, 볼프강 휘머 Wolfgang Huemer (편저), 『문학적 비트겐슈타인The Literary Wittgenstein』(London and New York, 2004).

공동체들의 관례들에 근본적으로 도전할 수 없다는 사실을 의미한다. 그런 개인이 순응할 관례들은 어떤 것들일까? 사실상 그렇게 제도화된 관례들이 인간주체를 현실적으로 구성하므로, 인간주체는 그것들에 펄쩍 뛸 만치 놀라지 않으면 그것들을 근본적으로 비판할 수 없을 것이다. 나중에 우리가 살펴보겠듯이, 그토록 근본적인 모든 비판은 오직 다른 어떤 해석공동체(그러니까 자신이 소속한 해석공동체의 관례를 근본적으로 비판하려는 개인과 무관할 다른 해석공동체)의 유리한 지점에서만 개시될 수 있거나 아니면 오직 어떤 메타자연학적 외부공간에서만 개시될 수 있을 것이다.

그래서 피쉬의 인식론적 근본주의는 흥미롭게도 보수적이고 정치적인 몇 가지 의미를 함유한다. 그런 근본주의는 특히 아무도 피쉬의 의견을 반대할 수 없다는 사실을 함의한다. 만약 피쉬가 다른 어떤 사람의 비판들을 이해할 수 있다면, 그 사람과 피쉬는 동일한 해석공동체의 토박이들일 터이므로 그 사람의 의견과 피쉬의 의견 사이에는 어떤 근본적 차이도 있을 수 없을 것이다. 만약 피쉬가 그 사람의 비판들을 이해하지 못한다면, 아마도 그 사람이 소속한 해석공동체와 피쉬가 소속한 해석공동체가 서로 워낙 달라서 그 사람의 비판들이 깨끗이 무시될 수 있기 때문에 그럴 것이다.

일반적으로 인식론적 보수주의는 세계를 특정인의 해석결과로 간주하는 만큼 쉽사리 의혹주의에 빠져들 수 있다. "우리가 아는 것은 세계가 아니라 세계와 관련된 이야기들이다"고 피쉬가 믿을 수 있듯이 그런 보수주의도 그렇게 믿을 수 있을 것이다. 그런 경우에 만약 이야기들이 세계와 "관련된" 것들이라면 (그렇더라도 우리가 그런 이야기를 어떻게 알겠으며, 또 그런 이야기는 어째서 다른 이야기가 아닐까?), 우리가 그런 이야기들을 알 때에도 세계를 모르는 사연은 이해하기 어렵다. 칸트주의자들의 관점에서 그런 이야기들은 우리와 세계자체 사이에 끼어들어 간섭하는 인지될 수 있는 현상들의 꼴사나운 주요부분들이다. 후기현대주의자들의 관점에서 그런 이야기는 담론이거나 해석이다. 우리는 "비스킷"이라는 낱말을 발음하면서 현존하는 과자의 일종을 알기보다는 단지 그 낱말자체만 알거나 그 낱말에 함유된 의미만 알 따름이라고 보는 견해는 낱말자체의 개념을 천진난만하게 구체적으로 오해하기 때문에 생겨난다. 그런 견해의 소유자는 낱말들이나 개념들은 우리자신들과 현실 사이에 끼어드는 객체들이라고 상상하는데, 이렇게 상상하는 과정은 차라리 나의 신체는 나를 세계와 접촉하지 못하게 방해하는 것이라고 상상하는 과정을 닮았다.

이런 오해는 1970년대와 1980년대에 소쉬르주의자들, 알튀세르주의자들[68], 담화이론가들, 몇몇 급진적 여성주의자(페미니스트) 사이에서 특히 만연했을 뿐만 아니라 오늘날의 후기현대주의 사상에서도 여전히 발견된다. 우리는 이런 오해를 또 다른 각도로 바라보는 관점을 토마스 아퀴나스에게 다시금 의뢰할 수 있다. 후기현대주의자들 사이에서 가장 널리 유행하는 사상가들에 속하지 않는 아퀴나스가 『아베로에스학파[69]의 견해를 반박하는 지성단일론知性單一論De unitate intellectus contra Averroistas』제5권에서 지적하는 바대로라면, 개념이란 우리가 이해하는 사물과 관련되는 것이 아니라 정확하게는 사물을 파악하는 우리의 이해과정understanding이므로, 개념들이 유관한 여느 것과 관계를 맺는 경위는 전혀

---

68 【'소쉬르주의자들'은 스위스의 언어학자 소쉬르의 추종자들이고, '알튀세르주의자들'은 프랑스의 마르크주의 철학자 루이 알튀세르Louis Althusser(1918~1990)의 추종자들이다.】

69 　【Averroistas(Averroists): 에스파냐의 아랍계 철학자 겸 신학자 겸 과학자 아베로에스Averroes(= 이븐 루시드 Ibn Rushd, 1126~1198)의 사상(아베로이즘Averroism)을 추종하거나 신봉하는 자들.】

문제되지 않는다. 분명히 오해는 오해과정일 수 있다. 그러나 개념이 객체를 방해하여 이해될 수 없게 만들기 때문에, 아니면 개념이 객체의 파생된 변종에 불과하기 때문에, 오해가 오해과정일 수 있는 것은 아니다. 이런 오해의 이면에는 인간의 두뇌 속에서 상상된 그림들처럼 불안정하게 은유된 개념들이 도사린다. 개념은 객체를 수동적으로 구성하기보다는 오히려 능동적으로 구성한다고 주장하는 사람도 이런 오해의 덫을 헤어나지 못한다. 상당히 많은 인식론적 구성주의의 이면에는 개념을 바라보는 구체화된 관점이 잠복한다. 이 관점은 사물들을 다루는 방식 같기보다는 오히려 가짜사물 같은 것이다. 그래서 예컨대 (나 자신도 지난날에는 다소 모호하게나마 한 번쯤 포함될 수 있었을) 루이 알튀세르의 제자들은 세계에 실재하는 객체를 그런 객체의 개념적 구성물 — 우리가 그런 객체에 관해서 알 수 있는 유일한 것 — 과 진지하게 대조하곤 한다. 이 관점은 "개념"이라는 낱말의 문법을 오신誤信되게 만들기 마련인데, 문화이론은 이 문법을 아직도 완전히 되찾지 못했다.

　1970년대 후반의 문화적 풍토에서 일반적으로 유통된 반反현실주의의 이토록 허황된 상표는 역력하게 반직관적인 것이다. 스탠리 피쉬는 실제로, 예컨대, '무운시無韻詩나 영웅시적 2행대구형二行對句形이나 미란다Miranda 의 성격 같은 것들은 어떤 텍스트에 내재된 특성들이 아니라 독자가 그 텍스트에 부여한 특징들이다'고 말하고플까? 이런 피쉬의 의도를 변호하려는 사람들 중에는, 니체의 어투를 모방하면서, 하여간 내재적 특성들 따위는 아예 없다 — 이를테면, 두개골의 심각한 함몰증세는 아폴론[70] 같은 언어구성물의 일종이다 — 고 주장할 사람도 있을지 모른다. 그러나 이런 변호는 문학작품들을 바라보는 피쉬의 관점

---

70 【Apollon: 그리스 신화에 나오는 태양신의 이름.】

을 변변찮은 빤한 것으로 만들어버린다. 만약 그의 관점이 현실의 전체에 고스란히 적용된다면 모든 것을 시종일관 취소하면서 본연상태로 정확히 되돌릴 것이다. 그것은 유의미하지만 무기력한 관점이다. 문학작품들은 고유한 특성들을 결여한다는 주장은 오직 그런 특성들의 고유한 존재를 믿는 사람에게만 유익한 것이다. 피쉬는 그런 특성들을 고유한 존재들로 생각하지 않는다고 실토하거나 선언해야 하든지 아니면 말싸움에 내재된 고유한 특성들이 독일의 시인 겸 극작가 게오르크 뷔히너Georg Büchner(1813~1837)의 극작품에는 들어있지 않은 까닭을 설명해야 한다. (뷔히너의 극작품이 담론의 일종이라는 사실은 그런 까닭을 묻는 질문의 답이 전혀 아닌데, 왜냐면 피쉬의 관점에서는 말싸움도 어쩌면 담론의 일종일 수 있기 때문이다.) 사실상, 피쉬는 자신의 관점이 모든 것을 시종일관 삭제한다는 주장도 제기된다는 사실을 알뿐더러 실제로 그런 주장을 오히려 흡족하게 여긴다. 그는 자신의 이론들이 세계에 실질적 영향을 끼칠 수 있기를 전혀 바라지 않는 희한한 실용주의자로 보인다. 그의 이론들은 언제나 우리의 행위를 그냥 다시 서술할 따름이다. 그러니까 그의 관점에서는 세계해석이 중요하지 세계변화는 중요하지 않다.[71]

러시아 출신 미국의 구조주의 언어학자 겸 형식주의 문학이론가 로만 야콥슨Roman Jakobson(1896~1982)의 관점에서 시적詩的인 것은 "메시지[72]를 기대하는 경향" — 언어작품을 귀중하고 의미심장한 작품자체로서 기탄없이 받아들이느냐는 문제를 의미하는 경향 — 을 재현한다. 이런 관점이 시詩나 허구(소설)를, 예컨대, 역사나 철학과 뚜렷하게 구별할 수 있는 경위는 이해되기 어렵다. 역사서나

---

71 【마르크스는 「포여바흐에 관한 논제들Thesen über Feuerbach」(「포여바흐에 관한 테제」)에서 "세계변화가 중요하지 세계해석은 중요하지 않다"고 주장했다.】

72 【message: 의미심장한 전언傳言.】

철학서의 언어는 언제나 순전히 도구적인 것은 아니라서, 기호자체를 과감히 무시해버리고 기호에서 지시대상으로 직행하라고 우리에게 권장한다. 타키투스, 데이빗 흄, 윌리엄 에드워드 하트폴 레키, 에드워드 파머 톰슨[73]의 저작들도 그렇게 권장한다. 그렇지만 우리는 "미학적" 방면에서 문학적인 것들로 평가되는 텍스트들을 면밀히 주시해야 하고 그것들의 발언전략들을 음미해야 하며 그것들의 복잡한 의도들을 즐겁게 감상해야 한다고 피쉬는 강조하지 않는다. 그는 오히려 우리가 작품의 도덕적 내용을 주목해야 한다고 생각한다. 왜냐면 그는 텍스트의 언어를 인지하는 감수성이 그런 내용을 비상하리만치 면밀하게 주목하도록 우리를 재촉할 것이라고 생각하기 때문이다. 브리튼의 소설가 겸 문학비평가 아서 퀼러-쿠취Arthur Quiller-Couch(1863~1944)에게 어울릴 '형식과 내용을 별개시하는 이분법二分法'의 관점에서 작품의 언어는 작품의 내용을 탐색하는 도구에 불과하다. 그런 관점은 다만 우리가 이제 육중한 도덕문제들을 직면했다는 사실을 암시하는 실마리일 따름이다.

우리가 덴마크의 언어학자 루이스 옐름슬레우Louis Hjelmslev(1899~1965)를 본받아 '내용의 형식'으로도 지칭하는 동시에 '형식의 내용'으로도 지칭할 수 있는 것을 이분법적 관점은 간과해버린다.[74] 거의 모든 문학철학자와 마찬가지로 이분법적 관점의 소유자는, 만약 어떤 작품이 매우 일관된 어떤 것을 함유한다면 그 작품의 도덕적 전망은 작품의 내용에도 은닉되었을 수 있는 만큼이나 작품의

---

73 【타키투스Tacitus(56~120)는 고대 로마의 역사학자 겸 원로원의원이고, 데이빗 흄David Hume(1711~1776)은 스코틀랜드의 역사학자 겸 철학자이며, 윌리엄 에드워드 하트폴 레키William Edward Hartpole Lecky(1838~1903)는 아일랜드의 역사학자 겸 철학자이고, 에드워드 파머 톰슨Edward Palmer Thompson(1924~1993)은 브리튼의 역사학자 겸 작가이다.】

74 루이스 옐름슬레우, 『언어이론서설Prolegomena to a Theory of Language』(Madison, Wis. 1961) 참조. 또한 프레드릭 제임슨의 『정치적 무의식The Political Unconscious』(London, 1981) 제1장에 발견되는 이 개념의 비평적 용법도 참조.

형식에도 은닉되었을 수 있다는 사실 — 문학 텍스트의 언어 및 구조가 이른바 도덕적 내용을 잉태하고 출산한다는 사실 — 을 이해하지 못한다. 영웅시적 2행 대구형의 어순語順, 대칭성, 평형성을 활용하는 신新고전파의 시詩. 무대 위에서 공개적으로 표현할 수 없는 현실성들을 무대 뒤에서 은밀한 몸동작으로 표현하도록 강요당하는 자연주의적 극작품. 시간적 순서를 뒤죽박죽으로 만들거나 등장인물의 관점을 어지럽게 이동시키는 장편소설. 이 모든 작품은 도덕적 의미나 이념적 의미를 자체적으로 함유하는 예술형식의 증례들이다. 심지어 '시적 난센스 같은 작품'도 '결말놀이에 속하거나 인지되지 않는 말장난에 속하는 소품'도 암묵적으로 도덕의미를 함유할 수 있고, 자체적으로 창조력을 한 번쯤 향락할 수 있으며, 우리의 세계인식능력을 쇄신할 수 있고, 무의식의 연상聯想들을 방면할 수 있다. 문학철학이 이따금 고상한 윤리적 내용을 추구하면서도 형식의 도덕성을 무시하는 내막은 주목될 만하다.

피터 러마크도 형식과 내용을 결별시키면서 윤리 및 인식의 문제들에서 언어특성의 문제들을 따로 분리해낸다. 그가 자신의 독자들에게 수사학적으로 문의하듯이, 왜 진실과 허위는 "어떤 작품이 훌륭하게 집필되었느냐 조악하게 집필되었느냐는 문제와 어떻게든 관련될"[75] 수밖에 없는가? 여기서 우리는 오직 "훌륭하게 집필되었느냐 조악하게 집필되었느냐"라는 진정제 같은 문구의 의미만 판독해도 작품을 구성하는 윤리적 통찰들과 문체의 특징들 — 은유법, 반어법, 짜임새, 어조변화語調變化들, 고급수사법高級修辭法, 요약어법, 과장법誇張法 같은 특징들 — 을 잇는 결속관계를 파악할 수 있다. 러시아 출신 미국의 러시아문학자 빅터 얼리치Victor Erlich(1914~2007)가 썼듯이, "문학예술의 이념전투들은 은유

75 러마크, 『문학철학』, p. 221.

와 환유의 대결장에서나 정형시定型詩와 자유시의 대결장에서 드물잖게 강행된다.'[76] 문학작품의 구조적 측면들에서도 똑같은 이념전투들이 강행될 수 있다.

러마크의 관점에서 노년기 헨리 제임스의 복잡하고 연약한 거미집처럼 보이는 산문은 "다만, 적어도, 인간관계들의 복잡성, 양면성, 연약성을 드러내려는 문학의 목적에 이바지한다는 이유에서만 칭찬받는다."[77] 이것은 문학을 바라보는 진기하리만치 청교도적淸敎徒的인 관점이다. 이런 관점에서는 문학의 형식적 장치들이 그런 장치자체들을 초월하는 어떤 도덕적 목적에 이바지해야 한다. 미국의 어린이용 텔레비전에서 방송되는 유아들의 놀이도 이런 관점을 반영한다. 왜냐면 그런 놀이는 오직 교훈적이고 도덕적인 메시지가 꽁꽁 동여매일 수 있는 꼬리(결말)를 가져야만 용인될 수 있는 듯이 보이기 때문이다. 그러나 헨리 제임스의 장편소설들인 『외교사절단The Ambassadors』(1903)과 『황금그릇The Golden Bowl』(1904)에서는 의미의 지극히 미세한 우여곡절들마저 추적하는 집요하면서도 유쾌한 과정자체가 도덕적 체험이다. 이 과정과 흡사하게 프랑스의 작가 마르셀 프루스트Marcel Proust(1871~1922)의 문장도 도덕적 양상을 띠는데, 왜냐면 그 문장의 엄청난 길이가 — 그러니까 자체의 복잡하게 얽히고설키는 상당히 많은 종속절에서 추진력을 자급自給하고 자체의 불변하는 의미론적 추력推力을 유지하면서도 급속히 꺾이는 상당히 많은 구문론적 굴곡부분의 주위에서 활력을 자득自得하는 그 문장의 용량容量이 — 바로 도덕가치의 문제들과 밀접하게 관련된 문체文體의 성능性能이기 때문이다.

어쨌거나 "인간관계들의 복잡성, 양면성, 연약성을 드러내기"는, 만약 그렇게

---

76　빅터 얼리치, 『러시아 형식주의의 역사와 이론Russian Formalism: History and Doctrine』(The Hague, 1980), p. 206.

77　러마크, 앞 책, p. 263.

드러내는 과정이 인간관계를 문학의 영역에 가두는 과정을 의미한다면, "문학의" 목적이 결코 아니다. 그렇다면 산문체散文體도 문학의 목적에 포함되지 않는 것일까? 전통적으로 문학이 의미해온 것은 분리되기 매우 곤란한 형식과 도덕을 겸비한 저작들 — 형식과 도덕을 대결시키는 과정에서 생겨나는 대단히 많은 "문학적" 효과가 어부지리들은 아니라고 암시하지는 않을 저작들 — 에 속한다.[78] 형식과 도덕은 분석되면 서로 다르게 보이지만 존재론의 관점에서는 다르게 보이지 않는다. 여기서 형식과 도덕의 "유기체론적" 통일성이 암시될 필요는 전혀 없다. 그러나 (자체적으로 오해되기 쉬운) 작품의 "도덕적 내용"에 반응하는 언행은 어조, 구문, 비유, 서사, 관점, 의도 같은 것들로 구성되는 내용에 반응하는 언행이다. 문학작품 속에 암묵적으로 기입되는 교훈들 중 하나는 "발언을 발언방식의 관점에서 인식하라"는 것이다. 방법과 도덕적 내용의 이런 상호의존성을 무시하는 형식의 편은 순수문학주의belletrism로 귀결되고 도덕의 편은 도덕주의로 귀결된다.

러마크와 그의 동료 슈타인 하우곰 올센은 텍스트들은 고유특성들을 결여한다는 피쉬의 이상주의적 학설을 공유하지 않는다. 물론 러마크와 올센도, 피쉬와 비슷하게, 문학은 특정부류의 관심을 요청하고 그런 관심에 보답할 뿐 아니라 그리하려고 의도하는 저작들에 속한다고 생각한다. 그러나 러마크와 올센은 문학이 명백하게 드러내는 특징들 때문에 그렇게 생각한다. 더 정확하게는, 사회제도적 문학단체가 미학적으로 타당한 것으로 심사하여 선정한 작품의 실재하는 특성들 때문에 그들은 그렇게 생각한다. 그런 작품의 특성들은 의도성, 형식적 복잡성, 주제내용의 일관성, 도덕적 심오성, 상상적 창조성 같은 것들을 포

---

78  테리 이글턴, 『시를 읽는 방법How To Read A Poem』(Oxford, 2007), 제4장 참조.

함한다. 제도권 문학단체는 저작을 문학적인 것으로 분류해왔기 때문에 우리는 밟아야 할 절차들, 텍스트와 관련하여 제기해야 할 질문들, 유효한 것들로 간주해야 할 작용들, 조심해야 할 것과 무시해야 할 것을 처음부터 인식한다. 미국의 문학자 찰스 앨티어리Charles Altieri가 쓰는 대로라면, "우리가 아는 문학작품은 '어떤 텍스트는 문학 텍스트이다'라는 설명을 우리가 들으면서 학습하는 그런 설명을 특징적으로 알아듣는 방법을 알아야 아는 것이다."[79] 이토록 기묘하게 빙빙 맴도는 문장은 그것의 구문론에 내재된 어떤 정전정전正典의 자체인증 과정을 반영한다.

피쉬의 문학관과 마찬가지로 러마크와 올센의 이런 문학관도 실용주의적 접근법을 암시한다. 그들의 관점에서 문학은 우리가 행하는 실천의 문제이고, 전략들을 가동시키는 경향이며, 저작물을 앞둔 우리 스스로를 지휘하거나 순응시키는 일정한 방식이다. 그들의 관점에서도 그렇듯이 해석학자들의 관점에서도 현실성은 그것을 의문시하는 우리에게 일관된 답변을 돌려주는 것처럼 보인다. 그러므로 해석학적 이론의 관점에서 다정한 애완동물 같은 문학작품은 자신을 조종하는 일정한 방식에 긍정적으로 호응하는 것처럼 보인다. 그렇지만 우리는 그런 호응이야말로 정확히 우리가 실행해야 할 실천이라고 규정하는 결론 ─ 이런 이론가들과 그들을 옹호하는 정통파 제도권 문학난제의 회원들은 오히려 인정하지 않으려는 사항 ─ 을 문제시하면서 집요한 반론을 언제든지 제기할 수 있다. 예컨대, 앨티어리는 '우리가 텍스트들을 이용하여 실행해야 하는 작업은, 텍스트들이 일관성을 드러내지 않는 듯이 보일 때, 텍스트들에 일관성을 부

---

79    찰스 앨티어리, 「절차대로 정의된 문학개념A Procedural Definition of Literature」, 허네이디Hernadi (편저), 앞 책, p. 69.

과하는 작업을 포함한다'고 추정한다. 러마크와 올센도 앨티어리와 똑같이 추정한다. 나중에 우리는 이렇게 추정하는 관점을 질문할 것이다.

또 다른 문제들도 있다. 첫째 문제는 비록 어떤 작품이 그것을 문학으로서 읽히게 만들려는 작가나 문학단체의 의도를 머금은 것이 틀림없더라도 과연 그런 의도가 그 작품에 문학의 자격을 부여할 수 있는지 의문스럽다는 것이다. 예컨대, 욕정, 살인, 불륜, 성적性的 보복을 암시하는「거위야 거위야 수컷거위야Goosey Goosey Gander」라는 짤막한 시문詩文을 살펴보자.

거위야, 거위야, 수컷거위야

내가 어디로 가야겠니?

위층에도 아래층에도

아내의 침실에도 가봐야지.


거기서 나한테 발각된 늙다리는

용서를 빌지도 않았어

그래서 나는 늙다리의 왼다리를 꽉 움켜쥐고

아래층으로 내던져버렸지.


여기서 벌어진 일은 어렵잖게 이해될 수 있다. 이 시문 속에서, 불시에 귀가한 화자話者에게 그의 충직한 애완거위는 그의 아내의 내연남자가 집의 어딘가에 숨어들었으니 조심하라는 신호를 보낸다. 그렇다면 어디에? 화자는 거위에게

— 당연하게도 내연남자가 듣더라도 경계하지 않을, 암호형식('내가 어디로 가야 겠니?')으로써 — 질문한다. 위층에? 아니면 아래층에? 그놈은 아내의 침실에 있나? 아마도 거위는 자신의 부리를 위쪽으로 슬쩍 치켜들며 아내의 침실에 내연 남자가 숨어있다고 화자에게 확인시켜줄 것이다. 아내의 침실에서 불륜장면을 목격하고 분노한데다가 어쩌면 내연남자가 늙어빠진 남자("늙다리")라는 사실마저 알아서 더욱 격분했을 화자는 그 가련한 노인의 무릎을 꿇리며 "용서를 빌어, 이 변태늙다리야!"라고 고함쳤을 것이다. 그래도 내연남자는 당당하게 거부한다. 그래서 노인의 (여기서 "왼다리"라는 낱말로써 은유되는) 발기한 남근을 움켜쥔 화자는 아래층으로 노인을 집어던져 추락사시킨다. 의뭉스럽게 빈정대듯이 부리를 치켜든 거위는 아내보다도 더 충성스럽다고 판명된다.

나는 이런 식의 독법讀法이 신뢰받을 만하다고 조용히 확신하는데, 만약 이런 독법이 그렇게 신뢰받을 만했다면, 지극히 진부하고 단편적인 시문을 더욱 복잡하고 암시적인 시문으로 — 요컨대, 현대에 이해되는 바와 같은 문학으로 — 변모시키는 데 성공했을 독자도 있었을 것이다.[80] 또한 '위의 시문은 독자의 심경을 울리는 의미심장한 도덕적 반향들을 유발할 수 있다'고 증명하면서 그 시문의 가치를 증대시켰을 독자도 있었을 것이다. 이렇게 다른 식으로 읽히기 시작한 시문의 문학적 효과는 그 시문의 적절한 각운들과 경쾌한 운율들의 냉랭한 대비효과도 포함하고 그 시문의 행간들에서 얼핏얼핏 드러나는 추악한 현실들도 포함한다. 위 시문은 착시유발기법(트롱플뢰유)을 예증한다. 시문을 구성하

---

80  실제로 이 시문은 겉보기만큼 진부하지 않을 수 있다. 어떤 이론대로라면, 이 시문은 잉글랜드에서 크롬웰의 권위에 반항하는 가톨릭 고위성직자의 자택들을 크롬웰의 군대가 급습한 사건과 관련된다. 그 이론의 관점에서 "거위야 거위야 수컷거위야"는, 귀족여성 가톨릭신자의 침실을 무자비하게 침입하여, 새롭게 규정된 방식대로 기도하기를 거부하는 가톨릭 지도신부에게 칼을 들이밀고 협박하는, 크롬웰 군대의 거위걸음행진을 암시하는 문구로도 해석된다.

는 단순하고 경제적인 시어들, 짤막한 시행詩行들, 균등하게 정돈된 시연詩聯들, 자연스럽고 솔직한 시풍詩風, 순진한 비유효과들, 화자의 목소리를 드러내는 정교한 어떤 즉흥성도 생략해버리는 규칙적 운율 ― 이 모든 것은 시문에 함유된 의미의 현대주의적인 난해성, 시문을 형성하는 서사의 비일관성, 명확한 종결부의 결여상태와 기묘하게 상충하는 듯이 보일 뿐 아니라 시문을 실제로 완성된 온전한 작품처럼 보이게 위장하는 파편들의 집합이나 간단한 표현들의 집합으로 간주하는 견해와도 기묘하게 상충하는 듯이 보인다.

하여튼, 「거위야 거위야 수컷거위야」는 잉글랜드의 시인 윌리엄 워즈워스William Wordsworth(1770~1850)의 『서정담시집抒情譚詩集Lyrical Ballads』에 수록된 더욱 단순한 서정담시 몇 편이나 잉글랜드의 시인 겸 화가 윌리엄 블레이크William Blake(1757~1827)의 시詩 「어린양이여, 누가 너를 만들었느냐?Little Lamb, who made thee?」보다도 실제로 훨씬 더 평범하지 않은가? 우리는 블레이크의 시를 주로 두 가지 이유 때문에 문학으로 간주하는데, 제도권 문학단체의 관점에서는 그의 대표작으로 보이는 그의 시화집『순결의 노래들과 체험의 노래들Songs of Innocence and of Experience』의 더 넓은 상황맥락 속에서 그의 시가 자연스럽게 획득하는 가치와 의미가 바로 그런 이유들이다. 그렇지만 그 시는 시화집에서 분리된 단일 시문으로서 읽히되 전혀 아이러니하지 않게 (블레이크를 쉽사리 오인되게 만들곤 하는 방식으로) 읽히면 곤란하리만치 하찮아진다.

진부해서 무가치한 예술작품이 고귀해지려면 그렇듯 다른 식으로 재해석되어야 한다는 사실은 주목될 만하다. 왜냐면 가령 예수의 거룩한 심장을 묘사한 저속한 조각품을 직접 보면서 신비한 황홀감을 체험하는 사람이 있을지라도 그 조각품이 그 사람에게 황홀감을 안겨준 원인이라고 단언될 수는 없을 것이기 때문이다. "저속한," "케케묵은," "덧없는," "난잡한" 같은 형용사들을 사용하여 말하는 우리의 의도에는 '그것들로써 수식되는 사물들은 본질적으로 심오한 반응들을 유발하지 못한다'고 말하려는 우리의 의도가 포함되어있다. 반응들은 (반응이라는 낱말의 현상학적 의미에서) 반응대상들의 본성과 밀접하게 맞물린 의도적인 것들이다. 그러나 인간은 그런 반응대상들을 더욱 흥미로운 것들로 변조하려고 언제든지 노력할 수 있으므로 더욱 값진 것들로 변조하려고 언제든지 노력할 수도 있다. 독일의 철학자 겸 문학비평가 발터 벤야민Walter Benjamin(1892~1940)은 가장 비천하고 불길한 텍스트들에서 가장 비옥한 의미들을 추출하는 굉장한 솜씨를 보유했는데, 그런 솜씨의 발휘과정은 그의 정치적 실천인 동시에 비평적 실천이었다. 그렇지만 복잡성은 사실상 미학적으로 바람직하다고 추정되지 않아도 될 것이다. 러마크와 올센을 위시한 아주 많은 비평가도 그렇게 추정하지 않는 듯이 보인다. 작품은 일관되면서도 지루할 수 있듯이 복잡하면서도 감정적으로 파산할 수 있다. 그렇다면 비극담시의 삭막하면서도 통렬한 단순성은 어찌된 것일까?

"미학적" 효과를 구성하는 것의 정체는 러마크와 올센이 상상할 만한 것보다도 훨씬 더 곤란한 난제이다. 어떤 상황맥락에서는 자체적으로 기능할 수 있는 것이 다른 상황맥락에서는 그렇게 기능하지 못할 수 있는데, 이것은 형식주의자들이 예민하게 자각했던 사실이다. "미학적인" 것은 형식주의이론가들이 상상할 만한 것보다도 문화적으로도 역사적으로도 더 변화무쌍한 문제이다. 러마크와 올센은 제도권 문학단체를 의미의 문제, 가치의 문제, 문학본성의 문제를 판결하는 최종항소법원 같은 것으로 간주한다. 그러나 단일한 제도권 문학단체 같은 것은 결코 존재하지 않는다. 그래서 우리는 사회관행들을 답습하는 여하간의 제도권 문학단체들은 이런 특수한 학자들에게는 사실들로 보이지 않는 변칙들과 모순들을 잔뜩 머금으리라고 예상할 수 있다. 피쉬처럼 형식주의학자들도 언제나 만사형통하다고 — 문학이 받는 평판을 지배하는 인습들은 언제나 유력하고 언제나 명확히 정의되며, 문학적인 것과 비문학적인 것을 가르는 구분선은 지극히 선명하고, 능란한 전문가는 문학을 다루는 방법을 정확히 알 것이며, 기타 등등도 그렇다고 — 보수적으로 추정하는 듯이 보인다.

이런 추정은 자족감의 악취를 풍긴다. 예컨대, 동일한 어떤 문학 테스트를 바라보는 교수의 견해와 불운하고 순진한 대학교학부생의 판단을 올센이 노골적으로 생색내듯이 비교할 때에도 그런 악취를 풍긴다. 올센이 쓰는 대로라면, 오직 비평관행에 반드시 요구되는 것을 아는 사람들 — 문학으로 분류될 수 있는 텍스트들을 알 뿐만 아니라 그런 텍스트들을 문학 텍스트들로서 평가할 수 있는 사람마저 아는 사람들 — 만이 교수의 접근법은 우월하다고 인식할 수 있다.[81] 그래서 문학을 다루는 교수의 방법은 교수······ 의 인증을 받은 것이므로 옳다고 인식된다. 무릇 논리의 순환성은 논리를 고수하는 단체의 폐쇄성을 반영한다. 그런 순환논리에 함몰된 판단들은 오직 전문가들의 견해에 순응해야만 유효할 따름이다. 이런 전문가들이 바로 미국 출신 브리튼의 시인 겸 비평가 토머스 스턴스 엘리엇Thomas Stearns Eliot(1888~1965)의 장시長詩『황무지The Waste Land』(1922)를 읽고 분노하여 울부짖고 브리튼의 농부시인 존 클레어John

---

81   올센, 「비평과 평가Criticism and Appreciation」, 러마크 (편저), 『철학과 허구Philosophy and Fiction』(Oxford, 1994), pp. 38-40. 올센, 『문학이해구조The Structure of Literary Understanding』(Cambridge, 1978). 러마크 & 올센. 『진실, 허구, 문학Truth, Fiction and Literature』(Oxford, 1994).

Clare(1793~1864)를 미치광이로 간주하여 괄시하며 제임스 조이스의 장편소설『율리시스』를 역겨워하던 교수들이지 않을까? 만약 올센이 몇몇 대학교수의 연구 논문들을 무색하게 만드는 대학교학부생들의 에세이(소논문小論文)들을 이따금씩이라도 읽지 않았다면, 아마도 그가 에세이 필자들의 교육받지 못한 어설픈 상태를 멸시해서 그랬기보다는 오히려 그의 교수생활이 더 어설퍼서 그랬을 것이다. 전통적 방식으로 사고해버릇하는 문학자들은 비록 많은 덕목을 겸비할지라도 예리한 상상력과 용감무쌍한 비판정신만은 대체로 결여했다. 실제로 전통적 학식學識의 개념자체에도 이런 상상력과 비판정신을 저해하는 어떤 것이 들어있다. 그래서 학자들도 이따금 학생들한테 배워야 한다.

다른 몇몇 예술철학자와 비슷하게 러마크와 올센도 대체로 "미학적인" 것은 미학적으로 성공한 것을 의미하고 "평가"는 긍정적 평가를 의미하며 "문학"은 언제어디서나 인정요건認定要件을 의미한다고 추정한다. 올센의 논평대로라면 "평가는 가치를 기대하면서부터 시작된다."[82] 그러나 만약 그런 기대의 전부 아니면 일부라도 꺾여버리면 어찌될까? 그리되면, 예컨대, 데이빗 허버트 로렌스의 장편소설『깃털왕뱀The Plumed Serpent』(1926)이나 아일랜드 극작가 겸 배우 제임스 셰리던 노울스James Sheridan Knowles(1784~1862)의 극작품은 이제 문학으로서 평가되지 못할까?[83] 그리고 그것들은 어떻게 문학이 아닌 다른 것으로서 평가될 수 있을까? 그렇지 않고 그것들이 조악한 문학으로서 상상된다면, 그런 문학은 러마크와 올센의 관점에서는 모순어법으로 보일 것이 확실하다. 그들은 이런

---

82  올센,『문학이론의 종말』, p. 53.

83  비평가들 중에도 오직 가장 마조히즘적인 비평가만이 여태껏 지독하게 따분한 노울스를 주제로 삼는 글쓰기를 즐겼을 뿐이다. 이글턴,「코르크와 카니발 문학양식Cork and the Carnivalesque」, 이글턴,『미치광이 존과 주교 Crazy John and the Bishop』(Cork, 1998), pp. 178-179.

의문들을 완전히 간과하기보다는 오히려 너무나 하찮게 여긴다. 존경받는 작품들을 향한 부정적 판단들은 도저히 용납될 수 없게 보이지는 않을지라도 신중히 혐오될 만하게 보일 수는 있다. 그런 작품들에 내재된 어떤 것도 여태껏 비실거리거나 실패한 듯이 보이지는 않았을 것이다. 우리가 알다시피, 일반적 관점에서 문학으로 간주되고 어쩌면 아주 탁월한 문학으로도 평가될 만한 작품들 중에 초라한 산문, 어처구니없는 압운형식押韻形式들, 케케묵은 견해들, 가식적인 감정이나 얼토당토않은 서사전환敍事轉換들을 함유한 작품은 거의 없다. 그래도 이 모든 특징을 포함하여 더 많은 조악한 특징들이 이른바 문학정전에서 발견될 수 있다. 그럴 수 있는 까닭은 특히 미국의 문학비평가 에릭 도널드 허쉬가 문학에 결부시키는 것 — 만약, 예컨대, 윌리엄 워즈워스의 유고시집 『서곡 The Prelude』이 문학정전에 포함된다면 그의 3류 소네트(14행시十四行詩)들도 유고시집의 옷자락을 붙잡고 따라붙듯이 문학정전에 끼어들 것인데, 이런 경우에 작용하는 원리를 의미하는 것 — 때문이다. [84] 러마크와 올센은 최고점에서 최저점으로 추락하는 저작물을 뭐라고 지칭할 수 있을까? 우수한 저작물은 문학이고 조악한 저작물은 문학이 아닐까?

문학작품들은 특별히 면밀하게 숙독하는 주의력을 요구하는 것들이라고 정의될 수는 없다. 왜냐면 강제집행영장도 특별히 면밀하게 숙독하는 주의력을 요구하는 것이라고 정의될 수 없을 것이기 때문이다. 물론 식사하다가 받아본 강제집행영장 같은 공문을 귀찮은 듯이 기계적으로 한 번 흘긋 스쳐보기만 하고 식사를 마저 계속할 사람은 없을 것이다. 미국의 시인 엘리자베스 비숍 Elizabeth Bishop(1911~1979)의 작품을, 어쩌면 그 작품에 쓰인 "신 앞에서 죄를 범하

---

84  허쉬, 「무엇이 문학이 아닌가?What Isn't Literature?」, 허네이디 (편저), 앞 책, p. 30.

는"이라는 표현과 "사격부대"라는 표현의 압운마저 일일이 맞춰보면서 천천히, 숙독할 사람도 없겠듯이 공문을 그렇게 천천히 숙독할 사람도 분명히 없을 것이다. 그러나 모든 문학작품도 그토록 면밀하게 숙독하는 주의력을 필수적으로 요구하지는 않는다. 베르톨트 브레히트는 자신의 연극들을 다소 관대하게 방심하듯이 관람해주기를 관객들에게 바랐거나 아니면 냉담하게 관람하도록 그들을 유도하려고 애쓰느라 그들에게 흡연을 권유하기도 했다. 왜냐면 관객들이 그래야만 연극무대에서 전개되는 사건들에 지나치게 몰입하여 최면술에 걸린 듯이 감정이입하다가 그것들을 비판적으로 판단하지 못하는 처지로 내몰리지 않으려고 저항할 수 있었을 터였기 때문이다. 벽에 걸린 그림에 자신의 두 눈을 바짝 들이대고 보는 사람이 그림을 온전히 감상할 수 없듯이, 극작품에 지나치게 몰입하는 사람도 극작품을 온전히 감상할 수 없지 않겠는가?

르네 웰렉과 오스틴 워런은 그들의 대단히 유력한 공저『문학이론』에서 문학 텍스트들은 "미학적 기능"의 지배를 받는다고 주장한다. 그러나 우리가 앞에서 살펴봤듯이, 미학적 특징들은 우리가 문학작품들로 칭하는 작품들이 독점하는 것들이 아니다. 모음압운母音押韻, 교차대구법交叉對句法, 제유법提喩法은 자연주의적 허구작품에서보다 광고문에서 더 많이 발견될 수 있다. 하여간에 미국의 문학이론가 윌리엄 레이William Ray가 지적하듯이, "만약 모호성과 지기집속성이 규범들을 어기는 위반에서 파생한다면, 여느 텍스트든 비록 관례들을 위반하는 듯이 보이더라도 단지 관례들대로만 읽힌다면 암호-창작적인 텍스트로 간주될 수 있다."[85] 러마크와 올센은 독일의 작가 하인리히 하이네Heinrich Heine(1797~1856)의 작품들에 사용된 제유표현提喩表現들은 비누광고문들에 사용

---

85  윌리엄 레이, 『문학의 의미Literary Meaning』(Oxford, 1984), p. 129.

된 것들만큼 많을 수 있다고 틀림없이 인정할 것이다. 러마크와 올센의 관점에서 문학적인 것은 미학적 특징들을 상대하는 일정한 태도 — 그러니까 미학적 특징들을 핵심적인 것들로 취급하고, 그것자체들을 음미하며, '그것들을 특유하게 전개하는 작품에서 우리가 정당하게 기대할 수 있는 것'을 인식하는 태도 — 이다. 그래도 미학적 특징들은 문학적인 것과 비문학적인 것을 가르는 아주 엄밀한 구분선을 존속시킨다.

그러나 의도성, 형식적 복잡성, 주제내용의 일관성, 도덕적 심오성, 상상적 창조성은 다행히도 문학이 독점하는 특성들이 아니다. 인간심리를 다룬 논문이나 버마(미얀마)의 현대역사를 다룬 논문도 그런 특성들을 고스란히 함유할 수 있다. 인간이 상상력을 발휘하지 않으면 넷볼[86]을 다루거나 뇌종양을 다루는 논문밖에 쓰지 못한다고 암시하려는 듯이, 시문들과 장편소설들을 "상상력 넘치는" 저작물들로 간주하여 선발하는 관행은 역사적으로 최근에 생겨났다. 우리가 "문학적인" 것을 목적자체로 섬기면서 여타 종류의 저작들을 이용한다는 사실도 그런 관행과 다른 것일 수 없다. 정치이론은 세계에서 우리의 행위를 지도하리라고 기대되는 것이 확실하다. 그러나 어떤 의미에서는 문학도 그리하리라고 기대된다. 안셀무스나 독일의 현상학자 에드문트 후설Edmund Husserl(1859~1938)이나 스위스의 문화역사학자 야콥 부르크하르트Jacob Burckhardt(1818~1897)의 저작들이 그것들의 고유한 특성들 때문에 읽히기보다는 오히려 "도구용으로" 읽힐 수 있을 가능성은 무엇을 의미할까? 그것은 아마도 그들의 저작들에서 유익한 개념들과 통찰들이 채집될 수 있을 가능성을 의미할 것이다. 그러나 이 가능성은 그 저작들에서 구사된 산문의 특성과 혹은 전개된 논증들의 의도와 쉽게

86 【netball: 농구籠球와 비슷한 여성용 6인조 운동경기.】

분리될 수 없는 것이다. 아무튼 우리는 우리가 문학으로 칭하는 것도 거의 똑같이 도구용으로 읽을 수 있다.

게다가 특이한 이미지, 상징, 절묘한 복선伏線, 유려한 서사를 전혀 포함하지 않는 저작물도 "공평무사하게"나 "비非도구적으로" 읽힐 수 있다면 "미학적으로" 읽힐 수 있다. 그런 저작물에 쓰인 언어는 단조로우리만치 공리주의적인 것일 수 있지만, 이 가능성은 그런 저작물이 반드시 공리주의적으로 읽혀야 한다는 당위성을 의미하지 않는다. 텍스트들이 언어적으로 구성되는 방식이나 제도적으로 분류되는 방식이 있는데, 우리는 텍스트들을 다루기로 결심하면서 그런 방식을 반드시 준수해야 할 절대적 방침으로 삼지 않아도 된다. 물론 이런 불필요성은 러마크와 올센에게는 달갑잖을 것이다. 그런 반면에 미학적 장치들을 풍부하게 겸비한 텍스트가 있을 수 있더라도 순전히 실용적인 반응밖에 이끌어내지 못할 수도 있다. 이런 텍스트에는, 예컨대, 좌절한 시인이 집필한 자동차정비안내서 같은 것도 포함될 것이다. 화려한 산문체로 기록된 미국 몬태나Montana주州의 설치류번식억제사업 관련보고서들도 있을 수 있고 초현실적인 신소리들이 잔뜩 쓰인 교통표지판들도 있을 수 있다. **아름다운 것**과 **실용적인 것**이 언제나 뚜렷하게 분리되어 존재하지만은 않는다. 광고문들에도 이윤창출이라는 확실히 비시적非詩的인 목표에 부응하는 시적 장치들이 때때로 이용된다. 정반대로, 에스파냐의 극작가 겸 시인 페드로 칼데론Pedro Calderón(1600~1681)의 비극작품들이나 그리스의 시인 콘스탄틴 카바페스Constantine Kavafis(콘스턴타인 커바피 Constantine Cavafy, 1863~1933)의 시문들도 독자들에게 도덕적 영향을 끼치는 방식으로 체험되고 흡수되도록 이용될 수 있다. 텍스트를 목적자체로 간주하여 주목하는 과정은 텍스트에 적합한 어떤 기능을 발견하는 과정과 결코 뚜렷하게 분간되지 않는다.

러마크와 올센이 설명하는 문학절차들은 최근에 생겨났다. 텍스트를 "문학적인" 것으로 다루는 그런 절차들의 대부분은, 예컨대, 중세초기 아일랜드의 특권적 음영시인계급吟詠詩人階級이 밟지 않았던 것들이다. 더구나 그런 절차들 중 어느 것도 바이마르 공화국[87]의 정치적 극장에서 인기를 얻지 못했다. 올센이 진술하듯이 "문학담론과 지식담론은 두 가지 상호배타적 범주이다." 이 진술은 고대 로마의 시인 베르길리우스Vergilius(서기전70~서기전19)의 시집『농사일들(=게오르기카Georgica=조르직스Georgics)』, 이탈리아의 외교관 겸 작가 발다사레 카스틸리오네Baldassare Castiglione(1478~1529)의 저서『궁정신하The Courtier(=궁정인Il cortegiano)』, 튜더 왕가[88]의 식사규정집, 로버트 버튼Robert Burton(1577~1640)의 저서『우울증 해부The Anatomy of Melancholy』, 독일의 작가 겸 정치인 괴테Goethe(1749~1832)의『이탈리아 여행기Italienische Reise』에도 적용될까? 잉글랜드의 작가 겸 문학비평가 윌리엄 헤이즐릿William Hazlitt(1778~1830)은 동료 문학비평가 한 명이 잉글랜드의 철학자 존 로크John Locke(1632~1704)와 과학자 이아저크 뉴턴Isaac Newton(1642~1727)을 "잉글랜드 문학계의 가장 위대한 두 이름"[89]으로 평했다고 기록했다. 오늘날 로크와 뉴턴은 출중하고 모범적인 문인들로서 인식되기는 고사하고 그냥 문인들로서도 거의 인식되지 않을 것이다. 문학적인 것은 여태껏 사실과 허구 사이에서, 예술과 역사기록 사이에서, 상상과 정보자료 사이

---

87 【Weimar 共和國: 1918~1933년 독일의 비공식적 국명.】

88 【House of Tudor: 1485년~1603년 잉글랜드 왕국과 1541~1603년 아일랜드 왕국을 통치한 군주 5명을 배출한 가문으로서 '튜더 왕조'로도 지정된다.】

89 레이먼드 윌리엄스, 『핵심용어집Keywords』(London, 1983), p. 185에서 인용.

에서, 공상과 실제기능 사이에서, 꿈과 계몽주의 사이에서 언제나 별로 뚜렷한 차이요소로서 드러나지 않았다. 18세기 잉글랜드에서 섀프츠베리 백작 3세3rd Earl of Shaftesbury(1671~1713)의 철학적 의견들이 문학으로 간주될 수 있었을지라도 잉글랜드의 작가 대니얼 디포Daniel Defoe(1660~1731)의 소설『몰 플랜더스Moll Flanders』와 동등한 문학작품으로 평가될 수 있었을지는 의심스럽다.

러마크와 올센이 이해하는 고귀한 문학작품들은 (아마도 그들의 관점에서는 분명히 동어반복으로 보일) 정립된 제도권 문학단체의 표준독법標準讀法들에 반응한다고 판명된 것들이다. 그래서 문학작품을 해석하는 작업은 처음부터 그 작품을 긍정적으로 평가하려는 편파성을 띤다. 그런 작업의 절차는 다음과 같이 예시될 수 있다. 먼저 제도권 문학단체는 특정 텍스트를 자세히 검토해달라고 비평가에게 의뢰하는 식으로 그 텍스트를 우수한 작품으로 판단했다고 독자들에게 알린다. 그러면 비평가는 문학단체의 판단이 옳았다고 확증해줄 증거를 발굴하는 작업을 고분고분하게 수행하는데, 그런 작업은 결국 문학단체가 그런 판단을 내리면서 이미 밟았던 비평절차들을 고스란히 답습하는 과정에 불과하다. 이렇게 수행되는 해석의 목적은 선연하지 않다. 어쨌거나 그것은 한두 가지 문제를 회피한다. 읽힐 만한 가치를 지닌 작품들은 특정한 비평전략들에 반응하는 것들이다. 그러나 어떤 작품이 어떤 종류의 비평전략에 긍정적으로 반응하더라도 왜 러마크와 올센이 선발하는 특정한 작품들은 특정한 비평전략들에 긍정적으로 반응하느냐는 의문은 답변을 얻지 못하고 방치될 것이다. 이런 해석기교들은 저작물들에 부여될 가장 큰 보상으로 미리 판단된 것을 누설하기 때문에 그런 의문은 확실히 방치될 수밖에 없다. 이런 기교들이 해석의 문제들에 관한 우리의 의견을 변경시킬 만한 어떤 것을 누설할 수 있다고 암시하는 것도 전혀 없고, 다른 기교들의 정당성이 이런 기교들의 것과 동등하거나 그것보다 더 클 수 있다고 암시하는 것도 전혀 없다.

미국의 문학자 리처드 오만Richard Ohmann(1931~)은 비슷한 문제를 논의하면서 다음과 같이 주장한다. "문학작품들의 암묵적 의미를 발견하고 탐구하려는 — 그리고 그것들을 중요한 작품들로 판단하려는 — 우리의 자발적 의욕은, 그것들은 문학작품들이라고 우리에게 알려주는 것이 아니라, 오히려 그것들은 문학작품들일 수 있다고 우리가 인식한 결과이다."[90] 요컨대, 문학은 주의력의 특성이다. 문학은 우리가 어떤 책을 골라잡으면서부터 이미 편견을 품고 그 책에 동조했다는 사실을 자각하는 방식이다. 우리는 특정 텍스트들은 특별히 면밀하게 탐독될 만한 것들로 판명되리라는 타인들의 장담을 받아들이기 때문에 그런 텍스트들을 특별히 면밀하게 탐독한다. 이렇게 장담하는 심판관들이, 마치 잉글랜드의 시인 겸 작가 존 메이스필드John Masefield(1878~1967)와 따분하기로는 그의 시문에 버금가는 시문들을 양산한 일련의 모든 문필가에게 계관시인의 칭호를 부여한 심판관들처럼, 참담하게 오판했을 수도 있다고 암시하는 것은 전혀 없다. 혹은 인습적으로 무가치하게 간주되어 무시되는 작품들이 잉글랜드의 시인 겸 작가 앨저넌 찰스 스윈번Algernon Charles Swinburne(1837~1909)의 작품들보다 이런 종류의 주의력을 더 많이 흡인할 수 있을 가능성을 우리가 깨달을 수 있다고 암시하는 것도 전혀 없다. 그렇다면 토머스 스턴스 엘리엇의 초기 작품들을 최초로 높게 평가한 프랭크 레이먼드 리비스처럼, 인습적으로 무시되는 작품의

---

90  리처드 오만, 「발언행위들과 문학개념Speech Acts and the Definition of Literature」, 《필로소피 앤 레토릭 Philosophy and Rhetoric》, vol. 4 (1971), p. 6.

가치를, 제도권 문학단체의 권위에 전혀 굴하지 않고, 최초로 입증하여 찬양하는 용감한 비평의 선구자는 어떻게 등장할 수 있을까?

스코틀랜드의 철학자 베리스 고트Berys Gaut는 어떤 저작물이 "기정既定된 문학 형식에 속한다"는 사실을 예술작품으로 간주될 수 있는 저작물의 조건들에 포함시킨다.[91] 그러나 처음부터 그런 조건들을 폐기하거나 변경하고 지배적 문학 개념들을 해체하며 게임규칙들을 혁파하는 작품은 어찌될까? 제도권 문학단체가, 예컨대, 제임스 조이스의 소설『피니건 부부의 밤샘』[92]을 이해하는 독법을 실제로 우리에게 그토록 자신만만하게 가르치는가? 그리고 만약 그런 단체가 그렇게 가르치지 않는다면 조이스의 작품은 문학이라는 명예로운 칭호를 박탈당할 위기에 처하는가? 미국의 철학자 리처드 게일Richard Gale (1932~2015)이 설명하는 바대로라면 "허구서사에 등장하는 낱말들과 문장들은 새로운 의미를 획득하지도 않을뿐더러 우리의 평범한 구문론적 규칙들을 그런 문장들에 적용되지 못하게 만들지도 않는다."[93] 이런 맥락에서 우리는 낱말들과 문장들을 운용하는 방식을 원칙적으로 언제든지 파악한다. 그러나 낱말들 및 구문의 관습적 형태를 탁월하게 일그러뜨린 실험적 작품들도 많다. 문학철학자들은 루마니아 출신 프랑스 시인 파울 첼란Paul Celan (1920~1970)의 시詩나 브리튼 시인 제러미 프라인Jeremy Prynne (1936~)의 시를 범례로 삼기보다는 오히려 왜 언제나 잉글랜드 소설가 제인 오스틴Jane Austen (1775~1817)과 아일랜드계 스코틀랜드 작가 겸 의사 코

---

91    베리스 고트, 「개념다발 같은 "예술" "Art" as a Cluster Concept」, 노엘 캐럴Noel Carroll (편저), 『현대 예술이론들Theories of Art Today』(Madison, Wis., 2000), p. 56.

92    【『Finnegans Wake』: 제임스 조이스가 1939년에 발표한 이 소설의 제목은 한국에서 『피네간의 경야經夜』로 번역되어왔다.】

93    리처드 게일, 「언어의 허구용법The Fictive Use of Language」, 《필로소피》, vol. 46, no. 178 (October, 1971).

넌 도일Conan Doyle(1859~1930)을 범례로 삼는 듯이 보일까? 우리는 정전正展의 절차들에 순응하지 않는 것으로 판명되는 작품을 문학으로 칭하지 말아야 한다고 찰스 앨터이리는 믿어 의심치 않는다.[94] 그와 비슷하게, 소련의 심병학자心病學者 (정신의학자psychiatrist)들도 자신들의 치료법에 저항하는 자들로 판명되는 사람들을 정상인正常人들로 지칭하지 않으려는 경향을 보인다. 우수한 문학작품들은 다른 우수한 문학작품들을 닮는다고 우리가 판단해왔기 때문에 우리는 그것들을 다뤄온 익숙한 방식대로 다룰 수 있다. 문학정전은 다른 어떤 판단의 법정에도 출두하지 않는다. 문학정전은 자체확증적인 것이다.

그런데 그런 정전의 절차들이 아무 저항도 받지 않고 순순히 관철되어야 할까? 정전의 많은 옹호자는, 예컨대, 진정한 예술작품은 언제어디서나 복잡성을 단조鍛造하여 통일성을 도출하기 마련이라고 추정하기도 하는데, 이런 추정은 아리스토텔레스의 시대에 생겨나서 20세기 초엽 — 이런 물신주의적 강박관념 덕택에 완전무결해지는 정치적 목적들은 무엇이냐고 현대주의자들과 전위주의자들이 과감하게 질문하던 시대 — 에까지 놀랍도록 끈질기게 살아남은 편견이기도 하다. 예술작품들은 왜 하필이면 완전무결해야 할까? 예술작품들의 모든 특징 하나하나는 왜 정확한 위치에 삽입되어 서로서로가 유기적인 관계를 맺어야 할까? 아무것도 결코 쉽사리 자유로울 수 없을까? 산만하고 혼란스러우며 모순되고 무한히 자유로운 덕목은 전혀 존재하지 않을까?[95] 일관성에 강박된 이런 충동은 비평의 한계를 결코 벗어나지 못한다. 정반대로, 이런 충동은 정전의 관리인들이 순진해서 알아채지 못하는 이념적 함의들뿐 아니라 심리분석학

---

94  찰스 앨터이리, 「절차대로 정의된 문학개념」, in 허네이디, 앞 책, p. 73.

95  이 문제는 피에르 마슈레Pierre Macherey(1938~)의 『문학생산이론A Theory of Literary Production』(London, 1978) 제1부 참조.

적 함의들마저 내포한다. 그래도 문학철학자들의 작업은 이런 충동을 다소 자명하게 지속적으로 노출한다. 이런 충동은 지극히 의심스러운 교리敎理에도 자발적으로 순응한다. 그래서 비록 미학자들이 자신들이야말로 문학본성을 해명할 열쇠를 가진 장본인들이라고 우리에게 언질해주더라도, 우리는 이런 충동의 자발적 순응성을 빌미로 삼으면 그들의 언질을 충분히 의심할 수 있다.

# 제3장
# 문학이란 무엇인가?(2)

## 1

이제 우리는 문학작품들의 도덕적 차원을 주목할 수 있다. 내가 사용하는 "도덕적moral"이라는 낱말은 의무론적이고 무기력하며 후기-칸트주의적인 의무, 법률, 의리, 책임의 영역을 뜻하기보다는 오히려 인간적인 의미들, 가치들, 특성들의 영역을 뜻한다.[1] "도덕morality"이라는 용어의 의미를 암호들과 규범들의 문제에서 가치들과 특성들의 문제로 변이시키는 데 이바지한 사람들은 시인 겸 문화비평가 매슈 아널드Matthew Arnold(1822~1888), 시인 겸 예술비평가 존 러스킨 John Ruskin(1819~1900), 작가 겸 문예비평가 월터 페이터Walter Pater(1839~1894), 작가 겸 비평가 오스카 와일드Oscar Wilde(1854~1900)와 — 가장 중요하게는 — 헨리 제임스를 포함하는 19세기 잉글랜드 문인들이었다. 20세기에 그런 의미변이 기획을 완수한 가장 유명한 문학비평가들에는 러시아의 미하일 바흐친Mikhail

---

[1] 미국의 작가 겸 문학비평가 존 가드너John Gardner(1933~1982)의 『도덕적 허구론On Moral Fiction』(New York, 1977)에서 이 낱말은 일반적으로 통용되는 의미와 대조되게 명랑하고 시종일관 낙관적인 "계발하는"이나 "삶을 고양하는" 같은 미국식 의미를 나타내도록 사용된다. 그의 관점에서 도덕적 작품들은 삶을 저하시키기보다는 고양하려는 것들이다. 매슈 아널드와 프랭크 레이먼드 리비스의 저작들에서도 이 낱말은, 면밀하게 관찰되면, 이런 미국식 의미를 얼마간 나타내도록 사용되는 듯이 보인다.

Bakhtin(1895~1975), 미국의 라이널 트릴링Lionel Trilling(1905~1975), 프랭크 레이먼드 리비스, 잉글랜드의 윌리엄 엠슨William Empson(1906~1984), 웨일스Wales의 레이먼드 윌리엄스Raymond Williams(1921~1988)도 포함된다.

실제로 문학적인 것은 탈종교적 세계에 부응하는 도덕의 모범(패러다임)을 정확히 닮아갔다. 인간행동의 미세한 뉘앙스들을 예민하게 감지하고, 가치를 분별하려는 노력들을 정력적으로 감행하며, 풍요롭게 자기반성적으로 살아가는 방법의 문제를 해결하려고 성찰하는 문학작품은 도덕적 실천의 최상모범이었다. 문학은 도덕을 위태롭게 만들 수 있다고, 플라톤의 의심을 받은 만큼, 위험시되기보다는 오히려 도덕주의moralism를 위태롭게 만들 수 있다고 위험시되었다. 도덕주의는 인간존재의 잔여분에서 도덕적 판단들을 도출하지만, 문학작품들은 도덕적 판단들을 그것들을 배태한 복잡한 삶의 상황맥락들로 복귀시킨다. 프랭크 레이먼드 리비스와 제자들의 도덕주의도 그랬듯이 도덕주의가 가장 거만하게 우쭐거리면 새로운 종류의 전투적 복음주의선교활동으로 변질되었다. 종교는 실패했어도 예술이나 문화가 종교를 대체했을 것이다.

이런 관점에서 도덕적 가치는 문학작품들의 내용에도 들어있는 만큼이나 형식에도 들어있는 듯이 보인다. 이런 관점이 사실이라면 몇 가지 측면에서 유의미하다. 몇몇 낭만파 사상가들의 관점에서 예술작품을 구성하는 다양한 요소들의 풍성한 공존상태는 평화로운 공동체의 원형原形으로 보일 수 있으므로 정치적 유토피아처럼 보일 수도 있다. 예술작품의 자체한계 안에서는 억압이나 지배가 강행되지 않는다. 무엇보다도 시문이나 그림[繪畵] 같은 작품의 형식은 개체들과 총체들 사이에 새로운 관계모형을 제공한다. 그런 작품을 지배하는 것은 일반적인 법칙이나 의도이지만, 이런 법칙은 그런 작품의 감각되는 특수자들과 완전히 일치하므로 그런 특수자들에서 따로 분리될 수 없는 것이다. 그런 작품은 자체의 요소들을 단일한 총체로 조직하여 그 요소들 하나하나를 자기실현의 최고점에 도달하게 만든다. 그래서 이런 작용도 개인과 공동체를 일치시킬 수 있는 유토피아 질서를 얼핏 예시한다.

게다가 만약 예술작품이 도덕적 본보기가 될 수 있다면 무엇보다도 예술작품의 불가사의한 자율성 — 어떤 외압에도 굴하지 않고 자유롭게 스스로를 결정하는 듯이 보이는 예술작품의 자기결정방식 — 때문에 그럴 수 있다.[2] 예술작품은 어떤 외재주권外在主權에 굴복하기보다는 오히려 자체의 고유한 존재법칙에 충실하다. 이런 의미에서 예술작품은 인간자유의 실행모형이다. 여기서 문제는 문학철학의 대부분이 여태껏 거의 알아차리지 못했던 형식의 윤리학 및 정치학이다.

도덕자체가 상상력의 문제라서 본질적으로 미학적 능력이라고 인식한 퍼시 비쉬 셸리와 잉글랜드의 작가 조지 엘리엇George Eliot(1819~1880)부터 헨리 제임스와 아이리스 머독에 이르는 문인들의 계보가 존재한다. 우리가 이런 예지적 능력을 발휘하면 타인들의 내면생활에 감정이입하여 공감하는 우리의 방식을 감지할 수 있고 이기적 자아의 중심을 벗어나 타인들의 관점에서 공평무사하게 세계를 파악할 수 있다. 그래서 현실주의적 소설은 자체구조 안에서는 도덕적 관행이고, 그것이 실행되면 의식意識의 한 중심에서 다른 중심으로 이동하면서 복잡한 총체를 구성한다. 그러면 문학은 심지어 도덕감정을 발언하기 전부터 이미 도덕적 기획으로 보일 수 있다. 이래서 잉글랜드의 문학비평가 아이버 암

2  이글턴, 『미학이론』 제1장 참조.

스트롱 리처즈Ivor Armstrong Richards(1893~1979)가 시詩는 "우리를 구원할 수" 있다고 기운차게 주장했지만, 이것은 성급한 주장이었다고 회고될 수도 있다. 만약 시처럼 드물고 덧없는 어떤 것이 우리의 구원여부를 결정한다면 우리의 처지는 실로 참담할 수밖에 없다고 리처즈는 인식하지 못한 듯이 보인다.

　그래도 상상력은 한계들을 보유하는데, 문인들의 다수는 그런 한계들을 인정하기 싫어하는 듯이 보인다. 여태껏 무한한 상상력의 개념보다 더 확연하게 권장된 개념은 거의 없다. 상상력을 비판하는 언동은 남아프리카공화국의 정치인 넬슨 만델라Nelson Mandela(1918~2013)를 조롱하는 언동만큼 불경스러운 짓으로 보일 수 있다. 더구나 상상력이 단지 상상할 수 있는 능력에 불과한 것은 결코 아니다. 상상력은 긍정적 시나리오들뿐만 아니라 사악한 시나리오들마저 창작할 수 있다. 연쇄살인행각조차 적잖은 상상력을 요구한다. 그런 상상력은 지극히 숭고한 인간능력들 사이에서도 심심찮게 목격되지만, 그것이 갈피를 잡지 못할 정도로 무기력해지면 지극히 유치하고 퇴행적인 공상으로 전락하기도 한다. 상상력은 전문적인 능력도 특권적인 능력도 아니다. 만약 상상력이 오스트리아의 작곡가 구스타프 말러Gustav Mahler(1860~1911)의 2번 교향곡『부활Auferstehung』에 영감靈感을 불어넣었다면, 상상력은 일상적 인식의 본질적 구성요소이기도 할 것이다. 상상력은 부재하는 것들을 현존하게 만들기 때문에 우리가 상상력을 발휘하면 미래감각을 획득할 수 있는데, 우리는 그런 미래감각을 결여하면 어떤 행위도 할 수 없을 것이다. 맥주 캔을 자신의 입술에 들이밀면 맥주가 자신의 목구멍으로 흘러들리라고 어렴풋하게나마 예감하지 않는 사람이 맥주 캔을 자신의 입술에 들이밀어도 아무 소용없다.

나는 상상력을 발휘하여 타인의 신체나 정신을 그것의 내부에서부터 점령해야만 타인의 감정을 알 수 있다고 내가 생각할 수 있으려면 오직 데카르트의 관점에서만 세계를 바라봐야 한다. 이런 세계관을 뒷받침하는 일반적인 가설은 '신체는 서로의 내면생활들에 접근하려는 우리를 방해하는 무정한 물질덩어리라서 우리는 서로의 감정내부구조感情內部構造들로 파고들어갈 수 있는 (공감능력, 도덕감각, 상상력 같은) 특별한 능력 몇 가지를 발휘해야만 서로의 내면생활들에 접근할 수 있다'는 것이다. 우리는 이런 가설을 나중에 살펴볼 것이다. 어쨌거나 타인의 감정을 내가 안다는 사실이 반드시 타인을 친절하게 대하도록 나를 부추기지는 않을 것이다. 사디스트sadist는 자신이 괴롭히는 희생자의 감정을 알아야 하지만 그것을 알더라도 희생자를 괴롭히는 가학행위를 멈추지 못한다. 정반대로, 나는 타인의 내면세계를 나의 두뇌 속에서 재창조하지 않아도 다정하게 타인을 대할 수 있다. 또한 나는 신新파시스트의 정치를 혹독하게 질타해야 할 필요성을 여전히 느끼면서도 신파시스트에게 공감할 수도 있다. 도덕은 감정의 문제가 아니므로 상상력의 문제도 아니다.

타인들을 사랑하는 과정은 처음부터 타인들을 일정한 방식으로 느끼는 과정이 아니라 타인들을 지향하여 일정한 방식으로 행동하는 과정이다. 이렇기 때문에 자선심의 본보기는 친구들을 사랑하는 마음이 아니라 낯선 사람들을 사랑하는 마음이다.

낯선 사람들을 사랑하려고 애쓰는 우리가 자신의 명치에 느껴지는 뜨거운 희열감을 사랑과 혼동할 확률은 매우 낮다. 대량학살은 몇몇 사람이 여태껏 암시해온 바와 다르게 붕괴한 상상력의 결과가 아니다. 독일의 나치스는 그들에게

학살당하는 희생자들의 감정을 상상할 수 있었다. 나치스는 희생자들의 감정을 무시했을 따름이다. 미래상상vision의 개념과 관련된 비평은어批評隱語가 상당히 많듯이 상상력과 관련된 비평은어도 상당히 많다. 윌리엄 블레이크와 미국의 제3대 대통령 토머스 제퍼슨Thomas Jefferson(1743~1826)과 마찬가지로 캄보디아Cambodia의 정치인 폴 포트Pol Pot(1925~1998)도 거창한 미래를 상상한 몽상가였다. 시인 셸리는『시를 옹호하는 변론A Defence of Poetry』이라는 산문저작에 "도덕적 선善의 위대한 수단은 상상력이다"라고 쓸 때 아주 모호한 가설들을 남발하면서 도덕의 상당히 노쇠한 어떤 의미를 고귀하게 장식한다.[3] 여태껏『시를 옹호하는 변론』만큼 시의 가치를 장엄하게 강조한 문헌은 매우 드물었고 시의 중요성을 그토록 터무니없이 과대시한 문헌은 거의 없었다.

문학작품들을 읽는 행위와 관련하여, 우리가 감정이입의 오류로 지칭할 수 있는 것이 있는데, 그런 오류에 사로잡힌 사람은 읽는 행위의 목적은 타인의 삶 속으로 들어가는 것이라고 생각한다. 미국 철학자 캐서린 윌슨Catherine Wilson은 문학이란 어떤 것이 어떤 것처럼 느껴지는 **방식**을 아는 지식의 문제도 아니고 어떤 것이 어떤 것처럼 느껴진다는 **사실**을 아는 지식의 문제도 아니라 어떤 것처럼 느껴지는 어떤 것을 아는 지식의 문제라고 주장한다.[4] 우리가 타인들의 내면에 들어가더라도 — 상상으로써 타인들과 합일하더라도 — 그리하는 과정에서 우리의 고유한 성찰능력을 간직하지 않으면 타인들을 알지 못할 것이다.[5] 예컨대, 셰익스피어의『리어 왕King Lear』의 주인공 리어 왕이 "되는" 사람도, 오직

---

3  데이빗 리 클라크David Lee Clark (편저),『셸리 산문집Shelley' Prose』(New York, 1988), p. 283.

4  캐서린 윌슨Catherine Wilson,「문학과 지식Literature and Knowledge」,《필로소피》 vol. 58, no. 226 (1983).

5  먼로 비어즐리,『미학』, p. 383.

리어 왕이 거의 모르는 듯이 보이는 리어 왕 자신의 진실을 스스로 파악하는 경우에만, 리어 왕의 진실을 파악할 수 있을 것이다. 우리는 인간혐오감을 느끼려고 셰익스피어의 극작품 『아테네의 티몬Timon of Athens』을 관람하지는 않는다. 우리는 감정적 문제인 동시에 지성적 문제인 인간혐오의 의미 같은 것을 파악하려고 『아테네의 티몬』을 관람한다. 우리가 어떤 서정시를 읽으면서 알려는 것은 그 서정시를 쓰던 시인이 어떤 감정을 느끼던 방식이 아니라 (아마도 그 시인은 표현하려는 분위기와 이미지를 고민하는 감정 외에 거의 어떤 감정도 느끼지 않았으리라) 그 서정시에 담긴 허구화된 감정들에 세계를 비춰보는 우리에게 보이는 세계와 관련된 새로운 어떤 것이다.

문학이 감정적 보철補綴의 일종 아니면 대리체험의 일종으로 보일 수밖에 없는 경우가 왜 그토록 잦을까? 그럴 수밖에 없는 한 가지 이유는 현대문명들에서 노정되는 체험의 극심한 궁핍성과 관련된다. 빅토리아 시대[6] 잉글랜드 문학계의 이념론자ideologue들은 노동계급남녀들에게 문학작품읽기를 권장하여 그들의 공감대를 그들의 궁핍한 처지에서 벗어나도록 더 넓게 확산시킬 방안을 신중하게 검토했다. 왜냐면 문학작품읽기는 한편으로는 관용과 이해력을 함양하여 정치적 안정성을 조장할 수 있었고 다른 한편으로는 노동계급남녀들에게 풍부한 체험의 기회를 제공하여 그들의 궁핍한 생활여건들을 얼마간 보상해줄 수 있었기 때문이다. 또한 문학작품읽기는 이런 궁핍의 원인들을 지나치게 불만스러워하여 탐구하려는 노동계급남녀들의 의욕을 꺾어버릴 수도 있었다. 이런 문화적 인민위원들 같은 이념론자들이 문학작품읽기는 혁명의 대안이라고 주장

---

6 【브리튼 여왕 빅토리아Victoria(1819~1901)의 재위기간(1837~1901).】

했을 가능성도 거의 없다.[7] 감정이입식 상상력은 겉보기로는 순결할 수 있어도 정치적으로는 순결하지 않다.

도덕적 가치들과 문학적 의미들의 공통점은 그것들이 수력발전용 댐들처럼 객관적인 것들이 아니라는 사실이다. 그것들은 물론 순전히 주관적인 것들도 아니다. 도덕적 현실주의자의 관점에서 도덕적 판단들은 세계의 현실적 특징들을 바라보는 태도들을 단순히 표현하는 과정들에 불과하기보다는 오히려 그런 특징들을 식별하고 파악하는 과정들이다. 내가 반유태주의anti-Semitism는 부도덕하다고 주장하는 과정과 내가 불현듯 그것에 관해서 느끼는 방식을 기록하는 과정은 분명히 다르다. 물론 반유태주의는 부도덕하다고 주장하지 않는 사람은, 예컨대, 유태인학살현장에서 벌어지는 일을 정확하게 묘사하지 못하는 사람일 수도 있다. 의미들이 실재한다면, 더구나 예술작품들은 진짜로 실재하므로, 도덕적 가치들 역시 똑같이 실재한다. 러마크와 올센은『진실, 허구, 문학 Truth, Fiction, and Literature』에서 문학에 담긴 "주관적 지식"은 "외부"세계를 아는 과학적 지식과 대조될 수 있다고 설명한다. 그러나 문학적 의미들은 예술작품들이나 도덕적 가치들과 마찬가지로 정신의 주관적 상태들을 표현하지 않는다. 그런 의미들은 현실세계의 내용에 속하므로 추정된 어떤 주체와 무관하게 논의되고 토론될 수 있다. 문학작품들이 이따금 생생한 체험효과를 산출한다는 것은 사실이지만, 문학작품들을 실제로 구성하는 모든 것은 기록된 기호들이다. 문학작품 안에서 발생하는 모든 것은 기록되는 과정에서 발생한다. 인물들, 사건들, 감정들은 지면紙面에 표기된 것들의 배열형태들에 불과하다.

지금 우리가 검토하는 도덕의 "문학적" 개념과 이른바 덕목윤리학virtue ethics

---

7 이글턴,『문학이론입문』제1장 참조.

이 공유하는 것은 그 개념과 칸트의 의무론이 공유하는 것보다 더 많다.[8] 시문에나 소설에 내재된 도덕적 판단의 대상은, 덕목윤리학의 대상과 비슷하게, 고립된 행위 또는 일련의 계획들이 아니라 일정한 형식을 띠는 삶의 특성이다. 아리스토텔레스부터 마르크스에 이르는 철학자들이 제기한 도덕적 질문들 중 가장 유효한 것은 인류의 번영과 성공을 위한 실천방법과 실천조건들은 무엇이냐는 질문이다. 개인적 행동들이나 계획들을 가늠하는 판단들은 이런 질문의 틀 안에서 원활하게 기능할 수 있다. 문학작품들은 관행praxis이나 행위내재지식 knowledge-in-action 같은 것들을 재현하므로 고대의 덕목개념을 닮았다. 문학작품들은 도덕지식의 형식들이지만 이론적 의미에서 그렇다기보다는 오히려 특수한 의미에서 그렇다. 문학작품들은 존 로저스 설의 명백히 환원주의적인 관점에서는[9] 그것들의 "메시지들"로 환원될지 몰라도 사실 그렇게 환원될 수 없다. 덕목들과 비슷하게 문학작품들도 목적들을 자체적으로 내재하는데, 왜냐면 그런 목적들은 오직 문학작품들이 의도하는 언행들을 전개하고 완수해야만 달성할 수 있는 것들이기 때문이다. 덕목이 세계에서 효력들을 발휘하려면 오직 — 아리스토텔레스의 관점에서는 덕목이 오직 그런 효력들을 발휘해야만 인간생활이 번영할 수 있으므로 — 덕목자체에 내재된 원칙들을 충실히 따라야만 한다. 이것과 비슷한 당위는 문예작품들에도 적용될 수 있다.

그래서 우리가 문학으로 지칭하는 것과 관련하여, 생생한 체험은 법칙들과 규범들로 결코 쉽게 변질될 수 없다. 오히려 문학작품들은 이론과 실천을 통일하여 도덕적 인식의 전형을 우리에게 제공하는데, 다른 분야의 작품들은 그런

---

8 덕목윤리학은 로절린드 허스타우스Rosalind Hursthouse, 『덕목윤리학On Virtue Ethics』(Oxford, 1999).

9 존 로저스 설, 『표현과 의미』, p. 74.

전형을 우리에게 쉽게 제공하지 못한다. 피터 러마크가 자신의 견해를 다소 과장하는 식으로 주장하듯이, "우리가 사물들을 새로운 방식으로 바라봐야 하고 새로운 관점을 채택해야 한다는 교훈을 예술가로부터 배워도, 특수자들은 일반론을 정립하려는 모든 노력에 저항하기 때문에, 우리는 학습한 교훈을 공식화하지 못한다."[10] 문학작품들의 도덕적 의미는 그것자체들의 특성과 짜임새에서는 쉽게 추출될 수 없다. 이런 저항은 문학작품들이 현실생활에서 실행되는 행위들을 가장 유사하게 닮는 방식들 중 하나이다. 물론 아무리 그럴망정 문학작품 한 편의 텍스트에 수록된 낱말들을 빠짐없이 복기하지 않는 비평가도 그 작품의 도덕적 전망을 어떻게든 해설할 수 있다. 실제로 문학비평은 언제나 그리할뿐더러 때로는 아주 절묘하고 세련된 방식들로써 그리하지만, 그런 문학비평은 아무리 훌륭해도 "학습한 교훈을 공식화[하기]"로 간주되지는 않는데, 물론 이것은 러마크에게는 유감스러운 사태로 보일 것이다. 한편으로 문학작품의 형언할 수 없는 특수성에 경악할 비평들도 존재할 수 있겠지만, 그렇지 않을 다른 한편으로는 그런 특수성을 도덕적 교훈들의 집합으로 환원해버릴 비평들도 존재할 수 있다.

뉴질랜드의 철학자 데이빗 노비츠David Novitz(1945~2001)는, 러마크와 상반되게, 우리는 문학작품들에서 교훈들을 도출할 수 있으며 도출해야 한다고 주장한다. 노비츠가 쓰듯이, "만약 내가, 예컨대, 대니얼 디포의 소설『로빈슨 크루소Robinson Crusoe』의 관점을 수용하여 고립상태를 비생산적인 곤란상태로 생각하지 않고 인간의 풍부한 기량器量을 발휘시키는 상태로 생각하기 시작했다면 …… 나는 고립을 가늠하는 나의 태도가 변했다는 사실을 쉽사리 깨달았겠지

10  러마크, 『문학철학』, p. 240.

만,"[11] 디포의 소설은 보이스카우트 교범이나 기업인들의 경영교과서가 아니다. 그 소설의 도덕적 의미는 노비츠가 그런 의미를 기대하여 찾는 곳 — 그 소설의 부단히 누적되고 과격하게 직진하며 "다음에는 무슨 일이 벌어질까?"라는 의문을 촉발하는 서사형식, 과묵하고 힘차며 완전히 직설적인 산문체, 결말을 끈질기게 거부하는 미완상태, 대상들의 부수적 특징들보다는 원초적 특징들에 쏠리는 주의력, 이야기와 도덕적 해설의 혼방混紡된 상태, 순전한 우연 같은 서사와 신의 섭리 같은 서사의 형식적 긴장상태, 초보적인 인물묘사방식들, 순전히 소설자체에만 기여하는 부수적 사건들의 빠한 축적현상 — 에도 있는 만큼이나 그런 의미를 찾지 않는 곳에도 있다. 디포의 소설에 들어있는 이런 쟁점들의 대다수는 문학철학자들의 관심을 사로잡지는 못해도 문학비평가들이나 문학이론가들의 관심을 사로잡을 수는 있다.

요컨대, 문학작품의 도덕적 전망은 내용의 문제이듯이 형식의 문제일 수도 있다. 그런 전망은, 예컨대, 줄거리들의 유사성, 아니면 줄거리의 진행방식, 아니면 2차원적 인물묘사방식 같은 것으로 예시될 수 있다. 리처드 게일은 노비츠와 똑같이 문학작품들의 도덕적 위력을 오해하는데, 그것은 게일이 "우리는 『밤비』[12]를 보거나 읽으면 사냥을 단념할 수 있으리라"[13]고 넌지시 말하면서 품는 오해이다. 우리가 그렇게 오해할 가능성은 더 높다고 생각할 사람도 있을 것이다. 그런 반면에 예술의 도덕적 효력들을 바라보는 미국 철학자 힐러리 푸트넘Hilary

---

11 데이빗 노비츠, 『지식, 허구, 상상력Knowledge, Fiction and Imagination』(Philadelphia, 1987), p. 140.

12 【『Bambi』: 오스트리아의 작가 겸 비평가 펠릭스 잘텐Felix Salten(1869~1945)이 1923년에 발표한 장편소설. 원제는 『밤비: 숲에서 살아가는 생명의 일대기Bambi: Eine Lebensgeschichte aus dem Walde』. 1942년에는 미국에서 만화영화로도 제작되어 상연됨.】

13 게일, 앞 논문, p. 338.

Putnam(1926~2016)의 관점은 훨씬 더 미묘하다. 그의 관점에서 예술의 도덕적 효력들은 우리의 개념범위나 인식범위를 확대하여 새로운 묘사수단들을 우리에게 공급하는데, 그것들은 우리가 이전에는 갖지 못했던 묘사수단들이다.[14]

또 다른 방면에서 주목될 만한 사실은 문학의 도덕적 진리들 대부분이 암시된다는 것이다.[15] 대체로 그런 진리들은 진술되기보다는 제시提示된다. 문학작품들은 자기계발지침서들과 어울리기보다는 오히려 진리를 폭로되거나 계시되는 것으로 간주하는 하이데거의 진리개념과 더 쉽게 어울린다. 아리스토텔레스의 프로네시스(실천지식)처럼 문학작품들도 암묵적 도덕지식의 양상을 구현한다. 그런데 이런 지식은 일반적 형식에나 명제의 형식에 전혀 포섭될 수 없다고 암시되지는 않아도 충분하게 포섭될 수 없는 것이다. 그런 인식의 형식들은 습득되는 과정에서 쉽게 추출될 수 없는 것들이다. 이것이 바로 우리가 문학 텍스트의 형식과 내용은 불가분하다고 주장하면서 말하려는 것이다. 그런 암묵적 지식의 극한적 일례는 모차르트의 「소야곡小夜曲Eine Kleine Nachtmusik」을 휘파람으로 연주하는 방법을 아는 지식이다. 이런 지식은 휘파람부는 행위와 다르지 않아서 타인에게 전수될 수 없는 것이다. 그러므로 문학작품들에 담긴 도덕적 통찰들은 사실들을 아는 지식보다는 개인적 지식을 더 많이 닮았다.[16]

그렇더라도, 러마크가 암시하듯이, "일반론을 성립하려는 모든 노력에 맞선 저항[하기]"은 예술작품의 특수성과 관련된 문제가 아니다. 왜냐면 첫째, 우리가

---

14　힐러리 푸트넘, 「구드먼의 『세계창작방법들』에 관한 고찰들Reflections on Goodman's Ways of Worldmaking」, 《저널 오브 필로소피》 vol. 76, no. 11 (1979). 제임스 영James O. Young, 『예술과 지식Art and Knowledge』(London, 2001) 참조.

15　존 하스퍼스John Hospers, 「문학에서 암시되는 진실들Implied Truths in Literature」, 《저널 오브 에스테틱스 앤 아트 크리티시즘Journal of Aesthetics and Art Criticism》, vol. 19, no. 1 (autumn, 1960).

16　피터 존스Peter Jones, 『철학과 소설Philosophy and the Novel』(Oxford, 1975), p. 196 참조.

앞에서 살펴봤다시피, 우리는 타인들을 아는 우리의 개인적 지식을 일반적 형식에나 명제의 형식에 완벽하고 원활하게 투입할 수 있듯이, 우리는 사실상 예술작품들을 일반적 용어들로써 논의할 수 있기 때문이다. 둘째, 예술작품자체의 내부에서 작용하는 일반성의 형식이 존재하기 때문이다. 앞에서 우리가 이미 살펴봤듯이, 고전적 미학의 관점에서 예술작품과 일반자一般者는 불가분하다. 단일한 예술작품에 담긴 종합적 법칙이나 종합적 의도는 차라리 그 작품을 구성하는 개별부분들의 상호접합요인相互接合要因에 불과하므로 개별부분들에서 배제되거나 추출될 수 없는 것이다. 그래서 예술은 계몽적 합리성을 대신하는 인식양식을 재현하면서 늘 그렇듯 전체자全體者를 포기하지 않는 동시에 특수자特殊者를 고수한다. 예술의 문제는 일반자를 특수자의 침해요인으로 간주하여 기각하는 것이 아니라 일반자와 특수자의 다양한 관계를 파악하는 것이다.

미국의 예술철학자 제롬 스톨니츠Jerome Stolnitz(1925~)는 예술로서 표현되는 인식력을 조금 더 많이 의심하는 편이다.[17] 그는 자신의 이런 예술관과 상반되게 과학을 터무니없이 무비판적인 관점에서 바라보며 과학적 진리들을 논외로 간주해버리는 듯이 보인다. 그의 이런 과학관은 그의 의심을 별로 강하게 뒷받침하지 못한다. (과학적 진리들은 언제든지 틀릴 수 있는 진리들에 속한다고 생각하는 사람도 있을 수 있다.) 스톨니츠가 주장하듯이, **특수한** 예술적 진리들은 전혀 존재하지 않는다. 문학작품들은 그런 진리들 대신에 우리가 다른 출처들에서 이미 확인한 진리들을 드러내려는 경향을 보인다. 스톨니츠는 문학은 다른 어느 분야에서 발견될 수 없는 진리들을 폭로하지 않는다고 정확하게 이해한다. 그와 매우

---

17 제롬 스톨니츠, 「인식되는 예술의 평범성On the Cognitive Triviality of Art」, 《브리티쉬 저널 오브 에스테틱스 British Journal of Aesthetics》vol. 32, no. 3 (1992).

비슷하게 프랭크 레이먼드 리비스도 특별히 "문학적인" 어떤 도덕적 가치들이 존재한다고 보는 견해를 부정한다. 그러나 문학 텍스트들이 함유한 도덕적 진리들을 현상학적으로 드러내려는 경향을 보인다는 사실을 스톨니츠는 파악하지 못한다. 그리고 이 경향은 문학 텍스트들에 담긴 통찰들이 대체로 그런 통찰들을 형식적이고 언어적으로 구현하는 과정과 불가분하다는 사실을 의미한다. (나는 앞에서 "대체로"라는 부사를 사용했는데, 왜냐면 문학작품들도, 셰익스피어의 희곡『트로일러스와 크레시더』[18]에서 우주질서를 운위하는 율리시스의 대사臺詞, 아니면 질투를 성찰하는 프루스트의 의견들처럼, 더 추상적인 도덕명제들을 이따금 제시하기 때문이다.) 스톨니츠는 우리가 '문학작품이 드러내는 것'을 '문학작품의 진리로 지칭되는 어떤 것'으로 변환시키면서 문학작품의 심도와 복잡성을 축소시킬까 우려한다. 그는 이런 진리를 문학작품의 심도와 복잡성을 벗어난 어떤 것으로 — 그러니까 '문학작품이 드러내는 물리적 형식'으로 이해하기보다는 오히려 문학작품에서 추출될 수 있는 어떤 의미로— 오해한다.

이 문제를 약간 다른 관점에서 바라볼 사람도 있을 수 있다. 만약 어떤 도덕적 진리를 기록하여 제시하려고 애쓰는 사람이 있다면, 그 사람은 그것의 현저한 특징들을 드러낼 수 있게 자신의 자료들을 편집하고 강조하며 교열하고 양식화해야 할 필요성을 느낄지도 모른다. 또한 그 사람은 서사들을 구성하거나 핵심적인 상황들의 극적인 장면들을 조성하거나 자신이 주장하는 바의 주요 측면들을 선연하게 예증하는 인물들을 창조하기로 작심할지도 모른다. 요컨대, 그 사람은 장편소설 한 편을 쓰기로 마음먹을 수 있다는 말이다.『철학탐구들』을 장편소설로 각색하는 작업도 별로 어렵지 않을 것이다. 실제로 비트겐슈타인은

---

18 【『Troilus and Cressida』:『트로일로스와 크리세이드』로도 표기된다.】

오직 농담들만 수록된 저서를 동경하여 집필하겠다고 꿈꾸었는데, 그와 상당히 비슷하게 발터 벤야민도 오직 인용문들만 수록한 저서를 집필하겠다고 꿈꾸었다. 누군가의 도덕적 진술을 구체적으로 부각하는 작업은 그런 진술을 허구적 진술로 각색하는 작업을 의미할 것이다. 도덕적 내용과 문학적 형식은 별도로 설명되기 어려워질 때까지 서서히 수렴될 수 있다. 플라톤의 대화편들이 암시하듯이 허구형식과 도덕인식 사이에는 밀접한 연결선들이 존재한다. 플라톤이 가다듬은 사상의 대부분을 연극형식으로나 대화형식으로 표현하는 까닭들 중 하나는 진리에 도달하는 과정도 어떤 의미에서 진리에 포함된다는 것이다. 헤겔과 키르케고르도 똑같은 과정을 밟되 다른 형식으로 표현할 따름이다.

그러나 문학적인 것과 도덕적인 것 사이에 존재하는 연결선을 의심하는 스톨니츠의 방식보다도 더 생산적인 의심방식들이 존재한다. 문예文藝가 여태껏 자유주의도덕의 모범(패러다임)으로서 제시된 빈도頻度보다 도덕의 모범으로서 제시된 빈도가 대체로 더 낮았다는 것은 진실이다. 미국 철학자 마서 누스바움 Martha Nussbaum(1947~)의 대단히 많은 것을 암시하는 저작도 그런 진실의 주목될 만한 일례이다.[19] 그녀는 다원성, 다양성, 개방성, 축소될 수 없는 구체성, 갈등, 복잡성, (프랑스식으로는 도덕적 판단의 "불가능성"으로도 과칭되는) 도덕적 판단의 극심한 난관 같은 것들을 높게 평가한다. 이것들은 어떻게 계산되어도 귀중한 가치들이지만, 누스바움은 그런 가치들이 역사적으로나 사회적으로 특수화되는 정확한 사연을 대체로 자각하지 못하는 듯이 보인다. 그런 가치들은 노동계급의 사회주의적 가치들보다 중류계급의 자유주의적 가치들을 더 많이 대표한다.

---

19 예컨대, 마서 누스바움, 『사랑지식Love' Knowledge』 (Oxford, 1990) 참조. 이 책은 헨리 제임스의 소설 『황금그릇』에 보답하는 해설을 포함하지만, 소설에 등장하는 애덤 버버Adam Verver와 매기 버버Maggie Verver를 확실히 천사처럼 보는 관점을 채택한 해설도 포함한다.

그래서 극심하게 번민하는 자유주의자들의 장로長老 격인 헨리 제임스로부터 누스바움이 자신의 문학적 실마리를 얻더라도 이상하게 보이지 않는다.

19세기 현실주의의 막강한 계보가 비록 이런 도덕적 접근법에 기막히게 맞아떨어지더라도 잉글랜드의 소설가 겸 성직자 찰스 킹슬리Charles Kingsley(1819~1875)나 브리튼의 작가 겸 정치인 벤저민 디스레일리Benjamin Disraeli(1804~1881)나 폴란드 태생 브리튼의 작가 조지프 콘래드Joseph Conrad(1857~1924)보다도 헨리 제임스와 잉글랜드의 소설가 엘리자베스 개스컬Elizabeth Gaskell(1810~1865)에 훨씬 더 잘 어울린다는 사실은 틀림없다. 그러나 문예계 전체에 이토록 매우 특수한 도덕이념이 암암리에 강요될 수는 없다. 문학인과 자유주의자는, 비록 둘 다 대도시 지식인계층에 속하는 듯이 보이더라도, 동의어들은 아니다. 이탈리아의 시인 단테Dante(1265~1321)와 잉글랜드의 시인 에드먼드 스펜서Edmund Spenser(1552~1599)는 다양성을 아끼는 그들의 정성, 그들의 정교하면서도 모호한 판단들, 가치의 해결할 수 없는 어떤 부조화들을 인지하는 그들의 감각, 확실하고 불변하는 진리들보다 일시적이고 탐색 가능한 진리들을 더 좋아하는 그들의 편애 때문에 유명한가? 그런 것들이 없다면 그들이 하여간 더 저급한 시인들일까? 밀턴은 빛의 세력들과 어둠의 세력들을 가르는 절대적 분계선에 집착한 투쟁적 교리주의자教理主義者이며 정치적으로 **활동한** 시인이다. 밀턴이 이런 특성들을 결여하면 위대한 작가가 아니다.

자유주의적 도덕관道德觀은 교훈적 도덕관을 철저하게 반대한다. 실제로 현대 비평의 고명한 클리셰cliché(상투적 문구)들 중 하나는 '가르침과 설교는 문예를 결딴내는 치명적 활동들이다'는 것이다. 러마크가 쓰듯이, "너무 노골적으로 교훈을 가르치고 너무 빤하게 메시지를 전달하려고 애쓰는 작품들은 좀처럼 높게 평가되지 않는다.[20] "노골적으로"와 "너무 빤하게"라는 부사들은 그것들을 포함하는 의견을 전혀 의심될 수 없게 만드는 편리한 수단들이다. 그러나 심지어 교훈주의의 기미조차 혐오스럽게 느껴질 수 있다고 가늠하는 판단은 마치 셰익스피어는 상당히 감동적인 내용을 집필했다고 넌지시 알리는 암시처럼 문학계의 주류파主流派에 수용된다. 그래도 그런 판단은 확실시되지는 않는다. "교훈적인"이라는 형용사는 단순히 가르쳐지는 내용을 의미하므로, 모든 가르침이 호통을 치거나 교리를 강조하는 과정이어야 할 까닭은 전혀 없다. 베르톨트 브레히트의 희곡『교훈극Lehrstücke』, 잉글랜드의 성직자 겸 학자 랜슬럿 앤드루스Lancelot Andrewes(1555~1626)의 설교들, 윌리엄 블레이크의 시화집『천국과 지옥의 결혼 Marriage of Heaven and Hell』에 수록된 시「지옥격언地獄格言들Proverbs of Hell」은 잠재적 예술작품들인 동시에 교훈적인 작품들이다. 미국 작가 해리엇 비처 스토우 Harriet Beecher Stowe(1811~1896)의『톰 아저씨의 오두막Uncle Tom's Cabin』은 — 조너선 스위프트의 풍자 에세이『소박한 제안A Modest Proposal』, 러시아의 작가 레프 톨스토이Lev Tolstoy(1828~1910)의 장편소설『부활Resurrection』, 잉글랜드의 작가 겸 비평가 조지 오웰George Orwell(1903~1950)의 장편소설『동물농장Animal Farm』도 함유하는 바와 같은 — 특수한 도덕적 목적을 함유하기 때문에 요령부득한 이류소설二流小說이 아니라 그런 목적을 달성하는 방식 때문에 그런 이류소설이다. 이런 견지에서『톰 아저씨의 오두막』을 미국의 작가 존 스타인벡John Steinbeck(1902~1968)의 장편소설『분노의 포도The Grapes of Wrath』나 미국의 극작가 아서 밀러Arthur Miller(1915~2005)의 희곡『도가니The Crucible』나 헨리크 입센의 희곡『공동체의 기

---

20  러마크,『문학철학』, p. 254. 프레이도C. G. Prado,『가식언행Making Believe』(London, 1984), 제1장 참조.

둥들『Pillars of the Community』과 대조해볼 사람도 있을 수 있다. 미국의 재즈가수 겸 작곡가 빌리 할러데이Billie Holiday(1915~1959)의 노래 「낯선 열매Strange Fruit」는 뛰어난 예술작품인 동시에 사회적 운동가運動歌이다.

러마크의 "너무 노골적으로"라는 부사가 암시할 만하듯이, 문학작품들이 함유한 도덕적 목적을 언제나 부끄러워하여 원만하고 유들유들하게 이완시켜야 할 까닭도 전혀 없다. 미국의 원자폭탄으로 수음手淫이나 해보라고 미국에 권유하는 미국의 시인 앨런 긴스버그Allen Ginsberg(1926~1997)의 시는 특별히 부끄럽게 여겨질 것은 전혀 아닐뿐더러 화려한 문학적 웅변처럼 설득력마저 충분하게 발휘한다. 가르침과 설교는 문학의 아주 오래된 기능들이다. 그래서 오직 특정한 시대에만 — 예컨대, "교리doctrine"라는 낱말이 신념들의 확립된 집합을 더욱 모호하게 표시하기보다는 오히려 권위주의의 불길한 메아리들을 유발하는 시대에만 — 이따금 특수한 신조信條들을 옹호하는 의견을 서슴없이 떠들어대는 문예가 그토록 부끄럽게 느껴질 것이다. 그런데 실제로 그렇지 않다면 도리어 특수한 신조들이 부끄럽게 느껴질 것이다. 자유주의의 편견과 후기현대주의의 편견은 신념자체를 (특수한 신념만, 틀림없이, 예외로 치고) 잠재적 독단주의로 간주한다. 더구나 신념은 더 열렬해질수록 더 편협해질 수 있다. 물론 신념의 이런 성질이 실현되리라고 상상될 까닭은 전혀 없다. 역사에는 고대 그리스의 철학자 파르메니데스Parmenides(서기전6세기후반~5세기초반)부터 브리튼의 철학자 버트런드 러셀Bertrand Russell(1872~1970)에 이르는 비非독단적 신념들의 소유자들이 가득하다. 그래서 자유주의자들은 필시 그들의 반대자들만큼 열렬하게 자신들의 관점을 고수할 것이다. 하여튼, 그런 관점은 그것을 고수하는 자의 신념보다는 타인들의 신념들에 일반적으로 더 많이 적용된다. 5개년발전계획 같은 것의 찬양자들은 의견표현의 자유를 옹호하는 교훈적 작품들을 비난하는 반면에 관대한 비평가들은 그런 작품들을 일반적으로 비난하지 않는다.

원활하게 기능하는 문학의 대부분이 제1방편으로 삼는 것은 노골적인 교리가 단연코 아니다. 이런 사실은 물론 나름의 교리에 심취한 모든 예술작품이 그런 교리를 시끌벅적하게 선전하면서 그런 교리로 환원되어야 한다는 당위를 의미하지는 않는다. 잉글랜드의 작가 겸 사회비평가 찰스 디킨스Charles Dickens(1812~1870)의 모든 저작을 통틀어 가장 선동적인 대목들 중 하나는 태연하게 사회를 선동하는 장편소설『폐가廢家Bleak House』에 나온다. 그 대목에서 조Jo가 죽자 디킨스는 여왕Queen부터 자신의 독자들에 이르는 모든 사람에게 일일이 자신의 분노를 터뜨린다. 선동은 원활하게 진행되기만 하면 전혀 부당하게 간주되지 않는다. 문학은 정치적 소수당파partisan의 처지로 내몰릴 위기를 자초하지 않는다. 대역죄피의자를 옹호한 밀턴의 변론, 퍼시 비쉬 셸리의 시「무정부상태의 가면The Masque of Anarchy」잉글랜드의 정치인 워런 헤이스팅스Warren Hastings(1732~1818)를 반대한 아일랜드의 정치인 겸 철학자 에드먼드 버크Edmund Burke(1729~1797)의 장대한 논박도 문학의 이런 조심성을 예증할 것이다. 러시아 출신 미국의 소설가 겸 곤충학자 블라디미르 나보코프Vladimir Nabokov(1899~1977)가 발표한 소설들의 대다수가 정치적 소수당파의 성격을 띠지만, 비평가들은 그런 사실을 두고 거의 불평하지 않는다. 왜냐면 비평가들의 대다수도 소수당파심partisanship을 공유하기 때문이다. 그들의 관점에서 소수당파심은 그저 꾸밈없고 솔직한 진실을 닮은 듯이 보일 따름이다. "교리주의자doctrinaire"라는 낱말은 오직 타인들의 신념들에만 적용된다. "나름의 교리에 심취한" 자들은 자유주의자들도 아니고 보수주의자들도 아니라 좌파이다. 교리주의에 헌신하는 언동은 언제어디서나 예술을 파멸시키는 화근이라고 주장하는 것은 공허한 자유주의적 신앙심이다.

이제껏 내가 발견하여 제시한 "문학적인" 것의 여러 구성요소 중에 도덕적 요소는 얼핏 보면 가장 불가결한 요소처럼 보인다. 그런데 도덕적 요소는 문학의 충분조건이 분명히 아니다. 왜냐면 도덕적 요소는 종교적 소책자들, 생일축하 엽서들, 연애편지들, 정부의 낙태조사보고서를 포함하는 다종다양한 공문들에서는 당연히 발견될뿐더러 역사담론에서나 철학담론에서도 발견될 수 있기 때문이다. 그러나 도덕적 요소가 문학의 필요조건이라는 사실은 쉽게 이해될 수 있다. 인생의 가치와 의미를 얼마간이나마 탐구하지 않는 문학이 어떻게 존재할 수 있겠는가? 이런 상황맥락에서 "도덕적인" 것의 반대는 실용적인 것이나 기술적인 것이나 정보자료 같은 것으로 보일 수 있다. 그러나 도덕적인 것은 추상적 교리일 수도 있기 때문에 어느 용감한 학구적 인물은 잉글랜드 시인 앨릭잰더 포프Alexander Pope(1688~1744)의 장시長詩『인간론Essay on Man』은 문학작품이 아니라고 주장하기도 했다.[21] 그렇지만『농사일들』은 비록 인간의 신념들, 행동원인들, 정념들 따위를 기의 언급하지도 않는 (때로는 신빙성마저 의심되는) 농사교범 같은 시집일지라도 문학작품으로 공인된다.『농사일들』은 그것의 형식과 언어 때문에도 문학작품으로 공인되지만 그것의 저자와 서사시집『아이네이스Aeneis』의 저자가 동일인(베르길리우스)이기 때문에도 그렇게 공인된다. 고대

---

21  엘리어스 슈워츠Elias Schwartz, 「언어학과 문학에 관한 견해들Notes on Linguistics and Literature」,《칼리지 리터러쳐College Literature》no. 32 (1970) 참조.

로마의 시인 겸 철학자 루크레티우스Lucretius(서기전99~서기전55)의 철학적 논설 시집『사물들의 본성De rerum natura』은 현대 과학논문들에는 — 심지어 그것처럼 운문형식으로 집필된 현대 과학논문들에도 — 부여될 수 없을 명예를 부여받을 만큼 독특한 문학성을 지녔기 때문에 문학작품으로 공인된다. 단테의『신곡 Divina Commedia』제2편에 해당하는『연옥Purgatorio』의 장황한 문장들은 과학적 설명과 신학적 설명들로 구성된다.

튜더 왕가의 식사규정집이나 17세기에 집필된 금붕어 길들이는 방법을 다룬 에세이 같은 것도 문학작품으로 간주될 수 있다. 물론 그런 저작물은 인간의 예의범절들이나 도덕들을 향한 어떤 특수한 관심을 드러낸다고 문학작품으로 간주되지도 않으며 어쩌면 심지어 특별히 훌륭하게 집필된 것으로 판단된다고 문학작품으로 간주되지도 않을 것이다. 오히려 그런 저작물은 고풍스러운 언어로써 집필된 덕택에 일정한 예술적 위상을 부여받으니까 문학작품으로 간주되고 또 어쩌면 역사자료의 가치를 보유했으니까 문학작품으로 간주될 것이다. 오늘날에 집필된 식이요법서나 금붕어 키우는 방법을 다룬 책은, 예컨대, 미국의 소설가 토머스 핀천Thomas Pynchon(1937~)이 한가할 때 심심풀이용으로 휘갈겨 쓴 것이 아니라면, 도저히 문학작품으로 인정받지 못할 것이다. 그러나 18세기에 집필된 광학논문光學論文이 고풍스러운 운치와 역사자료의 가치를 겸비했다면 문학작품으로 판단될 수 있을 것이다. 일반적으로 우리는 역사상 더 오래전에 집필된 저작물일수록 더 흔쾌하게 문학작품으로 인정할 것이다. 더 근래에 집필된 저작물들일수록 그토록 존엄한 문학의 지위를 획득하려면 더 힘겹게 분투해야 할 뿐만 아니라 대체로 그것들의 미학적 특성들을 더 많이 과시해야만 성공적으로 그런 지위를 획득할 수 있다. 어쩌면 우리의 은행거래내역서도 몇 세기 후에는 마치 잉글랜드의 시인 제프리 초서Geoffrey Chaucer(1343~1400)의 『캔터베리 이야기들The Canterbury Tales』의 첫째 이야기 「기사의 이야기The Knight's Tale」만큼 고풍스러운 문학작품으로 간주되어 읽힐지 모른다.

우리가 앞으로 제4장에서 살펴보겠듯이, 물고기 키우는 방법을 다루는 에세이 같은 텍스트들도 비록 아무리 "도덕과 무관하게" 비非허구적으로 (이를테면) 공평무사하게 집필되었을망정 "비非실용주의적인" 것들로 취급되어 그것들의 명백한 기능들을 벗어나는 성찰省察들을 촉진하는 계기로 활용된다면 문학작품들로 간주될 수 있을 것이다. 또한 비허구적 담론들 — 온갖 비난을 모면할 기회를 경찰에게 다시 한 번 더 제공할 만한 대중폭동을 조장하는 허구적 정부보고서와 상반되는, 가죽산업현황을 기록한 정부보고서 같은 담론들 — 은 근거자료들을 수집하고 선별하며 이따금 서사형식을 채택하곤 하므로 허구적 특징들을 아예 결여한 것들은 아니라는 사실도 우리가 주목해야 할 것이다.

크리스토퍼 뉴는 우리가 "배관공의 교범에 (문학작품으로서) 평가될 만한 후보자격을 부여할 수 있느냐"[22]고 의문을 제기한다. 만약 그런 교범이 훌륭하게 집필되었든지, 아니면 1664년에 집필되었든지, 아니면 1664년에 훌륭하게 집필되었다면, 우리가 그런 후보자격을 그것에 부여하지 못힐 까닭을 찾기는 어려울 것이다. 이런 요인들은 그 교범의 "도덕과 무관한" 지위를 압도할 것이다. 에릭 도널드 허쉬는 잉글랜드의 생물학자 찰스 다윈Charles Darwin(1809~1882)과 덴마크의 물리학자 닐스 보어Niels Bohr(1885~1962)의 저작들은 문학작품의 자격을 획득할 수 있겠지만 캄캄한 곳에 장시간 고립되었다가 양지로 나온 사람의 시

---

22  뉴, 『문학철학』, p. 32.

각혼란증상들을 다룬 심리학논문은 그런 자격을 획득하지 못할 것이 틀림없다고 강하게 주장한다.[23] 그런데 다윈이 심리학자보다 더 훌륭하게 집필했기 때문에, 아니면 역사적으로 중요한 과학저작들이 그것들보다 덜 중요한 과학저작들에는 부여될 수 없다고 여겨지는 문학작품이라는 선망되는 칭호를 부여받을 수 있기 때문에, 다윈의 저작이 문학작품의 자격을 획득할 수 있는가? 만약 시각혼란증상들을 다룬 논문이 때를 만나서 그런 명예로운 칭호를 획득한다면 어찌될까? 우리는 여기서 문학작품들을 특별히 고귀한 저작물들로 간주하는 관점은 그것들의 미학적 가치뿐 아니라 역사적 가치마저 포용할 수 있다는 사실을 아울러 주목할 수 있다. 우리는 독일 철학자 겸 수학자 라이프니츠 Leibniz(1646~1716)의 수학논문數學論文들처럼 "도덕과 무관한" 작품들이 단지 역사적으로 높게 평가된다는 사실만 고려하여 그것들에 문학의 칭호를 붙이고픈 기분을 느낄 수 있다.

심지어 도덕과 거의 무관하게 보이는 허구형식들도 존재할 수 있다. 헤밍웨이의 묘사보다 더 과묵한 묘사("그는 술집을 나와서 잠든 국경수비대를 지나쳤고, 산들바람은 다시 불기 시작했으며, 그의 명치는 또다시 답답해졌고, 그의 왼눈 뒤쪽은 또다시 지끈거렸으며, 그의 눈알은 빠질 듯이 아프기 시작했다.")에 담긴 도덕적 의미는 워낙 암묵적인 것이라서 거의 식별될 수 없을 것이다. 롤랑 바르트는 누보로망nouveau roman(1960년대 초반 프랑스의 신소설新小說) 운동을 문학작품들의 도덕적 함의들에서 객체들을 깨끗이 솎아내는 귀중한 운동으로 간주한다. 문학작품의 도덕적 의미는 단지 물질세계를 기록하고 진통제 같은 환상과 모호한 감상을 거부하는 문학작품의 양심적 투명성에만 내재된 것일 수도 있다. 문학적 현실주의에서

23  허쉬, 「무엇이 문학이 아닌가?」 허네이디, 앞 책, p. 32.

삶과 일치하는 진리truth-to-life(생즉진리生卽眞理)는 도덕적 가치자체와 동일해진다. 이 경우에 묘사적인descriptive 것은 규범적인normative 것이기도 하다.

그렇지 않으면 잉글랜드의 시인 겸 소설가 앨런 브라운존Alan Brownjohn(1931~)의 시 「상식Common Sense」에 나오는 다음과 같은 대목들도 예시적으로 고찰될 만하다.


농부 1명의

아내는 1명, 자녀는 4명, 주급週給은 20실링이다.

이 6인 가족은 식비食費로 주급의 3/4를 지출하고

하루 세 끼씩 먹는다.

이 가족의 1인당 식비는 얼마인가?

—『피트먼의 산술상식Pitman's Common Sense Arithmetic』(1917)에서


정원사 1명의 주급은 24실링인데

작업을 1회 지체하면 주급의 1/3에 해당하는 벌금을 물어야 한다.

그가 26주일을 작업해서 받은 돈이

도합 30파운드 53실링이라면

그는 작업을 몇 회 지체했는가?

—『피트먼의 산술상식』(1917)에서


…… 도표 아래 제시된 숫자들은 (브리튼) 연합왕국의 빈민인구와,

빈민구제비용 총액이다.

인구 1만 명당 평균빈민인구를

계산해보라.

—『피트먼의 산술상식』(1917)에서

이런 대목들을 포함하는 브라운존의 시는 자체의 내용들을 결코 도덕적으로 해설하지 않더라도 매우 도덕적인 시가 틀림없다. 그것은 시재詩材를 가늠하려는 심정적 태도를 전혀 드러내지 않는 시이다. 그렇지만 그것이 운문으로 쓰였다는 사실은 '그것자체를 도덕적 관점에서 바라볼 수 있는 의미심장한 계기'뿐만 아니라 어쩌면 '통계학의 본성, 사회공학의 본성, 빈민을 상대하는 공권력의 태도들의 본성 같은 것들을 미셸 푸코의 관점에서 어느 정도 고찰할 수 있을 의미심장한 계기'마저 독자에게 제공할 것이다.

표준형 후기현대주의는 문화들이 다양하면 도덕적 가치들을 다양하게 배양할 수 있다고 주장한다. 고대 그리스의 극작가 에우리피데스Euripides(서기전 480~406)의 비극작품 『박코스의 여신도들The Bacchae(Bakchai: 디오니소스Dionysos의 여신도들)』에도 담겼고 극작가 아이스킬로스Aeschylos(서기전525~456)의 비극작품 『오레스테이아Oresteia』에도 담긴 도덕규범들은, 정확하게는, 독일의 극작가 겸 역사학자 프리드리히 쉴러Friedrich Schiller(1759~1805)의 희곡 『메리 스튜어트Maria Stuart』에나 프랑스의 작가 스탕달Stendhal(마리-앙리 벨Marie-Henri Beyle, 1783~1842)의 장편소설 『파름 수도원La Chartreuse de Parme』에 담긴 도덕규범들이 결코 아니다. 그런데 수십 세기에 걸쳐 문학작품들을 통해 표현된 도덕적 가치가 비록 엄청나게 낡아서 케케묵었다고 지적받을 수는 있을지언정 합의된 것이라는 사실도 현저하게 돋보인다. 고대 로마의 시인 프로페르티우스Propertius(서기전50/45~서기전15)부터 현대 터키의 소설가 오르한 파묵Orhan Pamuk(1952~)에 이르는 문인들의 주요 문예작품이 신체고문과 대량학살을 찬동하는 징후들을 드러낸다거나 일시적인 거창한 유행어를 무시하듯이 자선심, 용기, 다정한 친절을 무시해버린다고 간주될 가능성은 거의 없다. 예컨대, 정의正義를 추구하는 열정은 장소마다 혹은 시대마다 아무리 다양한 형식을 띠더라도 인류와 인류의 기록들 속에 영원히 존재하는 듯이 보일 수 있다. 기나긴 역사시대에도 인간의 연속성들은 존속했다는 주장이 반동적인 주장이 아니라 급진적인 주장일 수 있다는 사실은 유의미하다. 유연하고 가변적인 것들을 완고하고 불변하는 것들보다 언제나 더 우선시하는 편견에 사로잡혀서 이렇게 단순한 (영원성이나 연속성을 띠는) 진리를 파악하지 못하는 무능력은 후기현대주의의 여러 맹점 중 하나이다.


## 2

이제 우리는 '비실용적 특성을 오늘날 문학으로 지칭되는 것의 구성특징으로 간주하는 통념'을 검토해볼 수 있다. 사람들은 즉각적이거나 명확한 사회기능을 전혀 수행하지 않는 저작물들에 쓰인 용어 — 즉, 각종 입장권 및 승차권에나 연한 캔디 제조설명서 같은 것에 쓰인 용어와 대조되는 용어 — 를 때때로 사용한다. 문학적인 것을 인지하는 이런 감각은 문학이 전통적 사회기능들의 대부분을 내버린 요즘과 같은 시절들에 가장 활발하게 작동하는 경향을 띤다. 그런 시절들에는 이런 감각이 동정녀 마리아Virgin Mary를 찬미한 찬송가, 악귀들을 쫓

아내려는 의도를 머금은 성가聖歌, 귀족의 생일축하용으로 공연된 가면극, 군대의 전과戰果들을 축하는 시詩, 자신의 빈약한 지식능력들을 능숙하게 숨긴 국왕에게 아첨하는 송덕문頌德文 같은 것을 묘사하지는 않을 것이다. 문학이 그런 형식적 기능들을 상실하면 문학의 옹호자들은 그렇게 강등된 문학의 위상을 반등시키려고 애쓰느라 '문학작품들은 자체적으로 귀중하다'고 주장하든지 아니면 '문학작품들은 어느덧 단일하고 특수한 사회적 목적에서 풀려났으므로 이제부터 문학작품들의 다원성에 이바지할 수 있다'고 주장할 것이다.

이런 문학의 개념은 잉글랜드 출신 미국의 문학자 존 마틴 엘리스John Martin Ellis(1936~)가 『문학비평이론Theory of Literary Criticism』에서 옹호한 개념과 어느 정도 유사하다. 거의 모든 다른 문학자들이 그렇듯이 엘리스도 '문학 텍스들은 타고난 어떤 특성들을 공유한다고 동일시될 수는 없다'고 인정한다. 엘리스의 관점에서 문학 텍스트들은 그런 특성들보다는 오히려 용도用度들을 공유하기 때문에 동일시될 수 있다(이런 용도들은 비록 '그가 확연하게 부각시키지 못하는 어떤 아이러니'에 감싸일지라도 자체적으로는 비실용적인 용도들일 수 있으므로 아름다움을 느끼는 우리의 감각을 향상시키거나 잔혹성을 파악하는 우리의 이해력을 심화시킬 수 있다). 엘리스가 주장하듯이, 우리는 언어를 최대한 활용하려는 노력을 문학으로 대우하면서부터 (실용적 저작물에도 관심을 기울이지 않겠듯이) 문학의 진위여부에도, 우리의 행동지침으로 삼을 만한 정보에 문학이 포함되느냐 여부 같은 문제들에도 관심을 기울이지 않을 것이다. 요컨대, 우리는 그때부터 문학을 우리가 즉각 인지하는 사회적 상황맥락의 일부로 취급하지 않는다는 말이다. 그래서 우리는 오히려 "텍스트는 텍스트를 직접 태동시킨 상황맥락과 특별하게 관련된 것으로 인식되지 않는다'[24]고 보면서 문학을 이용한다. 또한 텍스트가 더 넓거나 더 깊은 어떤 의미에서 옳은 것으로나 유용한 것으로 간주될 만더라도 경험적으로는 옳지 않거나 직접 기능하지도 않는다는 사실을 우리는 분명히 파악한다고 주장할 사람도 있을 수 있다. 또한 텍스트의 원천에서 텍스트를 잘라내는 작업은 독자의 주의력을 집속集束하는 동시에 확대하는 작업을 반드시 요구하기 마련이라고 지적하면서 엘리스의 견해를 보강하려는 사람도 있을 수 있다. 그리하여 우리는 이제 텍스트를 순전히 도구로 취급하기보다는 오히려 가치자체에 속하는 것으로 대우하는 동시에 텍스트를 단일하고 특수한 상황맥락에서 끄집어내어 다양한 상황맥락들에 노출시킬 수 있다.

이런 관점에서 텍스트를 문학적인 것으로 분류하는 과정은 텍스트를 그것의 창작자보다 더 우선시하기로 판단하거나 창작자의 의사전달수단으로 취급하기로 판단하는 과정이 아니다. (우리는 이런 관점의 결과를 나중에 이른바 발언행위이론speech-act theory에 비추어 고찰해볼 것이다.) 문학작품들의 의미는 문학작품들의 발생상황맥락들genetic contexts에 종속하지 않으므로 문학작품들은 성공한 결과를 기준으로 판단되지 않으면 성공한 상황 속에서 판단될 수밖에 없다. 그러니까 문학작품들은 출생지를 떠나 자유롭게 표류漂流하기 때문에 개인이 휴대할 수 있는 여권 같은 것들이 아니다. 여권은 휴대용으로 고안된 것이 확실하다. 그러나 여권의 기능들은 아주 명확하게 제한된 특수한 것들이다. 공연관람권의 기능은 훨씬 더 명확하게 제한된다. 문학 텍스트들의 기능들은 우리가 예측할 수 없는 것들이다. 왜냐면 우리는 이런저런 상황에서 문학 텍스트들의 사용될 수 있는 "용도들"이나 읽힐 수 있는 내용들을 예정하지 못하기 때문이다. 문학 텍스

---

24  존 마틴 엘리스, 『문학비평이론』(Berkeley, 1974), p. 44.

드들은 개방성을 타고나므로 한 가지 상황맥락에서 다른 상황맥락으로 이송될 수도 있고 그렇게 이송되면서 참신한 의미들을 축적할 수도 있다.[25] 미국의 문학이론가 윌리엄 커츠 윔사트William Kurtz Wimsatt(1907~1975)와 먼로 비어즐리는 이른바 의도적 오류를 다룬 그들의 고전적 에세이에서 시인은 "작가와 결별할 때 탄생한다"[26]고 암시한다.

문학작품들은 이례적으로 가변적인 것들이라고 강조하는 주장은 그것들을 바라보는 최신식 관점의 소산 같은 것이 아니다. 그런 주장은 적어도 고대 유태인들의 미드라쉼Midrashim(=미드라쉬Midrash) 또는 유태교경전 해석관행에까지 거슬러 오를 정도로 대단히 장구한 역사를 가졌다. 서기70년 로마 군대가 예루살렘을 점령하자 유태인 바리새Pharisee인人들은 함께 모여서 토라Torah(모세오경 Moses五經=모세율법)를 연구하기 시작했다. 바리새인들은 토라 텍스트에 내재된 어떤 의미를 추출하는 작업보다는 때로는 도무지 있을 성싶지 않은 흥미로운 의미마저 포함하는 참신한 의미들을 텍스트에 할당하는 작업에 더 많은 관심을 쏟았다. 비록 기독교『신약전서』의 저자들은 자신들의 정치-신학적 목적들에 맞춰 그런 바리새인들을 우스꽝스럽게 묘사했지만, 최초의 해석학자들로 분류될 수 있는 사람들도 바로 그런 바리새인들이었다. 어떤 바이블Bible(유태교-기독교경전) 텍스트의 의미는 자명하게 보이지 않았다. 탐구행위나 연구행위를 뜻하는 미드라쉼이라는 낱말자체가 이런 의미의 불명확성을 충분히 뚜렷하게 암시한다. 신성한 경전은 무궁한 의미를 함유한 것으로 생각되었고, 경전해설자마다

---

25  존 마틴 엘리스의 견해를 간략히 요약하는 이 문장은 아마도 엘리스가, 보수적 비평가답게, 반겼을지 모를 후기 구조주의이론을 상당히 많이 닮았을 것이다. 설령 그렇더라도 유사점들은 존재한다.

26  윌리엄 커프 윔사트 & 먼로 비어즐리,「국제적 오류The Intentional Fallacy」, 데이빗 로지David Lodge (편저),『20세기 문학비평Twentieth Century Literary Criticism』(London, 1973), p. 339.

나름대로 경전을 연구할 때마다 매번 상이한 의미를 마주쳤다. 현재의 필수요구들에 부응하도록 급진적으로 재해석될 수 없는 경전은 생명을 잃어버렸다고 판정되었다. 경전은 현재의 관점에 맞아떨어지도록 부단히 해석되어 재생되어야 했다. 계시는 부단히 진행되는 과정이었지 유일한 최종사건이 아니었다. 토라는 세대世代마다 다른 해석자들의 재해석작업을 거쳐야만 완벽해질 수 있을 근본적으로 불완전한 텍스트로 간주되었다. 어떤 해석자도 해석의 최종결정판을 제시하지 못했고, 경전판독작업은 끝없이 지속되는 집단적 논쟁을 수반하기 마련이었다.[27] 기록된 문자는 의미의 구체화를 촉진한다고 여겨져서 그랬는지 때로는 구전口傳된 토라가 특권적 지위를 부여받기도 했다.

그러나 텍스트가 자체의 기원에서 해방되는 것이라면, 비록 문학 텍스트가 자체의 기원에서 더욱 확연하게 해방될지언정, 모든 저작물도 자체의 기원에서 해방되는 듯이 보일 수 있다. 여기서 문제는 해방되는 정도定度이다. 기록되지 않은 발언과 다르게 저작물은 그것의 저자가 없어도 계속 기능할 수 있는 의미의 표현방식이고, 이런 표현의 가능성은 저작물의 영속적이고 구조적인 특징이다. 플라톤의 『파이드로스Phaidros』에서 소크라테스Socrates(서기전470~399)가 말하듯이, "어떤 견해든 일단 기록되기만 하면 그것을 이해하는 사람들의 술자리뿐만 아니라 그것을 진히 이해하지도 못하고 그것을 알려줘야 할 상대노 알려주지 말아야 할 상대도 전혀 모르는 사람들의 술자리마저 포함한 모든 곳에서 발견된다."[28] 저작물은 우려스럽거나 쾌감을 자극하는 무질서한 위반요소 같은 것을 함유하는데, 철저하게 감시되고 통제되는 국경들마저 통과하여 전파될 수

---

27  캐런 암스트롱Karen Armstrong, 『바이블: 전기The Bible: The Biography』(London, 2007), 제4장 참조.
28  플라톤, 『파이드로스』(Oxford, 2002), p. 70.

있는 본성을 타고난 그런 위반요소는 마치 자신의 눈에 띄는 완전히 낯선 사람마저 붙들어두고 줄기차게 지껄여댈 태세를 갖춘 수다스러운 늙은 술꾼 같아서 (종교개혁의 화신들은 재빠르게 인정할) 신성한 진리들을 무법자들에게나 불온분자들에게 누설할 수도 있다. 위반요소는 기록되기 전까지 어디에 있었는지 전혀 알려지지 않는다. 심지어 그렇더라도, 위반요소의 사도使徒들은 약간 지나치게 순진해서 그런지 이런 무질서한 세력을 찬양하다가 위험을 자초할 수 있다. 자신이 로고스 중심주의logocentricism(입말주의=구어주의口語主義=구전주의口傳主義)를 반대하는 쾌감에 너무 깊게 매몰될까 걱정하는 사람은 그리되기 전에 압제권력을 유지해온 경전의 핵심역할을 상기해보면 좋을 것이다. 내가 앞에서 암시했듯이, 실제로 어떤 저작물들의 가변성은 다른 저작물들의 가변성보다 훨씬 더 높다.

존 마틴 엘리스는 비非기능성을 문예의 타고난 본성으로 간주하는 본질주의자일 수 있다. 실제로 우리가 나중에 잠시 살펴보겠듯이, 이런 비기능성이라는 특성은 문학작품으로 분류될 수 있을 저작물의 필수조건도 아니고 충분조건도 아니다. 그러나 이 특성과 관련된 또 다른 문제들이 있다. 예컨대, 엘리스는 작품을 그것의 발생상황맥락에서 해방시키는 과정은 그것의 진위여부를 따지는 판단들의 영향권에서 그것을 해방시키는 과정이라고 주장한다. 우리는 이 주장을 의심스러운 것으로 간주할 만한 이유를 나중에 살펴볼 것이다. 진위여부를 아예 따지지 않는 무관심은 일반적으로 허구적인 것의 특성을 규정하는 듯이 보이지만, 허구적인 것과 비실용적인 것이 반드시 친밀한 것들은 아니다. 비非허구적인 동시에 비실용적인 텍스트들 — 예컨대, 사창가에서 실제로 발견되는 음란한 장면들을 고스란히 묘사한 스프레이 벽화 같은 것들 ― 도 존재할 수 있다. 독일의 문학비평가 카를하인츠 슈티를레Karlheinz Stierle(1936~)는 대중소설은 실용적인 것과 비실용적인 것 사이의 어디쯤에 위치한다고 주장한다. 왜냐면 슈티를레의 관점에서 대중소설 같은 저작물들은 착각유발용錯覺誘發用 도구들에 불과하기 때문이다.[29]

그래도 우리가 살펴봐야 할 중요한 사실이 남아있다. 그것은 허구가 저작물과 현실상황의 관계를 느슨하게 만들어서 존 마틴 엘리스가 생각하는 바와 같은 종류의 작용을 촉진할 수 있다는 사실이다. 모든 의미에서는 아니라도 바로 이런 의미에서 문학적인 것의 허구적 측면과 비실용적 측면 사이에는 접속관계가 엄연히 존재한다. 허구는 현실적인 것을 책임져야 하는 문학작품들의 무거운 부담을 해소해주므로 문학작품들은 허구의 도움을 받으면 현실적인 것에서 더 쉽게 해방될 수 있다. 리처드 오만은 문학작품들은 이른바 발언내부설득력發言內部說得力illocutionary force을 결여한다고 주장한다. 우리가 나중에 검토할 이 주장은 약속들 및 책임들에 부응하는 평범한 세계를 느슨하게 이완시켜주는 문학작품들의 개념을 필수적으로 요구한다. 그러니까 리처드 오만의 관점은 문학작품들을 비실용적인 것들로 간주하는 존 마틴 엘리스의 관점과 유사하다.

자의식을 표현하거나 많은 것들을 비유하는 언어도 허구의 효과와 똑같은 효과를 달성할 수 있다. 그런 언어는 그래서 텍스트는 경험상황을 기록한 보고서와 다른 어떤 것으로 인정될 수 있다고 암시한다. 시적詩的 기호는 그 기호를 고스란히 반사하는 세계를 보유하기보다는 오히려 고유한 물리적 현실성을 보유

---

29  카를하인츠 슈티를레, 「허구 텍스트들을 읽는 방법The Reading of Fictional Texts」, 수전 설리먼Susan R. Suleiman & 인지 크로스먼Inge Crosman (공편), 『텍스트 속의 독자The Reader in the Text』(Princeton, 1980), p. 87.

하기 때문에 시적 기호자체와 그 기호의 지시대상은 다소 느슨한 접속관계를 맺는데, 그런 관계는 허구와 현실생활의 느슨한 접속관계를 닮았다. 시적 기호 같은 언어장치들과 비실용적인 것들 사이에도 일정한 관계가 존재한다. 왜냐면 그것들은 임박한 상황에도 관심을 더욱 집중하라고 우리에게 권유하기 때문이다. 그것들은 다른 것들 사이에서는 실용적이고 즉각적인 것보다 더 위태로운 어떤 것을 알리는 신호들처럼 작동한다. 우리가 문학작품을 경험적인 것으로 인식하기보다는 오히려 원래 도덕적인 것으로 인식하면서 오직 특수한 상황에만 사용되는 세탁물 명세표 같지 않은 것으로 인식하려면 반드시 느슨한 접속관계만큼 간격을 두고 문학작품을 바라봐야 한다. 바로 이래서 내가 앞에서 확인한 문학의 구성특징 4가지는 동일한 목적에 이바지하는 것들이다.

존 마틴 엘리스의 견해와 관련된 또 다른 문제는 심지어 현대에도 사람들이 문학작품들로 지칭하는 명명백백하게 실용적인 기능들을 보유한 저작물들이 존재한다는 것이다. 에드먼드 버크의 정치연설문들은 다시 한 번 더 그런 저작물들로 예시될 수 있다. 우리는 버크의 정치연설문들에 담긴 풍성한 비유어들, 수사학적 생기발랄함, 감정적 장중함, 극적劇的 표현기교 같은 것들 때문에 — 그리하여 문학적인 것의 구성요소 하나가 다른 구성요소의 결핍을, 이른바 비非 기능적인 요소의 결핍을, 보충하기 때문에 — 그런 정치연설문들을 문학작품들로 지칭한다. 이것은 아일랜드의 정황이나 미국독립전쟁에 관한 버크의 연설문들이 그의 생존기간에는 실용적인 것들이었지만 오늘날에는 문학적인 것들이라고 너무나 쉽게 암시한다. 물론 버크의 동시대인들 중에는 버크의 연설들을 시극詩劇 같은 행위들로 평가한 사람도 많았다.

모든 문학 텍스트가 발생상황맥락들을 벗어나서 자유롭게 표류하지는 않는다. 잉글랜드의 시인 겸 소설가 애드리언 미첼Adrian Mitchell(1932~2008)의 시詩「나에게 베트남에 관한 거짓말을 해봐Tell me lies about Vietnam」는 밀턴의 소네트「오, 주여, 당신의 성도聖徒들을 살해한 자들을 응징하소서Avenge, O Lord, thy slaughter'd saints」와 마찬가지로 매우 특수한 상황을 설명하려는 의도로 창작되었다. 이 사실은 미첼의 시나 밀턴의 소네트 같은 작품들이 당면한 사태들을 제외하면 아무것도 설명하지 않는다고 암시하지도 않으며 그런 사태들이 기껏해야 작품들 속에서만 엄청나게 중요할 따름이라고 암시하지도 않는다. 여기서 존 마틴 엘리스는 한 가지 선택을 너무 모질게 강요한다. 비기능성의 정도차이定度差異들도 있는데, 엘리스는 그런 차이들을 인정하지 못한다. 실용적인 것과 비실용적인 것을 가르는 구분선은 침범될 수 없는 것이 결코 아니다. 모든 소통행위가 실용적인 행위에 불과하지는 않다. 농담하기, 인사하기, 저주하기 같은 행위들도 비실용적 행위일 수 있다. 아니면 발언행위자체에 집중하는 ("당신과 다시 대화할 수 있다니 영광스럽습니다!") 이른바 사교용社交用 소통행위도 비실용적 행위일 수 있다. 설교는 청중에게 몇 가지 실용적 효과들을 발휘하리라고 기대될 수 있겠지만 아마도 설교현장에서 그런 효과들을 즉각 발휘하지 않을 것이다.

음주운전의 폐해를 재연하는 텔레비전 방송극처럼 실용적인 허구도 있고 실제로 발생한 사건을 재미있게 전달하는 만담 같은 비실용적인 비허구(논픽션)도 있다. 프랑스의 시인 겸 비평가 스테판 말라르메Stéphane Mallarmé(1842~1898)의 시詩는 확실히 비실용적인 것인데, 그렇다면 잉글랜드에서 1215년 제정된 마그나 카르타Magna Carta(대헌장大憲章)나, 독일의 시인 프리드리히 횔덜린Friedrich

Hölderlin(1770~1843)의 비극에 관한 성찰들이나, 과일박쥐fruit bat들에 관한 과학 논문이나, 미국헌법은 어떨까? 우리가 브리튼의 작가 케네스 그레이엄Kenneth Grahame(1859~1932)의 동화 『버드나무들 사이로 부는 바람The Wind in the Willows』을 실용할 수 없다면 과일박쥐들에 관한 우리의 증가하는 지식도 실용할 수 없지 않을까? 자체의 출생지를 벗어나 자유롭게 떠도는 모든 저작물이 문학이라는 명예로운 칭호를 부여받지는 않는다. (제정된 미국헌법이 그것의 초안과 얼마나 달라 졌느냐는 문제는 이른바 헌법초안자들과 그들의 반대자들 사이에서 격렬한 논쟁을 촉발했다.) 어쨌거나, 우리가 저작물에서 어떻게 다뤄지느냐는 문제보다도 오히려 우리가 저작물을 어떻게 다루느냐는 문제가 문학의 모든 문제를 수렴할까? 일정한 상황맥락들에서는, 어쩌면 유별난 언어로 쓰였다거나 자명한 허구로 분류될 만하기 때문에, 다른 무엇보다도 자체원천들을 벗어나는 이탈離脫을 권장하는 저작물들은 없을까? 어떤 부류의 텍스트들은 (예컨대, 영웅시적 2행대구형으로 창작된 것들은) 자체원천들을 원활하게 이탈한다고 무의미해질까?

존 마틴 엘리스는 타당하게도 "원래 이런 용도에 부합하지 않게 구상된 텍스트는 [문학범주에 포함될 수 있지만 이런 용도에 부합하게 의도적으로 구상된 텍스트는 [문학범주에서] 배제될 수 있다"[30]고 이해한다. 이런 융통성은 엘리스의 견해에 함유된 덕목들 중 하나이다. 그러나 그는 "문학"작품들을, 예컨대, 뉴턴이나 존 스튜어트 밀이나 프로이트의 저작들과 대조하지 않고 일상적 언설과 대조하여 비기능성의 문제를 날조해버린다. 만약 "머리모양이 굉장히 멋져요!" 같은 진술들이 단순한 인사치레에 머물지 않고 또 청취자에게는 열렬한 만족감을, 심지어 청취자가 죽기 직전에까지, 지속적으로 안겨주지 않는다

---

30  엘리스, 앞 책, p. 51.

면, 그런 진술들은 "[진술들의] 상황맥락이 사라진 다음에는 전혀 쓸모없어진다"고 엘리스는 주장한다. 그러나 문학작품과 일상언어는 적절하게 비교될 수 없고, 예컨대, 러시아의 작가 미하일 레르몬토프Mikhail Lermontov(1814~1841)의 소설 『우리 시대의 영웅A Hero Our Times』과 독일의 철학자 아르투르 쇼펜하워Arthur Schopenhauer(1788~1860)의 대표저서 『세계는 의지이고 표상이다Die Welt als Wille und Vorstellung』는 적절하게 비교될 수 있다. 쇼펜하워의 저서가 보유한 의미와 가치가 그 저서의 발생상황맥락에 얽매여있다면 어찌하여 그럴까? 그렇다면 어쨌거나 그 저서의 출생상황맥락original context이 전혀 알려지지 않는다면 또 어찌될까? 그리고 만약 그런 상황맥락이 알려진다면, 우리가 의미의 문제들을 판단하려고 비실용적 저작물들을 참고하듯이 그 저서를 때때로 참고하지 않을까? 저작물이 발휘하는 미학적 효과의 일부는 '저작물에 담겨서 우리에게 알려진 본래 의도'와 '저작물이 현재에 우리에게 전달하려는 의도' 사이의 긴장을 유발하지는 않을까? 존 마틴 엘리스는 자신의 견해를 너무나 열심히 강조하다가, 불필요하고 용납되기 어렵게도, 저작물 발생조건들의 중요성을 철저하게 부정하는 방향으로 자신의 견해를 밀어붙인다. 이 문제를 상대하는 그는 형식주의자가 아니라 "현재주의자現在主義者presentist"이다. 왜냐면 그가 과거 저작물의 의미와 가치를 평가할 때마다 언제나 가장 중요시하는 것은 우리의 현재상황이기 때문이다.

그래도 상황맥락-독립성context-independence의 개념은 그렇게 용납되기 어려운 반反역사주의를 수반하지 않아도 된다. 재활용되는, 혹은 베르톨트 브레히트의 표현대로라면, "재기능화再機能化되는refunctioned" 작품은 그것을 산출한 역사시대의 결정적 산물로서 존속한다. 그리고 이런 사실은 작품을 재가동시킬 수 있는 방식을 강구하고 여건을 조성하도록 다그치는 압력요인들처럼 작용할 수 있다. 존 마틴 엘리스는 담론을 담론개념의 요소에 속박할 수 있는 담론발생연구를 반대하는데, 미셸 푸코도 그런 연구를 반대한다. 그러나 푸코는 담론들도 일정한 시기들에 출현했다가 다른 시기들에 쇠퇴하므로 충분히 역사적인 것들이라고 확신한다. 더구나 자체의 발생조건들을 초월할 수 있는 작품의 역량은 그런 조건들의 본성과 밀접하게 관련될 수 있다. 어떤 저작물들은 자체들의 출생상황맥락들로부터 고유한 역량을 공급받기 때문에 우리와 지속적으로 공명한다. 이런 의미에서 아무리 시대가 변해도 가장 끈질기게 존속하는 생명력을 과시하는 작품은, 아이러니하게도, 자체의 고유한 역사적 요소에 가장 내밀하게나 일정한 방식으로 귀속되는 작품일 수 있다.

우리가 비非기능적인 것들로 간주하여 다루기로 판단한 저작물들은, 존 마틴 엘리스가 평하다시피, "문학 텍스트를 다루듯이 다룰 만한 가치를 보유한" 것들이라서 "…… 우리가 문학작품을 분석하는 과정은 언제나 '그 작품에 높은 문학적 가치를 부여하는 그 작품의 구조적 특징들'을 분석하는 과정이다."[31] 그러나 만약 비평용 분석이 '텍스트를 높게 평가되도록 만드는 텍스트의 특징들'을 줄곧 변함없이 주목한다면, 러마크와 올센의 분석과 마찬가지로 그런 분석은 여태껏 부정적 문예비평이 가능했던 경위를 파악하기 힘들 것이다. [문예(문학적 예술)라는 표현에 포함된 "문학적"이라는 형용사가 바로 그런 경위를 파악하기 힘들어하는 비평용 분석을 모욕당하지 않게 만들어준다. 문학작품은 작품을 연구한 사람의 결론에 보답하기보다는 오히려 그런 연구의 전제조건에 보답한다. 왜냐면 문학작품이 먼저 존재하지 않았다면 연구자가 그것을 연구하느라 고생하지

---

31 앞 책, pp. 51, 93.

도 않았겠기 때문이다. 우리가 앞에서 살펴본 다른 몇몇 논평자의 가치판단과 정들에서 발견되는 불가피한 순환논리 같은 것이 엘리스의 가치판단과정 전체에서도 발견된다.

엘리스는 비록 묘사적인 것과 규범적인 것을 분별할 필요성을 강조하지만 그의 문학비평은 묘사적인 것과 규범적인 것을 뒤섞어버린다. 만약, 그가 이따금 암시하듯이, 비기능적인 것이 기능적인 것보다 우월하다면, 가치는 애초부터 문학의 개념에 붙박인 것이지만, 여기서는 문학의 형식적 성격보다도, 혹은 도덕적 성격보다도, 혹은 언어적 성격보다도 오히려 비실용적 성격 때문에 가치가 그렇게 붙박인 것이다. 묘사사적인 것과 규범적인 것의 간격을 메우려거나 사실과 가치의 간격을 메우려는 표준적인 시도의 일례는 기능의 개념에 호소하려는 시도이다. 왜냐면 예컨대, 우수한 시계는 시간을 정확하게 표시하는 기능을 완수하는 것이라서 그런 기능을 완수해야만 시계의 가치를 실제로 획득할 수 있기 때문이다. 엘리스가 이런 전략을 역이용한다는 사실은 유의미하다. 우리는 텍스트와 관련된 사실로 인정할 수 있는 비기능적 위상에서 텍스트의 가치를 가늠하는 판단으로 이행할 수 있다.

그래도 고귀한 것과 비실용적인 것의 필연적 상호관계는 전혀 존재하지 않는다. 물론, 예컨대, 잉글랜드 북서부 항구도시 블랙풀Blackpool 연안무두의 풍성을 구경하던 내가 행복감에 도취하여 갈겨쓴 지독하게 느글거리는 감상적인 운문처럼 하찮으면서도 비실용적인 저작물들도 존재한다. 존 마틴 엘리스는 저서의 어느 대목에 이런 사실을 기록한 듯이 보인다. 그가 기록한 바대로라면 "문학작품은 근본적으로는 일정한 과업을 완수하고 일정한 방식대로 다뤄지는 텍스트로서 간주되어야 마땅하듯이, 훌륭한 문학작품은 근본적으로 그런 과업을 훌륭히 완수하고 문학작품의 특징적 용도에 훌륭히 부응하는 텍스트이다.'[32] 그래서 고귀한 것과 비실용적인 것의 차이가 실제로 존재하는 듯이 보일 수 있다. 왜냐면 우리는 문학작품이 자체의 (비실용적인) 기능을 훌륭하게 완수할 수 있는 경위를 설명할 수 있기 때문이다.

사람들이 때때로 문학작품을 거론하면서 말하려는 한 가지 사실이 있다. 그것은 문학작품의 의미는 어떻게든 일반화될 수 있다고 — 문학작품이 표현하는 것은 그 작품자체에 바쳐지는 것으로서 표현될 뿐만 아니라 더 넓고 더 깊은 어떤 의미와 공명하는 것으로서 표현된다고 — 추정된다는 사실이다.[33] 그리고 이런 추정은 확실히 문학 텍스트의 비실용적 성격뿐 아니라 허구적 위상과도 밀접하게 관련된다. 이렇게 비실용적 성격과 허구적 위상을 겸비한 문학 텍스트가 일반적 의미들을 운반하기는 공학자의 보고서나 일련의 실습지침서가 그런 의미들을 운반하기보다 더 쉬울 수 있다. 아리스토텔레스는 시詩는 일반성을 지녀서 역사와 다를 수 있다고 생각했다. 새뮤얼 존슨은 자신의 교훈적 장편소설 『라셀라스Rasselas(=아비시니아 왕자: 우화집The Prince of Abissinia: A Tale)』에서 '작가는 모름지기 개별적인 것들을 다루지 말고 일반적인 주제들, 광범위한 현상들, 종류전체의 문제들을 다뤄야 한다'고 말했다. 윌리엄 워즈워스는 『서정담시집』의

---

32 앞 책, p. 84.

33 어떤 문학철학자들은 허구를 구성하는 비非단언적 진술non-assertoric statement들에서 일반적 진리들이 파생할 수 있는 경위를 문제시한다. 예컨대, 미국의 케빅L. B. Cebik(1939·2008)은 『허구서사와 진실Fictional Narrative and Truth』(Lanham, Md., 1984)이라는 저서에서 허구는 새로운 진리를 일절 생산할 수 없다고 주장한다. 잉글랜드의 데이빗 휴 멜러David Hugh Mellor(1938~)의 「문학진실론On Literary Truth」(《레이쇼Ratio》, vol. 10, no. 2, 1968)도 참조될 만하다. 미국의 루마니아 출신 문학이론가 토머스 파벨Thomas Pave(1941~)은 『허구세계들Fictional Worlds』(Cambridge, Mass., 1986)이라는 저서에서 문학 텍스트 한 편의 총체적 진실성은 그 텍스트를 구성하는 개별 문장들의 진리성에서 귀납적으로 정의될 수 있도록 발생하지 않는다고 주장한다(p. 179). 미국의 철학자 매리 시리지Mary Sirridge의 「허구에서 빚어진 진실?Truth from Fiction?」(《필로소피 앤 피노머널로지컬 리서치Philosophy and Phenomenological Research》, vol. 35, no. 4, 1975)도 참조될 만하다.

1802년 서문에서 "개별적이지도 지엽적이지도 않은 일반적이고 유력한" 진리를 운위했고, 죄르지 루카치는 『역사소설The Historial Novel』에서 텍스트의 특징들은 순전히 우연한 것들이 아니라 오히려 "전형적인" 것들이라고 강조한다. 클로드 레비스트로스는 신화학의 기호들이 이미지들의 구체성과 개념들의 일반성 사이에 있는 림보Jimbo — 문학작품들과도 불가결한 관계를 맺는 모호한 중간지대 — 를 떠돌아다닌다고 생각했다.

우리가 이른바 문학작품들에 묘사된 특별한 인물들이나 상황들의 전말들에 아무리 감탄할지라도 우리는 문학작품들에서 그런 전말들보다 더 많은 것을 기대한다. 그렇지 않으면 우리는 차라리 모호한 어떤 의미에서 문학작품자체들을 벗어나는 것들의 표현을 문학작품들에게 기대한다. 미국의 철학자 로버트 스텍커Robert Stecker가 주장하듯이, "우리는 텍스트의 특수자들에서 일반적인 어떤 의미를 기대한다."[34] 아일랜드의 작가 더머트 힐리Dermot Healy(1947~2014)의 소설 『호색꾼의 노래A Goat's Song』에 나오는 인물은 "빈약한 이야기 한 편이 본래의미들을 훨씬 벗어나는 낱말들로 조합된 진리를 함유할 수 있는" 사연을 곰곰이 생각한다. 피터 러마크의 주장대로라면 문학작품은 세계를 제시할 뿐 아니라 세계의 주제를 해석하는 작업을 권장하는데, 그렇게 해석된 세계의 내용은 더 넓은 의미를 획득한다.[35] 문학작품에 담긴 의미를 파악하려고 문학작품을 읽는 우리는 그런 의미가 아닌 다른 어떤 의미를 암시하는 것으로도 문학작품을 인식하는데, 이런 인식을 유발하는 것이 바로 문학의 현저한 특징이다. 만약 의미의 이런 두 지층이 분별되기 어렵다면, '다른 어떤 의미'가 또 다른 의미들의 총집

---

34  로버트 스테커, 「문학이란 무엇인가?What is Literature?」, 《르뷔 앵테르나쇼날 드 필로소피Revue internationale de philosophie》, no. 50 (1996).

35  러마크, 『문학철학』, p. 208.

합이 아니라 우리에게 제시되는 의미들을 조작하는 데 사용되는 독특한 방편 — 언어학자들이 이해해야 한다고 강조하는 것의 문제 — 이기 때문에 그렇다. 우리가 "시"나 "허구(소설)"라는 낱말들을 다루면서 명심해야 할 사실이 있다. 그 것은 아래 인용문이 [그런 독특한 방편의] 예시적 본보기로서 — 아래 인용문에 묘사된 사건들이나 드러난 감정들을 벗어나, 그러니까 식기세척기사용설명서에서나 잉글랜드의 일간지《타임스The Times》의 금융경제란에서는 대체로 발견되지 않는 것들을 벗어나, 역류하는 도덕적 함의들의 강한 저력底力 같은 것을 지닌 것으로서 — 간주될 수 있다는 사실이다.

아래 인용문에 제시된 자크 데리다의 견해만큼 문학의 이런 타고난 이중성二重性을 가장 암시적으로 명확하게 제시한 견해는 여태껏 어디에도 없었다.

언어가 발휘할 수 있는 "권력"은, 언어로서나 문자기록으로서 존재하는 권력은, 특이한 부호符號도 일반적 부호처럼 반복적으로 거듭 사용될 수 있어질 것이라는 사실을 의미한다. 그러면 그런 권력은 예시적 본보기로 변할 만큼 충분히 달라지기 시작하므로 일반성 같은 것을 수반하기 마련이다 …… 그러나 역사의, 언어의, 백과사전의 이런 응축상태는 여기서 절대적으로 유일한 사건 — 절대적으로 유일한 표징 — 과 불가분하게 존속하는데, 그래서 날짜의, 언어의, 자서전적 각인의 응축상태도 그렇게 존속한다. 가장 미미한 자서전적 특성도 응축되면 역사적이고 이론적이며 언어학적이고 철학적인 문화의 가장 거대한 잠재성으로 요약될 수 있다 — 그것이 실제로 나의 흥미를 끄는 것이다.[36]

---

36 자크 데리다, 『문학행위들Acts of Literature』(New York and London, 1992), p. 43.

유일자唯一者에 고착하는 동시에 유일자를 이탈하는 언어의 작동방식은 이중각인二重刻印으로 분류될 수 있다. 서정시나 현실주의적 소설이 표현하는 것은 도저히 축소될 수 없을 만치 특수한 현실이어야만 한다. 그러나 그런 작품에서 사용되는 기호들은 오직 다른 상황맥락들에서도 반복적으로 사용될 수 있고 전개될 수 있는 것들이어야만 기호들일 수 있기 때문에, 어떤 특수한 문학적 진술은 일반적 함의를 풍부하게 내포한다. 그리하여 유일자는 자체의 협소한 범위 안에 존재할 수 있는 모든 세계를 요약하면서 소우주小宇宙처럼 작동하기 시작한다. 텍스트들은 이런 이중성을 더 확연히 과시할 수 있게 형성되거나 구성될수록 문학조건에 더 인습적으로 접근한다. 문학 텍스트들은 전형적으로 담론의 이중본성二重本性을 이용한다. 그리하려는 문학 텍스트들은 특히 언어의 본성 덕택에 더 일반적인 중요성마저 겸비하는 도저히 축소될 수 없을 만치 특수한 상황들을 극적으로 묘사한다. 데리다의 관점에서 그런 문학 텍스트들은 "모범적인" 것들이다. 이런 관점은 우리가 허구(소설)와 결부시키는 몇몇 전략에도 고스란히 적용된다.

프랑스의 철학자 모리스 메를로퐁티Maurice Merleau-Ponty(1908~1961)의 현상학적 미학은 예술작품들에서 유사한 이중성을 발견한다. 예술작품들의 "가시적" 자원이 존재하는데, 그런 자원은 예술작품들의 삼삭석 현존을 의미한다. 그러나 이런 차원을 지탱하는 과정은 건축용 비계飛階를 설치하는 과정과 거의 똑같다. 그래서 이런 과정은 의미심장한 상황들과 관계들의 완전히 "비가시적非可視的인" 상황맥락이다. 그리고 이런 상황맥락은 일상생활에서는 대체로 간과되지만 최전면에 드러나는 예술작품의 기능이다. 이런 견해와 비슷한 견해는 예술작품의 "세계"를 바라보는 하이데거의 개념에도 충만하게 들어있다. 메를로퐁티의 견해대로라면, 예술작품의 감각직접성感覺直接性이 개념들의 더욱 근본적인 상황맥락으로 간주된다는 의미에서 예술작품은 인지(=감지感知=지각知覺)와 반성(=성찰)의 매개공간을 점령한다. 이런 상황맥락이나 더 심층적인 구조는 작품의 성격들 및 사건들처럼 즉각적으로 인지될 수 없다. 그러나 이런 상황맥락이나 구조는 작품의 성격들 및 사건들과 그것들의 "내용"으로서 관계를 맺기 때문에 완전히 추상적인 것도 결코 아니다.[37]

언어의 이중본성은 역리逆理를 수반하기 마련이다. 이런 역리는 바로 언어가 더욱 엄밀하게 특수화될수록 더욱 일반적인 가능성들을 자아낸다는 사실이다. 단일한 사물의 모든 특이성을 묘사하는 행위는 언어를 과찬하는 행위를 의미한다. 그러나 이런 묘사행위는 촘촘하게 짜인 함의들의 그물로 그 사물을 둘둘 휘감아서 그 사물의 주위에 상상력의 자유로운 활동여건을 조성한다. 우리는 언어를 축적하여 더 높게 쌓아올릴수록 우리가 묘사하는 종류를 불문한 모든 사물의 본질quidditas을, 그물로 물고기를 잡듯이, 획득하리라고 기대하는 희망을 더 많이 품을 수 있다. 그러나 그럴수록 우리는 그런 희망을 대체하는 다른 풍부한 가능성들을 더 많이 자아낼 수도 있다. 스위스의 화가 겸 조각가 알베르토 자코메티Alberto Giacometti(1901~1966)의 조각품이 예시하듯이, 사물의 표면이 점점 깎여나갈수록 사물의 골격은 점점 더 선연해지는 듯이 보인다.

지금 우리가 검토하는 이중성은 문학적인 것으로 칭해질 행운을 충분히 타고난 모든 것에 해당하지는 않는다. 우리는 이따금 어떤 특수한 서브텍스트도 함유하지 않은 그냥 아주 잘 꾸며진 이야기만 읽고파서 (앞에 언급된 많은 이론가의

---

37 모리스 메를로퐁티, 『가시적인 것과 비가시적인 것The Visible and the Invisible』(Evanston, Ill., 1968) 참조.

관점에서는 모순어법으로 간주될) 대중문학에 눈길을 주곤 한다. 잉글랜드의 추리소설가 애거서 크리스티Agatha Christie(1890~1976)의 도덕적 지혜를 알려고 그녀의 소설을 읽는 독자는 드물다. 리처드 게일이 암시하듯이, "[어떤 문학작품의 문체와 아울러 그 작품이 창작된 시대와 장소의 문학적 인습 및 사회적 관습은 그 작품이 세계와 관련된 일반적 진리들을 암시하는 작품으로서 인정받느냐 마느냐 여부를 결정한다."[38]

그러나 우리의 친구들이나 동료들이 인정받고자 바라는 듯이 보이니까 그들을 인정하라고 우리에게 명령하는 어떤 법칙도 없듯이, 텍스트가 인정받고자 바라는 듯이 보이니까 그것을 인정하라고 우리에게 명령하는 어떤 법칙도 없다. 비록 저작물이 그런 법칙을 요청하지 않는 듯이 보여도, 독자는 아랑곳하지 않고 그런 법칙을 일반화하는 활동에 전념할 수 있다. 우리는 비상구표시등을 볼 때마다 불길한 죽음의 상징 같은 것으로 여기며 심란해질 수 있다. 우리는 잉글랜드 전래동화『금발소녀와 곰 세 마리Goldilocks and the Three Bears』가 어쩌면 오직 줄거리만 읽히려는 의도로 창작되지는 않았으리라고 간파할 수 있지만, 그렇다고 우리가 그것을 읽는 우리의 심중에서 부글부글 끓어오르는 의미심장하고 일반적인 몇 가지 의미를 용납하지 말아야 할 까닭은 전혀 없다. 예컨대, 국내질서를 위협할 성노로 날뛰는 부법적인 소녀들의 위험성 같은 것도 그런 의미에 속한다. 어떤 서사가 비록 고집스러우리만치 특수해서 일반적 함의들을 모조리 회피할 수 있더라도 그럴 수 있는 경위는 이해되기 어렵다. 우리가 문학으로 지칭하는 것과 관련하여 대두되는 문제는 '일반자—般者에 부분적으로 이바지하는 특수자'를 편집하여 표현하는 문제인데, 그것은 허구 속에서 운용되

---

38 게일, 앞 논문, p. 335.

는 가장 확연한 작전의 문제이다. 허구 속에서 특수자는 대체로 발명되므로 이런 작전의 목표에 더 약하게 반발하는 경향을 띤다. 아무리 그래도 이런 이중암호화二重暗號化는 관습상 문학으로 지칭되는 것에서만 진행되지 않는다. 미국의 문학자 제럴드 그래프Gerald Graff(1937~)가 믿는 바대로라면 "개인적 발언들에 실려서 전달되는 메시지들은, 문학적인 것의 발언들에 실려서 전달되는 메시지들과 마찬가지로, 더 광범하게 예시적인 어떤 메시지를 구현하지 않는다"[39]는 사실이 문학작품들을 이른바 일상발언日常發言들과 구별되게 만들 수 있다. 그러나 자신의 성적性的 체험들을 직장동료들에게 자랑하듯이 떠벌이는 남자의 허풍은 그를 판단하려는 직장동료들의 의욕을 자극할 수 있을 뿐 아니라 허풍, 성별주의性別主義sexism(성차별주의), 남성의 거만성 등과 관련된 몇몇 일반론을 곰곰이 재고再考해보려는 직장동료들의 의욕마저 자극할 수 있다.

어떤 의미에서 우리의 모든 경험은 예시적 본보기들이다. 원칙적으로 오직 자신만 이해할 수 있는 생각이나 감정을 집필하겠다고 공약할 수 있는 사람은 세상에 없다. 하물며 『피니건 부부의 밤샘』의 작가 [제임스 조이스]도 그리할 수 없었다. 내가 결코 느끼지 못하는 감정들과 상반되게 내가 느낄 수 있는 감정들은 다른 누구도 느끼리라고 상상조차 못하는 것들이 결코 아니다. 글쓰기는 공유될 수 있는 종류의 의미파악을 이미 실행하는 과정이다. 심지어 가장 명백하게 사사로운 경험에도 부합하는 일반론의 암묵적 차원이 존재하는데, 그런 차원은 문학을 가능하게 만드는 것의 일부이다.

그래서 이른바 문학작품들은 이중독법二重讀法을 요구하기 마련이다. 왜냐면

---

39  제럴드 그래프, 「단언들로 간주되는 문학Literature as Assertions」, 이러 코닉스버그Ira Konigsberg (편저), 『후기구조주의 시대의 미국 비평American Criticism in the Post-Structuralist Age』(Ann Arbor, Mich., 1981), p. 147.

우리는 구체적 상황들에 반응하면서도 그것들을 다소 덜 특수한 상황맥락에, 오직 무의식적으로만, 각인해두기 때문이다. 우리는 제인 오스틴의 작품 『엠마Emma』가 소설이라는 사실을 자각하므로 그 소설 속 여주인공의 행동이 자폐행동을 의미하지는 않는다고 인식한다. 그런 반면에 우리는 잉글랜드의 간호사 플로런스 나이팅게일Florence Nightingale(1820~1910)의 생활은 자폐생활을 의미한다고 인식할 수도 있다. 이런 이중전략이 자의식自意識에 등장하면 알레고리 allegory(서사은유법敍事隱喩法)로 알려진다. 그것이 문학적 현실주의를 만나면 개별자와 일반자의 불안한 평형상태를 조장하기 마련이다. 현실주의적 텍스트의 일반적 의견들은 그 텍스트의 구체적 특수자들 속에서 구현되므로, 그런 특수자들은 최대한 감탄스럽게 현실화되어야 한다. 실제로 문학은 우리가 사용하는 "가장 농밀한thickest" 현실묘사수단이다. 그렇더라도 문학의 이런 성격은 문학작품에 사용된 총괄적으로 보는 방법[40]을 무효하게 만들면서 독자의 눈길을 그런 총괄관법에서 그것을 예증하는 세부사항들로 돌리는 효과를 발휘할 수 있다. 텍스트는 자체보다 더 많은 것을 암시해야 하지만 암시한 것들을 납득되게 만드는 특수성을 희생시키지는 말아야 한다. 구체적인 것은 일반적인 것의 매체이지만 언제나 종국에는 일반적인 것을 차단해버린다.

잉글랜드의 소설가 새뮤얼 리처드슨Samuel Richardson(1689-1761)이 자신의 친구이자 작가 겸 문학비평가인 윌리엄 워버턴William Warburton(1698~1779)에게 보낸 편지에 썼듯이, 리처드슨은 자신의 소설 『클러리사Clarissa』가 독자들에게 실생활의 기록으로 믿기지 않기를 바랐지만 자신의 소설이 허구라는 사실을 독자들에게 고백하고프지도 않았다. 리처드슨이 이렇게 쓴 의도는 다양한 방식으로 해

---

40 【overall way of seeing: 이 문구는 '총괄관법總括觀法'으로 간략히 번역될 수도 있다.】

석될 수 있다. 예컨대, 그는 자신의 소설이 현실의 분위기를 자아내기를 바랐지만 소설에서 묘사된 사건들이 실재사건들로 독자들에게 믿기면 소설의 훌륭한 도덕적 위상이 추락할 수 있기 때문에 그렇게 믿기지 않기를 바랐다고 해석될 수 있을 것이다. 그 소설책이 그렇게 믿겼다면 소설의 "전형적" 특징을 완전히 결여한 또 다른 실생활보고서를 영락없이 닮아갔을 것이다. 그랬다면 우리는 그 소설이 원래부터 클러리사보다 더 많은 여자들, 러블레이스Lovelace보다 더 많은 남자들, 18세기의 런던보다 더 많은 장소들과 관련된 이야기라는 사실을 파악하지 못했을 것이다. 그러나 '그 소설책은 허구이다'고 단언하는 행위는 그 소설책의 현실주의적 영향력을 약화시킬 위험을 무릅쓰는 행위일 수 있는 만큼 간접적으로는 그 소설책의 모범적 위상마저 고의로 추락시키는 행위일 수도 있다. 리처드슨이 워버튼에게 피력한 의견들은 리처드슨이 허구와 현실 사이의 어디쯤에 자신의 소설을 위치시켜서 허구세계에서도 현실세계에서도 가장 유리한 위상을 확보하려고 한다는 사실을 암시한다.

어떤 것을 허구적인 것으로 표현하는 사람은 특히 그것을 생각하고 느끼며 자유분방하게 상상할 수 있으므로 가상적인 것에 기대어 사실적인 것의 혹독한 숙명을 거부할 수 있다. 문학작품들은 현행적인 것의 영향을 받지 않는다는 의미에서 허구적인 것들이므로 그렇듯 생각하고 느끼며 상상하는 사색활동思索活動을 쾌적하게 만드는 요인들일 수 있다. 문학작품들은 기사도정신騎士道精神에 들어있는 현실적인 것의 외고집을 다루면서도 현실원칙의 엄포들에 노예적으로 맹종하기보다는 오히려 상상된 가설들을 자아낼 수 있다. 이것이 바로 여태껏 상상력과 급진주의정치학을 그토록 자주 결부시킨 한 가지 원인이다. 만약 이런 자유분방함이 문학작품을 다소나마 객관적으로 바라보는 태도를 필수적으로 요구한다면 문학작품을 더욱 강렬하게 체험하는 과정일 수도 있다. 실제로 잉글랜드의 시인 겸 철학자 새뮤얼 테일러 콜리지Samuel Taylor Coleridge(1772~1834)는 우리가 문학작품에 더 깊게 열중할수록 그것을 믿는 우리의 신뢰감은 더 약해질 수 있다고 생각했다. 왜냐면 그는 그런 신뢰감은 텍스트에 너무 깊게 몰입한 사람의 심중에서는 불가능한 의지의 작용을 필수적으로 요구한다고 봤기 때문이다. 문학작품들은 사물들을 명백하게 현존하는 것들로서 표현할 수 있으므로 독자를 흡인할 수 있는 위력을 발휘한다. 그러나 에드문트 후설을 추종하는 현상학자와 비슷하게 문학작품들도 사물들을 여러 상이한 각도에서 고찰되게 해방시킬 수 있으므로 명백히 실감될 수 있는 것과 잠정적인 것을 결합시킬 수 있다. 문학작품들은 이처럼 상호작용하는 원심력과 구심력을 발휘하면서 이중의식二重意識 내지 아이러니한 의식을 유례없이 집약적인 형식으로 재생산하는데, 이런 의식은 '세계에 인간이 소속되는 방식'을 특징적으로 대변한다.

## 3

문학이론가들 사이에서 문학작품들은 유별나게 고귀한 서사물들이라고 널리 추정된다. 슈타인 하우곰 올센은, 마치 이해되지 않는 것도 평가될 수 있다는 듯이, "문학작품은 이해되지 않아도 평가된다"고 쓴다.[41] 올센의 관점에서는, 우리가 이미 살펴봤듯이, 텍스트를 해석하는 활동은 당연히 텍스트를 긍정적으로 평가하는 과정이다. 우리가 정전으로 판정하지 않은 문학작품을 왜 굳이 해석

41 올센, 앞 책, p. 152.

하느라 고생해야겠는가? 그래서 일반적으로 추정되듯이 평가가 해석을 뒤따르지 않고 오히려 해석이 평가를 뒤따른다는 사실은 유의미하다. 올센의 관점에서 비평가는 작품의 특징들을 집중적으로 평가해야 하는데, 그런 특징들은 비평가가 소속된 문화의 구성원들이 그 작품에 쏟는 관심을 정당화해주는 것들이다. 올센의 관점에서 타당한 해석이란 성공적인 예술작품으로 분류되는 작품의 특성들을 확인하는 해석이다. 그런 것들을 확인하는 비평은 실제로, 비평이라는 낱말의 일반적인 의미에서는, 비평criticism이 아니다. 작품은 모름지기 고유한 특성을 명백히 드러내야 마땅하다고 우리가 처음부터 가정하면서 어떤 작품은 그런 특성을 결여했다고 지적하는 일은 비평의 임무에 포함될 만큼 중요한 일이 전혀 아니다. 그렇지 않더라도 올센의 어휘목록에서 "비평"이라는 낱말은 오히려 순수문학자의 "평가"에 맡겨진다. "평가"가 부정적인 것을 용납할 가능성은 더욱 불쾌한 "비평"이 그리할 가능성보다 더 낮다.

비슷한 견지에서 콜린 라여스는 "저작물을 일정한 방식으로 고귀하게 만드는 것의 특징들을 우리가 인용하지 않으면 문학의 개념을 도저히 정의할 수 없을 것이다"[42]고 쓴다. 그의 관점에서 문학이란 "찬성용" 낱말이다. 찰스 레슬리 스티븐슨이 생각하는 바대로라면, 도저히 시詩로 간주할 수 없는 불량한 시詩도 있을 수 있으므로 우리는 "시"라는 낱말의 긍정적 의미나 찬미될 만한 의미를 보존해야 한다.[43] 그렇다면 (불량 소시지들은 소시지들이 결코 아니므로) 모든 소시지가 양호한 소시지들이듯이 모든 시詩도 양호한 시들이다. 미국의 철학자 그레고리 커리Gregory Currie는 "어떤 것을 문학으로 간주하여 설명하는 행위는, 몇몇 특

---

42  라여스, 앞 논문, p. 83.

43  스티븐슨, 앞 논문.

수한 상황들에서 그리하는 행위를 제외하면, 그 어떤 것에 일정한 가치를 부여하는 행위이다"[44]고 주장한다. 크리스토퍼 뉴는 "빈약하고 하찮은" 문학적 특성들을 지닌 작품들은 "…… (훌륭한) 문학이라는 명예로운 칭호를 부여받을 수 없다"[45]고 강조한다. 여기서 괄호는 주목될 만하다. 크리스토퍼 뉴는 마치 불량한 문학의 존재가능성을 당연하게 무시하려다가 불현듯 깨달은 듯이 서둘러 괄호를 친 "훌륭한"이라는 형용사를 문장에 삽입한다. 그렇게 삽입된 형용사의 효과는 그의 주장을 동어반복적인 것으로 변질시킨다. 왜냐면 빈약하고 하찮은 작품들은 당연히 훌륭한 작품들이 아니기 때문이다. 또한 그는 "우리가 진지한 문학적인 글을 현실도피주의적인 문학과 대조하는" 순간은 "우리가 가치에 얽매이지 않는 중립적인 방식으로 '문학'이라는 낱말을 사용하는" 순간이라고 강조한다.[46] 진지한 것으로 간주되는 것과 현실도피주의적인 것으로 간주되는 것은 서로 공평하게 성립될 수 있을 것들로 보였겠지만, 그럴 가능성은 심지어 가장 독실한 실증주의자도 선뜻 찬성할 수 없을 것이다. 잉글랜드의 예술철학자 폴 크라우더Paul Crowther(1953~)는 탁월한 미학연구논문에 "우리는 모든 그림이나 모든 시詩를 사실상 예술작품들로 간주하는 태도를 확실히 용납하지 않을 것이다"[47]고 쓴다. 그렇다면 우리는 그것들을 무엇으로 지칭해야 할까? 그것들이 불량한 예술작품들일 수도 있겠지만, 그릴 가능성이 그것들은 예술작품들이 아니라는 사실을 의미하지는 않는다. 왜냐면, 예컨대, 병든 간장肝腸이 간장이 아닌 것은 아니기 때문이다. "예술작품"이라는 용어의 묘사적 용법과 규범적 용법은

---

44  그레고리 커리, 『허구의 본성The Nature of Fiction』(Cambridge, 1990), p. 67.

45  뉴, 앞 책, p. 3.

46  앞 책.

47  폴 크라우더, 『비평미학과 후기현대주의Critical Aesthetics and Postmodernism』(Oxford, 1993), p. 54.

이런 부류의 논의들에서는 흔히 혼동된다.

이런 부류의 이론은 불량한 문학을 무엇으로 간주할까? 불량한 문학이라는 개념은 이런 의미에서 모순된 개념으로 전락할 위기를 모면한다고 주장할 사람도 있을 수 있으며, 그런 문학은 대단히 존경받을 만한 작품으로 분류되지만 실제로는 별로 존경받지 못하는 작품을 가리킨다고 주장할 사람도 있을 수 있다고 나는 확신한다. 그래서 왕정복고시대[48]의 초라한 비극이나 신新고전파의 공허한 전원시도 개별적으로는 문학의 지위를 획득하지 못했지만 일반적 의미에서는 문학의 지위를 획득했다고 간주될 수 있다. 그렇지 않다면 문학적 명성을 열망하지만 불행하게도 그런 명성을 얻지 못한 작품들을 언급할 사람도 있을 것이다. 그래도 문제는 쉽사리 묵과될 수 없을 것이다. 왜냐면 앞에서 우리는 이른바 문학정전도 대단히 조악하고 시시한 여러 특징을 겸비한다는 사실을 이미 알았기 때문이다. 게다가 비록 이따금 문학정전으로 분류될 수 없다고 간주되지만 개별적으로는 위대한 걸작으로 평가될 만한 몇몇 작품을 배출해온 과학소설처럼 완전한 문학분야(=문학 장르)들도 존재한다. 러마크와 올센은 문학과 가벼운 오락물을 구별하지만 문학 겸 오락물로 분류되는 훌륭한 희극작품도 풍부하게 존재한다. 그래서 만약 문학작품들이 특정한 부류의 취급방식에 호응하는 것들이라면, 에스파냐의 작가 미겔 데 세르반테스Miguel de Cervantes(1547~1616)의 소설도 그런 취급방식에 호응하겠듯이 훌륭한 대중소설도 호응할 것이다. 잉글랜드의 범죄추리소설가 필리스 도로시 제임스Phyllis Dorothy James(1920~2014)와 스코틀랜드의 범죄추리소설가 이언 랭킨Ian Rankin(1960~)의 소설은 문학일까? 아니

---

48 【Restoration: 잉글랜드의 국왕 찰스 2세Charles Ⅱ(1630~1685: 재위 1660~1685)와 제임스 2세James Ⅱ (1633~1701: 재위 1685~1688)의 재위기간인 1660~1688년.】

라면 왜 아닐까? 그런 소설이 세련된 언어나 심오한 미래전망을 결여해서 그럴까? 그렇다면 잉글랜드의 낭만파 시인 로버트 서디Robert Southey(1774~1843)나 시인 겸 극작가 토머스 러블 베도우스Thomas Lovell Beddoes(1803~1849)의 작품은 어찌될까? 그들의 작품은 확실히 문학으로 간주된다. 그러나 읽힐 만하게 여겨지는 필리스 도러시 제임스와 이언 랭킨의 소설과 다르게 서디와 베도우스의 작품은 과연 읽힐 만할지 의심스럽다.

'문학은 타고나면서부터 고귀한 저작물이다'고 여기는 견해는 매우 특수한 역사를 지녔다. 16세기와 17세기에는, 현대의 레이먼드 윌리엄스가 주장하듯이, "문학"이라는 낱말이 실제로 우리가 오늘날 아는 문예교양이나 문예학식을 의미했으므로 "대단한 문인a man of much literature"은 출중하게 박식한 사람을 의미했다.[49] 레이먼드 윌리엄스가 18세기부터 현재까지 진행된 "문학"이라는 낱말의 진화과정을 추적하여 증명한 바대로라면, 그런 진화과정에서 이전에는 "인쇄된 모든 책"처럼 객관적인 것으로 보였던 범주와 "예절학습" 같은 사회계급의 기반 및 "취미"와 "감수성"의 영역에 부여되었던 범주가 현재에는 필수선택영역 및 자체결정영역으로 변천했는데, 왜냐면 모든 "허구(소설)"가 "상상의 산물들"은 아니었고 모든 "문학"이 "본격문학Literature들"은 아니었기 때문이다.[50] 그리하여 과거에는 매우 다양한 기능들을 완수하던 활동이던 비평이 이제는 문예작품들의 이토록 "전문적이고 선택적인 범주"를 합법화하는 제1방법으로 변했다. 이렇게 변한 상황에서 타당한 비평은 타당한 작품들을 평가하는 비평이고, 타당한 작품들은 타당한 비평에 긍정적으로 반응하는 작품들이다. 비평가는 이런

---

49　레이먼드 윌리엄스, 앞 책, p. 184.

50　레이먼드 윌리엄스, 『마르크스주의와 문학Marxism and Literature』(Oxford, 1977), p. 51.

(비평이라는) 문학의례를 집전하는 고위성직자로 변해서 자신이 품어도 마땅한 권위의식을 품고 이런 (비평이라는) 자기합법화절차를 주관한다.

실제로 종교적 은유는 더 광범한 의미를 확보한다. 레이먼드 윌리엄스가 주장하는 바대로라면, "창조적인" 혹은 "상상적인" 문학의 개념은 18세기 후반에 점점 더 단조로워지며 실용성을 중시하는 공리주의적 사회질서에 저항하는 형식을 띠고 처음 등장한다. 그런 개념자체는 사나운 실용주의적 환경에 포위당한 초월적 진리의 최후전초기지들 중 한 곳을 상징한다. 초월적 상상력과 초기 산업자본주의는 단숨에 태어난다. 문학과 예술들은 추방된 종교의 형식들을 띠면서 이제는 사회적으로 역기능逆機能을 수행하는 듯이 보이는 가치들을 숨겨줄 수 있는 보호구역들로 변해간다. 우리의 문학개념들 중 대다수는 아주 가까운 근래의 역사적 순간보다 조금도 더 오래되지 않은 순간에 태어났다.

그렇지만 "문학"이라는 낱말을 묘사적으로 사용하지 않고 규범적으로 사용하는 행위를 수많은 조급한 자족적 속단速斷들과 마찬가지로 쓸데없는 시간낭비행위로 간주하는 견해는 옳다. "문학"이라는 낱말은 "지식인"이라는 낱말과 비슷하게 사용되는 편이 더 낫다. "지식인"은 "굉장히 명석한 인간"을 의미하지 않는다. 그렇다면 멍청한 지식인은 있을 수 없다고 보는 단견은 사실과 동떨어진 것이다. "지식인"이라는 낱말은 직업적 묘사의 범주에 속하고 개인적 칭찬의 범주에는 속하지 않는다. "문학"이라는 낱말도 비슷하게 묘사적 용법들로만 쓰여야 할 것이다. 그래서 북아일랜드의 시인 멧브 맥거키언Medbh McGuckian(1950~)의 작품은 문학이고 아일랜드의 작가 메이브 빈치Maeve Binchy(1939~2012)의 작품도 문학이다. 독자들은 두 사람의 서로 다른 특질들을 구별하고자 이따금이라도 바랄 수 있다. 제도권 문학단체가 어떤 문학작품은 읽을 만하다고 우리에게 추천한다는 단순한 이유만을 근거로 그런 문학작품은 읽을 만하리라고 추정하는 우리의 지성적 나태도 우리가 떨쳐버려야 할 것이다.

문학작품의 가치를 평가하는 방식들 중에는 아마도 유독 20세기에만 사용었을 방식이 있는데, 그것은 20세기에 생겨난 한 가지 비평경향을 뒤따라 생겨났다. 이렇게 보는 견해의 관점에서 문예와 관련된 고귀한 것은 우리의 기정사실화된 가치들을 참신한 가치들로 보이게 만들어 비평될 수 있고 개정될 수 있도록 개방하는 방식이다. 남아프리카공화국 출신 브리튼의 문학자 데릭 애트리지 Derek Attridge(1945~)는 "만약 텍스트가 몇몇 유명한 발언공식發言公式들에 맞춰 편견들을 쉽사리 추인하여 위로하고 안심시킬 따름이라면 …… 그것은 문학으로 …… 칭해질 수 없다"[51]고 쓴다. 이런 미학적 견해는 러시아 형식주의자들의 "낯설게 만들기(생소화生疎化)" 이론에서 유래한다. 이 이론대로라면, 시詩는 흔히 케케묵은 일상의 곰팡내에 찌든 우리의 인식대상들을 이격離隔하여 낯설게 만드는 식으로 갱생시키고 그것들의 고유한 특성을 드러내어 흥미로운 탐구대상들로 탈바꿈시킨다. 그리고 이 이론의 배후에 어렴풋하게 존재하는 후설주의적 현상학의 초점은 세계내부의 대상에서 그 대상을 "지향志向하는" 의식意識의 활동으로 옮겨간다. 형식주의의 관점에서도 현상학의 관점에서도 우리는 대상을 인식하는 활동에 몰두하는 정신의 작용들을 더욱 유심히 주시하려고 현실을 잠정적으로 괄호 속에 가둬둔다.

---

51  데릭 애트리지, 「특이사건들: 문학, 발명, 공연Singular Events: Literature, Invention, and Performance」, 엘리자베스 보몬트 비셀Elizabeth Beaumont Bissell (편), 『문학의 문제The Question of Literature』(Manchester, 2002), p. 62. 데릭 애트리지, 『특수어: 르네상스 시대부터 제임스 조이스까지 차이로서 존재한 문학Peculiar Language: Literature as Difference from the Renaissance to James Joyce』 (London, 1988).

수용이론受容理論reception theory은 이런 "낯설게 만들기"이론을 상속받았다. 이 사실은 독일의 문학자 한스 로베르트 야우스Hans Robert Jauss(1921~1997)의 초기 저 작에서도 충분히 선명하게 확인된다. 그의 설명대로라면, 독자가 아직 읽지 않 은 문학작품에 거는 "기대들의 지평"은 독자가 문학작품을 읽어서 파악한 것과 다르고, 그런 지평은 기대가설期待假說들의 총체구조나 문화적 지시체계指示體系 를 의미하며, 독자는 그런 지평에서 문학 텍스트에 영향력을 행사할 수 있다. 미 학적 작품들은 역사적으로 수용되는 과정을 겪으며 한 지평에서 다른 지평으 로 이동하거나 지평자체들을 아예 변천시키는데, 그러면 그런 작품들의 가치와 의미도 변천한다. 최고급 작품들은 그런 작품들을 미리 짐작하는 독자의 배경 가설들을 이격하고 독자한테 인지될 수 있는 대상들로 변질시켜서, 그런 가설 들에 얽매인 독자를 자유롭게 해방시킨다.[52] 독자의 기대들에 쉽게 부응하는 작 품은— 예컨대, 애거서 크리스티의 추리소설 『나일 강상江上 살인사건Death on the Nile』 같은 작품은 — 당연하게도 미학적으로 낮게 평가될 것이다. 이런 평가를 산출하는 이론모형의 전제는 '정통적正統的 신앙들과 인습들은 흔들릴 수 있어 야만 미학적으로 높게 평가될 수 있다'는 것이다. 이런 전제가 단테에게나 잉글 랜드의 시인 겸 극작가 존 드라이든John Dryden(1631~1700)에게 적용되었다면 놀 랍게 보였을지 모른다. 실제로 야우스는 상당히 부조리하게도 고전 텍스트들과 "요리법을 설명하는" 텍스트들을 억지로 한데 묶어버리고 고대 로마의 시인 호 라티우스Horatius(호러스Horace: 서기전65~서기전27)의 송시頌詩들과 최근에 엄청나

---

52  한스 로베르트 야우스Hans Robert Jauss, 『수용미학을 향해Toward an Aesthetic of Reception』 (Minneapolis, 1982), pp. 3-5. 프라하의 초현실주의자structuralist 펠릭스 보디카Felix Vodicka(1909~1974)는 야우스의 핵심 주장 몇 가지를 이미 예언했지만, 야우스는 처음에는 보디카의 저작을 몰랐다. 특히, 펠릭스 보디카, 「문학작품 들의 모방역사The History of the Echo of Literary Works」, 가빈, 앞 책.

게 흥행한 작품을 억지로 한데 뭉뚱그려버린다. 왜냐면 야우스는 옛것과 새것을 막론한 모든 작품은 기대들의 인습적 지평에 도전할 수 없다고 생각하기 때문이다.

형식주의와 비슷하게 이런 수용이론도 두 가지 사실을 당연시하는데, 첫째 사실은 평범한 규범들과 인식대상들은 무효해진다는 것이고, 둘째 사실은 지배적인 개념체계들은 (야우스는 이런 체계를 "확언되거나 제도화된 의미"로 지칭한다) 제한될 수밖에 없다는 것이다. 문학적 가치는 우세한 사회적 지혜를 교란하거나 이탈한다. 형식주의자들과 마찬가지로 수용이론가들도 문학적 가치를 예술적 가치의 부정개념否定槪念으로 간주한다. 가장 걸출한 마르크스주의 미학자 테오도르 아도르노는 다른 의미에서 문학적 가치를 그렇게 간주한다.[53] 새것은 고유한 가치를 타고나며 규범적인 것은 보수화되는 본성을 타고난다. 규범들이 비생산적 방식들로써 낯설게 만들어질(생소해질) 수 있을 가능성은 처음부터 배제된다. 일상적 사회담론의 가치는 손상되고 저하되므로, 그런 담론은 오직 찢기거나 흐려지거나 교란되거나 요약되거나 고조되거나 소실점만 남기고 깎어야만 희귀한 가치의 부스러기 몇 점이라도 드러내겠다고 자신할 수 있다. 언어에 매료된 현대주의의 이면에는 일상적 언어표현들을 믿지 못하는 심원한 불신감이 잠복한다.

야우스는 독일의 해석학자 한스-게오르크 가다머Hans-Georg Gadamer(1900~2002)의 어투를 모방하듯이 "예술과 사회의 관계는 질문과 응답의 변증법 속에서 파악되어야 한다"[54]고 주장한다. 야우스의 이런 주장이 의미하는 바는 진정한 예

---

53  테오도르 아도르노, 『미학이론Aesthetic Theory』(London, 1984) 참조.

54  홀럽, 앞 책, p. 72에 인용.

술자품은 정통적正統的 사회가치들을 의문시하는 질문을 던지고 참신한 응답을 수용한다는 것이다. 마찬가지로 예술작품도 질문들을 받는데, 그런 질문들은 상이한 세대의 독자들이 저마다 품는 기대들의 변동하는 지평 안에서 상이한 방식들로써 예술작품에 던지는 것들이다. 가다머는 이런 문답을 그의 대표작 『진리와 방법Wahrheit und Methode』에서 "지평들의 융합"으로 지칭했다. 텍스트를 산출하는 역사적 계기契機와 수용하는 특수한 역사적 계기가 우연히 마주치면 성사되는 그런 융합은 예술작품의 인습적 의미를 변형시켜서 예술작품의 중요한 의미들을 방면할 수 있는데, 그렇게 방면되는 의미들은 예술작품을 산출한 계기가 방면할 수 없었던 것들이다.

이런 주장은 모든 읽힐 만한 문학 텍스트는 어떤 의미에서 급진적인 것들이거나 전복적인 것들이라고 암시한다. 만약 이런 주장이 마르크스주의진영에서 제기되었다면 틀림없이 지식인들의 야비함을 대변하는 결정적 증거로 간주되어 호되게 비난받았을 것이다.[55] 그러나 해석학, 형식주의적 시학, 수용이론을 정치적으로 더 관대하게 받아들이는 환경에서 이런 주장이 제기되면 현명한 주장으로서 통용될 수 있다. 우직하리만치 전위적인 분위기에서 익숙한 것은 돌이킬 수 없이 진부한 것으로 낙인찍힌다. 일상경험은 반드시 파산한다. 우리는 오로지 자기소외의 원인을 소외시켜야만, 그토록 진부한 것을 거의 인식할 수 없을 정도로 멀리 떼어놓아야만, 비로소 그것의 본모습을 복원할 수 있다. 그래도 이런 주장자체는 진부한 도그마(독단론)이다. 많은 진부한 규범들과 인습들이 문제시되기보다는 오히려 긍정되고 신봉될 수 있을 가능성은 거의 고려되지

---

55  이 개념에 근접한 마르크스주의비평가들이 실재했다. 우리가 앞에서 참조한 피에르 마슈레도 그런 비평가들 중 한 명이다. 그러나 그것이 마르크스주의미학의 전반적 특성은 아니다.

않는다. 과연 어떤 규범들이 노동자들의 노동하지 않을 권리들을 억제하겠는가? 부당이득을 취한 은행업자들은 처벌받아야 마땅하다고 보는 견해가 비판받을 수 있을 만큼 참신한 견해로 인식될 수 있겠는가? 소득의 2/3를 황제에게 바치도록 모든 시민에게 요구하는 관습은 문제시되어야 할 것이 틀림없지만, 무고하게 신체고문을 당하면 배상받을 권리를 시민에게 부여하는 법률은 반드시 문제시되지 않아도 된다.

개념체계들은 원래부터 강제적인 것들이라고 보는 견해도 역시 무근거하다. 만약 스탈린주의Stalinism가 그런 개념체계를 반드시 요구한다면 여성주의(페미니즘)도 그런 것을 반드시 요구할 것이다. 그러면 수용이론자체는 어떤가? 수용이론은 교리의 공식화를 반대하는 자유주의적 편견을 반영한다. 그러나 자유주의의 교리들이나 의례들이나 선언들은 전혀 없지 않은가? 개념체계들 중에는 억압적인 것들도 있지만 고무적인 것들도 있다. 이런 견지에서 더 현명하게 사용될 수 있는 다원주의多元主義와 융합하는 개념체계들을 기대해왔을 사람도 있을 수 있다. 노예제도를 인정하는 법령을 공공연히 비난한 자유주의자도 많지 않았듯이, 교리로 간주되어도 충분하리만치 정연하게 제정된 미국헌법을 공공연히 비난하는 자유주의자도 많지 않다. 개념들의 특수한 체제가 제공하지 못하는 것 — 예컨대, 철저한 순수성을 신봉하는 이론들 — 은 배제되어도 무방할 수 있다. 모든 여백이 건강하지는 않고 모든 체계가 병들지는 않는다. 지배적인 관례들을 주제넘게 거스르므로 반드시 척결되어야 할 소수자들도 존재한다. 예컨대, 신新나치스Neo-Nazis도 그런 자들이다. "지배적인"은 언제나 "압제적인"만을 의미하지는 않는다.

아우스는 나중에 수용이론의 대부분을 포기했거나 아니면 적어도 그 이론을 근본적으로 누그러뜨렸다. 물론 자신의 방식을 고수하는 그는 수용이론을 고전적이고 이념(이데올로기)적인 것으로 간주하기 시작하여 특수한 역사적 계기 — 형식주의, 고급 현대주의, 전위주의(아방가르드)의 특수한 역사적 계기 — 를 문화역사 전체로 보편화시킨다. 수용이론을 탄생시킨 역사적 계기는 혁명적 계기인데, 그것이 볼셰비키 체제에서 미래주의Futurism(미래파)와 구성주의Constructivism를 표방한 동료 몇 명과 함께 맡은 역할들을 수행한 몇몇 형식주의자도 출현시켰고, 프랑스 파리와 독일 베를린과 오스트리아 빈Wien에서 저마다 다른 각론各論들을 전개한 현대주의적 동아리들도 출현시켰으며, 양차세계대전 기간의 유럽에서 활동한 좌파 전위주의자들도 출현시킨 계기였다. 20세기의 가장 풍성한 결실을 맺은 문화적 실험들 중 몇몇이, 그것들 중에도 특히 표현주의와 초현실주의가, 이런 정치적 혼란기에 출현했다는 사실은 전혀 놀랍지 않다. 심지어 이런 혼란기의 유산에 속하는 더 온건하고 유순한 수용이론도 정치적 격변의 상황맥락에서 파악될 수 있다.[56] 비평계에서 진행된 이런 풍조의 출현을 선도한 야우스의 선구적인 에세이는 1969년에 출간되었다.

아무리 그래도 이런 역사에서 배출된 예술개념들은 암시적인 것들이니만큼 제한된 것들이기도 하다. 그것들은 문학작품들을 — 그러니까 독자들과 맺은 확실한 계약에 의존하고, 인습들을 거북스러운 것들로 간주하기보다는 오히려 가능성의 원천들로 간주하며, 공통경험을 헛것으로도 속임수로도 간주하지 않고, 파괴충동을 압도하는 긍정욕망에 가치를 부여하는 문학작품들을 — 조명

---

56  홀럽, 앞 책, 제2장 참조. 또한 테리 이글턴, 「독자의 반항The Revolt of the Reader」, 이글턴, 『성미에 거슬리는』 (London, 1986), 제13장 참조.

하지 못한다. 그런 문학작품들이 보수적인 것들이어야 할 필요는 없다. 그것들은 신고전주의 텍스트들일 수도 있듯이 여성주의 텍스트들일 수도 있다. 의심과 결속을 동시에 추구하는 해석학적 텍스트도 있다. 급진주의 정치학은 공통관행들의 신비성을 제거하는 계몽을 요구할 뿐 아니라 그런 관행들을 확인하는 과정마저 요구하기 마련이다. 그것은 독일의 초현실주의 시인 겸 미술가 막스 에른스트Max Ernst(1891~1976)와 프랑스의 철학자 겸 작가 조르주 바타유Georges Bataille(1897~1962)의 통찰들에도 해당할 뿐 아니라 레이먼드 윌리엄스와 에드워드 파머 톰슨의 통찰들에도 해당하는 정치학이다.

문학의 가치는 일상규범들을 멀리하는 데 있다는 주장은 독일의 문학자 볼프강 이저Wolfgang Iser(1926~2007)가 특유하게 전개한 수용이론의 핵심특징이다. 문학작품은 평범한 상황맥락들에서 해방된 사회적 인습들을 높게 평가하고 면밀히 조사해야 마땅한 대상들로 변이시켜 "탈실용화脫實用化(depragmatize: 탈현실화/탈합리화)한다." 그러면 문학작품의 진정한 지시대상은 문학작품을 규제하는 인습들도 아닌 듯이 보이는 만큼 사회적 현실도 아닌 듯이 보인다.[57] 여기서 그런 지시대상은 초기의 볼프강 이저에게 영향을 끼친 현상학을 닮았다. 그래서 중요한 관건은 현실대상이 아니라 그런 대상을 평가하는 방식들이다.[58] 비록 인습화된 학식은 가능성들을 배격하고 추방할지라도 문예작품들은 우리의 생활을 규정하는 억견臆見doxa을 폭로함으로써 그런 가능성들을 소환한다. 그러나 문예작품들의 이런 기능은, 예컨대, 중세예술의 모든 분야에는 거의 통하지 않았기 때문에, 볼프강 이저는 중세예술의 대부분을 "하찮은 것들"로 간주하려는 억지를

---

57  볼프강 이저, 『읽기행위The Act of Reading』(Baltimore, Md. and London, 1978), p. 61 참조.

58  로먼 인가든Roman Ingarden, 『문예작품The Literary Work of Art』(Evanston, Ill., 1973); 『문예작품인식The Cognition of the Literary Work of Art』(Evanston, Ill., 1973) 참조.

부린다.[59] 이런 기능에 도그마(독단론)를 가둬두는 것이 볼프강 이저의 고유한 자유주의-현대주의적인 전망인 듯이 보일 수 있다.

볼프강 이저가 주장하듯이, 우리의 모든 개념체계는 반드시 뭔가를 배척하고 추방하기 마련이므로, 문학작품들의 기능은 배척당하고 추방당한 것을 집중적으로 조명하는 것이다. 그런 작품들은 "관련된 체계들의 지배권역支配圈域을 벗어나되 결코 벗어날 수 없는 잔여분"을 다루므로 해체주의자들에게는 상당히 유용한 것들이다.[60] 실제로 이런 관점에서 볼프강 이저는 부분적으로는 자신의 수용이론을 후기구조주의의 용어들로써 개작해왔으니만치 확실히 자크 데리다와 같은 학파로 분류될 수 있었다. 그런 학파의 사고방식을 물려받은 극도로 단순화된 대조법의 관점에서, 체계들은 거의 언제나 부정적인 것들로 간주되지만, 체계들이 동화同化시키지 못한 것들은 언제나 변함없이 긍정적인 것들로 간주된다. 문예작품들은, 볼프강 이저가 강조하듯이, "우세한 체계를 둘러싼 모든 영역에 명시적으로 그늘을 드리워 명암을 부여하는 식으로 암시하여 그런 체계의 윤곽을 드러낸다."[61]

이런 견해는 프랑스의 문학비평가 피에르 마슈레의 마르크스주의적 비평이론을 닮았다.[62] 확실한 형태를 결여한 이념(이데올로기)에 확실한 형태를 부여하도록 예술형식을 고무하는 문학작품이 자체의 최선의도最善意圖들을 훼손할지 모를 위험마저 무릅쓰고 그런 이념의 한계들을 선명하게 부각하기 시작하는 경

---

59  볼프강 이저, 앞 책, pp. 77-78.

60  볼프강 이저, 『전망: 독자반응에서 문학인류학으로Prospecting: From Reader Response to Literary Anthropology』(Baltimore, Md. and London, 1989), p. 213.

61  앞 책, p. 73.

62  마슈레, 『문학생산이론』 참조.

위를 해명하는 것이 마슈레의 계획이다. 그런 한계들은 작품에서 언급된 것들이 희미해지면서 "언급되지 않는 것들" — 요컨대, 언급되기 전에 이념적으로 용납될 수 없다고 간주되어 검열당한 모든 것 — 을 부각하기 시작하는 대목을 표시한다. 이념은 일반적으로 자체의 영역은 보편적이며 무한하다고 맹신적으로 상상하면서 자체의 한정된 고유한 영역들을 인정하지 않으려고 한다. 그러나 이런 식으로 이념을 형식화하거나 객체화하려는 시도는 이념의 틈새들, 침묵들, 생략음절들을 — 그러니까 이념이 일정한 사회적 현실들을 배제하면서 초래한 모든 결과를 — "발언시키기" 시작할 것이다. (틀림없이 마슈레의 영향을 받은 볼프강 이저는 자신의 후기저서 『전망Prospecting』에 문학작품은 "언급되지 않는 것을 현존시킬 수 있는 [것]"[63]이라고 쓴다.) 이런 암시적 이론의 씨앗들은 루이 알튀세르의 주장에서 발견된다. 그의 주장대로라면, 진정한 예술작품은 예술작품자체와 그것의 이념적 상황맥락 사이에 존재하는 내부간격內部間隔을 폭로하는 것이고, 그런 간격 덕택에 우리는 예술작품자체의 이념적 상황맥락을 멀리할 수 있으며 잠재적으로는 그런 상황맥락을 벗어나 해방될 수 있는 방향에서 그런 상황맥락을 인지할 수 있다.[64] 이 대목에서 형식주의와 마르크스주의가 풍성한 결과를 낳는 제휴관계를 맺는다. 그러나 그런 제휴관계는 많은 문제를 해결하는 만큼이나 많은 문제도 유발한다.

　내가 이 문제들 중 하나만 간략하게 지명하여 거듭 말하건대, 가치는 오직 일탈한 것과 낯설어진 것에만 내재하는 듯이 보일 수 있다. 가치는 모든 자체가치를 결여한 이념의 균열들과 틈새들에서 생겨난다. 문학은 천진난만한 자유주

---

63　앞 책, p. 271.

64　루이 알튀세르, 「앙드레 다프르에게 응답하는 예술에 관한 편지A Letter on Art in Reply to Andre Daspre」, 『레닌과 철학Lenin and Philosophy』(London, 1971) 참조.

의자들과 급진주의자들의 계열을 편들면서 순전히 현재상황의 객관화형식만 빌미로 삼아 현재상황에 도전하는 듯이 보인다. 나는 나의 저서『비평과 이념 Criticism and Ideology』에서 이 의심스러운 계열을 논의의 출발점으로 삼았다. 그러면서 나는 문학의 가치는 그 가치를 점유한 이념을 분쇄할 수 있는 작품의 역량에서 생겨난다고 주장했다.[65] 이 의심스러운 계열은 어떤 이념들은 풍부한 기량과 생산성을 겸비했다는 사실을 간과한다. 볼프강 이저가 쓰듯이, "허구 텍스트는 익숙한 규범들의 정당성을 문제시할 수밖에 없는 본성을 타고난다."[66] 이런 본성은 오스트리아의 작가 라이너 마리아 릴케Rainer Maria Rilke(1875~1926)의『말테의 수기Die Aufzeichnungen des Malte Laurids Brigge』나 오스트리아의 작가 로베르트 무질Robert Musil(1880~1942)의 미완성 장편소설『특성들을 결여한 남자Der Mann ohne Eigenschaften』도 타고났을 수 있다. 그러나 제인 오스틴의 장편소설『맨스필드 공원Mansfield Park』이나 잉글랜드의 소설가 앤서니 트롤럽Anthony Trollope(1815~1882)의 연작소설『바체스터 타워스Barchester Towers』나 잉글랜드의 비행기조종사 겸 작가 윌리엄 얼 존스William Earl Johns(캡틴 더블유. 이. 존스Captain W. E. Johns, 1893~1968)의 연작소설『동양의 비글스Biggles in the Orient』나 연간 아동만화집《루퍼트 애뉴얼The Rupert Annual》도 모두 일탈행동을 묘사하는 허구들일망정 그것들을 비난하거나 고발한 사람은 여태껏 전혀 없었다. 제인 오스틴과 앤서니 트롤럽의 소설들은 이런 규범들을 새롭게 보이도록 만들 수는 있지만 그렇다고 문제시될 소설들이 아니다. 인간의 기정사실화된 인습들을 면밀히 조사되어야 할 대상들로 변화시키는 효력은 그런 인습들을 뒤엎어버릴 수도 있듯이 공고하게 만들 수도

---

65  테리 이글턴, 『비평과 이념』 (London, 1976), 제5장 참조.

66  이저, 『읽기행위』, p. 87.

있는데, 수용이론은 이럴 가능성을 묵살해버린다.

이념이 이념자체를 항상 의식하지 못하지는 않듯이 우리도 오직 어떤 기대가설들을 의식하지 못하기 때문에만 그런 기대가설들대로 행동하지는 않는다고 수용이론은 이따금 암시한다.[67] 자신의 귀중한 삶을 떠받치는 자신의 가치들에 집착하는 개인이 그런 가치들의 문화적 상대성을 위험시하여 조심할 가능성은 확실히 존재한다. 미국의 철학자 리처드 로티Richard Rorty(1931~2007)는 그런 문화적 상대성을 조심하느라 독특한 학문적 이력을 밟았다. "나는 내가 처량하고 시시한 퓨리턴(청교도)이라는 사실을 알지만, 당신은 나의 집 앞마당에서 당신의 누이와 애정행각을 벌이기보다는 차라리 당신의 집안에서 몰래 그런 애정행각을 벌여서 나의 딱딱한 실체를 폭로하기로 작심했나요?"는 비록 일상적인 질문은 아닐지라도 뜬금없이 난해한 질문도 아닐 것이다.

이런 "낯설게 만들기"는 현대에 실로 광범하게 통용되어온 현저한 수법이다. 프라하학파를 선도한 이론가 얀 무카롭스키는 기존규범들을 재생시키는 작품의 기능을 주목하기보다는 오히려 혁신적 일탈들을 꾀하는 작품의 기능을 주목한다.[68] 만약 무카롭스키의 이런 관점이 테오도르 아도르노의 미학에서도 충분히 발견된다면 이탈리아의 작가 겸 문학비평가 움베르토 에코Umberto Eco(1932~2016)의 기호학에서도 충분히 발견될 것이다. 왜냐면 에코의 관점에서 문학 텍스트들은 암호들을 재평가하는 작업을 발동시키고 그런 작업은 "세계를 다르게 바라보는 새로운 의식"[69]을 낳기 때문이다. 에코는 문학 텍스트들이

---

67  테리 이글턴, 『이념: 입문Ideology: An Introduction』(London, 1991), p. 58 참조.

68  유리 슈트리더Jurij Striedter, 『문학의 구조, 진화, 가치Literary Structure, Evolution and Value』(Cambridge, Mass., 1989), p. 161 참조.

69  움베르토 에코, 『기호학이론A Theory of Semiotics』(London, 1977), p. 261.

암호들을 문제시하는 동시에 강화시킬 수 있다고 확실히 인정한다. "모든 텍스트는 [텍스트를 구성하던] 암호들을 위협하는 동시에 강화시킬 수 있다. 왜냐면 모든 텍스트는 암호들에 내재된 예기치 않은 가능성들을 드러내면서 암호사용자의 태도를 변화시키기 때문이다."[70] 그러나 이 경우에 기호학자 에코는 일반적 관점에서 수용이론가 볼프강 이저와 대단히 가깝다. 왜냐면 에코의 관점에서도 독자는 작품을 읽는 동안 자신의 무의식적 규범들을 새롭게 면밀히 검토해야 하는 처지로 내몰릴 수밖에 없기 때문이다. 에코가 쓰듯이, "[텍스트의] 수신자는 새로운 기호현상의[71] 가능성들을 자각하므로 언어 전체를, 그러니까 발설되었고 발설될 수 있으며 발설될 수 있었거나 발설되어야 할 말[言]의 모든 유산을, 마지못해 재고再考할 수밖에 없다."[72] 이 주장의 과장법誇張法 때문에 이 주장은 오히려 문학연구를 두둔하던 다소 해묵은 재래식 변론의 최신판에 불과한 듯이 보인다. 독자는 자신에게 복종하는 우주를 가진다. 그러나 이제 그 우주는 기호들과 암호들의 우주이지 광대무변한 에너지들과 초월권능들의 우주가 아니다.

심지어 이런 문학관文學觀에 상당하는 구조주의적 문학관도 존재한다. 일반적으로 구조주의의 반反인간주의가 아무리 악명 높더라도 이런 문학관은 존재한다. 클로드 레비스트로스가 『슬픈 열대Tristes Tropiques』에 썼듯이, 다른 문화들을 이해하는 과정은 우리의 문화를 이해하는 과정이다. 왜냐면 우리는 우리의 상징우주를 규제하는 무의식의 법칙들과 똑같은 무의식의 법칙들을 다른 문화들에서, 타인의 눈길을 사로잡는 낯선 겉모습의 이면에서, 발견하기 때문이다.

---

70  앞 책, p. 274.

71  【semiosic: 이글턴은 이 낱말에 '원문原文대로 인용'했다는 표시([sic])를 덧붙였는데, '기호의'나 '기호언어의'를 뜻하는 영어형용사 'semiotic'과 구별하려고 그리한 듯이 보인다.】

72  앞 책, p. 274.

신화는 대타자大他者나 무의식이 전근대인前近代人들 속에서 생각하는 방식이다. 그러나 대타자는 우리 같은 현대인들 속에서도 똑같이 생각한다. 그래서 우리와 우리에게 낯설어 보이는 사람들이 진실로 만날 수 있으려면, 역리적이게도, 바로 이런 대타자성大他者性을 근거로 삼아야 한다. 우리와 그들이 공유하는 것은 우리에게도 그들에게도 지극히 불투명한 의미표시구조意味表示構造이다. 그래서 보편무의식普遍無意識이라는 사실이 의미하는 것은, 아이러니하게도, 겉보기로는 서로 동떨어진 문화들과 우리의 관계가 우리가 상상할 수 있는 관계보다 훨씬 더 친밀하다는 것이다. 그러나 보편무의식은 일정한 자기이격自己離隔 self-estrangement도 유발하는데, 그러면 우리는 타인들을 우리의 친척들로 인식하는 새로운 시선으로써 우리 스스로를 응시하기 시작한다. 우리는 스스로를, 레비스트로스가『구조인류학Anthropologie structurale』에서 아주 멋들어지게 표현했듯이, "타인들 사이의 타인"으로 이해해야 한다.

그러므로 레비스트로스는 차이성을 물신화物神化하지도 않지만 동일성을 물신화하지도 않는다. 그런 한편으로 그가 인류학분야에서 창시한 구조주의는 '계몽이성이 최근에 일으킨 거대한 파도들 중 하나'를 대표하는 동시에 '인류의 근본적 단일성을 믿는 계몽이성의 신념'마저 아울러 대표한다. 제2차 세계대전이라는 비이성非理性의 대난동이 끝났을 무렵의 레비스트로스는 프랑스 국적을 가진 벨기에 태생 유태인이라서 그랬는지 민족적 차이성을 예찬하는 치명적인 열풍에 휩쓸린 저작을 집필했다. 그랬어도 그는『민족과 역사Race et histoire』에서 문화다원주의文化多元主義를 옹호하면서 다양성을 동일성으로 환원하려는 열풍에 반발하기도 했다. 그러나 특히 서양정신과 "야생정신"이 동일한 심층심리구조深層心理構造들을 공유할 수는 있을지라도, 이런 가능성이 두 정신을 동등한 수준에 올려놓지는 못한다. 그런 반면에 레비스트로스는 전근대사회들에서 현대문명들의 것보다 더 우수한 것을 많이 발견하는데, 우리는 위험을 무릅쓰면서까지 그렇게 더 우수한 것들을 배우려고 하지 않는다. 그가 발견하는 "질서정연한" 인간주의는 부족신화部族神話 속에서 작용하는 것이지 서양의 지배적인 인간주의가 아니다. "질서정연한" 인간주의는 정확히 "자체적으로 시작하기보다는 오히려 사물들을 출처들로 되돌린다. 그래서 그것은 세계를 삶보다 더 우선시하고, 삶을 인간보다 더 우선시하며, 이타심利他心을 자기애自己愛보다 더 우선시한다."[73]

구조주의는 확실히 가장 가치중립적이고 전문기술자주의적專門技術者主義的인 이론형식이라서 (적어도 현재에는 가엾으리만치 무시당하는 창시자에게 맡겨진다면) 심오한 윤리적 사건으로 간주되어도 무방하다. 모든 사건이 발생한 지 고작 10분밖에 지나지 않았어도 아득한 고대에 발생한 듯이 느껴지는 오늘날에는, 심지어 과거의 몇몇 특징은 현재의 몇몇 측면보다 더 존중받을 만하지 않겠느냐는 가장 온건한 제언提案도 원시주의자原始主義者의 노스탤지어nostalgia (과거동경심過去同慶心)로 간주되어 조롱받기 쉽다. 비록 레비스트로스가 실제로 과학의 인식능력을 신화의 인식능력보다 더 우월한 것으로 평가하고 자신이 살아가는 시대의 역사에 깊숙이 참여했을지라도, 부족민들을 향한 그의 찬탄은 미래의 상인들에게는 순진한 감상주의感傷主義에 불과한 듯이 보일 수 있다. 그렇지만 그의 전성기에는 거의 존재하지 않던 환경정치학의 관점에서는 그의 저작들에 담긴 그의 시종일관 변치 않은 집필동기가 자연생태학 겸 정신생태학 같은 것이었다

---

73  클로드 레비스트로스, 『구조인류학Structural Anthropology』(London, 1972), pp. 366-7.

고 이해될 수 있다. 그는 자신의 후기 저작들에서 애통한 심경에 젖어 '세계는 구원될 기회를 너무나 오래전에 놓쳐버렸고 우리는 야생정신의 귀중한 원천들을 영원히 잃어버렸다'고 결론지었다.

지금 내가 검토하는 문학윤리의 특징은 규범적인 것을 믿지 않으려는 의혹주의(의혹론)이다. 후기구조주의는 이 특징을 훨씬 더 뚜렷이 표현한다. 롤랑 바르트와 자크 데리다의 관점에서는 구조를 속여서 따돌리고 체계를 박살내는 것의 가치야말로 명백한 듯이 보였을 것이다. 그런 관점은 마치 체제의 변두리로 떠밀려 비정규화되어 체제에 통합될 수 없는 것들을 언제어디서나 반체제세력으로 간주하는 듯이 보였다. 이런 보편주의적 도그마는 근대정치역사의 계몽된 단계에서 생겨난 듯이 보일 수 있지만 일상생활의 규범들과 관행들에 함유된 가치의 내력을 전혀 추적하지 못한다. 그러나 이런 도그마는 좌파 엘리트주의의 일종이기도 하므로 프랑스의 사상계에서 장구하고 불명예스러운 역사를 가진 것이다. 만약 비트겐슈타인이 평범한 일상사를 너무나 쉽게 신뢰한다고 평가될 수 있다면, 현대 프랑스 이론가들의 대다수는 평범한 일상사를 너무나 쉽게 무시해버린다고 평가될 수 있다.[74] 이런 견지에서 미하일 바흐친을 본받은 현대 사상가는 드물다. 바흐친의 저서 『라블레[75]와 그의 세계Rabelais and his World』는 카니발carnival(사육제/음수광란축제)의 개념을 사용하여 이격시학[76]을 세속적 정치력政治力으로 변환하는 희귀한 성과를 거둔다. 그의 저서에서는, 놀랍게도,

---

74  테리 이글턴, 『이방인들과 부대끼기: 윤리연구Trouble with Strangers: A Study of Ethics』 (Oxford, 2009), 제3부 참조.

75  【프랑수아 라블레François Rabelais(1483/1494~1553): 르네상스 시대 프랑스의 작가 겸 인문학자 겸 의사.】

76  【離隔詩學(poetics of estrangement): 한국의 문학자들 중에는 이 문구를 '소외시학疏外詩學'으로 번역하고픈 문학자도 없지 않을 것이다.】

민중의 실천이 전위적 전복의 일환이 된다. 권력의 거만함을 해체하는 것은 텍스트가 아니라 평민의 축제이다. 그래서 카니발은 풍자하고 폭로하는 동시에 긍정하는 유토피아적 축제이므로 긍정미학과 부정미학을 결합시킨다. 베르톨트 브레히트의 극작품은 다른 의미에서 긍정미학과 부정미학을 결합시키는 것일 수 있다. 그런 결합이 성사되면 일상생활은 이제 '파열된 낯설어지는 것들'과 대립하지 않는다. 그런 반면에 파열되어 낯설어지는 것들이 발견될 곳도 바로 그런 일상생활의 영역이다.

아무리 그래도 카니발이 가장 일상적이고 평범한 생활일 가능성은 거의 없다. 카니발은 인간의 일상관습들을 파괴하는 과정이 그것들을 퇴출하는 과정일 수 없는 사연을 예증하므로 신중히 고찰되어야 할 표본이기도 하다. 이토록 불경스러운 음주광란축제가 끝난 현장의 곳곳에 빈 포도주 병들과 돼지고기파이 찌꺼기들과 함께 널브러진 수많은 취객의 숙취를 돌연히 자극하는 여명이 밝아오는 아침에는 그런 일상관습들이 그 현장에 이미 조심스럽게 침투했을 뿐만 아니라 틀림없이 오히려 더 강력한 권위를 행사하기 시작할 것이다. 왜냐면 일상관습들은 그토록 민망스러운 분위기에 휩싸이면 더 강력한 반탄력을 획득하기 때문이다.

마지막으로, 문학의 가치는 우리의 상투적 기대가설들을 비평적 검증대상들로 만드는 과정에 내재한다는 교리를 신봉하는 비트겐슈타인주의자들이 존재한다. 브리튼의 문학자 데이빗 섀크위크David Schalkwyk가 주장해온 바대로라면, 문학작품들은 "언어자체의 가능조건들을 선연히 드러내는"데, 비트겐슈타인의 관점에서는 언어가 아주 깊게 짜여들어 혼방混紡되는 삶의 실천형식들이 그런 가능조건들로 보일 수 있다. 섀크위크의 관점에서 "우리에게 파악될 수 있는 것을 결정하는 것들은 우리의 세계에 존재하는 대상들의 **제도화된** 개념관계들이고" 예술은 "우리에게 파악될 수 있는 것이 그렇게 결정되는 정도定度를 나타내는 측면을 변화시킨다……문학적인 것의 낯설게 만드는 위력은 형식주의에서는 진리의 성질로 간주되는데, 그런 위력 덕택에 예술은 세계를 평가하고 재평가하여 '본질'로서 확립시키는 역사적으로 특수한 양식들을 제시할 수 있다."[77]

그렇다면 문학적인 것은 문법탐구의 각색된 형식이다. 비트겐슈타인은 문법탐구를 철학의 유일하게 온당한 과업으로 간주했다. 문학적인 것은 언어와 세계를 불가분하게 혼방하는 이미지들을 우리에게 제공하면서 이전에는 우리에게 감지될 수 없던 어떤 것을 우리의 눈앞에 노출시킨다. 문학작품들은 정립된 어떤 개념관계들이 우리의 파악형식들을 결정하는 과정을 폭로한다. 그런 과정을 폭로하는 문학작품들은 그런 개념관계들에 속박된 우리를 풀어주고 다른 인식통로들을 모색하도록 우리를 해방시키는 역할을 수행한다. 다른 여느 언어와 마찬가지로 문학도 세계와 융합한다. 그러나 문학은 특수한 종류의 자의식에 세계를 융합시키는데, 문학의 그런 융합작업 덕택에 우리는 평소의 주의력보다 더 세심한 주의력을 발휘하여 우리의 생활형식들의 본성과 언어놀이들의 본성을 파악할 수 있다. 문학을 이렇게 보는 견해도, 아니나 다를까, 선천적 비평세력에게 문학을 할당한다. 섀크위크가 스탠리 커벨의 견해를 부연敷衍하여 쓰듯이, "문학적인 것은, 우리의 언어도 의존할 뿐 아니라 우리의 자기감각도 의존하고 우리가 공유하고 쟁취하려는 세계를 느끼는 우리의 감각마저 의존하

---

77 데이빗 섀크위크, 『문학과 현실의 영향력Literature and the Touch of the Real』(Newark, Del., 2004), p. 219.

는, 일체감의 최심기저最深基底를 탐색할 수 있고 뒤흔들 수 있다.'[78] 그러나 우리가 문학으로 지칭하는 모든 것이 그런 심정외상心情外傷(트라우마trauma) 같은 것을 유발하지는 않는다. 아마도 새크위크는 윌리엄 블레이크의 시詩 「어린양이여, 누가 너를 만들었느냐?」의 문학적 역할보다도 러시아/소련의 소설가 미하일 숄로호프Mikhail Sholokhov(1905~1984)나 미국의 소설가 존 도스 패소스John Dos Passos(1896~1970)의 문학적 역할을 더 많이 숙고할 것이다.

만약 '문학작품들은 우리를 유혹하여 자기비판정신에 심취시킨다'는 견해에 완강하게 저항해온 비평가가 있다면, 스탠리 피쉬가 그런 비평가일 것이다. 그는 이 견해의 개념전체가 터무니없게 오인된다고 본다. 그런 개념은 사실상 도무지 요령부득한 인식론적 환상이다. 그의 관점에서 어떤 개인의 최심기저에 깔린 기대가설들을 준설하여 백일하에 드러내는 작업은, 설령 가능할지라도, 거의 혹은 전혀 성공하지 못할 것이다. 그런 작업의 결과가 그런 개인의 기대가설들을 좌절시킬 가능성도 분명히 존재한다. 왜냐면 이 견해처럼 근본적인 신념들은 오직 우리가 그런 기대가설들을 가뿐하게 망각하는 경우에만 작용하기 때문이다. 자의식은 그런 신념들을 파괴하는 원흉일 수 있다. 그래도 발생할 수 있었을 모든 사건은 우리가 또 다른 일련의 기대가설들을 적용하여 파악할 것들이고, 그러면 뒤이어 발생할 사건들도 익숙하게 파악될 수 있을 것이다.

그러나 스탠리 피쉬의 관점에서 실재할 수 없을 듯이 보이는 그런 작전은 자화자찬하려고 애쓰거나 자력으로 문제를 해결하려고 애쓰는 사람의 노력을 의미할 것이다. 왜냐면 그런 작전을 깊게 믿는 확신들은 가장 먼저 그것을 확신하는 사람의 정체성을 구성하기 때문이다. 자아를 본연의 자아로 만들어주는 것

---

78 앞 책, p. 220.

을 객관화하려는 자아는 자아를 벗어난 어떤 메타자연학적 외부공간에 자리를 잡아야 하겠지만, 그런 객관화는 합리주의자의 망상일 따름이다. 스탠리 피쉬의 관점에서 주체는 자신에게 삼엄한 결정론적 권력을 행사하는 자신의 신념들에 갇힌 죄수로 보일 가능성이 높다. 우리는 우리의 신념들은 어디에서 생겨났느냐고 질문할 수 없다. 왜냐면 그런 질문의 답변마저 우리의 신념들이 결정할 것이기 때문이다. 우리는 우리의 근본가치들과 편견들을 벗어나면 스스로를 생각할 수 없다. 왜냐면 우리는 오직 그것들에 의존해야만 생각할 수 있기 때문이다. 우리는 그것들을 논쟁주제들로 삼을 수 없다. 왜냐면 그것들이 바로 그런 논쟁들을 실행될 수 있게 만드는 조건들을 형성하기 때문이다. 요컨대, 우리의 근본가치들과 편견들은 초월적(선험적)인 것이다. 내가 익숙한 지시체제指示體制(참조체제)를 벗어나서 상상할 수 있다고 생각하는 모든 것은 실제로 그런 지시체제의 산물들일 수밖에 없으므로, 나는 그런 지시체제의 바깥에서는 아무것도 생각할 수 없다. 특정인의 가치들과 원칙들을 비평의 검증을 받도록 객관화하는 작업은 오직 특정한 상황맥락에서만 가능하지만, 그런 상황맥락을 규정하는 것들은 바로 그런 가치들과 원칙들이다. 인간은 오직 자신의 신념들을 더는 고수하지 못할 때에만, 그리하여 그것들을 고수할 수 있는 생산성을 더는 발휘하지 못할 때에만, 그것들을 충분히 객관화할 수 있을 것이다. 여기서 내가 다시 말하건대, 근본주의적 인식론은 보수적 결론들을 낳을 수 있다고 판명된다. 자신이 서양의 생활방식을 근본적으로 비판할 수 있다고 상상하는 어느 서양인도 자신을 속이는 사람이 틀림없다. 그가 세상의 어디에서 그리할 수 있겠는가?

그러므로 인간이 자신의 확신들을 변경할 수 있는 사연은 불가사의한 어떤 것일 수밖에 없다. 물론 새로운 증거 때문에 그런 사연이 불가사의한 어떤 것일 수는 없다. 왜냐면, 우리가 앞에서 살펴봤다시피, 스탠리 피쉬의 세계에서는 자신의 확신들이 처음부터 자신에게 증거로 간주될 것을 결정하니까 그런 증거에 의존해도 검증될 수 없기 때문이다. 또한 비판적 자기반성도 그런 사연을 불가사의한 어떤 것으로 만들지 못한다. 왜냐면 그런 자기반성도 반성자의 현재상황을 구성하는 함수가 될 것이기 때문이다. '특정인의 세계관에 속절없이 희생당하는 관점'과 '무편무당無偏無黨한 관점the View from Nowhere' 사이에는 이런 이론을 떠받칠 중립적 근거가 전혀 없다. 인간은 어떤 의미에서는 언제나 자신의 문화에 소속되어있으므로 자신의 문화와 연루되기 마련이다. 외부에서 출현할 만한 모든 것은 내부에서 외부로 투영된 환상들이 아니면 또 다른 해석모형들이다. 그래서 인간은 자신의 해석모형과 근본적으로 엄청나게 다른 해석모형과 어떤 실질적 관계도 맺지 못하고 또 확실히 그토록 다른 해석모형을 순수하게 비판하지도 못한다.

스탠리 피쉬는 모든 문화 및 신념체계가 모호한 경계선들과 애매한 범주들을 겸비한다고 보는 견해를 인정하지 않는다. 왜냐면 이런 견해는 내부와 외부를 엄격하게 구분하는 그의 이분법을 문제시할 수 있기 때문이다. 실제로 그는 자신의 이론을 사실상 파멸시킬 수도 있을 불확정성의 가장 희미한 기미조차 극심하게 혐오한다. 그는 규범들과 인습들에 내재된 그런 불확정성이 도리어 규범들과 인습들을 파괴하는 위력을 발휘할 수 있을 가능성도 이해하지 못한다. 그는 생활형식들이 생활형식들을 벗어나려는 세력들을 생성시킬 수 있다는 사실을 간과한다. 실제로 생활형식들은 최종적으로는 생활형식들의 총체적 붕

괴를 초래할 수 있다. 그러니까 생활형식들은 생활형식들의 "내부"에도 존재하는 동시에 "외부"에도 존재한다. 이것이 전통적으로는 내재비평內在批評immanent critique으로 알려진 것이고 근래에는 해체비평解體批評deconstruction으로 지칭되는 것이다. 해체비평은 (텍스트 체제논리든 정치체제논리든 하여간) 체제논리를 체제논리내부에서 점령한다. 해체비평이 그리하여 폭로하려는 두 가지 사연 중 하나는 '체제논리의 의미체계가 체제논리자체와 결코 완벽하게 일치하지 않는 사연'이고 다른 하나는 '체제논리가 손상되기 시작하고 자기모순을 겪기 시작하면서부터 백일하에 노출되기 시작할 수 있는 사연'이다. 그러니까 '특정인에게 이해될 수 있는 모든 비평은 반드시 특정한 기존체제와 공모하기 마련이다'고 가정될 필요도 전혀 없으며 '(그렇게 공모하지 않는) 다른 여느 비평은 반드시 모든 이해력을 초월하는 아르키메데스의 지렛대받침점[79] 같은 것에서 시작되기 마련이다'고 가정될 필요도 전혀 없다.

러시아 형식주의의 탄생시점부터 수용이론의 탄생시점에 이르는 기간은 새로운 문화이론들이 발흥한 기간인 동시에 재래식 인간주의의 관점에서 문학연구의 원리를 설명하던 이론들이 쇠락한 기간이었다. 이 기간은 1968년의 반체제운동가들에게도 해당하듯이 러시아/소련의 작가 겸 문학이론가 빅토르 슈클롭스키Viktor Shklovsky(1893~1984)에게도 해당한다. 이 기간에 문학은 도덕을 변화시켜야 할 세력이라고 주장되기도 어려워졌고, 문학은 우리를 초월적 진리들과 접촉시킨다고 주장되기는 더욱 어려워졌다. 이런 허황된 역할들보다도 조금 더 현실적이고 직접적인 역할이 문학에 요청되었는데, 그것은 인간조건을 수복하

---

79 【고대 그리스의 수학자, 물리학자, 발명가, 천문학자 아르키메데스Archimedes of Syracuse(서기전287~212)가 발견한 지렛대 원리를 성립시키는 받침점.】

는 역할이었다. 그런 역할이 요청된 까닭을 알려주는 한 가지 해답은, 우리가 앞에서 살펴봤다시피, 문학작품들은 우리의 삶을 좌우하는 암호들, 규범들, 인습들, 이념들, 문화형식들의 전횡적 본성을 폭로하는 식으로 도덕적 효과를 발휘한다는 것이었다.

조너선 컬러가 이해하는 문학연구는 반드시 "자아확장"을 요구하는 것이다. 그러나 자아확장은 이제 전통적인 문학적 인간주의에서 요구되던 바와 같은 개인도덕을 향상시키는 작업의 문제가 아니다. 자아확장은 이제 오히려 — 내가 거듭 말하건대 — "인간의 문화를 특징짓는 해석모형들을 인식하는 능력"[80]을 육성하는 작업의 문제이다. 그런 작업의 목표는 너무나 지식주의적知識主義的인 것이라서 문학적 인간주의자들을 만족시킬 수 없을뿐더러 사실상 너무나 쉽게 지식주의적인 것이 될 수도 있다. 현대주의적인 텍스트들이나 전위적인 텍스트들은 이런 의미에서, 내가 빅토르 슈클롭스키의 표현을 도용하여 말하자면, 가장 전형적인 세계문학작품들이다. 왜냐면 그런 작품들은 나름의 설득방식들을 아주 대담하게 과시하면서 다른 문예작품들에 잠재된 것을 실감나게 표현하기 때문이다. 적절한 현대주의양식을 띠는 문학은 우리의 자아비판능력, 자의식, 적응력, 융통성, 개방성을 증강하고 정통인습들을 의심할 수 있는 우리의 심지心志를 강화하여 우리를 도덕적으로 향상시킨다. 문학작품들의 정치적 기능은 격분한 극장관객을 관할관청으로 유도하는 것이 아니라 오히려 우리의 내부에 도사린 파시스트fascist로부터 우리를 보호하는 것이다.

문학연구들에 이바지하는 문학작품들의 정치적 기능은 대체로 부정적인 것이다. 왜냐면 그런 기능은 존재 가능한 것의 이미지를 요구하기보다는 오히려

---

80  조너선 컬러, 『구조주의시학Structuralist Poetics』(London and Ithaca, NY, 1975), p. 130.

현실적인 것을 겨냥한 비판을 필수적으로 요구하기 때문이다. 그것은 중산계층의 몇몇 자유주의적 기대가설들과 지극히 조화롭게 맞물리는 기능이기도 하다. 특정인의 확신들을 열정적으로 표현하는 작품은 그런 확신들을 객관적으로 표현하는 작품보다 분명히 열등하게 보일 수 있다. (그렇지만 다른 가능성들도 존재한다. 왜냐면, 예컨대, 잉글랜드의 역사학자 앨런 존 퍼서벌 테일러Alan John Percivale Taylor(1906~1990)는 언젠가 자신은 지극히 굳건한 확신들을 품었어도 온건하게 표현한다고 말했기 때문이다.) 열정적 작품을 열등시하는 견해는 비록 일정한 파토스pathos(비애감)를 겸비했어도 인간주의적 유산의 몇 가지 흔적을 보유한다. 그런 견해는 인식관문認識關門들이 깨끗이 정화되어야 비로소 우리가 생활할 수 있는 사연을 거의 설명하지 못한다. 그래도 그런 견해는 세계를 마주하는 우리의 자세를 변화시키는 온건한 역할을 문학연구에 할당한다. 그런 역할이 어쩌면 이렇게 잔존하는 인간주의가 해체비평의 시대에 맡을 수 있는 최선의 역할일지 모른다.

해체비평은 인간주의의 유산이 쇠락하여 투쟁적 반反인간주의로 변이하는 시점을 표시한다. 그래서 당연하게도, 폴 드 만 같은 비평가의 관점에서는, 문학작품이 자체의 상상력이나 창조적 도약élan으로써 인간조건의 진실을 재현하지 않고 오히려 자체의 좌절과 자기맹목성으로써, 자체의 불가피한 자기기만 mauvaise foi으로써, 비유적 언어의 책략들과 신비화의 올가미들에 걸린 진실수장들을 구출하지 못하는 자체의 무능력으로써 인간조건의 진실을 재현하는 듯이 보인다.[81] "자유주의적 인간주의자liberal humanist"라는 문구에 포함된 두 용어는 이제 분리되어 따로 놀기 시작한다. 문학은 인간실존을 구성하는 부정적 지식

---

81 폴 드 만, 『맹목과 통찰Blindness and Insight』(New York, 1971); 『읽기의 알레고리들Allegories of Reading』(New Haven and London, 1979); 「시간성의 수사학The Rhetoric of Temporality」, 싱글턴C. Singleton (편.), 『해석: 이론과 실천Interpretation: Theory and Practice』(Baltimore, Md., 1969).

이다. 그러니까 우리는, 적어도 이런 지식만 알면, 우리가 세운 기획들의 무근거성에, 자아의 허구적 본성에, 현실에서 추방된 우리의 처지에, 우리가 진실표현으로 오인한 수사학적修辭學的 표현들에 이름을 붙일 수 있다. 문학작품들은 여전히 사건들로 보일 수 있지만 이제는 실패한 연기演技들이고 무산된 공연公演들이다. 그것들의 매체는 언어로서 알려진 무저갱無底坑 같은 꼼수이므로 그것들이 달라졌을 가능성은 거의 없다. "담론"은 — 그러니까 실제 상황들에서 전략적 목적들에 부응하는 언어사용관행은 — 언제든지 "언어"에 걸려 좌절하고 추월당하기 십상이라서 언어적 매체의 익명적이고 텍스트화化하며 해체하는 작용들과 같다고 이해된다. 여기서 폴 드 만의 감수성이 정치적 계몽시대의 분위기와 그토록 정확하게 일치하는 사연은 인상적인 것으로서 회고될 만하다.

해체비평은 문학작품을 어떤 결정적 상황맥락에서 일정한 효과들을 달성하려고 애쓰는 상징연기象徵演技 같은 것으로 간주할지 모른다. 그러나 대부분의 경우에 병적으로 억눌린 승리감 같은 감정을 품고 그렇게 간주하는 해체비평의 의도는 오직 이런 상징연기가 불가피하게 실패할 수밖에 없는 사연 — 작품의 효과들이 역효과를 자초하고, 작품의 진실주장들이 자승자박自繩自縛하다가 무산되며, 작품의도들이 빗나가고, 작품상황맥락의 확정성이 와해되는 사연, 그러니까 이 모든 것을 언어로서 알려진 불온한 실권자가 장악해버리는 사연 — 을 폭로하는 것일 따름이다. 이런 문학이념이 1960년대 말엽부터 개시된 구성운동構成運動constructive action의 본성과 관련하여 더욱 광범해진 좌절의 일부로 간주되기는 어렵잖다. 해체비평은 자체의 지식적 생기와 다산성 때문에 정치적 과민성의 일정한 손실 — 예컨대, 구성운동의 기획들이 해괴한 결과들을 너무나 빈번하게 산출한 역사의 한 시절이 마감되면서 개시된 야심찬 운동형식들의 용의주도함 — 을 의미심장하게 표시한다. 폴 드 만이 가진 그런 정치적 과민성의 이면에는 한때 파시스트와 동행한 개인의 역사가 숨어있는데, 그런 개인사를 상징적으로 보정해주는 것이 어쩌면, 다른 무엇보다도, 문학 텍스트를 모든 운동과 정체성의 무근거함을 폭로하는 것으로 간주하는 견해일 것이다. 이런 의미에서 폴 드 만의 이론은, 의도표출언행[82]들의 효력을 겨냥한 그의 모든 의심과 무관하게, 뭔가를 실행하려고 애쓰는 것이다.

---

82 【意圖表出言行(the performative): 한국에서 여태껏 주로 '수행적遂行的 표현,' '수행표현,' '수행적 행동' 등으로 번역되어온 이 용어는 '공연언행公演言行' 내지 '공연행위'를 함의한다.】

# 제4장
## 허구의 본성

### 1

허구이론은 아마도 문학철학의 가장 난해한 측면인 동시에 가장 오래 존속해온 학문적 관심을 사로잡아온 측면일 것이다. 허구이론을 다루는 논평은 진기한 어떤 이유 때문에 몇 가지 예리한 통찰들도 산출해왔지만 곤란하리만치 진부한 견해들도 적정량보다 더 많이 산출해왔다. 예컨대, 그레고리 커리가 우리에게 알려주듯이, "우리는 추리推理가 상대적으로 아주 높은 타당성을 가지면 타당하다고 말하며 아주 낮은 타당성을 가지면 부당하다고 말한다."[1] 피터 러마크는 "잉글랜드의 극작가 겸 소설가 헨리 필딩Henry Fielding(1707~1754)의 익살소설 『고아출신 탐 존스의 일대기The History of Tom Jones, a Foundling』에 나오는 올워디 씨 Mr. Allworthy나 브리저트 양Miss Bridget 같은 허구인물들은 현실세계에는 개인들로서 존재하지 않는다"[2]는 사실을 우리에게 강조한다. 러마크는 "허구적인 것은 조작된 것이다"고도 주장하는데, 이 주장은 우리가 잠시 후에 의문시해볼 것이

---

1  커리, 『허구본성The Nature of Fiction』, p. 92.

2  러마크, 『철학과 허구』, p. 60.

다.[3] 어느 작가가 우리에게 알려주다시피 "우리는 '셜록 홈스[4]는 베이커 가街Baker Street에 살았다' 같은 허구적 진술이 곧이곧대로 이해되어야 마땅하고 억지로 주장하지 않아도 되며 그런 진술이 셜록 홈스와 각별하게 관련되거나 베이커 가와 각별하게 관련된다고 억지로 주장하지 않아도 된다."[5] 브리튼의 분석철학자 마거릿 맥도널드Margaret MacDonald(1907~1956)는 "제인 오스틴의 장편소설들이 현존한다"는 소식을 발표하자마자 유명해졌다.[6] 러마크와 올센은 "문학이 인간들에게 재미있게 여겨지는 까닭은 문학이 인간적으로 흥미로운 내용을 함유하기 때문이고 문학이 표현하거나 말하는 것이 인간들과 유관한 만큼 독자들과도 유관하기 때문이다"[7]고 주장한다. 그랜트 오버턴은 "허구(소설)가 사용하는 낱말들의 대다수는 얼굴표정, 목소리, 몸동작의 도움을 받아서 파생한 것들이다"[8]고 폭로한다. 그레고리 커리는 "마르셀 프루스트가 낱말들을 활용하지 않았다면 자신의 장편소설 『잃어버린 시간을 찾아서La Recherche du Temps Perdu』에 가득 담긴 미묘한 통찰들을 거의 전달하지 못했을 것이다"[9]고 우리에게 알려준다.

그러나 진부한 견해들이 받는 보상은 색다른 견해들이 받는 보상보다 더 많다. 허구철학은 유쾌한 역리(패러독스)들과 수수께끼들을 가득 머금었다. 크리스토퍼 뉴는 셜록 홈스가 나오는 소설들 속에 명왕성이, 비록 그 소설들이 발표

---

3  러마크, 『문학철학』, p. 185.

4  【Sherlock Holmes: 코넌 도일이 발표한 연작추리소설들의 주인공.】

5  알렉스 베리Alex Burri, 「사실들과 허구Facts and Fiction」, 존 깁슨 & 볼프강 훼머, 앞 책, p. 292.

6  마거릿 맥도널드, 「허구언어The Language of Fiction」, 조지프 마걸리스 (편), 『예술들을 관찰하는 철학 Philosophy Looks at the Arts』(Philadelphia, 1978), p. 424.

7  러마크& 올센, 『진실, 허구, 문학』, p. 267.

8  오버턴, 앞 책, p. 4.

9  커리, 앞 책, p. 31.

된 당시에는 발견되지 않았어도, 진짜로 존재하는지 여부를 의문시한다.[10] 크리스토퍼 뉴는 셰익스피어의 비극희곡『햄릿Hamlet』에 나오는 오필리어Ophelia의 치아개수齒牙個數가 확정되었는지 확정되지 않았는지 여부도 의문시하고 서기 20세기에 발견될 항생물질 페니실린이 호메로스의 서사시『일리아스Ilias』의 세계에서 진짜로 발견되는지 여부도 의문시한다. 미국의 분석철학자 피터 밴 인웨이전Peter van Inwagen(1942~)은 '허구의 피조물들이 존재하고 그런 모든 피조물 하나하나는 개체로서 존재한다'는 명제를 옹호한다.[11]

이 명제와 비슷한 견지에서, 미국의 철학자 로버트 하웰Rober Howell도 셜록 홈스가 존재한다고 충분히 확신한다.[12] 미국의 분석철학자들인 앨로이서스 패트릭 마티니치Aloysius Patrick Martinich(1946~)와 에이브럼 스트롤Avrum Stroll(1921~2013)은 한술 더 떠서 '셜록 홈스는 살[肉]과 피[血]로 만들어진 피조물이다'고 주장한다.[13] 미국의 철학자 데이빗 루이스David Lewis(1941~2001)는 자신의 고전적 에세이에서 그들의 주장에 전폭적으로 동의한다.[14] 루마니아 출신 미국의 작가 겸 문학이론가 토마스 파벨Thomas Pavel(1941~)은 '허구인물들은 존재하지 않는 존재들이다'고 주장한다.[15] 문학철학자들의 대다수는 '비록 소설들에는 셜록 홈스의 뇌와 간이 전혀 언급되지 않아도 셜록 홈스는 뇌와 간을 가졌다'고 믿는다. 그래도 셜

---

10  크리스토퍼 뉴, 앞 논문.

11  피터 밴 인웨이전, 「허구의 피조물들Creatures of Fiction」, 《아메리칸 필로소피컬 쿼털리American Philosophical Quarterly》, vol. 14 (1977).

12  로버트 하웰, 「허구대상들Fictional Objects」, 《포에틱스Poetics》 no. 8 (1979); 스튜어트 브로우크Stuart Brock & 에드윈 메어스Edwin Mares, 『현실주의와 반현실주의Realism and Anti-Realism』(London, 2007), 제12장.

13  마티니치 & 스트롤, 『비존재를 둘러싼 야단법석Much Ado about Nonexistence』(Lanham, Md., 2007), p. 39.

14  데이빗 루이스David Lewis, 「허구 속의 진실Truth in Fiction」, 《아메리칸 필로소피컬 쿼털리》 vol. 15 (1978), p. 37.

15  파벨, 앞 책, p. 31.

록 홈스의 등에 사마귀 하나가 있느냐 없느냐 여부는 아직 해결되지 않은 유명한 쟁점이다. 데이빗 노비츠는 미국의 텔레비전 공상과학연속극『스타 트렉Star Trek』에 나오는 우주비행선 엔터프라이즈Enterprise 호號의 선체가 실재로 단열재斷熱材를 함유했다고 믿는다. 또한 그는 '찰스 디킨스의 소설『피크윅 클럽이 남긴 보고서들The Posthumous Papers of the Pickwick Club』에 나오는 피크윅 씨Mr Pickwick는 실존인물이다'고 생각하면서 '비록 우리는 피크윅 씨를 볼 수 없지만 같은 소설에 나오는 샘 웰러Sam Weller는 피크윅 씨를 볼 수 있다'고 생각한다.[16] 오스트리아 철학자 알렉시우스 마이농Alexius Meinong(1853~1920)의 관점에서 네모동그라미(사각원四角圓)는 비록 존재하지 않아도 철학되는 대상이고, 잉글랜드 작가 에밀리 브론테Emily Brontë(1818~1848)의 장편소설『폭풍언덕Wuthering Heights』에 나오는 히스클리프Heathcliff도 몇몇 문학철학자의 관점에서는 네모동그라미 같은 대상이다.[17] 심지어 허구를 상대하는 사람의 반응도 그 사람의 민족성이나 국적國籍을 식별될 수 있게 만드는 요인일 수 있다. 외국인들이 치르는 브리튼 시민권 취득시험에 출제된 문제들 중에는 "산타클로스Santa Claus는 어디에 살죠?"라는 문제도 있었다. 이것이 바로 '존재하는 존재자들의 세계에서 존재하지 않는 존재자들이 실질적 인과관계의 결과들을 산출할 수 있다'는 브리튼 철학자 로이

---

16  노비츠, 앞 책, p. 123.

17  마이농,「대상이론The Theory of Objects」, 치셤R. M. Chisholm (편),『현실주의와 현상학의 배경Realism and the Background of Phenomenology』(New York, 1960); 테런스 파슨스Terence Parsons,『비존재대상들Nonexistent Objects』(New Haven and London, 1980); 그레이엄 던스턴 마틴Graham Dunstan Martin,『언어, 진실, 시Language, Truth and Poetry』(Edinburgh, 1975); 존 우즈John Woods,『허구논리The Logic of Fiction』(The Hague, 1974), 제2장. 미국의 철학자 에이미 토머슨Amie L. Thomasson(1968~)의 관점에서 문학적 인물성격들은 "언어행위들로써 수행되는 공연행위가 창작하여 존재하는 것들로 보이게 표현할 수 있는 혼인관계들, 계약관계들, 약속들"을 상당히 닮은 허구적 대상들로 간주된다. (『허구와 메타자연학Fiction and Metaphysics』, Cambridge, 1999, p. 13). 그레이엄 던스턴 마틴,「허구적 지시언행을 향한 새로운 시선A New Look at Fictional Reference」,《필로소피》no. 57 (1982). 리처드 로티는「허구담론과 관련된 문제가 있는가?Is There a Problem about Fictional Discourse?」(『실용주의의 결과들The Consequences of Pragmatism』(Brighton, 1982), 제7장)에서 허구적 지시언행을 둘러싼 몇 가지 논쟁을 유익하게 요약하고 비평한다.

바스카Roy Bhaskar(1944~2014)의 주장을 예증하는 문제이다. [18]

미국의 철학자 조지프 마걸리스Joseph Margolis(1924~)는 "생존인물에 합치될 수 있는 허구문장은 전혀 없다"[19]고 확언한다. 만약 이 확언이 옳다면, 자신을 익사체로 보이게 위장하는 브리튼 노동당Labour Party 소속국회의원을 둘러싸고 전개되는 장편소설을 쓰던 레이먼드 윌리엄스가 실제로 노동당 소속국의회원 한 명이 익사했다는 소식을 접했더라도 소설쓰기를 포기할 필요는 전혀 없었을 것이다. 그러니까 레이먼드 윌리엄스는 실제 익사사건을 알았어도 허구작품을 계속 집필했을 것이다. 그레고리 커리는 "두 작품의 — 철자법과 낱말배열순서 같은 세부사항들마저 포함하는 — 서술구조들이 서로 닮을 수는 있지만 그럴 경우에도 한 작품은 허구일 수 있고 다른 작품은 허구가 아닐 수 있다"고 믿는다. [20] 데이빗 루이스의 주장대로라면, 코넌 도일이 전혀 모르는 사람들 중에 그의 추리소설주인공이 겪은 모험들의 모든 세부사항마저 동일하게 겪은 사람도 있을뿐더러 심지어 그 사람의 이름마저 셜록 홈스일 수도 있지만 그 사람은 코넌 도일의 추리소설들에서 활약하는 주인공이 아니다. [21] 미국의 철학자 켄덜 월턴Kendall Walton(1939~)은 우리가 공포영화를 보면서 공포감을 느껴도 오직 "허구적으로만" 느낄 뿐 "실제로는" 느끼지 않는다고 강조한다. [22] 월턴은 '우리는 존재하지 않는 허구적 인물들에 불과한 사람들을 실감할 수 없다'고 생각하기도 한

18  바스카, 『현실개선Reclaiming Reality』(London and New York, 1989), p. 126.

19  마걸리스, 『예술과 철학Art and Philosophy』 (Brighton, 1980), p. 269.

20  커리, 앞 책, p. 2.

21  데이빗 루이스, 앞 논문, p. 39.

22  케덜 월턴, 『가식언행 같은 미메시스Mimesis as Make-Believe』(Cambridge, Mass., 1990), p. 196.

다.[23] 그의 주장대로라면, "몇몇 [서새작품에서는 화자話者가 설명하거나 비허구적非虛構的으로(논픽션을 쓰듯이) 쓰는 과정이 허구적인 것이지만 다른 몇몇 작품에서는 그가 허구를 창작하는 과정이 허구적인 것이다."[24] 이런 평언評言들의 대다수는, 앞으로 독자가 기억해둬야겠다시피, 문학철학자들과 관련된 한 가지 주목될 만한 사실을 드러낸다. 문학작품들을 이해하는 그들의 지식은 완전히 레프 톨스토이의 장편소설『안나 카레니나anna Karenina』의 첫 문장과 함께 셜록 홈스의 이야기들로 구성된 듯이 보인다.[25]

허구와 문학은 동의어들이 아니다. 설령 조너선 컬러가 "텍스트를 문학으로 간주하여 읽는 과정은 텍스트를 허구로 간주하여 읽는 과정이다"고 주장할지라도, 그리고 미국의 철학자 모어스 페컴Morse Peckham이 '문학작품을 만드는 것은 문학작품의 허구적 특성이다'고 생각할지라도[26], 허구와 문학은 동의어가 아니다. 스코틀랜드의 평전작가 제임스 보스웰James Boswell(1740~1795)의『새뮤얼 존슨의 일생The Life of Samuel Johnson』과 윌리엄 헤이즐릿의『시대정신Spirit of the Age』은 허구들이 아니지만 일반적으로 문학작품들로서 평가되고 또 대체로 그렇게 읽힌다. 또한 예컨대, 고대 로마의 정치인 겸 철학자 키케로Cicero(서기전106~서기전43)의 연설문들과 정치인 겸 역사학자 타키투스Tacitus(56~120)의 로마 역사기록문들, 프랜시스 베이컨의『학문발전Advancement of Learning』, 프랑스의 작가 프랑수아 드 라 로슈푸코François de La Rochefoucauld(1613~1680)의 금언金言들, 독

---

23 앞 책, p. 271.

24 앞 책, p. 368.

25 러시아 형식주의자 빅토르 슈클롭스키도 코넌 도일을 열심히 인용한다.

26 컬러,『구조주의시학Structuralist Poetics』(London, 1975), p. 128; 모어스 페컴,「"문학": 분열과 과잉"Literature": Disjunction and Redundancy」, 허네이디, 앞 책, p. 225.

일의 철학자 겸 극작가 고트홀트 에프라임 레싱Gotthold Ephraim Lessing(1729~1781)의 연극대본들, 잉글랜드의 언론인 겸 농업주의사회개혁자 윌리엄 커빗William Cobbett(1763~1835)의 『말을 타고 살펴본 농촌현황Rural Rides』, 미국의 철학자 겸 작가 랠프 월도 에머슨Ralph Waldo Emerson(1803~1882)의 에세이들과 잉글랜드의 시인 겸 역사학자 토머스 베이빙턴 매콜리Thomas Babington Macaulay(1800~1859)의 에세이들도 허구들이 아닌 문학작품들로 분류될 수 있다. 우리는 이런 저작물들을 애써 허구들로 간주하여 읽지 않아도 문학작품들로 이해할 수 있다. 문학은 허구에만 국한되지 않고 허구는 문학에만 국한되지 않는다. 브리튼의 마르크스주의 역사학자 에릭 홉스봄Eric Hobsbawm(1917~2012)이 썼다시피, 카를 마르크스와 프리드리히 엥겔스Friedrich Engels(1820~1895)의 『공산당선언Communist Manifesto』을 명백히 터무니없는 허구로 간주하는 사람들도 있는데, "[그 저작(『공산당선언』)에서 사용된 정치적 수사법修辭法이] 그런 사람들에게 "끼치는 영향력은 기독교경전의 영향력에 거의 필적한다. 요컨대, 그 저작이 문학처럼 감탄스러운 흡인력을 발휘한다는 사실은 도저히 부정될 수 없다."[27]

존 로저스 설은 "어떤 저작물이 문학인지 아닌지 여부를 가늠하는 판단은 독자의 몫이고, 그 저작물이 허구인지 아닌지 여부를 가늠하는 판단은 저자의 몫이다"고 쓴다.[28] 이 잠언(아포리즘)의 정확성도 다른 많은 잠언의 정확성처럼 미심쩍다. 어떤 텍스트가 문학적인 것으로 판단되려면 그것을 문학적인 것으로 간주하여 읽는 독자의 인원수가 적어도 1명을 넘어야겠지만(존 로저스 설은 문학이라는 낱말을 가치판단의 문제에만 확실히 한정하여 사용한다), "허구화虛構化하는" 독

---

27  에릭 홉스봄, 『세계를 변화시키는 방법How to Change the World』(London, 2011), p. 110.

28  존 로저스 설, 앞 책, p. 58.

법은 저자의 비非허구적 의도들을 묵살해버릴 수 있다. 존 로저스 설은 '텍스트가 허구작품인지 아닌지 여부를 가늠하는 데 필요한 기준은 텍스트를 집필한 저자의 의도들에 내재하는 것이 틀림없다'고 주장한다. 그와 비슷하게 먼로 비어즐리도 예술의 개념은 발생하는 것이라서, 으레 그렇듯이, 예술가의 의도적 언행이나 예술가에게 자각된 예술가 자신의 언행을 특별히 지시하는 언행도 포함하는 것이라고 주장한다. 로버트 브라운과 마틴 스타인만은 "어떤 담론이 허구적인 것이라면, 그것의 발언자나 집필자가 그것을 허구적인 것으로 들리게 하거나 읽히게 하려는 의도를 품고 발언하거나 집필해서 그렇다"고 강조한다.[29] 그러나 만약 내가 어떤 상황에서 어떤 주제를 다루는 저작을 어떤 방식으로 집필한다면, 나는 품을 만한 의도와 무관하게 하여간 허구를 집필한다고 인식될지 모른다. 그래서 내가 그 저작의 표지에 "사실기록"이라고 명기해도 역시나 그 저작은 허구로 인식될 수도 있을 것이다. 외계인들한테 납치되었다가 생환했다고 알려져 세상을 떠들썩하게 만든 인간의 체험기록이, 비록 그것이 다른 은하계로 빠르게 항행하던 우주비행선 안에서 그가 집필한 소설일지라도, 과학소설의 모든 익숙한 장치를 두루 겸비하고 서점들의 서가에 브리튼의 과학소설가 아서 찰스 클라크Arthur Charles Clarke(1917~2008)의 소설들과 나란히 꽂힌다면, 허구로 간주되기 십상이다.

그러나 정반대로 나는 단지 나의 기록이 보편적 관점에 사실기록으로 인식되는지 확인해보려는 의도만 품고 그 기록을 허구적인 것으로 읽히게 집필할 수 있다. 물론 오직 저작의도著作意圖만이 독자의 독법을 결정하는 것은 아니다. "허구화하는" 독법이 비허구적 저작물(논픽션)의 저작의도를 묵살할 수도 있듯이,

---

29  로버트 브라운 & 마틴 스타인만, 앞 논문, 허네이디, 앞 책, p. 149.

독자는 허구를 집필하려는 저작의도대로 집필된 저작물을 비허구적 저작물로 간주할 수도 있다. 이럴 가능성을 예시하는 일화도 전해진다. 18세기의 어느 가톨릭주교는 조너선 스위프트의『걸리버 여행기Gulliver's Travels』를 읽다가 격분하여 내팽개치더니 그것의 내용을 당최 믿지 못하겠다며 고함쳤다. 그 순간에 주교는 자신이 믿는 허구 텍스트가 그것을 사실기록처럼 읽히게 집필하려는 저작의도대로 집필되었지만 실제로는 허구작품이라는 사실을 망각했다. 저작의도들은 제도적으로 결정되며 허구저작물뿐 아니라 훨씬 더 많은 저작물의 저작의도들 역시 제도적으로 결정된다고 보는 슈타인 하우곰 올센의 견해는 타당하다.[30] 소녀들이 크면 가정주부가 아닌 다른 사람이 되겠다고는 아예 상상조차 할 수 없는 사회에서 살아가는 어린 소녀가 뇌외과의사腦外科醫師가 되겠다고 의도할 수는 없을 것이다. 우리의 욕망, 회한, 수치심, 백일몽 같은 것을 자극하는 대상들은 우리의 사회적 존재형식들이 우리에게 배정해주는 것들이다.

  허구 텍스트를 사실 텍스트로 간주하는 인식은 '허구 텍스트는 허구 텍스트이다'라는 사실을 변경하지 못한다고 주장할 사람도 있을 것이다. 왜냐면 그 사람의 관점에서 그것은 허구 텍스트로 읽히게 집필하려는 저작의도대로 집필된 텍스트이기 때문이다. 사실 텍스트를 허구 텍스트로 간주하는 인식에도 이런 관점이 똑같이 적용될 수 있다. 그렇지만 비록 기독교경전『요한복음서』의 저자가 그 경전을 실록으로 읽히려는 의도를 명명백백하게 품고 집필했더라도, 오늘날의 많은 사람은 그 경전을 허구저작물로 간주하고플 것이다. 그래서 어쩌면 그 사람들은 그 경전을 가늠하는 자신들의 판단이 저자의 판단보다 더 우월하다고 주장할지도 모른다. 하여간 거의 모든 시대에 작가는 자신이 집필하는

---

30  올센,『문학이해구조』, p. 46.

것이 사실기록인지 창작물인지 여부를 알지만, 그렇게 아는 인식도 오직 가장 기술적技術的인 의미에서만 그의 저작물이 허구인지 비허구인지 여부의 문제를 해결해줄 수 있다. 여기서 저작의도에 호소하는 사람들은 일반적으로 허구성을 너무나 협소하게 이해하기 때문에 고민한다. 우리는 저자의 저작물이 사실기록물인지 여부를 판단하려고 저자의 관련발언을 들어보기로 결정할 수 있다. 그러나 비록 그가 자신의 저작물은 사실기록물이라고 단언하더라도, 그는 자신의 저작물을 가식언행용假飾言行用 빌미로 사용하지 말라고, 혹은 자신의 저작물에서 어떤 교훈적인 의미를 찾아보라고, 혹은 자신의 저작물을 이른바 허구로 지칭되는 것의 모든 측면을 겸비한 것으로 간주하여 비실용주의적으로 다루라고 우리에게 명령하지는 못할 것이다. 더구나 그는 자신의 저작물을 구성하는 언어와 서사구조 같은 것들에 가장 먼저 쏠리는 우리의 관심도, 그 저작물의 내용을 그 저작물의 형식으로 환산하여 다루려는 우리의 시도도, 그 저작물의 형식을 부각하려고 그 저작물의 모든 내용을 무시하려는 우리의 처사도 거의 예방하지 못한다.

　이런 의미에서 저작물의 저작의도에 호소하여 저작물의 허구적 지위나 비허구적 지위를 결정하는 처분은 허구성의 의미를 지나치게 단순화해버리는 과격한 처분이다. 어쨌거나 시간이 흐르면 서사의 본래 의도는 퇴색할 수 있다. 나는 언젠가 코끼리를 그리려는 의도를 품고 애처롭도록 서툰 솜씨로 코끼리를 그렸겠지만, 그렇게 그려진 코끼리는 지금 나를 포함한 여느 누구에게나 망사 스타킹을 신은 에든버러 공작Duke of Edinburgh과 흡사한 듯이 보인다. 아일랜드 출신 미국의 작가 프랭크 매코트Frank McCourt(1930~2009)는 『안젤라의 고난Angela's

Ashes』을 장편소설로 읽히게 집필하려는 의도를 품지 않았지만, 수백만 독자가 그것을 자전소설自傳小說로 간주하기 시작한 이후부터 그것의 허구적 성격을 부인하는 사람의 태도는 심술궂으면서도 학자연하는 태도처럼 보인다. 이런 관점이 매코트의 저작물에 기록된 내용은 실제로 발생하지 않았다고 의미하는 것은 아니다. 그 저작물은 허구인 동시에 회고록이다.

슈타인 하우곰 올센의 논평대로라면 "대단히 날카로운 통찰력을 갖추지 않은 사람도 '허구'와 '문학'은 서로 다른 개념들이라고 인식할 수 있다"지만, 올센의 관점에서는 문학이 가치표현용어이고 어떤 허구(예컨대, 대중용 창작물들)는 그런 가치를 부여받을 수 없기 때문에 그런 분별인식이 가능하다.[31] 올센의 주장대로라면 모든 문학은 허구들이지만 모든 허구가 문학들이지는 않다. 예컨대, 농담이 허구의 범주에 포함된다면 모든 허구가 문학들이지는 않다는 주장은 옳을 것이다. 그러나 대중소설은 허구의 범주에 포함되지 않아야 하므로 모든 허구가 문학들이지는 않다는 주장은 더 분분한 논쟁을 유발할 수 있다. 모든 문학은 허구들이라는 주장도, 우리가 금방 알아봤듯이, 분분한 논쟁을 유발할 수 있다. 어느 논평자가 주목하듯이 "허구성은 문학개념의 (충분하지는 않을지라도) 필수적인 특징이다"고 널리 주장되지만,[32] 실제로 그런 주장도, 우리가 앞에서 검토한 다른 "가족유사성"의 특징들처럼, 분분한 논쟁을 유발할 수 있다.

조너선 컬러의 생각대로라면 허구는 "이야기하기telling stories"이지만,[33] 서정시

---

31  올센, 『문학이론의 종말』, p. 59.

32  지그프리트 슈미트Siegfried J. Schmidt, 「허구성에 관한 실용주의적 해석을 향해Towards a Pragmatic Interpretation of Fictionality」, 튠 디크Teun A. van Dijk (편), 『언어와 문학의 언어사용론Pragmatics of Language and Literature』 (Amsterdam, 1976), p. 161.

33  컬러, 앞 책, p. 24.

나 비가悲歌(엘레지) 같은 비서사적非敍事的 문학형식들도, 특히 그것들이 가식언행용 소재를 공급한다는 의미에서, 허구적인 것들이다. 조지프 마걸리스가 고찰한 바대로라면 아무도 셰익스피어의 소네트들이나 존 키츠의 송시들을 정확히 허구로 지칭할 수 없겠지만 그리할 수 없는 까닭을 알기도 어렵다.[34] 허구는 존재론적 범주이지만 애초부터 문학분야가 아니다. 열렬하도록 진실한 서정시는 블라디미르 나보코프의 장편소설『롤리타Lolita』만큼 허구적인 것이다. 허구는 텍스트들이 작동하는 방식의 문제이고 우리가 텍스트들을 다루는 방식의 문제이지 애초부터 분야의 문제도 아니고 (나중에 우리가 잠시 살펴볼) 텍스트들의 진위문제는 단연코 아니다. 그렇다고 우리가, 몇몇 이론가가 하듯이, 허구라는 용어를 산문서사에만 한정하여 적용해야 할 충분한 이유도 없다. 허구는 19세기로 접어들면서부터 마침내 소설의 의미를 얼마간 공유하는 용어로서 인식되기 시작했다. 허구라는 용어를 산문서사에만 한정하여 적용하는 관행이 단순히 의미하는 것은 그런 적용자가 시詩와 극작품의 허구적인 몇몇 측면을 간과하기도 쉽지만 이런 형식들의 몇 가지 의미심장한 친연관계들을 간과하기도 쉽다는 것이다. 프레드릭 제임슨은 심지어 "허구"라는 용어를 "서사"라는 용어로 대체하자고 제안하지만, 그런 대체용어의 쓸모는 이해되기 어렵다.[35] 서사라는 용어는 비허구적 서사들의 존재를 간과할 뿐 아니라 비서사적 허구들의 존재나서 간과한다.

베니슨 그레이는, 여느 때처럼 솔직한 개인의 관점에서, "허구는 완결된 사건을 지시하는 진술이고 그렇게 지시되는 사건은 실제로 발생한 것이 아니라 창

---

34   마걸리스, 앞 책, p. 427.

35   프레드릭 제임슨, 『이론의 이념들The Ideologies of Theory』(London, 2009), p. 146.

작되거나 위조된 것이다"고 우리에게 설명해준다.[36] 그러나 사실과 허구를 가르는 구분선은 이런 설명에서 암시되는 것만큼 확정된 것이 결코 아니라서 과거로 거슬러 올라갈수록 희미해지는 경향을 보인다. 키케로는 역사학자는 마땅히 예술가이기도 해야 한다고 생각하지만, 고대 로마의 수사학자修辭學者 퀸틸리아누스Quintilianus(35~100)는 역사기록을 산문시散文詩로 분류해야 한다고 생각한다. 고대 그리스의 수사학자 이소크라테스Isocrates(서기전436~338)와 그의 동료 몇 명은 역사기록을 수사학의 일환으로 간주했다. 고대에 역사기록은 (살루스티우스, 리비우스,[37] 타키투스가 예시하듯이) 신화, 전설, 애국적 열정, 도덕적 교훈, 정치적 정당화, 희귀하고 절묘한 문체文體를 수반할 수 있었다. 그런 역사기록은 분명히 사실들의 문제가 거의 아니었다.

오늘날 허구철학자들의 대다수가 수용하는 어떤 관점은 적어도 잉글랜드의 시인 겸 학자 필립 시드니Philip Sidney(1554~1586)만큼이나 오래된 것이다. 그것은 허구진술들은 처음부터 정직한 주장들로서 단언되지 않기 때문에 옳지도 틀리지도 않다고 보는 관점이다. 칸트의 미학적 판단들처럼, 혹은 대단히 많은 이념적 진술들처럼, 허구진술들도 세계의 실상들을 설명하는 정직한 진술들의 형식을 함유하지만, 이런 형식은 미심쩍다. 허구진술들은 가치들과 태도들을 기록하면서도 마치 사물들의 존재방식을 묘사하듯이 보이도록 꾸미는 수사학적 기능을 수행한다고 보는 견해는 옳다. 그렇다고 비허구(논픽션)는 언제나 단언하는 반면에 허구는 결코 단언하지 않는다고 보는 견해는 물론 옳지 않다. 허구작

---

36  베니슨 그레이, 앞 책, p. 117.

37  【'살루스티우스'는 고대 로마의 정치인 겸 역사학자 '가이우스 살루스티우스 크리스푸스Gaius Sallustius Crispus(서기전86~서기전35)'이고, '리비우스'는 고대 로마의 역사학자 '티투스 리비우스Titus Livius(서기전 64/59~서기17)'이다.】

품들이, 예컨대, 1940년대에는 세계대전이 발생했다는 사실 같은 것들을 정직하게 진술하는 경우도 매우 잦다. 그렇지만 안전게시판 같은 비허구 텍스트들은 경고문들과 명령문들로 구성될 수 있다. 시험지試驗紙들의 구성요소들은 질문(시험문항)들로 알려진 비단언적非斷言的 발언행위들이다. 단지 우리의 일상어를 구성하는 작은 부분만이 사물들의 존재방식을 묘사할 따름이다. 농담들이 진담眞談들을 이용할 수 있지만, 그렇게 이용되는 진담들의 진리가치眞理價値는 일시적으로 취소된다. 진술들이 "언어"에서 "담론"으로 — 세계를 설명하는 일반진술들에서 특수한 발언들의 특징적 형세形勢들로 혹은 소통·행위들로 — 변이하면 진술들의 위상도 변할 수 있다. 어떤 진술은 소설에서 발언되면 (단언하려는 의도를 함유하지 않기 때문에) 진실로도 허위로도 간주될 수 없겠지만 현실의 술집에서 발언되면 진실로 간주되거나 허위로 간주될 수 있다. 혹은 단언적 진술도 당장에 허위로 간주될 수 있어도 나중에는 진실로 간주될 수 있다. 에릭 홉스봄은 1848년에 발표된 『공산당선언』이 중류계급들의 세계화와 관련하여 진술해야만 했던 것이 그때에는 진실이 아니었더라도 오늘날에는 진실이 되었다고 지적한다. 그 선언서는 그것이 발표된 시대의 획기적 특성보다도 오늘날의 획기적 특성을 더욱 선연하게 진술한다.[38]

어쨌거나 저작물의 진리가치라는 문제를 보류하는 조치가 자동적으로 저작물을 허구로 변환하는 조치가 되지는 않을 것이다. 어떤 광고에서 주장되는 내용들의 진위여부를 쉽사리 무시해버릴 사람도 있겠지만, 그 사람이 그 광고를 반드시 허구로 취급하기 때문에 그리하지는 않을 것이다. 그 사람은 가식언행용 빌미로 그 광고를 이용하지도 않을 것이고 텍스트를 "허구화"할 수 있는 다

---

38 홉스봄, 앞 책, pp. 111-2.

른 방식들 중 어떤 방식으로 그 광고를 이용하지도 않을 것이다. 정반대로, 설령 텍스트의 표지에 명기된 "소설"이라는 용어가 허구진술들의 진위를 무시하라고 그 사람에게 권유하더라도, 그 사람은 허구진술들의 진위를 구태여 무시하지 않아도 된다. 그래도 그 사람은 맥아麥芽 위스키(몰트위스키) 대량제조법을 설명하는 작가의 진술이 얼마나 기괴하리만치 부정확한지 간파할 수 있다. 그리고 이런 부정확성은, 우리가 나중에 살펴보겠듯이, 허구효과를 이따금 침식할 수 있다. 어떤 텍스트에 표현된 세계관을 구성하는 데 이바지하는 경험주의적 진술들이 그릇되거나, 미심쩍거나, 진위문제들과 무관하다는 사실을 그 사람이 아무리 선연하게 자각해도, 그런 세계관이 그 사람에게 심오한 진실만큼 감명을 준다면 그 사람은 그 텍스트의 가치를 대단히 높게 평가할 수 있다.

미국의 철학자 넬슨 구드먼Nelson Goodman(1906~1998)은, 예술철학자들 사이에서도 이례적으로, "모든 허구가 글자 그대로라면 문학적 허위들이지"만 "은유적으로는" 진실들일 수도 있다고 주장한다.[39] 버트런드 러셀의 견해도 구드먼의 견해와 거의 동일하다. 그레고리 커리의 견해는 허구작품들은 전형적 허위들이다고 강조하는 플라톤의 견해와 비슷하다. 왜냐면 커리는 '진위여부는 설득력의 문제라기보다 오히려 의미의 문제라서 허구 텍스트의 비단언적 설득력이 허구진술들의 진위를 가늠하는 판단들을 면제할 수 없다'고 주장하기 때문이다.[40] 또한 커리는 우리가 "허구의 진술들을 우연하게 불신하기보다는 오히려 기질적으로 불신한다"고도 생각하는데,[41] 이런 불신은, 정확하게는, 우리가 그런 진

---

39  넬슨 구드먼, 『마음과 다른 물질들Of Mind and Other Matters』(Cambridge, Mass., 1984), p. 124.

40  커리, 앞 책, pp. 4-9.

41  앞 책, p. 8.

술들을 읽으면서 그것들의 허위성을 선명하게 의식하지 않더라도 만약 그것들을 믿느냐는 질문을 받으면 틀림없이 그것들을 불신한다고 단언하리라는 것을 의미한다. 새뮤얼 테일러 콜리지의 "불신보류상태不信保留狀態suspension of disbelief"를 닮은 이런 불신은 허구읽기행위의 경계선적境界線的 본성을 암시하는데, 왜냐면 그런 행위는 교묘한 창작과 현실 사이의 어디쯤에서 포착되기 때문이다. 우리는 나중에 허구읽기행위의 양면성과 비슷한 양면성을 살펴볼 것인데, 그것은 '인간은 한 가지 행위를 실행하는 동시에 그 행위를 실행하듯이 시늉할 수 있다'고 여기는 견해에 함유된 양면성이다. 유아들이 흉내놀이 같은 가식언행들을 즐기거나 구경하다가도 쉽게 잠들 수 있다는 사실은 '사실과 공상을 가르는 지극히 미세한 경계선' 같은 것을 암시한다. 비록 심리분석(학)의 관점에서는 우리가 현실로 지칭하는 상당히 많은 것이 처음부터 공상들로 보일지라도, 이런 암시는 거의 전혀 놀랍지 않다.

어떤 작품은 그것에 쓰인 모든 낱말이 감안되면 진실일 수도 있겠지만 오히려 그래서 허구일 수도 있다. 그레고리 커리는 이런 주장을 수용하면서도 단지 '역사소설은 역사기록과 훗날 진실들로 판명되는 허구기록들 사이의 간격들을 메울 수 있다'고 보는 무효한 관점에서만 수용할 따름이다. 그의 관점에서 허구는 어디까지나 오직 "우연하게만" 진실일 수 있다. 왜냐면 그의 관점에서 완결된 서사는 그것의 저자에게 알려지지 않은 사건들의 현실적 진행과정과 우연하게 일치할 수 있기 때문이다. 커리가 주목했다시피, 미국의 가수 마이클 잭슨Michael Jackson(1958~2009)이 단 6주일밖에 살지 못한다는 보도기사는 미국의 가판용 대중주간지《내셔널 인콰여러National Enquirer》에 게재되고 나서 얼마 지나지 않아

거의 정확한 진실로 판명되었다. 설령 독자들이 그 대중주간지에 게재되는 기사는 진실이라고 믿지 않을지라도, 그들의 대다수는 확실히 그렇게 믿지 않는 만큼이나 다른 기사들과 함께 게재된 그런 미심쩍은 기사를 읽기는 읽는데, 왜냐면 다른 기사들도 그런 미심쩍은 기사처럼 진실을 보도하는 척하는 듯이 보이기 때문이다.

그래도 텍스트가 사실인 동시에 허구일 가능성에는 더욱 미묘한 의미들이 내포되어있다. 퍼시 비쉬 셸리는 『시를 옹호하는 변론』의 유명한 구절에서 "우리가 아는 것을 상상하기"를 언급한다. 우리가 아는 것을 진실처럼 보이게 꾸미는 과정은 우리가 자각하는 것을 허위처럼 보이게 꾸미는 과정과 본질적으로 다르지 않다. 작가는 진실한 사실기록에 극적劇的 형식을 입히고 인상적인 등장인물들을 투입하며 흥미진진한 서사를 덧입히고 그 기록의 특징들을 체계적으로 조직해서 그 기록에서 발견되는 어떤 도덕적 주제들과 일반적 행위동기들을 가장 선연하게 부각하는 식으로 그 기록을 "허구화"할 수 있다. 미국의 극작가 겸 배우 겸 소설가 노먼 메일러Norman Mailer(1923~2007)의 장편소설 『사형집행인의 노래The Executioner's Song』는 그렇게 허구화된 사실기록의 일례일 수 있다. 프랭크 매코트의 『안젤라의 고난』도 그런 일례일 수 있다. 그래서 사실기록을 허구화한 책을 그것에 담긴 내용의 경험적 진위를 확인하려고 읽기보다는 오히려 정확하게는 그것에 함유된 이런 "문학적" 특성들을 확인하려고 읽는 사람도 있을 수 있다.

순수한 사실기록으로나 실용적 저작물로 읽히도록 집필된 저작물을 허구적인 것으로 바라보는 관점을 고수할 사람도 있을 수 있다. 그는 실용적 저작물을 비실용적인 것으로 간주하여 다룰 수 있는데, (예컨대) 그 저작물에서 본보기로 삼을 만한 어떤 의미를 발굴하고 그 저작물의 의도된 기능에서 그 저작물을 분리하여 "재기능화再機能化시키는" 방식으로 그리할 수 있다. 비실용적 저작물을 실용적인 것으로 간주하여 읽는 사람도 있을 수 있다. 예컨대, 역사학자들은 17세기초엽에 인식되던 마법의 개념들과 관련된 정보를 찾으려고 셰익스피어의 희곡『맥베스Macbeth』를 탐독할 수 있다. 미국의 문학자 피터 제이 맥커믹Peter J. McCormick이 생각하는 바대로라면, 허구적 독법을 요청하는 저작물들은 언제나 허구적 특색을 드러내기 마련이지만, 존 스튜어트 밀의『자서전Autobiography』이나 심지어 찰스 다윈의『생물종의 기원On the Origin of Species』조차 허구적인 것들로 읽히리라고 예상되지 않는 것들이 분명한데도 허구적인 것들로 읽힐 수 있다.[42] 어쨌거나 미국의 문학자 매리 루이스 프랫Mary Louise Pratt이 지적하다시피, "문학작품들이, 그리고 예컨대, 꿈기록[夢記錄]들이, 나름의 세계를 창조한다면 그것들과 똑같이 비허구적 서사기록들도 나름의 세계를 창조한다."[43]

시간이 흐를수록 저작물들은 허구적 위상에서 비허구적 위상으로 이동하거나 비허구적 위상에서 허구적 위상으로 이동할 수 있다. 서양 지식인들의 대다수는 유태기독경전이 역사서의 위상에서 허구저작물의 위상으로 이동해왔다고 생각한다. 그렇지 않다면 어떤 문화에서 허구적인 것으로 간주되는 텍스트가 다른 문화에서는 그렇게 간주되지 않을 수 있다.[44] 하여튼, 모든 허구작품은, 잉글랜드의 고전학자 겸 철학자 제임스 오우피 엄슨James Opie Urmson(1915~2012)

---

42  맥커믹,『허구, 철학, 시학문제들Fiction, Philosophy, and the Problems of Poetics』(Ithaca, NY and London, 1988), p. 41.

43  매리 루이스 프랫,『문학발언행위이론을 향해Towards a Speech Act Theory of Literature』(Bloomington, Ind., 1977), p. 95.

44  앞 책, p. 124.

이 우리에게 상기시키듯이, 현실적으로 진실한 전제조건들을 완전하게 갖춘 배후분야背後分野에 부속되어있다.[45] 리처드 게일은 상당히 기묘하게도 '생존인물들을 주요 등장인물들로 설정한 작품을 읽는 독자는 그것을 허구로 간주하여 읽을 수 없다'고 믿는다.[46] 존 로저스 설이 생각하는 바대로라면, 허구작품들 중에는 지시대상을 진실하게 지시하는 것들도 있지만 오직 지시하는 시늉만 하는 것들도 있으므로, 지시대상을 진실하게 지시하려는 허구작품들은 아주 정확하게 지시해야 한다. 예컨대, 역사적 인물들을 다루는 저작물의 저자는 그것을 집필하면서 역사적 진실에 충실해야 한다.[47]

이 견해는 두 가지 중요한 사실을 간과한다. 첫째 사실은 어떤 의미에서든 지시하는 허구진술들은, 예컨대, 마분지 한 뭉텅이를 씹어서 꿀꺽 삼키는 사람은 병들 수 있다고 단언하는 진술들은, 진술내용들을 "허구화하는" 상황맥락 속에서 지시한다는 것이다. 여기서 내가 말하려는 것은 이 사실이 허구진술들을 포괄적 수사법 안에서나 포괄적 탐구방식 안에서 두드러지는 특징들로 통용되도록 만든다는 것이다. 둘째 사실은 이런 탐구방식이 진위판단들에 자동적으로 종속되지 않는 경우가 드물지 않다고 주장된다는 것이다. 그러나 우리는 이런 주장의 한계들을 나중에 살펴볼 것이다. 거의 모든 허구작품은 사실에 부합하는 사실진술을 넘치도록 풍부하게 함유하고, 현실주의적 작품들도 그런 사실진술을 많이 함유하지만, 정작 중요한 것은 그런 사실진술들이 차지하는 인식론

---

45 엄슨, 「허구Fiction」, 《아메리칸 필로소피컬 쿼털리》, vol. 13, no. 2 (1976), p. 154.

46 리처드 게일, 앞 논문, p. 325.

47 존 로저스 설, 「허구담론의 논리적 위상The Logical Status of Fictional Discourse」, 앞 책; 매리-로어 라연 Marie-Laure Ryan, 「허구, 비非사실들, 최소이탈원칙Fiction, Non-Factuals, and the Principle of Minimal Departure」, 《포에틱스》 no. 9 (1980).

적 위상이 아니라 전략적으로나 수사학적으로 기능하는 방식이다. 리처드 게일이 유익하게 주장하다시피, 어떤 사람의 진술은 우리가 그것의 진실성을 증명하느라 고심하지 않아도 진실일 수 있듯이, 어떤 진술은 "설령 우리가 어떤 진리가치를 그 진술의 결과로 인식하느라 고심하지 않아도, 진실일 수 있거나 허위일 수 있다."[48] 그러니까 우리는 그런 지시적指示的 진술들의 진리가치를 구태여 무시하지 않아도 되고 단순히 그런 진술들을 다른 상황맥락에 등록하기만 하면 된다. 그리고 그런 등록과정이 바로 우리가 설명하려는 허구의 일부이다.[49]

여기서 내가 돌이켜보건대, 존 로저스 설은 청교도정신을 신봉해서 그런지 역사적 허구는 과거의 진실에 충실해야 마땅하다고 상상한다. 그래서 그는 사실들에 얽매이지 않는 역사소설들이, 사실들에 얽매이는 역사소설들보다, 어떤 의미에서는, 더 진실할 수 있을 가능성을 이해하지 못한다. 무엇보다도 허구화하는 역사기록의 관건은 사실들의 저변에 깔린 의미로 추정되는 것을 부각하게끔 사실들을 변형하는 작업이다. 이 작업은 스탈린주의적 책략을 일절 요구하지 않는다. 이 작업은, 예컨대, 플로런스 나이팅게일을 주인공으로 내세운 역사소설을 집필하는 작가가 '나이팅게일은 20세기초엽에도 건강하게 생존했다는 사실'을 현명하게 숨겨서 그녀를 빅토리아 시대의 전형적 인물로 보이도록 부각할 가능성을 의미한다. 그렇지 않다면 이 작업은 그 작가가, 예컨대, 나이팅게

---

48  리처드 게일, 앞 논문, p. 327.

49  존 로저스 설 같은 몇몇 철학자의 주장대로라면, 지시된 모든 것은 당연히 존재하므로 허구진술들은 실제로 지시하지 않는다. 그들과 다르게 마티니치와 스트롤 같은 철학자들은 "만약 어떤 허구명칭이 어떤 공동체에서 인정된다면 그 허구명칭은 지시대상을 가진다"고 주장한다(마티니치 & 스트롤, 앞 책, p. 28). 찰스 크리텐던 Charles Crittenden, 『비현실성: 허구대상들의 메타자연학Unreality: The Metaphysics of Fictional Objects』 (New York, 1991). 그레이엄 던스턴 마틴은 비존재의 지시대상들이 존재할 수 있다고 주장하는 이론가들에 포함된다(던스턴 마틴, 앞 책, p. 76). 그런 반면에 튠 디크는 문학작품의 지시적 가치를 무의미한 것으로 간주한다 (『텍스트 문법들의 몇 가지 측면Some Aspects of Text Grammars』, The Hague, 1972, p. 337).

일은 자신이 간호하여 되살린 젊은 군인의 품에 안겨 죽었다고 서술하여, 그녀의 죽음을 더욱 상징적으로 이해되도록 각색할 가능성도 의미한다. 별로 오래되지 않은 과거에 이집트 관영신문에는 중동평화모색회담을 보도한 기사와 함께 그 회담에 참가한 세계각국정상들의 단체사진 한 장이 실렸지만, 그 사진은 그 회담을 진척시킨 이집트 대통령의 역할을 미국 대통령의 역할보다 더 크게 부각하려는 신문측이 이집트 대통령을 미국 대통령보다 앞에 있는 듯이 보이도록 조작한 것이었다. 그렇듯 사실을 조작한 수법 덕택에 도덕적 진리는 경험적 진리를 압도할 수 있고, 그래서 그런 조작수법은, 설령 조지 오웰의 냉소적 조작수법과 실제로 흡사할지라도, 고전적인 허구화 수법이다.

스코틀랜드의 철학자 앨러스데어 매킨타이어Alasdair MacIntyre(1929~)는 어떤 서사를 덜 진실하게 보이도록 조작하거나 다른 어떤 의미를 띠도록 조작하는 식으로 개량할 사람도 있을 수 있다고 암시했다.[50] 허구작품들은 현실과 다른 허위들로 보이도록 꾸며지면 오히려 현실에 부합하는 진실들로 보일 수 있다. 역사기록에서 사건들은 언제나 정확한 연대순대로만 전개되지는 않고, 도저히 용납될 수 없는 몇 가지 커다란 실수도 저질러질 수 있다. 역사기록에서 인상적으로 대칭하는 사건들이나 흥미진진하게 일치하는 사건들도 안일하게 누락될 수 있고, 점점 더 흥미로워지던 인물들이 돌연히 절멸될 수 있으며, 악인들은 무한한 행운을 누릴 수 있고, 주요한 서사에 갖가지 지루한 객설들이 과다하게 덧붙을 수 있으며, 사소한 어떤 사건이 진실의 결정적 계기를 희석시킬 수 있다. 또한 역사기록에서 진실이 허구보다 더 낯설어질 수 있을 뿐 아니라 허구보다 더 허구적인 것으로 변할 수 있다는 사실도 익히 잘 알려진 것이다. 자신

50  매킨타이어가 이글턴과 개인적으로 대화하다가.

의 평판을 염려한 소설가들 중 누구도 미국의 전직 국무장관 헨리 키신저Henry Kissinger(1923~)의 노벨 평화상 수상을 바라지 않았을 것이다. 역사기록에는 인간의 잔인성을 과장하는 묘사가 상당히 많다.

허구의 범주는 처음부터 문제시되었는데, 왜냐면 원래 상상력으로써 집필되었으되 점점 더 현실주의적인 것들로 변해가는 저작물들이 사실기록들과 구분될 수 있어야만 했기 때문이다. 물론 문학작품들이 노골적으로 비사실非事實的인 것들이기만 하다면 사실기록들과 구분되지 않아도 된다. 14세기후반 잉글랜드에서 집필된 기사편력소설『가웨인 경卿과 녹색기사Sir Gawain and the Green Knight』나 미국의 만화책『배트맨Batman』에 "허구Fiction"라는 낱말이 반드시 표기되어야만 그것들을 허구작품들로 인지할 수 있는 독자들은 오직 이례적으로 아둔한 독자들뿐이다. 그래서 처음부터 허구의 개념은 비허구(논픽션)와 관련하여, 허구와 비허구의 차이가 문제시되는 상황맥락에서, 암묵적으로 정의되었다. 허구와 비허구를 가르는 구분선의 불안정성은, 비평계에서 횡행해온 갖가지 분분한 논란들도 증명하듯이, 여러 시대를 지나면서도 존속해왔다. 크리스토퍼 뉴는 "비허구적 진술들을 허구진술들보다 엄청나게 더 많이 함유한 작품은 허구작품으로 분류될 수 없을 것이다"[51]고 생각하지만, 그렇게 분류될 수 없는 까닭은 의문시된다. 그렇지만 비허구적 발언들의 신리가치를 도외시할 독자도 있을 수 있고, 허구진술과 비허구진술을 모두 겸비하는 온전한 작품에 교훈적인 어떤 의미를 부여하거나 그 작품을 가식언행용 빌미로 이용하려고 그 작품을 "허구화할" 독자도 있을 수 있다. 또한 어떤 의미에서는 허구들로 읽힐 수 있는 문학작품들이 다른 의미에서는 허구들로 읽히지 않을 수도 있다. 토머스

---

51  크리스토퍼 뉴, 앞 책, p. 40.

스턴스 엘리엇의 극시劇詩 「노인의 독백Gerontion」이나 발자크의 장편소설 『고리오 영감Le Père Goriot』과 다르게, 설교문구나 정치선동문구는 진담들로 읽히고픈 바람의 소산들일 수도 있지만 그것들을 흉내놀이에나 자유상상놀이에 종속시키라고 독자에게 권유한다는 의미에서 허구들로 읽힐 수도 있다. 그것들을 읽으면서 그것들이 진담들로 읽힐 가능성과 허구들로 읽힐 가능성을 모두 유념하는 독자도 있을 수 있다. 등장인물들의 전모를 생생하게 파악하는 동시에 다각도로 거침없이 신나게 설명할 수도 있을 기회를 독자들에게 허락하는 현실주의적 소설은 자체의 등장인물들을 더욱 현실적인 인물들로 보이게 만들 수 있다. 왜냐면 독자들은 자신들의 실생활에서 스치듯이 출몰하는 수많은 개인들보다도 그런 소설의 등장인물이 더 강렬하게 현존해서 더 완벽하게 이해된다고 느낄 수 있기 때문이다. 아이리스 머독은 우리 모두가 각자 영위하는 개인생활들 사이에 형성되는 틈새들에서 살아간다고 언젠가 논평했지만, 이런 논평은 몇 가지 부류의 허구들에는 고스란히 적용될 수 없다.

어떤 진술들을 가식언행용 진술들로 사용하면서도 사실진술들로 인식되게 만드는 설득력을 발휘하는 독자도 있을 수 있다. 켄덜 월턴은 "어떤 것을 상상하는 과정은 그것을 진실한 것으로 인식하는 과정과 완벽하게 화합한다"고 쓴다.[52] 레프 톨스토이는 프랑스 황제 나폴레옹Napoleon(1769~1821: 재위 1804~1815)이 러시아를 침공했다고 우리에게 알려주는데, 실제로도 나폴레옹은 러시아를 침공했다. 그러나 톨스토이의 『전쟁과 평화』는, 장편소설로 지칭되는 만큼이나, 사실을 허구세계에 혼합하여 사실처럼 보이도록 꾸민 허구로 봐달라고 우리에게 권유하기도 한다. 잉글랜드의 작가 짐 크레이스Jim Crace(1946~)의 장편소설

---

52 켄덜 월턴, 앞 책, p. 73.

『모든 당연지사All That Follows』에 나오는 부부는 "성행위를 실행하는 도중에 성행위를 상상한다." 미국의 작가 겸 텔레비전 방송극연출가 겸 배우 래리 데이빗 Larry David(1947~)은 실생활에서 시트콤『사인필드Seinfield』의 창작자였고 텔레비전 연속희극『커브 유어 엔수지애즘Curb Your Enthusiasm』에서도 시트콤[53]『사인필드』의 창작자였다. 오스카 와일드가 어느 연극에 출연하여 과시한 연기실력은 그보다 더 늦게 같은 연극에 출연한 다른 여느 배우의 연기실력보다 월등히 우수했다. 현실은 공상(판타지)의 주제일 수 있고, 비록 현실에서 발생한 일련의 사건들과 우연히 일치하는 공상도 여전히 허구이다. 프랑스의 작가 겸 철학자 장-자크 루소Jean-Jacques Rousseau(1712~1778)는 피해망상증환자였지만 실제로도 박해받았고 또 역시나 침울증沈鬱症(건강염려증)환자였지만 실제로도 언제나 질병을 앓았다.

그러니까 어떤 것은 사실일 수 있는 동시에 허구일 수 있다. 켈던 월턴이 제시한 증례 한두 가지를 내가 차용하여 말하자면, 어떤 사람은 온난한 기후를 즐기고 실제로 즐기면서도 즐긴다고 공상할 수 있다. 미국의 작가 마크 트웨인Mark Twain(1835~1910)의 소설『톰 소여의 모험들The Adventures of Tom Sawyer』에서 미국의 미시시피Mississippi 강은 미주리Missouri 강과 합류하기 전까지 나란히 흐르는데 실제로도 두 강은 합류하기 전까지 나란히 흐른다. 어떤 아이가 허구 속에서 (예컨대, 놀이하면서) "멈춰, 도둑놈아!"라고 외치고 현실에서도 그렇게 외친다면 그 아이의 외침은 현실인 동시에 허구이다. 켈던 월턴이 주장하듯이, "사실이 허구일 수 있고 허구가 사실일 수 있다"는 말은 사실이 흉내놀이에 혼합되어 허구로

---

53 【sitcom: '시추에이션 코미디situation comedy'의 줄임말. 동일한 무대에서 동일한 주요등장인물들이 매회 다르게 설정되는 상황에 대처하는 과정을 시청자들에게 보여주며 웃음을 유발하는 연속희극방송.】

간주될 수 있을 가능성을 의미하므로 결국 허구서사가 안전히 경험적 진실들로 구성될 수 있을 가능성마저 의미한다.[54] 그래서 글자 그대로는 진실하게 읽히지 않는 진술들이 다른 언어권에서 번역되면 다른 의미에서 진실하게 읽힐 가능성도 있다. "세계의 노동자들이여, 단결하라! 그대들이 잃을 것은 그대들을 옭죄는 쇠사슬뿐이다"라는 『공산당선언』의 최종 진술은 글자 그대로는 진실하지 않은데, 왜냐면 국가에 맞서 항쟁하는 노동자들은 많은 것을 잃을 수 있을뿐더러 특히, 때로는, 목숨마저 잃을 수 있기 때문이다. 그러나 정치적 선언문에 그런 진술이 불쑥 등장하면, 그런 선언문을 거느리는 문학분야의 규칙들은 그런 진술을 수사학적 권고勸告의 일종으로 변환하여 다른 의미에서 진실한 것으로 읽히게 만든다. 그런 진술은 이제, 예컨대, 노동자들이 오로지 단결하고 항쟁해야만 정의正義를 달성하리라는 도덕적 진실 같은 것을 강조하는 데 이바지한다는 의미에서, "진실한" 것으로 읽힌다.

여기서 '사실일 수도 있는 동시에 허구일 수도 있는 행위들'의 문제를 잠시 되짚어보기로 하자. (켄던 월턴이 제시한 증례를 내가 여기서 몰래 차용하기보다는 나름대로 가정한 상황을 예시해보건대) 연극예행연습을 지휘하다가 오스트리아 대공大公 역할을 맡아서 연기할 배우를 급하게 물색해야 하는 처지에 놓인 연출자가 있다고 치자. 그때 마침 놀랍도록 다행스럽게도, 진짜 오스트리아 대공이 극장의 복도를 휘뚱거리며 걷다가 무심결에 연극예행연습실로 불쑥 들어선다. 연출자는 그를 보자마자 납치하듯이 예행연습무대에 투입한다. 진짜 대공의 연기演技가 유발하는 극적劇的 착시효과는 그가 진짜 대공들의 행동방식을 정확히 알기 때문에 다른 어느 배우의 연기들이 유발하는 극적 착시효과들보다도 훨씬 더

---

54  앞 책, p. 74.

강력하다. 현실은 착시효과로 빚어진 환상에 투입되어도 현실성을 계속 간직한다. 이런 원리는 연극의 어느 장면에서 동료배우B에게 주먹을 내지르는 연기를 해야 하는 배우A에게도 고스란히 적용될 수 있다. 그러니까 만약 A가 B를 아주 싫어하는 강렬한 적개심을 품었다면 A는 연극의 허구형식을 벗어나지 않는 선에서 자신의 적개심을 진짜로 담은 주먹을 B에게 내지를 수도 있다. 또 예컨대, 연극의 어느 장면에서 재채기하는 연기를 해야 하는 배우가 하필 그 장면에서 진짜로 재채기하더라도 연기의 일부처럼 보이게 위장할 수 있다. 그러니까 그 배우는 재채기를 허구로도 하는 동시에 진짜로도 하는 셈이다. 나는 북한공작원노릇을 하는 잉글랜드 여왕이 등장하는 게임을 즐길 수 있다. 그렇지만 나는 그녀가 진짜 북한공작원이라고 믿을 수도 있다. 게다가 그녀는 진짜 북한공작원일 수도 있다. 『트로픽선더Tropic Thunder』라는 미국 영화 속에서는 서양의 유명한 영화배우들이 머나먼 타국에 가서 현지인들을 상대로 전쟁하는 영화를 촬영하느라 연기하면서도 현지인들이 그들을 상대하여 진짜로 전쟁하면서 그들을 진짜로 공격한다고는 자각하지 못한다. 그러나 당연하게도 현지인들은 영화배우들을 상대로 전쟁하지도 공격하지도 않는데, 왜냐면 이 모든 일은 영화 속에서 벌어지기 때문이다.

가식언행은, 당연하게도, 허구에만 국한되지 않으므로, 가식인행의 개념은 충분하게 정의될 수 없다. 그래도 켄던 월턴이 사용하는 개념의 몇 가지 덕목 중 하나는 그 개념이 주관적인 어떤 환상을 유발하지 않는다는 것이다. 월턴의 관점에서 가식언행은 원초적 심리상태가 아니라 결정된 일련의 규칙들 및 인습들에 어긋나지 않게 실행되는 사회관행이다. 소꿉놀이 같은 가식언행에 사용되는

X(예컨대, 장난감 곰)는 Y(아빠)를 의미하고 (비록 복합적 의미도 언제나 존재할 수 있을 지언정) 다른 어느 것을 의미하지 않는다. 가식언행의 실행자가 상상해야 할 것과 그가 그것을 상상해야 할 방식은 이런 의미에서 규정된 것들이므로 단순한 변덕의 소치들에 불과하지는 않는다. 그러니까 이것은 어떤 규정도 불허하리라고 기대되는 '상상력의 흔쾌히 공인될 만한 비非낭만적 개념'이다.

조지프 마걸리스는 "인간은 진실한 명제나 진실하다고 알려진 명제를 진술하는 동시에 진술하는 듯이 시늉할 수 없다"[55]고 주장한다. 그레고리 커리는 비슷한 견지에서 "우리는 어떤 언행을 실행하는 동시에 실행하는 듯이 시늉할 수 없다"[56]고 쓴다. 그러나 이런 주장은, 아마도 다른 의미들에 비춰지면 의심스럽지 않을지 몰라도, 시늉의 몇몇 의미에 비춰지면 확실히 의심스럽다. 이런 주장의 유명한 증례는 프랑스의 작가 겸 철학자 장-폴 사르트르Jean-Paul Sartre(1905~1980)의 『존재와 허무L'Être et le Néant』에서 고찰되는 '음식점종업원인 듯이 시늉하는 음식점종업원'이다. 지독하게 무뚝뚝하고 솔직한 자신들의 이미지를 티끌만치도 거스르지 않게 처신하는 사람들이 실행하는 언행도 시늉이나 연기演技일 수 있듯이, 우리가 실행하는 언행도 시늉이나 연기일 수 있다. 인간의 대단히 많은 언행은 이런 이중성을 증명한다. 왜냐면 인간은 어떤 언행을 실행하는 동시에 실행하는 듯이 연기할 수 있기 때문이다. 우리가 배우들이 될 수 있다면 우리 스스로를 평가하거나 비평하는 관객들이 될 수도 있다. 만약 플라톤이 자신의 이상국가理想國家에서 극장을 없애버렸다면, 극장무대에서 연기하는 배우들이 배우자신들인 동시에 타인들일 수도 있어서 질서정연한 사회에 반드

---

55  마걸리스, 앞 책, p. 429.

56  커리, 앞 책, p. 51.

시 필요한 인간정체성의 안정성을 침해할 가능성도 플라톤이 그리한 까닭의 일부였을 것이다. 만약 공문서위조업자가 자신은 공문서위조업자가 아니라고 상상하면서 공문서를 위조하기 시작하면 정치적으로 고약한 결과들을 초래할 수 있다.

이런 부류의 이중화二重化되거나 분열된 의식意識은 우리 자신들과 우리의 주변사람들을 느슨하게 잇는 모호한 의식들에 속한다. 우리 자신들을 포함하는 현실을 객관적으로 인식할 수 있는 능력은 세계에 깊게 관여하는 우리의 특유한 인간적 방식을 구성한다. 그것은 세계의 바깥에 머물거나 세계의 위에서 떠돌아다니는 능력이 아니다. 그래서 현실과 우리의 관계는 아이러니한 관계이다. 나는 실제로 광분할 수 있지만, 그리하는 동시에 비록 내가 느끼는 것이 완전히 진실할지라도 어떤 각본을 자발적으로 준행遵行하면서 인습적으로 광분하는 언행을 일삼는 나를 객관적으로 인식할 수도 있다. 우리는 개들이나 토끼들의 행동을 관찰하면서 좋든 싫든 하여간 그들은 이런 의식의 아이러니한 양상을 공유하지 않는다고 느낀다. 비트겐슈타인은 "개는 거짓말을 못할뿐더러 진실할 수도 없다"고 논평하는데, 우리는 '개는 아이러니하게 생활할 수 없다'고 덧붙여 말할 수 있다. 영아嬰兒들도 거짓말을 못하는데, 이런 솔직성은 영아들의 매력에 속한다. 뭇뭇 관찰자는 세계의 모든 영아와 관련해서도 이런 결론에 도달했다. 적어도 이런 의미에서 허구성은 현실성의 본질적 부분이다. 허구의 필수적 독자는 환상에 사로잡힌 상태에서도 환상을 객관적으로 인지하는 독자이다. 그래서 허구는 아이러니한 것이고, 그런 아이러니자체가 우리의 일상경험의 본성을 확대하고 강조하는 것이다. 우리는 극장에서 공연되는 셰익스피어의 비극 『리어 왕』에 나오는 공주 코딜리아Cordelia가 죽어가는 장면을 보면 실망하면서도, 새뮤얼 존슨이 인지하듯이, 우리가 극장에서 연극을 관람한다는 사실만은 결코 잠시도 망각하지 않는다. 새뮤얼 리처드슨은 어느 편지에 "우리는 소설은 허구라고 알면서도 일반적으로 소설을 [사실로 믿으면서] 읽는데, 그런 믿음은 역사적 신앙의 일종이다"고 쓴다.[57]

켈던 월턴이 시늉을 가식언행으로 생각하듯이 우리도 그렇게 생각한다면, [58] 시늉과 현실이 불화하여 다투지 않아도 된다는 사실은 명약관화하다. 예컨대, 자신의 진짜 목소리로 직접 노래하지 않고 녹음한 노래와 반주곡에 맞춰 입술만 움직이며 노래하는 시늉만 하는 무성가창無聲歌唱(속칭 립싱크lip sync)이 자신의 노래에 더 강한 설득력을 부여할 수 있으리라고 생각하여 무성가창을 감행하는 가수가 있다고 치자. 그 가수는 자신의 진짜 목소리로 노래하지 않고 녹음한 노래와 반주곡에 맞춰 자신의 입술들만 움직인다는 의미에서 노래하는 시늉만 하지만, 그리하는 과정은 실제로 노래하는 과정이기도 하다. 나는 독일의 유명한 자동차경주선수 미하엘 슈마허Michael Schumacher 흉내를 내면서 나의 자동차를 운전할 수도 있다. 그렇지만 나는 나의 자동차를 운전한다는 사실을 빌미 삼아서 내가 실제로 미하엘 슈마허가 되어 그의 자동차를 운전하며 그의 유명한 이미지들을 자애自愛하듯이 향락하는 공상에 빠져들 수도 있다. 그렇지 않으면 나는 내가 그리하는 척하며 시늉한다고 느끼는 만큼이나 그런 나의 시늉을 각성하느라 고투할 수도 있다. 「가식일 뿐Only Make Believe」이라는 옛날 노래의 가사에

---

57 존 캐럴John Carroll (편), 『새뮤얼 리처드슨 편지선집Selected Letters of Samuel Richardson』 (Oxford, 1964), p. 85.

58 『옥스퍼드 영어사전Oxford English Dictionary』에서 "시늉하다pretend"는 "상상놀이에나 공상에 열중하다"를 뜻하는 동시에 "사실이 아닌 것을 사실처럼 보이게 만들려고 연기演技하다"를 뜻한다고 설명된다.

는 "어쩌면 내가 당신을 사랑하는 척했을 수도 있겠지만, / 나는 진실을 알리느라 그랬어요."라는 소절도 포함되어있다.

20세기의 지극히 놀라운 문화적 사건들 중 하나는 1920년 11월 러시아 페트로그라드[59]에서 발생했다. 그때 그곳에서는 수만 명에 달하는 노동자들, 군인들, 학생들, 예술가들이 겨울궁전급습점령[60] 3주년을 기념하여 재연하는 군중연극을 공연했다. 군대장교들과 전위 예술가들이 동참했을 뿐만 아니라 실물 총기류와 실물 군함마저 동원된 군중연극은 며칠간 지속적으로 공연되었다. 이 연극용 허구에 동참한 군인들의 다수는 자신들이 기념하여 재연한 사건들에도 참여했을 뿐 아니라 러시아 내전Russian Civil War(1917~1922)에도 의욕적으로 참전했던 자들이었다. 러시아 혁명은, 마르크스가 자신의 저서 『루이 보나파르트의 브뤼메르 18일The Eighteenth Brumaire of Louis Bonaparte』에서도 의식했듯이, 사실과 허구의 기묘한 교차점을 포함한다. 또한 내가 나의 다른 저서에서도 지적했듯이,[61] 아일랜드에서 1916년에 발생한 부활절 봉기Easter Rising도 사실과 허구의 기묘한 교차점을 포함한다.

브리튼의 언어철학자 존 랭쇼 오스틴John Langshaw Austin(1911~1960)이 제시하는 '어떤 언행을 실행하는 동시에 실행하는 듯이 시늉하는 사람'의 일례는 축하연회 같은 데서 단순히 분위기를 띄운답시고 지나치게 "저속한" 언행을 일삼는 하객인데, 그런 저속한 언행은 비록 시늉일지라도 그렇듯 고상한 체하는 사람들

---

59  【러시아 북서부의 대도시 상트페테르부르크Saint Petersburg는 1914~1924년에는 페트로그라드Petrograd로 지칭되었고 1924~1991년에는 레닌그라드Leningrad로 지칭되었다.】

60  【겨울宮殿急襲占領(the storming of the Winter Palace): 러시아 혁명(1917년 2~10월)을 주동한 볼셰비키 군대가 1917년 10월 25일 페트로그라드에서 황실의 겨울궁전을 급습하여 점령한 사건.】

61  이글턴, 『히스클리프와 대기근Heathcliff and the Great Hunger』(London, 1995), p. 304. 시늉을 조명하는 존 랭쇼 오스틴의 해설은 맬컴 불Malcolm Bull의 『숨은 것들 보기Seeing Things Hidden』(London, 1999) 제1장에서 발견된다.

의 모임에서는 진짜 아둔한 언행으로 인식된다는 사실만 재확인시켜줄 따름이라고 오스틴은 덧붙인다.[62] 오스틴의 관점에서 진정한 신사의 징표는 저속한 언행을 흉내조차 내지 못하는 품격이다. 게다가 어쩌면 더욱 미심쩍게 보일지는 몰라도, 오스틴은, 예컨대, 나무 한 그루를 잘라 쓰러뜨려 자신들에게 쏠릴 수 있는 타인들의 주의력을 흩뜨리려고 애쓰면서 흉악한 범죄행위에 열중하는 두 범죄자를 상상해보자고 우리에게 요청한다. 두 범죄자는 나무를 자르는 톱질을 실행하지만, 이런 톱질은, 비록 실행될지라도, 타인들을 속이려는 연기演技이거나 시늉이다. 톱질을 실행하는 과정은 시늉을 개량하는 과정이다. 시늉은 반드시 '어떤 언행을 실감하지 않으면서 실행하는 과정'이지 않아도 된다. 시늉은 자신의 슬픔을 진실로 괴로운 번민의 차원에까지 심화시킬 만한 사람의 슬픔을 표현하는 연기를 개량할 수도 있다. 어쨌거나, 시늉은 반드시 '슬픔을 실감하지 않으면서 슬픔을 표현하는 연기'이지 않아도 된다. 대단히 많은 사람은, 그들의 기분이나 인상이 조금만 변해도, 완벽하게 명랑한 기분을 느끼는 동시에 침울한 듯이 보일 수 있다. 장례식장에서 실행되는 정중한 언행과 단지 정중한 듯이 보일 뿐인 언행의 차이를 만드는 관건이 언제나 느낌이지는 않다. 어떤 언행을 특별하게 느끼지 않으면서도 정중하게 실행할 수 있는 사람도 있다.

존 랭쇼 오스틴은 굉장히 심각하게 다음과 같이 질문한다. 기침하는 시늉이 가능한가? 어떤 사람은 자신의 기침소리를 듣지 못할만큼 멀리 있는 타인을 속이느라 자신의 주먹으로 입을 막고 어깨를 조용히 올렸다가 내리며 진짜로 기침하지는 않되 기침하는 시늉만 할 수 있다. 그러나 그 사람은 기침소리를 내면서도 기침하는 시늉을 할 수도 있다. 이럴 가능성은, 자신의 갈비뼈를 비틀 만큼

---

62 존 랭쇼 오스틴, 「시늉Pretending」, 『철학논문집Philosophical Papers』(Oxford, 1970), p. 259n.

지독한 기침충동을 견디지 못하고 기침을 자동적으로 터뜨리는 사람과 상반되게, 고의로 기침소리를 내면서 기침하는 시늉만 하는 사람도 있을 가능성을 의미할까? 반드시 그렇지는 않다. 단순히 자신의 목청을 틔우느라 고의로 헛기침하는 사람도 있을 수 있지만, 기침시늉은 사회관행의 일종이고 상황맥락의 문제이다("시늉feigning"의 어원과 "허구fiction"의 어원은 동일하다.) 누군가를 속이려고 들거나 으레 속이는 사람이 있으면 속는 사람도 있기 마련이다. 어떤 미국인들은 흡연자와 마주치면 도덕적으로 흡연을 반대하는 의향을 표시하느라 고의로 기침하는 습관을 체질화해왔다. 기침시늉이라는 문제를 다루는 존 랭쇼 오스틴의 태도는 근엄한 사감선생 같은 사람이나 부려댈 유별나게 끔찍한 변덕의 일례이다. 철학역사에는 이 문제보다 더 중요한 문제들이 존재해왔다. 헤겔이나 하이데거가 밤잠을 아끼면서까지 이 문제를 풀려고 노력했을 리는 거의 없다. 그러나 아무리 그래도 이 문제는 허구, 현실(실재), 모방, 연기演技, 의도, 경험 같은 문제들을 조명하는 데 일조할 수 있다. 자크 데리다가 존 랭쇼 오스틴을 총애했어도 전혀 이상하지 않은데, 왜냐면 데리다는 프랑스 색을 더 짙게 띠는 자신의 반反철학을 닮은 앵글로색슨계 반철학을 존 랭쇼 오스틴의 농담들, 장난스럽고 집요한 심술들, 고의적인 허례허식들, 학문관례를 무시하는 언행들에서 비록 어렴풋하게라도 보기는 분명히 봤기 때문일 것이다.

스탠리 커벨은 비트겐슈타인의 관점에서는 시늉과 실행의 차이가 비기준적인非基準的non-criterial 것으로 보인다고 주장한다.[63] 커벨의 이런 주장이 의미하는 바는, 예컨대, 상사병을 앓는 척 시늉하는 사람이 진정한 상사병의 기준을 충족하려고 애쓰다가 실패하는 사람은 아니라는 것이다. 기준은 우리에게 사물의

---

63  스탠리 커벨, 『철학의 한계A Pitch of Philosophy』 (Cambridge, Mass., 1994), pp. 91-2.

정체를 알려주지만 그것의 어떤 특수한 견본품이 정품인지 아닌지 여부를 알려주지는 않는다. 상사병으로 간주되는 것을 결정하는 기준은, 예컨대, 어떤 사람이 단지 상사병을 앓는 시늉만 그럴듯하게 하는 경우에도 충족될 수 있다.[64] 바로 이렇기 때문에 우리는 그 사람의 시늉은 사랑하거나 아파하거나 절망하는 시늉이라기보다는 오히려 상사병을 앓는 시늉이라고 말할 수 있다. 상사병의 개념은, 그리고 우리가 그 개념을 응용하는 관습적 방식들은, 이런 경우에는 정확히 그것들의 작용조건에서 실제로 작용하는 만큼만 작용하기 시작한다. 어떤 사물의 개념을 파악하는 과정은 그 사물의 현존여부와 무관한 과정이라서 그 사물의 현존여부를 우리에게 알려주지 않을 것이다. 마치 어떤 실물의 견본을 보여주며 그것의 정체를 나에게 가르쳐주는 사람처럼 조바심치는 척 시늉하면서 조바심의 실상을 나에게 가르쳐줄 사람도 있을 수 있다. 나는 성적性的 질투심에 관한 지식을 실생활에서보다 프루스트의 작품을 읽거나 『오셀로』를 읽으면서 훨씬 더 많이 습득할 수 있을 뿐 아니라 훨씬 더 편하게 습득할 수 있다.

시늉하기는 어렵게 보일 수 있겠지만 시늉을 간파하기는 어렵게 보이지 않을 수 있다. 예컨대, 북아일랜드 민족분쟁the Troubles(Northern Ireland conflict)이 지속되던 기간(1960~1998)에 북아일랜드의 중심도시 벨파스트Belfast에서 독립반대파 무장단원들의 추궁을 받던 어느 가톨릭 민족주의자는 부지불식간에 잉글랜드 억양으로 대답하는 실수를 저질렀을 수도 있다. 시늉과 실행을 예리하게 가르는 구분선은 아예 없을 수 있다. 왜냐면 시늉도 결국 실행이기 때문이다.

시늉하는 척하는 시늉도 가능하다. 나는 진짜로 기침을 참지 못해서 터뜨릴 수도 있지만 단지 연극무대에서처럼 나의 목청을 고의로 긴장시켜 헛기침하는

---

64  스탠리 커벨, 『이성의 주장』, p. 43.

연기演技만 하는 듯이 암시할 수도 있다. 또 다르게는, 예컨대, 내가 감정적으로 상처를 입은 듯이 우스꽝스럽도록 과대하게 시늉하면, 나는 실제로 뼈에 사무치게 아픈 감정적 상처를 입었다는 사실을 숨길 수 있다. 소설가는 허구를 진술하는 척하는 허구를 진술할(즉, 시늉하는 척 시늉할) 수도 있다. 왜냐면 그는 어떤 허구적 사건들이 실제로 발생했다는 그의 허구진술이 우리의 신뢰를 받지 못한다는 사실을 알면서도 우리에게 그런 허구진술을 납득시킬 수 있으리라고 기대하기 때문이다. 상처받은 감정들을 과장하는 시늉은 정확하게는 시늉을 시늉으로 보이게 하려는 고의적인 시늉이다. 그래서 문학작품은 그것자체(문학작품)가 다루는 사건들의 명백한 발생불가능성에 의존하거나 사용하는 언어의 아주 정교하고 과장하는 본성에 의존하면 그것자체가 기록하는 이야기를 실화처럼 읽히게 위장하는 허구진술의 비현실성을 드러낼 수 있다.

앨로이셔스 패트릭 마티니치와 에이브럼 스트롤은 "먼 옛날에"라는 부사구와 함께 시작되는 이야기도, 예컨대, "커다란 백악관에서는 빌 클린턴Bill Clinton이라는 이름을 가진 미국 대통령이 나이를 쉰 살이나 먹고도 청소년처럼 행동했다고 탄핵당했다"는 구절을 거느리면, 허구가 아닐 수 있다고 주장한다.[65] 그러나 이 이야기가 얼마간 진실일 수 있다고 우리가 안다는 사실이 이 이야기를 허구로 취급하려는 우리의 시도를 반드시 가로막지는 못한다. 우리가 이미 살펴봤다시피, 우리는 허구를 읽으면서 진실인 것으로 우리가 아는 것을 일정하게 허구화한다. "먼 옛날에"라는 부사구는 "이 사건이 실제로 발생했는가?" 같은 질문들에 답하려고 너무 심각하게 고민하지 않아도 된다고 독자에게 알려주는 인습적이고 일반적인 징표이다. 그런 부사구는 이야기의 줄거리를 현재로부터

---

65  마티니치 & 스트롤, 앞 책, p. 15.

— 그러니까 이야기의 진위여부가 그 이야기를 읽는 우리의 관심사에 거의 부합하지도 않을뿐더러 확인될 수도 없는 현재로부터 — 동떨어진 우화적이고 유사類似-전설적인 과거의 영역으로 역류시키려는 의도를 함유한다.

허구이론을 주제로 삼아 지난 수십 년간 발표된 논저들 중에 가장 독창적이고 모험적인 논저에서 켄덜 월턴은 '허구 속에서 묘사되는 비참한 역사적 인물을 애통하게 여기는 독자는 "허구적으로"도 그리할 수 있는 동시에 현실적으로도 그리할 수 있다'고 진술한다.[66] 월턴의 견해대로라면 "[어떤 독자에게] 사실상 허구로 인식되는 것은 그 독자에게 진실한 것으로 인식되는 허구적인 것에 영향을 …… 끼치지 않는다."[67] 월턴의 이 견해가 의미하는 것은, 예컨대, 어떤 독자가 인어人魚들은 존재하지 않는다는 사실을 알면서도 어떤 특수한 이야기에는 인어들은 존재한다는 진술이 부합한다는 사실을 인정할 수 있다는 것이다. 찰스 디킨스의 『두 도시 이야기 A Tale of Two Cities』에서는, 월턴이 주장하듯이, 파리라는 도시가 존재한다고 진술되는 식으로 허구화되는데, 이것은 독자가 그런 허구를 근거로 삼아 오히려 파리를 현실의 도시로 믿으리라고 예상되기 때문에 가능한 허구화이다. 어떤 소설에서는 스코틀랜드인들이 교묘하리만치 정교하게 제작된 자동기계들이라고 진술되는 식으로 허구화될 수도 있다. 현실의 인물에게나 장소에도 적용되는 동시에 허구의 인물에게나 장소에도 적용되는 진술도 있을 수 있고, 아니면 비허구(논픽션)에는 적용될 수 없는 진술도 있을 수 있다. 어느 소설에서 사용되는 "런던"이라는 지명은, 현실의 도시는 오직 특정한 방식들로써 편집되고 조직되며 — 여기서 내가 프랑스의 문학이론가 제라르 주

---

66  월턴, 앞 책, p. 253.

67  앞 책, p. 261.

네트Gérard Genette(1930~)의 용어를 빌리자면 — "집속集束되는" 몇 가지 타당한 측면을 띠어야만 소설의 텍스트에 기입될 수 있다는 의미에서, 허구적인 것이다.

그래서 이런 허구적 진술방식은, 미국의 시인 겸 비평가 매리안 무어Marianne Moore(1887~1972)가 시詩의 허구적 진술방식을 비평하면서 말하듯이, "진짜 두꺼비들이 서식하는 상상정원想像庭園들"을 완벽하게 허구화하지는 못한다. 소설의 허구적 진술방식은 시의 허구적 진술방식보다 더 복잡하다. 존 로저스 설의 주장대로라면, 허구(소설)는 사실진술과 허위진술을 동시에 포함하므로 저자는 허구를 집필하면서 "진실한" 주장들을 진술할 수 있다.[68] 그러나 존 로저스 설은 진실한 주장들을 확인하는 방법의 문제를 회피해버린다. 상당히 많은 이론가들은 『안나 카레니나』의 "모든 행복한 가족은 동일한 방식으로 행복하지만 불행한 가족들은 저마다 다른 방식으로 불행하다"는 첫 문장을 저자의 편에서는 진실한 주장으로 간주한다. 그렇다면 우리는 어떻게 [진실한 주장을] 아는가? 문학작품들에서 진술되는 것들은 분명히 저자가 신뢰하지 않는 진술자들의 이름을 빌려서 진술하는 것들이다. 설령 톨스토이가 집필하던 진술을 믿었더라도 자신의 진술은 진실하다고 주장하느라 진술을 집필하지는 않았을 것이다. 그는 소설에 담긴 도덕적이고 미학적인 질서의 무게를 얼마간 덜어내어 가볍게 진술하는 방법을 가다듬었을 수도 있다. 그렇지 않으면 그는 자신이 십필하고 나서 10분만 지나도 믿지 않을 것을 집필하는 순간에는 믿었을 수 있다. 그는 자신이 집필한 것을 자신이 믿는지 여부를 자문하지 않았을 수도 있고, 아니면 사실을 도저히 파악할 수 없다고 믿은 진정한 불가지론자였을 수도 있다. 자신이 무언가를 믿는지 여부를 모르는 사람은 결코 드물지 않다. 신념들은 일반적으로 생각될 때보

---

68  존 로저스 설, 앞 논문, 곳곳 참조.

다 더 선명하리라고 추정하는 경향을 띠는 철학자도 물론 드물지 않다.

또 다르게는, 톨스토이는 자신이 그런 진술을 믿는다고 믿었을 수 있지만, 실제로 그는 그렇게 믿는다고 자신을 속인 자기기만자自己欺瞞者였을 수 있다. 그렇지 않았다면 그는 최종판단을 유보하면서 자신을 자기기만자로 보는 견해를 잠정적으로 얼마간 믿었을 수도 있다. 그와 비슷하게 독자는 자신이 이런 주장을 믿는지 여부, 아니면 자신이 이런 주장을 믿어야 하는지 여부, 아니면 소설에 등장하는 인물들의 의견들과 동등한 수준에서 이런 주장이 다뤄질 수 있을지 여부를 아주 조금밖에 알지 못할 수 있다. 그렇지 않다면 독자는 톨스토이가 이런 견해를 인정했다고 반드시 믿지 않아도, 혹은 톨스토이가 이런 견해를 인정했는지 여부가 중요하다고 반드시 믿지 않아도, 이런 견해를 인정할 수 있다.[69] 미국의 철학자 니컬러스 월터스토프Nicholas Wolterstorff(1932~)가 주장하듯이, "허구작품에서 진술되는 상황들은 반드시 허구들이라고 암시되지 않아도 될뿐더러 허구작품의 작가는 그런 상황들을 반드시 허구들로 믿지 않아도 된다. 그는 실제로 그런 상황들 모두가 진짜상황들이라고 믿을 수 있을 뿐 아니라, 그런 상황들 모두가 진짜상황들일 수 있다. 비록 그럴지라도 그를 허구작가로 만들어주는 것은 그가 아무 확언도 하지 않고 단지 무언가를 제시할 따름이라는 사실이다."[70] 월터스토프의 관점에서 허구작가는 시늉하지 않고 표현한다 — 무언가를 표현하되 가장 먼저 그것의 진리가치에 부합하게 표현하기보다는 우리의 중요한 가치에 부합하게 표현한다. 피터 러마크는 타당하게도 이런 표현이 허구

---

69  허구를 믿는 신념에 관해서는 아널드 아이젠버그Arnold Isenberg, 「신념의 문제The Problem of Belief」, 프랜시스 콜먼Francis J. Coleman (편), 『현대 미학연구들Contemporary Studies in Aesthetics』 (New York, 1968) 참조.

70  니컬러스 월터스토프, 『예술작품들과 예술세계들Works and Worlds of Art』 (Oxford, 1980), p. 234.

의 고유한 특징은 아니라고 우리에게 상기시킨다.[71] 나는 이 견해에 부합하는 몇 가지 조건을 잠시 후에 암시할 것이다.

작가는 자신을 대신하여 진술하는 등장인물의 배후에 머물다가 잠시 전면에 나서서 **작가자신으로서 직접** 진술할 수도 있다. 독일의 작가 토마스 만Thomas Mann(1875~1955)은 장편소설『파우스트 박사Doktor Faustus』의 결말부분에 직접 나서서 진술하는 더욱 자극적인 수법을 구사한다. 그러나 비록 그가 결말부분에서 독자들에게 자신이 직접 진실하게 진술한다고 강조하더라도, 우리는 이 진술이 단지 허구놀이에서 사용되는 또 다른 표현수법에 불과한 것은 아니라고 어떻게 알 수 있는가? 놀이규칙들을 파괴하는 언행은 놀이규칙이 아니라고 우리는 어떻게 확신할 수 있는가?『리어 왕』에서 "만사는 무르익은 때를 만나야 성사되나니"라고 우리에게 직접 진술하는 듯이 보이는 셰익스피어는 진짜 셰익스피어인가? 그리고 우리는 어떻게 알 수 있는가? 어쨌거나 그런 진술들은 믿기지 않는 등장인물이나 진술자의 생각들을 이따금 반영한다.『햄릿』에서 폴로니어스Polonius(펄로니어스)가 자신의 아들에게 해주는 교훈적 조언은 성숙한 셰익스피어의 금언을 얼마나 많이 포함하고, 위조된 금언을 얼마나 많이 포함하며, 두 가지 금언 사이의 어디쯤에 놓일 만한 거짓말을 얼마나 많이 포함하는가? 그리고 이 질문에 부응하는 답변을 셰익스피어 본인은 얼마나 알았겠는가?

이런 종류의 도덕적 담론은 작가의 의견들을 표현할 수 있든지 아니면 표현할 수 없겠지만, 이런 표현여부는 그 담론의 중요한 관건이 아니다. 중요한 것은 그 담론이 "허구화될" 수 있다는 것이다. 그러니까 그 담론의 상황맥락을 완전히 벗어난 고립된 판단대로 그 담론이 추상화되기보다는 오히려 그 담론의 전체의

---

71    러마크,『문학철학』, p. 180.

도를 구성하는 한 가지 요소로서 그 담론이 다뤄질 수 있다는 것이 중요하다는 말이다. 우리는 실제로 폴로니어스의 조언은 진실한 동시에 유익하다고 인식할 수 있으며, 이런 인식은 위에서 제기된 질문에 응하는 우리의 답변을 풍요롭게 만들 수 있다. 작품에 담긴 도덕적 전망은 진실하며 심오하다고 알아채는 인식은 위에서 제기된 바와 같은 질문에 응하는 우리의 답변을 심화시킬 수 있다. 그러나 비록 우리가 그런 전망은 진실하며 심오하다고 인식할지라도, 우리는 '그렇게 인식하는 방식을 공식적으로 규정하는 방식'대로 그렇게 인식한다. 그래서 이런 인식방식은 우리가, 예컨대, 우연히 목격한 달력에 인쇄된 폴로니어스의 다정한 조언들을 진실하고 유익한 것들로 인식하는 방식과 다르다.

켄덜 월턴이 쓰듯이 "자신이 상상하는 것은 진실하다고 인식하는 독자의 지식은 자신의 상상들을 더 활발하게 증강할 수 있다."[72] 루마니아의 수도 부쿠레슈티Bucureşti는 한가로운 산책을 곤란하게 만드는 위험한 도시일 수 있다고 우리가 인식한다는 사실은, 우리가 그런 사실을 허구형식 속에서 마주칠 때, 우리의 가식언행에 내용을 부여할 수 있다. 상상력과 현실은 결탁하여 공모할 수는 있지만 견원지간처럼 서로를 적대할 수는 없다. 이 말은 작품의 도덕적 차원에도 부합할 수 있을뿐더러 작품의 경험적 차원에도 부합할 수 있다. 발언행위이론의 관점에서 가장 전형적인 허구명제들은 진실명제들로도 허위명제들로도 증명될 수 없다. 왜냐면 그런 허구명제들은 실제로, 발언행위이론의 관점에서는 오직 단언하는 듯이만 보일 따름인 "로우크Lok는 전력질주했다"는 문장처럼, 준準명제들이기 때문이다. 그러나 도덕적 전망들은, 적어도 그것들을 판단하는 사람이 도덕적 현실주의자(실재론자)인 한에서, 이따금 진실들로 판단되든

---

72  월턴, 앞 책, p. 93.

지 허위들로 판단될 수 있다. 여기서 나는 "이따금"이라고 말했는데, 왜냐면 문학작품 속에서 흘러가는 세월을 애통해하는 언행이나 밝은 미래를 희망하는 언행은 진실도 아니고 허위도 아니기 때문이다. 다른 한편으로, 비록 어떤 사람들은 도덕적으로 싫어할망정, 명백하게 진실한 견해를 은연중에 주장하는 소설도 있을 수 있다. 그러나 만약 그 견해가 주목될 만한 가치를 지닌 인간성과 관련된 유일한 진리로 생각될 만하게 보인다면, 그 견해는 왜곡된 도덕관道德觀의 소치로 간주되어 비난받기 십상일 수도 있다. 우리는 캐나다 몬트리올Montreal의 기후가 지독하게 한랭할 수 있다고 확신하거나 아일랜드 남서부의 케리Kerry 주州는 북서부의 라우스Louth 주州보다 더 아름답다고 확신하는 만큼 그 견해는 진실하지 않은 것이 확실하다고 느낄 수도 있다. 독일 출신 잉글랜드의 작가 빈프리트 게오르크 제발트Winfried Georg Sebald(1944~2001)는 영어를 사용하는 현대의 모든 작가 중에도 눈부시게 뛰어난 창작솜씨를 자랑하는 작가들에 속하므로 극히 미미하게 부정적인 비평밖에 받지 않는다. 그러나 아무리 그래도 현대역사를 끈질기도록 쓸쓸하게 묘사하는 그의 서술은 심각하리만치 편파적인 것은 아니냐고 의아하게 생각할 사람도 있을 수 있다.

만약 그런 비평이 옳다면, 우리는 어떤 문학작품에 담긴 전체적 전망을 도덕적으로 불완전한 것으로 간주하는 동시에 그 문학작품을 칭찬할 수 있다는 결론도 나올 수 있다. 새뮤얼 존슨도 문학작품을 이런 식으로 다루는 태도를 보였고, 그래서 그의 평판이 다소 나빠졌을 것이다. 그는 자신이 도덕적 유보조건들을 부과한 문학작품을 즐길 수 없었을 것이다. 그는 미학적으로는 매력적이지만 도덕적으로는 괘씸한 작품을 발견할 수 없었을 것이다. 그가 살던 시대와 현대는 명확하게 대비된다. 새뮤얼 베케트를 천재예술가의 반열에 올려놓는 사람들의 다수는 인간실존을 평가하는 그의 침울한 의견에 동의하지 않을 것이고, 그들 중 몇몇은 심지어 그의 의견이 인간실존을 쇠약하게 만든다고 생각할지도 모른다. 런던에서 초연된 베케트의 극작품 『고도를 기다리며Waiting for Godot』를 관람하다가 격분한 어느 관객은 "이따위가 우리의 제국을 망쳐버렸어!"라며 고함쳤다.

그래서 이런 태도의 시야는 제한된다. 러마크와 올센은 어떤 문학작품에 담긴 도덕관道德觀의 진위는 그 작품의 우열을 가늠하는 평가항목에 포함되지 않는다고 주장하는데, 내가 앞에서 암시한 이 주장이 언제나 사실과 일치하는 것은 아니다.[73] 민족대량학살 같은 혐오스러운 도덕적 행위들을 옹호하는 문예작품들은 아무리 우수한 표현형식을 겸비해도 구제받기는 쉽지 않다. 그런 형식보다 열등한 형식을 가져도 건전한 도덕적 가치들을 함유하는 작품이 오히려 훨씬 더 강력한 수사학적 효과를 발휘할 수 있다. 먼로 비어즐리도 문예작품의 이런 특성을 간과하는데, 왜냐면 그의 관점에서 문학적 가치는 문예작품에 담긴 견해들의 진위와 전혀 무관하게 보이기 때문이다.[74] 진실만큼 불신되는 것이 없는 시절들도 있다.

그런 동시에 우리는 작가의 창작수법을 도덕적으로도 경험적으로도 많이 허용하려는 경향을 보이지만 절대적으로는 허용하지 않으려 한다. '문학은 거짓말을 거의 할 수 없든지 아니면 실수를 거의 할 수 없는 장소이다'고 주장될 수도 있다. 문학작품은 "여기에서는 모든 것을 의도된 것들로 간주하라"는 암묵적 명

73  러마크 & 올센, 앞 책, p. 325.

74  비어즐리, 앞 책, pp. 422- 참조.

령을 전달하기 때문에, 작가가 사실을 착오하여 저지르는 실수들은 작가의 의도적 실수들로 해석되기도 쉬운 만큼 작품 텍스트의 필수요소들로 해석되기도 쉬울 터이다. "프랑켄슈타인Frankenstein"이라는 이름의 철자를 시종일관 오기誤記하는 수법은 아마도 다소 기이한 상징적 의미를 지닌 듯이 인식될 것인데, 만약 아일랜드의 시인 윌리엄 버틀러 예이츠William Butler Yeats(1865~1939)가 그런 수법을 사용했어도 그런 의미를 지닌 것으로 인식되었을 것이 거의 확실하다. 그렇더라도 자명한 실수들이 범해질 수 있다. 근래에 잉글랜드에서는 살해당한 어느 아이의 가족이 "하루도 지나지 않았는데/ 우리는 앉아서 통곡하네"라는 문구가 새겨진 묘지석을 아이의 무덤에 세웠다지만, 아마도 그 문구는 그 가족의 의도대로 새겨진 것이 아니었을 것이다. 만약 미국의 철학자 아널드 아이젠버그Arnold Isenberg(1911~1965)가 말한 이른바 "물의를 빚을 만한sensational" 실수를 저지른 작가가 있다면,[75] 그 작가의 작품은 그런 실수 때문에 예술적으로 비난당할 수 있다. 예컨대, 어느 작가의 소설을 읽는 독자가 '그 작가는 실제로 미국의 만화『스파이더맨Spiderman』에 나오는 주인공 스파이더맨(거미인간)을 실존인물로 생각한다는 사실'을 점점 더 명확하게 인식한다면, 그 작가의 소설이 받던 신뢰성은 타격받기 십상일 것이다.

## 2

문학철학계에서 여태껏 허구성을 둘러싸고 전개된 가장 선구적인 설명들 중 하나가 이른바 발언행위이론이었다. 이 이론에서 초기에 제시된 설명들 중에도 막대한 영향력을 발휘한 것은 리처드 오만의 고전적 에세이에서 발견될 것이

75  콜먼, 앞 책 p. 251에 인용된 아이젠버그의 표현.

다.[76] 이 이론대로라면, 문예작품들은 "특수한 언어에 속하는 것들이 아니라 특수한 발언에 속하는 것들"이다.[77] 문예작품들은 실생활용 발언행위들을 모방할 뿐 아니라 특히 스토리텔링용用 발언행위를 더 자주 모방한다. 그러나 문예작품들은 타당한 발언행위의 일반적 조건들을 침해하는 "부적절한non-felicitous" 방법들을 구사하여 실생활용 및 스토리텔링용 발언행위들을 모방한다.[78] 우리는 허구작가에게, 예컨대, 그 작가가 집필하는 내용의 진실성을 보장할 만한 지위에 있는지 여부, 혹은 그 작가가 진실한지 여부, 혹은 그 작가가 주장하는 것들을 주장할 자격을 보유했는지 여부를 질문하지 않는다. 더구나 작가는 어떤 특수한 경우에 독자의 "이해理解"를 확실하게 받았는지 알 수도 없는데, 존 랭쇼 오스틴의 관점에서 그런 독자의 "이해"는 작가의 발언내부행위를 완결시키는 본질적 요소이다.

허구 텍스트들이 어떤 의미에서는 일구이언一口二言하는 이중적인 것들로 보일 때도 드물지 않다. 그것들은 진실한 세계설명들처럼 보이게 위장된 언어착시효과들이다. 발언행위이론은 이런 이중성을 암시적인 새로운 방식으로 재공식화再公式化한다. 언어와 현실(실제) 사이의 간격 같은 것으로서 흔히 고찰되던 것이 이제는 언어의 두 가지 다른 용법을 가르는 차이로서 고찰된다. 문학작품은 자체를 구성하는 문장들에 정규적으로 부속될 이른바 발언내부설득력을 결여한 것이고, 그래서 문학작품은 일탈발언의 일종이다. 러시아 형식주의자들과 비슷하게 발언행위이론가들도 문학을 본질적으로 부정적인 것으로나 일탈적

---

76  리처드 오만, 앞 논문.

77  러마크 & 올센, 앞 책, p. 32. 나는 여기서 이 저자들이 발언행위모형 전체를 유익하게 비판한다고 덧붙여야겠다.

78  발언행위이론의 일반적 동향은 존 랭쇼 오스틴, 앞 책 참조.

인 것으로 간주하는데, 이런 관점에서는 문학이 이른바 일상언어행위에 기생하는 것으로 보인다.

독자는 "장편소설"이나 "단편소설"이라는 표기를 보면서 소설 텍스트에 묘사되는 인물들과 사건들이 실재하는지 여부, 소설 텍스트에 모든 관련정보가 포함되었는지 여부, 횔덜린이 소설 『히페리온Hyperion』을 집필하면서 묘사한 기분에 진짜로 혹은 진실로 휩싸였는지 여부 등을 조사하지 않아도 되는 줄 안다. 그렇지 않으면 "작가는 담론을 전달하는 척 시늉하고 독자는 그런 시늉을 인정하는 척 시늉한다."[79] 진짜 발언행위들을 지배하는 규칙은 문학에는 일시적으로 적용되지 않는다. 물론 그런 규칙은 러시아의 작가 안톤 체호프Anton Chekhov(1860~1904)의 작품들에나 이탈리아의 작가 알레산드로 만초니Alessandro Manzoni(1785~1873)의 작품들에 적용될 수 있듯이 농담들과 여타 발언형식들에도 적용될 수 있다고 리처드 오만이 인정할지라도, 문학에는 그런 규칙이 일시적으로 적용되지 않는다. 그러므로 그런 규칙은 문학적인 것의 충분조건이 아닐뿐더러, 우리가 나중에 알아보겠다시피, 필요조건도 아니다.

고틀로프 프레게는 발언행위이론을 유달리 강경하게 공식화하기 때문에 우리의 관심을 끌 수 있다. 그의 주장대로라면 "허구 속에서 단언되는 주장들은 진지하게 읽히지 않아도 되는 허위주장들에 불과하다. 그러니까 그것들은 허위의견들에 불과하다 …… 물리학자가 천둥이라는 자연현상을 탐구하기 시작하면 연극무대의 가짜천둥에는 신경조차 쓰지 않겠듯이, 논리학자도 허위의견들에는 굳이 신경 쓰지 않아도 된다."[80] 『잃어버린 낙원』 중에서도 밀턴이 시력視力을

---

79  오만, 앞 논문, p. 14.

80  피터 기취Peter Geach & 맥스 블랙Max Black (공편), 『고틀로프 프레게의 철학적 저작들의 번역본Translations from the Philosophical Writings of Gottlob Frege』 (Totowa, NJ, 1980), p. 130.

잃고 적敵들한테 에워싸였을 무렵에 썼던 통렬한 시행詩行들은 진지하게 읽히지 않아도 된다고 주장하는 비평가는 많지 않다. 우리는 비록 그런 통렬한 시행들을 진짜 사실대로 쓰이지는 않은 것들로 의심하면서도 진지하게 읽어야 할 것들로 인정한다. 우리는 그런 시행들을 읽으며 오직 심미적 쾌감만 느끼지는 않고, 설령 우리가 오직 그런 쾌감만 느끼더라도, 그것은 그런 시행들에 담긴 의견의 애절함 및 절박함과 불가분한 것으로서 우리에게 느껴지는 쾌감이다. 어떤 진술을 사이비명제[81]로 지칭하는 언행은, 만약 우리가 그런 언행을 유가치한 언행으로 느낀다면, 그 진술의 인식론적 위상을 규정하는 언행이지 그 진술을 헛된 것으로 간주하여 무시해버리는 언행이 아니다. "연민의 특성은 곡해되지 않는다" 같은 이른바 사이비명제들의 설득력은 "모래쥐gerbil는 약간 칙칙하게 보인다" 같은 진실명제들의 설득력보다 훨씬 더 강하다.

확실히 다른 여느 학자들의 사랑보다도 문학자들의 사랑을 훨씬 더 많이 받는 프레게가 「감각과 의미On Sense and Meaning」라는 또 다른 고전적 에세이에서 피력한 견해대로라면 "진리의 문제는 과학적 탐구심을 요구하므로 [문학작품을 읽는] 우리로 하여금 심미적 쾌감을 포기하게 만들 수 있다."[82] 그래서 프레게는 진리를 과학적 진리의 동의어로 생각하는 과학적 편견을 품었다고 비난받을 수 있다. 그러나 프레게도 충분히 자각하듯이, 과학적 진리가 아닌 다른 종류의 진리들도 존재하고, 과학적 진리탐구방법들과 다른 진리탐구방법들도 존재한다. 오필리어가 미쳤는지 여부를 확인하려거나 잉글랜드의 작가 에드워드 모건 포

---

81 【似而非命題(pseudo-proposition): 의사명제擬似命題나 유사명제類似命題.】

82 앞 책, p. 132.

스터Edward Morgan Forster(1879~1970)의 "베풀기보다 받기가 더 행복하다"[83]는 좌우명이 교활한 의도의 결과인지 아니면 단지 그럴싸하게 보일 따름인지 여부를 확인하려는 사람이 실험실까지 갖출 필요는 없다. 제러미 벤담이 「보상원리The Rationale of Reward」라는 에세이에 쓴 바대로라면, 예술의 목적은 정념들을 자극하는 것이고, 진리를 암시하는 무엇이든 그런 목적을 달성하려는 기획을 파산시킬 수 있다. 그럴 뿐만 아니라 벤담은 진리를 단순한 사실진리truth-to-fact로 생각한다. 그러나 우리가 진리라는 낱말을 사실진리에 국한하여 사용할지라도, 진리가 모든 정념을 파괴하는 원흉은 아니다. 벤담은 진리만큼 정념들을 자극할 수 있는 것은 없을 가능성을 심사숙고하지 않는다.

발언행위이론과 우리가 여태껏 문학을 다루며 논의해온 것 사이에는 관계들이 있다. 여기서, 예컨대, 우리가 허구성을 다루며 말해온 것을 조명하는 발언행위이론의 설명을 고찰해보자. 발언행위이론의 관점에서, 문학작품들을 읽는 독자들은 몇몇 관례들이 작용하지 않는 줄 알면서도 작용하는 줄 아는 척 시늉해야 하므로, 문학작품들은 시늉을 반드시 요구하는 듯이 보인다. 더구나 문학작품에 담긴 진술들은, 그러니까 오직 진실명제들을 모방할 따름인 진술들은, 리처드 오만이 "세계사업the world's business"으로 지칭한 것의 성취과정에 투입되지 않는 진술들이기 때문에, 비실용적 진술들이다. 이런 사연은 우리의 면밀한 관심을 그런 진술들에 쏠리게 만들지만, 우리는 일정기간만 지나면 불필요한 폐휴지로 전락할 광고전단지에는 그토록 면밀한 관심을 쏟지 않을 것이다. 또한 우리는 이런 사연을 계기로 삼아 그런 진술들을 단순한 경험진술들로만 다루기

---

83 【It is more blessed to receive than to give: 이 문구는 포스터가 기독교의 『신약전서』 중 『사도행전』 제20장 제35절에 포함된 "받기보다 베풀기가 더 행복하다It is more blessed to give than to receive"는 구절을 거꾸로 쓴 것이다.】

보다는 오히려 그런 진술들의 도덕적 함의들을 신중히 숙고하면서 그런 진술들의 의미를 일반화할 수도 있다. 그러나 우리는 대체로 광고전단지의 의미를 그렇게 일반화하지는 않는다.

그래서 발언행위이론, 허구, 가식언행(시늉), 도덕적 진실, 비실용적인 것은 복잡한 관계들을 맺는다. 예컨대, 발언행위이론과 허구적 진실의 문제가 맺는 관계도 있다. 문학적 발언행위들은 의도표출언행[84]들로 알려진 더 광범한 언행범주에 포함된다. 이런 언행범주는 세계를 묘사하기보다는 오히려 어떤 언행을 완수한다. 인사하기, 저주하기, 구걸하기, 욕하기, 위협하기, 환영하기, 약속하기 같은 언행들도 모두 이런 언행범주에 포함된다. 누가 약속한다고 말하는 행위는 약속하는 행위이다. 신축 백화점을 개장한다고 선언하는 행위는 그 백화점을 개장하는 행위이다. 행위가 의미를 구현하는 방식은 언어가 의미를 구현하는 방식과 동일하다. 이렇게 구현되는 의미와 비슷하게, 허구작품도 작품자체발언행위를 벗어나면 전혀 존재할 수 없는 현실들의 집합으로 구성된다. 그러나 만약 그런 현실들이 작품자체발언행위를 벗어나서도 존재할 수 있다면, 그 작품은 전혀 중요하지 않을 것이다. 의도표출언행들은 가장 강력한 효과를 발휘하면서도 가장 자율적인 언어에 속한다. 그리고 이런 의미에서 의도표출언행들은 허구와 흥미로운 친연관계를 맺는다. 허구도, 마찬가지로, 단순한 언행으로써 허구자체의 목적들을 달성한다. 소설 속에서 진실한 것은 단순히 담론행위자체 때문에 진실할 따름이다. 그래도 그런 진실은 현실에 명백한 충격을 가할 수 있다.

---

84 【意圖表出言行(the performative): 이 용어는 한국에서 '수행적遂行的 표현,' '수행표현,' '수행적 행동'으로 번역되어왔다.】

더구나 의도표출언행들은 세계와 관련된 주장들이 아니므로 진실행위들로나 허위행위들로 간주될 수 없듯이, 발언행위이론에서는 단지 그런 주장들을 표현하는 무언행위無言行爲mime들로나 패러디들로 간주될 따름인 허구진술들도 진위판단을 받아야 할 후보들은 아니다. 미국의 비교문학자 샌디 페트리Sandy Petrey(1941~)는 "진실과 허위는 우리가 의도표출언행들을 고찰하는 시점時點을 벗어나있다"[85]고 쓰는데, 왜냐면 그런 언행들 — 인사하기, 저주하기, 구걸하기, 부정하기 같은 언행들 — 은 진술행위들이 아니기 때문이다. 미국의 예술비평가 겸 철학자 아서 콜먼 댄토Arthur Coleman Danto(1924~2013)는, 페트리와 흡사하게도, "필요한 문장부호를 결여한 문장들"과 "불필요한 문장부호를 전혀 포함하지 않은 문장들"의 차이를 알아본다.[86]

그래도 보고하기, 묘사하기, 설명하기는 내기하기나 부정하기나 욕하기와 거의 흡사하게 의도표출언행들이다. 그런 언행들은 어떤 언행을 당하는 피동언행被動言行들이기도 하다. 의도표출언행과, 존 랭쇼 오스틴이 정보전달언행[87]으로 지칭한 것 — 세계와 관련된 주장들을 의미하는 언행 — 을 가르는 확실한 구분선은 사실상 존재하지 않는다. 실제로 오스틴은 이런 구분선의 존재불가능성을 자각하면서부터 '상황맥락이 두 가지 언행의 차이를 규정할 수 있다'고 인정한다. 어떤 상황에서 정보전달언행일 수 있는 것이 다른 상황에서는 아닐 수 있다. 더구나 의도표출언행들과 정보전달언행들은 상호의존적인 것들인데, 사물들의 존재방식과 관련된 주장들을 제기하는 언행자체가 의도표출언행이라서 그

---

85  샌디 페트리, 『발언행위들과 문학이론Speech Acts and Literary Theory』(New York & London, 1990), p. 11.

86  아서 댄토, 「문학 같은/과/의 철학Philosophy as/and/of Literature」, 앤서니 캐스커디Anthony J. Cascardi (편), 『문학과 철학문제Literature and the Question of Philosophy』(Baltimore, Md. and London, 1987), p. 8.

87  【情報傳達言行(the constative): '술정적述定的 언행,' '술정적 발언,' '사실확인문事實確認文'으로도 번역된다.】

렇기보다는 오히려 의도표출언행들이 사물들의 존재방식과 관련된 설명들을 암암리에 포함하기 때문에 그렇다. 만약 그런 언행들이 세계에 간섭하여 중대한 예언을 발설하거나 종말을 경고하는 식으로 역사의 진로를 바꿀 수 있다면 세계의 존재방식에도 순종하는 것들이 틀림없다. 만약 어느 국가의 정부가 자국의 모든 노령인구를 독가스로 죽이려는 계획을 세우고도 지나치게 번거로운 실행과정과 재정낭비마저 요구하는 계획으로 간주하여 실행하지 않고 미뤄왔다면, 정부가 그런 악랄한 계획을 책동한다고 정부를 비난하는 사람의 언행은 헛수고일 것이다. 잉글랜드와 북아일랜드 사이에 위치한 맨Man 섬에서 잡은 보라색얼룩도마뱀을 크리스마스 선물로 당신에게 주겠다고 약속하는 사람의 언행은, 만약 보라색얼룩도마뱀이 맨 섬에는 전혀 서식하지 않거나 다른 지역에만 서식한다면, 공치사空致辭에 불과할 것이다.

존 랭쇼 오스틴이 알아챈 것들 중 하나는 의도표출언행들과 마찬가지로 정보전달언행들도 고유한 조건들을 가진다는 것이다. 세계와 관련된 진술들은 의도표출언행들처럼 "불행하게 질책당할 수"는 있지만 아무래도 거짓들로 간주되어 질책당할 수는 없다.[88] 그런 반면에, 위협하기나 욕하기 같은 의도표출언행들은 오직 그것들의 내용이 건전해야만(그것이 지성적 위협인가?), 그러니까 사실들에 호소하는 설득력을 갖춰야만, 다행스러울 수 있다. 그리하여 마침내 오스틴은 두 가지 담론을 가르는 구분선을 무효하게 만드는 자충수를 둬버린다. 그의 저서 『언어행위방법 How to Do Things with Words』은, 스탠리 피쉬가 논평하듯이, "자멸하는 인공물self-consuming artifact"이다.[89] 그것은 해체의 표준전거標準典據locus

---

88  존 랭쇼 오스틴, 「의도표출발언들Performative Utterances」, 『철학논문집』, p. 248.

89  피쉬, 「이렇게 분류되는 텍스트가 있는가?」, p. 231.

classicus이다.[90] 오스틴이 지적하듯이, 우리가 생산하는 진술들 중에 단지 진실하기만 하거나 허위이기만 한 것은 극히 드물다. 우리가 제5장에서 만나야 할 미국의 문학비평가 케네스 버크Kenneth Burke(1897~1993)는 정보전달언행을 "과학자용 언행"으로 지칭하고 의도표출언행을 "극작가용 언행"으로 지칭하면서도, 아니나 다를까, 두 가지 언행을 가르는 절대적 구분선은 있을 수 없다고 인정한다. 개념정의언행概念定意言行들은 그것자체들로서 이미 상징행위들이고, 모든 서술용어는 판단, 선택, 배제, 편애 같은 언행들을 구현한다.[91]

조녀선 컬러가 주장하는 바대로라면, 거짓말하기는 약속 같은 의도표출언행이 아니라 허위를 말하는 진술행위이므로 정보전달언행이다.[92] 컬러의 이런 주장은 정보전달언행들과 의도표출언행들의 분간되기 어려운 성질들을 더욱 선명하게 부각한다. 그러나 거짓말들이 단지 허위진술들에 불과하지는 않는다. 나는, 예컨대, 잉글랜드의 정치인 올리버 크롬웰Oliver Cromwell(1599~1658)이 아프리카의 줄루족Zulu族이었다고 진심으로 확신해서 그가 줄루족이었다고 발언할 수 있지만, 이 발언이 거짓말과 똑같지는 않다. 어떤 진술을 허위진술로 아는 사람의 지식도 의도표출언행과 정보전달언행의 결정적 차이를 드러내지 않는다. 만약 지금 이곳에 도착한 어떤 사람이 석 달 전에는 왔어야 했다는 사실을 우리도 알고 그 사람도 안다면, 우리가 그 사람에게 해줄 "거참, 일찍이도 오셨네!"라는 말은 거짓말이 아니다. 타인들 앞에서 자신을 환생한 알렉산드로스Alexandros(서기전356~323) 대왕으로 소개하는 사람의 말도 거짓말이 아니다. 왜냐면 그 사람

---

90  섀크위크, 앞 책, pp. 104-3.

91  케네스 버크, 『상징행위 같은 언어Language as Symbolic Action』(Berkeley and Los Angeles, 1966), p. 45.

92  컬러, 앞 책, p. 108.

이 진신으로 그렇게 말한다고 믿을 타인은 없을 것이기 때문이다. 거짓말하기는 청취자를 속이려고 의도적으로 거짓말하는 언행의 문제이다. 그래서 거짓말하기는, 존 랭쇼 오스틴의 용어법대로라면, 명백한 의도표출언행일 수는 없을지라도 어떤 언행을 확실히 포함한다. 물론 '나는 거짓말한다'고 암시하는 방식으로 진실을 말할 수 있는 사람도 있다.

정보전달언행들은 의도표출언행들에 의존하고 의도표출언행들은 정보전달언행들에 의존한다는 사실에는 한 가지 근본의미가 내재한다. 우리는 의미들을 전개시켜서 성격을 묘사하고 진실을 입증하며 거짓을 반박하고, 의미들은 공연행위performance(의도표출언행)나 사회적 행위와 밀접하게 맞물린다. 이런 행위는 규정된 의미들rule-governed meanings을 사물들에 가장 먼저 할당하는 관행이다. 그래서 현실과 관련하여 우리가 행하는 모든 진술의 저변에서는 이런 관행이 작동한다. 잉글랜드 철학자 피터 프레더릭 스트로슨Peter Frederick Strawson(1919~2006)은 '의미나 지시는 어떤 표현이 의미하거나 지시하는 어떤 것이 아니라 누군가 그 표현을 사용하여 의미할 수 있거나 지시할 수 있는 어떤 것이다'고 우리에게 상기시킨다.[93] 그래서 가장 먼저 고찰된 것이 의도표출언행이었다. 내기하기, 축복하기, 세례식 같은 언행들은 사실상 의도표출언행들이다. 그런 언행들은 세계와 어울리는 방식과 관련된 어떤 암묵적 주장들의 진정한 위상에 의존해야만 다른 사물들 사이에서 효력을 발휘할 수 있다. 만약 값비싼 레이스로 장식된 숄(어깨걸이)에 감싸여 세례를 받는 갓난아이가 오소리로 밝혀진다면, 그 세례식은 무의미해질 것이다. 그렇더라도 세계와 관련된 이런 주장들도 종국에는 우리의 언행에 차례차례 의존하는데, 그런 우리의 언행이 바로 이름들과 의

---

93  스트로슨, 「지시언행론On Referring」, 《마인드Mind》, vol. 59, no. 235 (1950).

미들을 할당하는 방법이고, 그런 언행과정에서 우리는 사회생활의 특수한 형식에 속하는 진위판별용 기준들과 여타 기준들을 설정하는 절차들을 밟는다. 찰스 앨티어리가 말하듯이, "'어떤 것은 사실이다'고 강조하는 모든 특수한 주장의 논리적 전제조건은 기법을 파악하는 지식인데, 왜냐면 우리는 기법들부터 먼저 터득해야만 대상들을 의미심장하게 지시할 수 있고 발언들을 이해할 수 있기 때문이다.'[94] '의미기호들은 임의적인 것들이다'고 말하는 행위는 '우리가 굴착할 수 없는 지층이 기호들 밑에 있다'고 말하는 행위와 똑같다. 유리병이 반드시 유리병으로 지칭되어야 할 까닭도, 사람이 반드시 그의 발치수와 키로써 가늠되어야 할 까닭도, 크리켓 경기에 참가한 사람이 반드시 공을 받고 던질 수 있어야 할 까닭도 전혀 없다. 그런 까닭은 전혀 필요하지도 않다. 여기서 내가 리처드 로티의 표현법을 차용하여 쓰자면, '그런 까닭이 있으리라'고 상상하는 사람은 자신의 몸에서 가렵지도 않은 부위를 긁어대는 사람이다.

발언행위이론은 인간의 언어를 창조적인 것으로 간주하는 오래된 전통을 세속적으로 비틀어버린다. 우리는 낱말을 단순히 발설하기만 해도 세계에 영향을 끼칠 수 있다고 생각하는 사고방식은 주술呪術의 중요한 요소이다. 이런 사고방식 때문에 사제와 권력자는 단순히 숨 쉬는 소리만 내어도 일들을 뜻대로 성사시킬 수 있다. 셰익스피어의 희곡 『리처드 2세Richard II』는 국왕의 언어를 제한하는 한계들과 그 언어의 역량들을 포함한다. 또한 이 희곡이 포함하는 시점時點들은 그 언어가 현실을 창조하거나 파괴할 수 있는 시점들일 뿐 아니라 그 언어를 사납게 반대하는 발언과 무기력하게 충돌하는 시점들이기도 하다. 언어의 영향력을 중시하는 이런 사고방식은 유태교경전에서도 목격될 수 있다. 그 경

---

94  찰스 앨티어리, 『행위와 자격Act and Quality』(Brighton, 1981), p. 45.

전에 기록된 히브리어 답하르dabhar는 언어와 행동을 동시에 의미할 수 있다. 고대의 신학은 의미를 성취하는 기호[95]의 개념에 성례聖禮라는 명칭을 붙였다. 성례들은 단순히 말하는 행위로써 소기의 목적들을 달성하는 발언행위들이다. 예컨대, 내가 너에게 세례를 베푸노라, 내가 너를 확인하노라, 내가 너를 임명하노라, 내가 너의 죄악들을 사면해주노라, 내가 너를 이 남자와 결혼시키노라, 또는 누가 어떻게 하노라고 말하는 행위들도 성례들이다. 그런 발언행위들은, 모든 의도표출언행과 비슷하게, 물리적 행위들이자 담론행위들로서, 선언하는 바를 실행한다. 기호sign와 실물reality은, 성체성사聖體聖事Eucharist를 연구하는 가톨릭 신학에서도 동일시되듯이, 유태교경전에서도 동일시된다. (그런데 정반대로, 어떤 프로테스탄트신학들에서 기호들은 — 빵과 포도주는 — 단순히 실물을 — 그리스도의 육체를 — 지시하거나 기념할 따름이다.)

성례들은 집행절차효력[96]을 발휘하는 언행들로 간주되곤 한다. 그런 효력이 의미하는 바는 성례의 목적은 성례집행자들의 (예컨대) 성실함이나 기타 요인 때문에 달성되기보다는 오히려 단순히 성례집행절차들만 충실히 실행되어도 달성된다는 것이다. 그런 집행자들은 마땅히 집행권한을 부여받아야 (집행자로서 "임명되어야") 하지만, 그것만으로는 성례의 목적을 달성하지는 못한다. 이런 요건은 (비록 작가들은 스스로에게 집행권한을 부여할지라도) 허구에도 해당하지만, 허구의 관건은 불성실함도 아니듯이 성실함도 아니다. 기호는 어떤 주체의 경

---

95 【sign: 영어권의 종교계에서 이 낱말은 '기적奇蹟' 또는 '기적의 징표'를 의미하는 데도 사용된다.】

96 【執行節次效力: 이것은 한국 가톨릭계에서 '사효적事效的'이라는 형용사로 번역되어온 라틴어(라티움어) 문구 '엑스 오페레 오페라토ex opere operato'를 가리킨다. 이것은 가톨릭교의 '성체성사는 그것의 집행자와 무관하게 그것의 절차대로 정확하게 집행되기만 하면 유효하다'고 보는 신학적 견해를 대변한다. 이 문구와 대조되게 '인효적人效的'이라는 형용사로 번역되어온 '엑스 오페레 오페란티스ex opere operantis'는 '성체성사는 그것의 집행절차와 무관하게 그것의 집행자가 적격자이기만 하면 유효하다'고 보는 신학적 견해를 대변한다.】

험표현에 의존하여 창조력을 획득하려고 하지 않는다. 만약 내가 당신에게 돈 50파운드를 빌려주겠다고 약속하면서도 나의 입으로 내뱉은 약속을 실행하려는 의도를 티끌만치도 품지 않았다면, 그렇더라도 나는 어쨌거나 그리하기로 약속하기는 한 셈이다. 결혼식의 모든 절차를 처음부터 끝까지 밟고 나서 돌연히 겁에 질린 표정으로 주례목사를 향해 "나는 진심으로 결혼하고 싶지 않았습니다"라고 외치는 신랑이나 신부의 언행은 어쩌면 이혼을 보장하는 가장 확고한 근거도 아닐뿐더러 새롭게 얻은 배우자를 매혹하는 가장 유력한 방법도 아닐 것이다.

정반대로, 생전 처음 보는 낯선 여자를 붙들고 버스의 지붕에 올라가 그녀에게 구애하는 사연을 끈질기게 이야기하며 그녀와 결혼하려고 애쓰는 남자의 언행은 의도표출언행(공연행위)의 관점에서는 유효하지 않을 것이다. 설령 그 남자가 열렬하게 진실하고 그녀를 사랑하지 않으면 견딜 수 없는 심정에 휩싸여 구애용으로 알맞은 모든 표현을 발설하더라도 의도표출언행의 관점에서는 유효하지 않을 것이다. 왜냐면 모든 성적性的 언행과 마찬가지로 결혼은 사사로운 개인사가 아니라 관련된 공동체가 예의주시하는 공공제도(더 광범하게는, 정치적 제도)이기 때문이다. 그러므로 일반적인 상황맥락을 벗어나고 공동체의 대표자도 현존하지 않는 버스 지붕 위에서 결혼하는 행위는 이런 사실(결혼은 공공제도이다)을 무시한다. 그런 행위는 결혼을 사사로운 여흥으로 변질시키므로 결혼의 정치적 성격을 제거하는 작업에 일조한다. 도심번화가들의 교통을 늘 정체시키는 버스들의 지붕 위에서 단체로 결혼하는 사람들이 속하는 문명들도 충분히 있을 수 있다. 그러나 이런 결혼은 인습적 행위나 제도적 행위일 수밖에 없다. 왜냐면 모든 사회적 인습들 및 제도들과 마찬가지로 이런 결혼도 반드시 결혼당사자보다 더 많은 사람과 관련될 수밖에 없고 결혼당사자의 소망들보다 더 많은 고려사항과 관련될 수밖에 없기 때문이다.

낭만주의Romanticism(로맨티시즘) 시대에 시적詩的 상상력이 완전히 새로운 세계들을 창조하자 창조적 언어를 신봉하는 교리도 불쑥 재등장했다. 케네스 버크는 순수창조행위, 독창적이고 보답을 전혀 바라지 않으며 오직 창조행위자체만 향락하는 행위, 예컨대, 신의 창조행위를 모방하는 행위를 꿈꾼다.[97] 프랑스 철학자 알랭 바디우Alain Badiou(1937~)의 "사건event"개념은 버크의 이런 공상을 닮은 가족유사점 같은 것을 지닌다. 이것들은, 우리가 아는 미학의 많은 부분과 비슷하게, 신학의 세속화된 부분들이다.

그러면, 예컨대, 조우그Zog라는 외계행성을 떠나 지구를 방문한 외계인[98]이 지구인의 발언에 귀를 기울인다고 가정해보자. 그런데 그 외계인은 지구인의 발언이 어떤 언행을 예정한다고 간파하지 못한다. 여기서 내가 사용하는 "어떤 언행"이라는 표현은 좁게 한정된 언행자체만을 의미하지 않고 더 넓은 관점에서 생활형식을 공유하는 언행을 의미한다. 지구인들의 말과 행동 사이에 존재하는 관계들을 파악하지 못하는 그 외계인에게는 아마도 지구인의 발언이 지구인들의 행동을 꾸며주는 반주곡을 닮은 장식음裝飾音들의 집합에 불과한 듯이 들릴지 모른다. 그렇지 않으면 그 외계인은 '언어는 어쩌면 공식의례의 일종이거나 아니면 자각상태自覺狀態를 스스로 유지하려는 지구인의 방편에 불과하리라'고 상상할지도 모른다. 그 외계인은 '지구인들은 지독하게 권태롭거나 게을

---

97  케네스 버크, 『행위동기들의 문법A Grammar of Motives』(Berkeley, 1969), p. 66.

98  【이것은 '외계생물'이겠지만, 지구인의 관점에서는 '인간'의 일종으로 간주되기 십상인 만큼 '외계인'으로 가칭되어도 무방하리라.】

러서 마비되거나 무기력해지기 쉬우리라'고 추측할지도 모르며 '지구인들은 서로에게 방심하지 않으려고 잡음을 이토록 줄기차게 흩뿌리며 분사하리라'고 추측할지도 모른다.

그 외계인이 발언의미의 개념을 파악하려면 지구인들의 발언들을 목적에 합치하는 것들로 인식해야겠지만,[99] 그런 인식의 과정은 그 모든 발언을 명령들로나 지시들로나 요구들로 추측하는 과정과 똑같지 않다. 더구나 그런 과정은 그 모든 발언을 '의도intention로 알려진 막연한 심정충동心情衝動 같은 것을 암묵적으로 동반하는 것들'로 상상하는 과정과도 똑같지 않다. 합목적성purposiveness은 담론형식에 붙박인 것이다. 우리는 자신이 발설하는 낱말들에 의미를 담으려고 그 낱말들과 의도하는 행위를 반드시 결합시키지 않아도 되지만, 미국의 문학비평가 에릭 도널드 허쉬는 시인들과 소설가들은 자신들이 쓰는 낱말들과 의도하는 행위를 결합시켜야 한다고 생각한다.[100] 이렇게 생각하는 사람은 나의 모든 행위를 나의 의지행위意志行爲들로 상상하기 십상일 것이다. 이런 상상은 누웠던 침대에서 일어나는 나의 행위에나 술을 마시던 선술집을 나서는 나의 행위에는 부합할 수 있겠지만, 나의 머리를 긁적이는 나의 행위에나 그 사람의 어깨를 가볍게 두드리는 나의 행위에는 부합하지 않을 것이다. 실제로 조우 그 행성출신 외계인이 총명하다면 아마도 '언어와 인간행동들의 상호작용방식'을 관찰해보고 자연스럽게 비트겐슈타인의 결론들에 도달하여 '언어는 목적에 합치한다는 사실'을 간파할 수 있을 것이다. 그 외계인이 천재라면 심지어 '우리의 몇몇 담론은, 담론이라는 낱말의 매우 실천적인 어떤 의미에서, 목적에 합

---

99   이 사실은 피터 존스의 『철학과 소설』(p. 183)에서 지적된다.

100   허쉬, 『해석의 타당성Validity in Interpretation』(New Haven, 1967).

치하는 기능을 일절 하지 않게non-functional 의도되었다 ― 그런 무목적성無目的性 purposelessness은 그렇게 의도된 담론들에 함유되었고 그래서 우리가 "문학적인" 이나 "예술적인" 같은 형용사들을 붙여서 말하는 담론들에도 함유되었다 ― 는 사실마저 파악할 수 있을 것이다.

　그러므로 허구는, 모든 의도표출언행(공연행위)과 비슷하게, 허구자체의 발언 행위와 불가분한 사건event이다. 허구자체의 바깥에는 허구를 지탱하는 것이 전혀 없다. 왜냐면 허구가 주장하는 것은 독립적인 증언을 반박하는 어떤 중요한 방편으로써도 검증될 수 없기 때문이다. 이런 의미에서 허구는 무장강도武裝强盜를 신고하는 언행보다는 고발하는 언행을 더 많이 닮았다. 허구가 지시하는 듯이 보이는 대상들이 바로 허구가 양산하는 것들이다. 허구는 묘사하려는 것을 암암리에 변형한다. 허구는 보고서처럼 보이지만 실제로는 수사학의 산물이다. 아우구스티누스 특유의 막연한 문장에 포함된 허구는 의도표출언행을 정보전달언행처럼 보이게 위장하는 의도표출언행이다. 독일 비평가 카를하인츠 슈티를레가 선명하게 주장하듯이, 허구는 지시형식에 속하는 자체지시적(자체참조적auto-referential)인 것이다.[101] 허구의 지시사항 ― 예컨대, 살인사건의 비밀, 정치적 위기, 불륜행각 같은 사건 ― 은 순전히 내부적인 것이라서 오직 허구를 설명하는 허구진술 속에만 존재하는 것이다. 러마크와 올센이 주장하듯이 "허구적 상황들은 그런 상황들의 표현방식에서 정체성을 차용한다."[102] 허구서사들은 허구서사자체들의 내부언행들을 벗어난 외부현상을 허구서사자체들에 투영한다. 그럴지라도 허구에 특유의 설득력을 부여하는 것은 정확히 이런 자치적自

---

101　존 로저스 설, 「허구 텍스트들 읽기」, pp. 111-2.

102　러마크 & 올센, 앞 책, p. 88.

治的 특성 내지 자기지시적self-referential 특성이다. 만약 허구가 "창조적인" 것이라면, 갑상선 연구논문 같은 것보다도 허구가 현실(실재)의 압력들을 더 적게 받도록 타고나기 때문에 창조적인 것이다. 그런데 지극히 우수한 허구도 이런 창조성을 타고나는 만큼이나 지극히 저열한 허구도 이런 창조성을 타고난다. 그러므로 여기서 "창조적인"이라는 형용사는 규범적 성격보다 묘사적 성격을 더 많이 함유한다.

이런 의미에서 모든 허구는 근본적으로 허구자체와 관련된다. 그렇더라도 허구는 이런 자기조형언행自己造形言行self-fashioning에 필요한 재료들을 허구의 주변세계에서 물색하여 입수하기 때문에, 허구의 역리逆理는 바로 '허구가 허구자체를 지시하는 언행으로써 현실을 지시한다'는 것이다. 비트겐슈타인의 생활형식들처럼, 허구들도 자기설립언행自己設立言行self-founding들이다. 그러나 이런 역리는 '생활형식들과 마찬가지로 허구들도 주변세계의 측면들을 자기창작언행自己創作言行self-making에 합체시킨다는 사실'을 무효하게 만들지 않는다. 만약 이런 역리가 그런 사실을 무효하게 만든다면, 허구들은 자기조형언행들이 될 수 없었을 것이다. 프레드릭 제임슨이 『언어감옥The Prison-House of Language』에서 논평하는 바대로라면, 형식주의자들과 구조주의자들의 관점에서 문학작품은 "오직 자기생성과정自己生成過程만, 자기구성과정自己構成過程만 설명할 수 있다."[103] 그러나 브리튼의 문학자 테런스 호크스Terence Hawkes(1932~2014)는 타당하게도 "허구작품은 오직 다른 어떤 것을 설명하는 배경과 대비되는 자기생성과정만 설명할 수 있다"[104]고 제임슨의 논평에 덧붙인다.

---

103   프레드릭 제임슨, 『언어감옥』(Princeton, 1972), p. 89.

104   테런스 호크스, 『구조주의와 기호학Structuralism and Semiotics』(London, 2003), p. 51.

"나는 맹세한다"나 "내가 약속한다" 같은 언어적 의도표출언행들 속에서도 허구 속에서 작용하는 것과 비슷한 애매성이 작용한다. 어떤 의미에서 이런 언행들은 순수한 자기지시발언들 — 어떤 지시사항의 외연을 표시하지 않는 자치적 발언행위들 — 이다. 그런 상황맥락에서 프랑스의 구조주의 언어학자 에밀 방브니스트Émile Benveniste(1902~1976)의 "언어가 언어자체를 걸고 맹세하면 언어자체가 근본사실이 된다"[105]는 진술도 승인될 수 있다. 그렇지만 그런 의도표출언행들은, 내가 앞에서 암시했다시피, 세계 속에서 중대한 변화들을 성취하고 확실한 결과들을 산출하는 강력한 간섭언행干涉言行들이 될 수도 있다. 그런 언행들의 각별한 설득력 덕택에 횡재들이 실현될 수 있고 결혼서약들이 체결될 수 있으며 총통[106]에 바쳐지는 충성맹세가 확증될 수 있다. 의도표출언행들은 상황들을 보고하기보다는 오히려 그런 언행자체들에 부합하는 식으로 현실에 부합하는 생산적 관계를 수립한다. 그리고 이런 관계 속에서 의도표출언행들은 허구의 역리구조逆理構造에 속하는 어떤 것을 확보한다.

마르크스주의 문학비평가 피에르 마슈레도 비슷한 주장을 펼친다.

이런 [허구적] 언어의 참신함은 언어의 자체구성력self-constituting power에서 유래한다. 자체의 앞에나 뒤에 아무것도 선명하게 드러내지 않고 여느 낯선 외계존재를 마주쳐도 당황하지 않는 그 언어는, 실제로도 깊이를 결여하고 오로지 자체의 표면에서만 전개되는 한에서, 자치적인 것이다 …… [허구는] 자체의 표피만큼 얇아지는 언어, 자체의 협소한 발달궤도 안에서 의미를 고안하는 언어, 독특한 내부시야內部視野를 개방하

---

105  조르조 아감벤Giorgio Agamben, 『남아도는 시간The Time that Remains』(Stanford, 2005), p. 133에서 인용.
106  【總統(퓌러Führer): 이 호칭은 특히 독일의 독재자 아돌프 히틀러Adolf Hitler(1889~1945)를 의미한다.】

는 언어이다. 그래서 언어는 임시대역배우 같은 것을 전혀 내세우지 않고도 다른 모든 것을 배제하면서 언어자체를 복창하고 재생산하며 연장한다 …… 작가의 작품은 자체를 생산하는 데 투입된 작가의 노고에 편승하여 자체의 지평을 확충한다.[107]

어쩌면 여기서 마슈레의 형식주의는 자신의 마르크스주의를 잠시나마 극복했을 것이다. 허구담론은 실제로 자체의 외부에 있는 어떤 것의 은혜를 입을 뿐 아니라 낯선 외계존재를 마주치면 당황한다. 왜냐면, 예컨대, 현실주의적 서사의 작가는 미국 뉴욕 맨해튼의 타임스 광장Times Square을 이집트 카이로Cairo에 위치시킬 수 없기 때문이다. 마슈레의 주장이 타당하게 인정되는 곳은 작가가 선택하는 모든 인물을 타임스 광장에 거주시킬 수 있고 선택하는 모든 사건을 타임스 광장에서 발생시킬 수 있는 완벽한 자유를 누리는 곳이다. 또한 그곳은 작가의 서사 속에서 타임스 광장이 부각되는 방식이 결정될 곳이기도 한데, 그런 방식을 결정할 요인들의 대부분은 작가의 서사 텍스트에 들어있다.

마슈레는 '문예작품들을 탄생시킨 역사들로부터 문예작품들이 기이하리만치 멀리 떨어져서 초연하다'고 암시하고자 하지 않는다. 정반대로, 문예작품들은 엄청나게 많은 역사적 요인들의 결과들이다. 이런 요인들에는 분야(장르), 언어, 역사, 이념, 기호규약들semiotic codes, 부의식욕망들, 제도규범들, 일상체험, 문학생산양식들, 여타 문학작품들 등이 포함된다. 이런 요인들이 결합하여, 정확하게는, 작품의 내부논리內部論理대로 작품을 전개시킬 수 있는 방편을 형성한다. 예술작품을 자체결정품으로 규정하는 과정은 '예술작품은 결정요인들로부터 자유롭다'고, 부조리하게, 주장하는 과정이 아니라 '예술작품은 이런 결정요

107  마슈레, 앞 책, p. 434.

인들을 이용하여 작품자체의 논리를 형성하고 작품자체를 탄생시킨다'고 주장하는 과정이다. 그런 결정요인들은 예술작품의 자체창조에 필요한 재료를 공급한다. 예술작품은 자체를 대량생산하는 데 투입하는 재료들을 단순히 반영만 하지도 않고 재생산만 하지도 않는다. 예술작품은 오히려 자체를 생산하는 과정에서 재료들을 능동적으로 재가공한다. 허구는 허구자체의 내부논리를 고수하기 때문에 세계와 관련된다. 그렇지 않다면 ─ 용어들을 변환할 수 있다면 ─ 허구는 어떤 세계를 기획하는 방식으로 허구자체와 관련된다.

문학작품들이 자기구성체들이라는 사실에는 또 다른 의미가 내재한다. 문학작품들의 특징들 중 하나는 문학작품들이 "언어"의 견본들이기보다는 오히려 명백하게 "담론"의 단편들이라는 것이다. 그러니까 문학작품들은 특수한 상황들과 밀접하게 맞물린 언어이다. 일상생활에서 그런 상황들은 기호들의 의미를 파악하는 우리의 방식에 포함되어 중대한 역할을 수행한다. 예컨대, 비좁은 도로에서 나의 자동차와 마주친 다른 자동차의 운전자가 자신의 자동차전조등을 점멸시킬 때, 비록 그런 점멸행위자체가 "먼저 지나가시오!"와 "멈추시오!" 중 어느 하나를 관행적으로 의미할 수 있을지라도, 그런 점멸행위가 "멈추시오!"보다는 오히려 "먼저 지나가시오!"를 의미한다면, 나는 두 자동차의 진로를 대체로 정확히 예언할 수 있다. 문학작품들의 생소함은 문학작품들이 그런 관행적 상황맥락들을 결여했다는 사실을 의미할 뿐 아니라 그런 상황맥락들을 결여할수록 오히려 문학작품들다워질 가능성은 더 높아진다는 사실마저 의미한다. 이것이 바로 존 마틴 엘리스가 생각한 '상황맥락을 벗어나 자유표류free-floating하는 문학'의 개념을 이용하여 포착하려는 의미이다. 그러나 상황맥락을 결여한 작품은 난해해질 위험에 처할 수 있는데, 이런 딜레마를 해소하려는 작품의 방책은 진전되는 작품자체에 부합하는 작품을 생산하는 것이다. 작품 텍스트의 발언들 각각은 고유한 권리를 타고나는 발언행위인 동시에 내속한 발언을 읽히게 만드는 체제frame에 기여하는 행위이다. 게다가 작품은 자체의 이념적 서브텍스트를 발생시키므로, 우리가 나중에 살펴보겠듯이, 자체를 감싸면서 이해될 수 있게 만들어주는 아주 많은 지시사항을 자체의 내용에서 자아낸다. 이것이 바로 우리가 작품의 "세계"로 간주하는 것의 일부이다.

예술작품들과 인간들 사이에 존재하는 유사점들은 일반적으로 위조된 것들이다. 벨기에의 문학비평가 조르주 풀레George Poulet(1902~1991)에게는 실례겠지만, 문학작품은 우리가 친밀하게 교제할 수 있는 벗 같은 주체가 아니라 지면에 인쇄된 부호들의 집합이다.[108] 물론 그렇더라도 허구 텍스트들의 자기결정방식과 개인들의 자기결정방식 사이에는 어떤 유사점이 존재한다. 인간의 자유는 결정요소들을 박탈당하는 인간의 문제가 아니라 결정요소들을 자신의 것들로 만들어 자기구성행위自己構成行爲의 근거로 변화시키는 인간의 문제이다. 이것이 바로 예술이 때때로 자유로운 행위의 모범으로 간주되어온 까닭이다. 자치행위自治行爲는 무법행위가 아니라 관례에 얽매이지 않는 자치법自治法을 준수하는 행위이다. 그리고 이런 자치행위가 바로 "자치적autonomous"이라는 형용사가 의미하는 것이다. 이런 행위를 꾀하는 모든 기획을 심하게 손상시키는 한계들이 실생활에는 충분하게 존재한다. 바로 이런 한계들의 존재 때문에 예술이 그토록 심하게 이상화理想化된 현상으로서 존재해온 것이 틀림없다. 우리를 짓누

---

108　풀레의 현상학적 비평은 조르주 풀레, 「읽기현상학Phenomenology of Reading」, 《뉴 리터러리 히스토리New Literary History》, vol. 1, no. 1 (October, 1969) 참조.

르는 현실의 압력보다도 예술을 짓누르는 현실의 압력이 더 약하기 때문에, 자기구성행위를 더 급진석으로 감행할 수 있는 예술은 우리의 처지에서는 오직 끝없이 닮아갈 수만 있을 뿐 실현할 수는 없을 자치행위의 각별하게 순수한 모범처럼 보인다.

이런 미학이념 속에서 예술작품은 자치법의 일종이다. 왜냐면 예술작품을 지배하는 원칙은 순전히 예술작품자체의 내용에서 생겨나기 때문이다. 예술작품은 예술작품자체를 벗어난 어떤 권위에도 복종하지 않는다. 모든 작품 하나하나는 자체의 일반법칙 내지 일반원칙대로, 우연하거나 외부적인 모든 것과도 무관하게, 형성되기 때문에 일종의 자치총체自治總體self-governing totality를 형성한다. 그렇더라도 이런 총체는 단지 작품을 구성하는 다양한 성분들의 상호관계들이 획득하는 형식일 따름이기 때문에, 이런 성분들은 나름의 자체형성법칙에 복종하는 것들일 수 있다. 그리고 이런 총체는, 장-자크 루소와 칸트 같은 공화주의 사상가들의 관점에서, 이상적 사회질서를 규정하는 것이다. 정치적 차원에서 예술작품은 권위주의국가보다도 공화주의국가를 더 많이 닮았는데, 그래서 예술작품은 18세기말엽 유럽에 출현한 중류계급들의 기대에 부응하여 구체제(절대왕정체제)를 비판하는 역할을 수행할 수 있었다. 공화주의는 집단적 자기결정을 의미할 뿐 아니라 예술작품으로서 알려진 협동연방체cooperative commonwealth에도 똑같이 적용된다. 독일의 문학비평가 겸 철학자 프리드리히 슐레겔Friedrich Schlegel(1772~1829)이 주장했듯이 "시詩는 공화주의적인 발언이다. 왜냐면 발언은 자치법이고 자기목적이며, 발언의 모든 부분은 선거권을 가진 자유로운 시민들이기 때문이다."[109]

---

109  프리드리히 슐레겔, 『'루친데'와 단편들'Lucinde' and the Fragments』(Minneapolis, 1971), p. 150.

이런 공화주의는 예술에서도 생활에서도, 확실히, 계급제도hierarchy와 완벽하게 화합한다. 공화국의 몇몇 구성원이 행사하는 권력이 다른 구성원들이 행사하는 권력보다 더 강하듯이, 예술작품의 몇몇 특징이 발휘하는 지배력은 다른 특징들이 발휘하는 지배력보다 더 강하다. 공화주의자가 반드시 인류평등주의자여야 할 필요는 없다. 우리가 여기서 다루는 것은 사회주의적 민주주의가 아니다. 프랑스의 시인 겸 예술비평가 샤를 보들레르Charles Pierre Baudelaire(1821~1867)가 탄핵하는 부류의 예술이 있는데, 그것은 "절대평등을 열애하는 폭도의 광분에 편승하여 정의를 극성스럽게 요구하는 모든 오합지졸의 폭동에, 요컨대, 자질구레한 군더더기들의 폭거에 굴종하기를"[110] 자처하는 예술가의 예술이다. 훗날 에밀 졸라와 그의 절친한 자연주의자들이 추구했을 목표도 보들레르의 이렇듯 미학적인 동시에 정치적인 비평이었을 것이다. 그렇더라도 자유가 부정적 관점에서 속박을 벗어난 해방으로 이해되기보다는 오히려 긍정적 관점에서 자기결정과정으로 이해되기 시작하기만 하면, 그때부터 두 명 내지 여러 명이 시를 함께 창작하거나 그림을 함께 그리는 합작형식은 자유와 전폭적으로 화합한다. 예술품 같은 인공물人工物의 특징들 중 어느 것이든 여타 특징들 모두를 증강하고 그것들에 가장 풍부한 잠재력을 부여하는 효과를 발휘하기 때문에, 그것들 중 어느 하나의 (내가 여기서 마르크스의 표현법을 차용하여 말하건대) 자기실현은 그것들 모두의 자기실현을 가능하게 만드는 조건이다.

그러므로 이런 미학적 관점에서 예술작품들은 작품내용의 현실성보다도 작품형식의 현실성과 더 원활하게 화합한다. 예술작품들은 민족독립을 변호하거

---

110 앙투안 콩파뇽Antoine Compagnon, 『현대성의 다섯 가지 역리The Five Paradoxes of Modernity』(New York, 1994), p. 20에서 인용.

나 노예제도반대투쟁을 옹호하는 식으로 인간자유의 본질을 구현하지 않고 오히려 진기한 존재물들로 간주되는 덕택에 인간자유의 본질을 구현한다. 이 대목에서 어쩌면 자체결정품의 이미지들로서 예술작품들은 현실적인 것들보다는 가능한 것들을 더 많이 반영한다고 덧붙여 강조할 사람도 분명히 있을 것이다. 예술작품들은 변화된 정치적 환경들에서 남녀들이 본보기로 삼을 만한 것의 견본들이다. 만약 예술작품들이 자체들을 벗어난 다른 것을 지향한다면, 그것들이 지향하는 것은 회복된 미래일 것이다. 이런 견지에서 모든 예술은 유토피아를 지향한다.

'현실에 강제로 속박된 예술작품'과 '그런 강제적 현실을 반영하는 예술작품' 사이에는 차이점이 존재한다. 무용수는 — 자신의 몸, 안무, 자신이 춤추는 물리적 공간, 자신의 예술적 창의력 등을 포함하는 — 요인들 일체에 강제로 속박된다. 그러나 무용수의 춤은 이런 조건들을 "반영하기"보다는 오히려 자신의 자기실현용 원료들로 변환시킨다. 만약 무용수가 세계와 맺는 관계를 계속 유지한다면, 노동이나 정치활동처럼 어떤 실용적 목적에 부응하느라 그리하기보다는 오히려 자신이 펼치는 춤동작들 내부의 자치논리自治論理에 부응하느라 그리할 것이다. 그래서 춤추는 행위는 접시를 닦는 행위와 다르게 행위에 내재된 미덕들을 포함하는 관행의 일종이다. 예술작품도 관행의 일종이나 마찬가지일 수 있다.

그러므로 '허구작품은 자기조형언행이다'라는 발언이 '허구작품은 완전히 자유분방하다'고 암시하지는 않는다. 우리가 앞에서 거론했다시피, 허구작품은 형식적 요인, 총칭적總稱的 요인, 이념적 요인에도 속박되듯이 작품소재들의 본성에도 (만약 그것이 현실주의적 작품이라면 특히 더 심하게) 속박된다. 그럴지라도 예술의 관건은 그런 속박들을 내면화內面化하고, 예술의 본체에 합체시키며, 예술의 자체생산용 원료들로 변환시켜서 예술자체를 제한하고 속박하는 것이다. 예술의 자체생산에 부응하는 논리가 존재하므로 예술은 일정한 필연성을 자유롭게 벗어나지 못한다. 그러나 예술은 진전되면서 자체적으로 필연성을 창조한다. 만약 현실주의적 장편소설이 1페이지에서 여주인공을 브리짓Bridget으로 호명하기로 결정했다면[111] 13페이지에서는, 도무지 파악될 수 없는 이유 때문에, 그녀를 거트루드Gertrud로 호명하면서 시작할 수 없겠지만, 비非현실주의적 작품은 그렇게 호명하면서 시작할 수 있을 것이다. 이것은 자체를 결정하는―자체의 필연성을 창조하고, 자체구성논리를 준수하며, 자체에 부여된 자치법을 충실히 준행遵行하는―텍스트의 (지극히 사소한) 일례이다. 여주인공의 이름은 느닷없이 다르게 호명될 수 없다는 규칙은, 당연하게도, 오직 작가만 결정하는 것이 아니다. 총칭적 인습들도 그런 규칙을 결정하고 어쩌면 이념적 인습들도 그리할 것이다. 빅토리아 시대의 어느 작가는 자신의 여주인공 이름을 멋대로 변경하여 호명하는 언행을 무례한 짓으로 느꼈을 수도 있다. 그러나 이런 인습들은 텍스트들의 가능성들을 제한하는 외부한계들일 뿐만 아니라 텍스트들의 자기창작용 천연자원들이기도 하다.

움베르토 에코의 견해가 마슈레의 견해와 비슷하다면, 에코가 다음과 같이 주장하므로 그렇다. "기호현상semiosis은 기호현상자체를 설명한다. 이런 연속순환성은 의미작용signification의 정규조건이므로 심지어 사물들을 운위하려고 기

---

111 【이 문장은 테리 이글턴의 문체에 익숙하지 않은 (한국의) 독자에게는 비문非文처럼 인식될 수 있지만, 이글턴은 다른 문장들에서 "예술"을 능동주어로 사용했듯이 이 문장에서도 "장편소설"을 능동주어로 사용한다는 사실이 양해되면, 이 문장이 비문이 아니라는 사실도 독자에게 양해될 수 있을 것이다.】

호들을 사용하는 소통마저 허용한다."[112] 그리고 에코는 언어를 밀폐되어 봉인된 체계로 환원하려다가 마침 생각해낸 듯이 '그런 환원이 바로 기호현상이 소통되는 방식이다'고 덧붙여 강조한다. 기호현상은 자체의 순환성 — 한 낱말은 우리에게 또 다른 낱말을 지시하고 그 또 다른 낱말은 다시 우리에게 또 다른 낱말을 지시한다는 사실 — 에 기대어 세계를 향해 개방된다. 그래서 에코는 위의 주장을 펼친 저작에서, 모순을 전혀 감지하지 못하는 듯이, "기호학은 기호들을 대체로 사회세력들을 다루듯이 다룬다"[113]고 쓸 수 있다. 인간은 언어를 절대로 벗어날 수 없다고 불평하는 언행은 인간은 자신의 신체를 절대로 벗어날 수 없다고 항변하는 언행을 닮았을 수 있다. 신체들과 언어들은 사물들에 진입하려는 우리를 가로막는 장애물들이 아니라 오히려 사물들의 복판에서 우리가 존재하는 데 필요한 방편들이다. 우리는 다양한 장벽들 같은 신체나 언어를 뛰어넘지 않고 오히려 신체나 언어의 "내부에" 존재해야만 서로를 대면할 수 있고 외부세계로 오인되는 것에 개입할 수 있다.

우리가 앞에서 살펴봤듯이, 발언행위이론의 관점에서 허구는 일탈하는 담론들을 재현하더라도 공통발언과 (부정적으로) 관련되는 한에서 그런 담론들을 재현한다. 그런 허구는 일상행위들의 비실용적 표현이다. 그래도 허구는 자체의 세계를 존재하게 만들므로, 그리고 언어의 자기지시행위에 편승하여 그리하므로, 평범한 일상사를 벗어나서 멀리할 수 있는 자치권마저 보유한다. 이런 의미에서 발언행위이론은 고유한 방식으로 허구와 관련된 친숙한 양면성을 획득한다. 발언행위이론은 자체의 자유분방한 특성에 포함된 어떤 것을 정확히 지시

---

112  에코, 앞 책, p. 71.

113  앞 책, p. 65. 이 문구는 원서에 이탤릭체로 인쇄되어있다.

한다. 만약 허구발언행위들이 비非모방행위들이고 비非실용행위들이라면 그런 행위들을 희롱할 수 있을 잠재적 장난기 같은 것을 보유할 것이다. 그래서 발언행위이론가들은 비록 시어詩語의 주체와 관련해서는 일반적으로 자청하여 침묵할지라도 발언행위이론을 '장난스러운 자기과시용 의미기호'의 개념과 화합시킬 수 있다.[114] 이런 화합과정은 문학 텍스트를 발언대상으로 간주하는 관점과 문학 텍스트의 어떤 "행위"나 소통이론을 화합시키는 과정이기도 하다. 우리는 이런 화합적和合的 수렴현상convergence을 이 책의 제5장에서 더욱 면밀하게 살펴볼 것이다.

그리하기 전에 우리가 허구와 시어詩語의 유사점을 조금만 더 살펴봐도 좋을 것이다. 먼로 비어즐리는 허구와 고상한 언어 모두가 현실세계에서 ─ 그가 우아하게 표현하듯이, 한편으로는 "발언내부설득력을 결핍시켜서, 다른 한편으로는 발언의 의미를 과대하게 표현하여" ─ 담론을 따로 독립시키는 데 일조한다고 지적한다.[115] 우리가 앞에서 살펴봤듯이, 문학작품들은 의미론적 애매성과 암시의미의 풍요로움에는 특히 유쾌하게 부응한다고 몇몇 비평가는 주장한다. 그래서 이런 주장은 내가 여기서 진행하는 논증과 관련을 맺는다. 허구와 현실(실재)세계를 묶는 결합관계의 느슨함뿐 아니라 기호와 지시사항을 묶는 결합관계의 느슨함도 문학작품을 최소한 두 가지 의미를 겸비하는 다의적인 것으로 이해하도록 우리를 납득시킨다. 실제로 몇몇 문학 텍스트는 몇몇 비非문학 텍스트에 비해서 다의성을 더 적게 지닌다. 그런 문학 텍스트도 일의성一意性의 적

---

114  비어즐리, 「문학개념The Concept of Literature」, 프랭크 브레이디Frank Brady, 존 파머John Palmer, 파틴 프라이스Martin Price (공편), 『문학이론과 구조:Literary Theory and Structure』 (New Haven and London, 1973), p. 135.

115  비어즐리, 『문학이론과 구조』, p. 39.

敵으로 간주되기가 너무나 쉽다. 그러나 허구는 자체와 대조될 수 있는 단일한 직접지시사항을 전혀 갖지 않기 때문에 허구의 의미는 탁상조명기구조립설명문 같은 것보다도 더 불확실하고 더 쉽게 변할 수 있다. 허구와 비슷하게 시적詩的 기호도 실용적 기호보다 일반적으로 제한을 더 적게 받는다. 시적 기호는 [실용적 기호보다] 관행적 기능을 더 적게 수행하므로 자체에서 넘치는 의미의 잉여분을 향락할 수 있다. 시적 기호는 이정표 같은 것보다 자유분방할 여지를 더 많이 보유한다.

허구와 "문학적" 언어는 또 다른 친연관계들을 맺는다. 허구의 구조는 순환본성을 타고나서 시적 기호의 구조를 닮았는데, 왜냐면 두 구조는 유사하게도 자체의 존재를 품고 다른 어떤 것을 표시하는 행위로써 자체를 표현하기 때문이다. 실제로, 어떤 텍스트 속에 문학적 언어가 현존하는 방식은 그 언어의 거시적巨視的 작용들을 허구작품만큼 위험시하여 조심하라고 우리에게 경고하는 미시적微視的 방식일 수 있다. 모든 허구가 시적詩的인 것들은 아니다. 그러나 언어가 우리에게 모든 허구가 시적인 것들일 수 있다고 알리는 신호를 보낸다면, 그것이 무슨 질문들을 하지 않도록 조심하라고, 예컨대, "이런 일이 실제로 발생했는가?" 같은 질문들을 하지 않도록 조심하라고, 우리에게 경고하는 신호일 수 있을까? 우리는 "장편소설A Novel" 같은 문구를 바라볼 때에도 이런 신호를 받는다.

비록 니체주의이론가 폴 드 만의 관점에서 세계자체는 언어구성체linguistic construct일지라도, 그와 같은 비평가의 관점에서 문학적 언어의 자기지시본성自己指示本性은 그 언어가 현실(실재)에 가장 충실하게 기여하는 곳where이다. [116] 허구는 사물들의 진실을 폭로하지만 고전적 인문주의자의 관점에서는 결코 그리하

---

116 폴 드 만, 『읽기의 알레고리들』 참조.

지 않는다. 허구는 오히려 존재론적 비밀을 누설하면서 우리가 완벽하게 현실
(실재)적인 것으로 간주하는 것의 비유적 본성을 드러낸다. 자체를 비유법들의
집합으로 자각하는 문학은 자체의 불가피한 신비화神祕化를 인식할 수 있는 능
력과 그런 신비화에 이름을 붙일 수 있는 능력을 발휘하여 일상적 담론의 부정
적 진실을 재현한다. 그래서 자체의 의미작용방식들을 자체의 불가피하고 교묘
한 책략대로 아이러니하게 표현하여 노골적으로 공개하는 현대주의적 문학작
품은 현실주의적 허구의 공공연한 비밀을 재현한다. 그 비밀이란 현실주의적
허구가 우리의 면전에 현실이 있다고 우리에게 납득시키느라 허구의 수사학적
본성을 숨긴다는 사실이다. 이런 견지에서 현대주의적인 허구는 단순히 자체를
확대하고 강조하며 자체의 책략을 폭로하고 자체의 자기지시본성을 훤히 공개
하는 허구에 불과하다. 만약 후기 현대에 자체의 불가피한 허위의식(자기기만)을
자각하는 아이러니한 의식이 가장 확실할 수 있는 것이라면, 폴 드 만의 세계에
서는 문학이 가장 확실할 것이다.

　만약 허구와 자의식기호自意識記號self-conscious sign를 맺어주는 친족관계 같은
것이 있다면, 허구와 도덕을 맺어주는 친족관계도 있을 것이다. 우리가 앞에서
살펴봤듯이, 도덕적 전망을 구현하는 언행은 허구 속으로 각별하게 영입될 것
을 예표豫表하고 선정하너 돋보이세 소냉하는 언행들을 요구하기 마련이다. 경
험을 완전히 지배하는 도덕의 몇 군데 남지 않은 처소들 중 하나가 바로 허구이
다. 허구 속에서 현실(실재)세계는 일정한 독립성을 간직하고, 이상화理想化되
며, 재조직되고, 놀라우리만치 많은 자유와 융통성을 부여받는다. 그래서 현실
세계와 관련된 몇몇 도덕적 진실은 허구 속에서 더욱 효과적으로 조명될 수 있

다. 실제로, 이 과정은 전위적인 영화를 편집하듯이 과감하게 일상의 현실을 편집하는 과정을 의미할 수 있다. 예컨대, 시적詩的 정의正義를 의식하는 과정도 편집과정일 수 있다. 잉글랜드의 소설가 겸 극작가 헨리 필딩의 장편소설『톰 존스Tom Jones』(1749)의 주인공 톰 존스는 현실에서는 아마도 교수형을 당했을지 모르지만, 시적 정의를 의식한 필딩은 부득이하게도 톰 존스를 보상받는 인물로 묘사할 수밖에 없었다. 또한 잉글랜드의 소설가 겸 시인 샬롯 브론테Charlotte Brontë(1816~1855)도 시적 정의를 의식해서 그랬는지 자신의 장편소설『제인 에어Jane Eyre』(1847)에서 불운한 여주인공 버서 메이슨Bertha Mason을 어떤 중혼죄重婚罪도 범하지 않고 홀아비 내연남과 결합할 수 있게 만드느라 불타는 집의 지붕에서 뛰어내리는 유부녀로 묘사할 수밖에 없었다.

심지어 가장 사랑스럽게 특필된 허구작품도 세계를 도식화하는데, 그런 도식화는 작품을 형성하는 관법觀法(way of seeing: 보는 방법)의 요구조건들에 맞춰 세계를 편집하는 과정이다. 물론 나는 여기서 '관법이 가장 중요하므로 작품의 세부사항들은 관법을 단순히 예시할 따름이다'고 암시하고자 하지 않는다. 작품이 실제로 창작되는 과정에서도 관법과 세부사항들의 우열은 전혀 가려질 수 없듯이, 작품이 읽히는 과정에서도 당연히 그런 우열은 가려질 수 없다. 오직 미리 결정된 도덕적 과제에 부응하도록 설정된 인물들 및 상황들만 등장하는 (예컨대, 새뮤얼 존슨의『라셀라스』같은) 장편소설은 전혀 소설답지 않게 보일 수 있을 뿐 아니라 자체의 도덕적 전망에 함유된 설득력마저 감소시킬 수 있다. 아이러니하게도, 장편소설의 전망을, 특히 현실주의적 허구의 전망을, 납득되게 만드는 것은 바로 그런 허구작품 속에 현존하는 우연성이다. 그래서 허구작품은 자체의 도덕적 그물망에 현실을 걸러내고 도처에 산재散在하는 많은 특수자를 흡수하면서 이런 아이러니한 사실을 숨기는 듯이 보인다. 불필요한 것들은 이런 은닉과정을 거치면서 필요한 것들의 버팀목들로 변해간다. 에밀리 브론테의 『폭풍언덕』에서 린턴Linton의 처소는 서러쉬크로스 대저택Thrushcross Grange으로 지칭되지만, 다른 몇몇 처소를 제외한 자잘한 처소들은 매우 임의적으로 지칭된다. 허구작품을 주제로 강의해온 사람들은 알아채겠듯이, 허구작품 속에서 장소가 조금이라도 더 쉽게 발음될 만한 어떤 것으로 간주되어왔을 가능성은 더없이 충분하다. 어느 소설에서는 주인공의 키가 실제로 175센티미터쯤이지만 어쩌면 소설의 목적에 부응하도록 180센티미터를 조금 밑돈다고 묘사될 수도 있을 것이다. 이런 과정에서 어떤 종류의 허구는 롤랑 바르트가 "현실효과the effect of the real"로 지칭한 것을 창출한다. 허구의 신중하게 고안된 임의성은 허구에 일상생활의 엉성하고 임의적인 분위기를 공급한다.

발언행위들은 의미를 전달하는 동시에 내포한다. 우리는 발언행위의 의미를 말할 수 있을 뿐 아니라 발언자체의 의미도 말할 수 있다. 자신이 썼거나 발표한 갖가지 자질구레한 논문들의 학술적 성과들을 나에게 자랑하느라 지루하고 장황하게 떠들어대는 완전히 낯선 사람에 붙들린 나는 내심 '저 사람은 왜 나에게 이런 말을 할까?'라고 생각할 수 있다. 브리튼의 철학자 겸 신학자 데니스 터너Denys Turner(1942~)가 주장하듯이, "인간들은 '이성理性을 갖췄다'고 말하는 과정은, 인간들의 가장 추잡한 행위들도 어차피 말하려는 행위들일 수밖에 없으므로 인간들은 무의미한 어떤 행위도 할 수 없다고 말하는 과정이다. 그래서 인간들은 단지 자신들의 말하는 행위도 무언가를 말한다고밖에 말할 수 없다."[117] 이

---

117  데니스 터너, 『신앙, 이성, 신의 존재Faith, Reason and the Existence of God』(Cambridge, 2004), pp. 98-99.

주장에 담긴 바와 같은 종류의 의미는, 터너가 주목하듯이, 수사학의 영역에 속한다. 사람들이 현관층계를 헛디디는 행위나 자신도 모르게 자신의 머리를 툭툭 치는 행위처럼 무의미한 행위들을 실행할 수 있다는 사실은 유의미하다. (나는 여기서 무의식적 의미의 문제를 고려하지 않는다.) 그러나 이 행위들은 터너가 고려하는 행위들이 아니다. 스탠리 커벨이 논평하듯이, "무언가를 말하는 행위는 결코 **단순히** 무언가를 말하는 행위에 불과하지 않다."[118] 예컨대, "그러고 보니, 우리가 예전에도 그랬듯이 여기에서도 다시 수다를 떠는군요!"라고 말하는 사람의 언행 같은, 이른바 사교적社交的 발언행위들은 소통행위자체를 지시하므로, 사교적 발언의 의미는 의도표출언행과 일치한다. 현실주의적 허구에서는, 정반대로, "이것은 허구작품이니까 사실진술로 간주되면 안 됩니다"라고 말하는 사람의 언행 같은 의도표출언행에 담겨서 전달되는 의미는 개인적 진술들의 설득력과 일치하지 않는다.

잉글랜드의 지식역사학자 쿠엔틴 스키너Quentin Skinner(1940~)가 주장하는 바대로라면, 우리는 '텍스트를 집필하는 저자의 행위'와 '그런 자신의 행위를 자각하는 저자의 행위'를 파악해야만 텍스트의 의미를 이해할 수 있는데, 이런 행위는 존 랭쇼 오스틴이 강조한 '발언내부설득력'에 상당한다. 적어도 이런 의미에서 언어사용론[119]은 언어의미론semantics보다 우선시된다. 이런 행위는 어떤 부류의 행위 — 아이러니한 행위, 논쟁행위, 풍자행위, 정보전달행위, 찬미행위, 변명행위, 아니면 무슨 행위 — 에 속하는가? 스키너의 관점에서는 우리가 오직 담론작품의 언어만 분석하면 담론작품의 의미를 파악할 수 없다. 더구나 우리가

---

118  스탠리 커벨, 『우리는 의도대로 말해야 하는가?Must We Mean What We Say?』(New York, 1969), p. 66.

119  【言語使用論(pragmatics): 한국에서는 자칫 '어용론御用論'과 혼동되기 십상인 '어용론語用論'으로 번역되어 온 이 낱말은 '기호記號를 사용자의 관점에서 연구하는, 기호론記號論의 분과'를 지정한다.】

작품의 상황맥락에 낱말들을 투입하더라도 그 낱말들의 의미는 자동적으로 드러나지 않을 것이다. 우리는 그리하는 대신에 오히려 발언의미뿐만 아니라 발언의 설득력 — 요컨대, 말하는 행위나 집필행위가 애써 성취하려는 것 — 을 판독해야 한다.[120]

여기서 쿠엔틴 스키너는 자신이 "행위지향의도intention to do"로 지칭한 것과 "행위내부의도intention in doing"로 지칭한 것을 구분한다. 행위지향의도는 작가의 목표 — 실현될 수 있거나 실현될 수 없는 목표 — 를 지시하고, 행위내부의도는 작가의 작품 속에서 실현되도록 집필된 것의 **취지**point를 지시한다. 이런 구분은 문학비평을 풍성하게 만든다. "러시아의 소설가 겸 극작가 이반 투르게네프Ivan Turgenev(1818~1883)가 실행하려는 의도[행위지향의도=작가의도]"와 "그의 장편소설 『전야On the Eve』(1860)가 실행하려는 의도[행위내부의도=작품의도]" 사이에는 차이점이 존재한다. 작가의도보다 작품의도가 의도성[121]의 더 생산적인 설명근거이다. 첫째 진술[122]은 취소될 수 없을 의도들을 호출하거나 아니면 취소될 수는 있되 부적절할 수 있을 의도들을 호출한다. 둘째 진술[123]은 텍스트를 전략의 일환으로 간주하는데, 나는 이런 전략적 접근법을 제5장에서 더 자세하게 살펴볼 것이다. 미국의 철학자 노엘 캐럴Noel Carroll(1947~)이 주장하듯이, "의도는 작품자

---

120　쿠엔틴 스키너, 「관념들의 역사에 내재된 의미와 이해력Meaning and Understanding in the History of Ideas」, 제임스 털리James Tully (편), 『의미와 상황맥락: 쿠엔틴 스키너와 그의 비판자들Meaning and Context: Quentin Skinner and his Critics』(Cambridge, 1988). 문학작품들을 향한 강력한 의도주의자intentionalist의 접근법은 스티븐 냅Stephen Knapp & 월터 벤 마이클스Walter Benn Michaels, 「이론을 반대하다Against Theory」, 미첼W. J. T. Mitchell, 『이론반대: 문학연구들과 신실용주의Against-Theory: Literary Studies and the New Pragmatism』(Berkeley, 1985).

121　【意圖性(intentionality): 한국의 철학계 내지 현상학계에서 이 낱말은 '지향성志向性'으로 번역되어왔다.】

122　【"러시아의 소설가 겸 극작가 이반 투르게네프가 집필하려는 의도[행위지향의도=작가의도]"와 "그의 장편소설 『전야』가 실행하려는 의도[행위내부의도=작품의도]" 사이에는 차이점이 존재한다.】

123　【작가의도보다 작품의도가 의도성의 더 생산적인 설명근거이다.】

체에 명백하게 내재하므로, 의도가 작품의 합목적구조合目的構造로 확인되는 한에서, 의도는 예술작품에 우리의 흥미와 주의력을 집중시키는 초점이다."[124] 이 주장은 예술의 의도성이라는 까다롭기로 악명 높은 난제를 해결해주지 못한다. 그러나 이 주장은 이 난제를 정확히 조망할 수 있는 지형으로 우리를 데려다준다.

어떤 행위를 의도적으로 **이용하는**by 작가도 있다. 만약 무신론자이되 그런 본심을 숨겨온 어느 시인이 1608년에 리투아니아Lithuania의 작은 마을 실루바Siluva에서 발현했다고 알려진 동정녀 마리아를, 거의 비아냥대듯이, 찬미하는 시詩를 쓴다면, 그 시인은 종교적 헌신행위의 실행자로서 인식될 것이다. 실제로 그가 종교적 헌신행위를 실행해왔**다**면, 그리고 그런 행위가 독자들의 정신생활을 풍요롭게 만들 수 있다면, 그런 행위는 유의미하다. 심지어 우리가 (예컨대, 다른 무엇보다도 동정녀 마리아와 관련된 그의 이색적인 성적性的 환상들을 목격할 수 있는 그의 내밀하고 야살스러우며 신성모독적인 편지들을 증거로 삼아) 그는 그런 행위를 실행할 만치 경건한 신심을 전혀 느끼지 않았다는 사실을 입증할 수 있을지라도, 그런 행위는 유의미할 수 있다. 작품을 집필하던 그의 행위에 **내재된**in 의도[행위내부의도]는, 그러니까 그의 작품을 결정할 수 있었을 작품자체의 취지는, 동정녀 마리아를 찬미하려는 의도였다. 그래서 그가 시를 쓰는 행위를 **이용하여** 실행하려던 의도는 그의 종교적 정통성을 과시하려는 의도였으므로 이단혐의와 특히 불쾌한 죽음을 모면하려는 의도였기도 했다.

작가의 의도들이 그의 텍스트에 담긴 발언내부설득력과 동일시될 가능성은 의심스럽다. 왜냐면 텍스트들은 그것들의 작가들에게는 거의 또는 전혀 인식되

---

124  노엘 캐럴, 『미학을 넘어서Beyond Aesthetics』(Cambridge, 2001), p. 160.

지 않는 고유한 자체의도들을 함유할 수 있기 때문이다. 투르게네프는 자신의 『전야』가 자체의 특별한 취지에 부응하여 실행하려던 자체내부의도를 인식하지 못했을 수 있다. 작가의 개인적 의도들과 마찬가지로 분야(장르)의 규칙들이나 역사적 상황맥락도 집필하는 작가의 행위내부의도를 결정할 수 있지만 작가의 개인적 의도들보다 더 강한 결정력을 발휘하지는 못한다. 그러니까 작가의 작품이 작품내부의도들을 실현할 수 있도록 조직화된다는 의미에서, 그런 작품내부의도들은, 만약 작가가 정녕 어떤 집필의도를 품었다면, 작가의 집필의도와 언제나 동일시될 수는 없다. 이 말은 이념적 담론들의 다수에도 적용된다. 작가가 집필하면서 실행할지도 모를 행위내부의도는 — 예컨대, 정신의 확고한 개인주의를 찬양하는 식으로 유산계급의 이익들을 간접적으로 옹호하려는 의도는 — 심지어 작가자신에게도 명확히 인식되지 않을 수 있다. 물론 중류계급 잉글랜드인들의 대다수와 마찬가지로 쿠엔틴 스키너도 자신의 행위내부의도를 인식하지 못할 가능성을 완강하게 배척한다. 프로이트가 '무의식적 의도들'로 지칭한 것도 잉글랜드인들 사이에서는 완강하게 배척된다. 왜냐면 그런 의도들을 상정하는 관념은 이념담론보다도 훨씬 더 불쾌하게 잉글랜드인들의 신경을 긁어대기 때문이다. 프로이트의 관심을 사로잡은 실수[125]나 실언에 담긴 의식적 의도와 무의식적 의도는 표리부동한 횡설수설 속에서 상충한다.

어떤 분야(장르)에 붙박인 의도성은, 이를테면, 작가의 의도들을 거스를 수도 있다. 어떤 작가는 자신을 정치논객처럼 인식되게 진술할 수 있지만, 그런 진술이 허구작품 속에서 이루어진다면, 그런 진술의 설득력은 무효해지거나 변질되

---

125 【parapraxis(패러프랙시스): '실착행위失錯行爲,' '착행錯行,' '착행증錯行症'으로도 번역되는 이 낱말은 '무의식적 과실이나 말실수나 건망증'을 뜻한다.】

기 십상이다. 작가가 그런 진술을 아무리 진지하게 할지라도 허구의 상황맥락은 그런 진술을 쉽사리 무효하게 만들 것이다. 이 경우와 비슷하게, 아이러니(반어법反語法)를 용납하지 못하고 배척하는 분야(장르)에서 아이러니 효과들을 산출할 수 없는 작가도 있을 수 있다. 왜냐면 그 분야에서 아이러니 효과들은 쉽사리 수용되지 않을 터이기 때문이다. 미국의 일간지《뉴욕타임스New York Times》는 언젠가 나에게 의뢰한 원고에 아이러니가 사용되었으므로 원고를 지면에 게재할 수 없다고 알려왔다. 아마도 그 일간지의 관례들에 익숙한 정기구독자들은 그런 아이러니 효과들을 비非아이러니non-irony(직설법直說法) 효과들로 인지했을지 모른다. 그런 반면에 브리튼의 일간지《가디언Guardian》의 독자들은 아이러니 효과들을 그대로 받아들였으리라. (또 언젠가 미국의 어느 언론매체는 나에게 의뢰한 원고에서 잉글랜드의 일간지《타임스》가《런던타임스London Times》로 호명되어야 했다고, 그러니까, 설령《런던타임스》같은 것은 세상에 없을지라도 그렇게 호명되어야 했다고 알려왔다. 이런 동향은 미국의 신新식민주의가 어느덧 타국들에서 발행되는 일간지들의 명칭마저 확인하도록 타국인들에게 요구할 정도로 팽창했다는 사실을 증명하는 듯이 보인다.) 예컨대, 나는 나의 자서전을 집필하면서 심지어 가장 비열한 죄인조차 호의를 듬뿍 받을 수 있는 사연을 누설하려고 의도할 수도 있다. 그런데 내가 만약 모든 자서전을 이기주의egoism의 교본들로 간주하는 문화에서 생활한다면, 눈치를 보듯이 자서전을 집필하는 이런 비굴한 행위는 나의 교묘한 자화자찬용 방편으로 해석되기 십상이다. [그런 문화에서] 자서전이라는 분야의 행위의도처럼 보이는 것은 나의 행위의도처럼 보이는 것을 압도할 것이다.

대부분의 소통상황疏通狀況들에서 의도표출언행의 의미는 발언들의 의미를 소통상황에 끼워 맞추고 적응시키면서, 발언의미들을 파악할 우리의 이해방식을 결정한다. 예컨대, 나의 눈치를 보듯이 우물쭈물하며 자기비하용 사연들을 나에게 구구절절 털어놓는 사람이 나로부터 그를 건방지고 냉담한 사람으로 평가하는 의견을 듣고 상심해서 그리한다는 사실을 내가 파악하는 순간부터 나는 그 사람에게 훨씬 더 호의적인 태도를 보일 수 있다. 그래서 언어작품의 수사학적 태도는 언어작품의 발언의미를 결정하는 과정을 원활하게 만들 수 있다. 어떤 진술을 빈정대는 진술로 이해하는 과정은 그 진술의 발언의미를 발언내용과 상반된 것으로 파악하는 과정이다. 예컨대, 만약 어떤 사람이 지금 내가 입고 있는 나의 외투에 불을 지르겠다고 말했다면, 나는 그 사람의 말을 이른바 블랙코미디[126]라는 수사학적 방식에 속하는 허구로 인지하는 순간부터 다른 의미에서 그 사람의 말을 이해할 수 있고 그때까지 내가 더듬거리며 찾던 강력한 장애물을 제거할 수 있다. 이런 변환과정과 동일한 어떤 과정이 문학적 허구의 발언행위들에도 적용될 수 있는데, 그런 과정에서 의도표출언행(혹은 발언행위)은 정보전달언행(혹은 발언내용)에 잇따라 수반되어 병발竝發한다.

문학작품들의 완전한 발언행위개념에 상응하는 불완전한 구어주의[127]적 태도가 존재한다. 문학 텍스트들은 아무리 훌륭해도 인간언행을 본받은 소통행위들로는 생각되지 않고 심지어 모방행위들보나 일탈행위들로도 생각되지 않는다. 문학작품 한 편을 구성하는 모든 것은, 예컨대, "그것을 올리브기름에 찍어 먹어봐!"나 "왜 그렇게 기분이 언짢아 보여?" 같은 발언을 구성하는 모든 것처

---

126 【comedie noire(black comedy): 인간본성이나 사회를 통렬하게나 잔혹하게 비꼬며 풍자하는 반어희극反語喜劇.】

127 【口語主義(logocentrism): 이 낱말은 '로고스주의logos主義'나 '음성언어주의音聲言語主義'나 '입말주의'로도 번역될 수 있다.】

럼, 단일한 의도에 종속하지 않는 듯이 보인다. 가장 고지식한 발언행위이론은 작가는 자신의 의도들을 독점하여 훤하게 파악한다고 단정한다. 여기서 우리는 이런 작가 같은 주체와 그의 의도들을 탄생시킨 원천을 조사하지는 않겠다. 왜 냐면 이것들이 오히려 원천들로 이해되기 때문이다. 그러나 텍스트들은 아무리 훌륭해도 허구창작의도들의 전달매체들로 생각되지는 않는다. 실제로 아무 의 도를 내포하지 않은 텍스트들이 존재할 수 있다. 예컨대, 어느 바위의 표면에 발 생한 균열들의 모양이 신기하리만치 우연하게도 "옛날에 곰 세 마리가 있었다" 는 문구를 빼박았다면, 그런 균열들도 아무 의도를 내포하지 않은 텍스트일 수 있다. 이것이 바로 텍스트가 비록 아무 의도를 내포하지 않아도 발언하는 것을 의미한다. 문학작품의 운명은 발언의 궤적에 종속하지 않을 것이다. 조지프 마 걸리스가 논평하듯이, "문학담론의 미묘한 특징들은 …… 발언행위분석에 생 산적인 방식으로 순응하지 않으리라고 충분히 믿길 수 있다."[128] 그래도 어쨌거 나 발언행위이론이 너무 심하게 추상화되어버리면 문학작품의 관점, 곁줄거리 subplot, 급변, 시적詩的 기호 같은 형식적 문제들에 유익한 영향을 끼치지 못할 수 있다. 피터 러마크는 『허구의 관점들Fictional Points of View』에서 대단히 많은 문학 철학과 마찬가지로 발언행위이론도 아이러니, 믿기지 않는 서사, 이동하는 관 점, 기타 허구장치들을 해명하지 못하는 사연을 명민하게 논평한다.

발언행위이론의 또 다른 유치한 습관들은 심지어 텍스트의 화자話者가 실제 로 전혀 없어도 텍스트를 발표하는 화자는 있다고 단정할 것이다. 예컨대, 그레 고리 커리는 우리가 문학작품을 마주칠 때마다 그것의 화자를 상상해야 한다고 생각하는 듯이 보인다. 그러나 분명히 우리는 그렇게 상상하지 않아도 된다. 예

---

128  마걸리스, 『예술과 철학』, p. 237.

컨대, 어쩌면 상상된 난롯가에 웅크려 앉은 상상된 쭈그렁할멈처럼 막연한 어떤 인물이 우리에게 괴테의 『선택적 친화관계들』[129]을 낭독해주거나 잉글랜드 전래동요 「파란 옷을 입은 소년Little Boy Blue」을 낭송해주리라고 우리가 상상해봐야 별로 유익하지도 않다. 모든 [창작되거나 전래되는] 이야기가 반드시 확인될 수 있는 작가들의 작품들이어야 할 당위성은 없다. 제임스 조이스의 『피니건 부부의 밤샘』 속에서는 누가 말하는가? 누가 토머스 스턴스 엘리엇의 장시 『황무지』를 말하는가? 다수의 화자들을 겸비한 작품들에 관해서 우리는 무슨 말을 하는가? 허구의 개념은 텍스트들 및 그것들의 상황맥락들에는 부합하지만 상상된 화자의 것들로 가정된 의도들에는 부합하지 않는다. 설령 어떤 작품 속에 상상된 화자가 현존한다고 느껴질 수 있더라도, 그가 진술하는 허구적 진실들은 작품내부의도들을 초과할 수 있거나 파괴할 수도 있다.

어느 비평가가 쓰듯이 "우리는 제러드 맨리 홉킨스의 시 「펠릭스 랜덜Felix Randal」에서 말하는 화자가 성직자라는 사실뿐 아니라 그 화자가 전령에게 말한다는 사실도 모른다. 그러나 만약 우리가 이렇게 추리하지 않으면, 우리는 이 시를 이해하지 못할 것이다."[130] 실제로 이 시의 수신인이 전령이라고 상상될 필요는 전혀 없으며, 독자는 비록 이 시의 화자가 성직자라고 알아채지 못할지라도 이 시의 대부분을 이해힐 수 있을 것이다. 그러나 중요한 문세는 이런 접근법이 모든 문학작품을 마치 극적 독백dramatic monologue 같은 것들로 간주하여 다룬다는 사실이다. 앞에서 언급된 비평가는 우리가 존 키츠의 시 「나이팅게일 송가頌

---

129  【『Die Wahlverwandtschaften』: 괴테가 1809년에 발표한 이 장편소설의 제목은 한국에서는 단순히 『친화력』으로만 번역되어왔는데 더 정확하게는 『선택되는 친화관계들』 내지 『선택되는 친족관계들』로도 번역될 수 있다.】

130  그레이, 『문학현상』, p. 156.

歌」[131]의 화자는 남자거나 여자라고 추리하다니 실로 놀랍다고 진술한다. 리처드 게일은 별나게도 허구적 화자의 범례는 바로 청중 앞에서 말하는 이야기꾼이라고 생각한다.[132] 그러나 텍스트들이 언제나 화자들의 발언들이지는 않으므로, 켄덜 월턴이 지적하듯이, 암시적 화자의 개념을 아예 결여한 문화들도 있을 수 있다. 텍스트들은 자체적으로 말한다. 그러니까 텍스트들은 — 허구적 화자의 현존을 이따금 포함할 — 자기발언自己發言 같은 것들이다.

발언행위이론은 자체적으로 문학을 설명해야 하지만, 현실주의적 허구를 설명하는 이론에 대체로 너무 심하게 의존한다. 서정시는 독자에게 서정시를 신뢰하듯이 시늉하는 가식언행을 권유하며 서정시를 비실용적인 것으로 간주하여 다뤄보라고 권유한다는 의미에서 허구적인 것이다. 그래서 아마도 서정시는 의미기호를 최전면에 내세워서 서정시의 이런 비실용적 지위를 은근히 암시할 것이다. 그러나 서정시는 현실주의적 서사가 공유하는 유사類似-보고서의 형식을 띠지는 않을 것이다. 현실주의적 서사는, 윌리엄 워즈워스의 전원시「미카엘 Michael」(1800)처럼, 시詩로 인정되는 것의 작은 부분이다. 발언행위이론은 모든 문학 텍스트는 직설법으로 쓰여서, 예컨대, "시골집에서 촬영된 소년의 아버지 사진은 전혀 없다" 같은 진술들로 구성된다고 이따금 추정하는 듯이 보인다. 그렇다면 "저의 가슴을 후려치소서, 삼위일체인 신이시여"[133]나 "우리는 춤꾼의 춤을 보고 어떻게 그 춤꾼의 정체를 알아맞힐 수 있는가?" 같은 진술은 어찌 추정될까? 시詩들은 소설들만큼 허구적인 것들이다. 왜냐면 시들의 경험적 정확성

---

131 【「Ode to a Nightingale」: 키츠가 1819년에 썼다고 추정되는 이 시의 제목에 포함된 '나이팅게일'은 유라시아 대륙에 서식하는 지빠귀류類에 속하는 조류鳥類 '방울음새'를 가리킨다.】

132 게일, 앞 논문, p. 337.

133 【존 던의 『거룩한 소네트집Holy Sonnets』(1633)에 수록된 제14소네트의 첫 구절.】

은 애초부터 중요하지 않을뿐더러 시어詩語들은 직접지시사항을 지시하도록 쓰이기보다는 오히려 보편적 함의들을 내포하도록 쓰이기 때문이다. 그러나 시들은 유사類似-주장들로 구성된다는 의미에서 반드시 허구들이지만은 않다. 왜냐면, 러마크와 올센이 지적하듯이, 문학작품은 주장진술을 전혀 포함하지 않을 수 있기 때문이다.[134]

발언행위이론은 허구를 창작하는 작가들은 주장하지 않으므로 기만하려는 의도를 품지 않으리라고 가정하지만, 그들 중 몇몇은 확실히 우리를 기만하려고 진력한다. 작가들은 자신들의 작품에 쓰인 발언이 절반쯤 진실한 것으로 독자들에게 믿기기를 바랄 수도 있는데, 새뮤얼 리처드슨도 자신의 소설『클러리사』를 해설하면서 그렇게 바랐을 것이다. 그렇지 않다면 작가들은 자신들의 발언이 마치 여행자들의 허풍처럼 독자들에게 완전히 진실한 것으로 믿기기를 바랄 수도 있다. 물론 작가들이 독자들을 속이려고 진력하지 않을지라도, 시늉이라는 개념이 작가들의 언행을 설명하는 최선의 방편일 가능성은 의심스럽다. 모든 사람에게 시늉으로서 인식되는 시늉도 사실상 시늉이다. 예컨대, 나를 암암리에 조롱하는 친구들 앞에서 내가 미국의 희극배우 그라우쵸 마크스Groucho Marx(1890~1977)를 서툴게 모방하는 시늉도 마찬가지로 시늉이다. 만약 어느 극상의 무대에 펼쳐지는 여배우의 연기를 관람하는 관객들 모두가 유아幼兒들이 아니라면, 그 여배우가 자신을 다른 사람으로 생각하게끔 관객들을 속이려고 애쓰지 않을 것이다. 연기하는 여배우는 허구적 인물이 느끼고 행동하는 과정을 재현한다. 우리는 비록 그녀와 그녀가 연기하는 인물이 동일하다고 생각할망정 그런 인물을 재현하는 그녀의 연기를 극찬하지는 않을 것이다. 자신을 자

---

134 러마크 & 올센, 앞 책, p. 9.

신답게 만드는 특별한 기법 같은 것은 아예 존재하지 않는다. 그러나 연기하는 여배우의 언행은 여전히 시늉으로 규정될 수 있다.

비록 그렇더라도 시늉은 허구에 정확히 부응하는 낱말로 보이지는 않는다. 그레고리 커리가 『허구의 본성』에서 주장하듯이, 시인들과 소설가들은 현실적 발언행위들을 실행하면서 독자에게는 가식언행을 실행하라고 은근히 권유한다. 러마크와 올센이 정확하게 지적했듯이 허구작가들은 현실에 부응하는 언행을 실행하는데, 예컨대, 사회적 허구창작단체에 이바지하는 활동도 그런 언행의 일종이다. 허구는 고유한 독립성을 타고난 사회관행이라서 어쩌면 보편적인 사회관행일 것이다. 허구는 당연히 사회에 기생하지 않는다. 어쨌거나 우리는 이른바 일상발언이라는 너무나 단조로운 모형을 가정하지 말아야 한다. 그리고 만약 우리가 그런 모형을 가정하지 않는다면, 허구적 언행들을 일탈언행들로 만들 수 있을 확정된 기준의 강제력은 줄어들 것이다. 더구나 문학의 의미가 허구의 의미보다 더 넓어지면 작가들은 아무 시늉도 하지 않을 것이다. 로렌스 스턴은 설교하면서 자선행위들을 명령하는 듯이 시늉하지 않고, 조지 오웰은 자서전 『위건 부두로 가는 길The Road to Wigan Pier』(1937)에서 소수자들을 칭찬하는 듯이 시늉하지 않는다. 발언행위이론은 오직 문학을 허구에 국한시키고 대체로 현실주의적 허구에 한정시키는 사람에게만 일반적 문학이론으로서 영향을 끼칠 따름이다.

그래도 우리가 발언행위이론에서 배울 것이 전혀 없지는 않다. 발언행위이론은 무엇보다도 허구의 자기지시성을 참신하게 조명한다. 그러나 우리는 문학작품들을 다른 무언가를 창조적으로 결여한 미완성품들로 간주하는 편견을 반드시 재고再考해야 한다. 또한 우리가 이미 살펴봤듯이 문학의 의미가 확장되면 발언행위이론은 우리를 전혀 돕지 못한다. 문학작품들은 발언행위이론의 증례들로 매우 빈번하게 동원되는 사이비명제들에 연루되지 않아도 된다. 그리고 설령 작가들이 시늉하는 자들로 생각될지라도, 크리스토퍼 뉴가 지적하다시피, "단순히 살인행위를 저지르듯이 시늉만 하는 과정은 다른 유형의 범죄를 실행하는 과정이 아니듯이, 단순히 발언내부의 단언행위를 실행하듯이 시늉만 하는 과정도 다른 유형의 발언내부행위를 실행하는 과정이 아니다." [135]

하여튼, "평범한" 발언행위들을 지배하는 규칙들이 오직 허구 속에서만 정지되거나 위반되는 것들은 아니다. 비허구적 담론을 읽는 독자는 그 담론을 펼치는 저자의 진실성과 정직성, 그 담론의 주제를 이해하는 저자의 지식, 자신의 주장들을 뒷받침하는 확증을 제시할 수 있는 저자의 기량 등을 따져보느라 도중에 읽기를 잠깐씩 멈추지 않으면 그 담론을 완독할 수 없을 것이다. 어쩌면 그 담론의 저자는 반쯤 정직하든지 아니면 자신의 진실성을 암시하는 실마리를 제시하지 않든지 아니면 이래도저래도 상관없다고 여길지 모른다. 일반적 발언행위이론의 관점에서는, 발언자들이 평범한 상황들에서 행한 발언들의 진실에 "헌신"하면서 그 발언들을 타당한, 진실하게 의도된, 이런저런 것들로 인식하리라고 예상된다. 그러나 토머스 파벨이 지적하듯이, 우리는 그런 발언들에 우리가 헌신하는지 여부를 때때로 확신하지 못한다. 물론 애매하고 반쯤 의심스러우며 일시적으로 헌신하는 발언들을 당분간 신뢰할 만한 것들로 인식하는 작가도 독자도 언제나 있기 마련이다. [136]

---

135 뉴, 『문학철학』, p. 26.

136 파벨, 앞 책, p. 21.

발언행위이론은 역사의 전환기에 생겨난다. 그때부터 일반적인 예술작품들과 마찬가지로 문학 텍스트들도 직접 실행하던 사회적 기능의 대부분을 멈추는 듯이 보인다. 그래서 문학 텍스트들은 오직, 예컨대, 성실한 르포르타주reportage(현장기록문학) 언행들 같은, 다른 부류의 기능들을 모방하기만 할 수 있다고 가정되어도 이해될 만하다. 이런 상황에서는 문학작품들의 사회적으로 역기능逆機能하는 본성이 문학작품들을 정의하는 개념의 대부분을 점령한다. 리처드 게일은 허구를 세계에 행사될 수 있는 언어의 실력으로 여겨서 발언유발행위發言誘發行爲[137]의 적수로 간주한다. 게일이 쓰듯이 "언어사용효과를 허구적으로 경청하는 행위는 언어사용행위가 유발할 수 있을 평범하고 적절한 반응을 검증하거나 억제하거나 승화시키는 행위이다."[138] 그러니까 요컨대, 문학작품들은 심지어 우리의 실생활을 잠시 보류시키는 꿈속에서 향락될 만한 유쾌한 기분을 우리에게 안겨주는 진정제나 마취제조차 전혀 닮지 않았다. 문학작품들은 그런 것을 닮기는커녕 오히려 악몽 속에서 괴물한테 쫓기면서도 꼼짝하지 못하고 가위눌리는 몽중인물들과 동등하다. 문학은 우리의 일상적 반응들을 유발하는 행위의 문제가 아니라 그런 반응들을 억압하는 행위의 문제이다.

이것은 고대의 부족계보학자가 자신의 소임을 소중하게 여긴 사연도 분명히 아니고 윌리엄 버틀러 예이츠가 아일랜드 파시즘 운동에 유용될 행진곡들을 작사한 이유도 분명히 아니다. 시詩는 아무것도 실현하지 못한다고 여기는 견해가 언제나 옳은 것은 아니다. 미드라쉬[139]에 종사한 고대 유태인학자들은 경전을

---

137 【the perlocutionay: 이 용어는 한국에서 '발화매개행위發話媒介行爲'로도 번역된다.】

138 게일, 앞 논문, p. 337.

139 【Midrash: 유태교경전들 중에도 특히 모세5경을 집중적으로 해석하는 작업.】

실천하는 방법을 모르는 사람은 경전을 이해할 수 없다고 주장했다.[140] 또 다르게는, 예컨대, 20세기초엽 공산주의 선전선동용 극장에서 연극이 끝나면 관객들은 투표하도록 요청받거나 연극의 취지대로 실행해야 할 정치적 행위를 모색하는 토론에 동참하도록 요청받았을 것이다. 어쨌거나, "돌고래가 찢어버리고 징소리가 괴롭히는 바다"[141]나 "그대 아직도 처녀성을 잃지 않은 정숙한 신부新婦여"[142] 같은 시구詩句를 향한 "평범하고 적절한" 일상적 반응이란 무엇인가? 문학작품에서 우리를 마주치면 좌절하고 승화하는 이런 언어적 소품들을 향한 현실세계의 반응들이란 무엇들인가?

## 3

브리튼의 철학자 피터 해커Peter Hacker(1939~)는 비트겐슈타인의 철학을 다룬 논저 『통찰과 환상Insight and illusion』에서 비트겐슈타인은 언어와 현실을 서로 전혀 무관한 것들로 간주한다고 주장한다. 비트겐슈타인의 관점에서 언어와 현실은 일반적인 어떤 관계들 — 상응관계, 구성관계, 동형이종관계同形異種關係 등 — 을 맺는 두 영역 같은 것들로 생각될 수 없다. 그래도 비트겐슈타인은 완강한 의혹주의자가 아니다. 왜냐면 그런 의혹주의자는 우리의 관념이 현실에서 발판으로 삼을 근거를 언제든지 발견할 수 있을 가능성을 의심하지만, 비트겐슈타인은 그럴 가능성을 의심하지 않기 때문이다. 오히려 정반대로, 비트겐슈타인의

---

140  제럴드 브룬스Gerald L. Bruns, 「미드라쉬와 알레고리: 경전해석의 시초들Midrash and Allegory: The Beginnings of Scriptural Interpretation」, 로버트 앨터Robert Alter & 프랭크 커모드Frank Kermode (공편), 『문학적 바이블 독법The Literary Guide to the Bible (London, 1978), p. 629.

141  【윌리엄 버틀러 예이츠의 시 「비잔티움Byzantium」의 마지막 구절.】

142  【존 키츠의 시 「어느 고대 그리스 도자기에 바치는 송가Ode on a Grecian Urn」의 첫 구절.】

작업은 의혹주의 — 철학이 어태껏 제안해온 의혹주의 — 에 맞서는 지극히 인상적이고 독창적인 몇몇 반론을 진전시킨다. 그는 세계와 관련된 우리의 주장들 중에 몇몇은 옳고 몇몇은 그르다는 사실을 전혀 의심하지 않는다. 물론 그는 언어와 현실의 화합관계나 결합관계나 상동관계相同關係나 상응관계를 상징하는 이미지가 이런 주장들의 진위를 결정하는 가장 확실한 요인이라고 보는 견해를 당연히 믿지 않는다. 실제로 그는 이런 견해를 완전히 실패한 메타자연학의 일편으로 간주한다. 왜냐면 그런 메타자연학은 진실의 작용들과 의미의 작용들을 꿰뚫어보는 모든 현실적 통찰을 가로막아버리기 때문이다. 이런 관점에서, 언어는 세계를 반영하거나 세계와 상응한다고 보는 견해가 그런 메타자연학에 속하듯이, 언어는 세계를 "건립하"거나 "구성한다"고 보는 견해도 그런 메타자연학에 속한다. 더구나 이런 구성적 견해는 서로 명백히 다른 두 영역 사이에 불변하는 관계가 존재한다고 단정한다. 그러나 비트겐슈타인의 관점에서 언어는 현실과 상응하지도 않고 현실을 구성하지도 않는다. 언어는 오히려 존재하는 사물들의 종류를 결정하는 기준과 사물들을 설명하는 방식을 결정하는 기준을 우리에게 제공한다.

이런 주제를 숙고하던 비트겐슈타인은 문법의 개념을 고찰하기 시작한다. 그의 관점에서 문법은 실생활의 형식 속에서 사용될 수 있는 표현방법들을 결정하는 규칙들의 집합을 의미한다. 문법들이 생성시키는 몇몇 진술은 옳거나 그를 수 있는 반면에 문법자체는 옳을 수도 그를 수도 없다. 그래서 핀란드 문법을 옳은 것으로 간주하거나 아프리카 문법들을 그른 것들로 간주하는 처사는 이치에 맞지 않을 것이다. 이런 의미에서 문법들은 현실에 응답할 수 없다. 문법들이 특수한 생활형식에서 발언될 수 있는 언어표현을 결정한다면, 문법들은 옳음과 그름보다 앞서는 것들이다. 예컨대, 어떤 진술을 옳은 진술로 분류할지 그른 진술로 분류할지 여부를 결정하는 것은 문법자체이다. 이런 의미에서 문법자체는 모든 이해가능성理解可能性intelligibility의 모태이다.

문법은 사실들과 관련하여 아무것도 주장하지 않는다. 문법은 엘프elf(꼬마요정)들 같은 생물들의 현존여부를 우리에게 알려주지 않을 것이다. 비트겐슈타인의 관점에서 사실들을 확증하는 과정은 경험적 탐구의 주제이지만, 철학자체는 그런 탐구에 전혀 기여하지 못한다. 철학보다는 오히려 문법이 사실들과 관련하여 이해될 수 있게 주장될 만한 것을 결정한다. 엘프들을 주제로 이해될 수 있게 말하는 방법들이 있다면, "나에게 엘프를 보여줘"처럼 이해될 수 없게 말하는 다른 방법들도 있다. 체스(서양장기)의 규칙들이 정당화될 수 없듯이 문법의 규칙도 정당화될 수 없다. 이런 의미에서 문법의 규칙은 자의적이고 자립적인self-grounding 것이다. 문법의 규칙은 자체를 벗어난 어떤 것에도 의존하지 않고 효력을 발휘한다. 비트겐슈타인은 『확실성On Certainty』에 "언어는 언제나 자족自足self-contained하고 자치自治한다"고 쓴다. 이 진술은 문법이 세계에 깊게 섞여든다고 보는 견해를 부정하지 않고 단지 '문법이 사물들의 존재방식에 호소하여 정당성을 얻으므로 세계에 의존한다'고 보는 견해만 부정한다. 비트겐슈타인은 문법이 현실을 반영한다고 한동안 믿었지만, 문법은 현실의 어떤 것도 반영하지 않는다. 문법은 이미지가 아니라 작용이다.

이것은 진실과 의미를 다루는 사업에 세계가 일절 관여하지 않는다고 주장하는 진술이 아니다. 그런데 몇몇 철학자의 관점에서는 오히려 이것이 세계는 그런 사업에 일절 관여하지 않는다고 주장하는 진술로 보인다. 왜냐면 그들은, 예컨대, 어떤 표현의 의미는 그 표현과 상호관계를 맺을 수 있는 대상이라고 주장하면서 세계는 그런 사업에 일절 관여하지 않는다고 생각하기 때문이다. 비트겐슈타인은 『철학탐구들』에서 그런 관점의 특징을 비아냥대듯이 다음과 같은 식으로 묘사한다. "그대들은 의미는 낱말과 똑같다고 생각하지만 다르다고도 생각한다. 여기에 낱말이 있고, 저기에 의미가 있다. 돈이 있고, 그대들이 돈으로써 구매할 수 있는 암소가 있다(그러나 현저히 다르다: 돈과, 돈의 용도)."[143] 그래서 의미를 "기호의미[144]"와 같은 것으로 생각하는 사람은 언어의 책략들에 현혹되어 의미를 낱말과 비슷하거나 의미기호와 비슷하되 점점 더 불가해지기만 하는 어떤 것 — 마음속의 희미한 그림, 어쩌면 낱말의 배후에 숨어서, 내가 낱말을 설명하거나 읽을 때마다 깜박거릴지도 모를 그림 같은 것 — 으로 상상하고픈 기분에 휩싸일 수 있다. 이 경우와 비슷하게, 돈으로써 구매할 수 있는 (암소 같은) 대상이 돈의 가치를 결정한다 — 돈과 대상의 상호관계 같은 것을 요구한다 — 고 생각하는 사람도 있을 수 있다. 그러나 생활형식에 포함된 돈의 용도가 돈의 가치를 결정한다. 마찬가지로 생활형식에 포함된 언어의 용도가 언어의 가치를 결정한다. 낱말의 의미는 낱말의 작동방식이다. 그것은 사회적 관행이지 어떤 대상도 아니다.

그래서 언어를 자치적인 것으로 여기는 견해는 현실과 언어를 분리하여 보는 견해의 문제가 아니다. 어떤 사법재판소들이나 공공연구기관들은 자치권을 행

---

143  비트겐슈타인, 『철학탐구들』, 제120절.

144  【記號意味(signified): 프랑스어 '시니피에signifié'와 동등하게 쓰이는 이 영어낱말은 한국에서 "소쉬르의 기호이론에서, 말하는 소리로 표시되는 의미를 이르는 …… 기의記意나 소기所記"(국립국어원, 『표준국어대사전』)로도 번역되어왔다.】

사하지만, 이런 자치권이 그런 기관들은 자체들을 벗어난 어떤 것도 다루지 않는다는 사실을 의미하지는 않는다. 그런 반면에 언어의 자치성을 인정하는 과정은 언어를 다른 어떤 것의 어렴풋한 반영反影으로 다루는 과정이기보다는 오히려 언어에 충분한 물질성을 부여하는 과정이다. 표현들의 응용방법을 지배하는 규칙들과 기준들은 우리의 사회관행들로 직조織造되는데, 그런 과정에서 언어와 세계는 관계를 맺는다. 그래서 비트겐슈타인은 『확실성』에서 우리가 하는 언어놀이들의 밑바탕에는 "우리의 행위"가 깔려있다고 주장할 수 있다. 그렇지 않다면, 움베르토 에코가 주장하듯이, "행위는 하에케이타스가 기호현상놀이를 종식시키는 장소이다."[145] 이런 행위는 언어가 아비투스[146] 또는 행동성향들을 변화시키다가 잠시 휴식하는 장소를 의미한다. 케네스 버크는, 에코의 주장과 비슷한 견지에서, 예술작품들이 태도들과 성향들을 변화시킬 수 있는 사연을 설명한다.[147] (버크는 『행위동기들의 문법』에서 태도들이 행위들로 귀결될 수 있거나 아니면 행위들의 대역행위代役行爲들인 듯이 시늉할 수 있다고 강조하기도 하는데, 이런 구분법은 유물론과 관념론[148]의 차이에 적용될 수 있다.) 이 대목에서 아리스토텔레스가 영속적 행위경향의 일종으로 여긴 성향이라는 개념은 심정psyche과 행동을 중재하며 내면과 외면을 중재한다고 덧붙여 설명할 사람도 있을 수 있다.

비트센슈타인의 관점에서 의미와 진실은 행위의 문세들로 귀착하지만 초보적인 어떤 실용주의의 관점에서는 그런 문제들로 귀착하지 않는다. 의미와 진

---

145  움베르토 에코, 『독자의 역할The Role of the Reader』(London, 1971), p. 195.

146  【habitus: 이 낱말은 '학습된 습관, 버릇, 성향, 취향'을 뜻하는 라틴어 하비투스habitus에서 유래했다. 프랑스의 사회학자 피에르 부르디외Pierre Bourdieu(1930~2002)는 (프랑스어로는 '아비튀스'로 발음되는) 이 낱말을 '무의식적으로 모방되고 상속되는 개인 및 계급의 취향체계 내지 성향체계'를 총칭하는 데 사용한다.】

147  케네스 버크, 『행위동기들의 수사학A Rhetoric of Motives』(Berkeley and Los Angeles, 1969)』, p. 50.

148  【'유물론materialism'은 '물질주의'로, '관념론idealism'은 '관념주의'나 '이상주의'로도 번역될 수 있다.】

실은 사회적 존재의 공유형식을 구성하는 습관적 행위들에서 유래한다. 이런 행위들을 바라보는 비트겐슈타인의 관점은 마르크스의 관점이나 니체의 관점과 흡사하다. 그들의 관점에서는 이런 행위들은 결국 우리의 어떤 행위방식을 결정하는 듯이 보이는데, 그런 행위방식은 끊임없이 세계를 저며서 개념들에 각인하는 우리의 행위방식이다. 이런 행위의 일부분은 우리의 공통적 인간본성을 반영하는데, 비트겐슈타인은 마르크스의 표현법을 빌려서 이런 공통적 인간본성을 "인류의 자연역사"로 지칭한다. 그런 인간본성은 특수한 문화에서만 특유하게 공유되는 것이 아니다. 이런 의미에서 비트겐슈타인은 "문화주의자 culturalist"가 아니다. 왜냐면 문화주의자는 문화가 인간만사를 규정한다고 믿기 때문이다. 비트겐슈타인은 아주 당연하게도 본능적 신체행위형식들이 존재한다고 생각하는데, 이런 의미에서 그는 인간행위의 대부분이 자연스럽다고 생각한다. 우리는 물리세계의 상대적 안정성 때문에 우리가 실행하는 종류의 언어놀이들을 만들어낼 수 있을 뿐만 아니라 부분적으로는 그렇게 영속하는 인류학적 특징들 때문에도 그런 언어놀이들을 만들어낼 수 있다. 연달아 변이하는 생물들이나 잠시도 가만히 있지 않으려는 세계에서 살아가는 생물들은 우리의 고유한 재현규칙들 및 재현기준들을 닮은 어떤 것도 보유하지 않을 것이다.

그러므로 문법이 구현하는 합의는 견해들의 문제나 의견들의 문제가 아니라 공통적 언행방식들의 문제이다. 이것이 바로 비트겐슈타인이 생활형식이라는 표현으로써 말하려는 것이다. 그의 관점에서 생활형식은 비록 언제든지 변할 수 있고 심지어 변혁될 수 있을지라도 그것의 아래에서는 더 근본적인 어떤 것도 발견될 수 없으므로 근본적인 것이다. 코끼리를 떠받치는 거북이[149]는 아

---

149 【이것은 힌두교신화와 중국신화에서 유래하여 "'세계거북이World Turtle' 또는 '우주거북이Cosmic Turtle'로

예 존재하지 않는다. 이 대목에서, 그런 생활형식들의 측면들이 존재하고 또 언제나-이미 저마다 알맞은 처소에 보이지 않게 숨어있기 마련인데, 만약 우리가 (그런 생활형식들을 변화시키는 언행마저 포함하여) 바라는 언행들을 실행한다면, 그런 측면들은 각각의 처소에서 당장 굴착되어 의식意識으로 승격될 수 없다고 덧붙여 설명할 사람도 있을 수 있다. 진실은 언어의 문제이지만, 언어는 결국 우리가 하는 언행의 문제이다. 그래서 비트겐슈타인은『확실성』에서, 괴테의 표현법과 러시아의 혁명가 겸 마르크스주의이론가 레프 트로츠키Lev Trotsky(1879~1940)의 표현법을 탁월하게 본받아, "태초에 행위가 있었다"고 선포할 수 있었다.

언어가 현실과 밀접한 관계를 맺는 또 다른 방식들도 있다. 비트겐슈타인은 세계의 존재방식이 우리의 개념들을 옳게 또는 그르게 만든다고 생각하지 않는다. 그렇지만 그는 우리의 개념들은 오직 그런 (세계의 존재방식이라는) 배경과 대비되어야만 설득력을 얻을 수 있다고 생각한다. 이런 의미에서 우리의 개념들은 법률체계와 흡사하다. 왜냐면 법률체계는 오직 특유의 배경과 대비되어야만 설득력을 얻을 수 있기 때문이다. 그런 배경을 형성하는 남녀들은 정의관념正義觀念을 무척 애호하지만, 이따금 흉악하고, 부도덕하며, 형벌마저 감수할 수 있고, 타인을 전기의자에 결박하여 죽이는 행위조차 메스꺼워하지 않고 서슴없이 자행할 수 있다. 피터 해커가 비트겐슈타인의 발언을 그것과 비슷하게 들린다고 일반적으로 평가되는 니체의 발언과 더욱 비슷하게 들리도록 만들면서 주장하듯이, "우리는 우리의 재현형식들을 창조하는데, 그런 형식들은 우리의 생물학적이고 생리학적인 특성이 유발하고, 자연이 촉구하며, 사회가 속박하고, 세

---

일컬어지는 거북이가 떠받치는 '세계코끼리World Elephant' 또는 '세계코끼리들world-elephants'로 일컬어지는 코끼리(들)이 떠받치는 세계 또는 지구"의 형태로써 상징되는 우주론을 암시한다.】

계를 지배하려는 우리의 욕망이 재촉하는 것들이다."[150] 이것들은 언어놀이들과 "상응하는" 물질존재를 형성하기보다는 오히려 언어놀이들의 물질조건들을 구성한다. 문법은 세계를 전제조건으로 삼지 않듯이 반영하지도 않는다.

우리는 허구를 조명해줄 수 있는 이런 견해의 빛을 고맙게 음미한답시고 이런 견해를 무조건 시인하지 않아도 된다.[151] 우리가 이미 살펴봤듯이, 비트겐슈타인의 관점에서 생활형식은 발언들과 행위들로 방직된 이음매 없는 직물 같은 것이라서, 이런 직물을 현실주의적 허구보다 더 실감나게 구현할 수 있는 것은 드물다. 많은 현실주의적 작품들은 특수한 생활형식의 두께를 전달하는데, 이런 역할은 그런 작품들이 사회학의 몇몇 유파流波 및 인류학의 몇몇 유파와 공유하는 미덕이다. 현실주의적 작품들은 일종의 현상학처럼 작용하면서 언어를 풍부한 경험들에 재투입하지만, 주류主流 철학은 언어에서 그런 경험들을 추출하려는 경향을 띤다. 키르케고르부터 마르크스, 니체, 하이데거, 프로이트, 벤야민, 아도르노, 비트겐슈타인, 데리다에 이르는, 반反철학anti-philosophy으로 지칭될 만한 것의 계보가 철학운동들 중에 가장 문학적인 실존주의와 확실히 밀접한 관계를 맺는 만큼 미학과 아주 밀접한 관계를 맺어도 놀랍지 않다. 그래서 "논리실증주의 소설"이라는 표현은 이해될 수 없어도 "실존주의 소설"이라는 표현은 이해될 수 있다.

우리는 현실주의적 허구를 읽으면서, 일정하게 통제된 실험을 하듯이, 경험과 활동으로 이루어진 배경과 대비되는 발언의 의미를 파악할 수 있다. 비트겐

---

150  피터 해커, 『통찰과 착각』(Oxford, 1986), p. 195.

151  나는 이 책에서 비트겐슈타인을 인용하는 동안 혜택을 누렸다고 줄곧 그의 견해를 무비판적으로 시인하지도 않았다. 비트겐슈타인을 가늠하는 나의 더욱 일반적인 평가는 이글턴, 「비트겐슈타인의 친구들Wittgenstein's Friends」, 《뉴 레프트 리뷰New Left Review》, no. 135 (September-October, 1982) 참조.

슈타인의 견해대로라면, 그런 배경은, 그가 『문화와 가치Culture and Value』에서 논평하듯이, "형언할 수 없을"만치 복잡하고 암묵적이며 요약될 수 없는 실생활에 속하지만, 허구는 그런 배경에 얼마간 결정적인 형태를 부여할 수 있다. 미국의 비교문학자 토머스 루이스Thomas Lewis가 주장하듯이, "허구의 지시언행reference은 기호해석자들의 인지감각들을 굴절시키고 명시적으로 재현된 실체들에서 해방시켜서 세계와 관련된 다양한 담론들이 생겨나는 사회관행들로 인도한다."[152] 이 견해와 피에르 마슈레의 견해는 희미한 친화관계를 맺는다. 비트겐슈타인이 생활형식들로 지칭하는 것을 마슈레는 이념(이데올로기)으로 지칭한다. 비트겐슈타인이 이해하는 이 당연한 상황맥락의 의미와, 그러니까 어떤 종류의 이해가능성에도 부응할 수 있는 장소에서는 무의식적으로 당연히 생겨나는 상황맥락의 의미와, 자크 데리다가 생각하는 "타자Other"의 개념도, 그러니까 동일한 목적에 대단히 기여하는 개념도 일정한 친족관계를 맺는다. 그런 상황맥락의 의미와, 한스-게오르크 가다머가 "이해력이 작용하는 지평의 근본적인 불확정성non-definitiveness"[153]으로 지칭한 것도 그런 관계를 맺는다. 이 모든 경우에 우리가 발견하는 것은 사회적 무의식으로 지칭될 수 있을 것이다.

실제로 허구는 담론과 행위를 이음매 없이 뒤섞어 짜는 혼방작업을, 우리에게는 언어놀이로 알려진 작업을, 패러디의 극한에까지 밀어붙인다. 왜냐면 허구의 고유한 "현실성"은 허구의 언어를 반영하는 심상心象에 불과하기 때문이다. 미국의 문학비평가 조지프 힐리스 밀러Joseph Hillis Miller(1928~)가 주장하듯이, "우리가 [허구의] 세계와 관련하여 알 수 있는 것은 오직 언어가 우리에게 말해주

---

152　토머스 루이스, 『허구와 지시언행Fiction and Reference』(London, 1986), p. 180.

153　가다머, 『진리와 방법Truth and Method』(London, 1975), p. 336.

는 것뿐이다."[154] 그래서 만약 소설 속의 어떤 사실이 끝까지 확인되지 않는다면 — 예컨대, 헨리 제임스의 『비둘기 날개들The Wings of the Dove』에서 언급되는 것과 같은 결정적인 편지의 내용들이 도무지 확인될 수 없다면 — 우리에게 영원한 불가사의로 남을 것이다. 왜냐면 소설 속에서는 어떤 사실도 발견되지 않을 것이기 때문이다. 이 경우와 흡사하게, 예컨대, 햄릿이 무대에 처음 등장하기 전에 아무 행위도 하지 않았기 때문에, 그가 무대에 처음 등장하기 전에 했던 행위는 발견될 수 없다. 허구 속의 현실은 창조적 언어의 마술 같거나 그런 언어의 유토피아 같아서 오로지 언어에만 응답하지만, 그것이 오직 언어가 비밀스럽게 창조한 현실이라서 그렇게 응답할 따름이다.

그래서 허구와 비트겐슈타인이 이해하는 문법의 개념 사이에는 유사점들이 존재하고, 허구와 그가 이해하는 현실주의적 다양성의 개념 사이에는 특히 더 많은 유사점이 존재한다. 문법은 의미의 세계를 조직하는 언행에 소용되는 규칙들의 집합이고, 문법의 이런 성질은 허구의 기법들에도 부합한다. 그러므로 허구는 발언행위이론가들이 아는 교묘한 일탈이기는커녕 일반적인 문법들의 작용모형이고 우리가 문법작용들을 이례적으로 생생하고 농축된 형식으로 관찰할 수 있는 장소이다. 허구는 자기반사성自己反射性(self-reflexivity: 자기재귀성自己再歸性)의 어떤 정점에 도달한 또 다른 언어놀이이다. 이래서 현실주의적 허구는 교묘한 마술의 일종이다. 만약 허구가 우리에게 일상적 존재의 조잡한 기반을 묘사한 이미지들을 보여준다면, 그런 존재의 기반은 구질구질하고 엉성하게 보일 것이다. 그리고 허구는 언어와 세계의 마찰을 근절하기도 한다. 허구는 실제 현상actuality인 동시에 유토피아이다. 이렇게 조명되는 허구는 언어와 세계를 긴

---

154  조지프 힐리스 밀러, 『문학론On Literature』(London and New York, 2002).

밀히 맞물리는 것들로 이해한 비트겐슈타인의 초기 이론에, 사물들의 속성을 모호하고 일시적인 것 — 그러니까, 결정적인 개념정의에 완강히 저항하는 빙퉁그러진 것 — 으로 간주한 철학자 비트겐슈타인의 후기 견해를 결합시키는 듯이 보인다.

허구가 우리의 나머지 언어놀이들을 조명할 수 있는 또 다른 방식들이 있다. 앞에서 우리가 살펴봤듯이, 비트겐슈타인은 어떤 표현의 의미를 세계에 존재하는 어떤 대상으로 여겨서 그 표현의 지시대상으로 간주하는 견해를 거부한다. 이렇듯 의미를 지시대상으로 생각하는 과정은 의미를 지시발언指示發言verbal pointing과 거의 같은 것으로 이해하는 과정이다. 그러나 비트겐슈타인이 『철학 탐구들』의 서두에서 설명하듯이, 지시언행은 반드시 상황맥락을 가져야만 이해될 수 있다. 그래서 예컨대, "스투코[155]"라는 낱말을 타인에게 가르치려는 사람은 스투코의 질척한 성질을 암시하면서 그 낱말을 그것의 억양대로 정확하게 발음하더라도, 타인이 대상, 지시언행, 명명命名, 의미, 명시적 개념정의 같은 것들의 개념을 미리 어느 정도 파악하지 못했다면, 타인에게 그 낱말을 가르칠 수 없을 것이다. 그렇다면 "탐욕스럽게covetously"라는 낱말이 지시하는 대상은 무엇일까? 당신이 만약 어느 꼬마에게 며칠간 딸꾹질하며 말하는 사람을 가리켜 "딸꾹질"이라고 꼬마에게 말해준다면, 그 꼬마는, 그때부터 죽을 때까지, 딸꾹질은 아무리 대화화려고 애써도 소용없는 사람을 의미한다고 믿으면서 급기야는 생리적 곤란을 겪는 사람들뿐만 아니라 브리튼 민족당British Nationalist Party의 당원들마저 의미한다고 믿으며 살아갈지 모른다. 당신이 지시한 것이 무엇인지 그 꼬마가 어떻게 알겠는가? 어쨌거나, "빌어먹을!"이나 "안녕!"이나 "누구를 뚫어

---

155 【stucco: 영어로는 '스터코'로 발음되는 이 낱말은 '치장벽토治粧壁土'나 '치장회반죽'을 의미한다.】

지게 봐?"의 지시대상은 무엇인가? 지시언행은 기호와 대상을 접속시키는 기정既定된 중계언행中繼言行이 아니다. 지시언행은 다양한 방식으로 실행되는 사회적 언행이다. 그래서 지시언행은 생활형식에 붙박여 공유되는 이해력들에 의존한다. 폴 오그레이디가 논평하듯이, "지시언행은 일정한 목적들에 부응하는 기호들을 채택하는 상황맥락 속에서 이해될 수 있다. 그런 채택들은 다각적으로 진행되므로 개념들과 대상들 사이에는 진실한 관계처럼 돋보이는 유일한 접속관계가 존재하지 않는다."[156]

아이러니하게도, 허구가 직설적이고 개인적인 지시언행을 결여한다는 사실은 허구가 지시언행의 본성을 훨씬 더 교훈적으로 조명할 수 있다는 사실을 의미한다. 허구라는 낱말의 의미들 중 어느 하나를 감안하는 관점에서, 허구는 언제나 — 전쟁들, 권력투쟁들, 성욕과 자기희생, 가족감정들과 자연재난들을 — 지시한다. 그러나 허구는 존재하지 않는 인물들과 사건들, 아니면, 실재하되 허구의 요점을 벗어나는 인물들과 사건들을 묘사하는 식으로 이 모든 지시언행을 완수하기 때문에 지시언행의 속성 — 지시대상과 직결하기보다는 오히려 상황맥락들에, 기준들에, 기호들의 상호관계들에 의존하는 속성 — 을 확연히 노출시킬 수 있다. 그래서 허구는 지시성指示性을 너무 심하게 축소하여 생각해버릇하는 사람들에게 유용한 치료법의 일종이다. 우리는 프랑스의 작가 스탕달의 장편소설 『적赤과 흑黑Le Rouge et le Noir』(1830)에서 "쥘리앙 소렐Julien Sorel"이라는 주인공 이름의 용법을 지배하는 관례들과 절차들을 파악해야 그 이름의 용법을 알 수 있다. 아니나 다를까 실제로는 소설의 여느 대목에서도 쥘리앙이 존재하지 않는다는 사실은 명시되지 않는다. 대체로 우리는 허구 속의 개념들과 기준

156　폴 오그레이디, 『상대주의Relativism』(Chesham, Bucks, 2002), p. 71.

들을 조작하든지 아니면 작품 속의 어떤 것을 허구화된 사실로 판단하는데, 우리는 일생생활에서도 똑같이 그리한다.

지시언행은 자기보증언행自己保證言行이 아니다. 지시언행은 수많은 문제들을 제기하므로 매우 불확실한 언행일 수 있다. 어떤 사람들의 관점에서는 종교로 알려진 언어놀이가 지시대상(신神)을 보유하는 반면에 다른 사람들의 관점에서는 보유하지 않는다. 그러나 이 사실은 여기서 지시대상으로 간주될 것의 정체를 묻는 질문에 답하지 않는다. 한때 거대한 영웅처럼 보였던 신이, 설령 존재했을지라도, 유태교-기독교 언어놀이의 궁극적 지시대상으로 간주될 수는 없었을 것이다. 만약 우리를 닮았으되 헤아릴 수 없이 더 지혜롭고 더 선善하며 더 강력한 최상존재最上存在가 출현하더라도 유태교경전에서 야훼Yahweh로 호칭되는 존재일 수도 없고 기독교경전에서 신으로 호칭되는 존재일 수도 없다. 그런 존재는 우상숭배금지령을 위시한 수많은 신학적 이유를 적용받으면 야훼나 신과 같은 존재로 인정받지 못할 것이다. 우리가 여기서 지시대상으로 간주될 것을 파악하려면 반드시 언어놀이의 내부효과들을 관찰해야 한다.

미들마치[157]라는 소읍이 실제로 존재하지 않는다는 사실은 지시언행을 무기력하게 만들기보다는 오히려 풍성하게 만든다. 그런 사실은 일반적인 시골 소읍들의 관습을 고찰해보도록 우리를 부추기지만, 그런 만큼 초기 빅토리아 시대의 잉글랜드 중부지역에 형성된 특수한 정착촌을 조사한 보고서를 읽는 상상에 우리를 빠뜨리지는 않는다. 소설 『모비딕』의 주인공 에이해브Ahab는 존재하지 않지만 강박적 심리병증은 존재하므로, 소설에 나오는 에이해브와 관련된

---

157 【조지 엘리엇이 1871~1872년에 집필한 장편소설 『미들마치: 시골생활탐구Middlemarch, A Study of Provincial Life』의 배경.】

묘사는 그의 강박적 심리상태를 실생활의 속박들에서 해방시켜 훨씬 더 풍성하게 만들 수 있다. 얀 무카롭스키의 주장대로라면, 예술작품이 직접 지시하지 않는다는 의미에서 예술작품의 지시기능指示機能은 약화되지만, 예술작품은 오히려 그렇게 약화되는 지시기능을 가져서 더 풍부하고 더 심오한 방식들로써 지시할 수 있다.[158]

지시대상을 지향하는 언행을 더 면밀하게 집중적으로 탐구하려고 지시대상들을 "일괄하여 다루는" 현상학과 흡사하게 허구도 우리의 주의력을 충분히 복잡한 지시언행으로 이끌어간다. 허구가 직설할 만한 실생활지시대상을 결여한다는 사실과, 혹은 허구가 만약 그런 지시대상을 보유하면 중요성을 잃어버린다는 사실과, 예컨대, 고르곤[159]은 결코 존재하지 않았으며 고대의 하수처리관행들은 이제 존재하지 않을지라도 우리가 누군가에게 그것들과 관련된 것을 가르쳐줄 수 있다는 사실은 원칙적으로 전혀 다르지 않다. 부재不在하는non-existent 대상들도 우리의 실생활언어놀이들에서는 일역을 담당하지만 우리의 허구언어놀이들에서는 그리하지 않는다. 우리는 과거를 찬양할 수 있거나 후회할 수 있는 만큼이나 오직 미래에만 존재하고 현재에는 아직 존재하지 않는 것들을 희망하고 소망한다. 거짓말은 지시대상을 결여한 언어수단이라고 정의될 수 있다. 움베르토 에코가 암시하듯이 "모든 의미표현기호는 거짓말에 이용될 가능성을 타고난다."[160] 왜냐면 우리는 진담할 수 있는 만큼 거짓말할 수도 있기 때문

---

158  얀 무카롭스키, 『사회적 사실들 같은 미학적 허구, 규범, 가치Aesthetic Function, Norm and Value as Social Facts』(Ann Arbor, Mich. 1970), p. 75.

159  【Gorgon: 그리스 신화에서 자신들을 보는 사람을 돌덩이로 만들어버렸다고 알려진 뱀머리카락을 기른 괴물 세 자매의 총칭.】

160  에코, 『기호학이론』, p. 59.

이다. 만약 실제로 그렇다면, 지시대상을 결여한 존재의 조건은 언어자체에 붙박인 것이다.

허구는 지시대상을 결여해도 확실히 작용할 수 있는 언어놀이의 일종이다. 예컨대, 브리튼 노동연금부Department for Work and Pension 장관에게 애정을 담아 헌정하는 시詩를 장관의 면전에서 낭독할 사람도 있을 수 있겠지만, 그 시는 반드시 장관의 면전에서 낭독되지 않아도 시로서 기능할 수 있다. 그렇지만 데이빗 섀크위크가 지적하듯이, 이런 경우는 일반적인 언어에도 해당한다. 왜냐면 "언어는 지금 여기에서 어떤 실체와 무관하더라도 언어로서 기능할 수 있기"¹⁶¹ 때문이다. 그렇지 않다면 프랑스의 심리학자 자크 라캉Jacques Lacan(1901~1981)이 오히려 더 엄숙하게 주장하듯이, 상징은 사물의 죽음이다. 그래서 허구는 모든 언어활동의 근본조건을 예시하는 더욱 매력적인 표본이다.

앞에서 우리는 일반적 언어놀이들을 예시하는 허구의 또 다른 방식을 이미 살펴봤다. 허구 — 예컨대, 연극 — 속에서 의미가 주체의 경험에 의존하지 않는다는 사실은 확실하다. 연극에서 연쇄살인자 역할을 맡은 배우는, 만약 자신이 그동안 미국의 배우 말론 브랜도Marlon Brando(1924~2004)를 너무 심하게 의식하지 않았다면, 연쇄살인자 역할을 실감나게 한답시고 실제 연쇄살인자의 심정과 동일한 심정을 반드시 느끼지 않아도 무방하다. 배우는 감정들을 결여하기보다는 오히려 자신이 실행하는 연기 — 자신이 과시하는 연기수법들, 연기하는 동작들, 구사하는 연극대사들 — 에 적합한 감정들을 느낀다. "연기자가 말하면서 체험하는 것은 무엇이냐고 연기자에게 질문하는 사람은 도대체 누구인가?"라

161  섀크위크, 앞 책, p. 114.

고 비트겐슈타인은 질문한다.[162] 그가 『철학탐구들』에서 논평하듯이, 문장文章의 상황맥락들은 연극에서 가장 생생하게 묘사된다. 시인은 우리에게 믿음직한 인상을 풍긴답시고 이런 주제들을 다루는 자신의 낱말들에 매몰되지 않아도 되며 그런 낱말들을 맹렬하게 사랑하지 않아도 된다. 의미는 인간의 발언을 흐리는 심정적 과정 내지 감정적 과정이 아니다. 약속이나 기대나 의도가 체험들이 아니듯이 의미도 체험이 아니다. 이것들은 (애정, 초조감, 결연한 감정, 예감 같은) 감정들을 수반할 수 있지만, 그런 감정들은 다른 문제들이다. 내가 조지프 콘래드의 작품을 읽는 동안 나의 마음속에서는 온갖 교묘한 심정의 이미지들이 소용돌이칠 수 있지만, 그런 이미지들은 작품의 의미에 포함될 수 없고 오직 나에게만, 그리고 나의 심리분석상담자에게만, 흥미로운 것들이다.

언어놀이들이 나름의 기능을 가리는 장막을 치려면 의심받지 않을 무언가를 일시적으로 앞세워야 하듯이, 허구도 그렇게 일시적으로 승인받을 만한 것을 앞세워야 한다. 그런 일시적 승인은 전통적으로 이른바 불신보류로 알려진 것이다. 허구놀이를 즐기려는 우리는 고릴라가 실제로 킹콩만큼 거대할 수 있을지 아니면 실생활에서 누군가 실제로 괴테의 베르터[163]처럼 어처구니없는 짓을 감행할 수 있을지 여부를 잠시라도 의문시하려고 하지 않는다. 문법과 마찬가지로 허구작품도 일련의 암묵적 규칙들과 관례들을 포함한다. 허구작품은 그런 규칙들과 관례들에 의존하여 작품의 범위 안에서 이해되게 발언될 수 있고 실행될 수 있는 것을 결정할 뿐 아니라 이런 조건들에서 진실 또는 허위로 간주되

---

162 라이트G. H. von Wright & 헤이키 나이먼Heikki Nyman (공편), 『루트비히 비트겐슈타인, 최후원고들Ludwig Wittgenstein, Last Writings』, vol. 1 (Oxford, 1982), 38.

163 【Werther: 괴테가 1774년에 발표한 소설 『젊은 베르터의 슬픔들Die Leiden des jungen Werthers』(『젊은 베르테르의 슬픔』)의 주인공.】

는 것마저 결정한다. 그래서 이런 규칙들은, 비트겐슈타인의 언어놀이규칙들과 비슷하게, 어떤 의미에서는 자의적이고 자치적인 것들이다. 그렇다고 이런 규칙들이 외부공간에서 우리의 내면으로 굴러들어온 것들은 아니다. 비트겐슈타인의 관점에서 그것들은 재현규칙들이거나 허구세계를 성립시키는 기법들이고, 그런 규칙들과 기법들은 사회적 역사 같은 것을 지닌다. 그렇더라도 비트겐슈타인은 그런 규칙들이나 기법들이 현실자체에서 자연스럽게 생겨난다고 생각하지 않는다. 세계는 두 가지 원原줄거리로도 세 가지 곁줄거리의 다발로도 자연스럽게 저며져 갈리지 않는다. 이런 의미에서 허구들인 소설들과 얼마간 비슷하게 언어놀이들도 허구적인 것들이다.

　우리의 다른 언어놀이들에서도 그렇듯이 허구에서도 이해될 만하게 진술될 수 있는 것을 규정하는 것은 바로 사물들이 우리와 어울리고 세계와 어울리는 방식이다. 이 말은 옳다. 왜냐면 현실주의적 서사에서는, 예컨대, 천사가 뉴욕 맨해튼의 어느 선술집에 출현할 수 없지만, 릴케의 시詩에는 천사가 출현할 수도 있기 때문이다. 그러나 만약 천사를 시에 도입하는 작법이 미학의 문법 같은 것 속에서 진행되는 생산적 활동처럼 보인다면, 그런 작법은 일반적으로 부당하지 않을 것이다. 예컨대, 『제인 에어』에서 주인공의 레즈비언(여동성애자) 정체성을 폭로하고 그녀를 그레이스 풀Grace Poole과 혹은 버서 메이슨과 연애하게 만들거나 세 여자 모두를 삼각관계에 빠져들게 만드는 작법도 부당하지 않듯이, 그 소설의 결말에서 주인공을 결혼시키는 작법도 부당하지 않다. 허구는 다른 언어놀이들을 유발하며 그런 언어놀이들 속에서 일정한 역할을 수행한다. 비트겐슈타인의 관점에서 그런 언어놀이들은 철학언어놀이 속에서 핵심역할을 수행한다. 왜냐면 그가 주장하듯이, "허구적 개념들을 구성하는 과정이야말로 우리가 보유한 개념들을 이해하는 과정의 가장 중요한 관건이기 때문이다."[164]

그렇더라도, 허구의 형식들 및 기법들은 현실과 떨어진 간격을 유지하지 않으면 그토록 다양한 방식으로 현실에서 허구의 소재를 뽑아내지 못할 수도 있으니만치 현실에 얽매지 않는 자치적인 것들이다. 허구는 세계를 단일한 방식으로 묘사하라고 세계가 우리에게 강요하지 않는다는 사실의 증거일 뿐만 아니라 우리가 낡은 방식으로 세계를 묘사할 수 있다고 말하지 말라고 세계가 우리에게 강요하지도 않는다는 사실의 증거이다. 우리가 허구 속에서 세계를 묘사하면서 누릴 수 있는 자유는 실생활 속에서 세계를 묘사하면서 누릴 수 있는 자유보다도 훨씬 더 많다. 허구 속에서는 우리가 부득이하게 억지로 상상할 수밖에 없을지라도 더 많은 자유를 누릴 수 있다. 우리는 비록 특정한 종류의 물질세계에서 살아가는 특정한 종류의 물리적 생물들일지언정, 우리가 심지어 원칙적으로라도 상상할 수 없을 어떤 상황들은 존재한다. 이 세계의 낭만주의자들이 상상력은 자유분방하다고 강조할지 몰라도 상상력은 결코 자유분방하지 않다. 이런 사실도 거의 모든 보고서에서 외계인들이 녹색피부와 적어도 다섯 개를 넘는 팔다리를 겸비하고 유황냄새를 풍기는 토니 블레어[165] 같다는 식으로 묘사되는 한 가지 이유이다. 더구나 우리가 허구세계로 진입하면서부터, 우리가 문법을 의식하거나 놀이(게임)에 참가하면서부터도 그렇듯이, 우리가 누리는 생각의 자유와 행위의 자유는 극심하게 줄어든다. 그러면 허구세계 바깥에서는 임의적인 것들로 보이던 규칙들이 허구세계 속에서는 훨씬 더 강압적인 위용을

---

164  앞 책, p. 19.

165  【Tony Blair(1953~): 브리튼의 제54대 총리를 역임한 정치인.】

불쑥 드러낸다. 그러나 심리분석이 다양한 마비성 압박감들에서 우리를 해방하려고 애쓰듯이, 그리고 허구가 비록 나름의 한계들에 얽매였어도 현실을 벗어날 가능성들을 출현시킬 수 있듯이, 어떤 부류의 철학적 치료법은 우리를 규칙들에 얽매는 이토록 엄중한 압박감에서 해방되려는 우리의 노력을 도울 수 있을 것이다.

# 제5장
# 전략들

## 1

문학자체가 사물들의 공통본성을 공유하는지 여부의 문제는 이제 문학을 탐구하는 이론들이 사물들의 공통본성을 공유하는지 여부의 문제로 이행한다. 그래서 다음과 같은 질문이 제기될 수 있다. 문학이론들이 공유하는 본성은 무엇인가? 기호학과 여성주의(페미니즘)를 연결하거나, 형식주의와 심리분석(학)을 연결하거나, 마르크스주의와 해석학을 연결하거나, 후기구조주의와 수용미학受容美學receptive aesthetics을 연결하는 것은 무엇인가?

이 질문은 '그것들은 모조리 **이론들**theories이다'라는 답변도 받을 수 있다. 이 답변은 그것들이 적어도 한 가지 (부정적인) 특징을 공유한다는 사실을 의미한다. 그런 특징은 경험주의적 비평 내지 인상주의적 비평을 반대한다는 것이다. 그렇더라도 이론적 비평과 여타 비평들을 가르는 구분선은 전혀 뚜렷하지 않다. 이론적 비평은 복잡한 추상개념들을 전개하는 반면에 여타 비평들은 그리하지 않는다고 단정될 수는 없다. 이른바 비非이론적 비평은 (상징, 알레고리, 인물성격, 운율, 은유, 카타르시스catharsis 같은) 추상개념들을 언제든지 애용한다. 다만 그런 비평은 여태껏 대부분의 경우에 추상개념들이 자치적인 것들이라는 사실을 어느 정도 인정하다가 말았을 따름이다. 인물성격의 개념이나 줄거리의 개념이나 약강오보격弱强五步格iambic pentameter의 개념은 자명하리라고 기대되는 반면에 무의식의 개념, 계급투쟁의 개념, 표류의미기호[1]의 개념은 자명하리라고 기대되지 않는다. 이런 의미에서, 이론을 이른바 과잉추상過剩抽象의 소치로 간주하여 비난하는 비평가들은 아주 빈번하게, 그러나 부지불식간에, 허위의식(자기기만)에 빠져든다. 아마도 그들이 다른 이유들을 빌미로 삼으면 이론을 정당하게 반대할 수도 있겠지만, 이론의 과잉추상성을 빌미로 삼으면 이론을 정당하게 반대할 수 없을 것이다. 문학이론가들이 사용하는 개념들은 어떤 의미에서는 다른 분야의 비평가들이 사용하는 개념들보다 더 추상적인 것들일 수 있거나, 아니면 비非문학적 자료들에서 더 빈번하게 차출될 수 있을 것들이다. 그러나 이럴 가능성마저 논란을 유발할 수 있다. 곡언법[2]의 개념이 정서적으로 미숙한 남성들의 이미지들보다 더 추상적인 것은 아니라고 간주된다면, 어떤 의미에서 그렇게 간주되는가?

가족유사이론모형은 문학이론의 대상에도 적용될 수 있는 만큼 문학이론에도 적용될 수 있는 듯이 보인다. 모든 문학이론이 공유하는 단일한 특징도 없고 그런 특징들의 단일한 집합도 없다. 그러나 비트겐슈타인의 말마따나 "서로 중첩하고 교차하는 유사점들의 복잡한 연결망" 같은 것이 존재한다. 예컨대, 문학

---

1 【漂流意味記號(the floating signifier): 이 문구는 '떠도는 의미기호,' '떠도는 기표記標,' '표류하는 기표,' '표류기표'로도 번역될 수 있다.】

2 【曲言法(litotes): '완서법緩敍法'으로도 번역되는 이 낱말은 '억제된 표현으로써 더 강한 인상을 자아내는 수사법修辭法'을 뜻한다.】

작품들은 어떤 의미에서는 무의식과 연루된다고 보는 견해도 있을 수 있다. 이 견해는 심리분석(학)적 비평에 명백히 부합할 뿐 아니라 (이 견해가 그런 비평을 유발하는 만큼) 대단히 많은 여성주의이론에도 명백히 부합한다. 그러나 이 견해는 다른 방식으로 구조주의에도 부합한다. 왜냐면 문학작품은, 개인과 흡사하게도, 스스로를 지배하는 "심층구조深層構造들"을 대체로 의식하지 못하기 때문이다. 클로드 레비스트로스가 주장하듯이, 언어는 이유들을 내포하지만 인간은 그런 이유들을 전혀 모른다. 후기구조주의의 관점에서도 언어는 무의식과 연루되는데, 그러나 다른 어떤 의미에서, 그러니까 어떤 담론작품을 마주쳐도 해명될 수 있는 의미기호들의 무한표류성향無限漂流性向 — 이른바 "텍스트성textuality" — 이 결코 완전하게 의식될 수 없는 한에서, 그렇게 연루된다. 마르크스주의자의 정치적 비평 같은 담론작품에서, 텍스트의 무의식은 텍스트의 원천들에 텍스트를 부합시키면서도 텍스트의 자기지식自己知識에서는 반드시 배제되는 역사적이고 이념적인 설득력들로 변해간다. 만약 담론작품이 이런 설득력들을 자각한다면, 담론작품은 자체의 담론형식 속에 존재하지 못할 것이다.

그런 반면에 현상학적 비평은 무의식의 여지를 거의 남기지 않는다. 그리고 기호학과 수용이론도 무의식의 여지를 거의 남기지 않는다. 아무리 그래도 이런 접근법들과 우리가 바로 앞에서 고찰한 접근법들 사이에는 또 다른 유사점들이 존재한다. 예컨대, 기호에 열중하는 기호학은 구조주의와 동일한 담론세계에 속한다. 가족유사점들은 더 넓게 적용될 수 있다. 현상학과 수용이론은 모두 읽기체험에 핵심적 중요성을 부여한다. 프랑스 철학자 폴 리쾨르Paul Ricoeur(1913~2005)가 상정한 "의심해석학hermeneutic of suspicion"의 개념은 정치적 비평에도 심리분석(학)적 비평에도 관련된다. 문학이론에 부응하는 본질은 전혀 없지만, 문학이론이 개념들의 임시집합은 결코 아니다. 이런 견지에서 문학이론은 문학자체의 현상을 닮았다.

그래도 여기서 논의는 더 진전될 수 있다. 이 모든 문학이론이 공유하는 단일한 특징은 없을 수도 있다. 그러나 아주 많은 문학이론을 조명할 수 있는 한 가지 특수한 개념이 있다. 비록 그런 문학이론들이 언제나 이 개념을 자청해서 사용하지는 않더라도, 이 개념은 그것들을 조명할 수 있다. 이것이 바로 문학작품을 전략strategy으로 간주하는 개념이다. 이것은 그토록 많은 문학이론에 관련되므로, 우리가 여기서 적당히 겸손을 부린다면, (거의) 모든 것을 설명하는 이론 Theory Of (almost) Everything으로 지칭될 만한 것을, 이를테면, 물리학자의 막연한 일체만물이론TOE(Theory Of Everything)에 상당하는 일체문학이론一切文學理論 같은 것을 상정할 수 있을 것이다.

프레드릭 제임슨이 우리에게 상기시켜왔듯이, 이 용어를 비평어휘목록에 추가한 사람은 다른 누구도 아닌 케네스 버크였지만, 오늘날 버크는 아마도 21세기의 비평가들 중에 가장 소홀하게 대접받는 비평가일지 모른다.[3] 버크는 무엇보다도 '문학작품을, 실제로는 일반언어를, 의례와 드라마와 수사학과 공연행위와 상징행위의 차원에서, 결정적 상황늘에 걸맞은 전략석 응납늘도 생삭하는 방법'을 우리에게 가르치면서, 이런 비평철학에 드라마주의dramatism라는 포괄적 낱말을 공급한다.[4] 현존하는 가장 오래된 문학이론 관련저작들에 속하는 아

---

3  프레드릭 제임슨, 『이론의 이념들』, p. 150 참조.

4  예컨대, 케네스 버크의 『문학형식철학: 상징행위를 다룬 연구들The Philosophy of Literary Form: Studies in Symbolic Action』(Baton Rouge, 1941), 『행위동기들의 문법』, 『상징행위로 간주되는 언어Language as Symbolic Action』(Berkeley, 1968) 참조. 또한 버크의 견해를 다룬 주목될 만한 논평들은 프랭크 렌트리키어 Frank Lentricchia의 『비평과 사회변동Criticism and Social Change』(Chicago and London, 1983), Parts 2-5에

리스토텔레스의『시학Poetics』에서 비극은 상징적 정화행위[5]로서 이해된다. 비극이라는 연극형식의 기원들은 불명확하지만, 비극tragedy이라는 낱말을 파생시킨 "염소노래"를 뜻하는 그리스어 명칭(타르고이디아tragoidia)자체는 '비극은 다른 상징행위를 기반으로 삼는 상징행위이다, 그러니까, 염소를 희생시키는 속죄의례이다'고 암시할 수 있다. 그런 기원들에서 유래한 다른 분야(장르)들도 있다. 서사시와 서정시는 구술공연행위口述公演行爲oral performance들로서 시작되었다. 풍자는 상징적 혹평행위酷評行爲이다. 문학작품을 관행으로 인식하기보다는 오히려 대상으로 인식하는 관념은 아마도 대량인쇄술에 의존하는 소설이 출현하고 나서야 비로소 비평정신 속에 확고히 정착했을 것이다.

프레드릭 제임슨은 이렇게 중요한 버크의 개념들을 일찍부터 풍부하게 사용한 비평가로 평가될 수 있다. 이런 평가는 제임슨의 저서『정치적 무의식』이 예증하는 것이다. 이 저서에서 그는 문학 텍스트를 고쳐 쓰면서도(해석하면서도) 그런 고쳐 쓰는(해석하는) 행위자체를 이미 존재하는 역사적이고 이념적인 서브텍스트를 고쳐 쓰는(해석하는) 행위처럼 보이게 만드는 이중행위二重行爲double gesture 같은 해석방식을 편애한다.[6] 그러나 서브텍스트는 자체를 텍스트에 응답하는 것처럼 보이게 만들 수 있는 기묘한 특성을 지녔다. 텍스트 자체의 바깥에는 실재하지 않는 그런 특성은 분명히 "상식적인 외부현실성" 같은 것이 아니다. 이렇게 기묘한 서브텍스트는 오히려 사실대로 재구성되어야 — 그러니까, 사실에서 작품자체로 투영되지 않고 거꾸로 작품자체에서 사실로 투영되어야 — 하는

서 발견된다.

5 【象徵的 淨化行爲(symbolic act of purgation): 여기서 '정화淨化'로 번역된 영어 '퍼게이션purgation'은 『시학』에 사용된 그리스어 '카타르시스catharsis'를 의미하고, '정죄淨罪'로도 번역될 수 있다.】

6 프레드릭 제임슨, 『정치적 무의식』, p. 81.

것이다. 폴 리쾨르가 주장하듯이, 그리스 비극작가 소포클레스Sophocles(서기전 497~406)의『오이디푸스 왕Oedipus the King』과 셰익스피어의『햄릿』같은 비극작품 들은 "예술가의 갈등들을 단순히 반영하는 작품들이 아니라 그런 갈등들의 해 소과정들을 대략적으로 표현하는 작품들이다."[7] 역리적이게도, 문예작품은 역 사적이고 이념적인 서브텍스트에 전략적으로 응답하면서 자체의 내부에서 외부 로 그런 서브텍스트를 투영한다. 그래서 문예작품들과 관련되는 기묘한 순환성 이나 자기조형성이 존재한다는 사실도 유의미할뿐더러 허구의 구조, 발언행위 들의 본성, 시적 언어의 특성과 관련하여 우리가 앞에서 말한 것도 유의미하다.

만약 이것이 그토록 풍요로운 해석모형이라면, 대체로 텍스트와 이념의 관계 들이나 텍스트와 역사의 관계들을 해석하려는 모형이 연루되는 복잡한 관점 때 문에 그렇다. 이것들은 이제, 마르크스주의적 미학의 주류主流에 속하는 어떤 미 학에서처럼, 저마다 반영관계, 재생관계, 상응관계, 상동관계 등을 고수하려는 것들로서 파악되지 않아야 하고 단일한 상징적 관행의 양자택일될 수 있는 국 면들로서 파악되어야 한다. 작품자체는 작품을 벗어난 역사의 반영으로 간주되 기보다는 오히려 전략적 노고勞苦로 간주되어야 할 것이다. 그러니까, 작품자체 는 작품에서 이용되려면 작품에 어느 정도 포함되어야 하는 현실에 ― 그리하 여 내부와 외부를 가르는 모든 아둔한 이분법을 좌절시켜버리는 현실에 ― 본 격적으로 작용하기 시작하는 방식으로 간주되어야 한다는 말이다. 프레드릭 제 임슨이 설명하다시피, 세계에 작용하려는 작품은 자체의 내부에 본래부터 세계 를 어느 정도 보유해야 하고, 그런 세계는 "형식의 변환들을 감수하려는 작품이 체포하여 작품자체 속으로 연행하는 내용" 같은 것이다. 그리고 프레드릭 제임

---

7  폴 리쾨르, 『해석들의 갈등The Conflict of Interpretations』(Evanston, Ill., 1974), p. 140.

슨이 기록하다시피, "여기서 우리가 서브텍스트로 지칭하는 것의 완전한 역리逆理를 요약하자면, '문학작품이나 문화용재文化用材cultural object는, 마치 처음부터, 상황을 유발하자마자 그 상황에 즉각 반응하는 듯이 보인다'고 요약할 수 있다."[8]

프레드릭 제임슨은 나중에 케네스 버크의 비평을 다루는 에세이에서 서브텍스트의 역리를 다시 집중적으로 논의하다가 다음과 같이 설명한다. "그래서 문학적 의도표현(제스처)이나 미학적 의도표현은 언제나 현실과 다소 능동적인 관계를 맺는다 …… 그렇더라도 현실에 영향력을 행사하려는 텍스트는 '현실자체의 바깥에 얼마간 떨어져서 꼼짝하지 않고 끈질기게 존재하려는 현실'을 쉽사리 용납할 수 없다. 왜냐면 텍스트는 현실을 텍스트 자체의 구조 속으로 흡인해야 하기 때문이다." 그리고 프레드릭 제임슨이 부연하다시피, "그러므로 상징행위는 시작되면서부터 텍스트를 마주하고 후퇴하면서 출현하는 동시에 텍스트의 상황맥락을 생산하고, 텍스트의 능동적 기획의도를 가늠하는 관점에서 텍스트를 가늠하며," 그리하여 '예술작품이 응답으로서 전환되는 상황'을 텍스트보다 먼저 존재하지 않는 — 요컨대, 오직 텍스트만 존재할 뿐인 — 듯이 보이게 만드는 착각을 조장한다. 그러면 여기서 두 요소 내지 두 측면이 문제시될 수 있지만, 그것들은 오직 분석되어야만 분간될 수 있다. 왜냐면 그것들은 역사적이고 이념적인 현실자체의 두 요소 내지 두 측면, 그러니까, 이제는 특정한 형식 — 텍스트가 영향을 끼칠 수 있는 형식 — 에 의존하여 "텍스화되는textualized" 혹은 작성되는 혹은 "생산되는" 두 요소 내지 두 측면이기 때문이고, 또 이런 변형기획자체가, 프레드릭 제임슨의 말마따나, "그렇게 생산된 새로운 현실을 지향하는, 그러니까, 새로운 상황을 지향하는 텍스트의 능동적이고 유효한 자세"를 재

---

8  앞 책, pp. 81-2.

현하기 때문이다.[9]

여기서 프레드릭 제임슨이 설명하는 과정은 일반적인 인간의 관행을 예증하는 과정인 듯이 보일 수도 있다. 인간들이 영향을 끼치는 환경은 야생적이고 관성적慣性的인 환경이 아니라 오히려 언제나-이미 "텍스트화된" 환경이다. 그렇게 텍스트화된 환경은, 마치 쓰였다가 지워진 글자들의 흔적들에 다시 쓰인 글자들을 간직한 고대의 양피지문서들처럼, 이미 존재했거나 동시에 존재하는 무수한 기획의도대로 의미가 쓰였다가 지워졌다가 다시 쓰이기를 무수히 반복하는 환경이다. 대체로 인류는 자신들이 스스로 창출한 조건들에 응답한다. 인류는 자신들의 생산물들에 집착할 뿐 아니라 그런 생산물들 때문에 이따금 곤란을 겪기도 한다. 만약 세계가 인간의 노력에 그토록 완강하게 반발하는 듯이 보인다면, 세계가 야생적 처녀지處女地라서 그렇게 보이지 않고 오히려 다른 것들의 의미들과 행위들이 세계를 이미 결정적인 모양으로 조각했기 때문에 그렇게 보인다. "노동labor"이라는 낱말자체는 세계를 설계한 우리의 의도에 세계가 이렇게 반발한다는 사실을 암시한다. 제임슨의 표현법대로라면, 현실은 고통을 유발하는 것이다.

그러나 이 견해는 문학작품에 부합하지 않는다. 물론 이것이 문필업은 고생스러운 노동을 마술직으로 면제빈는 자유로운 업종이리는 말온 당언히 이니다. 이것은 오히려 '상황맥락을 혹은 서브텍스트를 호출하는 언행'과 '상황맥락에나 서브텍스트에 영향을 끼치는 과정'은 동일한 (고생스러운 노동 같은) 실천의 측면들이라는 말이다. 이런 견지에서 문학작품은 '언어와 세계의 유토피아적 통일

---

9  프레드릭 제임슨, 『이론의 이념들』 p. 148. 이런 텍스트 생산이론과 내가 『비평과 이념』 제3장에서 발전시킨 텍스트 생산이론은 몇 가지 유사점을 공유한다.

성'을 노출시킨다. 이것은 앞에서 우리가 발언행위이론을 다루며 살펴본 것이다. 만약 문필활동이 다른 종류의 실천들을 대체할 수 있다면 그런 실천들을 보상하는 활동일 수도 있다. 프레드릭 제임슨이 강조하듯이, 문필활동은 "어떤 언행을 완수하는 활동이자 그 언행을 대체하는 활동, 그러니까 세계에 영향을 끼치는 언행방식이자 그런 언행의 불가능성을 일거에 벌충하는 방식이다."[10]

프로이트가 연구한 '실수'를 가리키는 '실착행위'라는 기술적 용어는 서툴거나 치환된 행위나 발언을 의미한다. 그래서 이 용어는 일반적 상징행위들을 파악하려는 사람에게 대단히 유용한 방편인 듯이 보인다. 빅토리아 시대 잉글랜드에서 어쩌면 가장 세련된 문체를 구사한 산문작가였을 추기경 존 헨리 뉴먼은 어느 날 "비현실적 언어Unreal Words"를 주제로 설교하면서 '문학은 생각과 실천을 노골적으로 분리해버리기 때문에 "거의 본질적으로" 비현실적인 것이다'고 개탄했다. 그는 또 어느 날에는 "교양의 위험성On the Danger of Accomplishments"을 주제로 설교하면서 '상상력을 자극하는 문학은 느낌과 행동을 분리하여 우리의 감정들을 어떤 목적의 자극도 받지 못하게 만들어버리기 때문에 도덕적으로 해롭다'고 경고했다.

그러니까 상징행위는, 요컨대, 무효하고 쓸모없는 행위로 보였을 수 있는데, 존 헨리 뉴먼 같은 경건한 성직자가 상징행위를 그렇게 봤다니 희한하기도 하다. 우리는 아리스토텔레스의 카타르시스 개념에서 아주 멀리 떨어져있는데, 그렇다고 예술을 겨냥한 플라톤의 혹평들에서도 우리가 그토록 멀리 떨어져있지는 않다. 문학은 현실성을 얼마간 결핍하거나 현실에서 얼마간 떨어져있어야 존재할 수 있는 듯이 보일 수 있는데, 이런 현실성의 결핍부분은 문학을 현존시

10  프레드릭 제임슨, 앞 책, p. 158.

키는 불가결한 구성요건이다. 이 진술은 심리분석(학)에서 인간주체로 알려진 것에도 똑같이 적용될 수 있다. 현실성의 결핍부분은 모든 상징관행의 요건이기도 하다. 그래서 작품은 마치 그렇게 결핍된 현실성을 언어 속으로 훨씬 더 내밀하게 회수하여 현실성의 결핍부분을 벌충하려고 애쓰는 듯이 보인다. 그러니까 여기서 언어는 작품이 결핍한 현실성을 회수하여 원위치에서 얼마간 떨어진 위치에 배정하려고 이용하는 매체일 수 있다. 모든 언어와 마찬가지로 모든 문학도 이런 영구적인 모호성을 띨 수밖에 없는 운명을 타고났다. 모든 문학은 어차피 세계의 결핍부분에 연루된 어떤 매체 속에서 세계를, 적어도 직감直感되는 형식을 띠도록, 재창조할 수밖에 없다. 상징은 사물의 죽음이다. 그러니까 문필행위자체가 바로 타락의 징표인 동시에 타락을 속죄하려는 노력이다.

그러나 만약 텍스트가 이런 의미에서 부수적이고 파생적인 것이라면, 그러니까, 행위자체의 은유나 치환에 불과하다면, 텍스트는 또 다른 의미에서 완벽하게 실현되고 여지없이 완결된 행위, 그러니까, 현실성을 결핍할 수 없는 행위일 것이다. 왜냐면 텍스트가 신봉하는 현실은 텍스트 자체를 직조하는 텍스트의 현실에 불과하기 때문이다. 그리하여 고전적 문학작품은 모든 현실세계용 행위를 예속하는 실수들과 우발사건들을 없애버리고 우연한 것들을 박멸하며 형식과 내용을 조화롭게 결합시킨다. 치환하는 동시에 보충하는 상징행위들은 언어 자체의 모호한 잠재력 및 취약성에서 무언가를 뽑아낸다. 한편에서 언어는 낱말들의 조합에 불과하다. 다른 한편에서 언어는 인간언행을 처음부터 가능하게 만드는 권력인데, 왜냐면 의미를 표현하지 않는 어떤 인간언행도 불가능하기 때문이다. 우리가 손을 앞뒤로 움직이는 동작을 작별인사용 동작으로 이해할 수 있는 까닭은 오직 우리는 언어적 동물들이라는 사실뿐이다.

텍스트를 응답으로 보는 견해는 지나치게 문학적인 견해로 인식되지 말아야
한다. 문학작품들은, 특히 현대의 많은 문학작품은, 문제들을 제기하더라도 일
반적으로 교과서식 답변들을 내놓지는 않는다. 우리는 아르헨티나 작가 보르헤
스Jorge Luis Borges(1899~1986)의 작품이나 트리니다드Trinidad 출신 브리튼 작가 나
이폴V. S. Naipaul(1932~)의 작품이, 이를테면, 주인공남녀들은 행복한 결혼식을 치
르고 악당들은 빈손으로 쫓겨나며 주인공남녀는 많은 토지를 상속받았다는 식
의 결말로써 끝나리라고 기대하지 않는다. 만약 우리의 규범적 가설들에 정중
하게 부응하는, 롤랑 바르트가 말한 이른바, 쾌락의 텍스트가 존재한다면, 그런
가설들을 분쇄하는 심술궂은 반초자아적反超自我的anti-superegoic 희열을 만끽하려
고 애쓰는 환락jouissance(쥐상스)의 텍스트도 존재한다. 전형적인 빅토리아 시대
소설의 결말에서는 화해의 분위기가 강조되는데, 그런 분위기는 무엇보다도 일
종의 심리적 장치로 간주될 수 있다. 프로이트의 논평대로라면, "환상들을 유발
하는 강력한 요인들은 충족되지 않은 소망들이고, 모든 개별적 환상은 개별적
소망의 무의식적 실현결과들이며 불만스러운 현실의 교정본들이다."[11] 쾌락원
칙은 전통적인 행복한 결말(해피엔딩)에 개입하여 현실원칙[12]의 엄격성을 이완시
키는데, 이런 쾌락원칙의 이완작용은 이따금 희극(코미디)으로 인식된다. 그런
반면에 전형적인 현대 소설의 결말에서는, 레이먼드 윌리엄스가 언젠가 논평했
듯이, 주인공이 문제의 상황을 벗어나 본연의 모습을 되찾는다.

---

11    『표준판 지그문트 프로이트 전집Standard Edition of the Work of Sigmund Freud』(London, 1953), vol. 9, p.
      146.

12   【'쾌락원칙Lustprinzip(the principle of pleasure = the pleasure principle)'과 '현실원칙Realitätsprinzip(the
      principle of reality = the reality principle)'은 프로이트가 『쾌락원칙을 넘어서Jenseits des Lustprinzips』(1920)
      에서 분석한 상충하는 심리학적 원칙들이다.】

롤랑 바르트가 쓰다시피 "자문자답自問自答하는 문학은 여태껏 세상에 존재하지 않았고, 문학을 문학답게 만들어온 것은 언제나 이렇듯 답변을 얻지 못한 질문이었다. 인간들이 질문의 폭력과 답변의 침묵 사이에 투입하는 것이 바로 그렇게 취약한 언어이다 ……."[13] 의학적 진단은 어차피 답변(진찰결과)일 수밖에 없지만, 문학 텍스트는 반드시 답변이지 않아도 된다. 문학 텍스트는 제기한 질문들의 정확한 해답을 제시하기보다는 오히려 그런 질문들에 응하는 어떤 답변을 단순히 재현하기만 할 수도 있다. 만약 문학작품이 기꺼이 사용할 수 있는 문제해결방법과 사용할 수 없는 문제해결방법이 동시에 존재한다면, 문학작품이 문제를 해결하지 않은 채로 방치하려고 기꺼이 사용할 수 있는 방법과 사용할 수 없는 방법도 존재한다.

프로이트가 인지했듯이, 우리의 소원성취환상이 너무 뻔뻔하고 과열되면 타인들에게 불쾌감을 안겨주기 쉬울지라도 이런 환상이 현대 문학으로서 표현되면 심각한 문제를 거의 유발하지는 않는다. 현대 문학작품의 너무 빤하거나 너무 평범한 결말은 오직 작품의 명백한 현실주의를 분쇄하는 희생을 감수해야만 작품의 충동을 만족스럽게 표현할 수 있을 것이다. 그래서 행복은 현대의 그럴싸한 조건이 아니다. 심지어 행복이라는 낱말자체도 행복한 분위기를 희미하게 조장하지만, 그런 분위기는 으레 그렇듯이 억지웃음들과 유치한 어릿광대들을 연상시킨다. 이렇게 계몽된 현대에는 문학작품의 우스운 결말은 꼴사나운 전위적 결말로 간주될 수 있는데, 셰익스피어의 『폭풍The Tempest』의 결말이 미란더Miranda(미란다)와 캘리밴Caliban(칼리반)의 결혼이었더라도 꼴사나운 전위적 결말로 간주되었을 것이다. 이런 결말은 빅토리아 시대 문학작

---

13  롤랑 바르트, 『비평집Critical Essays』(Evanston, Ill., 1972), pp. 202-3.

품들의 결말과 현저하게 대비된다. 찰스 디킨스의 소설『폐가』는 중간에 마무리될 수도 없었듯이 주요 인물들의 죽음으로써 마무리될 수도 없었다. 조지 엘리엇의 소설『미들마치』는 빅토리아 시대의 일류 소설가라면 예의바르게 표현할 수 있었을 소견이 곁들여진 침착하고 냉정하게 각성된 분위기로써 마무리되지만, 잉글랜드 작가 토머스 하디Thomas Hardy(1840~1928)의 소설들인『더버빌 가문의 테스Tess of the D'Urbervilles』(1891)와『비천한 주드Jude the Obscure』(1895)에서 채택된 방약무도하리만치 비극적인 결말들은 빅토리아 시대말기의 독자들마저 격분시킬 수 있었다. 그런 반면에 만약 스웨덴 작가 아우구스트 스트린드베리August Strindberg(1849~1912)의 작품이나 미국 작가 스콧 피츠제럴드F. Scott Fitzgerald(1896~1940)의 작품이 황홀감에 도취하여 단언하는 어조로써 마무리되었다면 우리는 경악하거나 적잖이 동요할 것이다.

토머스 하디의 소설들이 발표되기 이전에 잉글랜드에서 발표된 소설들 중에,『폭풍언덕』처럼 모호한 비극성을 띠는 소설 한두 편이 제외되면, 유일하게 주목될 만한 비극소설은『클러리사』이다. 토머스 하디 이후에 잉글랜드에서 발표된 소설들의 우스운 결말들 중에,『율리시스』의 결말처럼 논의될 여지를 함유한 몇 건이 제외되면, 나머지 결말들은 이념적으로 용납될 수 없는 것들이다. 마르크스주의자들은 이런 사실과 '중류계급의 진보적 위상이 비非진보적 위상으로 변천한 추세' 사이에 존재하는 어떤 관계를 탐지한다. 그래도 비극적 응답은 여전히 구성적 응답이다. 예컨대, 클러리사의 죽음은 그녀가 처했다고 자각한 상황을 향한 그녀의 가장 적절한 응답으로 간주될 수 있을 것이다. 어쨌거나 어떤 작품이 조성한 상황을 향한 그 작품의 응답은 단지 그 작품의 결말에만 들어있지는 않다. 그런 응답은 작품이 조성한 상황을 표현하느라 사용한 방법들 일체의 문제이다.

그렇다고 문제해답(질문답변)모형이 오직 개별적 문학 텍스트들에만 적용되어야 하는 것은 아니다. 그런 모형은 문학양식과 문학분야의 차원에서도 작동할 수 있다. 비가(엘레지)와 비극은 '우리는 어떻게 우리의 도덕을 납득할 수 있는가?'라는 질문을 제기하고 심지어 '우리는 어떻게 우리의 도덕에서 일정한 가치를 억지로 뽑아내는가?'라는 질문도 제기한다. 그런 반면에 목가牧歌나 전원시는 '우리는 그토록 힘들여 가다듬은 예의범절의 소중한 가치를 지키면서도 우리의 세련된 생활들을 생성시킨 투박한 원천들에마저 어떻게 충실할 수 있는가?'라는 수수께끼 같은 문제를 제기한다. 희극이나 소극笑劇은 '왜 우리의 약점에는 폭소를 유발할 만치 우스꽝스러운 어떤 것이 내재하는가?'라는 질문을 포함하여 아주 많은 질문을 제기한다. 현실주의는 특히 경험세계에 내포된 의미심장한 의도를 알아채면서도 경험세계의 조야함을 어떻게 고려하느냐는 문제를 향한 응답이다. 자연주의는 특히 문학예술은 과학적 사회학도 될 수 있느냐 없느냐는 질문을 향한 응답이다. 예술가들이 '우리는 현실주의에 억지로 떠밀려 무대의 양옆으로 배제된 정신적 현실이나 심리적 현실을 어떻게 무대의 중앙에 가져다놓을 수 있을까?'라고 의문하기 시작하면, 표현주의expressionism 같은 극작형식劇作形式들이 생겨나기 십상이다. 그런 극작형식들은, 현대주의의 유파들 대다수와 비슷하게, 현실주의의 문제들을 향한 "응답들"이다.

문학작품이 개별적 질문을 향한 응답일 가능성보다는 질문들의 다발을 향한 응답일 가능성이 아마도 더 높을 것이다. 예컨대, 이른바 『신약전서New Testament』

가, 만약 서기70년에 발생한 예루살렘 신전神殿(또는 성전聖殿) 파괴사건을 향한 다각적 응답으로서 읽힌다면, 그리하여 후기 제2신전 시대[14]의 예루살렘을 특징짓는 혼란, 기대와 희망, 갈등과 분열, 환멸과 각성, 격심한 불안과 열망을 향한 다각적 응답으로서 읽힌다면, 상당히 선명하게 조명될 것이다. 아이스킬로스의 3부작 비극희곡『오레스테이아』가 제기할 수 있는 질문은 다음과 같을 것이다. 즉 "아직 문명화되지 않은" 보복의 자체영속회로自體永續回路들은, 더 오래된 고대 사법체계들을 떠받치는 근거를 부정하지 않으면서, 그리고 폭력성을 제거하지 않거나 문명자체의 생존에 필요한 숭배감각을 합리적으로 해석하지도 않으면서, 어떻게 문명국가의 사법질서로 변천할 수 있는가? 조지 엘리엇의『미들마치』는 '진보, 총체성, 거대서사를 믿는 명랑한 중류계층의 신념'을 '그런 계층의 야심만만한 기획들에 담긴 자유주의적 용의주도함, 지역적인 것들을 동경하는 노스탤지어, 인간의 유한성을 인지하는 비극적 감각, 그러니까, 대체로 좌절당해온 고상한 개혁주의적인 희망들을 품은 중류계층의 특성들로 간주될 수 있는 모든 것과 화해시키느라 분투한다. 그러나 이렇게 제기되는 모든 질문은 그것들과 병치되는 또 다른 질문들을 초래하고, 그런 또 다른 질문들은 역시 또 다른 응답들을 요구한다.

프레드릭 제임슨의 관점에서 문학작품은 자체적으로 출현시키는 상황맥락을 향한 응답이다. 해석학의 견해대로라면 텍스트를 이해하는 과정은 '텍스트가 제기하고 응답하는 질문'을 재구성하는 과정이다. 이런 제임슨의 관점과 해석학의 견해는 일정한 관계를 맺는다. 가다머는『진리와 방법』에서 자신의 이런

---

14 【the Late Second Temple period: '후기 제2성전第二聖殿 시대'로 번역되는 이 시대는 대체로 서기1~70년을 가리킨다.】

견해는 역사학자 로빈 조지 콜링우드Robin George Collingwood(1889~1943)로부터 빚진 것이라고 인정하는데, 실제로 독일 철학자가 잉글랜드 철학자의 이름을 그렇게 정확히 거명하는 경우는 드물다.[15] 콜링우드의 주장대로라면, 모든 개별적 진술은 개별적 질문들을 향한 응답들로 이해될 수 있고, 모든 개별적 질문은 나름의 전제前提를 포함하기 마련이다. 그래서 예컨대, '나의 등에는 비비狒狒(개코원숭이)가 있어요'라는 진술은 "털북숭이양팔로 당신의 목을 휘감은 끔찍한 붉은 두 눈을 가진 것은 무엇이요?'라는 질문의 응답으로 간주될 수 있는 만큼 '비비들로 알려진 털북숭이동물들이 있다'는 전제를 포함하기 마련이다.[16] 콜링우드가 논평하듯이, "우리는 응답해야 할 질문의 의도를 모르면 그 질문에 어떤 진술로써 응답해야 할지도 모른다."[17] 어느 논평자의 말마따나, 우리가 품어야 할 의문은, 해석학의 관점에서는, "질문자의 질문에는 이런 진술을 응답받으려는 의도가 담겼는가?"이다.[18] 응답자가 이런 질문의도를 간파하면 자신이 진술할 응답의 진위를 더 쉽게 결정할 수 있을 것이다.

콜링우드는 당연하게도 진술논리陳述論理propositional logic를 대화논리對話論理 dialogical logic로 교체하기를 바란다. 왜냐면 그의 관점에서 줄기차게 변증법적으로 전개되는 대화논리는 인간탐구의 역사적 본성에 더 어울리는 듯이 보이기 때문이다. 그러면 진술들은 암묵적 관행들로 변하거나 의도표출언행들로 변한

---

15  가다머, 『진리와 방법』, p. 333. 잉글랜드 철학자들로부터 빚졌다고 인정한 다른 유명한 독일 철학자들도 있는데, 예컨대, 칸트는 데이빗 흄으로부터, 루돌프 카르납Rudolf Carnap(1891~1970)과 프레게는 버트런드 러셀로부터 빚졌다고 인정했다.

16  콜링우드의 『자서전An Autobiography』(London, 1939) 제5장과 『메타자연학론An Essay on Metaphysics』 (London, 1940) 참조. 여기서 '비비'를 언급한 예문들은 내가【테리 이글턴이】 곁들인 것들이다.

17  콜링우드, 『자서전』, p. 33.

18  리처드 머피Richard Murphy, 『콜링우드와 서구문명위기Collingwood and the Crisis of Western Civilisation』 (Exeter, 2008), p. 115. 주세피나 도로Giuseppina d'Oro, 『콜링우드와 경험 메타자연학Collingwood and the Metaphysics of Experience』(London and New York, 2002), p. 64 참조.

다. 그런 진술들은 일시적으로 억압되거나 배척되면서 본색을 잃어버린 질문들을 향한 응답들이다. 콜링우드가 "절대전제들absolute presuppositions"로 지칭한 것들도 있다. 그것들은 질문들도 응답들도 포함하지 않는다. 절대전제들은 질문과 응답의 어떤 특수한 변증법을 작동시키는 필수적 가설들을 재현하는 만큼 오히려 초월적인 것들이다. 콜링우드의 작업을 평가한 어느 논평자가 쓰듯이, "일정한 진술을 '응답받으려는 의도를 내포한 질문'으로 간주하여 이해하는 과정은 질문을 생성시킬 수 없는 빈자리에 도사린 전제를 폭로하는 과정이다."[19] 이 경우와 비슷하게, 프레드릭 제임슨의 관점에서 문학작품을 이해하는 과정은 문학작품의 응답을 받는 "질문"을 제기하는 이념적 상황맥락을 재구성하는 과정의 문제일 수도 있다.

이런 해석학의 모형은 전략으로 간주되는 텍스트의 개념과 뚜렷한 관계를 맺는다. 그래서 문학작품을 암묵적 질문에 대항하는 방편으로 간주하여 이해하는 과정은 해석과정자체를 특별히 예시한다. 프레드릭 제임슨은 『언어감옥』의 서두에서 사상의 역사를 사상모형들의 역사로 간주하여 이해하자고 제안했지만, 사상의 역사를 사상문제들의 역사로 간주하여 이해하자고 제안할 수도 있었다. 해석학자들의 관점에서 현실은 일관된 응답을 역사에 함축된 질문으로 복귀시킨다. 수용될 수 있는 질문들의 골격 ― 대략적으로는, 루이 알튀세르가 문제골격으로 지칭한 것과 미셸 푸코가 인식골격[20]으로 지칭한 것 ― 은 특수한 역사적 상황맥락에서 그럴싸하거나 이해될 수 있는 응답으로 간주될 만한 것을 결정

19  피터 존슨Peter Johnson, 『콜링우드: 입문R. C. Collingwood: An Introduction』(Bristol, 1998), p. 72.

20  【알튀세르의 '문제골격問題骨格(problématique/problematic)'은 그동안 한국에서 '문제틀'로 번역되어왔고, 미셸 푸코의 '인식골격認識骨格(episteme)'은 '인식틀' 또는 '인식소認識素'로 번역되든지 아니면 번역되지 않고 그냥 '에피스테메'로 표기되어왔다.】

한다. 인간들은 여태껏 단지 그런 문제들을 해결할 수 있을 듯이 자처하기만 해 왔을 따름이라고 논평하던 마르크스의 내심에서도 어쩌면 이런 골격이 작용했을 것이다. 만약 우리가 문제를 제기하는 데 사용할 수단을 처음부터 보유한다면, 응답이 너무 동떨어질 수는 없을 것이다. 문제를 확인하는 우리의 조건이야말로 문제를 해결할 수 있는 방향을 우리에게 지시할 수 있거나, 아니면 적어도, 그런 방향으로 간주될 만한 것을 우리에게 암시해줄 수 있다. 니체는 『즐거운 학문Die fröhliche Wissenschaft』에서 인간은 응답할 수 있는 질문들마저 그냥 듣기만 할 뿐 응답하지 않는다고 논평한다.

아무리 그래도 질문들은 각각의 꼬리에 응답을 단단히 매달고 제기되지는 않는다. 왜냐면 우리는, 스탠리 피쉬에게는 실례일지 몰라도, 예컨대, 지식이 진보할 수 있느냐는 질문을 포함한 우리의 질문들에 주어지는 흥미롭거나 예기치 못한 응답들마저 이따금 수용할 수 있기 때문이다. 과학은 이런 놀라운 수용력을 타고난다. 그런 반면에 매우 전근대적인 사고방식의 소유자가 무언가를 학습하는 과정의 대부분은 그가 이미 아는 것을 확인하는 과정이다. 남녀인간들이 마주치는 것들의 대부분은 그들에게 이미 익숙한 것들일 수밖에 없다. 왜냐면, 예컨대, 신神은 남녀인간들을 구원하는 데 필요한 모든 진리를 처음부터 계시하지 않을 만치 가혹하지도 매정하지도 않았을 것이기 때문이다. 그런데 신이 '간음하지 말라'는 계율의 중요성을 고대 이탈리아 서부의 에트루리아Etruria 인人들에게는 숨기면서 17세기 프랑스의 하늘에는 그 계율을 커다랗게 써서 공시했다면, 그런 신의 처사는 불공정하고 무책임했을 것이다.

이런 해석학의 관점에서는 최종응답들이 존재할 수 없다. 왜냐면 응답들은 새로운 질문들을 유발하기 마련이기 때문이다. 해답처럼 보이는 것은 새로운 문제를 제기하는 것으로 판명된다. 이런 순환과정은 오직 신화 속에서만 마감될 수 있다. 스핑크스Sphinx가 아무도 맞히지 못하리라고 장담하면서 출제한 수수께끼의 답을 오이디푸스Oedipus가 맞혀버리자 스핑크스는 자살해버린다. 그렇지만 클로드 레비스트로스가 지적하듯이, 신화적 사고방식 속에서는 문제제기가 실패하면 재난이 연발할 수도 있다. 불교신화에서 붓다는 사촌동생 겸 제자 아난다Ananda로부터 벌써 세상을 떠나려 하시느냐는 질문을 받지 않아서 죽는다. 그런 반면에 아서Arthur 왕의 전설에서 원탁기사 가웨인과 궁정기사 퍼서벌Percival(파르치팔Parzival)은 성배聖杯Holy Grail의 본성을 의심하는 질문을 실패하기 때문에 어부왕漁夫王(피셔킹Fisher King)을 파멸시킨다.[21]

그래서 해석학적 비평은 응답을 조명하게끔 질문을 재구성하는 과정의 문제이다. 문학작품들은 이런 순환적 자급자활구조自給自活構造에 포함된 어떤 것을 반영한다. 우리는 여태껏 다른 상황맥락에서도 기회를 만나면 그런 자급자활구조를 관찰할 수 있었다. 문학작품들은 자동自動하는 듯이 보이지만, 자동하는 문학작품들은 역사자료들을 자동하는 데 필요한 기회들로 변환하느라 분주하다. 그래서 특정한 텍스트의 의미를 파악하는 과정은 그런 의미를 '특정한 상황을 내포하려는 시도'로 간주하는 과정이다. 케네스 버크의 관점에서 그런 시도는 언제나 일정한 지배욕을 수반하므로 결국 일정한 권력의지마저 수반하기 마련이다. 신화, 주술, 주문, 저주부터 예술, 꿈, 기도, 종교의례까지 망라하는 상징행위들은 '인류가 살아가는 환경을 의미심장하게 만드는 방법'에 포함되므로 '인류가 생존하며 번영하려고 사용하는 방법'에 이바지한다. 밀턴의 서사시 『투사 삼

---

21  에드먼드 리취Edmund Leach, 『레비스트로스Lévi-Strauss』(London, 1970), p. 82 참조.

손Samson Agonistes』을 평가하는 케네스 버크의 논평들은 밀턴의 대단히 화려한 문체와 특이한 접근법을 얼마간 연상시킨다. 그런 문체와 접근법은, 버크가 이 서사시를 논평하며 쓰듯이, "적수를 닮은 인형만 봐도 참수하려고 안달할 뿐 아니라 정치적 논쟁마저 [원문대로라면] 고귀한 신학의 용어들로써 번안하여, 심하게 확대해석하는 식으로, 자신의 성마르고 강퍅한 저항을 인정받는 데 이용해먹을 수 있는 호전적이고 늙은 투사성직자가 사용하는, 마법을 방불케 하는, 신기한 효험을 발휘하는 주문" 같은 것들이다.[22]

인간의 노동자체勞動自體는 의미부여방식[23]이다. 그것은 우리의 욕구들을 만족시킬 수 있을 만큼 충분히 일관되게 현실을 조직하는 방식이다. 그러나 바로 그래서 우리에게는 메타의미부여방식[24]도 필요하다고 보는 견해가 진실로 유효하다. 메타의미부여방식은 우리가 지금까지 우리의 노동과 언어로써 개방해온 세계를 더욱 사변적思辨的으로 성찰하는 방식이다. 신화와 철학부터 예술, 종교, 이념까지 망라하는 이런 성찰방식은 상징계象徵界를 형성한다. 만약 예술이 우리가 세계에 의미를 부여하는 방식들 중 하나라면, 혹은 예술이 우리가 그런 의미부여과정을 더욱 일반적으로 성찰하는 방식들 중 하나라면, 그리고 그런 의미부여과정이 우리의 생존에 반드시 필요하다면, 비실용적인 것들은 궁극적으로 실용적인 것들에 이바지될 것이다. 그러나 정반대로, 실용적인 것들이 궁극적으로 비실용적인 것들에 이바지하는 상황도 발생할 수 있다. 그렇다면, 역

---

22  케네스 버크, 『행위원인들의 수사학』, p. 5.

23  【意味附與方式(mode of sense-making): 여기서 '의미부여意味附與'로 번역된 '센스메이킹sense-making'은 '인간이 경험에나 현실에나 사물에 의미를 부여하는 과정'을 뜻하는 이 조어造語인데, 정보과학분야에서 주로 사용된다.】

24  【mode of meta-sense-making: 여기서 '메타meta'는 '다음, 이후, 차후, 넘어서'를 뜻하는 그리스어에서 유래한 영어접두사이다. 그래서 이 표현은, 예컨대, '차후의미부여방식此後意味附與方式'으로 번역될 수도 있다.】

사적 관점에서, 비실용적인 것들(또는 자유의 영역)이 실용적인 것들(또는 필연성의 왕국)을 기어코 압도할 것이다. 이런 역사적 변환이 바로 마르크스주의의 희망이다. 가장 바람직한 미래는 지금의 우리를 속박하는 실용적 필연성에서 우리가 조금이라도 더 벗어날 수 있을 미래이다. 만약 이것이 마르크스가 열망하는 미래의 요건을 충족하고도 남을 미래상이라면, 그가 한 가지 가능성을 믿기 때문에 그럴 것이다. 그 가능성이란 계급사회의 황량하도록 실용적인 서사敍事가 축적한 자원들이 결국에는 그런 미래를 실현하려는 목적의 수단들로 사용될 수 있을 가능성이다. 현재의 우리가 고생스럽게 창출하려는 경제력을 미래의 우리가 이용할 수 있다면 그런 고생에서 해방될 수도 있을 것이다. 전략으로 간주되는 예술작품은 필연성의 왕국에 속하든지 아니면 적어도 필연성의 왕국에 속하되 조금 더 자유로운 상징계로 알려진 영역에 속한다. 여흥으로 간주되는 예술작품은 자유의 영역을 예시한다.

존 밀턴의 서사시 『잃어버린 낙원』은 전략으로 간주되는 텍스트의 개념을 예증하는 작품으로 평가될 수 있다. 이 서사시는 특히 다음과 같은 질문들을 제기한다. 청교도혁명가들의 고결한 희망들은 왜 좌절당했느냐? 그러니까 왜 전능한 신은 자신이 선택한 백성을 향한 지지를 철회하고 그런 백성을 국왕들과 성직자들의 아량과 친절에 내맡겨버린 듯이 보이는가? 청교도혁명가들의 계획이 오인誤認되었기 때문에? 혹여 그들이 승리하려면 갖췄어야 할 신앙심을 갖추지 않아서? 아니면 고결한 도덕적 목적들을 포기하고 비열한 목적들을 추구하도록 남자를 꼬드기는 인간성의 핵심에 상존하는 강대한 (때로는 여자女子로 인식되는) 결점 때문에? 아니면 신은 불가해한 지혜를 발휘하여 자신의 백성을 최후에 구원하려는 비밀스럽고 불가사의한 계획을 실현하느라 자신의 백성을 여태껏 고난에 빠뜨려왔다고 여전히 변명할 것이기 때문에? 그렇다면 마르크스의 관점에서는 자본주의가 사회주의를 예고하는 본질적 서곡으로 보였을 것이듯이, 에덴동산에서 벌어진 인간의 타락도 회고되면 인간의 훨씬 더 장대한 존재형식을 예고하는 본질적 서곡이었다고 판명될 것인가? 그렇지 않다면 인간은 이런 참담한 고난 속에서 무죄의 증거 — 남녀인간들이 열망하고 실패하면서도 (고전적 비극이론에서처럼) 이런 참담한 실패를 전적으로 책임질 수 없는 까닭 — 을 발견할 수 있을까?

밀턴의 위대한 서사시는 정치적 논문이 아니라 시詩이다. 그래서 이 서사시는 서사, 줄거리, 드라마, 수사법, 이미지, 성격, 정서적 태도 같은 요인들의 차원에서 이런 질문들을 제기하고 이런 질문들에 응답한다. 그러나 이런 요인들 중 어느 것도 추상적 질문의 단순하고 빤한 외피 같은 것으로 간주되어 이해될 수는 없다. 그러나 이런 미장센mise en scéne(연출법)은 한편에서는 이런 문제들을 우리에게 생활체험만큼이나 선연히 실감되도록 만들면서도 다른 한편에서는 텍스트의 전략을 실행하는 모든 작업을 어떻게든 복잡다단하게 만드는 성질을 띤다. 예컨대, 밀턴의 시는 자체의 신성한 주제主題를 서사형식에 투여하지만, 그래도 바이블의 세새題材에 고유하게 내재된 몇몇 곤란한 요소를 선명하게 폭로하는 데 일조하지 못한다. 왜냐면 그런 폭로는 바이블의 전체 줄거리를 신에게 유례없이 불리하게 보이도록 만들 소지를 적잖이 함유한 방법이기 때문이다. 영원한 진리들이 일시적 형식에 투영되면 곧바로 도덕적이고 미학적인 수많은 난관이 불가피하게 생겨나기 마련이다. 작품의 형식은, 예컨대, 전능한 신을 재현하면서 깎아내릴 수밖에 없는데, 그렇게 실추된 신은 냉엄하리만치 초연한 듯이 보일 수밖에 없거나 심지어 갱생 불가능한 민족을 다루는 자신의 방침들을 정당화하려는 목적을 추구하는 듯이 보일 수밖에 없다. 밀턴은 분별력, 담론, 이성에 의존하는 프로테스탄트 시인이었다. 그러므로 우리의 최초부모(아담과 하와)를 사과(능금)를 따먹은 죄인들로 간주하여 추방형에 처했을 최상존재에게 밀턴이 정당성을 부여하려면 자신의 분별력, 담론, 이성을 총결집하여 분발시켜야만 했다. 그러나 이렇듯 담론하고 논증하는 방식도 서사시의 순수하고 장엄한 효과를 훼손하는 위험을 초래할 수 있다. 밀턴의 신은 자신의 다소 얄궂은 처사를 합리화하려면 대단히 많은 변론을 펼쳐야 하기 때문에, 밀턴의 서사시는 이토록 장엄하고 초월적인 조물주를 보수적 관료나 고집스러운 공무원처럼 보이게 만드는 데 이따금 성공한다.

밀턴의 서사시가 드러내는 것과 말하는 것 사이에도 몇 가지 현저한 모순이 존재한다. 예컨대, 밀턴이 인문주의자답게 동정하듯이 묘사하는 아담과 하와의 모습들과, 죄지은 부부를 향해 그의 서사시가 공식적으로 드러내놓고 검열하듯 하는 도덕적 태도 사이에도 그런 모순이 존재한다. 그의 서사시에서 동일한 화제를 형식적이고 신학적으로 해설하는 대목들은 극적으로 재현하여 묘사하는 대목들과 때때로 모순된다. 이 경우와 비슷하게 사탄(악마)을 해설하는 대목들과 재현하는 대목들도 모순되곤 한다. 윌리엄 블레이크가 주장했듯이, '밀턴은 악마를 편들면서도 자신이 그리하는 줄 몰랐다'는 견해는 틀렸다. 밀턴 같은 급진적 공화주의를 옹호하는 작가가 묘사한 사탄은 당당한 군주를 닮았다. 그래도 사탄은 그렇듯 당당하게 살아가는 비극적 인물처럼 보이도록 묘사되기 때문에 전능한 신의 무기를 도용하여 서사시의 이념적 의도들을 얼마간 망쳐버린다. 매력적으로 보이는 선업善業은 아리스토텔레스의 시대와 아퀴나스의 시대부터 완수되기 어려운 과업이었다. 그래서 매력적인 선업은 현대성(모더니티)이 아무리 속행하더라도 완수하기가 거의 불가능한 과업으로 변할 것이다.

많은 문학작품과 비슷하게『잃어버린 낙원』도 문제들을 연달아 제기하고 해답들을 모색하는 과정에서 때로는 더 많은 문제를 도출한다. 이 서사시는 일련의 전략적 타협들과 협상들을 포함하고, 그런 타협들과 협상들은 "미학적인" 것과 "이념적인" 것의 부단한 상호작용을 포함하기 마련이다. 이런 포함관계를 반대로 이해하는 견해는 사실상 오해이다. 왜냐면 예술작품의 형식적 특징들은 예술작품의 내용만큼이나 이념적 설득력을 강하게 발휘하기 때문이다. 그런데 그런 설득력은 단시간에만 발휘될 수 있을 따름이다. 텍스트의 기획이 진척되면 텍스트의 형식과 내용 사이를 바쁘게 오락가락하는 기획의 복잡한 전환현상이 발생한다. 예컨대, 이념적 모순은 형식의 작용에 편승하면 일시적으로 해소될 수 있을 것이다. 그러나 이런 작용은 이념의 차원에서 문제를 추가로 유발할 수 있고, 이어서 새로운 형식의 딜레마를 유발할 수 있으며, 또 다른 문제나 딜레마를 더 유발할 수도 있다.

우리가 밀턴의 서사시에서 발생하는 이런 복잡한 전환현상을 입증하려면 논문 한 편을 아예 따로 써야 할지도 모른다. 그러나 우리는 여기서 더욱 쉽게 다룰 수 있는『제인 에어』같은 작품을 간략하게 살펴봐도 좋을 것이다. 이 소설에 담긴 전략적 기획의 일부는 소설의 결말에서 제인Jane과 로체스터Rochester를 결합시키는 것이다. 그러나 만약 그런 기획이 맨 처음에 두 인물을 갈라놓지도 않고 결말에서 결합시켜버린다면, 그것은 너무나 괘씸한 소원성취를 재현한 뿐만 아니라 현실주의의 정전正典들을 모독하는 기획일 수도 있다. 그러니까 이 소설에서 발생하는 서사전환은 수많은 이념적 목적을 달성한다. 그런 서사전환은 고통 및 자기희생의 필요성을 믿는 (마조히즘masochism적인 동시에 청교도적인) 소설의 신념을 충족하는 동시에 소설의 정숙한 여주인공을 자칫 중혼죄마저 범할 수 있는 위험한 처지로 내몰리지 않도록 보호한다. 또한 그런 서사전환 덕택에 여주인공은, 엄격하고 금욕적인 세인트 존 리버스St John Rivers의 집에서, 그녀를 유혹하는 마수들을 조심하고 또 그녀의 자기희생심을 부추기는 것들마저 조심하도록 그녀를 일깨우는, 일종의 자기분신自己分身을 대면할 수 있다. 게다가 그녀를 방탕한 귀족과 결별시키는 서사전환은 그녀의 정조를 유린하려는 귀족의 음탕한 야욕을 응징하려고 의도하는 소설이 사용할 수 있는 방편의 일환이다. 그래도 로체스터는 제인의 욕망을 채워줄 숭고한 대상으로서 기능하지 못하는 순간부터 응징당하지 않아야 한다. 그가 응징당해야 한다면 소설의 서사는 오히려 두 애인을 재결합시켜야 한다. 그러나 둘을 곧바로 결합시킬 수 있는 현실주의적 기법은 아예 없기 때문에 서사는 제인으로 하여금 훨씬 더 멀어진 주인 로체스터의 도와달라는 간절한 외침을 귀담아 듣게 하는 우화적寓話的 장치에라도 의존할 수밖에 없다.

이런 서사가 『제인 에어』의 이념적 기획을 진척시키는 위험을 무릅쓸 수 있으려면 오직 이 소설의 현실주의를 삭감하는 희생을 감수할 수밖에 없다. 그러나 형식의 견지에서 이 소설은 현실주의, 생활역사, 고딕Gothic 소설(음산한 중세풍 괴기소설), 로망스(romance: 기사도소설), 동화, 도덕적 우화 같은 것들의 현저히 불균등한 혼합물이다. 이런 혼합물은 '비밀스러운 친화관계들과 도무지 있을 성싶지 않은 괴기스러운 정념들이 일상세계의 덧없는 외피를 걸쳐서 본색을 숨긴다'고 암시할 수 있는 유력한 결과물들 중 하나이다. 이 소설이 만약 이른바 굶주린 40년대(1840년대)의 사회적 텍스트라면 『미녀와 야수』[25]의 재연소설로 간주될 수도 있다. 그래서 『제인 에어』는 자체의 반反현실주의적 전술을 (거의) 완수할 수 있고, 제인을 그녀의 괴로워하는 애인에게 돌려보낼 수 있다. 그동안 이 소설은 로체스터의 광분하는 아내를 죽여서 제인과 로체스터의 혼인결합을 순조롭게 만드는데, 이런 전개는 소설의 고유한 현실주의를 벗어나서 멜로드라마와 고딕 소설식 장면묘사로 엇나가버리는 또 다른 탈선을 요구한다.

버서 로체스터는 이 소설의 무의식 속에서 남편의 기괴한 분신 같은 역할을 수행하기 때문에 (그녀의 피부는 남편의 피부처럼 가무잡잡하고, 그녀의 키도 남편의 키와 거의 같으며, 그녀의 정념도 남편의 정념과 마찬가지로 무절제하고 위험하리만치 이국적이며 걸핏하면 폭발할 수 있는 파괴성과 동물성을 가득 함유한다) 그녀를 파멸시키는 행위는 그녀의 남편을 징벌하는 치환된 방법이기도 하다. 그것은, 더 정확하게는, 그녀의 남편을 실제로 죽이지 않으면서 징벌하는 방법이다. 왜냐면 그녀의 남편을 실제로 죽여서 징벌하는 방법은 소설이 여주인공의 몫으로 준비해둔 행복한 결론에 거의 부합하지 않을 것이기 때문이다. 그러나 이런 노릭석 행위는 제인의 욕망대상들을 제인에게 부여하는 데 적합한 서사기제敍事機制narrative mechanism이기도 하다. 로체스터는 징벌을 직접 받기도 하지만 그의 아내 버서를 통해서 간접으로 징벌받기도 한다. 그러니까 소설은 사디즘sadism(가학증加虐症)

---

25 【『La Belle et la Bête』: 프랑스 소설가 가브리엘-쉬잔 바르보 드 빌뇌브Gabrielle-Suzanne Barbot de Villeneuve(1685~1755)가 1740년에 발표한 동화.】

적이고 속죄양을 희생시키려는 격분을 깡그리 그에게 폭발시켜서 그를 눈먼 절름발이로 만들어버린다. 이런 이중징벌은 소설의 이념적 기능을 완수한다. 그리하여 로체스터는 자신의 죗값을 치르고, 신분상승을 노리는 프티부르주아(소시민小市民) 여성은 오만무도한 귀족남성을 망가뜨린다. 그러나 이런 이중징벌은 일종의 줄거리조정장치plot device처럼 기능한다. 이 장치가 이 오만무도한 귀족을 실추시켜서 인간화시키거나 여성화시키면, 비천한 하녀 제인은 주인과 정신적으로 동등한 위상에서 결합할 수 있다. 그러나 이런 결합은 악당을 무기력하게 만들지 않는 선에서 달성된다. 왜냐면, 내가 다시 말하건대, 악당이 무기력해져도 제인에게 돌아갈 이익은 거의 없을 것이기 때문이다. 실제로 상처 입어 망가진 로체스터를 굳센 건강보다 훨씬 더 강력하게 유혹하는 어떤 것이 존재한다. 만약 그가 기력을 잃어간다면 그의 불안도 줄어들 것이다.

그래도 제인은 이런 결과보다 더 많은 것을 얻는다. 로체스터가 눈먼 절름발이로 전락했기 때문에 제인은 자신의 주인 로체스터에게 처음으로 권력을 행사할 수 있다. 왜냐면 그녀는 이제 무기력한 살덩이로 전락한 사나이의 손을 잡고 이끄는 인도자노릇을 할 수 있기 때문이다. 그렇지만 그런 인도자노릇은 하녀노릇이나 고분고분하고 순종적인 아내노릇을 완수하는 언행이라서 결국 제인의 옛 역할을 중단시키는 동시에 영속시키는 언행이다. 그래서 이런 서사전환은 소설의 여주인공에게 지위와 주권을 부여할 수 있다. 그런 지위와 주권은 그녀가 자신의 성적性的 마조히즘뿐 아니라 자신의 충심과 겸손과 사회적 순응주의마저 손상하지 않으면서 무의식적으로 추구하는 것들이다. 소설의 결말에서 제인이 로체스터와 맺는 관계는 그에게 복종하면서도 그를 지배하는 관계인 동시에 그와 평등한 관계이다. 샬롯 브론테의 세계에서 이런 관계보다 더 완벽하게 실현되는 관계는 감지되기 어렵다. 잉글랜드의 작가 데이빗 허버트 로렌스가 『제인 에어』의 결말은 "포르노그래피(외설) 같다pornographic"고 생각했어도 전혀 이상하지 않다. 왜냐면 그 소설의 결말은 오만무도한 남자짐승을 창조하고도 떳떳하지 못하게 가학적으로 유린할뿐더러 비겁하게도 그를 단순한 여자의 처분에 내맡겨버리기 때문이다. 소설은 그토록 힘겹게 진척시키는 기획 ― 제인의 자아실현을 가능하게 만들되 사회적 인습들의 내부에서 비밀리에 가능하도록 만드는 기획 ― 을 결말에서야 비로소 완수한다.

그래서 많은 현실주의적 허구작품과 비슷하게 『제인 에어』도 자체의 역사적 상황맥락에 맞춰 제기한 몇몇 시급한 질문에 부응하는 상상된 해답을 제시하려고 한다. 이런 의미에서 우리는 텍스트의 "필연성"을 설명할 수 있지만, 이런 필연성이 철두철미한 결정주의로 오해되면 안 될 것이다. 우리는 자아실현과 자아단념을, 의무와 욕망을, 남성의 권력과 여성의 복종을, 평민들의 근검절약과 상류계층의 선망되는 교양을, '낭만적 반항'과 '사회적 인습을 존중하는 태도'를, '사회적 야망을 달성하려는 저돌성'과 '오만한 상류계층을 향한 프티부르주아의 의심'을 어떻게 화해시킬 수 있을까?[26] 이 과업을 내세우는 텍스트 전략들은 "형식"과 "내용"의 경계선을 부단히 넘나드는 전환운동을 포함하기 마련이다. 그런 전환운동은 형식의 영역에서나 내용의 영역에서 작동하는 궁극적 술책의 본색을 드러낸다. 형식과 내용은 마치 샛별과 개밥바라기[27] 같아서 분석되면 구별되

---

26  나는 이 문제들을 나의 저서 『권력의 신화들: 브론테 자매에 관한 마르크스주의적 연구Myths of Power: A Marxist Study of the Brontës』(London, 1975)에서 더 자세히 검토했다.

27  【새벽하늘에 뜨는 금성金星의 별칭인 '샛별'은 '계명성鷄鳴聲' 또는 '명성明星'으로도 지칭되고, 초저녁하늘에 뜨는 금성의 별칭인 '개밥바라기'는 '태백성太白星' 또는 '장경성長庚星'으로도 지칭된다.】

지만 존재의 차원에서는 동일하다.

『제인 에어』는 갈등하는 가치군價値群들의 협상을 타결시켜야 하지만 상이한 서사형식들의 협상도 타결시켜야 한다. 몇몇 도덕적 딜레마나 사회적 딜레마의 해법을 강구하는 이 소설은 몇몇 전통적 문학양식과 새롭게 출현한 전투적 현실주의를 꿰매어 합치기도 한다. 그런 현실주의는, 레이먼드 윌리엄스가 증명했듯이, 혼란스럽던 1840년대에 사회적 경험을 압박하던 새로운 긴장들을 표현하고자 했다.[28] 그러나 소설의 서사는 현실주의적 해법을 일절 용납하지 않는 문제들을 마주치면 **데우스 엑스 마키나**[29] 같은 더욱 우화적인 장치나 신화적인 장치에 의존하기로 결정할 수도 있다. 그리고 이런 장치들 — 때맞춘 재산상속, 거의 잊혔던 친척의 돌연한 등장, 편리하고 갑작스러운 죽음, 기적같이 급변하는 심경心境 등 — 은 빅토리아 시대의 모든 허구작품에서 발견될 수 있다. 이런 장치들은 다른 무엇보다도 현실주의적 "해법들"의 한계들을 증명한다. 그래도 서사기제에 포함되는 이토록 다종다양하고 자잘한 장치들은 나름대로 새로운 문제들을 제시할 수 있고, 그런 문제들은 그런 장치들의 작동과정에서 "처리되어야" 한다.


## 2

이 모든 전략은 충분히 복잡하게 보일 수 있다. 그러나 독자가 없으면 그런 전략들도 생겨날 수 없다고 우리가 인정하는 순간부터, 그리고 읽기도 창작만큼

---

28  레이먼드 윌리엄스, 『디킨스에서 로렌스에 이르는 잉글랜드 소설The English Novel from Dickens to Lawrence』(London, 1970), pp. 32-3.

29  【Deus ex machina: '기계장치를 통해 출현한 신神'을 뜻하는 '아포 메카네스 테오스apo mekhanes theos'라는 그리스어표현에서 차용된 이 라틴어표현은 '허구창작물의 복잡하고 급박한 장면을 해결하는 사건이나 등장인물이나 신'을 통칭하는데, '결정적 해결책'으로 번역될 수도 있다.】

이나 전략적인 사업이라고 우리가 인정하는 순간부터, 그런 전략들은 더욱 복잡해진다. 그래서 읽기행위는 전략들의 한 집합을 판독하려고 다른 집합을 열심히 판독하는 행위이다. 이런 진술은 아주 오래전부터 잠자기나 숨쉬기처럼 자연스러운 행위로 간주되어온 읽기행위를 수용이론 특유의 이론적 문제로 변환한 수용이론의 업적 때문에 가능하다. 그래서 수용이론은 텍스트의 모호성 ― 읽기에 요구되는 힘겨운 노역과 고생 ― 을 우발사태로 간주할 뿐 아니라 작품의 의미에 내포된 핵심으로 간주하는 문학적 현대주의를 뒤따라 거의 운명적으로 생겨날 수밖에 없었다. 현대주의적 텍스트는 많은 이유 때문에 쉽게 읽히기를 거부한다. 그런 이유들은 대략 다음과 같이 요약될 수 있다. 첫째, 현대주의적 텍스트는 확실한 독자를 확보하지 못하면 당황하기 때문에 내향적 고립성을 띨뿐더러 그런 텍스트 자체를 주체로 인식하기 때문에 그것을 향해 쉽게 접근하려는 외부의 모든 것을 차단해버린다. 둘째, 그런 텍스트는 현대적 실존에 포함된 분열성이나 애매성 같은 특성들을 숨아내려고 하는데, 왜냐면 그런 특성들은 그런 텍스트의 형식과 언어를 침탈하면서 그런 텍스트를 애매하게 만들 정도로 위험하기 때문이다. 셋째, 그런 텍스트는 자체를 둘러싼 정치적, 상업적, 기술적, 관료주의적 담론들을 오만무례하게 경멸하지만, 그것들을 경멸하는 텍스트의 감정들은 오직 타락하는 희생을 감수해야만 투명하게 드러나므로, 그런 감정들을 은폐할 수 있는 더 난해하고 더 미묘하며 더 교묘한 표현방식을 추구한다. 넷째, 그런 텍스트는 상품商品으로서 취급받지 않으려고 하는 만큼 너무 쉽게 소비되는 상품으로 전락하는 사태를 예방하려고 자체의 모호성을 이용한다. 이런 의미에서 현대주의적 예술의 모호성은 방어기제防禦機制defensive mechanism들을 상당히 많이 닮았다. 그런 방어기제들은 포식동물의 먹잇감으로 너무나 쉽게 전락할 수 있는 위험을 감수하면서 생존하는 동물들에게 자연이 신중하고 친절하게 장착해준 것들이다.

　제임스 조이스는 자신이 『피니건 부부의 밤샘』을 집필하느라 소모한 시간만큼만 독자들이 그 작품을 읽느라 소모해주기를 바란다고 장난스럽게 말했다. 그런 시간을 소모해서라도 그 작품을 읽으면서 의미기호들의 신비한 집합, 정보의 결핍이나 과잉을 직면하는 고급-현대주의적인 독자가 바로 수용이론을 발생시킨 원천이다. 지난날에는 독자가 저자와 저작물과 함께 거룩한 삼위일체를 구성하면서도 가장 미미한 특권과 가장 낮은 자리를 강요받아서 그랬는지 저자들로부터 괄시당하며 기껏해야 하녀취급이나 잡역꾼취급밖에 받지 못하던 시절도 있었다. 그러나 이제 독자는 문학작품의 협력저자co-creator라는 고유한 위상을 마침내 회복했다. 소비자들은 협력저자들로 변해간다. 비트겐슈타인은 『철학탐구들』에서 "정신활동과정"으로 간주되기보다는 오히려 습득된 몇 가지 독법의 전개과정으로 간주되는 읽기와 관련하여 몇 가지 흥미로운 견해를 피력한다. 독자는 읽기행위과정에서 몇 가지 일을 실행하는 방법과 몇 가지 전략 및 작전을 터득하여 숙련하는 방법을 습득하기 때문에 그것들을 경험할 수 있다. 만약 독자가 이런 독법들을 전개할 수 없다면, 독자는 오직 숙련된 독자만 경험할 수 있는 것들을 경험할 수 없을 것이다.

　그러나 수용이론은 텍스트들의 불운한 취급자들에게 훨씬 더 많은 것을 요구한다. 독자는 이제 심지어 가장 열광적이고 정력적인 개인마저 혹사시킬 수 있을 전략사업에 종사해야 할 의무를 강요당한다. 그런 전략사업에는 교섭, 교정,

언어체계전환code-switching, 종합, 상호관계설정, 탈실용화, 이미지 조성, 관점전환, 추리, 표준화, 인증, 관념화, 부정, 전면화前面化, 배경설명, 반응, 상황맥락설정, 상황조성, 협조, 기억변형, 기대변경, 착각유발, 게슈탈트[30] 조성, 이미지 파괴, 공백보충空白補充, 구체화, 일관성 조성, 구성과 예상 같은 활동들이 포함된다. 한두 시간가량 열심히 땀 흘려 책 한 권을 읽은 독자에게는 상쾌한 온수샤워와 편안한 잠밖에 더 필요하지 않다.

『읽기행위』에서 이런 활동들을 설명하는 볼프강 이저는 텍스트의 작용들을 설명하려고 "전략들"이라는 낱말을 명시적으로 사용한다. 작품의 "레퍼토리(목차)"는 작품의 테마(내부주제)들과 서사내용들 및 기타사항들을 포함하지만, 이것들은 구성되고 조직되어야 하므로, 작품에 담긴 전략들의 과제는 이것들을 구성하고 조직하는 기능을 완수하는 것이다. 그러나 이런 전략들은 텍스트의 구조적 특징들에 불과한 것들로 간주되지 않아야 한다. 왜냐면 이런 전략들은 작품의 소재들에 질서를 부여할 뿐 아니라 그런 소재들을 전달될 수 있게 만드는 조건들을 창출하기 때문이다.[31] 그래서 이런 전략들은 "텍스트의 내재적 구조"를 포함하는 동시에 '그런 구조가 촉발시킨 독자의 파악행위들"까지 포함한다.[32] 만약 사실로 간주되는 작품에 이런 전략들이 포함된다면, 행위로 간주되는 작품에도 이런 전략들이 포함될 것이다.

그러므로 전략들은 작품과 독자를 잇는 핵심적 연동장치를 성립시킨다. 그런 연동장치는 문학작품에 가장 먼저 존재성을 부여하는 협력활동 같은 것이

---

30 【gestalt: 감지대상을 형성하는 통일적 구조構造나 형태나 형체.】

31 홀럽, 『수용이론』, p. 88 참조.

32 볼프강 이저, 『읽기행위』, p. 86.

디. 전략들은 "상이한 작용들과 반작용들의 연쇄반응"[33]을 촉발한다. 그런 연쇄반응은 전개되는 기획의 일부이고, 우리는 그런 기획을 문학작품으로 인식한다. 텍스트는 의미를 생산하는 방법들의 집합이라서 관현악곡의 악보를 상당히 많이 닮았다. 볼프강 이저가 논평하듯이, "우리는 읽으면서 착각들을 조장하는 과정과 파괴하는 과정 사이를 다소 분주하게 오락가락한다. 우리는 고생하고 실수하는 과정에서 텍스트로부터 공급받는 다양한 정보를 조직하고 재조직한다 ……. 우리는 전망하고, 회고하며, 결정하고, 우리의 결정들을 변경하며, 예상하고, 예상들을 빗나간 결과들 때문에 충격받으며, 질문하고, 심사숙고하며, 인정하고, 거부한다 ……. 레퍼토리의 요소들은 부단히 배경에 투입되거나 최전면에 내세워지면서 전략적으로 지나치게 확대되거나 축소되거나 심지어 암시성마저 완전히 상실해버린다."[34]

잠정적으로 부단히 지속될 이런 과정에서 우리가 처음에 수립한 해석용 가설들은 점진적으로 출현하는 다른 가용한 독법들의 도전을 받는다. 불확실성의 영역들은 독자의 상상, 교섭관계들, 추리들, 상상된 상황들로 채워져야 한다. 작품이 우리에게 제시하는 도식들은 그런 교섭관계들을 조성하고 그런 추리들을 유도하며 그런 상황들을 조장한다. 우리는 처음에 전혀 문제시하지 않은 정보를 돌이켜보고 재고再考해야 하며, 그렇게 재고한 정보에 비추어 우리의 편견들을 재조정해야 한다. 텍스트의 수신자는 텍스트의 의미론적 틈새들을 메울 수 있도록 그런 틈새들에 개입해야 하고, 선택할 수 있는 다양한 해석방식들 중에 자신에게 가장 유리한 해석방식을 선택해야 하며, 서로 상이하고 어쩌면 모순

---

33  앞 책, p. 95.

34  볼프강 이저, 『함축된 독자The Implied Reader』(Baltimore, Md. and London, 1974), p. 288.

되기도 할 관점들을 시험해봐야 한다. 작품은 자체의 고유한 규범들과 인습들을 발전시키는 만큼 재공식화再公式化할 수 있다. 이런 재공식화는 완전한 협력 저자가 아닌 독자라도 한껏 동참하는 기획이다. 그러니까 작품의 소유권은 계속 저자의 몫이지만, 이런 소유권을 가진 저자는 생생한 사회적 양심을 발휘하여 독자/피고용인을 배려하는 관대한 저자/고용인, 요컨대, 기업경영과 관련하여 양측의 필연적 비대칭관계에 상당하는 결정권을 독자/피고용인에게 부여하는 저자/고용인이다. 이런 견지에서 텍스트의 의미는 대상이 아니라 실천이다. 이런 의미는 작품과 독자의 부단한 교류과정에서 출현하므로, (여기서 내가 라캉의 어투를 빌려 말하자면) 읽기행위는 타자(텍스트)를 향한 자신의 응답을 이상화理想化되거나 낯설어진 형태로 돌려받으려는 행위자(독자)의 기획이다.

이런 기획은 프레드릭 제임슨이 주목한 자기조형인공품self-fashioning artefact에도 얼마간 적용된다. 볼프강 이저가 논평하듯이, "우리는 읽으면서 우리 스스로 생산한 것에 반응하고, 우리는 이런 반응양식에 의존하여, 사실상, 텍스트를 실제사건으로 경험할 수 있다."[35] 볼프강 이저의 관점에서 문학작품은 "문학작품이 선택하여 자체의 레퍼토리에 합병해온 사고체계들을 향하여 내보이는 반응"으로서 이해되어야 하는데, 그런 반응은 프레드릭 제임슨이 이해한 공식화과정과 대단히 밀접한 공식화과정이다.[36] 수용이론가들의 대다수와 마찬가지로 볼프강 이저도 이념의 영역을, 혹은, 문학역사를 제외한 나머지 역사 대부분의 영역을, 조금밖에 인지하지 못하는 듯이 보인다. 그러나 볼프강 이저의 이론에 부합하는 작품도 자체적으로 생산해온 것에 반응하는데, 그런 작품의 반응방식

---

35  볼프강 이저, 『읽기행위』, pp. 128-9.

36  앞 책, p. 72.

에는 우리가 어태껏 검토해온 반응방식의 변종이 포함되었고, 우리는 그런 변종을 어렵잖게 발견할 수 있다. 실제로, 볼프강 이저는 명백히 프레드릭 제임슨의 관점에서 그런 반응방식을 설명하다가 어느 순간에는 으레 그렇듯 이저답게 "문학작품이 완전한 역사적 상황에 반응하면서도 그런 상황을 포함해야 할" 필요성을 설명한다.[37]

스탠리 피쉬도 읽기를 전략의 일종으로 간주하여 다룬다. 그렇지만 그의 관점에서 읽기는 자신에게 대항하는 모든 적을 섬멸하면서 파죽지세로 승승장구하는 장군의 정복전쟁 같은 것이다. 왜냐면 읽기에는 아무것도 대항하지 못하기 때문이다. 피쉬가 강조하듯이, "그런 [수용이론의] 이유에 포함되는 결정요인들이나 텍스트의 부분들, 불확정성들이나 빈틈들 같은 …… 모든 구성요소는 그것들을 요구하는 해석전략들의 산물들일 터이므로, 그런 구성요소들 중 어느 것도 해석과정을 떠받치는 독립적 여건을 구성할 수 없다."[38] 그렇다면 해석은, 해석이 다루는 허구작품들과 비슷하게, 자기번식언행自己繁殖言行이고 자기정당화언행自己正當化言行이다. 해석은 연구하기로 예정한 것을 생산한다. 그래서 모든 해석은 자기해석들이다.

일반적으로 문학작품들을 읽는 두 가지 방법이 있을 수 있는데, 하나는 문학작품들을 대상들objects로 간주하여 읽는 방법이고 다른 하나는 사건들events로 간주하여 읽는 방법이다.[39] 문학작품들을 대상들로 간주하여 읽는 방법의 대표

37  앞 책, p. 80.

38  스탠리 피쉬, 「볼프강 이저를 아무도 두려워하지 않는 이유Why No One's Afraid of Wolfgang Iser」, 《다이어크리틱스Diacritics》, vol. 11, no. 3(1981), p. 7.

39  '사건으로 간주되는 문학'은 데릭 애트리지의 『문학의 특이성The Singularity of Literature』(London and New York, 2004), pp. 58-2 참조.

적 일례는 미국의 신비평新批評New Criticism이다. 신비평의 관점에서 문학 텍스트는 해부될 수 있는 기호들의 폐쇄체계이다. 그런 문학 텍스트는 여러 층層과 부속체계들로써 완성되는 건축물이나 건축구조와 같다. 독자의 마음속에서 그런 텍스트는 고유하게 전개되는 역사를 가진 극적 행위나 역사적 행위처럼 존재하기보다는 오히려 공시적共時的synchronic 총체로서 존재한다고 상상된다. 신비평의 관점에서 시詩는 가마에서 보석처럼 단단하게 구워진 항아리나 성상聖像처럼 시인의 창작의도를 완전히 벗어나서 자체목적을 추구하므로 의역意譯될 수 없는 것이다.

그렇다면, 아이러니하게도, 문학작품은 상품형식賞品形式을 거부하는 동시에 모방하는 것으로 간주될 수 있다. 문학작품의 감각적 짜임새texture는 상품의 추상작용을 질책하는데, 그런 질책은 문학작품이 세계의 육감적 존재를 탈취하면서 사용하는 방법이다. 그래도 문학작품은 자기규제自己規制하는self-enclosed 대상처럼, 그러니까, 자체의 역사를 억눌러 감추고 가시적 원조수단援助手段을 일절 확보하지 않는 대상처럼, 구체화具體化할 수 있는 권리를 타고나는 것의 일례이다. 우위를 다투는 설득력들의 균형을 미묘하게 유지시키는 정밀장치 같은 시詩는 사리사욕, 고압적 일방주의, 과잉-전문화를 암묵적으로 비판하는 기능을 수행한다. 시는 그리하면서 당대의 사회질서를 암시적으로 논평한다. 시는 당파심黨派心을 겨냥한 자유주의의 적개심도 반영한다. 시는 역사와 결별하여 표류할 수 있으므로 이념과 결별하여 표류할 수도 있다. 그러나 만약 이념이 현실모순들의 상상된 해결책 같은 것으로 간주된다면, 문학 텍스트는 바로 그 텍스트 자체가 그토록 편파적인 관점에서 쏘아보는 현상의 모형으로 전락할 것이다.

러시아 형식주의는 문학작품을 대상으로 간주하여 다루는 방법의 또 다른 일례이다. 그러나 시간이 흐르면서 그런 형식주의는 문학작품을 "장치들의 조합" 같은 것으로 간주하는 상당히 정태적인 견해를 벗어나서 문학작품의 작용들을 더욱 통합적이고 역동적인 작용들로 간주하는 개념으로 이행한다.[40] 프라하 구조주의자들은 이런 텍스트 이론을 러시아 구조주의자들로부터 상속받는다. 러시아 구조주의자들은 텍스트를 기능체계 겸 구조적 총체로 간주한다. 그렇더라도 전략은 역동적 조직화의 문제에 한정되지 않는다. 전략은 오히려 얼마간 붙박인 의도성을 보유한 구조이다. 그러니까 전략은 일정한 결과들을 성취하도록 조직화된 구조이다. 전략은 단순한 체계가 아니라 기획이다. 전략이 자체적으로 중요하게 다루는 것과 맺는 능동적 관계들은 전략의 내부성향을 결정한다. 형식주의자들의 관점에서 이런 결정과정은 독자의 인식활동들을 "탈脫자동화de-automating"하는 과정이다. 이런 의미에서 시詩의 내부복잡성은 "외부"목적에 부응하도록 존재한다. 여기서 대상으로 간주되는 텍스트는 전략행위로 간주되는 텍스트로 모호하게 변이할 것이다. 로만 야콥슨은 문학작품을 "미학적 목적의 통일성에 통합된, 복잡하고 다차원적인 구조"로 묘사한다.[41] "설계도design"라는 낱말이 '구조'와 '구조가 달성하려는 목적'을 동시에 의미한다는 사실은 주목될 만하다.

이런 견지에서 작품을 대상으로 간주하는 형식주의적 작품개념은 '이격離隔'

---

40  형식주의자들의 비평들은 레먼L. T. Lemon & 리스M. J. Reis (편찬), 『러시아 형식주의적 비평 4편Russian Formalist Criticism: Four Essays』(Lincoln, Nebr., 1965) 참조. 더 풍부한 비평들은 마테이카L. Matejka & 포모르스카K. Pomorska (편찬), 『러시아 시학에서 이루어지는 읽기행위들Readings in Russian Poetics』 (Cambridge, Mass., 1971) 참조. 빅터 얼리치, 『러시아 형식주의: 역사 — 학설Russian Formalism: History — Doctrine』(The Hague, 1980) 참조. 프레드릭 제임슨, 『언어감옥』 참조.

41  빅터 얼리치, 앞 책, p. 198에서 인용.

의 개념과 온건하게 불화한다. 이격은 텍스트의 정해진 특징들과 관련하여, 분명히, 자세하게 설명될 수 있다. 이런 의미에서 이격은 텍스트의 객관적 구조에 속한다. 그러나 이격은 사건이기도 하다. 이격은 독자에게 어떤 영향을 끼치는 언어라서 수사학 같은 언어일 수도 있다. 그래서 이격은 으레 그렇듯이 텍스트 자체의 외형에 더 많이 의존하는데, 그럴수록 이격이 쉽게 해명될 확률은 상당히 낮아진다. 형식주의적 작품은 당연하게도 대상과 사건 사이를 오락가락하다가 대상으로 뚜렷하게 치우친다. 왜냐면 시의 전략목적 — 인지대상들을 수식하여 변조하기 — 은 대체로 시에 처음부터 줄곧 내재하기 때문이다. 아무리 그래도 생소화(낯설게 만들기)과정은 독자에게 영향을 끼치는 변조작업을 반드시 포함하는데, 그래서 시는 미학체계인 동시에 도덕적 실천일 수 있다.

전략으로 간주되는 텍스트의 개념은 산문허구를 바라보는 형식주의자들의 견해 속에서 더욱 자명해진다. 형식주의적 비평가들은 서사의 내부에서 "이야기(스토리)"와 "줄거리(플롯)"를 구분하는 습관에 젖어있다. 그들의 관점에서 이야기는 서사에서 분별되어 재구성될 수 있는 사건들의 "진행"순서를 의미하고, 줄거리는 작품자체에서 진행되는 그런 사건들의 특수한 조직화를 의미한다. 그렇다면 줄거리는 이야기의 소재들을 (일시정지, "제동制動", "감속減速" 같은 방법들을 사용하여) 운용히면서 새롭게 인식될 수 있도록 재소식하려는 전략적 작전계획으로 간주될 수 있다.

그렇다면, 대상과 사건을 가르는 구분법과 관련되는 한에서, 구조주의와 기호학은 어떨까? 텍스트를 분석될 수 있는 대상으로 간주하여 다루는 기호학에서는 긴장들이 발생하는데, 소련 및 에스토니아 문학자 겸 기호학자 유리 로트만Yuri Lotman(1922~1993)이나 프랑스 출신 미국 구조주의기호학자 마이클 리파테르Michael Riffaterre(1924~2006)의 저작들에서도 그런 긴장들이 발견된다.[42] 그러나 우리가 앞에서 살펴본 수용이론과 더 밀접한 다른 기호학계열의 저작들 — 예컨대, 움베르토 에코의 저작 — 도 있는데, 그런 계열의 관점에서 기호해석은 복잡한 전략적 실천이다.[43] 에코가 "기호생산sign-production"으로 지칭한 활동은 독자의 활동이다. 그렇게 활동하는 독자는 (가설假說)약취略取, 귀납추리, 연역추리, 과다암호화overcoding, 과소암호화undercoding, 여타 기호생산전략들을 구사하여 텍스트에서 "다양한 의미들의 원천으로 추정될 수 있는 내허형식內虛形式"인 "메시지"를 판독한다.[44] 그렇게 판독되는 텍스트는 견실한 구조이지만, 우리에게 많은 다각적 경로를 선택할 권리를 허용하면서 복잡하게 교차하는 미로迷路들로 조성된 "널따란 미로공원迷路公園"보다는 견실하지 못한 구조이다. 그래서 읽기는 런던의 웨스트민스터 다리Westminster Bridge 건너기보다도 오히려 하이드파크Hyde Park 산책하기를 더 많이 닮았다. 인조물을 통과하는 이런 경로들 혹은 "추리산책推理散策inferential walk들"은 반드시 독자의 여러 가지 활동을 포함하기 마련이다. 그런 활동들에는 독자가 저자의 암호들을 때로는 용납하고 때로는 거부하며, "발신자"의 규칙들을 정확하게 파악하지 못하면서도 정보의 띄엄띄엄한 파편들을 근거로 삼아 그런 어렴풋한 해석용 윤곽선들을 추정하느라 이

---

42  로트만은 『시학 텍스트 분석Analysis of the Poetic Text』(Ann Arbor, Mich., 1976)과 『예술 텍스트의 구조The Structure of the Artistic Text』(Ann Arbor, Mich., 1977) 참조. 리파테르는 『시의 기호학Semiotics of Poetry』(London, 1980) 참조.

43  『장미의 이름The Name of the Rose』의 저자(움베르토 에코)가 사용한 방식과 상당히 다른 방식들로써 전략 개념을 포착하는 기호학의 다른 계열들도 있다. 장-마리 플로슈Jean-Marie Floch, 『기호학, 영업, 소통: 기호들의 이면에서 작동하는 전략들Semiotics, Marketing and Communication: Behind the Signs, the Strategies』(Basingstoke, 2001). 프랑스의 기호학이론은 확실히 미셸 푸코의 시대부터 급속히 진전되었다.

44  움베르토 에코, 『기호학이론』, p. 139. 에코의 『독자의 역할The Role of the Reader』(Bloomington, Ind., 1979)도 참조.

330

따금 노력하고, 작품의 문제시되는 부분들을 이해하려고 나름대로 몇 가지 시험용 암호들을 발의하여 그런 부분들에 적용해보는 활동들도 포함된다. 텍스트의 "메시지들"은 암호들에서 판독되어야 할 것들에 불과하지 않다. 그런 메시지들은 그것들을 발생시킨 암호들로 환원될 수 없는 사건들 내지 기호학적 언행들이다. 이 진술은 규칙을 적용하는 언행의 창조적 본성에 관한 비트겐슈타인의 논평들을 연상시킨다. 찰스 앨티어리가 주장하듯이, 공연행위(의도표출언행)들은 발언구성행위들로 환원될 수 없다.[45] 그리고 독자의 기호생산언행은 암호 자체들을 변조하거나 이상화할 수도 있기 때문에, 암호들은 자체적으로 생산해온 기존의 의미들과 근본적으로 상이한 의미들을 발의하는 절차를 밟을 수 있다.

움베르토 에코의 관점에서 텍스트의 기호들은 안정된 단위들이 아니라 암호규칙들의 일시적 결과들이다. 그래서 암호자체들은 고정된 구조들이 아니라 일시적으로 작동하는 장치들 내지 가설들인데, "메시지"를 설명하려는 독자가 그런 장치들이나 가설들을 설정한다. 그러니까 텍스트를 일시적으로 분해하고 재조립하여 의미부여방식들을 조명할 수 있는 읽기가 실행되는 과정에서만 암호자체들이 성립할 수 있다. 텍스트의 "메시지"는 어느 쪽에든 미리 주어지는 것이 아니라 독자의 "풍부한 추리들"과 생산적 "탈선들"마저 참작하는 "강제요소들의 연결망" 같은 것이다. 작품이 의미의 질서일 가능성은 작품이 그런 의미들의 생산을 강요하는 때로는 거의 불법적인 명령들의 집합일 가능성보다 더 낮다. 그리고 이런 사실은 심지어 작품의 개별적 기호들에도 적용된다. 왜냐면 그런 개별적 기호들이 소쉬르의 언어학에서 다뤄진 서로 독립적이고 자체동일적인self-identical 의미단위들일 가능성은 다양한 의미론적 가능성들을 내포한 "미세微細

---

45  앨티어리, 『행위와 자격』, p. 234.

텍스트들microtexts"일 가능성보다 더 낮기 때문이다. 기호의 차원과 텍스트의 차원에서 동시에 발생하는 기호현상은 점점 더 확대되다가 결국에는 무한해진다. 기호들, 텍스트들, 메시지들을 생산하려는 기획도 수용하려는 기획도 모두 미로처럼 복잡한 것을 생산하고 수용하려는 기획들이다. 그리고 개별적 기호의 의미는 오직 다른 개별적 기호로부터만 공급받을 수 있고 그렇게 다른 개별적 기호의 의미는 오직 또 다른 개별적 기호로부터만 공급받을 수 있으므로, 기호의 이런 활동은 원칙적으로 무한하기 때문에, 고생하는 독자에게 필요한 자연스러운 휴식처는 아예 없다. 지금 우리는 안정된 구조를 다루지 않고 구조화과정을 다룬다. 움베르토 에코가 주장하듯이, "미학 텍스트는 자체의 외부기호들denotations를 새로운 내부의미들connotations로 부단히 변화시키고, 그런 텍스트 자체의 항목들 중 어느 것도 최초해석에 얽매이지 않으며, 내용들은 결코 내용들로서만 수용되지 않고 오히려 다른 무언가를 전달하는 기호-매체들로서 수용된다."[46]

이 과정에서 독자는 문학작품의 특징들 하나하나를 현실화한다. 그러면 그런 특징들은 결과적으로 독자를 자극하여 새로운 해석활동에 착수시킨다. 독자는 다소 임시적인 암호들을 작품에 적용하여 텍스트의 구조들을 현실화한다. 그리하는 동시에 독자가 반응하는 것이 있는데, 그것은 바로 문학작품이 '그렇게 현실화되도록 기획된 구조들'을 이용하여 만드는 것이다. 이것이 프레드릭 제임슨의 기호학모형을 변모시킨 움베르토 에코 나름의 기호학모형이라고 주장할 사람도 있을지 모른다. 독자는 자신이 의식하여 반응하는 것에 일정한 의미들을 투영하는데, 이렇게 진행되는 독자와 텍스트의 상호작용은 프레드릭 제

46    움베르토 에코, 『기호학이론』, p. 274.

임슨이 주목한 텍스트와 서브텍스트의 교류작용을 닮았다. 움베르토 에코의 문학작품은 구조 겸 사건이고 사실 겸 행위이며, 다른 구조 겸 사건과 다른 사실 겸 행위로써 환산되는 구조 겸 사건이고 사실 겸 행위이다. 텍스트의 암호들과 독자의 암호들은 상호침투작용을 부단히 지속한다. 독자의 "현실화행위들actualizations"이 없다면 책들로 알려진 다소 물질적인 객체들과 상반되는 문학작품은 아예 존재할 수 없다. 그러나 이런 현실화행위는 자기결정행위가 아니다. 텍스트 자체들의 구조들은 현실화행위를 전혀 설명하지는 않는다. 그렇더라도 그런 구조들은 이런 현실화행위를 지시하고 지도하며 강요한다(이것이 바로 움베르토 에코의 접근법과 스탠리 피쉬 같은 문학자의 뻔뻔한 철학적 이상주의 사이에 존재하는 핵심적 차이점이라고 강조할 사람도 있을지 모른다). 문학작품을 판독하고 해석하는 독자는 문학작품을 다소 포괄적으로 다룰 수 있는 권한을 행사한다. 그러나 이렇듯 규정된 능력들의 집합[47]은 읽기라는 현실적 의도표출언행actual performance으로써 독특하고 각별하게 실현되는데, 그리되면 권한과 현실적 의도표출언행이 구별될 가능성은 거의 사라진다. 초보 테니스 선수가 탈의실에서 처음 배운 테니스 경기기술들을 열심히 공부하여 보무당당하게 윔블던Wimbledon 테니스대회에 출전해도 우승할 수 없듯이, 독자도 규정된 능력들의 집합을 그저 완비하기만 했다고 그런 능력들을 유창하게 발휘할 수는 없다.

기호학의 다소 전략적인 형식들도 있듯이 구조주의의 다소 전략적인 형식들도 있기 마련이다. 볼프강 이저가 기록하듯이, "[작품에 포함된] 요소들의 [구조주의적] 목록작성행위는 일정한 규칙을 산출하고, 목록작성기법들의 총합은 그

---

47 【rule-governed set of capacities: '규칙의 지배를 받는 능력들의 집합' 혹은 '규제된 능력들의 집합'으로도 번역될 수 있는 이 문구는 '권한'을 뜻한다.】

런 요소들의 상호관계들을 조성하며, 그런 상호관계들에서 텍스트의 최종산물을 구성하는 의미론적 차원이 출현하는데 — 아무리 그래도 이 모든 것은 그런 산물이 출현할 수밖에 없는 까닭, 그런 산물의 기능방식, 그런 산물을 사용할 당사자의 정체를 전혀 조명하지 못한다." 볼프강 이저는 이토록 기묘하리만치 실없는 연습문제에 응답하느라 비트겐슈타인의 분위기를 풍기는 다음과 같은 문장을 어느 독일인 동료학자로부터 인용한다. "인간은 오직 언어보다 더 많은 것을 이해해야만 언어를 이해할 수 있다."[48] 오직 이런 텍스트 구조를 파악하는 인간만이 — 그러니까 텍스트 구조와 상황맥락의 관계들을 파악하고 텍스트 구조를 **의도표출언행**으로 간주하여 이해하는 인간만이 — 구조자체를 정확하게 해명할 수 있다. 이런 의미에서 텍스트 구조는 최종근거가 아니다. 이 진술은 더욱 일반적인 견지에서도 옳다. 왜냐면 구조는 오직 필연적인 것이거나 자기해석적인 것이어야만 근본적인 것일 수 있기 때문이다. 구조가 반드시 해석되어야 한다면, 구조보다 먼저 어떤 것이 존재해야 하고, 그렇게 먼저 존재해야 하는 선험적인 것이 바로 이런 해석을 가능하게 만드는 언어이다.[49]

볼프강 이저는 "문학 텍스트의 구조들은 오직 텍스트의 기능을 완수해야만 타당해질 수 있다"[50]고 주장하는데, 이것은 텍스트는 전략으로 간주되어야 가장 잘 이해된다는 주장과 같다. 전략이란 정확히 전략목적들을 광범위하게 결정하는 구조이다. 실제로 볼프강 이저의 주장은 문학작품들에도 적용될 뿐 아니라 의미에도 고스란히 적용된다. 의미는, 확실히, 어떤 견지에서는, 구조주의자들이

---

48  볼프강 이저, 『전망Prospecting』, p. 224. 이 문장은, 의도되었든 그렇지 않았든, 비트겐슈타인의 생활형식들이라는 개념의 간략한 요약문으로 간주될 수 있을 것이다.

49  폴 리쾨르, 『해석들의 갈등』, 제1부 참조.

50  볼프강 이저, 앞 책, pp. 224-5.

힘껏 강조하듯이, 구조적 사건이다. 그러나 기호들 사이에 존재하는 체계적 차이는 의미부여의 충분조건이기보다는 오히려 필요조건이다. 나는 단지 "현실 reality"이라는 낱말이 "현실"과 동일한 것을 의미하지 않는다고만 알고, 게다가, 어떤 의미에서는 "현실"의 정반대를 의미한다고만 알 따름이지, 그 낱말의 용법을 모른다. 그렇더라도 나는 그 낱말의 용법을 파악하기보다는 오히려 기정既定된 생활형식 속에서 통용되는 그 낱말의 기능들을 파악해야 한다.

역사적 견지에서 문학작품의 기능은 매우 가변적인 사건이다. 우리가 이미 알듯이, 문학작품들은, 예컨대, 젊은 전사들을 독려하여 참전시키려는 목적부터 누군가의 은행예금액을 4배로 부풀리려는 목적까지 망라하는 온갖 목적을 달성할 수 있다. 그러나 우리는 문학 텍스트가 내부관계 같은 것을 맺는 내부상황맥락 같은 것마저 보유한다는 사실도 이미 알았다. 이 경우에도, 폭넓게는, 기능이 구조를 결정한다. 문학작품은 자체적으로 선택할 장치들과 진행할 방향을 결정하려고 이런 상황맥락을 운용한다. 볼프강 이저가 진술하듯이 "만약 문학 텍스트가 기정된 세계로 직진하려는 의도에서 비롯된 언행을 재현한다면, 그 텍스트가 접근하는 세계는 텍스트 속에서 단순히 반복될 세계에 불과하지는 않을 것이다. 그 세계는 다각적 조정절차들 및 교정절차들을 밟을 것이다……. 텍스트가 텍스트 외부현실들extratextual realities과 맺는 관계를 해명해주는 [기능의 개념은] 텍스트가 애써 해결하려던 문제들마저도 해명해준다."[51] "다각적 조정절차들 및 교정절차들"이라는 신중한 관료주의용어는 텍스트 속으로 진입하는 세계에 부과되는 강력한 변형절차를 정확하게 설명할 수 없다. 그러나 볼프강 이저는 타당하게도 기능의 개념과 문제해결언행으로 간주되는 작품의 개념이 밀접

---

51  앞 책, pp. 227, 228.

하게 연계된다는 사실을 이해한다.

텍스트들은 자체적으로 함유한 추상적 요소들을 의미단위들에 합체시키면서 나름의 규칙들을 준수하는데, 그런 규칙들의 동일성을 처음부터 강조하는 구조주의의 일파도 있다. 그리고 대상으로 간주되는 작품의 **표준전거**가 바로 이런 구조주의이다. 제라르 주네트와 리투아니아 출신 프랑스 문학자 알기르다스 쥘리앙 그레마스Algirdas Julien Greimas(1917~1992)의 서사학敍事學(내러톨로지 narratology)은 이런 구조주의의 증례일 수 있다.[52] 캐나다 문학비평가 노스럽 프라이Northrop Frye(1912~1991)의 문학분류법文學分類法들도 이런 구조주의의 증례일 수 있다. 왜냐면 그는 영락없는 구조주의자로 보이지는 않지만 이따금 분류자체만을 목적으로 삼는 분류작업에 몰두하기 때문이다. 언젠가 자크 데리다는 이렇듯 분류용 분석에 몰두하는 기질은 "오직 기계론mechanics을 붙좇아야만" 활성화될 수 있고 "에너지론energetics을 붙좇으면 결코" 활성화될 수 없다고 비평했다.[53] 이런 기질을 조금이라도 발휘하는 사람은 문학작품이 수사학의 일종 — 그러니까 어떤 의도를 실행하려는 노력 — 이라는 사실을 파악하지 못한다. 그런 사람은 외계행성 조우그에서 지구의 문학을 분석하려는 외계인일 수 있다. 그렇지만 내가 지금까지 제안해온 텍스트의 개념을 상당히 많이 공유하는 구조주의도 존재한다. "신화적 사고방식은 언제나 대립자들을 인지하는 사고방식에서 그것들을 화합시키는 사고방식으로 진보했다"[54]는 레비스트로스의 논평도 그런 구조주의의 존재를 증명한다. 그는 "신화의 목적은 모순을 극복할 수 있는 논리

---

52  제라르 주네트, 『비유들Figures』(Paris, 1969); 알기르다스 쥘리앙 그레마스, 『구조기호학Sémantique structurale』(Paris, 1966) 참조.

53  자크 데리다, 『집필과 차이L'criture et la différence』(Paris, 1967), p. 29.

54  레비스트로스, 『구조인류학』, p. 224.

적 모형을 제시하는 것이다'55고 쓴다. 이런 견지에서 신화들은 "함께 생각하는 방식(공동사고방식共同思考方式)에 적합한" 전략들로 보이고 이율배반들과 모순들을 처리할 수 있는 전근대적 기계장치들로 보인다. 물론 우리는 이런 신화학의 이론이 문학분석literary analysis에 공헌하는 가치를 지녔다고 반드시 진심으로 인정하지 않아도 된다.

볼프강 이저의 수용이론이나 움베르토 에코의 기호학처럼 신화들도 이런 과업을 일거에 완수하기보다는 오히려 전략적 과정을 밟아서 완수한다. 그런 과정에서는, 예컨대, 반명제反命題(안티테제antithesis)들의 한 집합은 다른 집합으로 변형되고 그 다른 집합은 또 다른 집합으로 변형되며, 한 가지 모순은 오직 두 번째 모순을 유발하는 방향으로만 중재되고, 한 가지 요소는 다른 요소로 교체되며 그 다른 요소는 또 다른 요소로 교체된다. 그런 과정에서는 부단한 "상호텍스트성intertextuality"도 작용한다. 그런 과정에서는, 예컨대, 한 가지 신화 텍스트는 다른 신화 텍스트의 일부분을 잘라먹지만, 그렇게 잘린 부분은 오직 또 다른 신화 텍스트만 재생시킬 수 있는 부분이다. 레비스트로스가 진술하듯이, 어떤 신화의 무의식적 의미는 그 신화가 해결하려는 문제이다. 그리고 신화는 이런 문제를 해결하고 이미지, 줄거리, 서사 같은 의식적 메커니즘들을 전개한다. 그래도 우리는 의식과 무의식의 관계와 줄거리와 문제의 관계를 거울-이미지 관계로나 상동관계로 생각하지 말고 변형관계로 생각하도록 유의해야 한다. 이런 유의사항은 프레드릭 제임슨의 이론모형 속에서 텍스트의 전략들과 그것들의 서브텍스트들이 맺는 관계에도 거의 동일하게 적용될 수 있다.

레비스트로스의 관점에서 신화들은 "구체과학具體科學science of the concrete"에 속

---

55  앞 책, p. 229.

한다. 그런 구체과학은 18세기 유럽 계몽운동의 중심에서 미학의 형태를 띠고 출현했을 근대적 구체과학을 예시한다.[56] 우리가 앞에서 잠시 살펴봤듯이, 어떤 의미에서 신화들은 오직 신화자체들에만 관련될 따름이라서 상징형식들을 닮았는데, 그런 상징형식들 속에서는 불가해하리만치 복잡한 작전계획들을 꾸미는 인간정신의 구조가 발견될 수 있다. 이런 의미에서 신화들은 상징주의적인 시詩 혹은 (후기)현대주의적인 소설의 전근대적 이형異形들로 분류될 수 있다. 신화들은 현실을 묘사하는 듯이 보이는 언행에 내포된 이런 정신적 작전계획들을 폭로한다고 보는 견해는 옳다. 그러나 구조인류학자의 관점에서 신화들이 묘사하려는 세계는 신화들이 건설하려는 세계이기도 하다. 물론 그렇더라도 신화들은 마치 중세 스콜라학자처럼 그런 세계를 미세하고 정밀하게 분류하여 그런 세계 속에서 살아가는 남녀인간들을 더 편안하게 안심시킬 수 있으므로 관행의 기능들마저 겸비한다. 신화들은 인식지도제작형식[57]들일 뿐 아니라 이론적 성찰들이거나 미학적 연극의 전례前例들이다. 구조주의자들이 아는 신화들은 이 모든 면에서 문학허구를 선연하게 닮았다.

레비스트로스의 견해가 담긴 아래 인용문은 이런 유사성을 증명할 수 있다. 나는 문학허구의 관점에서 대체할 수 있는 낱말들과 문구들을 대괄호로 묶어서 인용문에 첨가했다.

> 샤먼shaman이 구연口演한 신화는 객관적 현실과 일치하지 않아도 [작가가 창작한 허
>
> 구는 지시대상과 직결하지 않아도] 무방하다. 병든 여자는 [독자는] 신화를 [허구를] 믿

---

56  테리 이글턴, 『미학이념』, 제1장 참조.

57  【認識地圖製作形式(form of cognitive mapping): 이 문구는 '인식작전계획형식認識作戰計劃形式'으로도 번역
될 수 있다.】

으므로 그것을 믿는 사회에 [제도권 문학단체에] 소속된다. 수호신령들과 악령들, 초자연적 괴물들과 마술적 동물들은 우주의 자연적 개념을 성립시키는 질서정연하고 일관된 체계의 [이념의] 모든 부분이다. 병든 여자는 [독자는] 이런 신화적 존재들을 받아들이거나 [자신의 불신감을 접어두거나] 아니면, 더 정확하게는, 그것들의 존재를 한 번도 의문시하지 않았다. 그녀는 모순되고 전횡적인 고통들을 [사회적 억압들과 부조리들을] 받아들이지 않고, 그런 고통들은 그녀의 체계에 내재된 이질적 요소들이지만, 샤먼은 [작가는] 신화에 [허구에] 호소하여 그런 요소들을 완전체에 재통합시킬 것인데, 그런 완전체에 통합된 모든 것은 의미심장해진다. 그러나 병든 여자는 [독자는] 그런 요소들을 이해하자마자 곧바로 체념하기만 하지는 않는다. 그녀는 건강을 회복하기 시작한다 [사회생활에서 맡은 자신의 관행적 역할을 다시 수행하기 시작한다].[58]

이런 식으로 신화와 허구를 병치하여 비교하는 수법이 환원수법還元手法touch reductive처럼 보일 가능성은 확실시된다. 물론 모든 문학작품이 그렇게 무딘 이념적 도구처럼 작용하지는 않는다. 아주 많은 "정전급正典級canonical" 문학작품들은 당대의 지배이념들과 심각하게 불화하는데, 이런 현상은 아주 많은 대중문학작품들이나 비非정전급 문학작품들이 당대의 지배이념들을 순순히 재연하는 현상과 정확하게 대비된다. 우리는 정전급 작품들과 보수적 작품들을 동일시하는 오해와 대중적 작품들과 진보적 작품들을 동일시하는 오해를 범하지 말아야 한다. 그렇더라도 위의 인용문에 가미된 어설픈 치환수법은 변명될 만한 여지 같은 것을 지녔다. 이런 견지에서 신화는 함께 생각(공동사고)할 수 있는 기계장치로 보일 뿐 아니라 상징작용으로도 보인다. 의미를 부여받지 못하면 용납될

---

58  레비스트로스, 앞 책, p. 197.

수 없는 것들로 판정될 수 있을 문제들과 모순들이 있는데, 신화는 바로 그런 문제들과 모순들에 의미를 부여하는 데 사용될 수 있는 기법들의 집합이다.

사이먼 클라크가 주장하듯이, 청년기 레비스트로스는 신화들을 문제해결장치들로 간주하여 다루지만, 레비스트로스의 후기 저작은 합리주의정신을 더 역력하게 반영하는 관점에서 신화들을 사리사욕에 얽매이지 않는 지성의 발휘과정들로 간주하여 다룬다.[59] 그리하여 이제 고유한 관행적 행위동기들을 박탈당한 신화들은 대구법, 대조법, 도치법, 등치법 등의 논리대로 세계를 조직하는 방편들에 불과하고, 이렇듯 거의 강박적이리만치 엄밀하게 조직된 질서는 질서자체를 벗어난 어떤 정당성도 전혀 요구하지 않는다. 그러므로 레비스트로스의 견해대로라면 신화들은 이념들에서 이론들로 변해왔다고 — 그러니까 사회질서의 모순들에 적용할 수 있도록 상상된 해법들을 제시하여 사회질서를 합법화하려는 이념들에서 순수한 인식형식들로 변해왔다고 — 알튀세르 식으로 주장할 사람도 있을 수 있다.

그렇지만 그런 순수인식, 그것이 질서를 몹시 바라는 어떤 열망을 충족시키는 한에서, 알튀세르가 생각한 이론의 개념도 아니듯이 이념적으로 결백한 것도 아니다. 사이먼 클라크의 설명대로라면, 순전히 내재적인 분석형식만 실행하는 레비스트로스의 『신화들』[60]은 신화들을 보편적 정신법칙들의 암호화된 표현들로 간주하면서 오직 신화자체들만 다루는 저서이다. 이런 의미에서 신화를 다루는 레비스트로스의 접근법은 이념에서 이론으로 변한 듯이 보일 뿐 아

---

59  사이먼 클라크, 『구조주의의 토대들』, 제8장.

60  【『Mythologiques』: 레비스트로스가 1964~1971년에 펴낸 총 4권으로 구성된 이 저서의 제목은 『신화적인 것들』로도 번역될 수 있다. 한국에서 이 저서는 『신화학』이라는 제목을 달고 제1권과 제2권만 번역되어 출판되었다.】

니라 현실주의에서 현대주의로 변한 듯이도 보인다. 몇몇 현대주의적인 텍스트나 후기현대주의적인 텍스트처럼 신화들도 자기지시언행들이다. 게다가, 구조주의자체는 고매한 프랑스 합리주의와 역시 고매한 갈리아[61]계통 상징주의의 부조리한 조합 같은 것으로 간주될 수도 있다. 합리주의는 보편적 정신구조들을 전제하는 관념 속에 현존한다. 이런 정신구조들이 궁극적으로 자체들을 벗어난 어떤 것과도 관련되지 않는다는 사실은 상징주의를 내포한다. 레비스트로스의 저작에 담긴 더욱 "현실주의적인" 사고법이나 실용주의적인 사고법의 관점에서는 신화들이 자연과 사회에 영향을 끼치려는 전략운용계획들로, 그러니까, 대립자들을 설정하고 중재하여 변형하려는 학습의욕을 고취하는 허구들로 보인다. 그리하는 신화들은 수수께끼 같은 난제들을 해결하려는 시도들인데, 그런 난제들 중에는 다음과 같은 것들도 있다. 인류는 어떻게 자연에 포함되는 동시에 자연에서 분리될 수 있는가? 남녀인간들은 어떻게 대지에서 태어나는 동시에 인간부모로부터도 태어날 수 있는가?

이런 종족설화種族說話들은 그렇듯 추상적 문제들을 해결하려고 구체적 수단들을 채택하는데, 그런 채택과정은 종족설화들이 문학작품들을 닮아가는 또 다른 방식이다. 여기서 우리가 화제로 삼는 신화제작자神話製作者myth-maker는 브리콜뢰르[62] — 의도하는 모든 상징적 과업을 애써 완수하느라 자신의 손에 잡히는 온갖 (사건들의 파편들, 재생된 상징들, 다른 신화들의 부분들 같은) 파편들과 지스러기들을 두들겨 조립하는 공예기술자craftsman — 에 비견될 수 있다. (이런 신화제작자

---

61 【Gallia: 오늘날의 프랑스와 주변지역은 고대에는 갈리아로 통칭되었고, 오늘날에는 프랑스의 우스개용 국명으로도 통용되는데, '골Gaul'로도 표기되고 발음된다.】

62 【bricoleur: 브리콜라주bricolage하는 사람. 브리콜라주는 '손에 잡히는 모든 것을 즉흥적으로 이용하여 만드는 행위' 또는 '다른 작품들에서 발췌하거나 인용한 부분들을 조합하거나 결합하여 작품을 만드는 행위'를 뜻하는 프랑스어이다.】

는 프로이트의 무의식 개념을 닮았는데, 왜냐면 무의식도 우리에게 꿈들로서 인식되는 텍스트들을 직조하느라 온갖 기성旣成 텍스트들의 파편들과 지스러기들을 짜깁기할 것이 분명하기 때문이다.) 그런 반면에 『신화들』의 신화제작자는 인간세계를 냉정하게 응시할 수 있으면, 비록 인간세계에서 고작해야 그의 정신을 규제하여 그의 응시하는 시선까지 지배하는 동일한 법칙들의 표현밖에 발견하지 못할지라도, 모든 면에서 만족하는 더욱 지성적이고 심미적인 인간이다. 레비스트로스가 『야생정신』에 '오스트레일리아인人들은 박학다식과 사색뿐 아니라 심지어 지식 댄디즘[63]마저 선호하는 취향을 드러낸다'고 쓰면서 염두에 두는 오스트레일리아인들은 시드니Sydney의 본다이Bondi 해변에서 파도타기를 즐기는 사람들이 아니라 오스트레일리아원주민들이다.

이런 부류의 상징적 사고방식은 자연과 문화 사이에서 균열된 세계의 통일성을 복원하려고 애쓴다. 이런 사고방식은 역리효과逆理效果를 발휘한다. 왜냐면 그런 통일성을 복원하는 데 사용될 수 있는 수단들 — 생각, 언어, 상징 — 이 바로 세계의 균열에서 생산되기 때문이다. 그런 수단들이 애써 봉합하려는 균열의 결과들이 바로 그런 수단들이다.[64] 세계를 균열시킬 만한 파괴력을 가진 인간문화의 출현은 세계의 통합성을 해칠 수 있는 위협처럼 보이지만, 그런 위협도 신화의 중재절차들을 거쳐서 상징처럼 보이도록 위장되면 극복될 수 있다.

---

63 【intellectual dandyism: 이 문구는 '지식과시知識誇示,' '지식자랑,' '지식걸치레,' '지식허세知識虛勢'로도 번역될 수 있다.】

64 독일 출신 미국의 문학비평가 제프리 하트만Geoffrey Hartman(1929~2016)의 증명대로라면 윌리엄 워즈워스의 시詩는 바로 이런 의미에서 역리적인 것이다. 왜냐면 워즈워스의 시는 이런 존재론적 균열의 한 편에 그의 시를 확고하게 위치시키는 시어詩語로써 자연과 인간의 파열되지 않은 연속성 혹은 유년기와 성년기의 파열되지 않은 연속성을 확언하기 때문이다. 이런 이념적 기획마저 줄기차게 침해하는 일단의 세력들이 있다. 죽음, 고독, 무한성, 무근거성, 심연의 상상력, 자연의 묵시적 파괴력과 결합하는 그런 세력들은 자연과 의식意識의 무난한 연속성 같은 것을 꿈꾸고 열망하는 정념(파토스)을 폭로한다. 테리 이글턴, 『이방인들과 부대끼기: 윤리연구』, 제8장.

신화는 자체의 내용 속에서도 사물을 사상에 융합하고 구체적 현상을 일반적 개념에 융합하지만 실제로 자체의 형식 속에서도 그것들을 융합한다. 이런 의미에서 신화는 비밀스러운 유토피아의 특성을 포함하는데, 문학도 당연히 그런 특성을 포함한다. 우리는 문학작품들의 이런 마술적 특성 내지 유토피아적 특성을 앞에서 이미 살펴봤다. 이런 특성은 언어와 현실을 화해시키는 듯이 보이는 문학작품들의 진로를 처음부터 방해하지만, 그리하는 까닭은 오직 현실이 언어의 비밀스러운 소산이라는 것뿐이다. 그래서 문학작품들은 때로는 자체들의 내용 속에서 충분히 달성하지 못하는 의도를 자체들의 형식 속에서 달성하면서도 으레 그렇듯이 욕망과 현실의 틈새를 보존한다. 왜냐면 인간의식과 그것의 사건들이 희극적으로든 비극적으로든 갈등하면서 표출되는 통로가 바로 그런 틈새이기 때문이다. 문예는 문예형식의 유토피아적 측면에서 문예내용의 정념(파토스pathos)을 보완하려고 애쓴다.

　신화들은 사건들의 파편들로써 조립된 구조들일 수 있지만, 몇몇 사상가의 관점에서 신화들은 사건들에 맞선 저항들처럼 보인다. 폴 리쾨르가 논평하듯이, "신화의 역사는 사건들에 맞선 구조의 투쟁에 종사하는 역사이고 역사적 요인들의 교란효과들을 무효하게 만들려는 사회계층들의 노력을 재현하는 역사이다. 그런 역사가 재현하는 것은 역사를 폐기하려는 책략이요 사건들을 무효하게 만들려는 전술이다."[65] 레비스트로스의 관점에서는 구조와 사건의 관계들 중에 투쟁관계가 아닌 다른 종류의 관계가 예술을 지배한다. 그가 『야생정신』에서 주장하듯이, 예술은 "구조와 사건의 균형관계"[66]를 포함하기 마련이다. 그가

---

65　폴 리쾨르, 앞 책, p. 44.

66　레비스트로스, 『야생정신The Savage Mind』(London, 1962), p. 26.

말하는 균형관계란 '예술작품에 담긴 총괄적 의도나 내부논리'와 '사건들'의 관계를 의미하는데, 여기서 사건들이란 그런 의도나 논리와 명백히 무관하게 발생하는 사건들, 그러니까, 우리가 감상하는 소설이나 그림의 바깥에서는 언제든지 발생해왔을 수 있는 사건들이라서 그런 소설 속에서나 그림 속에서도 발생하는 사건들이다. 우리가 이미 살펴봤듯이, 현실주의적 작품은 자체의 결정적 창작의도를 내포하지만, 그런 의도는 작품의 모든 특징을 제압하여 어떤 엄격한 질서에 예속시키지도 못하고 엄중한 필연성의 분위기에 빠뜨리지도 못한다.

이렇듯 자체의 내용들을 정복하지 않으면서 포함하는 예술작품의 형식이라는 고전적 개념보다도 **구조화**構造化structuration의 개념이 더 많은 것을 암시한다. 구조화는 구조와 사건을 중재하는데, 이런 구조화의 중재기능은 전략의 중재기능과 거의 동일하다. 구조화는 분명히 어떤 구조를 의미한다. 그런 구조는 작동하는 구조, 자체적으로 꾸준히 산출하려는 참신한 목적들과 함께 달성하려는 목적들에 부응하여 자체를 재구성하는 과정에서 끊임없이 작동하는 구조, 그리하여, 예컨대, 소쉬르의 언어개념과 갈등하거나 초기 형식주의의 시개념詩概念과 갈등하다가 돌발할 수 있는 **사건 같은**eventual 구조이다. 구조화를 이해하려는 사람은 변증법의 논리를 이해해야 한다.

순수구조 내지 완전구조total structure ─ 폴 리쾨르가 "절대적 형식주의"로 지칭한 것 ─ 는 공허하다고 주장할 사람도 있을 수 있다. 그런 구조는 자체의 영역 내부에서 발생하는 모든 사건을 자체의 불변하는 논리로 환원하여 임의대로 변통될 수 있고 교환될 수 있게 만든다. 그렇지만 그런 사건들은 오직 그런 구조의 내부법칙들을 예증하는 것들인 한에서만 유의미해질 수 있다. 사건들은 그런 구조를 단지 예증할 수만 있지 위협할 수는 없다. 그런 반면에 순수사건은 맹목적인 것이다. 왜냐면 설명 가능한 어떤 구조로도 환원될 수 없는 순수사건은 다다이스트[67]의 돌발행위처럼 도무지 설명될 수 없는 수수께끼 같은 것이다. (그래서 사건이론은 모순어법을 흡사하게 닮은 어떤 것과 관련되는데, 그것은 지금 살아있는 가장 중요한 프랑스 철학자의 사상에서 핵심을 차지하는 개념이다.)[68]

그러나 전략 또는 구조화라는 개념은 구조와 사건을 가르는 구분법을 해체한다. 이런 해체는 "해체"라는 용어의 정확한 의미에 부합한다. 그래서 이 개념은 그런 구분법을 폐지하기보다는 오히려 '그런 구분법이 부정될 수 없는 설득력을 얼마간 획득하면서도 부단히 자멸自滅하는 사연'을 증명할 수 있다.[69] 전략은 구조의 일종이다. 그런 구조는 자체적으로 수행해야 할 기능들에 반영되는 순간마다 억지로 재통합되어야 한다. 전략에 동력을 공급하는 것은 의도이다. 여기서 의도는 목적달성용 설계도를 의미하거나 의도의 내부에 새겨진 설계도들의 집합을 의미한다. 그것은 의도의 바깥에서 의도를 추진하는 유령 같은 강제력

---

67  【Dadist: 이것은 '다다이스트Dadaist'를 의미한다. 다다이스트는 20세기 초반 유럽에서 생겨난 전위 예술운동의 일종인 다다이즘Dadaism을 추구하는 예술가를 뜻하는데, 다다이즘은 '무의미주의無意味主義' 또는 '무의도주의無意圖主義' 또는 '헛것주의'로 번역될 수 있다.】

68  알랭 바디우, 『존재와 사건Being and Event』(London, 2005) 참조. 【이 문장에서 '살아있는 가장 중요한 프랑스 철학자'는 알랭 바디우이다.】

69  이런 구분법의 자멸과정을 분석한 몇몇 결과를 가장 탁월하게 설명한 연구는 현대문학이론가들 중에 특히 윌리엄 레이의 『문학의 의미』를 참조. 레이의 연구가 증명한 바대로라면, 구조와 사건, 체계와 예증, 이론과 관행, '사실 같은 의미'와 '행위 같은 사실'은 문학작품에서도 비평관행에서도 서로 불가분한 것들이다. 그래도 물론 그가 주장하듯이, 비평가들의 대다수는 이런 변증법을 정지시켜서, 역사와 비평관행에 붙들려 변이되고 분해될 위기에 처한 자신들의 이론의 진실과 권위를 구출하고자 한다. 의도표출언행들의 집합에 불과해질 처지에서 그들의 이론을 구출하려고 노력하는 식으로 그들의 권위를 보강해야 할 이런 필요성은 그들을 불가피한 자기모순에 빠뜨려버린다. 레이의 관점에서는 오직 폴 드 만 같은 후기구조주의자들만이 이런 사이비변증법적 운동을 피할 수 있고 그들의 이론에 내재된 자멸적 본성을 인정할 수 있다. 이토록 강력하게 암시적인 관점이 간과하는 것이 바로 권위의 강력한 형식이 오히려 권위를 거부하는 후기구조주의의 태도와 연좌되는 사연인데, 그런 사연이란 곧 그런 권위형식의 수법 — 즉 모든 사람의 무기력을 자백시켜서 권위의 강력한 내구력을 획득하는 수법, 모든 사람을 자기비하상태自己卑下狀態로 전략시켜 완전성을 획득하는 수법, 모든 사람을 무식자들로 비하하여 독단적 지식을 획득하는 수법 — 이다. 이런 관점은 불가피하게도 레이 자신의 주장에도 적용될 수밖에 없다. 후기구조주의의 노름판에서는 잃은 자가 모든 것을 독식한다. 왜냐면 이 노름의 최종승자는 모든 밑천을 잃은 빈털터리로서 입증된 자, 그래서 모든 권위를 반대하는 동시에 모든 비판을 불허하는 자이기 때문이다.

을 의미하지 않는다. 문학작품들의 구조는 무엇보다도 사건들을 유발한다. 그렇게 유발된 사건들은 구조에 반응할 수 있고 구조의 항목들을 변경할 수 있다. 이런 견지에서 문학작품들은 자유로운 인간행위의 형식을 보유한다. 구조와 사건의 이런 상호작용은 이른바 일상언어에서도 진행되기 때문에, 문학 텍스트들은 일상발언에서 벌어지는 사건을 더 드라마틱하고 더 명확하게 인지될 수 있도록 재연한다.

폴 리쾨르의 관점에서 세계자체는 구조와 사건의 접합부분에 자리한다. 그런 세계자체는 "체계와 행위 사이를 왕복하는 무역선이고, 결정지점이며, 구조와 기능 사이에서 진행되는 모든 교환의 완결점이다."[70] 한편으로 세계자체는 소속한 언어체계에서 자체가치를 이끌어낸다. 다른 한편으로 세계자체의 "의미론적 실황實況"은 "발언의 실황"과 동일하기 때문에 사멸하기 쉬운 사건이다. 그러나 "문장sentence"이 글을 의미하든 말을 의미하든 하여간에 낱말은 "문장보다 더 오래 살아남는다." 낱말은 발언행위와 함께 사멸해야 할 운명을 짊어졌기보다는 오히려 반복 가능성을 타고난 덕분에 언어구조 속에서 본래위상을 회복할 수 있다. 그래서 낱말은 예기치 못하게 발생할 수 있을 여느 새로운 용법에든 응답할 태세도 갖출 수 있다. 그렇지만 낱말은 이전에 할당받은 위상을 회복하더라도 이전에 지녔던 순결한 처녀성을 거의 동일하게 유지하지는 못한다. 왜냐면 본래위상을 회복한 낱말은 이제 "새로운 사용가치를 획득하여 무겁기" 때문이다. 이런 정황은, 낱말이 언어체계와 재결합할 때마다 낱말자체의 역사적 진로를, 비록 미세하게나마, 변경한다는 사실을 의미한다.[71] 시詩는 이런 변증법

---

70  폴 리쾨르, 앞 책, pp. 92, 95.

71  앞 책, pp. 92-3.

의 확대판에 불과하다.

문학작품은 "구조" 겸 "사건"이다. 이것은 문학작품의 역리逆理들 중 하나이다. 그러니까 문학작품이 불변하는 자기완성품이라면 "구조"이지만, 이런 자기완성과정이 으레 그렇듯 오직 읽기행위로써만 실현되는 영속운동과정이라면 문학작품은 "사건"이다. 작품에 쓰인 낱말은 변할 수 없지만, 그 낱말의 수용과정이 변하면 그 낱말은 본래위상에 충직하게 머물지 않는다. 얀 무카롭스키가 기록하듯이, "시간의 경과를 견디는 것은 오직 구조의 동일성뿐이지만, 구조의 내부구성요소들은 ─ 그런 구성요소들의 상호관계는 ─ 영속적으로 변한다. 그런 상호관계들을 맺는 개별적 구성요소들은 저마다 상대요소를 지배하려고 끊임없이 다투면서 다른 요소들을 결정할 권리를 독점하려고 애쓴다. 그러니까 계급체제 ─ …… 구성요소들의 상명하복관계 ─ 는 부단히 재편된다."[72] 어쩌면 무카롭스키는 월스트리트[73]를 다소 과대시하듯이 문학작품도 다소 과대시하겠지만, 앞에서 인용된 그의 견해에 담긴 진실의 핵심은 그런 진실의 은유된 껍데기보다 더 오래 살아남을 수 있다.

우리가 이미 살펴봤듯이, 구조주의 및 기호학의 몇몇 유형은 다른 유형들에 비하면 전략의 개념을 더 반갑게 수용하는데, 현상학의 몇몇 유형도 거의 똑같이 그리한다. 그렇지만 이른바 제네바 학파[74]를 빛낸 저명한 문학비평가들인 조르주 풀레의 저작에서나 프랑스의 장-피에르 리샤르Jean-Pierre Richard(1922~)의 저작에서도, 미국의 존스 홉킨스Johns Hopkins 대학교에서 프랑스 문학을 가르친 조

---

72  얀 무카롭스키, 『구조, 기호, 기능Structure, Sign, and Function』(New Haven and London, 1978), p. 4.

73  【Wall Street: 미국 뉴욕 시의 증권거래소가 위치한 미국 금융계의 중심지 또는 미국금융시장.】

74  【Geneva 學派: 1950년대와 1960년대에 러시아 형식주의적 문학비평과 현상학적 문학비평을 발전시킨 문학비평집단.】

르주 폴레의 영향을 받은 조지프 힐리스 밀러의 초기 저작에서도, 전략의 개념
은 쉽게 발견되지 않을 것이다.[75] 비평가들의 관점에서, 읽기는 문학작품 속으
로 침잠하는 독자의식讀者意識을 재현하고, 주관성들이 그런 독자의식 속에서 거
의 신비하게 융합되면, 독자는 자신의 고유한 생각들과 이미지들을 제외한 생
각들과 이미지들의 주체로 변한다. 텍스트와 독자는 이렇듯 자기들끼리만 호혜
관계를 맺고 서로의 내부를 부단히 들락거리면서 서로의 내부에 호혜적으로 공
존한다. 자크 라캉이 주목한 이미지 각인체계imaginary register는 텍스트와 독자의
이런 호혜적 내부공존관계를 암시한다. 내밀성과 타자성他者性의 부단한 상호
작용관계 속에서 작품자체는 "인간 ……"으로, 즉 "자신내부에서 자신을 자신의
고유한 객체들의 주체로서 의식하고 구성하는 정신적 인물"로 변해간다.[76] 읽기
는 소외당할 처지를 모면한 다행스러운 휴식으로 변한다. 그런 읽기는 심지어
주체와 객체의 거의 에로틱한 교합마저 가능하게 만들지만, 평범한 현실에 속
하는 여느 곳에서도 그런 교합은 용납되지 않을 것이다.

　이런 현상학적 비평방법을 채택하는 비평가의 과업은 텍스트의 "의식" 속에
서 구현되는 (언제나 일관된) 주관성의 핵심본질을 추출하여 그런 의식의 가장 내
밀한 구조들을 재현하는 것이다. 이런 비평방법은 폴란드 철학자 로만 인가르
덴Roman Ingarden (1893~1970)의 저서 『문예작품The Literary Work of Art』에서 사용된 현
상학적 비평방법과 매우 다르다. 이 저서에서 인가르덴은 작품에 함축된 다양
한 골격구조들이나 추상적 도식들을 "구체화하는" 독자의 행위를 강조한다. 문

---

75　아마도 제네바 학파의 현상학을 소개하는 가장 뛰어난 글은 조르주 폴레의 「읽기현상학Phenomenology of
　　Reading」일 것이다. 또한 조지프 힐리스 밀러, 『신의 실종The Disappearance of God』(Cambridge, Mass.,
　　1963) 참조. 미국의 비교철학자 로버트 마기올라Robert Magliola(1940~)의 『현상학과 문학Phenomenology
　　and Literature』(Lafayette, Ind., 1977)도 유용한 해설서이다.

76　조르주 폴레, 「읽기현상학」, p. 59.

348

학 텍스트를 읽는 독자는 텍스트의 면면들을 선연하게 조명하고, 불확실한 부분들을 보충하며, 다양한 이미지를 겸비한 대상들에 부합하는 공간적이고 시간적인 상황맥락들을 설정하고, 자신의 과거를 급하게 수색하여 찾아낸 의미를 텍스트에 부여하면서 총체적인 "미학적 대상"을 건립한다. 그런 미학적 대상은 작품자체의 안내를 받으면서도 작품에는 결코 완전하게 동화되지 않는다. 만약 이런 견해의 대부분이 볼프강 이저의 저작에 피력된 견해를 상당히 닮은 듯이 보인다면, 이저의 동료학자 한스 로베르트 야우스가 한스-게오르크 가다머의 해석학으로부터 많은 영향을 받았듯이, 이저도 인가르덴의 현상학으로부터 많은 영향을 받았기 때문에 그럴 것이다. 수용이론은 이 두 가지 영향의 합류점에 위치한다.

그렇지만 초월적(선험적) 사고법으로 위장하기보다는 오히려 해석학적 사고법으로 위장한 현상학적 사고법이 문학작품을 전략으로 간주하는 개념과 관련된다는 사실은 또 다른 의미를 내포한다. 예술을 가능하는 사고법으로 간주되는 전략의 개념은 모든 면에서 너무나 도구적인 개념이 아니냐고 의심할 사람도 있을 것이다. 그것은 미학이 애써 문제시하려는 수단들-목적들을 중시하는 합리성에만 너무 심하게 얽매인 개념은 아닌가? 그렇다면 예술작품의 유희성遊戲性, 감각성, 유쾌성, 자기목적성은 어떤가?

그래도 어쨌거나 여기서는 인간의 육체를 현상학적으로 이해하는 방법이 우리를 도울 수 있는데, 모리스 메를로퐁티의 『감지현상학』[77]은 이런 현상학적 이해방법을 가장 탁월하게 예증한다.[78] 인간의 육체자체는 관행형식인데, 그것은

---

77 【『Phénoménologie de la perception』: 메를로퐁티가 1945년에 펴낸 이 저서의 제목은 『인지현상학認知現象學』으로도 번역될 수 있는데, 한국에서는 『지각의 현상학』으로 번역되어 소개되어왔다.】

78 만약 육체에 대단히 열중하는 후기현대주의(포스트모더니즘)가 이 유력한 저서(『감지현상학』)를 대체로 부정한

세계가 조직되기 시작하는 출발점이다. 의미작용들의 원천(예컨대, 온수가 담긴 물병)이 아닌 물체는 인간의 육체가 아니다. 육체는 일정한 목적들을 달성할 수 있도록 자체적으로 조직된다는 의미에서 전략으로 간주되는 육체를 운위할 사람도 있을 것이다. 육체는 어떤 행위를 실행해야 하는 곳에 존재한다. 실제로 외력外力을 받아야만 조직되는 직소퍼즐(조각그림 맞추기 장난감) 같은 것과 상반되게 육체는 자기조직력을 가져서 바순(저음용 목관악기)이나 언월도偃月刀 같은 물체들과 비교되면 가장 확연히 다르게 보이지만 담비 같은 동물이나 엽란葉蘭 같은 식물과 비교되면 별로 다르게 보이지 않는다. 그렇지만 어떤 사람이 한편에서는 육체를 이렇게 전략적으로 이해하는 동시에 다른 한편에서는 도구적 합리성을 무릅쓰면서까지 인간들은 여느 도구로서 "사용되도록for" 존재하지 않는다고 강하게 주장하더라도 그의 이해와 주장은 전혀 모순되지 않는다. 팬지꽃의 존재가 목적자체일 수 있듯이, 인간들의 존재도 목적자체가 분명하다. 오직 과대망상광인들만이 자신들은 엄청나게 위대한 목적을 달성하려고 세상에 태어났다고 상상한다.

자동차전면유리에 낀 성에를 닦아내는 행위나 사랑니를 뽑아내는 행위 같은 몇몇 행위는 실제로 순전히 도구적인 행위들이다. 그러나 원래부터 오직 행위자체만을 목적으로 삼는 행위들도 있다. 이런 행위들은 필시 가장 고귀한 행위들이라고 논증될 수 있을 터이다. 이런 행위들의 목적은 행위자체를 벗어난 외부목적들을 실현하는 것이 아니라 (비록 이런 행위들이 그런 외부목적들의 달성을 요구할 수 있을지라도) 자기실현형식들이 되는 것이다. 그런 자기실현은 특수한 방

---

다면, 그리하는 까닭의 일부는 이 저서가 리비도적 육체libidinal body(성애적 육체)라는 협소한 관심사를 벗어나 훨씬 더 광범한 주제를 다룬다는 사실에서 발견될 것이다.

식들로 실행되는 자기조직행위를 수반하기 마련이므로 육체를 전략으로 간주하는 개념과 충돌하지 않는다. 축구공을 차서 골인시키는 행위는 몇몇 수단을 일정한 목적에 합치시키는 행위이므로 도구적 합리성 같은 것을 내포한다. 그러나 그런 행위가, 예컨대, 수백만 파운드에 달하는 연봉을 받으려는 행위가 아니라면, 그런 행위자체를 벗어난 외부목적을 달성하려는 의도대로 실행되더라도 도구적 행위가 아닐 수 있다. 물론 그렇더라도 그런 행위는 외부목적을 달성하는 동시에 목적자체의 역할마저 겸하는 행위의 문제일 수 있다. 그러니까, 예컨대, 잉글랜드의 유명한 축구선수 데이빗 베컴David Beckham은 **애오라지 돈만** 벌려고 축구를 하지는 않는다고 평가될 수 있고, 미국의 영화배우 브랫 피트Brad Pitt는 애오라지 인기만 얻으려고 영화에 출연하지는 않는다고 평가될 수 있다.

고대에 관행으로 지칭된 이런 행위형식은 목적들을 내포한 실천을 의미했다. 아리스토텔레스의 관점에서 덕행德行은 관행의 지고한 일례一例이다. 유덕한 남녀들은 각자의 실력들과 능력들을 어떤 공익에 이바지하기보다는 목적자체를 실현하는 것들로 실감한다. 그래서 이런 관행의 개념은 기능적 행위와 자기목적행위를 가르는 구분법을 폐지한다.[79] 인간의 행위들은 목적을 실현하려는 행위들로 간주되지만, 그런 목적은 행위자체와 구별되지 않는다. 이런 행위 개념과 문학작품이 맺는 관계는 확실히 사뭇하나. 실제로 사립석이고 사기실현적이며 자기입증적인 실천형식에 속하는 관행의 또 다른 전통적 이름은 예술이다.[80] 이런 행위개념은 예술이 기능을 가진다는 사실을 부정하지 않을 것이다.

---

79  앨러스데어 매킨타여의 작업은 이 견해를 가장 주도면밀하게 옹호해왔다. 예컨대, 그의 『덕행 이후After Virtue』(London, 1981) 참조.

80  여기서 내가 기정사실로 여기는 것을 한 문장으로 요약하면 다음과 같다. 우리가 여태껏 모색해온 문학의 개념이 문제시될 수 있는 만큼 예술로 간주되는 것도 문제시될 수 있다.

우리가 이미 살펴봤듯이, 예술이라는 낱말의 도구적 의미에서 예술은, 예컨대, 군왕의 자만심을 부추기려는 목표부터 중류계급들의 정치적 근심불안들을 무마하려는 목표까지 아우르는 다양한 도구적 목표들에 부역해왔다. 그러나 축구 행위자체를 즐기는 백만장자 축구선수가 예시하듯이, 이런 관행의 외부원인들은 관행자체의 내부기능들과 공존할 수 있다. 예술은 이익이나 선전효과를 유발할 수 있지만, 예술의 목적은, 마르크스가 이해했듯이, 예술의 자기실현권력에 내재한다.

오직 관행의 개념을 너무나 서툴게 이해하는 사람들만이 관행의 기능적 특성을 파악하지 못한다. 예술은 아무 기능도 갖지 않는다고 볼썽사납게 선언하는 탐미주의자[81]는 이런 의미에서 속물의 끔찍한 쌍둥이다. 속물도 탐미주의자도 기능성機能性functionality을 당최 이해하지 못한다. 당연하게도 속물은 즉각 실용될 수 없는 모든 것은 무가치하다고 믿지만, 탐미주의자는 단일한 행위에 겸비된 기능과 목적은 반드시 갈등하기 마련이라고 그릇되게 억측한다. 그러나 기능자체를 실현하는 기능도 여전히 기능이다. 더구나 우리가 이미 살펴봤듯이, 급진적 낭만주의의 전통에서는 예술작품이 단순히 목적자체로서만 존재하여 인간들에게도 적용될 수 있을 만큼 바람직한 존재여건을 조성해줄 정치의 미래를 예시하는 기능을 수행한다고 인식되었다.

만약 우리가 사물의 기능과 사물의 존재자체를 양자택일해야 하는 부당한 선택권을 거부한다면, 우리는 다음과 같은 형식주의자들의 관점에 동조하지 않아도 된다. 그들의 관점에서 우리는 오직 텍스트와 외부세계의 관계들을 중단

---

81 【眈美主義者(aesthete): '유미주의자唯美主義者,' '예술지상주의자藝術至上主義者,' '심미주의자審美主義者,' '탐미가眈美家,' '예술가연하는 자'로도 번역될 수 있다.】

시켜야만 텍스트의 물질적 실체를 집중적으로 조명할 수 있다. 이런 관점을 많이 닮은 또 다른 관점에서는, 우리가 육체의 물질성을 영접할 수 있으려면 오직 육체자체가 "탈실용화"되어 그것의 도구적 상황맥락 —『존재와 시간』에 언급된 하이데거의 부서진 망치 같은 도구적 상황맥락 — 에서 구출되고 사물자체로 대체되어 숙고되어왔어야만 한다. 이 두 관점 중 어느 편에서도 사물의 물질적 밀도는 세계의 내부에서 진행되는 사물의 운동들과 길항하는 듯이 보일 수 있다. 그러나 시詩의 물질적 실체는 정확히 자체의 내부효과들에 의존하여 외부세계를 받아들이도록 개방된다는 의미에서, 이런 길항은 의미와 물질성을 한꺼번에 가동시키는 "시적詩的인" 것의 개념자체를 구성한다. 이런 길항은 모든 언어에서 표현되지만, 시어詩語에서는 특히 더 뚜렷하게 표현된다. 시어는 더 치밀하게 조직될수록 그것이 표현하는 사물을 더 흡사하게 닮아가면서도 시어자체를 벗어나는 것을 더 풍부하게 표현할 수 있다.

인간육체도 시어와 비슷할 수 있다. 인간육체의 물질적 존재는 단순히 세계와 맺는 관계들에 불과하다. 그래서 인간육체는 가장 근본적인 차원에서는 관행형식으로서 존재하는 것일 수 있다.[82] 의미(또는 용법)가 기호의 생명이듯이, 거의 마찬가지로, 관행은 육체의 생명이다. 이것이 바로 토마스 아퀴나스가 사망한 육체 — 그에게는 부조리한 모순어처럼 느껴지던 관용어 — 와 관련된 언급을 거부했던 까닭이다. 오히려 그는 시체屍體(사망한 육체)를 생체生體(살아있는 육체)의 잔재에 불과한 것으로 간주했다. 죽음은 인간육신이 많은 의미를 출혈하듯이 상실하고 무감각한 물질덩이로 변질되는 과정이다. "도서관에 있는 육

---

82  이런 육체의 개념을 탁월하게 다루는 논법은 스코틀랜드의 철학자 존 매커메리John MacMurray(1891~1976)의
    『행위하는 자아The Self as Agent』(London, 1969) 참조.

체"라는 문구가 근면한 독자를 상기시키기보다는 오히려 시체를 상기시킨다는 사실은 이원론二元論의 악영향에 포함되는데, 아퀴나스는 그런 악영향을 발휘하는 이원론을 단호하게 거부했다. 아퀴나스의 관점에서 육체는 인간정체성의 원리였다. 만약, 예컨대, 미국 가수 마이클 잭슨이 육체이탈영혼肉體離脫靈魂을 가졌다면, 그런 영혼은 아퀴나스의 관점에서는 마이클 잭슨이 아닐 것이다. 그런 영혼을 가진 마이클 잭슨은 실제로 어디에도 없다. 그런 육체이탈영혼들은 종교가 제공하는 위안거리들이다.

그렇다면 예술과 인간성의 기능이 예술과 인간성의 외부에 있지 않고 예술과 인간성의 자기실현행위에 내재한다는 의미에서 예술과 인간성은 유사하게 보일 수 있다. 그러므로 여기서는 예술이 단지 때때로 유발할 수 있는 온갖 고귀한 감동들로써만 도덕적 가치를 예증하지 않고 예술형식자체로써도 그런 가치를 예증하는 또 다른 방식이 발견될 수 있다. 육체와 비슷하게 예술도 전략적 관행이다. 이것은 곧 예술이 일정한 목적들을 달성하려고 예술을 조직할 수 있다는 말이다. 그러나 우리가 이미 살펴봤듯이, 예술이 운용하는 소재들은 예술에 내재하는 것들이다. 그러니까 이 경우에는 인간육체의 자기실현행위 및 자기결정행위와 연동하는 도구적 합리성도 문제가 아니듯이 가장 관습적인 의미로 환산되는 도구적 합리성도 문제가 아니다. 더구나 아리스토텔레스, 아퀴나스, 헤겔, 마르크스의 관점에서도 자기실현행위는 쾌감을 수반하기 마련이듯이 예술도 쾌감을 수반하기 마련이다. 그러나 덕행의 자기희열自己喜悅과 마찬가지로 작품의 자기희열도 자기의도표출언행(자기공연행위)과 불가분하다. 그런 자기희열은 유쾌한 여흥 같은 것이 아니라 덕행이나 작품의 특수한 자기실현행위들에 본래부터 내포된 고유한 쾌락이다. 기차표를 구매하는 여행객의 행위가 기차를 타고 행선지의 역에 내리려는 그의 목적을 달성시켜줄 수 있다는 의미에서, 쾌락은 행위가 애서 달성하려는 목적이 아니다. 음미행위吟味行爲는 전략과 불가분하다. 오직 쾌락주의자hedonist들만이 쾌락들을 추구하는데, 그런 의미에서 그들은 여우사냥을 갈망하는 토리당[83]의 지주들에 비견될 수 있다.

그래서 전략의 개념은 비록 미국 국방부나 마이크로소프트 사社의 중역회의실 같은 곳에서는 목표에 과도하게 얽매이겠지만 예술과 문학에서는 목표에 과도하게 얽매이지 않아도 된다. 전략의 개념은 차라리 칸트가 말한 이른바 목적을 결여한 합목적성purposiveness without purpose에 포함될 수 있다. 인간육체는 춤이나 성애性愛 같은 관행으로써 구현되는 경우에 물질성을 가장 선명하게 띠는 상태로 현존한다. 이런 상태를 표현하는 더 오래된 미학의 관용구는 '행위와 존재의 합일'이다. 육신은 이런 관행들을 실행하면서 완성된다. 이런 행위들과 대조되는, 예컨대, 망치로 못질하거나 부동산투자 같은 행위들을 실행하는 육체의 감각적 요소들은 오직 실용적 목표에만 부응한다. 물질적 육체가 가장 명쾌하게 의미심장해질 수 있는 상황은 관행이 중지된 상황이 아니라 관행의 특수한 형식들이 중지된 상황이다.

이런 개념은 육체도 객관적 대상이라는 사실을 결코 감추지 못한다. 비록 이런 진술이 불쾌한 객관화의 낌새들을 자아낸다고 항의하는 사람들이 있을지라도 그런 사실은 은폐될 수 없다. 인간들은 근본적으로 자연스러운 감각적 대상들 — 자연의 노출부들 혹은 생물학의 부분들 — 이다. 만약 인간들이 대상들이 아니라면 상호관계를 맺지 못할 수 있다. 그러나 객관성이 의미에 서서히 각인

---

83  【Tory黨: 17세기 후반에 잉글랜드에서 생겨난 보수적인 정당으로서 '왕당파王黨派'로도 번역된다.】

되는 것인 한에서, 그러니까 요컨대, 육체가 기호로 변해가는 것인 한에서, 개인들은 오직 (보편적 인간과 상반되는) 개별적 인간들일 따름이다. 그리고 이런 조건은 지긋지긋하리만치 불안한 진화를 요구하기 마련인데, 설령 프로이트가 그런 진화를 성취하더라도 언제까지나 오직 불완전하게만 성취할 수밖에 없을 것이다. 육체는 기호들에 의존하여 본격적 육체가 될 수 있지만 기호들 사이에서는 결코 완전한 육체가 될 수 없다.

그런데 만약 육체가 기호라면 무엇의 기호일까? 육체의 외부에 있는 어떤 것의 기호일까? 아니면, 육체의 내부에 있는 어떤 것의 기호일까? 여기서 대두되는 육체기호학은 어떤 종류의 기호학일까? 육체가 기호로 지칭되는 과정은 육체가 다른 어떤 것의 대역代役으로 인식되는 과정이다. 그러면 육체는 실제로 "마멀레이드"[84]라는 낱말처럼 자신을 대신할 또 다른 기호로 지칭되는 행운을 누릴 수도 있을 것이다. 그런 과정에서 드러나는 사실이 있다. 그것은 낱말이 생겨나면서부터 의미를 표현하듯이 육체의 구성요소들도 생겨나면서부터 의미를 표현한다는 사실이다. 그러니까 낱말이 의미를 표현하는 물질이듯이 육체도 의미를 표현하는 물질이다. 육체는 육체자체를 의미하는데, 이것이 육체가 예술작품을 닮는 한 가지 방식이다. 심지어 말을 못하는 영유아의 육체도 장난감을 잡으려고 자신의 손을 내뻗는데, 이런 행위는 언어를 아는 관찰자에게도 유의미하게 보이는 행위일 뿐만 아니라 시작되는 순간부터 유의미한 행위이다. 인간은 언제나 육체의 의미이다. 우리는 우리의 육체 때문에 우리의 행위를 유의미한 행위로 생각한다.

---

84 【marmalade: 오렌지나 레몬 같은 과일의 껍질로 만들어진 잼.】

이 진술을 읽자마자 도미니크회會[85]의 의미이론을 상기할 사람도 있을 수 있다.[86] 영혼은 육체와 불가분하지 않고 육체의 활동형식과 불가분하다는 아리스토텔레스의 학설을 추종하면서 그 학설을 해석이론으로 변조한 13세기 도미니크회의 주장대로라면, 집필하는 "정신"[87]은 텍스트에 숨어든 불가사의한 신비가 아니라, 텍스트의 일반적이고 문자에 충실한 역사적 의미에서 발견될 것이었다. 그래서 유감천만하게도 도미니크회수도사들은 계몽되지 못한 미신적 관점에서 인간의 살[肉]과 피[血]를 이해하는 종교재판을 강행하여 자신들의 이력에 오점을 남겼다.

인간육체를 합리적 인간육체로 지칭하는 행위는 '인간육체의 행동은 언제나 현저하게 추론될 수 있다'고 말하는 행위가 아니라 '인간육체는 감지되는 의미를 가득 내포한다'고 말하는 행위이다.[88] 도미니크회의 가장 위대한 수도사 토마스 아퀴나스는 은유를 정신의 진실들을 논의하는 데 가장 알맞은 언어로 간주한다. 왜냐면 그는 은유가 감각적인 것이라서 우리의 육체적 본성에 가장 잘 부합한다고 생각하기 때문이다. 그는 인간의 합리성은 동물의 합리성과 명백히 다르다고 믿는다. 우리의 추론형식은 우리육체의 물질적 본성 때문에 육화肉化(구체화, 물질화)되는 만큼 물질적 본성과 불가분하다.[89] 우리는 동물들로서 생각하고 이해한다. 천사가 말을 할 수 있더라도 우리는 천사의 말을 이해

---

85  【Dominican Order(설교자들의 수도회Order of Preachers=Ordo Praedicatorum): 에스파냐의 기독교사제 산토 도밍고Santo Domingo(Saint Dominic, 1170~1221)가 창시한 수도회.】

86  아마도 이런 유산의 가장 특출한 현대적 상속자는 잉글랜드의 도미니크회 신학자 겸 철학자 허버트 맥케이브Herbert McCabe(1926~2001)일 것이다. 특히 그의 『법칙, 사랑, 언어Law, Love and Language』(London, 1968)를 참조.

87  【the 'spirit' of writing: 이 문구는 근래에는 '작가정신'으로도 번역된다.】

88  테니스 터너, 『신앙, 이성, 신의 존재』, 제4-6장 참조.

89  앨러스데어 매킨타여, 『의존적인 합리적 동물들Dependent Rational Animals』(London, 1998) 참조.

하지 못할 것이다.[90]

인간의 육신을 표현력을 타고나는 것으로 간주하는 행위는 '육체는 대상일 뿐만 아니라 목적과 일치하는 관행형식이기도 하다'고 말하는 또 다른 방식이다. 인간육신의 행위들은 웅변과 같은 행위들이다. (그래도 여기서 우리는, 예컨대, 이튼[91]의 운동장 같은 곳에서 목격할 수 있을 지나치게 씩씩하고 혈기왕성한 합목적행위를 상기하지 않아도 된다. 복숭아를 맛보는 행위, 라벤더꽃의 향기를 맡는 행위, 내일 비가 내릴지 여부를 주제로 토론하는 행위, 재즈색소폰 연주를 감상하는 행위도 역시 행위들이다.) 육체는 단순히 자체의 물질적 구조에만 의존하고 또 그런 구조에서 유발되는 관행들에만 의존해도 아주 방대한 암묵적 가설들과 암시적 이해방식들을 발생시킬 수 있다. 이것이 바로 서로에게 불가해한 언어들로써 말하는 개인들이 동일한 관행적 과업들에 쉽게 협력할 수 있는 까닭이다. 육체는 스스로를 이해될 수 있게 만드는 자기해명형식自己解明形式의 일종이다.

몇몇 이론가는, 우리가 이미 살펴봤듯이, 문학작품들을 언행들 내지 사건들로 간주하고, 다른 몇몇 이론가는 문학작품들을 구조들 내지 객관적 대상들로 간주한다. 그런데 사건파 이론가들과 구조파 이론가들은 모두 동일한 방식으로 육체를 이해한다. 외과의사는 자신의 수술용 칼 아래 있는 환자의 육체를 어차피 대상으로 취급하기 마련이다. 육체를 그렇게 취급하는 행위가 외과수술이 아니라면 잔인하다고 비난받을 수 있을 것이다. 환자의 복부를 절개하여 자세히 탐색하는 외과의사가 환자의 사생활과 관련된 야릇한 백일몽들에 심취해도

---

90  나는 이 견해를 아퀴나스의 것으로 생각하지 않는다. 왜냐면 아퀴나스는 대천사 가브리엘Gabriel의 말을 동정녀 마리아가 쉽게 이해했다고 믿었기 때문이다. 【가브리엘과 마리아의 만남은 기독경전 『신약전서』의 「루가 복음서」 제1장 제26~31절 참조.】

91  【Eton: 잉글랜드 남부의 버크셔Berkshire 주州에 있는 사립중고등학교 이튼 칼리지Eton College의 약칭.】

환자에게 돌아갈 이익은 전혀 없을 것이다. 그런 반면에 현상학은 육체의 본질을 '주관성을 노출하되 언제나 모호하게 노출하는 것'으로 간주한다. 그런 현상학의 관점에서 인간육체는 불투명한 물질을 벗어던지고 투명한 의미를 걸치는 것이 아니다. 인간육체는 언제까지나 대상 같은 객체일뿐더러 심지어 자신에게도 언제까지나 그런 것이다. 예컨대, 리무진에서 하차하는 미국 영화배우 탐 크루즈Tom Cruise의 신발에 흙이 묻지 않도록 내가 무사무욕하게 그의 발아래 납작 엎드려 인간양탄자노릇을 자청한다면, 나는 나의 육체를 이용한다고 당연하게 말할 수 있다. 육체는 주체와 객체 사이의 불확실한 공간을 헤매는데, 그런 육체를 화제로 삼는 우리의 담화도 "소유하는" 육체와 "존재하는" 육체 사이를 헤매기 십상이다. 육체는 의미이자 물질성物質性이기 때문에 ("감각sense"이라는 낱말은 의미와 물질성을 아우른다), 부지불식간에 의미와 물질성의 습격을 연달아 받는 육체는 의미와 물질성을 통합하려는 꿈에 맞서 저항하는데, 그런 꿈이 바로 다른 사물들 사이에서는 예술작품으로 인식되는 것이다.

그렇지 않다면 그런 꿈은, 더 정확하게는, 예술작품의 다소 고전적인 개념이다. 형식과 내용의 통일성을 신봉하는 이론은 다음과 같은 두 가지 사항을 말하고자 한다. 첫째, 무의미를 표현하는 예술작품의 물질적 육체는 티끌만큼도 존재하지 않는다. 둘째, 감각의 통일된 양상 속에서는 어떤 특징이라도 그런 육체의 위상을 차시할 수 있다. 그런 육체는 구원받은 육체로 간수되거나 부활한 육체로 간주되는 예술작품이고, 육화된 언어이며, 웃음이나 손짓신호처럼 의미를 투명하게 표현하는 것으로 간주되는 언어의 물질적 존재이다. 그런 육체는 평범한 인간육신의 유토피아적 이상형이다. 대체로 그런 육체는 생물학적 무의미외 배경에서 연발하는 불평불만을 잠재울 의미를 자신에게 부여하는 사업을 억지로 운영할 수밖에 없고, 그런 육체의 동작들은 자신을 명확하게 표현하는 언행 속에 의미를 봉인할 수 있다.

현대주의작품이나 후기현대주의작품의 파편화된 육체는 이런 통일된 육체라는 숭고한 거짓말을 즉각 되받아치는 반격을 대변한다. 의미와 물질성은 이제 분리되어 표류하기 시작하고, 그때부터 사물들은 자체들의 내부에 고유한 비밀을 숨겨두지 못하는 듯이 보인다. 고급-현대주의작품은 자체의 고유한 물질적 육체를 자각하면서 우리의 궁금증을 다음과 같은 창작의 문제로 집중시킨다. 지면紙面에 표기되는 잡다한 검은 부호들의 집합이 과연 어떻게 의미처럼 중요한 어떤 것을 나르는 운반자들이 될 수 있는가? 그렇더라도 그런 작품의 물질적 매체가 더 거대해질수록 그런 작품의 기호들은 더 기괴해지고 더 불가해지는 듯이 보인다. 그런 과정에서 작품은 자체의 거대한 몸집을 자체의 의미들과 독자 사이로 우겨넣는 듯이 보인다. 인간의 육체도 자체의 행위들 중 어느 하나 속에 충분히 현존할 수 없듯이 그런 작품도 자체의 의미작용들 중 어느 하나 속에 충분히 현존할 수 없다. 단 한 번만 실행되어도 모든 것을 말할 수 있는 유일무이한 행위를 꿈꾸던 낭만주의적 환상. 섬광이나 공현현상公顯現象epiphany처럼 단 한 번만 발생해도 자아의 진실을 선연하게 증명할 수 있던 유일무이한 순수사건. 언어들 중의 언어로서 침묵하는 동시에 웅변하는 자체의 현존 속에 모든 복잡한 역사를 일거에 압축시킬 수 있던 지극한 언어. 우리는 여태껏 이런 환상과 사건과 언어를 과거에 남겨두고 잊어버렸다. 요컨대, 우리는 여태껏 의미와 물질성을 화합시키는 상징을 망가뜨려왔다.

육체와 비슷하게 문학작품들도 사실과 언행 사이에서, 구조와 관행 사이에서, 물질론(유물론)적인 것과 의미론적인 것 사이에서 표류한다. 만약 육체가 세계의 조직화가 시작되는 출발점도 아니듯이 세계 속의 객관적 대상도 아니라면, 문학 테스트도 그런 육체와 거의 동일할 것이다. 그런 육체들과 텍스트들은 모두 자기결정언행들이다. 그런 육체들과 텍스트들은 허공에 존재하지 않는다. 그런 반면에 이런 자기결정언행은 그런 육체들과 텍스트들이 주위환경들에 영향을 끼치는 방식과 불가분하다. 우리가 이미 살펴봤듯이, 프레드릭 제임슨의 관점에서 그런 환경들은 작품의 외부에도 존재하지만 내부에도 서브텍스트처럼 설치된다. 다른 의미로 해석되는 육체의 외부에도 존재하고 내부에도 그렇게 설치되는 그런 환경들은 육체의 "외부에 존재하는" 세계의 내부에는 존재하지 않는다. 세계는 우리를 포함하는 장소이지만 우리의 외부에는 존재하지 않는 장소이다. 맥주는 그것이 담긴 맥주통의 "외부에 존재한다"라는 말은 부조리하게 들릴 수 있다. 오직 나의 현실적 자아가 기계 속에 숨어있는 유령처럼 나의 육체 속에 숨어있어야만 나의 육체 외부에 현실이 존재할 수 있다. 그러면 육체도 자아의 외부에 존재하는 것이 되는데, 데카르트도 육체를 그런 것으로 생각했다. 엄살faux naïveté의 효과를 추호도 의심하지 않은 비트겐슈타인은 언젠가 "외부세계the external world"라는 표현을 노통 이해하지 못한다는 듯이 엄살을 부리기도 했다. 그는 확실히 아주 당연하게도 그런 표현을 기이하게 생각했다. 어쨌거나, 우리를 둘러싼 세계의 대부분은 육체자체의 연장延長이다. 성채城砦, 은행, 텔레비전 방송국 같은 것들은 모두 문명을 건설하려는 인간육체가 자체의 한계들을 벗어나서 연장하는 방편들이다.

**3**

발언행위로써 완결되는 것의 개념은 다른 어느 곳에서보다도 심리분석이 실행되는 현장에서 가장 중요시된다.[92] 인간욕구불만을 연구하는 과학의 관점에서, 그러니까 심리분석이론psychoanalytic theory이라는 별명으로 지칭될 수도 있을 학문의 관점에서, 담론은 의미 겸 설득력인데, 이런 담론과 흡사하게 무의식도 의미론의 경기장인 동시에 경쟁하는 설득력들의 각축장이다. '우리는 발언행위로써 무엇을 실행하는가?'라는 문제에 심리분석은 '우리는 묵언행위non-saying로써 무엇을 실행하는가?'라는 문제를 추가한다. 무언가를 말하지 않는 묵언행위의 다양한 방편들이 있는데, 그것들 중 몇몇 방편은 나머지 방편들보다 훨씬 더 수다스럽다. 문학비평가는 문학작품의 발언내용을 문학작품의 자기발언방식自己發言方式에 비추어 다루고, 그러면서 '시詩를 읽는 우리의 독법'과 '이정표를 읽는 우리의 독법'의 차이점을 부각한다. 이런 문학비평가와 흡사한 심리분석자는 피분석자[93]의 담론을 진술들의 집합으로 간주하기보다는 오히려 의도표출언행(공연행위)으로 간주하여 경청한다. 피분석자가 발언행위로써 실행하는 언행 — 억압, 저항, 치환, 합리화, 부인否認, 거절, 투영, 전이轉移, 승화, 이상화理想化, 공격, 후회, 화해, 유혹 같은 언행 — 은 심리분석자와 피분석자 사이에서 진행되는 상호작용들의 핵심요인이다.

이 모든 전략전술들과 방편들을 활용하는 심리분석자는 불확실한 욕망의 나직한 불평불만에 동조한다. 그러면 욕망은 의미를 사실과 다르게 왜곡하는 효

---

92  이 대목에서 어쩌면 한 가지 사실이 강조되어야 할 것이다. 그것은 이어지는 문장들에서는 내가 심리분석(학)의 이론과 관행을 해설할 뿐 심리분석(학)을 평가하지는 않는다는 사실이다.

93  【심리분석자心理分析者는 '정신분석자'나 '정신분석학자'나 '정신과의사'를, 피분석자被分析者는 '피상담자被相談者'나 '내담자來談者'나 '정신분석대상자'나 '정신과환자'를 의미한다.】

과, 서사의 일관성을 분쇄하는 효과, 서로 다른 의미기호들을 뒤섞어버리는 효과, 경험적 진실을 다소 오만하게 무시하는 욕망 특유의 교활한 목적들에 부응하는 발언을 강제하는 효과를 발휘한다. 허구 속에서도 진실이 의도표출언행의 관건이듯이, 심리분석의 실행현장에서도 진실이 의도표출언행의 관건이다. 진실은 이론도 진술도 아닌 언행의 일종이다. 진실은 무엇보다도 감정전이感情轉移의 드라마 속에 있다. 피분석자는 그런 드라마 속에서 자신의 심리적 현실을 재조직하기 시작한다. 그런 재조직은 감정전이의 드라마 속에서 심리분석자를 의미하는 상징인물figure을 중심으로 진행된다. 케네스 버크의 관점에서는 심리분석자와 피분석자의 이런 만남보다 "극작가적dramatistic" 성격을 더 많이 띠는 만남도 있을 수 없으며 이론적 성격을 더 적게 띠는 만남도 있을 수 없다. 이런 만남에서는, 서정시에서처럼, 경험적인 것이나 개념상 물질적인 것이 오직 본래는 경험적인 것도 이론적인 것도 아닌 시나리오(대본)의 배역을 할당받을 수 있어야만 가치를 획득할 수 있다. 이런 상황을 감안하는 해석은 주체의 진실을 폭로할 수 있는 해석이고, 그렇게 폭로하는 해석은 변화를 유발할 수 있는 삶life-transformative으로서 인식될 수 있다. 여기서 내가 다시 말하자면, 이런 해석을 닮은 어떤 것이 시詩들에도 소설들에도 적용될 수 있다. 미국의 사회학자 겸 문화비평가 필립 리프Philip Rieff(1922~2006)가 지적하듯이, "진실의 전쟁에 참전한 전략가 같은 프로이트는 이론과 치료는 실제로 동일하다고 습관적으로 강조한다."[94]

해석들은 감정전이의 드라마에 투입된 전략부대들과 같아서 "공격"하거나 "방어"하는 전황별로 변경되거나 재정비되거나 희생당할 수 있다. 저녁마다 자

---

94　필립 리프, 『프로이트: 도덕주의자의 사고법Freud: The Mind of the Moralist』(Chicago and London, 1959), p. 102.

신의 희곡을 대본으로 삼아 공연되는 연극을 향한 관객들의 반응을 감안하여 다음날 아침마다 그 대본을 수정하는 극작가의 작업도 이런 해석들과 동일할 수 있다. 피해석자被解釋者는 해석들이 허용하는 의미를 자신의 경험에 부여할 수 있는데, 해석들은 바로 그런 의미를 기준으로 판단되어야 한다. 그러니까 피해석자는 해석들의 허용범위를 벗어나지 않는 일관된 서사로써 자신을 표현할 수 있는데, 해석들은 바로 그런 범위 안에서 판단되어야 한다. 피해석자의 담론은 전략적 견지에서 다뤄지는 만큼, 예컨대, 장기판에서 가용될 수手들의 집합 같은 것, 또는 권력과 욕망을 한껏 흥분시킬 수사학적 설득력을 발휘하는 작품 같은 것이다. 허구가 꺼풀을 벗으면 의도표출언행으로서 밝혀지듯이, 정보전달언행들처럼 보이는 담론들도 꺼풀을 벗으면 의도표출언행들로서 밝혀진다. 이런 의미에서, 이론이 줄기차게 관행으로 변하고 관행이 이론을 부단히 수정하는 심리분석현장은 학술토론강의실보다는 정치투쟁현장을 더 많이 닮았다.

예컨대, 자신의 자녀 5명을 매주 3회씩 통학버스에 태워서 학교로 보내기 전에 모조리 죽였다는 피분석자의 진술은 심리분석자의 호기심을 자극할 것이 틀림없다. 그렇지만 심리분석현장에서 언행으로 간주되는 것은 '그런 언행이 무의식을 대신하여 표현하는 것'이므로 '감정전이과정에서 그런 언행이 두각을 드러내는 방식'이기도 하다. 중요한 것은 그런 언행이 허구세계에서 담당하는 역할인데, 그런 허구세계에서는 심리분석자와 피분석자가 공동작가들co-authors로서 분주하게 협력한다. 바로 이런 역할 때문에 그런 언행은 심리분석자와 피분석자의 친밀하고 은밀하면서도 지극히 비개인적인 대화에 동조할 수도 있고 동조하지 못할 수도 있다. 이 경우와 동일하게, 예컨대, 어느 벌거벗은 남자시인이 자신은 잔 다르크[95]의 화신이라고 외치면서 턴브리지 웰스[96]의 번화가를 뛰어다녔다는 소식을 들은 비평가는 은근히 흥미롭게 느끼겠지만, 시인의 그토록 기괴한 언행도 그의 시를 다루는 비평가의 해석을 바꾸지는 않을 것이다. 범죄현장에서는 범죄가 실제로 발생했는지 여부가 중요한 문제겠지만, 심리분석현장에서는 피분석자가 진술한 사건이 실제로 발생했는지 여부는 전혀 중요한 문제가 아니다. 왜냐면 어떤 의미에서는 심리분석현장이 바로 사건발생현장이기 때문이다. 그러나 심리분석현장에서 발생한 범죄[97]는 미지의 범죄자가 아무에게도 들키지 않게, 익명으로, 확인될 수 없는 시간에, 확인될 수 없는 장소에서 저지른 범죄, 세상에서 완전히 잊힌 범죄, 실제사건으로는 결코 환원될 수 없는 범죄, 그래서 우리가 하여간에 진짜로 책임지지 않아도 되는 범죄이다. 이런 범죄는 신학자들에게 원죄原罪로 알려진 것을 아주 많이 닮았다.

심리분석자의 상담실은 수많은 의미에서 허구의 일종이다. 왜냐면 첫째, 그곳에서 진술되는 담론의 내용은 언제나 형식과 설득력을 겸비하는 기호로써 표현되어야 파악될 수 있기 때문이다. 둘째, 그곳에서는 진실이 직설적 지시언행의 문제일 가능성보다도, 인위적으로 조직된 더 광범한 상황맥락(심리분석현장자체) — 특유의 내부동력을 타고나는 상황맥락 — 안에서 실행되는 진술의 기능의 문제일 가능성이 너 높기 때문이나.

현실생활의 사건들과 감정들은 시詩에나 소설에 등장하듯이 심리분석현장에도 등장한다. 그러나 문학 텍스트와 마찬가지로 일상세계도 이런 심리극장

95 【Joan of Árc(Jeanne d'Arc, 1412~1431): 프랑스에서는 국민영웅으로 추앙되는 로마가톨릭교의 성녀.】

96 【(Royal) Tunbridge Wells: 잉글랜드 남동부 켄트Kent 주州의 휴양도시.】

97 【예컨대, 자신의 자녀 5명을 모조리 죽였다는 피분석자의 진술.】

心理劇場에 등장하면서 "탈실용화"되고, 일상세계에서 중시되던 인물들과 사건들은 익숙한 자체기능들을 떨쳐버리고 또 다른 영역인 상징세계象徵世界로 일제히 승진한다. 그렇게 상징세계로 승진한 인물들과 사건들은 무의식의 빛을 받으면 신성하게 보일 수 있다. 심리분석무대에 그런 인물들과 사건들이 등장하려면 오직 그 무대를 지배하는 내부논리의 요구들에 부응하여, 때로는 전혀 인식되지 않을 정도로, 변해야만 한다. 그런 인물들과 사건들은 심리분석무대의 자립자활기획自立自活企劃에 부역하도록 이용된다. 그래서 그것들은 문학허구가 취재하여 자체의 엄격한 요건들에 맞춰 가공하는 전쟁들, 크로케[98] 같은 경기들, 불륜사건들과도 아주 흡사하다. 심리분석현장에서 외부세계는 의도적으로 배제된다. 왜냐면 심리분석자가 상담을 마치고 피분석자의 아파트에 잠깐 들러 한담이라도 나눠봐야겠다고는, 아니면, 헌혈자에게 제공하는 다과茶菓를 피분석자에게도 제공해야겠다고는, 꿈에도 생각하지 않을 것이기 때문이다. 시종일관 눈에 띄지도 않고 거의 한마디도 하지 않는 어떤 사람과, 더구나, 한창 고백을 쏟아내는 피분석자의 말문을 "시간이 다 됐군요!"라는 쌀쌀맞은 한마디로써 단숨에 틀어막아버릴 어떤 사람과 대화하는 상황은 일상생활에서는 거의 발생하지 않는다. 심리분석상담은 예술과 거의 마찬가지로 정교하게 의례화儀禮化 ritualization된다. 예술도 심리분석상담도 그렇게 의례화되는 절차들을 밟아서 일상세계를 벗어난다. 그렇지만 심리분석상담은 허구와도 흡사하다. 왜냐면 허구는 현실과 일정한 간격을 두고 난폭한 자유들을 누릴 수 있는 만큼 경험의 진실들을 폭로할 수 있기 때문이다. 그래서 시詩에서나 연극에서 다뤄지는 현실

---

98 【croquet: 경기자들이 긴 나무망치처럼 생긴 타구봉과 나무공을 이용하여 벌이는 야외구기野外球技의 일종으로 15세기경 프랑스에서 시작되었고 17세기에 잉글랜드로 보급되었다.】

세계와 간접관계 비슷한 것을 맺는 이른바 상담치료도 허구와 흡사하다고 말할 사람도 있을 수 있다.

그런데다가 문학작품이 특별한 교훈담이나 작품주제를 전개하는 대목에서 의미의 더욱 광범한 상황맥락을 표현하듯이, 심리분석현장에서 진행되는 상담도 어떤 의미에서는 언제나 이중성을 띤다. 만약 그런 상담이 두 개인의 대화라면, 그런 대화에서 다뤄지는 정보들의 원천은 심정외상(트라우마), 욕망, 억압 같은 것들을 더 크게 부풀려 과장하면서도 그것들의 출처를 더 모호하게 만드는 서사일 텐데, 프로이트의 이론적 연구의 목표는 바로 그런 서사를 세밀하게 재검토하는 것이다. 피분석자가 말해야 하는 것은, 현실주의적 문학작품이 말해야 하는 것과 마찬가지로, 더없이 독특하되 얼마간 "전형적"이고 비개인적이며 초超개인적인 화제들과도 공명共鳴하는 것이어야 한다. 자신의 막강한 경쟁자 카를 융이 집단무의식 같은 것을 발견했다는 소식을 들은 프로이트는 무의식은 어차피 집단적인 것이라고 빈정대듯이 논평했다.

심리분석(학)이 육체를 텍스트로 간주한다는 사실은 유의미하다. 예컨대, 노이로제를 앓는 육체자체는 육필원고 같은 것으로 변한다. 그런 원고에 기록된 일련의 증후들이나 의미기호들은, 다소 모호한 현대주의적인 작품에 기록된 것들처럼 판독되어야 하는데, 그래야만 그것들이 반쯤 드러내고 반쯤 숨기는 의미들도 폭로될 수 있기 때문이다. 비평은 텍스트를 무엇보다도 특히 물질적 육체로 간주하면서 이런 판독행위에 개입한다. 우리가 이미 살펴봤듯이, 현상학적 사고법은 의미와 물질성을 결코 부드럽게 합일하는 것들로 간주하지 않는데, 심리분석(학)적 사고법도 이런 현상학적 사고법과 거의 동일하다. 육체의 절반가량은 의미에 잠겨있다.[99] 육체는 세계에 내재하는 맹목적 물체에 불과하지도 않지만 징표[100] 같은 것으로 환원될 수도 없다. 폴 리쾨르가 기록하듯이, "육체의 존재양태는 나의 내부에 있는 징표도 아니고 나의 외부에 있는 사물도 아니라 어떻게든 상상될 수 있는 무의식에 부응하는 존재모형이다."[101] 프로이트의 관점에서 본능욕구drive는 심정과 육체의 경계선에 있다. 본능욕구는 심정에 부응하는 육체를 재현하므로 육신과 기호의 첨예한 접점이다. 육체는 우리의 육체적 존재의 심층들에서 언제나 솟아나는 의미심장한 자기설득력이 아니다. 그렇지만 우리는 오직 의미론을 통해서만 그런 설득력을 파악할 수 있다. 그래서 그런 설득력은 오직 발언의미를 통해서만 파악될 수 있는 발언의 설득력을 닮았다.

그렇다면 프로이트의 관점에서 무의식은 의미기호들의 영역인 동시에 설득력들의 경제계經濟界이고 의미론적인 것인 동시에 육체적인 것이다. 폴 리쾨르가 논평하듯이, "우리는 관능적 영역과 의미론적 영역의 접경지대에 영주永住한다."[102] 그러나 이 쌍둥이영역들은 매끈하게 접경하지 못한다. 그래서 비록 욕망이 이런저런 의미들을 부단히 포착하여 다른 사물들 사이에서 기호들을 잔뜩 함유한 포화飽和된 텍스트들 ─ 우리가 꿈들로 지칭하는 텍스트들 ─ 을 발생시키더라도, 그런 욕망자체는 의미심장하지 않다. 욕망을 잠재울 수 있는 유일한 존재인 신神의 희미한 징조를 인간의 열망에서 발견한 아우구스티누스는 욕망을 목적론의 문제로 간주했다. 그러나 프로이트의 관점에서 욕망은 목적론의

---

99 【육체는 의미의 욕조浴槽에서 반신욕半身浴을 한다.】

100 【徵表(representation): '상징표현,' '표상表象,' '표징表徵,' '재현상再現象,' '재현체再現體.'】

101 폴 리쾨르, 『프로이트와 철학Freud and Philosophy』(New Haven and London, 1970), p. 382.

102 폴 리쾨르, 『해석들의 갈등』, p. 66.

문제가 아니다. 심리분석(학)의 관점에서 욕망은 오직 죽음 — 욕망의 핵심에 있는 공허가 희미하게 예시하는 죽음 — 속에서만 잠잠해진다.

그래서 육체는 의미기호들이 쓰이고 기록되는 장소이다. 그러나 육체는 언어와 결코 완벽하게 화합하지 않을 것이므로, 공방전을 벌이는 육체와 언어의 교전지대야말로 욕망을 분출하는 원천이다. 모든 인간육신은 반드시 어떤 의미의 상징질서에 투입되기 마련이다. 그러나 이런 질서는 우리가 일단 겪기만 하면 죽을 때까지 술회할 심정외상 같은 사건으로 판명된다. 프로이트의 관점에서 이런 질서는 반드시 상징적 거세去勢를 요구하는데, 그런 거세는 우리가 인간세계에 진입하려면 물어야 할 가혹한 벌금 같은 것이다. 언어는 공허한 욕망에 우리의 존재를 투입하고 덧없는 속세에 우리를 투척하면서, 상상된 통합성 — 우리가 부단히 갈망하는 통합성 — 을 박살내버린다. 그러면 현실계[103] — '욕망, 징벌하려는 법률, 죽음본능'이 자아의 기괴하리만치 이질적인 핵심을 구성하려고 결집하는 장소 — 는 복숭아의 맛처럼 의미기호의 영향권을 아주 멀리 벗어난다.

심리적 고통을 치료하려고 심리분석자의 상담실로 들어간 여느 피분석자도 완치되어 상담실을 나오지 않는다는 농담 같은 주장도 이따금 제기된다. 왜냐면 피분석자가 상담실로 들어가는 순간과 상담실을 나오는 순간 사이에는 변조작업變造作業이 개입하고, 그런 작업이 연출하는 감정전이의 드라마는 현실생활의 갈등들을 잠정적으로 해소될 수 있게 재변조再變造하기 때문이다. 이런 의미에서 심리분석자가 애써 해결하려는 것은, 정확하게는, 현실세계의 문제가 아니라 허구화된 현실세계의 문제, 그러니까 이미지, 서사, 상징체계, 수사법 같은

---

103 【現實界(the Real): 한국에서 라캉주의자들은 이 용어를 '실재계實在界'로나 '실재'로도 번역한다.】

것들을 이용하는 문제이다. 이렇게 허구화된 문제는 피분석자가 최후에 고백하는 문제들의 개정판 같은 것이다. 그래서 심리분석자의 상담실에 비치된 피분석자용 침대소파는 실제로 병원의 환자용 침대를 가까스로 닮은 것이 분명하다. 심리분석자의 상담실에서 피분석자의 일상생활사는 재조직되고 재해석된다. 그러므로 심리분석과정은 어떤 의미에서는 심리분석용 자료들마저 생산하는 과정인 셈이다. 심리분석은 해결하려는 문제들을 구성하는 작업에 관여한다. 상담실에서 해결되는 문제들은 그곳에서 꽤 많이 양산되는 문제들이다. 그래서 심리분석은 확실히 프레드릭 제임슨의 문학 텍스트 이론을 닮았다. 오스트리아 빈Wien에서 활동한 풍자작가 카를 크라우스Karl Kraus(1874~1936)는 '심리분석(학)은 해결하려는 문제를 재현한다'고 신랄하게 논평했어도 정작 크라우스 자신이야말로 명백한 정통파 프로이트주의자라는 사실을 알았다면 당황했을 것이다.

서브텍스트의 개념은 심리분석이론과 또 다른 관계를 맺는다. 프로이트가 「무의식The Unconscious」이라는 에세이(소논문)에서 지적한 바대로라면, 우리는 자아의 저변에 잠재하는 이런 미지의 영역을 오직 의식적으로 경험해야만 인식할 수 있다. 그러니까 우리는 이런 영역을 우리의 완전히 깨어있는 의식 속에서 환언換言하고 변형해야만 인식할 수 있다는 말이다. 현실에서 에고ego(자아)는 단지 무의식의 노출부분일 따름이다. 그러니까 에고는 "외부"세계를 극복하는 자랑스러운 임무를 할당받은 무의식의 일부분에 불과하다. 그렇지만 해석의 영역에서는 이런 계급체계가 역전된다. 그러면, 예컨대, 의식은 의식을 결정하는 더욱 심층적인 강제력들에 접근하는 형식으로 변한다. 그런 의식이 무의식으로 들어가는 왕도王道는 확실히 아니다. 프로이트가 강조하듯이, 그런 왕도는 바로 꿈이다. 그러나 꿈들은 깨어있는 정신이 해석해야 하는 것들이다. 그래서 우리가 아는 꿈은 프로이트가 재가공再加工(2차 가공)으로 지칭한 과정의 소산이다. 그것은 꿈꾸면서 깨어있는 사람[104]이 실제로 꾸는 일관된 꿈을 합리화하여 더욱 일관된 텍스트로 가공하는 과정이다. 그렇다면 실제로 무의식은 언제나 의식적인 정신이 정교하게 가공하는 서브텍스트이다. 문학작품에 서브텍스트로서 등장하는 역사와 이념과 비슷하게 무의식도 가공되지 않으면 결코 인식될 수 없다. 우리는 오직 에고가 전략적으로 구성해온 형식을 띠는 무의식만 인식할 수 있을 뿐이다.

만약 심리분석현장이 자답自答하려는 문제를 재구성한다면, 그것과 동일한 자문자답구조에 속하는 어떤 것이 노이로제 속에서도 발견될 수 있다. 왜냐면 노이로제는 이원구조二元構造를 가진 상징행위이기 때문이다. 프로이트의 관점에서 노이로제는 문제를 제기하지만 문제에 응답하려는 전략적 시도를 재현하기도 한다. 노이로제 증상에서는 문제의 특징과 응답의 특징이 모두 발견된다. 왜냐면 그런 증상은 욕망을 억압하는 특징을 드러내는 동시에 욕망을 표현하기 때문이다. 그리고 무의식적 욕망의 불가항력은 바로 그런 증상 속에서 검열하는 조자아(슈퍼에고superego)의 냉엄한 반대와 맞닥뜨리기 때문에, 그런 증상은 막다른 골목 내지 난제(아포리아aproia)를 재현한다. 이런 의미에서 노이로제 같은 신경증은 자문자답하는 상황의 일종이다. 신경증의 목표는 욕망과 욕망금지령慾望禁止令의 협상을 타결시키는 것이기 때문에, 신경증은 자체적으로 제시하는 타협조건을 향한 구성적 응답이다. 그래서 신경증은, 프레드릭 제임슨의 관

---

104 【'백일몽을 꾸는 사람' 또는 '자각몽自覺夢을 꾸는 사람.'】

전에서는, 무의식적 소망을 닮은 듯이 보인다. 왜냐면 그의 관점에서 무의식적 소망은 오직 그 소망을 장악하려고 노력하는 우리의 전략적 언행에 의존해야만 우리의 주의력을 붙들 수 있는 서브텍스트처럼 보이기 때문이다.

프로이트의 관점에서 신경증환자는 문제를 장악하려고 문제를 상징적으로 계속 유발하는 사람처럼 보인다. 장악력은, 허구작가들의 장악력과 마찬가지로, 언제까지나 상상된 형식으로만 구현될 수 있는 것이 당연하다. 문제가 현실 생활에서 해결되자마자 신경증도 사라질 것이다. 현실의 갈등들이 해소되자마자 치환되어야 할 필요성이나 상징적으로 해소되어야 할 필요성도 사라진다. 이 경우와 비슷하게, 다소 낙관적인 몇몇 마르크주의자가 주장해온 바대로라면, 역사적 모순들이 성공적으로 해소되자마자 그런 모순들의 상상된 해소책을 의미하는 이념의 필요성도 사라질 것이다. 이런 마르크스주의자들과 마찬가지로 우리도 모든 인간갈등이 일거에 사라지면 문학의 필요성도 사라질 것이라고 예언할 수 있다. 왜냐면 인간갈등은 영원할 수 없기 때문이다. 이런 이유 때문에라도 문예는 필연성에서 덕목을 추출하는 것이라고 이해될 수 있다.

만약 상담하는 피분석자와 심리분석자의 담론이 의미와 설득력의 접점에 위치한다면, 그런 상담에서 다뤄지는 꿈들도 의미와 설득력의 접점에 위치할 것이다. 프로이트의 관점에서 꿈해석은 일종의 심정역학心情力學dynamics과 의미론을 한꺼번에 필수적으로 요구하는 작업이다. 꿈해석자는 꿈의 징표들을 판독해야 하지만 그리하는 동시에 그런 징표들의 왜곡부분들, 누락부분들, 치환부분들에서 벌어지는 무의식적 설득력들의 교전交戰도 알아채야 한다. 이런 무의식적 설득력들은 자신들의 인상을 의미에 각인하지만 억지로 심하게 왜곡하면서

각인한다. 꿈의 경제계經濟界에서 의미는 권력과 타협해야 한다. 왜냐면 검열하는 초자아가 개입하여 꿈의 징표들을 관리하거나 억압하거나 요약하거나 치환하거나 위장하기 때문이다. 이렇게 검열당하는 피분석자의 서사에서는 빈틈들, 누락부분들, 떠듬대는 변명들, 에두르는 핑계들, 널뛰는 비약들이 발생한다. 이런 검열결과들에서 심리분석자는 자신이 파악하려는 무의식작용들의 결정적 실마리들을 발견할 수 있다. 피에르 마슈레 같은 마르크스주의적 비평가는, 심리분석자와 비슷하게, '문학작품이 억지로, 수다스럽게, 반복적으로 설명하지만 완전하게 설명하지 못하는 것'에 유의하면서, 문학작품과 이념의 관계들을 조명하려고 애쓴다.

만약 꿈들이 심정역학과 의미론을 한꺼번에 요구하기 마련이라면, "에너지론"도 해석학도 단독으로는 꿈들을 충분하게 이해할 수 없을 것이 확실하다.[105] 에너지론이 지나치게 기계적인 방법이라면 해석학은 지나치게 관념론적인 방법이다. 우리에게는 이런 방법들을 대신할 수 있는 방법이 필요한데, 그것이 바로 꿈-텍스트를 사건 겸 구조 ― 요컨대, 구조화 ― 로 간주하여 파악하는 분석방법이다. "꿈-작업"은 꿈의 소재들을 발생시키고 요약하며 억압하고 변형하며 치환하고 위장하며 이상화理想化하는 역동적 과정이라고 설명할 당시의 프로이트도 비로 이런 분석방법을 염두에 두었다. 이 모든 꿈-작입은 욕망의 편에서는 불가해하리만치 복잡한 전략처럼 보인다. 꿈은 언행내부구조도 아니듯이 구조도 아니다. 꿈이 애용하는 수법들(이야기꾸미기, 은유적 치환, 환유적 치환, 몽중형상夢中形象의 과잉결정 등)이 작동하면 꿈은 시적詩的 텍스트를 현저하게 닮아간다.

---

105   후기구조주의 ― 질 들뢰즈, 초기의 장-프랑수아 리오타르(Jean-François Lyotard, 1924~1998: 프랑스의 철학자 겸 문학이론가), 미셸 푸코의 견해들 ― 의 일정한 압력은 해석학을 "에너지론"으로 치환하려는 경향을 띤다.

요약, 치환, 위장, 검열, 왜곡. 꿈-작업에 속하는 이 모든 메커니즘은 꿈의 "잠재적 내용latent content"을 운용하는 수많은 전략적 작전들이다. 그리고 이런 작전들을 완수하려는 노력들의 결과가 바로 프로이트가 "의식된 내용manifest content"으로 지칭한 것 또는 꿈-텍스트 자체이다. 이것은 우리가 상기하자마자 자각하는 꿈이라서 구구절절하게 설명할수록 우리의 친구들과 가족들을 지루하게 만드는 것이다. 잠재적 내용과 의식된 내용 사이에는 꿈-작업의 변형작전들이 간섭하기 때문에, '이 두 가지 내용은 일대일 상응관계들을 맺는다'고 단정하는 언행은 오해의 소치일 수 있다. 이 경우와 비슷하게 '허구작품과 현실은 그런 상응관계들을 직접 맺는다'고 추정하는 언행은 순진함의 소치일 수 있다. 그런 오해나 순진한 추정은 허구를 작품으로 간주하기보다는 오히려 거울 같은 것으로 간주하는 언행일 수 있다.

이념비판Ideologiekritik의 역할과 상당히 비슷한 심리분석(학)의 역할은 텍스트-왜곡작전에 함유된 의미를 폭로하는 역할도 아니고 텍스트-왜곡을 권력효과처럼 보이게 폭로하는 역할도 아니듯이 왜곡된 텍스트의 의미를 폭로하는 역할도 아니다. 심리분석(학)은 지극히 드문 종류의 해석학이다. 권력효과들을 열심히 진지하게 연구하는 그런 해석학은 독일의 해석철학자 빌헬름 딜타이Wilhelm Dilthey(1833~1911)나 한스-게오르크 가다머나 에릭 도널드 허쉬의 업적과 거의 무관하다. 재가공되어 생산된 일관되고 연속적인 텍스트의 저변에는 꿈자체의 진실하면서도 혼란스럽고 훼손된 텍스트가 깔려있다. 그런 텍스트는 공백들과 수수께끼들과 초현실적 부조리들을 함유할 뿐 아니라 검열관을 교묘하게 속여서 괘씸한 의미를 밀반입하려는 용의주도한 시도들마저 겸비한다. 이 모든 교활하고 꾀바른 전략적 꼼수들의 목표는 그것들과 똑같이 교활한 욕망의 전략적 술책들을 상대하는 검열관의 편에서는 진부한 목표들 중에도 가장 난처하리만치 진부한 목표이다. 왜냐면 그것은 우리를 평화로운 숙면에 빠뜨려버릴 수 있는 목표이기 때문이다. 그렇지 않다면 우리는 잠자며 꿈꾸다가 심정외상의 핵심을 맞닥뜨려 극심하게 가위눌리다가 소스라쳐 깨어날 수도 있다. 이 경우에도 어쩌면 꿈-텍스트는 이념과 일정한 친화관계를 맺을 것이다. 왜냐면 꿈-텍스트도 이념도 심리적 현실계 또는 정치적 현실계를 마주하는 "불가능한" 언행들을 대신하는 상징적 언행들이기 때문이다.

프로이트의 관점에서 꿈은 위장된 소망실현(소원성취)이므로 현실적 소망과 상상된 실현을 동시에 포함하는 것일 수 있다.[106] 그는 『심리분석 입문강의록』[107] 에서 꿈꾸는 사람이 자신의 무의식적 소망들과 맺는 **관계**를 설명한다. 프로이트의 설명대로라면, 꿈꾸는 사람은 자신의 무의식적 소망들을 불쾌한 것들로 간주하여 억압하거나 거부할 수 있다. 이런 의미에서 소망과 실현의 관계는 문제와 해답의 관계로 대체될 수 있다. 꿈꾸는 사람은 깨어있는 생활에서는 실현하지 못할 금지된 소망을 탐닉한다. 왜냐면 그의 꿈에서 소망은 오직 무의식의 작업을 통해 가공되고 조절되며 위장되고 편집되어야만 합리적으로 문명화된 형식을 띠고 실현될 수 있기 때문이다. 이 경우와 비슷하게, 샬롯 브론테는 『제인 에어』의 첫 단락에서부터 제인 에어의 소망을 단번에 실현시킬 수 없다. 만약 샬롯 브론테가 이 작품의 첫 단락에서 제인 에어의 소망을 실현시켰다면, 이 작

---

106  이 문제를 다루는 논의뿐 아니라 프로이트 사상의 탁월하고 간략한 입문해설은 브리튼의 철학자 리처드 월하임Richard Wollheim(1923~2003)의 저서 『프로이트Freud』(London, 1971) 참조.

107  【『Vorlesungen zur Einführung in die Psychoanalyse』: 프로이트가 1917년에 펴낸 이 저서의 제목은 한국과 일본에서는 『정신분석 입문』으로 번역되어왔다.】

품은 결코 소설이 되지 못했을 것이다. 만약 이 소설이 독자에게 어떤 서사를 제시한다면, 그런 까닭의 일부는 이 소설 속에서 어떤 대상을 바라는 여주인공의 욕망이 반드시 보류되고 굴절되며 변조되고 좌절되어 다른 대상을 바라도록 치환되어야만 사회의 검열을 통과하여 실현될 수 있다는 것이다. 그래서 꿈은, 신경증과 비슷하게도, 협상-타결과정compromise-formation이다. 신경증도 꿈도 금지된 욕망을 충족시키는 치환방법들 내지 상징방법들이다. 왜냐면 금지된 욕망은 철저하게 부정되면 과잉불안에 휩싸일 수 있기 때문이다. 꿈도 신경증도 무의식의 세력들에게 출구를 마련해주는 동시에 그것들을 다스리고 억제하려는 전략들이다.

만약 꿈도 신경증도 애써 장악하려는 문제들을 유발하는 일종의 순환회로구조를 표현한다면, 프로이트의 관점에서는 법률과 욕망의 관계도 그런 순환회로구조를 표현하는 듯이 보인다. 법률이나 초자아의 엄혹한 명령들은 우리에게 금기를 상기시키면서도 부정하는 욕망들을 유발하는 경향을 드러낼 뿐 아니라, 그리하여 비이성적 징벌권력을 행사하려는 법률에게 억압대상 같은 것을 제공하는 경향마저 드러낸다. 그러나 여기서는, 지독히 불행하게도, 우리가 자문자답구조를 만날 확률보다는 오히려 문제연발구조[108]를 마주칠 확률이 더 높다. 왜냐면 법률(우리를 지독한 불행에 빠뜨린 원흉)이 유발하는 욕망도 불행의 원흉이기 때문이고, 이런 욕망은 법률을 자극하여 이제는 아예 불문곡직하고 광분하는 징벌권력을 더 혹독하게 행사하도록 만들기 때문이다. 우리는, 심지어 더 참담하게 불행해야 한다는 듯이, 법률마저 바라면서 우리의 죄악을 속죄할 수 있도록 우리를 징벌해달라고 법률에게 갈망한다. 그러나 이렇게 징벌당하는 마조

---

108 【問題連發構造(problem-and-problem structure): 문제가 문제를 유발하는 구조.】

히즘의 희열은 죄의식을 오히려 더 심화하고, 그런 죄의식에 사로잡힌 우리는 법률이 우리에게 부과하는 징벌을 더욱 달갑게 받아들인다. 이런 개념에 우리가 의존한다면 질문과 응답의 진보적 발전과정 속에서 살아가기보다는 오히려 불행의 한 원흉에서 헤어나려고 발버둥치는 우리를 다른 원흉으로 흡인할 뿐인 늪 같은 변증법 속에서 살아갈 것이다.

우리가 이미 살펴봤듯이, 꿈이 아닌 것들은 현실계를 맞닥뜨리는 공포심을 완화하지 못하지만, 꿈은 그런 공포심을 완화할 수 있다. 예술의 목표도 바로 그런 공포심을 완화하는 것이다. 프로이트의 관점에서 예술은 대리만족형식이나 소망실현형식이지 적당하게 비非신경증적인 형식 — 우리로 하여금 부끄러워하지도 자책하지도 않으면서 우리의 환상들을 탐닉할 수 있게 하여 초자아의 사디즘적인 광분을 회피할 수 있게 하는 형식 — 이 아니다. 예술은 우리의 위법적 환상들을 사회적으로 용납될 만한 것들로 교정하여 욕망과 필연성의 협상을 타결시키고 쾌락원칙과 현실원칙의 협상을 타결시킨다. 몇몇 심리분석(학)적 비평가의 관점에서 예술은 현실원칙의 현명한 지배를 받는 쾌락원칙을 예시한다. 문학형식으로 위장한 에고(자아)에 비견되는 그런 예술은 다른 경우에는 건잡지 못할 욕망에 개입하여 욕망을 조절한다. 이런 관점과 아주 흡사한 몇몇 마르크스주의적 비평가의 관점에서는 형식이 이념을 새롭게 인식할 수 있는 지점에 도달할 때까지, 그리하여 도전을 용납할 수 있는 지점에 도달할 때까지, 이념에서 멀어지는 듯이 보이는데, 그런 지점에서 문학작품은 무의식의 환상들 — 숭고하리만치 경악스러운 무형의 환상들 — 을 객관화하고 명백한 형태를 갖춘 이미지들로 변환하는 것으로 간주될 수 있다. 갈등들은 이런 식으로 객관화되자마자 직시直視될 수 있고, 그것들이 상기하는 고통들은 되새겨질 수 있다.[109] 그래서 형식은 지배형식처럼 작동할 뿐 아니라 심리적 방어형식처럼 작동하기도 한다. 형식은 우리의 환상을 탐닉하는 데 열중하는 죄의식을 완화할 뿐 아니라 사물들을 통합하려는 다소 유치한 욕구마저 충족시킨다. 요컨대, 예술은 치료법의 일종이되 오히려 심리분석보다 훨씬 더 저렴한 치료법이다. 그래서 허구라는 낱말은 '인간의 환상들을 사회적으로 용납될 수 있는 형태로 가공하여 충족시키는 언행'에 부합한다고 덧붙여 말할 사람도 있을 수 있다.

이런 심리분석(학)적 비평의 모든 양상이 암시하면서 증명할 수도 있는 사실이 있다. 그것은 심리분석(학)적 비평이 형식과 내용 — 에고와 무의식과 대략적 상호관계를 맺는 두 사항 — 을 단순하게 구분하는 이분법을 포함할 수밖에 없다는 사실이다. 이런 비평의 관점에서 형식은 명령하며 통합하는 것이다. 형식을 이렇게 바라보는 관점이 고전적 예술작품에 부합할 가능성은 (후기)현대주의적인 예술작품에 부합할 가능성보다 더 높다. 더구나 저속한 마르크스주의적 비평이 형식을 이념의 핵심적 매개자체媒介自體로 간주하여 파악하지 못하듯이, 이론으로 자처하는 이런 심리분석(학)적 비평은 형식이 환상의 위험한 과잉부분들로부터 에고를 방어하는 언행에 공모共謀할 수 있을 뿐만 아니라 환상을 구성하는 언행에도 공모할 수 있다는 사실을 인식하지 못한다.

형식을 욕망의 매개자체로 간주하는 더욱 정교한 접근법은 미국의 비교문학자 피터 브룩스Peter Brooks(1938~)의 '서사의 본성을 가늠하는 심리분석(학)적 고찰들'에서 발견될 수 있다. 브룩스가『줄거리를 찾는 읽기Reading for the Polt』라는 저

---

109 사이먼 레서Simon O. Lesser, 『허구와 무의식Fiction and the Unconscious』(London, 1960), pp. 151-2 참조. 노먼 홀런드Norman N. Holland, 『문학적 반응의 동역학The Dynamics of Literary Response』(New York 1968) 참조.

서에서 논평하는 바대로라면, 줄거리는 "어쩌면 활동으로서, 구조를 만드는 작전으로서 가장 선연하게 인식될 것이므로," 결국 전략일 수 있다.[110] 읽기는 무의식에서 생겨난 "의미를 바라는 열망"을 노출시킨다. 브룩스가 쓰듯이, "서사들은 인간욕망의 형식인 서사본능을 폭로한다. 왜냐면 서사욕구는 청취자를 유혹하려고 애쓰고, 청취자를 복종시키려고 애쓰며, 자체의 본명을 결코 시원하게 발설하지는 못해도 — 본색을 결코 선연하게 드러내지는 못해도 — 자체의 본명을 향해 접근하는 자체의 운동을 거듭거듭 집요하게 발설하는 욕망의 공격에 청취자를 연루시키려고 애쓰는 원초적 인간본능과 같기 때문이다."[111] 더구나 일반적인 에로스Eros가 이왕이면 더 거대하고 복잡한 단체들(가족들, 도시들, 국가들)을 수립하려고 애쓰듯이, 서사의 독자도 의미들을 이왕이면 더 거대한 통합체들로 구성하려고 애쓴다. 서사욕망은 통합욕망이고, (그것은 오직 서사가 종언되어야만 잠잠해질 것이므로) 다른 무엇보다도 특히 종언을 **바라는**for 욕망이다.

그러나 이런 서사욕망은 서사를 타나토스Thanatos 또는 죽음본능에 결부시키는 만큼이나 에로스에도 결부시킨다. 왜냐면 타나토스도 에로스와 비슷하게 자기희열감에 휩싸인 종언을 열렬하게 추구하기 때문이다. 서사의 내부에서 종언을 바라는 이 열망은 브룩스의 견해에서 발견될 수 있다. 그의 견대로라면, 이 열망은 반복적으로 연발하는 것, 자체순환회로를 줄기차게 맴도는 것, 불안하고 영원한 자체운동에 강박된 것이다. 그래서 타나토스는 시간을 정지시키려 애쓰고, 에로스의 무자비한 공세를 물리치려고 애쓰며, 에고의 괴로운 탄생여건보다 더 원시적이고 전역사적前歷史的인 여건으로 퇴행하려고 애쓴다. 그렇지

---

110  피터 브룩스, 『줄거리를 찾는 읽기』(Oxford, 1984), p. 37.

111  앞 책, p. 61.

만 이토록 강박적인 텍스트의 반복성향들 — 우리가 탐지할 수 있는 악마적이고 기괴한 존재를 내포한 이런 차이들-내부-동일성sameness-in-differences — 은 강박적 반복성향을 띠지 않는 텍스트의 산만한 에너지들을 "결집"하려고 진력할 뿐만 아니라 그런 에너지들을 습득하여 때맞춰 유쾌하게 해방할 수 있도록 조율하기도 한다. 이런 의미에서 타나토스는 어차피 에로스의 도움을 받아들일 수밖에 없다. 그리고 욕망이 자기소멸自己燒滅을 열망한다는 의미에서도 타나토스는 에로스의 도움을 받아들일 수밖에 없다. 그러나 (욕망의 자기소멸은 타나토스마저 소멸시킬 것이므로) 타나토스는 에로스의 도움을 거부하면서도 바라는 것이다. 타나토스는 종언되기 마련인 자체순환회로를 반드시 찾아내야 하므로 서사에 등장하면 다양한 반복언행들과 탈선언행들을 이용하여 자기실현을 지연시킨다. 줄거리라는 명칭을 얻는 그런 탈선이나 일탈은 결말의 정적靜寂 속에서 실현될 욕망의 궁극적 해방을 지연시킨다. 이렇듯 자신들의 기원과 종말 사이에서 길을 잃고 방황하는 불행한 영혼들의 존재가, 비非문학적 표현으로써 환언되면, 프로이트에게는 인간존재[112]로 알려지는 것이다.

케네스 버크는 다음과 같이 질문한다. "꿈은 도덕주의적 검열관의 금지령들을 모면하려고 의도하여 고안한 문체의 둔사[113]들로 표현된다는 프로이트의 꿈 개념보다 더 막심하게 수사학적인 개념이 과연 존재할 수 있을까?"[114] 여기서 버크는 수사학을 정치적 언행으로 간주하는 만큼 심리분석(학)을 정치적 관점에서도 바라본다. 그런 수사학이나 심리분석(학)은 급진적 정치학을 닮아서 그런

---

112 【human existence: 이 표현은 '인간생존'으로나 '인간실존'으로도 번역될 수 있다.】

113 【遁辭(subterfuge): '관계은폐용 수식어' 또는 '책임회피용 수식어.'】

114 케네스 버크, 『행위원인들의 수사학』, p. 37.

지 다음과 같이 질문한다. 우리는 왜 우리의 소망을 실현할 기회를 박탈당하는 가? 우리는 왜 오직 법률의 자기소외조항自己疏外條項들에 기대야만 그런 기회를 부여받을 수 있는가? 만약 어떤 심리적 억압세력이 의미를 곡해하는 장소가 심정(프시케)이라면, 그런 심정은 이념이고, 그런 이념은 권력이 담론을 강하게 압박하여 심하게 왜곡하는 심리적 통점痛點 같은 장소이다. 문학적인 것은 교묘한 조작을 일삼는 일원론적 이념에 속박된 언어의 풍부한 모호성을 구출하려고 언제나 애써온 만큼 때때로 그런 이념의 해악을 교정하는 수단 같은 것으로 간주되어왔다. 문학적인 것을 이렇게 간주하는 견해는 확실히 순진한 것이다. 그러나 이런 견해는 이념자체를 워낙 심하게 축소하여 바라보는 관점마저 포함하기 마련이라서 이념의 목적들을 달성하는 데 필요한 모호성, 불확정성, 다가성多價性 같은 수단들을 원활하게 동원할 수 있다.[115]

심리분석(학)과 정치적 비평은 모두 '우리가 철저하게 복종하면서 — 그러니까 지배세력들의 수중에 우리를 던져버리겠다고 위협하는 원초적 마조히즘에서 — 다소 음탕한 쾌감을 느끼는 사연'을 연구하려는 분야들이기도 하다. 모든 지배세력이 쉽게 이용할 수 있는 지배수단을 가장 안전하게 확보하는 방법은 그들이 지배하는 시민들을 설득하여 그 시민들의 자해과정[116]을 향락하도록 만드는 것이다. 정치적 비평계에서 이 방법은 패권覇權(헤세모니hegemony)으로 인식된다. 심리분석(학)계에서 이 방법은 법률을 내면화하는 언행으로 인식된다. 다행스럽게도, 이 두 방법의 실행절차들은 모두 위험요소를 잔뜩 포함하기 때문에 오직 부분적으로만 성공할 수 있을 따름이다. 만약 법률을 욕구하는 충동이

---

115  테리 이글턴, 『이념: 입문』, pp. 60-1 참조.

116  【自害過程(the process of self-violation): '자기침해과정自己侵害過程' 또는 '자기모독과정自己冒瀆過程.'】

우리의 내면에 존재한다면, 법률의 실추를 유쾌하게 향락하려는 충동도 우리의 내면에 존재할 것이다. 비극이 법률욕구충동에 걸맞은 이름이라면 희극은 법률의 실추를 유쾌하게 향락하려는 충동에 걸맞은 이름이다.

그렇다면, 정치적 비평이란 무엇인가?「이념형식으로 간주되는 문학On Literature as an Ideological Form」이라는 에세이에서 프랑스 철학자 에티엔 발리바르Etienne Balibar(1942~)와 피에르 마슈레는 전통적 마르크스주의의 관점에서 문학작품들을 상징언행들 — 현실모순들의 상상된 혁명들 — 로 간주하여 설명하면서도 여타 관점에서는 평범하게 보일 이런 개념을 이론적으로 왜곡하는 설명을 덧붙인다. 그들이 단언하는 바대로라면, "이런 이념적 주장들은 '문학적으로' 실현되기 '전부터' 존재했고 여태껏 오직 문학 텍스트의 물질성(구체성) 속에서만 유형화될 수 있었기 때문에, 이 주장들의 원초적이고 '적나라한' 담론을 텍스트들 속에서 찾으려는 노력은 무의미할 것이다. 그러니까 이 주장들은 오직 이 주장들의 상상된 혁명을 가능하게 만드는 형식을 띠어야만, 혹은 훨씬 더 유리한 여건을 만나면 종교, 정치, 도덕, 미학, 심리학의 이념적 관행 속에서 해소될 수 있는 상상된 모순들로 이 주장들을 치환하는 형식을 띠어야만 분명히 드러날 수 있다."[117] 이런 단언과 프레드릭 제임슨의 이론모형이 유사하다는 사실은 여기서 다시금 분명해진다. 텍스트에서 다뤄지는 모순들은, 이를테면, 가공되지 않고 노골적으로 드러나기보다는 오히려 그런 모순들의 잠재적 해법의 형식을 띠고 드러나거나 치환되어 위장된 형식을 띠고 드러난다. 그래서 그런 문제들은 오직 "문학 텍스트의 물질성 속에서 유형화되어야"만 — 그런 문제들을 가공하여

---

117 에티엔 발리바르 & 피에르 마슈레, 「이념형식으로 간주되는 문학」, 로버트 영Robert Young (편찬), 『텍스트 해방하기Untying the Text』(London, 1981), p. 88.

서브텍스트에 삽입하는 텍스트의 형식을 부여받아야만, 그러니까, 텍스트의 작용들을 받는 대상이기도 한 서브텍스트에 그런 문제들을 삽입하는 텍스트의 형식을 부여받아야만 — 운위되고 설명될 수 있다.

여기서 내가 거듭 말하건대, 문학작품은 일종의 자문자답으로서 파악된다. 문학이론을 자처하는 아주 많은 다른 분야의 관점들에서도 그렇듯이 정치적 비평의 관점에서도 문학작품은 전략의 일종으로 보인다. 그래도 문학작품은, 전투적 사회운동과 다르게, 외부세계에 말을 거는 만큼 자기조형언행이 될 수 있다. 문학작품은 자체의 내용으로 변조하려는 것을 흡수하고 소화하면서 자체와 맺는 관계를 정립하는 식으로 현실과 맺는 관계를 구성한다. 그러면 해묵은 딜레마 — 예술은 자치언행自治言行이냐 지시언행指示言行이냐? — 는 마침내 새로운 각도에서 조명된다.

이 가설은 여러 가지 난제를 유발한다. 고대 로마의 시인 카툴루스Catullus(서기전84~서기전54)의 작품부터 남아프리카공화국의 작가 존 맥스웰 쿠트시John Maxwell Coetzee(1940~)의 작품에 이르는 모든 문학작품이 문제해결수단들일까? 셰익스피어가 자신은 정교한 기호학자라고 자각했느냐는 문제가 중요하지 않듯이, 카툴루스가 아니면 쿠트시가 자신의 집필행위를 어떻게 이해했느냐는 문제도, 당연히, 중요하지 않다. 지금 우리가 다루는 것은 집필기법들의 집합이지 작가의도가 아니다. 그래도 이 가설을 제시하는 이론은 다른 여느 이론과 마찬가지로 나름의 한계들을 지닌다. 모든 문학작품이 나름의 형편대로 갈등들을 해결하는 통치이념의 시녀들일까? 그렇다고 상상하는 사람은 문학작품들을 너무나 부정적인 것들로 인식하는 사람이다. 예술작품은, 비록 탄압형식들과 어떻게든 은밀히 결탁할 수 있을지라도, 인간관행을 예시하는 만큼 행복한 생활 방식을 예시하는 것이기도 하다. 이런 의미에서 정치적 비평은 의심해석학뿐만 아니라 더 많은 것도 포함해야 한다. 정치적 비평은 윌리엄 블레이크가 상상한 훌륭한 삶의 이미지를 명심해야 한다. 그것은 바로 "예술들, 그리고 그것들이 공유하는 모든 것"의 이미지이다.

지배세력에 저항하는 예술작품은 어떤가? 불협화음과 모순을 배척하기보다는 오히려 자랑하면서 종언의 유혹들을 피하는 현대주의적인 텍스트들이나 후기현대주의적인 텍스트들은 어떤가? 여기서 우리가 다루는 문제는 그런 작품들에서 형식의 통일성이 포함하는 자기분열적인 내용이 아니다. 문제는 오히려 작품자체의 구조와 언어에 침투하고 작품을 분해하여 파편들로 만들어버릴뿐더러 심지어 그런 파편들마저 서로 대립할 만큼 충분히 결정화되지도 못하도록 아예 해체해버리는 그런 (불협화음이나 모순이나 유혹들 같은) 갈등들의 문제이다. 토머스 스턴스 엘리엇의 『황무지』같은 작품은 신화에 내재된 죽음-부활의 순환 과정들을 상기시키는 재치를 발휘하여 현대성의 몇몇 문제를 해결하려고 애쓴다. 그러나 시詩의 파편화된 수많은 이미지 조각들을 일관된 의도대로 통합하려는 이런 구심력을 지닌 서브텍스트는 시의 파편화된 표면에서 작동하는 원심력에 대항하여 지난하게 싸워야 한다.

그렇더라도 전략개념은 발리바르와 마슈레의 전략개념으로는 완벽하게 설명되지 않는다. 전략개념은 행복한 결말로 끝나는 동화 같은 작품들에만 얽매이지 않아도 된다. 전략개념은 몇몇 갈등이 해결될 수 있는 사연의 문제일 뿐만 아니라 그런 갈등들이 미해결된 채로 풍요롭게 남을 수 있거나 일괄적으로 다뤄질 수 있는 사연의 문제이기도 하다. 전략개념은 한편으로는 예술작품을 바라보는 지나치게 통합적인 관점을 피하면서도 다른 한편으로는 '예술작품의 각별한 특징이 **바로 이** 텍스트의 특징이다'는 진술을 납득되게 만들 수 있는 예술작품에 필요한 정체성을 충분히 부여한다. 이런 사실이 바로 전략개념의 한 가지 장점을 내포한다. 전략들은 서로 느슨하게 접속하는 작업들이고, 내부적으로 변별되는 작업들이며, 일반적 목적들의 집합에서 추진력을 공급받지만 반<sub>半</sub>자치적 부수작업들을 포함하는데, 그런 부수작업들 사이에는 허구들과 갈등들이 있을 수 있다. 만약 전략들이 나름의 복잡한 논리를 보유한다면, 그런 논리는 단일한 정보전달의도로 환원될 수도 없고 어떤 구조의 불명확한 기능으로 환원될 수도 없을 것이다. 이런 의미에서, 의식意識에 집중하는 현상학도 구조주의적 객관주의도 전략들을 충분히 설명하지 못한다.

전략들은 목적달성용purposive 기획들이지만 단일한 주체의 의도적 발언들은 아니다. 이 진술의 비문학적 증례는 이탈리아의 마르크스주의이론가 안토니오 그람시Antonio Gramsci(1891~1937)가 패권(헤게모니)으로 지칭한 권력의 일종인데, 이런 권력은 일정한 목적들을 달성하려고 하지만 (지배계급 같은) 단일한 주체의 언행으로 간주되어 파악될 수는 없다. 전략들은 대상들도 아닐뿐더러 중앙집권적 언행들도 아니다. 만약 전략들이 철저하게 세속적인 작업들이라면, 전략들이 현실을 "반영"하거나 현실에 "부합"하기 때문에 그렇지 않고, 여기서 내가 비트겐슈타인의 문법을 차용하여 말하건대, 전략들이 일정하게 규정된 수법들을 전개하여 현실을 의미심장한 형식에 부합하도록 조직하기 때문에 그렇다.

전략개념은 문학이론의 다양한 형식들을 접속시키는 유사점들을 발견할 수 있는 기회마저 우리에게 부여한다. 그리고 그런 접속관계들을 모색하는 작업은 철학의 편에서는 언제나 흡족한 작업이다. 비록 프로이트는 이 작업이 편집광증paranoia의 소치로 보인다고 언젠가 진술했지만, 이 작업은 그런 편집광증을 거의 조금도 닮지 않았다.

# 번역자 후기

## 1

이 책에서 테리 이글턴은 유럽 대륙계 문학이론들과 앵글로색슨계 문학철학들의 성과와 한계들을 비판적으로 재검토하며, 문학 및 문학작품의 개념을 재정비하고, 허구의 아이러니한 자치성을 조명한다. 이 작업들은 문학 및 문학작품을 "구조화하는 전략"으로 간주하여 읽고 비평하려는 그의 "전략적" 문학이론에 이바지한다. 이 참신한 문학이론은 그가 서구의 형식주의이론, 발언행위이론, 기호학, 현상학, 수용미학, 심리분석(학), 구조주의, 후기구조주의, 해체비평, 사건이론 등에서 발탁한 이론적 도구들과 비트겐슈타인의 가족유사이론모형("중첩하고 교차하는 유사점들의 복잡한 연결망")을 효과적으로 응용하여 얻어내는 성과이다.[1]

이런 성과는 이글턴이 30년 전에 펴낸 저서 『문학이론입문』에서 전개한 "급진적" 문학이론을 약간 재정비한 결과이기도 하다. 그때 이글턴은 본질주의에 강박된 실재론(현실주의)을 거부하고 명목론을 옹호하며 "문학의 '본질' 같은 것은

---

[1] 여기서 번역자가 큰따옴표(" ")만 붙이고 각주를 곁들이지 않은 낱말들, 문구들, 문장들은 이 책(『문학 이벤트』)의 본문에서 발췌한 것들이다.

아예 없다"[2]고 주장했다. 그러나 실재론과 명목론마저 재검토한 그는 이제 "이런 견해를 아직도 옹호하고 싶지만, 30년 전의 나보다 지금의 내가 명목론은 본질주의의 유일한 대안이 아니라는 사실을 더 선연하게 인식한다"고 피력한다.

물론 이런 변화는 그가 문학의 본질과 개념을 명확하게 정의할 수 있다고 생각한다는 사실을 의미하지 않는다. 그는 여전히 문학의 개념을 확정해줄 단일하고 독보적인 특징도 그런 특징들의 집합도 없다고 생각한다. 다만 그는 "문학작품들에서 가족유사점들"을 분간할 수 있고, 일반적인 서구인들의 문학관文學觀을 대변하는 문학의 "경험요인들 각각을 허구적 요인, 도덕적 요인, 언어(학)적 요인, 비非실용적 요인, 규범적 요인으로 지칭할 수 있"으며, "특수한 저작물 하나에 결합되는 이런 경험적 특징들이 많아질수록 우리의 문화에 속한 사람이 그 저작물을 문학으로 지칭할 가능성은 더 높아진다"고 보는 견해를 제시할 따름이다.

그러니까 이글턴은 분야(장르)를 막론한 여느 저작물이든 허구성, 도덕성, 비유표현성, 비실용성, 규범성(고귀성)으로 요약될 수 있는 다섯 가지 특징을 전부 혹은 몇몇만 혹은 하나만 함유하면 문학(작품)일 수 있다고 주장하지도 단정하지도 않는다. 그는 문학작품들로 지칭되는 저작물들은 가족유사점 같은 것을 공유할 수는 있지만 단일하고 확정된 본성도 공통본성들의 단일하고 확정된 집합도 공유하지는 않는다고 볼 따름이다. 이런 의미에서 "비록 테리 이글턴의 문학론이 지녔던 혁명성은 다소 감소했을 수 있어도, 그는 문학을 창작하고 읽으며 비평하려는 상호연계된 노력들의 급진주의를 일정하게 계속 보존하기를 소

---

2  테리 이글턴, 『문학이론입문』(2nd ed.: The University of Minnesota Press, 1996), p. 8.

망한다.'[3] 그래서인지 그는 문학의 다섯 가지 특징이 "인간의 생각대로 너무나 쉽게 해체될 수 있다는 사실"을 증명하고 "장년기 이전에는 문학의 본성을 급진적 관점에서 이해하던 내가 장년기를 지나면서부터 그런 관점을 결국 포기해버렸다'는 결론을 열망하여 도출하려는 논평자들의 작업을 중지"시키는 동시에 이 특징들이 "문학의 개념을 우리에게 정의해주지 못하는 경위를 해명하"고자 한다.

## 2

그런데 이런 경위를 해명하는 과정은 문학의 개념정의를 포기하는 과정이 아니다. 그것은 오히려 문학의 개념을 재정비하여 문학의 외연을 확장하고 문학의 의미를 풍성하게 만들며 문학의 가치를 재평가하는 과정일 뿐만 아니라 특히 "문학과 동어의도 아니"고 문학을 독점하지도 못하며 "문학에만 국한되지도 않는" 허구의 문학적 중요성을 부각하는 과정이기도 하다. 이글턴은 이 책의 제4장 전체를 허구의 본성을 고찰하는 데 할애하면서 문학의 도덕성, 비유표현성, 비실용성, 규범성(고귀성)을 "동일한 목적에 이바지하"게 만드는 허구의 특성도 제시한다. 이것은 곧 그도 문학의 구성특징들을 대표할 만한 허구의 중요성과 위력을 인정한다는 사실을 의미한다.

허구는 사전적辭典的으로도 "사실에 없는 일을 사실처럼 꾸며 만드는 언행이나 그런 과정, 실재하지 않는 사건을 소설이나 희곡 따위에서 작가의 상상력으로 재창조한 언행이나 이야기"[4], "조형하거나 모방하는 언행이나 그런 언행의 소

---

3   스튜어트 켈리Stuart Kelly(스코틀랜드의 작가 겸 비평가), 〈서평Review〉, 《가디언The Gaurdian》(2012년 4월 8일).
4   국립국어원, 『표준국어대전』 참조.

산, 꾸며내기, 속이기, 위장하기, 시늉하기, 존재들이나 사건들이나 사물상태들을 상상하여 꾸며내거나 창작하는 언행"[5]이라고 정의되는 만큼이나 상상력을 요구하든지 아니면 적어도 상상력과 협동하기 마련이다. 그래서 허구는 문학작품에 "마술적 특성 내지 유토피아적 특성"마저 부여할 수 있을 뿐 아니라 문학작품을 "언어와 현실을 화해시키는" 중재자로 보이게 만들 수도 있다. 그러니까 허구는 문학의 필요충분조건은 아니더라도 필요조건이 분명하다. 왜냐면, 이글턴도 예시하듯이, 심지어 비非허구(논픽션)들도 세월의 압력을 받아서, 혹은 읽히거나 감상되거나 해석되는 과정에서, 허구화되면 문학작품들로 인식되고 인정받을 수 있기 때문이다.

　허구화는 상상력의 작동을 요구한다. 그러나 인간의 상상력은 무無에서 유有를 창조하는 능력이 결코 아니다. 그래서 허구화는 이성이 적어도 '비허구들'과 '비허구화非虛構化된 허구들'마저 포함하는 현실에서 기본재료(사실)들을 매수하거나 인수하여 상상력에게 가공 또는 재가공을 부탁하거나 하청하는 협업일 수밖에 없다. 이것은 허구가 비허구나 사실의 원산지인 현실과, 적어도, "느슨한 접속관계"를 맺어야 한다는 사실을 의미한다. 왜냐면 허구는 상상력뿐만 아니라 현실과도, 비록 절대불가분하지는 않을지언정, 느슨한 접속관계 정도는 맺어야만, 아니, 오히려 반드시 그런 관계를 맺어야만, 유효하게 작동할 수 있기 때문이다. 이글턴이 "허구와 시어詩語의 유사점"으로 간주하는 그런 관계는 이른바 문예작품과 현실의 괴리, 허구와 현실의 불화, 허구의 현실성, 허구의 부작용(예컨대, 문화검열이나 모방행동이나 군중행동) 같은 문제들을 조명할 수 있는 광원光源의 심지[心兒]나 필라멘트 같은 것이다.

5　옥스퍼드 대학교,『옥스퍼드 영어사전The Oxford English Dictionary』 참조.

# 3

그렇다면 허구는, 더 구체적으로는, 문예작품의 허구성은, 어떻게 현실과 느슨한 접속관계를 맺을 수 있을까? 그것은 허구가 상상력과 협동하여 몇 가지 고유한 효과 — 이격(소외 혹은 간격 띄우기), 낯설게 만들기(생소화), 구조構造의 사건화事件化, 우연의 필연화必然化 같은 효과 — 를 발휘할 수 있기 때문이다. 허구는 이런 효과들을 발휘하여 현실을 정복하지 않으면서도 "자기조형력"과 "자치권"을 확보할 수 있다. 그렇다면 허구는 왜 현실을 정복하지 않고 자치권만 확보하려고 할까? 그러니까 허구는 왜 현실과 느슨한 접속관계를 유지해야 할까? 이 의문은 허구와 현실의 원초적이고 비밀스러우면서도 워낙 공공연해서 여태껏 자주 논급되지 않았을 어떤 역리관계逆理關係를 겨냥하고 상기시킨다.

허구와 현실의 역리관계는 허구의 타고난 아이러니에서 생겨난다. 이글턴도 인정하듯이, "허구성은 현실성의 본질적 부분이다. 허구의 필수적 독자는 환상에 사로잡힌 상태에서도 환상을 객관적으로 인지하는 독자이다. 그래서 허구는 아이러니한 것이고, 그런 아이러니자체가 우리의 일상경험의 본성을 확대하고 강조하는 것이다." 이런 아이러니를 성립시키는 것은 허구의 자치권이다. 허구는 상상력의 협조를 받아서 현실을 가공해야만 자치권을 확보할 수 있다. 허구에 협조하는 상상력은 현실의 자극을 받으면 더 활발해질 수 있는 허구적 상상력이다. 왜냐면 이글턴이 인용하는 켄덜 월턴의 말마따나 "자신이 상상하는 것은 진실하다고 인식하는 독자의 지식은 자신의 상상들을 더 활발하게 증강할 수 있"기 때문이다. 그래서 이글턴은 "상상력과 현실은 결탁하여 공모할 수는 있지만 견원지간처럼 서로를 적대할 수는 없다"고 주장한다.

그래도 현실은 녹녹하지 않다. 현실은 허구에도 상상력에도 기꺼이 순응하지 않는다. 왜냐면 현실이 오히려 허구와 상상력을 유발하고 조종하며 이용할 수도 있을 뿐더러 이성과 결탁하여 상상력을 지배하고 탄압하며 유린할 수도 있기 때문이다. 그렇다고 허구가 이성과 결탁하여 현실을 정복하고 장악해버리면 오히려 허구의 성립조건이 붕괴할 수 있다. 그래서 허구와 현실은 겉으로는 대립하고 적대하는 듯이 보일 수 있지만 원초적으로나 내밀하게는 공조하고 공모한다. 그렇다면 둘의 역리관계는 적대적 공모관계일 수도 있다. 심지어 현실의 고통과 부자유가 허구의 쾌락과 자유일 수도 있고 현실의 쾌락과 자유가 허구의 고통과 부자유일 수도 있다. 그렇더라도 둘 중 어느 쪽이든 사멸하면 다른 쪽도 사멸할 수밖에 없으므로 둘의 관계는 은밀한 공조관계에만 머물지 않는 적대적 상생관계라는 아이러니한 관계를 도모할 수밖에 없다. 아니, 둘은 오히려 겉보기로는 적대하면서 암암리에 공모해야만 서로를 활성화할 수 있다.

그래서 이성은 상상력과 협동하여 현실을 허구화할 수 있는 기법들이나 형식들을 고안한다. 그런 허구화기법 내지 허구화형식이 "시어와 현실의 느슨한 접속관계" 같은 허구와 현실의 느슨한 접속관계를 유지해준다. 이글턴이 간파하듯이, "허구의 형식들 및 기법들은 현실과 떨어진 간격을 유지하지 않으면 그토록 다양한 방식으로 현실에서 허구의 소재를 뽑아내지 못할 수도 있으니만치 현실에 얽매이지 않는 자치적인 것들이다." 그러므로 "허구는 세계를 단일한 방식으로 묘사하라고 세계가 우리에게 강요하지 않는다는 사실의 증거일 뿐만 아니라 우리가 낡은 방식으로 세계를 묘사할 수 있다고 말하지 말라고 세계가 우리에게 강요하지도 않는다는 사실의 증거이다. 우리가 허구 속에서 세계를 묘사하면서 누릴 수 있는 자유는 실생활 속에서 세계를 묘사하면서 누릴 수 있는 자유보다도 훨씬 더 많다."

그러나 "이 세계의 낭만주의자들이 상상력은 자유분방하다고 강조할지 몰라도 상상력은 결코 자유분방하지 않다. …… 더구나 우리가 허구세계로 진입하면서부터, 우리가 문법을 의식하거나 놀이(게임)에 참가하면서부터도 그렇듯이, 우리가 누리는 생각의 자유와 행위의 자유는 극심하게 줄어든다. 그러면 바깥에서는 임의적인 것들로 보이던 규칙들이 훨씬 더 강압적인 위용을 불쑥 드러낸다. 그러나 심리분석이 다양한 마비성 압박감들에서 우리를 해방시키려고 애쓰듯이…… 허구도 비록 나름의 한계들에 얽매였을지언정 현실을 벗어날 가능성들을 출현시킬 수 있"다. 그렇다면 상상력과 허구도 나름의 규칙들 및 한계들뿐 아니라 자유성 및 초월성마저 겸비한 이중적인 것들이다. 물론 현실도 이중적인 것일 수 있다. 왜냐면 현실은, 예컨대, 주관성과 객관성을 겸비하기 때문이다. 그러니까 "제정신을 가진 모든 정상인은 꿈-사건들의 단순하고 유한한 주관적 현실성과 이른바 현실적 사건들로 통설되는 것들의 객관적 현실성"을 인지하므로 "우리가 실제로 느끼는 모든 감정과 떠올리는 모든 생각은, 그것들을 찬성하거나 반대하는 의견이 타당하든 부당하든 상관없이, 주관적 현실성을 동등하게 보유한다."[6]

그래서 허구는 상상력의 협력에만 단출하게 의존하면 이런 이중적인 현실의 요구에 부응하지 못한다. 현실은 현실자체의 욕망, 충동, 모호성, 비합리성, 우연성, 부조리, 모순을 해소하달라고, 아니면 적어도 납득될 만하게 아니면 재미

---

6  데이빗 조지 리치David George Ritchie(1853~1903: 스코틀랜드 철학자), 『다윈과 헤겔Darwin and Hegel』
   (London, S. Sonnenschein & Co., 1893), p. 78.

있게 혹은 감동적으로 가공하여 표현해달라고 허구에게 요구한다. 왜냐면 현실은 그것들을 유발하고 간직하거나 심화시키면서도 해소하거나 표현해야만 비로소 현실일 수 있지만 그것들을 직접 해소하거나 표현하면 자멸하거나 혼돈에 휩싸일 수 있기 때문이다. 현실은 이런 역리적 난국을 허구의 아이러니에 의존하여 돌파하고자 한다. 이런 현실의 시도는 허구의 아이러니를 예시하는 "시늉"이 "현실"을 상대로 "불화하여 다투지 않아도 된다는 사실"이 "명약관화"한 만큼이나 가능하다. 그래도 허구의 아이러니는 상상력만으로는 실현될 수 없다. 허구는 상상력과 함께 또 다른 어떤 능력을 요구한다. 그런 능력이 이성이 아니라면 과연 무엇일까?

이글턴이 상정하는 허구의 개념 속에서도 이성이 작동하는 듯이 보인다. 허구가 이성을 결여하면 허구작품들을 문예작품들로 인식시킬 수 있는 의도표출언행(공연행위), 연기演技나 시늉, 가식언행, 낯설게 만들기, 우연사건을 필연사건으로 가공하는 서사기법, 갖가지 비유표현법도 설득력을 결여할 수밖에 없다. 더구나 이글턴이 "특히 분석적 이성의 능력들을 의심하는 법을 배우지 못했다"면, 비록 허구와 제한적 상상력을 결합할 따름이더라도, 오히려 그런 상상력의 한계성을 인정하는 만큼 그가 생각하는 허구의 개념 속에서 이성의 영향력은 사라지지 않는다.

## 4

그렇다면 이성의 기원은 무엇일까? 허구와 상상력의 기원이 현실이라면, 이성의 기원도 현실일까? 이 문제의 정답은 물론 여기서 제시될 수 없다. 그래도 가녀린 실마리는 암시될 수 있을 듯하다. 그런 실마리는 헤겔의 『법철학』 서문에 수록되어 유명해진 "이성적인 것이 현실적인 것이고 현실적인 것이 이성적인 것이다"[7]는 명제에 담겨있는 듯이 보인다. 헤겔의 관점에서 "플라톤 사상의 핵심원리이자 독창적 특징"으로 보이는 이 명제는 "플라톤 시대에 진행된 세계적 혁명의 추축"이고 "철학뿐 아니라 모든 평범한 의식意識마저 떠받치는 확신"이다.[8] 그리고 헤겔은 "철학은 관념을 제외하면 현실적인 것은 전혀 없다고 보는 더욱 심오한 견해를 간직한다"[9]고 덧붙인다.

이런 견해를 낳은 것이 헤겔의 이른바 관념변증법이다. 그런데 이 변증법은 또 다른 유명한 변증법을 낳는다. 카를 마르크스는 『자본론Das Kapital』 제2판(1873) 서문에서 이런 헤겔의 변증법을 "물구나무선 변증법"으로 간주하고 그것을 "뒤집어 바로 세웠다"면서 이른바 유물변증법을 내세운다. 그러니까 헤겔의 변증법이 물질을 관념(또는 이념)에 통합하는 이성의 방법이라면 마르크스의 유물변증법은 관념을 물질에 통합하는 이성의 방법인 셈이다. 이런 차이를 제외하면 두 변증법은 모두 대립하는 반대자들을 통합하려는 이성의 방법이다. 그러니까 이성은 변증법을 구사하고, 그런 변증법은, 헤겔과 마르크스의 관점에서는, 그리고 칸트의 관점에서도, 대립자들을 통합하므로, 이성은 통합능력으로 보일 수 있다. 요컨대, 그들의 관점에서는, 이성은 **통합변증법**을 구사해야만 현실적인 것이 될 수 있고 현실은 이성의 통합변증법에 의존해야 이성적인 것

---

7  Was vernünftig ist, das ist wirklich; und was wirklich ist, das ist vernünftig.: 이 문구는 "합리적인 것이 현실적인 것이고 현실적인 것이 합리적인 것이다."로도 번역될 수 있다. 헤겔, 『법철학Grundlinien der Philosophie des Rechts』(Leipzig: Felix Meiner, 1911), p. 14.

8  앞 책.

9  앞 책.

이 될 수 있다. 이런 통합변증법적 이성이 현실성을 획득하는 과정이 이른바 자기실현과정이고, 이 이성이 획득하려는 현실성의 표상들이 바로 소크라테스와 플라톤과 아리스토텔레스의 이데아(실재선實在善), 칸트의 정언명령(정언명법), 헤겔의 절대정신(세계정신), 마르크스의 이른바 "오직 필연왕국에서만 꽃필 수 있는 현실적 자유왕국"[10](공산주의)이다.

그러나 통합변증법적 이성은 어디까지나 대립자들을 양자택일하는 이성이다. 두 대립자 중 어느 하나를 간택하여 자신과 동일시하고 나머지를 반대자들 — 차이들 — 의 총체로 규정하여 어떻게든 자신에게 통합하려는 이 이성의 변증법은 사실상 "정복征服변증법"이라서 절대주의나 전체주의나 제국주의로 치닫다가 현실성을 상실할 수 있다. 그래서 헤겔의 이성이 간택한 동일자에 반대자들을, 즉 차이들을, 부단히 통합하면서 — 사실상 정복하고 병합하면서 — 이른바 "절대정신"이나 "세계정신"을 추구하다가 급기야 "진리는 전체이다"[11]라고 단언하는 순간은 그의 이성이 현실성을 획득하는 순간도 아니고 자기를 실현하는 순간도 아니라 현실성을 상실하는 순간이자 오직 그렇게 단언하는 무의미한 기호만 남는 순간이다. 그렇다고 그의 이성이 이른바 "지양止揚"이나 "부정否定의 부정否定"이나 "비약飛躍" 같은 개념들을 동원하여 양자택일의 허무한 치명적 결과를 모면하고 현실성을 확보하느라 아무리 애써도 그럴수록 현실성을 확보하기는커녕 오히려 그나마 보유하던 미미한 현실성마저 상실해간다.

그래서 통합변증법적 이성이 통합을 실현했다고 선언하는 순간이 바로 현실성을 완전히 상실한 순간이다. 특히 그런 이성은, 아니, 더 정확하게는, 그런 통

---

10  마르크스, 『자본론』 제3권 제7부 제48장 제3절(Chicago: Charles H. Kerr & Company, 1909, p. 954-955).

11  헤겔, 『정신현상학』 p. 81.

합변증법에 강착強着한 이성은, 처음부터 자신과 동일시한 것을 제외한 모든 것을 대립자들 — 반대자들, 차이들, 그러니까 이른바 타자他者들 — 로 간주하고 그것들에 자신을 관철하면서 통합작업을 개시하기 때문에, 그러면서도 자신과 현실을 처음부터 (의식적으로든 무의식적으로든) 동일시하기 때문에, 분열하여 자멸할 운명을 자초하는 이성이다. 이런 자멸을 예감하고 예방하려는 그 이성은 상상력을 어르거나 겁박하여 지양, 부정의 부정, 비약 같은 애매모호한 가상수법들 내지 술책들을 강구하고 약취하지만, 그것들의 효력은 미미하거나 역효과마저 발휘하기도 한다.

이런 통합변증법의 역사적 기원은 바로 소크라테스의 유명한 산파술 내지 변론술 내지 변증술이다. 이른바 삼단논법으로도 요약되는 소크라테스의 변증법은 사실상 반증법反證法이다. 왜냐면 그것은 모든 논리는 예외를 — 정확하게는, 반례反例를 — 내재한다는 비밀스러운 역리에 의존하기 때문이다. 소크라테스는 그런 역리에 의존하여 당대의 소피스트로 통칭되던 모든 낙관적이고 명랑한 논객을 압도할 수 있었다. 그런 역리는 예외적 반례를 발견할 수 있는 상상력을 요구한다.

## 5

여기서 중요한 것은 현실과 마찬가지로 통합변증법적 이성도 자멸하지 않으려고 상상력에게 협조나 하청下請을 요구하거나 강요한다는 사실이다. 그러면 상상력은, 비록 달갑지는 않더라도, 그런 요구에 응하여 발견한 반례들과 함께 부정, 지양, 비약 같은 반례가공수법들까지 이성에 납품하든지 조공한다. 왜냐면 상상력은 비록 흔히 얼핏 꿈처럼 비현실적이고 비이성적인 것으로 착각되곤 하지만, 하물며 꿈조차 현실의 잔재들을 재가공하는 이른바 "꿈-작업"[12]일 수 있듯이, 상상용 원료(반례)를 공급하는 현실의 자멸을 방기할 수도 없을 뿐더러, 특유의 조직력과 조형력을 발휘하는 이성의 요구에 응해야만 비로소 형상화되고 현실화될 수도 있기 때문이다. 이것이 바로 자유분방한 표현을 가장 절절하게 염원하던 낭만주의의 상상력조차 제한된 것일 수밖에 없는 까닭이다.

그러면 통합변증법적 이성은 이제 그런 상상력마저 동일시하여 자신에게 통합하거나 병합하려고 든다. 그럴수록 상상력은 현실에서 더 많은 반례를 수배하여 이성에 납품하든지 착취당하지만 반례의 원천이던 현실은 고갈되어갈 수밖에 없다. 상상력은 비현실화된다. 이성도 현실에 굶주리기 시작한다. 그러니까 통합변증법에 강착強着한 이성은 자신과 현실뿐만 아니라 상상력마저 동일시하는 과잉사업過剩事業을 — 애초부터 불가능해서 불가사의한 역사歷史 내지 역사逆事를 — 완수해야 자신을 실현할 수 있지만, 그럴수록 현실성과 상상력마저 잃어가는 그 이성의 통합충동은 더 과격해지고 과대해지며 과심해지다가 극한으로 치달아 자괴自壞하거나 자멸할 수도 있다.

통합변증법을 고집하면서 상상력의 반례공급능력에 의존하는 이성은 그래서 통합변증법과 반례 중 하나 내지 모두를 변경하거나 개량하는 척하면서 고스란히 간직하려는 간계를 부리기 시작한다. 그것은, 요컨대, 표면적으로는 갈등하고 불화하며 대립하되 이면에서는 공모하고 담합하는 이성의 분신들을 내세우는 — 자기분열과 자기통합을 반복하는 자기악순환회로를 대량생산하는 — 고질적 미장센을 획책하는 간계이다. 그것은 인간역사의 다방면에서, 예컨

---

12 프로이트, 『꿈해석Die Traumdeutung』 제6장 참조.

대, 이른바 선과 악, 주인과 노예, 자본과 노동, 상징과 상품, 권력과 정의正義, 금기와 위반, 현실원칙과 쾌락원칙, 법률과 범죄, 검열과 외설(포르노그래피), 감시와 비행非行, 훈육과 일탈, 이론과 실천, 정통과 이단, 종교와 과학, 유신론과 무신론, 창조론과 진화론 같은 표면대립자들뿐 아니라 심지어 이성자체의 분신들인 이념과 현실마저, 이상理想과 현실마저, 괴리되어 철천지원수들처럼 생사결전을 치르는 듯이 보이도록 연출해왔다.

이 미장센의 극심한 결과들을 예시하는 것들이 바로 소크라테스의 공개변론과 구원(공개자살), 플라톤의 대화록과 이데아, 아리스토텔레스의 메타자연학과 선善, 예수의 산상설교와 십자가, 칸트의 이율배반(초월변증법 내지 선험변증법)과 정언명령, 헤겔의 인정투쟁(관념변증법)과 절대정신, 마르크스의 계급투쟁(유물변증법 내지 역사변증법)과 공산주의 같은 것들이다. 그러니까 통합변증법적 이성의 미장센은 결코 도달하지 못할 곳에 도달하고프고 도무지 실현하지 못할 것을 실현하고파서 상상력과 현실을 자신에게 통합하려는 이성, 그리하여 상상력과 현실의 반례들과 타자들을 자신에게 모조리 통합하고프며 또 그리해야 한다고 확신하는 이성이다. 그런 이성의 통합변증법은 이성에 통합해야 할 것들을 오히려 이성과 괴리시키고 분열시켜서 투쟁시키고 생사결전마저 치르게 만들어야만, 심지어 이성에 통합되어가는 상상력과 현실마저 이성과 괴리시켜서 이성을 거듭 자괴自壞시키고 자멸시켜야만, 비로소 자족自足할 수 있는 듯이 보인다.

## 6

그래서 통합변증법적 이성은 자기분열, 자괴, 자멸마저 불사하는 지독한 역리성逆理性을, 극심한 분열증을, 항성이나 초신성이나 블랙홀 같은 편집광증을 앓다가 임계점 — 예컨대, 블랙홀의 사건지평事件地平 같은 한계점 — 에 다다르면 자괴하고 자멸하면서도 이른바 자기를 실현했다고 자족하는 듯이 단말마를 내지르며 불안하게 잠든다. 모든 것을 통합했다고 자처하되 아무것도 통합하지 못하고, 모든 것을 동일시했으되 오직 이성자체만 동일시하며, 모든 의미를 담고자 하되 아무 의미도 담지 못하는 무의미한 기호들에 불과해지는 언어들! 단언斷言들! 단언單言들! 표어들! 이른바, 색즉시공공즉시색色卽示空空卽示色!(『반야심경般若心經』) 나[我]는 나[我]이다 am who I am!(「이집트 탈출기Exodus」 제3장 제14절) 헛되고 헛되도다!(「전도서Ecclesiastes」 제12장 제8절) 본래무일물本來無一物!(『경덕전등록景德傳燈錄』) 불가사의하므로 믿는다![13] 나는 생각하므로 존재한다![14] 진리는 전체이다! 세계의 모든 노동자여 단결하라!(『공산당선언』) 같은 일갈一喝들! 결언結言들! 결언訣言들! 이것들이 바로 통합변증법적 이성이 '거의' 주기적으로 내뱉는 단말마들이다.

이렇게 일갈해버릇하는 통합분열증은, 이토록 결언해버릇하는 분열통합증分裂統合症은, 만유의 침묵이나 적멸寂滅을 강요하고 "이성의 잠"[15]을 거의 주기적으로 초래하면서 종교와 신비주의로 치닫는 동시에, 기괴하게도, 방대한 설명들을, 예컨대, 팔만대장경, 유태-기독경전, 코란, 『신학대전Summa Theologiae』(토마

---

13 credo quia absurdum: 프로이트가 『모세와 일신론: 에세이 세 편Moses and Monotheism: Three Essays』 (1939)의 제3편 「모세, 그의 백성과 일신론적 종교Moses, his People and Monotheist Religion」 제2장에서 "신앙이라는 불가해한 감정현상에 압도당하는 지성"의 반응을 묘사하느라 인용하는 "유명한" 이 문구는 초기 기독교 문필가 테르툴리아누스Tertullianus(155~240)의 저서 『그리스도의 육신De Carne Christi』(제5부 제4장)에 나오는 "그리하여 신의 아들은 죽었고, 그의 죽음은 불가사의하므로 하여간에 믿겨야 마땅하다et mortuus est Dei Filius, prorsus credibile est, quia ineptum est"는 문장에서 유래했다.

14 데카르트, 『방법서설』.

15 El sueño de la razón: 에스파냐 화가 프란시스코 고야Francisco Goya(1746~1828)가 1799년경에 제작한 동판화의 제목 「괴물들을 낳는 이성의 잠El sueño de la razón produce monstruos」에 포함된 문구.

스 아퀴나스), 『순수이성비판』『정신현상학』『자본론』『존재와 허무』같은 두껍고 장대한 언설들을, 거의 주기적으로 배출해왔다. 오직 유일한 한마디로써 침묵하려고, 아니, 정확하게는, 모든 것을 침묵시켜서 적멸시키려고, 장대하게 설명하려는 이토록 기이한 역사적 충동! '거의' 주기적으로 발작하는 이 충동! 철학과 예술

고야, 「괴물들을 낳는 이성의 잠」

과 과학을 종교와 신비주의로 치닫게 만드는 이 충동의 기괴한 미장센! 이것이 통합변증법적 이성의 허구이다. 이것은 이성을 경직硬直시키고 상상력을 마비시키며 현실을 비현실로 만들어 폭동/폭력시키는 허구이다.

이런 허구의 마수에 걸려든 작가는 자신의 창작의도와 자신의 작품을 동일시하고, 독사(감상자)는 작가와 작품과 작가의도와 작품의도를 싸잡아 동일시할 뿐 아니라 작품과 현실마저 뭉뚱그려 동일시한다. 이런 동일시, 몰입, 감정이입이 초기에는 이른바 관심, 흥미, 재미를 자극하고 중기에는 공감, 감명, 감격을

유발하며 말기에는 전율, 믿음, 확신, 신앙, 맹신, 미신마저 촉발하지만, 이것들의 이면에서는 의심, 의혹, 부정, 비판, 비난, 개탄, 탄식, 통탄, 불신, 무신無信, 저주, 망연자실, 허무감마저 자초한다.

그러니까 더 심하게 동일시되고 현실화될수록 더 심하게 착각되고 맹신되거나 미신되면서 비허구(논픽션)로 폭등/폭락할 위기에 처하는 허구는 그럴수록 더 기발하고 더 비현실적인 작품을 획책하지만 역시 그럴수록 더 불안하고 더 다급하게 자괴와 자멸을 자초할 따름이다. 허구의 이런 자괴와 자멸을 재촉하고 다그치는 통합분열증 내지 분열통합증分列統合症은, 더 정확하게는, 과잉변증법이고 강압强壓변증법이며 과압過壓변증법이고 중력重力변증법이다. 이 변증법을 앓기 시작한 이성의 허구는 (반례들이나 타자들을) 과욕過慾하는 동시에 과염過厭하고 과설過說하는 동시에 과묵過黙하며 과표過表하는 동시에 과닉過匿하면서 과격해지는 동시에 과약過弱해지고 과밀해지는 동시에 과박過薄해

「폭군 팔라리스에게 바친 청동황소의 뱃속에
강제로 투입되는 페릴레오스」
(프랑스의 화가 겸 조각가 피에르 외루아Pierre
Woeiriot(1532~1596)가 제작한 동판화)

지며 과대해지는 동시에 과소해지다가, 마치 항성처럼, 초신성처럼, 과잉압축

팽창을 반복하다가 끝내 사건지평 같은 임계점에나 한계선에 도달하면 자괴하

거나 자멸할 수 있다. 이런 통합분열증에 강박된 허구는 자체의 이데아를, 이상

理想을, 유일신을, 사랑을, 도덕을, 절대정신을, 유토피아를, 공산주의를 — 그러

니까 이성-상상력-현실의 불가사의한 삼위일체를 — 실현하려다가 오히려 분

열하고 자괴하거나 자멸해가는 듯이 보인다. 이토록 역리적인 통합변증법적 이

성의 허구가 자초한 분열-자괴-자멸적인 결과의 증례는 드물지 않다.

　페릴레오스의 청동황소,[16] 야훼의 뱀과 능금과 인간남녀,[17] 분서갱유, 다마스

코스Damascos로 가던 타라수스의 사울을 실신시킨 신광神光,[18] 십자군, 마녀사냥

과 종교재판,[19] 러시아 혁명과 볼셰비즘, 나치즘과 파시즘, 일본의 군국주의와

가미카제부대, 북한의 주체사상, 한국전쟁, 중국의 문화대혁명, 무슬림의 지하

드Jihad聖戰와 자살테러뿐 아니라 심지어 한국의 입시교육조차 그런 증례일 수

있다. 그리고 특히 자본! 자본주의! 이것은 어쩌면 현대의 최대최강허구이자 그

---

16　페릴레오스Perileos(페릴라오스Perilaos/페릴로스Perillos)의 청동靑銅황소는 고대 그리스 역사학자 디오도
로스 시켈리오테스Diodoros Sikeliotes(시칠리아의 디오도로스Diodorus Siculus, 서기전1세기)의 『역사전서
Bibliotheca historica』(제9권 제18~19장)에 수록된 전설에 나온다. 그 전설의 골자는 다음과 같다. 어느 날 아테
네의 조각가 페릴레오스는 청동황소를 만들어 아카라가스Acragas(시칠리아 섬의 서남해안에 있던 그리스 도시
국가)의 폭군 팔라리스Phalaris(서기전570~554경)에게 바쳤다. 죄인을 가혹하게 징벌하기로 악명 높던 팔라리
스는 페릴레오스에게 선물을 하사하면서 청동황소를 신들에게 제물로 바쳤다고 명했다. 그러나 페릴레오스는 청
동황소의 뱃속에 죄인을 집어넣고 밑에서 불을 때면 괴로워하는 죄인의 비명소리가 청동황소의 콧구멍으로 울
려나올 테니 감상해보라면서 폭군에게 아부했다. 그러나 팔라리스는 페릴레오스에게 청동황소의 그런 묘용妙
用을 직접 증명해보라면서 가장 먼저 페릴레오스를 청동황소의 뱃속에 집어넣고 밑에 불을 지르라고 부하들에
게 명령했다. 그러나 페릴레오스는 청동황소의 뱃속에서 타죽지 않고 죽기 직전에 강제로 끌려나와 벼랑 아래
로 투척되어 죽었다. 왜냐면 팔라리스는 신들에게 바칠 제물로 사용할 청동황소가 시체를 접촉하면 부정탄다고
믿었기 때문이다.[찰스 헨리 올드파더Charles Henry Oldfather(1887~1954) 역주譯註, 『시칠리아의 디오도로스
역사전서Diodorus of Sicily』 제4권(Harvard University Press, 1946), pp. 23~27 참조.]

17　유태교-기독교경전 「창세기」 제1~3장 참조.

18　타라수스의 사울Saul of Tarsus(5~67)은 유태교가 아닌 기독교의 '실질적 창시자' 사도 바울Saint Paul의 본명이
다. 기독교경전 「사도행전」 제9장 제3절, 제22절 제6장 참조.

19　야콥 슈프랭거 & 하인리히 크라머, 『마녀를 심판하는 망치Malleus Maleficarum』(1486)(우물이있는집, 2016)
참조.

것의 가장 역리적이고 가장 극심하게 자기분열적인 결과일 것이다. 이 허구의 변증법에, 주술에, 논리에 강박된 이성은 이 허구를 아무리 동일시해도 아무리 부정하고 비판해도 그럴수록 더 경직되다가 마침내 까무룩 잠들고, 그런 이성에 협력하던 상상력은 마비되거나 착종되며, 그런 상상력에 반례를 공급하던 현실은 비현실화되거나 초현실화되다가 불가사의해지거나 무의미해진다. 그럴수록 이성은 더 비현실적이고 더 초현실적이며 더 불가사의한 허구들을, 무의미한 괴물들을, 더 초조하게 더 불안하게 더 많이 대량생산하는 늪 같은 잠에 더 깊게 빠져든다.

7

그러나 이토록 초초하고 불안한 통합분열증을 앓는 이성은 한편으로는 잠들지 않으려고, 자괴하지 않으려고, 자멸하지 않으려고 진력한다. 그 이성은 잠의 유혹을 견디면서, 불면증을 앓기 시작하면서, 우울증을 앓기 시작하면서, 또다시 반례들을 갈구하고 상상력을 다그치며 현실을 감시하고 검열하면서 의심하고 비판하기 시작한다. 통합분열증의 말기로 접어들기 전에는 나름대로 모든 것을 의심(데카르트)하고 심지어 자신마저 비판(칸트)하면서까지 절대정신을 실현했다고 자족(헤겔)하던 노회한 이성이, 경직된 이성이, 어느덧 생사결전의 추억을 반추하며 이따금 의기양양해지거나 의기소침해지곤 한다. 그래도 그 이성은 그때까지 자신을 고무하던 증세症勢가 여전히 자신을 괴롭힌다는 사실만은 자각하지 못한다. 그런 추억을 반추하는 이성이 바로 헤겔의 이른바 "불행한 의식unglückliches Bewusstsein"[20]이다. 그것은 말기에 접어든 통합변증법적 이성의 자

20 헤겔, 앞 책, p. 251 참조.

기허구이지만 그 이성은 그것의 허구성을 자각하지 못한다. 그런 허구를 반추하는 과정은 일종의 불면증을 앓는 퇴행과정이지만, 이성은 오히려 그렇게 퇴행해서라도 잠의 유혹을 견디느라 진력한다. 그 이성은 그렇듯 퇴행하면서도 퇴행하지 않으려는 자신의 노력들을, 이를테면, '생사결전마저 불사하는 불굴의지를 발휘하는 실천들'로 착각하고 믿으면서, 이른바 '일보 후퇴 이보 전진하는 진보의 역사들'로 믿으면서, 더구나 진지하고 비장하게 믿으면서, 다시금 자유왕국과 유토피아를 상상하고 꿈꾼다.

그러나 아무리 그래도 현실은 오히려 이성을 배반하며 상상력을 마비시키고 더 심하게 비현실화되면서 괴물들을 양산하고 허무주의를 만연시키는 불가사의한 허구로 — 이른바 디스토피아로 — 변해간다. 이 역리는 통합분열증의 주술, 분열통합증의 간계, 통합변증법의 허구에 강착強着한 이성과 상상력의 숙명 같은 것이다. 트로츠키, 죄르지 루카치, 헤르베르트 마르쿠제Herbert Marcuse(1898~1979), 막스 호르크하이머Max Horkheimer(1895~1973), 아도르노, 사르트르, 하버마스, 악셀 호네트Axel Honneth(1949~) 같은 마르크스주의적 이론가들, 미학자들, 철학자들을 자괴시켜온 것도 바로 이런 통합변증법의 주술에 걸린 이성과 상상력의 역리였다.

이 주술은 허구를 과격하게 만드는 동시에 과약過弱하게 만들면서 허구에 불가사의한 권위를 몰아주는 동시에 허구의 설득력 — 이성의 현실성 — 을 박탈하여 무분별한 허무주의를 조장한다. 무릇 자본주의뿐 아니라 예술지상주의, 추상표현주의, 다다이즘, 후기현대주의(포스트모더니즘)도 허무주의의 증후들이다. 그것들은 통합을 갈망하지 않는 합리주의들마저 뭉뚱그려서, 그러니까 통합변증법의 주술에 걸리지 않은/않으려는 이성과 상상력의 노력들마저 싸잡아서, 통합분열증을 앓는 합리주의와 동일시하는 동시에 터부시하는 미숙하고 평범한 변증법, 그래서 무분별하고 공격적이며 잔인할 수도 있는 조야한 변증법, 허구와 현실을 동일시하여 허구에 과잉몰입(감정이입)하는 과잉합리주의過剩合理主義의 초보적 변증법, 그리하여 헤겔이 말한 "모든 평범한 의식마저 떠받치는 확신"[21]을 양산하는 서민적 변증법의 증후들이다. 또한 그런 확신의 모든 폐해를 겉으로는 치열하게 비판하고 공격하면서도 비밀스럽게나 부지불식간에는 (이른바 무의식적으로는) 그런 확신을 오히려 열망해온 통합변증법적 이성의 모든 자괴적 의도표출언행의 총칭이 바로 현대주의(모더니즘)일 것이다.[22]

## 8

그런데 통합변증법적 이성의 자괴과정, 자멸과정, 적멸과정은 조용하지 않다. 그 이성은 부드럽게 녹아서 공기에 섞이듯이 고요하게 적멸하지 않는다. 그것은 과잉수축과 과잉팽창을 반복하면서 통합성(구심력)의 극한과 분열성(원심력)의 극한으로 동시에 치닫는다. 그것은 마치 항성 같고 초신성 같으며 블랙홀 같다. 그것은 자신의 중력장에 걸려드는 모든 것을 집어삼키면서도 눈부신 반광反光을 분출한다. 그러니까 '중력의 이데아'일 수 있는 블랙홀마저 강력한 두 줄기 제트jet를 분출하듯이, 통합변증법적 이성도 역사적으로 수축과 팽창을 반복하면서 강렬한 반광들을 분출해왔고, 어쩌면 서양역사상 가장 격심한 통합분

---

21  헤겔, 『법철학』, p. 14.

22  미국의 마르크스주의철학자 마셜 버먼Marshall Berman(1940~2013)이 1982년에 펴낸 대표작의 의미심장한 『견고한 모든 것은 산산이 부서져 공기空氣로 변해간다: 현대성의 경험All That Is Solid Melts into Air: The Experience of Modernity』[한국어판: 『현대성의 경험』(현대미학사, 2004)]이라는 제목도 현대주의의 이런 극심한 이중성을 암시한다.

열중을 앓았을 헤겔의 이성도 블랙홀과 거의 마찬가지로 강렬한 반광들을 분출했다. 그런 반광들은 마치 블랙홀로 빨려들며 통합되어가는 — 어쩌면 블랙홀의 특이점에까지 동일시되어갈 — 물질이 분열하면서 분출하는 빛과 같다. 빛마저 집어삼킨다는 블랙홀도 물질들을 집어삼키려다가 빛을 토해내듯이, 통합변증법적 이성도 반례들을 집어삼키려다가 자괴하면서, 자멸하면서, 적멸하면서 저 단말마들과 함께 반광들을 토해냈다. 그런 반광들은 반례들이 내지르는, 상상력과 현실이 내지르는 역사적 반단말마反斷末魔들! 반단언反斷言들! 반단언反嘼言들! 반일갈反一喝들! 반결언反訣言들이다.

신이여, 나의 신이여, 어찌하여 나를 버리나이까?[23] 산은 산이고 물은 물이다![24] 신이 없으면 아무것도 존재할 수 없거나 생각될 수 없다![25] 인간은 자유를 타고났다![26] 이성은 정념들의 노예이다![27] 인간들을 사랑하는 자는 위험해지고 그들을 계몽하는 자는 죄악을 범한다![28] 감정感情이 모든 것이다![29] 세계는 의지

---

23 기독교경전 「마태오 복음서」 제27장 제46절과 「마르코 복음서」 제15장 제34절에 기록된 '십자가에 매달린 예수의 말.'

24 한국의 불교승려 성철性徹(1912~1993)의 법어에 포함되어 유명해진 이 문구는 불교경전 『금강경金剛經』의 「야보송冶父頌」에 나온다.

25 네덜란드 철학자 스피노자Spinoza(1632~1677)의 논저 『윤리학(에티카)Ethica』(1677) 제1장 명제15.

26 장-자크 루소의 논저 『사회계약론Du contrat social』(1762) 제1장 첫 문장.

27 데이빗 흄의 논저 『인간본성론A Treatise of Human Nature』 제2권 제3부 제3장.

28 프랑스의 철학자 겸 작가 사드 후작Marquis de Sade(1740~1814)이 1795년에 발표한 소설 『알린과 발쿠르Aline et Valcour』(1795) 서문에 나오는 문구.

29 괴테의 극작품 『파우스트』 제16장에 나오는 문구. 같은 작품 제1부 서두에 나오는 파우스트의 독백 "그리하여 나는 마법에 나를 내맡겼다!"와 괴테의 장편소설 『빌헬름 마이스터의 수업시대Wilhelm Meisters Lehrjahre』(1796) 제8권 제5장에 나오는 "사상은 확장될수록 더 심하게 절룩거리고, 행동은 활발해질수록 더 옹색해진다!"는 문구도 비슷한 맥락을 지녔다.

이고 표상이다!³⁰ 나는 나의 권력을 행사할 때 가장 짜릿했다!³¹ 신은 죽었다!³²
진실로 중대한 철학문제는 오직 자살뿐이다!³³ 에로티즘은 죽음에 가닿는 삶
을 인정하는 정신이다!³⁴ 인간은 해변모래사장에 그려진 얼굴처럼 사라질 것이
다!³⁵ ……

　이토록 거의 주기적으로 분출되는 반결언들은 얼핏 통합변증법적 이성을 극
렬하게 반역하는 이성과 상상력의 허구적 반광들처럼 보인다. 실제로 항성의
핵으로, 초신성의 핵으로, 블랙홀의 특이점으로 응축되지 않고 — 그러니까 통
합변증법적 이성과 동일시되지 않고 — 바깥으로, 외부로, 허방으로 튀어나가
며 확산되는 이 반광들은 통합분열증의 역리를 폭로하고 전복하며 해체하는 듯
이도 보인다. 그러나 이렇게 폭로하고 전복하여 해체하는 반역적 이성과 상상
력도 통합분열증을 앓을 뿐 아니라 오히려 더 극심하게 앓아서 더 깊게 내면화
한 듯이 보인다.

　그래서 반역적 이성과 상상력의 허구들은, 비록 통합변증법적 이성의 허구들
을, 역리를, 폭로하고 전복하거나 해체하는 듯이 보일지언정, 통합변증법적 이

---

30　독일의 철학자 쇼펜하워가 1818년에 발표한 대표작 『세계는 의지이고 표상이다』의 제목[헬런 짐먼, 『쇼펜하우
　　어 평전: 염인주의자의 인생과 철학』(우물이있는집, 2016), p. 40~41 참조].

31　러시아 작가 도스토옙스키Fyodor Dostoyevsky(1821~1881)의 소설 『지하인간의 수기Notes from the
　　Underground』(1864) 제2부.

32　니체는 이 말을 『즐거운 학문』(1882) 제125절에서는 '광인狂人'의 입을 빌려서 하고, 『차라투스트라는 이렇게 말
　　했다Also sprach Zarathustra』(1883)의 「차라투스트라의 서설」 제2절에서는 '늙은 성자'를 언급하면서 한다. 그
　　리고 "나는 과학의 '합리주의'로 나를 '치료'했는데, 사실 그 합리주의는 암울한 데카르트의 의심이 조장한 불신
　　앙의 바다에 내던져진 영혼에게 어떤 평화도 제공하지 않기 때문에 파우스트의 마법보다도 훨씬 더 비합리적인
　　것이었다"[니체, 『니체 자서전: 나의 여동생과 나』(까만양, 2013) 제11장 제22절, p. 340]는 니체의 고백도 여기서
　　음미될 만하다.

33　프랑스 철학자 겸 작가 알베르 카뮈Albert Camus(1913~1960)의 논저 『시시포스(시지프) 신화Le Mythe de
　　Sisyphe』(1942) 제1장 첫 문장.

34　조르주 바타유의 논저 『에로티즘L'Erotisme』(1957) 서론 첫 문장.

35　미셸 푸코의 논저 『언어와 사물Les mots et les choses』(『말과 사물』)(1966) 결론 끝 문장.

성의 허구들과 마찬가지로 비현실화, 신비화, 종교화되면서 허무주의로 치닫는 통합분열증에 여전히 강박된 듯이 보인다. 예컨대 『돈키호테』, 『소돔120일』, 『파우스트』, 『맨프레드』, 『프랑켄슈타인』, 『시를 옹호하는 변론』, 『악의 꽃들』, 『지하인간의 수기』, 『모피외투를 입은 비너스』, 『지옥에서 보낸 한 계절』, 『차라투스트라는 이렇게 말했다』, 『변신』, 『채털리 부인의 애인』, 『오감도』, 『이방인』, 『죽음의 한 연구』[36] 같은 반역적 문학작품들, 연극의 분신 — 연극의 유령 — 을 폭로하는 앙토냉 아르토Antonin Artaud(1896~1948)의 잔혹연극, 새뮤얼 베케트의 극작품 『고도를 기다리며』, 알베르 카뮈의 탈脫실존주의적 논저 『반항인L'Homme révolté』(1951), 조르주 바타유의 낭비정치경제학浪費政治經濟學을 설파하는 논저 『저주받은 몫La Part maudite』, 마르셀 뒤샹Marcel Duchamp(1887~1968)의 유명한 변기便器 「샘Fountain」(1917), 르네 마그리트Rene Magritte(1898~1967)와 살바도르 달리Salvador Dali(1904~1989)의 초현실주의적 미술작품들도 그런 증세를 역력하게 내면화한 듯이 보인다. 심지어 가장 합리적인 수학계와 과학계에서 분출된 반광들마저도 이런 증세를 은닉한 듯이 보인다. 예컨대, 코페르니쿠스, 갈릴레오 갈릴레이, 라마르크, 카를 가우스, 찰스 다윈, 베른하르트 리만, 앙리 푸앵카레, 막스 플랑크, 닐스 보어, 아인슈타인, 에드윈 허블, 하이젠베르크도 비록 경직된 유클리드 기하학, 프톨레마이오스 천문학, 뉴턴 물리학, 고전 생물학에 도전하고 반역하면

---

36 『돈키호테Don Quixote』(1605/1615)는 에스파냐 작가 미겔 데 세르반테스의 장편소설, 『소돔120일』은 사드 후작이 1785년에 집필했지만 발표하지 못했고 1904년에 처음 출판된 장편소설, 『맨프레드Manfred』는 잉글랜드 작가 조지 고든 바이런George Gordon Byron(1788~1824)이 1817년에 발표한 극시집劇詩集, 『프랑켄슈타인: 혹은 현대의 프로메테우스Frankenstein: or, The Modern Prometheus』(1818)는 잉글랜드 작가 매리 셸리Mary Shelley(1797~1851)의 장편소설, 『악의 꽃들Les Fleurs du mal』(1857)은 프랑스 시인 겸 예술평론가 샤를 보들레르의 시집, 『모피외투를 입은 비너스Venus im Pelz』(1870)는 오스트리아 소설가 레오폴트 폰 자허마조흐Leopold von Sacher-Masoch(1836~1895)의 장편소설, 『지옥에서 보낸 한 계절Une Saison en Enfer』(1873)은 프랑스 시인 아르튀르 랭보의 시집, 『변신Die Verwandlung』(1915)은 헝가리 작가 프란츠 카프카Franz Kafka(1883~1924)의 소설, 『채털리 부인의 애인Lady Chatterley's Lover』(1928)은 데이빗 허버트 로렌스의 장편소설, 『오감도烏瞰圖』(1934)는 이상李箱(김해경金海卿: 1910~1937)이 신문에 연재한 시詩, 『이방인L'Étranger』(1942)은 알베르 카뮈의 소설, 『죽음의 한 연구』(1975)는 한국 작가 박상륭(1940~2017)의 장편소설이다.

서 빛나는 성과들을 거두었지만 통합분열증의 중력장을 결코 완전히 탈피하지는 못했다고 평가될 수 있다.[37]

## 9

요컨대, 만유를 분열시켜서 통합하고 동일시하여 독점하려던 초기 합리주의, 고전적 합리주의(계몽주의), 통합변증법적 합리주의의 통합분열증에 맞서 치열하게 반항하고 반역하면서 이토록 눈부시고 극적인 성과들을 창출한 것도 반역적 이성과 상상력이었다. 그러나 얼핏 통합변증법적 이성 및 상상력과 상극相剋처럼 보이는 반역적 이성과 상상력도 통합분열증을, 더 정확하게는, 분열통합증을 앓은, 더구나 내면적으로 워낙 깊게 앓은, 역逆통합변증법적인 것들이라서, 통합분열증을 결코 완전하게 벗어날 수 없었다. 왜냐면 통합변증법이 상상력을 마비시키고 현실을 불가사의한 허구로 만들면서 이성일변도로 치달은 만큼 역통합변증법도 이성을 저주하고 현실을 허무주의적 허구로 만들면서 상상력일변도로 치달았기 때문이다.

그렇다면 역통합변증법에 강착强着한 상상력과 이성은 이율배반적인 통합변증법적 이성과 상상력만큼이나 자기반역적自己反逆的인 것들이다. 그러니까 연역적 이데아와 귀납적 이데아, 유태교와 기독교, 유태교-기독교와 이슬람교, 일

---

37 코페르니쿠스Copernicus(1473~1543)와 갈릴레오 갈릴레이Galileo Galilei(1564~1642)는 지동설을 제창한 천문학자들, 라마르크Jean-Baptiste Lamarck(1744~1829)는 생물진화론을 발전시킨 용불용설用不用說을 제시한 프랑스 생물학자, 카를 가우스Carl Gauss(1777~1855)와 베른하르트 리만Bernhard Riemann(1826~1866)은 고전 기하학과 수학을 혁신한 독일 수학자들, 앙리 푸앵카레Henri Poincare(1854~1912)는 우주진화론과 상대성이론 및 위상수학에 큰 영향을 끼친 프랑스 수학자 겸 과학철학자, 막스 플랑크Max Planck(1858~1947)는 양자론을 창시한 독일 물리학자, 아인슈타인Albert Einstein(1879~1955)은 상대성이론을 창시한 독일 태생 미국 물리학자, 에드윈 허블Edwin Hubble(1889~1953)은 우주팽창이론의 증거를 발견한 미국 천문학자, 하이젠베르크Werner Heisenberg(1901~1976)는 불확정성원리를 제시하여 영자역학에 공언한 독일의 물리학자, 유클리드Euclid(서기전330~275)는 평면기하학을 정립한 고대 그리스 수학자, 프톨레마이오스Claudius Ptolemaeos(127~145)는 천동설을 제창한 고대 그리스 알렉산드리아에서 활동한 천문학자 겸 지리학자 겸 수학자, 뉴턴은 고전 역학과 물리학을 정립한 잉글랜드 수학자 겸 과학자이다.

방적 합리주의와 일방적 경험주의, 계몽주의와 낭만주의, 자본주의와 공산주의, 전체주의와 허무주의, 유신론과 무신론, 통합주의와 해체주의는 통합변증법적 이성과 상상력의 자기분열적 결과들일 수 있다. 자기분열-동일시-통합을 반복하며 악순환하는 이 통합변증법은, 예컨대, 프랑스 혁명, 동학농민운동, 러시아 혁명, 4.19혁명 같은 반광들을 토해내면서 '더 간교해지고 더 집요해지는' ─ 그러면서 이른바 '반동'하고 '복고'하는 ─ 악순환을 거듭한다.

이런 악순환은 인간의 내면에서도 동시에 진행된다. 아폴론Apollon 정신(이성)과 디오니소스Dionysos 정신(상상력)을 통합하려다가 디오니소스와 자신을 동일시해버린 니체의 "광기편지狂氣便紙들,"[38] 아인슈타인의 상상력을 매료한 신神,[39] 다다이즘, 앤디 워홀Andy Warhol(1928~1987)의 팝아트나 마크 로스코Mark Rothko(1903~1970)의 추상표현미술, 무정부주의, 신지학, 음모론뿐 아니라 심지어 마르크스주의 정치경제학, 심리분석(학), 분석심리학마저 그런 악순환을 내면화한 이성과 상상력의 증상들을 드러낸다. 니체가 인용하듯이 "상처가 정신을 키우고 강하게 단련시킨다"[40]더라도, 상처는 아물어갈지언정 상처 입은 자의 심통心痛이나 환상통幻想痛을 반복적으로나 거의 주기적으로 유발하면서 나름대로 자기치유를 도모한다.

하여간, 서양의 철학, 과학, 예술, 종교, 정치, 경제, 사회에서 이런 악순환을 공공연하게나 은밀하게 반복해온 통합분열증의 자기치유과정들이 바로 현대

---

38  Wahnbrife: 니체가 이탈리아 토리노에서 혼절하기 직전인 1889년 1월 3~6일에 "디오니소스"나 "십자가 매달린 자"라고 서명하여 지인들에게 발송한 편지들의 별칭.

39  이른바 "힉스 입자"에 강착해온 "신神의 입자"라는 유명한 별칭도 그런 증례일 수 있다.

40  니체가 좌우명으로 삼는다면서 『우상들의 황혼Götzen-Dämmerung』(1889)의 서문에 인용한 이 문구는 고대 로마의 작가 겸 문법학자 아울루스 겔리우스Aulus Gellius(125~180)가 편찬한 『아티케(아티카)야록夜錄Noctes Atticae』에 수록된 고대 로마의 시인 푸리우스 안티아스Furius Antias(서기전100경 생존)의 시구로 알려졌다.

주의로 총칭될 수 있을 것이다. 현대의 현상학, 실존주의, 구조주의, 후기구조주의, 해체주의, 후기현대주의도 그런 자기치유의 소산들로 평가될 수 있다. 이것들 중에도 특히 후기구조주의는 얼핏 통합분열증을 거의 떨쳐낸 듯이 보이지만, 테리 이글턴의 말마따나, "차이숭배열풍"을 조장했거나 그런 열풍에 휩싸였다면, 통합분열증에 여전히 강박된 듯이도 보인다. 더구나 후기현대주의는 아예 허무주의를 체질화해서 그런지, 테리 이글턴의 말마따나, "터무니없이 더 과열된 몇몇 차이숭배열풍"에 휩싸여 좌충우돌하다가 종래에는 헤겔을 또다시 더듬거리는 듯이도 보인다.

## 10

이런 병적인 통합변증법이 바로 이글턴이 경계하는 "사이비변증법"이다. 그것은 아니나 다를까 "모든 권위를 반대하는 동시에 모든 비판을 불허하는" 통합분열증 특유의 증세를 보인다. 이런 변증법을 무의식적으로든 의식적으로든 내면화한 작가와 독자와 비평가는 문예작품들에서 상당한 자치권을 누리는 전략적인 "작가의도"와 "작품의도"와 "독자의도" 중 어느 하나를 나머지와 동일시하면서 뭉뚱그려버리고, 전략적인 텍스트와 상황맥락(컨텍스트)와 서브텍스트 중 어느 하나를, 마찬가지로, 나머지와 동일시하여 싸잡아버리며, 전략적으로 "구조화"되는 "구조(언어, 신화, 역사, 이념, 욕망)"와 "사건"을 간파하지 못하고, 전략적으로 "허구화"되는 이성과 현실을 분간하지 못하거나 하지 않는다.

이런 허구의 자치권과 전략들을 주목하는 테리 이글턴의 "전략적" 문학이론은 사이비변증법에 속박되어 통합분열증을 앓는 이성과 상상력이 파악하지 못하는 이론일 수 있다. 이 이론을 파악하려는 이성과 상상력은 이 변증법을 벗어나든지 아니면, 적어도, 약화시키거나 억제해야 한다. 왜냐면 이 변증법은 현실을 불가사의한 허구로 폭등시켜서 이성을 절대화하거나 현실을 무의미한 허구로 폭락시켜서 상상력을 절대화하여 허구의 자치권을 박탈하고 전략들을 '동일시되는 자기분열적인 의도들이나 잔재주들'에 불과하게 보이도록 탈색해버리기 때문이다.

그러니까 이성도 상상력도 이 변증법에 강착하면 허구의 자치권과 전략들을 분쇄하여 동일시하려는 고질적 통합분열증의 분신들로 전락할 수 있다. 이런 이성과 상상력의 차이는 다만 이성이 상상력보다 통합분열증을 더 빠르게 더 쉽사리 발휘한다는 사실에서만 생겨날 따름이다. 그래서 일반적으로 겉보기로는 이성이 다수자들과 보편자를 다스리고 부리는 반면에 상상력은 소수자들과 특수자를 바라고 응원하며 서로를 적대하거나 지배하려는 듯이 보이고 또 그렇게 인식되거나 확신될지언정, 이 변증법에 일단 강착한 이성과 상상력은 적대적 공모나 입찰담합을 개시하거나 '놀이판'일 수 없는 '노름판'을 벌이면서 현실을 불가사의하거나 허무맹랑하고 무의미한 허구로 전락시킨다. 그러나 이런 이성과 상상력은 그런 공모, 담합, 노름을 비판, 투쟁, 테러나 전쟁으로 인식하여 진지해지고 비장해진다. 그런 판국에서는 "문학의 타고난 이중성," "텍스트의 이중성," "예술작품의 이중성"이 인지되지도 않고 풍요로운 의미를 생성시킬 수도 없다. 문학과 예술은 상품화되든지 상징화되든지 양자택일할 수밖에 없다.

이런 통합분열증의 마수에 걸린 이성과 상상력은 자신과 허구와 현실 중 하나를 나머지와 동일시하고 작가와 작품과 독자(비평가) 중 하나를 나머지와 동일시하며 혼동하다가 맹신하거나 격분하는 악순환에 빠져든다. 그리하여 본래 "거룩한 삼위일체를 구성하"던 작가와 작품과 독자(비평가)의 관계는 이제 암중이전투구暗中泥田鬪狗하는 왕조체계로 전락한다. 아주 가깝게는 이른바 문화계 블랙리스트, 주례사비평, 문학권력논쟁 따위들도 그런 체계의 소치들이다.

## 11

그렇다면 이성과 상상력은 어떻게 통합변증법의 마수를 벗어나든지, 아니면, 적어도 약화시키거나 억제할 수 있을까? 여기서 이 문제의 정답이 제시될 수 없겠지만, 정답을 다소 에두르듯이 암시할 만한 전례前例 한두 건은 제시될 수 있을 것이다.

그리스 신화에 나오는 다이달로스의 목제암소나 이카로스의 밀랍날개[41]는 아주 오래된 전례일 수 있다. 이 두 작품은 작가의도와 독자의도를 각각 절반씩

---

41 고대 그리스 크레타Crete 섬의 왕위에 올랐지만 정통성을 의심받던 미노스Minos는 자신이 신들로부터 정통성을 부여받았다는 사실을 증명하려고 해신 포세이돈Poseidon에게 제사를 지내며 다음과 같이 기도했다. "황소 한 마리를 땅에서 솟아나게 해주시면, 제가 그 황소를 잡아서 제물로 바치겠나이다." 포세이돈은 미노스의 기도를 들어주었지만, 미노스는 그 황소를 자신의 가축으로 삼고 다른 황소를 포세이돈에게 제물로 바쳤다. 분노한 포세이돈은 그 황소를 미노스 왕의 방목장에서 탈출시켜 야생동물로 만들었고, 미노스의 아내 파시파에Pasiphae에게는 그 황소와 교접하려는 성욕性慾에 시달리도록 저주를 걸었다. 그 황소와 성교해야만 저주를 풀 수 있던 그녀는 아테네의 뛰어난 수공예자 다이달로스를 불러서 묘책을 상의했다. '사람 한 명을 수용할 만한 내부공간'과 '진짜 암소처럼 보이게 하얀 암소의 가죽으로 마감한 외모'를 겸비한 바퀴달린 목제木製암소를 만들어 황소의 눈에 잘 띄는 목초지에 갖다놓은 다이달로스는 파시파에에게 목제암소의 내부공간에 들어가서 기다리라고 청했다. 그러자 황소는 목제암소를 진짜 암소로 착각하여 덮쳤고, 파시파에의 성욕은 잦아들었다. 그리고 그녀가 낳은 아들 아스테리온Asterion(아스테리오스Asterios)은 인간의 몸과 황소의 머리를 가진 반인반수였다. 미노스는 몇 가지 신탁信託(신의神意)을 준행遵行하여 다이달로스를 시켜서 만든 미궁Labyrinth에 미노타우로스를 가둬두고 보호했다[아폴로도로스Apollorodprus(1세기경 또는 2세기경), 『신화집Bibliotheca』 제3권 제1장 제2~4절; 제임스 조지 프레이저James George Frazer(1854~1941: 스코틀랜드 인류학자) 역주譯註, 『아폴로도로스 신화집Apollodorus: The Library』(London : W. Heinemann, 1921), pp. 303~305 참조]. 그때부터 미노스는 매년 아테네의 총각과 처녀 7명씩을 무작위로 차출하여 미궁에 집어넣어 미노타우로스에게 먹였다. 그러자 분노하여 미궁으로 들어가서 미노타우로스를 죽인 아테네의 영웅 테세우스Theseus는 애인 아리아드네Ariadne의 실을 따라 무사히 탈출했다. 그런데 아리아드네에게 미궁탈출방법을 알려준 밀고자가 바로 다이달로스라는 사실을 알아버린 미노스는 다이달로스를 (다이달로스와 사통한 미노스의 시녀가 낳은 아들) 이카로스Ikaros(이카루스Icarus)와 함께 미궁에 가둬버렸다. 그곳에서 다이달로스는 밀랍으로 만든 날개 한 쌍씩을 자신과 아들의 등에 부착하고 미궁을 탈출했지만, "너무 높게 날아오르지 말라"는 다이달로스의 경고를 무시한 이카로스는 높게 날아오르다가 결국 바다에 추락했고, 다이달로스만 무사히 시칠리아 섬에 안착했다[아폴로도로스, 앞 책, 요약Epitome 제1장 제12~13절; 제임스 조지 프레이저 역주, 앞 책, pp. 139~141 참조].

만 실현한다. 그런데 아이러니하게도 이런 절반짜리 실현이 작품들에 부여하는 현실성과 설득력은 완벽한 실현이 작품들에 부여하는 것들보다 더 강한 듯이 보인다. 그래서 만약 다이달로스가 작가에, 두 작품이 문예작품(텍스트)들에, 파시파에와 이카로스가 독자(비평가)에

「다이달로스의 목제암소와 파시파에」
(이탈리아 폼페이Pompeii 유적지에서 발견된 1세기경에
건축된 베티Vettii 저택의 프레스코벽화)

비유될 수 있다면, 작가와 작품과 독자는 나름의 의도를 완벽하게 실현하기보다는 오히려 절반씩만 실현해야 아이러니하게도 저마다 더 강한 현실성과 설득력을 획득할 수 있다.

　이런 신화적 허구에마저 유력한 현실성과 설득력을 부여하는 아이러니는 통합변증법적 이성이나 상상력이 발휘할 수 있는 — 혹은 발휘하려는 — 효과가 아니다. 그런 아이러니는 "의미에 절반가량 담긴 육체"를 구현할 수 있는 이성과 상상력의 효과이다. 통합변증법적 이성이나 상상력은 이런 허구의 아이러니를 '흥미롭고 절묘한 절반짜리 실현'으로 간주하기보다는 오히려 참담한 실패로 간주하거나 아니면 마지못해 절반짜리 실패로 간주할 것이다. 왜냐면 역리적 양

「미노타우로스」
[잉글랜드 화가 조지 프레더릭 왓츠George Frederic
Watts(1817~1904)의 1885년작]

자택일욕구와 독점욕에 사로잡힌 통합변증법적 이성이나 상상력은 작가-작품-독자(비평가)의 완벽한 삼위일체를 앙망하다가 허구를 신비화하여 — 과잉생소화過剩生疎化하여 — 이념, 종교, 미신 같은 통념에 강박된 군중심리를 조장하는 종교경전/전래동화로 폭등/폭락시킬 수 있기 때문이다. 그러나 '목제암소와 밀랍날개'를 조형하고 창작한 이성과 상상력은 허구의 아이러니를 유발하고 활성화하여 허구에 풍요로운 자치권을 부여한다. 그런 자치적 허구를 활성화하는 작가와 작품과 독자의 관계는 아이러니한 삼위일체 또는 계급성을 간직하는 공화주의체제 — "계급제도와 화합하는 공화주의"체제 — 를 형성할 것이다.

이런 자치공화국 같은 허구와 그것의 아이러니효과를 창출하고 음미하고 배가할 수 있는 이성과 상상력은 통합분열증의 주술을 어느 정도 벗어날 수 있다. 공예변증법으로나 예술변증법으로도 지칭될 수 있을 아이러니한 허구의 내력은 조형력과 자제력을 발휘할 수 있는 이성과 상상력의 전략적 협조관계를 요구한다. 이런 이성과 상상력을 연동시키는 공예변증법이나 예술변증법은 작품의 구조, 사건, 의미 모두를 완벽하게, 적나라하게, 노골적으로 표현하기보다는 오히려 반쯤씩만 표현해도, 그리고 차라리 그렇게 표현해야만, 성공할 수 있고 때로

「이카로스의 날개를 제작하는 다이달로스」
[로마의 알바니 추기경 관저Villa Albani 벽면에 장식용으로
부조되어있다가 모사되어 『마여스 독일어대사전
Meyers Lexikon』(1888)에 수록된 그림]

는 기대치 않은 보답마저 덤으로 누릴 수 있다.

　프랑스의 과학철학자 겸 시철학자 가스통 바슐라르Gaston Bachelard(1884~1962)가 시연試演해보인 변증법도, 비록 공예변증법보다는 훨씬 더 젊었지만, 유망한 전례일 수 있다. 그는 "접합(또는 접목)greffe"의 개념과 "반죽pâte"의 개념을 활용하여 "유기적 상상력l'imagination organique"과 "역동적 상상력l'imagination dynamique"을 가동하는 독특한 변증법을 선보인다. "접합(또는 접목)"은 "물질적 상상력l'imagination matérielle에 형식들의 포괄성을 실제로 부여"하고 "형식적 상상력l'imagination formelle에 물질들의 풍성함과 농밀성을 전달"하여 "유기적 상상력"을 형성하는 과정이다. 이런 접합변증법은 물질과 형식을 대립시키지도 통합하지도 동일시하지도 않는다. 접합은, 예컨대, 물과 흙을 '반죽'하는 과정이다.[42] 반죽된 물과 흙은 나름의 속성들을 고스란히 간직하면서도 접합되고 혼합되어 '물을 머금은 흙' 또는 '흙에 스민 물'인 진흙이나 찰흙의 속성을 획득한다. 찰흙을 물과 흙 중 어느 하나에 지배당하는 통합체로 간주하여 물과 흙과 동일시하려는 통합변증법은 이런 접합이나 반죽에 만족하지도 않고 찰흙의 고유하되 후천적인 특성을 인정하지도 않는다. 왜냐면 통합변증법은, 앞에서 설명되었듯이, 동일자-통일자-보편자-유일자를 염원하기 때문이다. 그래서 통합변증법은 허구의 가장 유력한 수단이자 자치성을 겸비한 언어의 생기발랄한 현실성을 증발시킨다. 그러면 언어는 의미를 잃어가면서 기호로 경직되어간다.

그러나 접합변증법은, 바슐라르의 말마따나, "언어의 활발한 생동生動에 필요한 변증법"[43]이다. 이 변증법은 특히 상상력을 이성에 복종시키지도 반역시키지도 않고 이성과 유기적으로 연동시켜서 활발하게 만든다. 그러면 접합변증법적 상상력은 허구의 "자기조형언행"에 일조하는 이성 특유의 조형력과 자제력을 십분 활용하는 만큼 허구를 불가사의한 상징으로도 허무맹랑한 공상과 환상으로 치닫게 만들지 않는다.

그래서 접합변증법은 다이달로스의 공예변증법과도 어울리는 듯이 보인다. 요컨대, 이렇듯 절반가량만 실현되어도 허구를 충분히 실현하는 예술적인 변증법들이야말로 통합변증법의 심각한 악순환과 부작용들을 완화하고 수정하거

---

42  바슐라르, 『물과 꿈들L'Eau et les Rêves』(Librairie José Corti, 1942), p. 17~21 참조.

43  앞 책.

나 억제할 수 있을 듯이 보인다. 그러면 이성과 상상력은 아이러니하고 이중적이며 이따금 역리적이고 반역적인 현실을 납득되고 흥미롭도록 절묘하게 가공하여 풍성한 시너지효과마저 유발하는 자치적 허구를 창출하는 동시에 흠향할 수 있을 것이다.

## 12

테리 이글턴의 분석적 이성도 공예변증법이나 접합변증법의 가족유사점 같은 것을 공유하는 듯이 보인다. "구조와 사건을 중재하는……구조화를 이해하려는 사람은 변증법의 논리를 이해해야 한다"고 쓰는 그의 분석적 이성이 통합변증법에 강박된 이성일 수는 없기 때문이다. 물론 프랑스 합리주의에 "고매한"이라는 형용사를 붙이는 그의 관점에서 바슐라르의 접합변증법도 고매하게 보일지 모른다. 어쩌면 접합변증법이 바슐라르의 독특한 과학철학과 밀접하게 관련된 것이라서 그렇게 보일 수도 있을 것이다.[44] 그러니까 바슐라르의 합리주의를 구동하는 접합변증법적 이성은 현실보다 상상력을 조금 더 우선시하며 상상력과 더 원활하게 연동하므로 고매하게 보일지 모른다. 이런 의미에서 이글턴의 분석적 이성을 구동하는 변증법은, 그가 마르크스주의자로 자처하며 마르크스를 변호[45]하는 만큼, "고매"하지 않게 상상력보다는 현실을 더 우선시하며 현실과 더 원활하게 연동하는 듯이 보일 수도 있다.

---

44  바슐라르는 『과학정신의 형성La formation de l'esprit scientifique』(1934)에서 "인식론적 장애와 단절"을 서양의 과학정신을 내부적으로 쇄신해온 원리로 간주하는데, 그의 제자 알튀세르의 구조주의적 마르크스주의이론을 배출한 것도 바로 이 원리였다. 그러나 알튀세르는 이 원리를 구성하는 "장애와 단절"의 개념에만 너무 치중해서 그랬는지 통합변증법의 악순환을 벗어나지 못했다. 이글턴이 "알튀세르의 주장"은 "형식주의와 마르크스주의"를 "풍성한 결과를 낳는 제휴관계를 맺"게 만들지만 "그런 제휴관계는 많은 문제를 해결하는 만큼이나 많은 문제도 유발한다"고 비판할 수 있는 까닭도 이런 악순환을 암시한다.

45  테리 이글턴, 『마르크스가 옳았던 이유Why Marx was Right』(2011).

그래서 이글턴의 분석적 이성을 구동하는 변증법은 비록 현실을 조금 더 우선시하면서도 공예변증법이나 접합변증법과 유사하게 통합변증법을 어느 정도 벗어나서 전략적 문학이론을 전개할 수 있을 것이다. 어쩌면 분석변증법으로 지칭될 수도 있을 이글턴의 분석적 이성의 변증법은, 공예변증법 및 접합변증법과 유사하게, 자기분열적인 통합과 동일시를 견제하고 경고하는 간격정념[46]의 변증법일 수 있다. 간격정념은 이성과 상상력의 조형력과 자제력을 구동시킨다. 그래서 간격정념을 간직하는 변증법은 기계적 중립, 이현령비현령 같은 중도中道, 미덕으로 추어올려지는 불편부당한 중용中庸, 불가사의한 중관中觀, 절대주의를 은닉하고 앙망하는 사이비상대주의마저 통합변증법의 집요한 주술효과들이라는 사실을 간파할 수 있다.

물론 이글턴이 견지하는 분석적 이성도 통합변증법의 얼룩을 깨끗이 지워버리지 못한 듯이 보인다. 왜냐면 그도 소크라테스나 칸트나 헤겔처럼 "반례를 제시하는 전술을 시종일관 애용하기"[47] 때문이다. 더구나 그의 전략개념에 일조한 비트겐슈타인의 언어철학이 칸트의 중력권을 완전히 벗어나지 못해서도 그럴 것이다. 비트겐슈타인은 "우리가 어떻게든 말할 수 있는 것은 분명하게 말할 수 있으므로, 우리가 말할 수 없는 것에 관해서는 침묵해야 한다"면서 "생각한계선은 오직 언어 속에서만 설정될 수 있고, 그런 한계선의 바깥에 있는 것은 그저 무의미해질 따름이다"[48]고 주장했는데, 이런 한계선에는 칸트의 불가지론과 정

---

46  間隔情念(Pathos der Distanz = Pathos of distance): 한국에서 흔히 "거리의 파토스"나 "거리감距離感"으로도 번역되어온 이 표현은 니체의 『선악의 바깥von Gut und Böse』(제9장 제257절), 『니체 자서전: 나의 여동생과 나』(제2장 제8절, 제5장 제3, 14절, 제11장 제15, 27절, 제12장 제5절), 기오 브란데스Georg Brandes(1842~1927)의 『니체 귀족적 급진주의 니체론 브란데스와 니체가 주고받은 편지들』(까만양, 2014, p. 9) 등에서 사용된다. 니체의 "관점주의(원근법주의Perspektivismus = Perspectivism)"도 간격정념의 소산이다.

47  스튜어트 켈리, 앞 글.

48  비트겐슈타인, 『논리-철학논고Tractatus Logico-Philosophicus』(Routledge & Kegan Paul Ltd., 1961), p. 3.

언명령이 도사린다.

그러나 이런 한계선을 자각한 비트겐슈타인이 제안한 "가족유사이론모형"의 효력을 감지한 이글턴은 "모든 문학이론이 공유하는 단일한 특징도 없고 그런 특징들의 단일한 집합도 없"지만 "서로 중첩하고 교차하는 유사점들의 복잡한 연결망' 같은 것이 존재한다"고 주장할 수 있다. 그래서 그는 "현실과 우리의 관계는 아이러니한 관계이다"고 주장할 수 있으며 "허구는 자체의 세계를 존재하게 만들므로, 그리고 언어의 자기지시행위에 편승하여 그리하므로, 평범한 일상사를 벗어나서 멀리할 수 있는 자치권마저 보유한다"고도 주장할 수 있다.

이렇게 주장할 수 있는 이글턴의 이성은 '반례를 무한정 긁어모아 미적분微積分하듯이 자신과 동일시하려는 통합변증법적 이성의 주술'에 결코 걸려들지 않고 또 않을 것이 분명한 이성이다. 왜냐면 분석적 이성은 간격정념뿐 아니라 어쩌면 간격정념을 공유할 이른바 "플라톤의 이성과 오디세우스의 이성 또는 이론이성과 실천이성"[49]마저 조율할 수 있을 것이기 때문이다. 게다가 분석이란 무릇 자기분열적인 무분별한 통합과 동일시를 견제하고 경고하는 간격정념을 상실하면 불가능한 작업이기 때문이다.

요컨대, 이글턴의 문학이론이 자치적 "허구의 아이러니"를 탐구하고 "작가의 노와 작품의노를 구분"하되 "작품의노를 중시하"면서 "텍스트를 선략으로 산주하는" 접근법을 구사할 수 있다면, 그의 분석적 이성과 상상력을 연동시키는 변증법이 공예변증법과 접합변증법과 마찬가지로 간격정념의 변증법이기 때문에 그럴 수 있다. 그래서 이글턴의 분석적 이성은 현대의 여타 문학이론들과 문

---

49  앨프레드 노스 화이트헤드Alfred North Whitehead(1861~1947: 잉글랜드의 철학자 겸 수학자), 『이성의 기능 The Function of Reason』(Prinseton University Press, 1929), p. 6~7 참조.

학철학들을 선별적으로 활용할 수 있고, '가족유사점들을 공유하는 문학의 개념,' '자치공화국 같은 허구의 성격,' '구조 겸 사건인 문예작품'뿐 아니라 '작가의 도와 작품의도와 독자의도'마저 간파하여 설명하려는 전략적 문학이론을 도모할 수 있었을 것이다.

그런 전략적 문학이론을, 어쩌면 부지불식간에, 생성시켰을지도 모를 간격정념의 변증법에 의존하는 이성과 상상력은 현실에서 발굴한 재료(사실)들을 억지로 통합하여 동일시하지 않아도, 예컨대, 살짝 접합하거나 접목하듯이 반죽하기만 해도, 자치적 허구의 흥미롭고 의미심장한 효과를 발휘하는 작품을 창출하고 음미할 수 있을 뿐 아니라 현실에도 유효한 영향을 끼칠 수 있을 것이다. 이런 잠재력을 함유한 듯이 보이는 이글턴의 전략적 문학이론은 간격정념을 간직하는 문학관文學觀과 예술관藝術觀의 암시적 단초일 수 있다.

이런 문학관과 예술관은 어쩌면 '자유의식과 책임윤리를 미혹하여 무분별하게 만드는 통합변증법'을 견제할 만한 관점들일 수도 있다. 왜냐면 비록 여태껏 문예작가(의도), 문예작품(의도), 독자(의도) 내지 비평가(의도) 중 어느 한 편에만 무한자유를 몰아주거나 무한책임윤리를 전가하든지 아니면 셋 모두에게 불편부당한 자유와 책임윤리를 평등하게 똑같이 부여하겠다고 과언하면서 악순환해온 통합변증법의 불가사의한 허무주의가 "이미 문 안에 들어선"[50]듯이 보일지라도, 간격정념을 간직한 문학관과 예술관이 작가, 작품, 독자(감상자나 비평가)에게 각자 나름대로 행사할 수 있는 자치권에 상응하는 적절한 자유와 적절한 책임윤리를 부여한다면, 이글턴이 암시하는 전략적 창작, 전략적 작품, 전략적 독

---

50  니체는 1885~1886년 어느 날 "허무주의는 문 앞에 와있다"[니체, 『권력의지Der Wille zur Macht』 제1권 I. 제1절)고 썼다.

법 및 해석은 오히려 더 풍성해지고 의미심장해질 수 있을 것이 때문이다.

# 찾아보기

424

# 문학 이벤트

**초판 1쇄 발행** 2017 9월 20일
**초판 1쇄 인쇄** 2017 9월 20일

**지은이** 테리 이글턴
**옮긴이** 김성균
**편 집** 이재필
**발행인** 강완구
**디자인** 임나탈리야
**발행처** 써네스트
**브랜드** 우물이 있는 집

**출판등록** | 2005년 7월 13일 제 2017-000025호

**주 소** | 서울시 양천구 오목로 136, 302호

**전 화** | 02-332-9384      **팩 스** | 0303-0006-9384

**이메일** | sunestbooks@yahoo.co.kr

**ISBN** | 979-11-86430-51-4 (93800)     값 20,000원

이 도서의 국립중앙도서관 출판사도서목록(CIP)은 e-CIP 홈페이지 (http://www.nl.go.kr/ecip)에서 이용하실 수 있습니다. (CIP제어번호 : CIP2017020549)